为了人与书的相遇

正本清源说红楼

白先勇 主编

广西师范大学出版社
·桂林·

图书在版编目(CIP)数据

正本清源说红楼 / 白先勇主编.
—桂林：广西师范大学出版社，2019.4

ISBN 978-7-5495-4108-9

Ⅰ.①正… Ⅱ.①白… Ⅲ.①《红楼梦》研究
Ⅳ.①I207.411

中国版本图书馆CIP数据核字(2019)第048916号

广西师范大学出版社出版发行

广西桂林市五里店路9号　邮政编码：541004
网址：www.bbtpress.com

出 版 人：张艺兵

全国新华书店经销

发行热线：010-64284815

山东临沂新华印刷物流集团有限责任公司

临沂高新技术产业开发区新华路　邮政编码：276017

开本：710mm×1000mm　1/16

印张：37.5　字数：450千字

2019年4月第1版　2019年4月第1次印刷

定价：79.00元

如发现印装质量问题，影响阅读，请与印刷厂联系调换。

目录

正本清源说红楼　前言

白先勇

《红楼梦》是中国最伟大的一部小说，在中国文化史上亦是一座巍巍高峰，可以与世界最杰出的文学经典并肩而立，可能还会高出一截，一览众山小。《红楼梦》是一部天书，有解说不尽的玄机，有探索不完的密码，所谓横看成岭侧成峰。《红楼梦》一书内容如此丰富，出版史又如此复杂，任何一家之言，恐怕都难下断论。自从两百多年前《红楼梦》问世以来，世世代代关于这本书的批注、考据、索隐、点评、研究，汗牛充栋，不足形容，兴起所谓“红学”、“曹学”，各种理论、学派应运而生，一时风起云涌，波澜壮阔。至今方兴未艾，大概没有一本文学作品会引起这么多人如此热切的关注与投入。

自从以胡适为首的“新红学”创始以来，九十余年红学界争论最大的有两大议题：一为《红楼梦》后四十回的作者身份，一为“程高本”与“脂本”（尤其是“庚辰本”）之间的差异。本书《正本清源说红楼》便是针对这两大议题编辑而成。这部论文选集搜集了自胡适以还，学者、专家、作家对于《红楼梦》后四十回的作者问题，以及“程高本”与“脂本”的差异比较，各抒己见的一些文章。这部选集的第一辑“名家说红楼”，是名家文章中论述两大议题的摘要。第二辑“名家评红楼”是各阶段作者的全篇论文。第三辑附录有《庚辰本与程乙本对照记》以及《把〈红楼梦〉的著作权还给曹雪芹——〈红楼梦〉百年议题：程高本和后四十回》这一篇《红楼梦》会议记录。

民国十年（一九二一），上海亚东图书馆出版由汪原放校点整理的、以“王希廉评本”为底本、加新式标点的《红楼梦》。道光十二年（一八三二）的“王评本”，其底本即为乾隆五十六年（一七九一）由程伟元、高鹗整理出版木刻活字版的一百二十回《红楼梦》，后世称为“程甲本”。新红学开山祖师胡适特地为亚东版《红楼梦》写了一篇长序《〈红楼梦〉考证》，这篇长序是开创新红学最重要的文献之一。其中有两大论点：确定曹雪芹的作者地位，厘清曹家家世，并认定《红楼梦》是一部“隐去真事的自述”。其次，胡适断定《红楼梦》后四十回并非曹雪芹原稿，乃高鹗伪托续补。胡适对《红楼梦》后四十回的论断一锤定音，影响了好几代的红学研究者，但也引起争论不断，以迄于今。

程伟元在“程甲本”的序言中对如何寻获后四十回有这样一段说明：

> 爰为竭力搜罗，自藏书家甚至故纸堆中无不留心，数年以来，仅积有廿余卷。一日偶于鼓担上得十余卷，遂重价购之，欣然翻阅，见其前后起伏，尚属接榫，然漶漫不可收拾。乃同友人细加厘剔，截长补短，抄成全部，复为镌板，以公同好。

“程甲本”出版后，翌年一七九二年，程伟元与高鹗再推出“程甲本”的修订本，世称“程乙本”，其中程、高二人的引言又有这样一段申明：

书中后四十回，系就历年所得，集腋成裘，更无他本可考。惟按其前后关照者，略为修辑，使其有应接而无矛盾。至其原文，未敢臆改，俟再得善本，更为厘定。且不欲尽掩其本来面目也。

程伟元与高鹗对于后四十回的来龙去脉说得清楚明白。《红楼梦》后四十回曹雪芹的原稿是程伟元多年从藏书家以及故纸堆中取得二十多卷，后又于鼓担上发现十余卷，乃重金购之。原稿多处残缺，因邀高鹗修补，乃成全书。但胡适就是不相信程、高，认为他们说谎，断定后四十回为高鹗伪托。胡适做学问的名言："大胆的假设，小心的求证。"胡适认为高鹗"伪作"的证据，最有力的一项就是张问陶的诗及其注。张问陶是乾隆、嘉庆时期的大诗人，与高鹗乡试同年，他赠高鹗的一首诗《赠高兰墅鹗同年》中有"艳情人自说红楼"句，其注："《红楼梦》八十回以后，俱兰墅所补。"胡适拿住这项证据，便断定后四十回是由高鹗"补写"的。但不少不同意胡适这项说法的专家学者们提出异议，张问陶所说的"补"字，也有可能是"修补"的意思，这个注恐怕无法当作高鹗"伪作"的铁证。胡适又认为程序说先得二十余卷，后又在鼓担上寻获十余卷，"世间没有这样奇巧的事！"但世间巧事有时的确不可思议，不能断定其必无，何况程伟元多年处心积虑四处搜集，并非偶然获得。

胡适认为《红楼梦》后四十回乃高鹗续作的评断，由几代红学家如俞平伯、周汝昌等继续发扬光大，长时期以来，变成了红学界的主流论调，影响所及深远而广大。因为对于后四十回的作者身份起了质疑，于是后四十回引起各种争论：对《红楼梦》这部小说的前后情节、人物的结局、主题的一贯性，甚至文字风格、文采高下、最后牵涉到小说的艺术评价、通通受到严格检验，严厉批评。后四十回遭到各种攻击，有的言论走向极端，把后四十回数落得一无是处，高鹗续书，变成千古罪人。

小说家张爱玲甚至以“《红楼梦》未完”为人生三大恨之一。

其实不同意胡适等人对后四十回看法的，也大有人在，比较著名的如林语堂，他在一九五八年发表长六万字的论文：《平心论高鹗》，林语堂的结论：后四十回不可能是高鹗的续作，高鹗只是参与了后四十回的修补工作。这是一篇论后四十回的重要文献，因为字数太多，全文无法收入论文集中，只录其摘要。《正本清源说红楼》收辑的论文，发表时间比较早期的专家学者有宋孔显、牟宗三、吴宓，中期有萧立岩、刘梦溪、朱眉叔、周策纵，比较晚近的有刘广定、孙伟科、郑铁生、宁宗一、吴新雷、刘俊、刘再复、朱嘉雯，还有几位名作家的文章：杨绛、王蒙、舒芜、王润华。这些作者都不赞同胡适等人对后四十回的看法，一致认为后四十回绝非高鹗一人的续书。这些作者从各种不同的角度对后四十回下了评断，肯定后四十回的价值，对程伟元及高鹗也给予公平的定位。事实上，胡适虽然断定《红楼梦》后四十回是高鹗伪托补作，但他并未否定后四十回悲剧结局的艺术成就：“高鹗居然忍心害理的教黛玉病死，教宝玉出家，作一个大悲剧的结束，打破中国小说的团圆迷信。这一点悲剧眼光，不能不令人佩服。”

俞平伯晚年对他自己的“高鹗续书”说也开始动摇，临终前且留下自谴之重话：

> 胡适、俞平伯是腰斩《红楼梦》的，有罪，程伟元、高鹗是保全《红楼梦》的，有功。大是大非！千秋功罪，难于辞达。

对后四十回，我个人尝试从一个小说写作者的观点及经验来看。首先，世界上伟大的经典小说似乎还找不出一部是由两位或两位以上的作者合著而成的。如果两位才华一般高，一定各人有自己的风格定见，彼此不服，无法融洽。如果两人一高一低，才低的那位亦无法模仿才高那位，还是无法融成一体。由高鹗现存的诗文看来，有一定的水准，但并未显露像曹雪芹在《红楼梦》里那样惊世的才华。而且高鹗并未留下白话文的作品，不知他对于小说中白话文的驾驭能力如何。高鹗的身世与曹雪芹的遭遇大不同，《红楼梦》是曹雪芹带有自传性的小说，是他的《追忆似水年华》，全书充满了对旧日繁华的追念，尤其后半部写贾府之衰，可以感受到作者哀悯之情，跃然纸上，似乎很难想象高鹗能写出如此真挚动人的个人情感来。

何况《红楼梦》前八十回已撒下天罗地网，千头万绪，换一个作者，怎么可能把那些长长短短的线索一一接榫，前后贯彻。人物语调一致，就是一个难上加难不易克服的问题。前八十回的贾母与后四十回的贾母说话口气，绝对是同一人物。《红楼梦》第五回，把书中主要人物的命运结局，以及贾府的兴衰早已用诗谜判词点明了，后四十回大致也遵从这些预言的发展。至于有些批评认为前八十回与后四十回的文字风格有差异，这也很正常，因为前八十回写贾府之盛，文字应当华丽，后四十回写贾府之衰，文字自然比较萧疏，这是应情节所需。其实自七十七回“俏丫鬟抱屈夭风流，美优伶斩情归水月”，抄检大观园后，晴雯遭谗屈死，芳官等被逐，大观园骤然倾颓，小说的基调已经开始转向暗淡凄凉，所以前八十回与后四十回的语调风格并非一刀两断，而是渐渐转换的。

至于不少人认为后四十回的文字功夫艺术成就，远不如前八十回，这点我绝对不敢苟同，后四十回的文字风采，艺术价值绝对不输于前八十回。有几处感人的地方，可能还有过之。如黛玉之死、宝玉出家，这两场全书的关键情节，写得哀惋缠绵、辽阔苍茫，如同《红楼梦》的两根梁柱把整本书像一座高楼牢牢撑住，使得这部小说的结局，释放出巨大的悲剧力量来。前八十回写贾府之盛，无论写得再好，也只是替后四十回贾府之衰的结局所作的铺垫。

自从胡适等人提出后四十回乃高鹗伪托续补以来，红学界往往把《红楼梦》这部小说分开两节来研究，有的人因为视后四十回为“伪作”，甚至只论前八十回，后四十回不屑一顾。这就使得这部旷世杰作受到阉割式不完整的照顾了。事实上自“程高本”问世，新红学兴起之前，世世代代读者的观念中，一百二十回全本一直是一个整体，并未有八十、四十之分。有一个时期，人民文学出版社出版的《红楼梦》作者将曹雪芹与高鹗并列，这实在把高鹗抬得太高。新世纪以来，高鹗续书说受到各方强烈质疑，二〇〇八年人民文学出版社的《红楼梦》作者又改成了曹雪芹与无名氏，后四十回的作者还是一个未定数。二〇一七年广西师范大学出版社出版的以程乙本为底本的《红楼梦》，作者列的是：曹雪芹著，程伟元、高鹗整理。这是比较正确平实的说法。在铁证没有出现以前，就让我们相信程伟元、高鹗说的是实话吧：后四十回根本就是曹雪芹的原稿，不过经过他们两人修补过罢了。

《红楼梦》的版本又是一项复杂难解的大问题。《红楼梦》的版本大致分两个大系统：一个是前八十回的脂评抄本系统，这些抄本因有脂砚斋等人的评语，简称“脂本”。到目前为止，发现的“脂本”有十二种，比较重要的有甲戌本、乙卯本、庚辰本、甲辰本、戚蓼生序本（一称有正本，由上海有正书局刻印）。这些抄本，虽然标有年代，但皆非原来版本，多是后人的过录本。据红学大师俞平伯的版本研究（《〈红楼梦〉八十回校本序言》），这些抄本流行的年间大约不到四十年，从一七五四到一七九一，初次程高本刻印出现为止。俞平伯认为“这些抄本，无论旧抄新出都是一例的混乱”。因为这些抄书的人，水平程度不一定很高，错误难免，有的可能因为牟利，竟擅自更改，“故意造出文字的差别来眩惑人”。

脂本中，又以庚辰本比较完整，原书名《脂砚斋重评石头记》，“庚辰”指乾隆二十五年（一七六〇），现存抄本原为晚清状元协办大学士徐郙旧藏，一九三三年胡适从徐郙之子徐星曙处得见此抄本，撰长文《跋乾隆庚辰本〈脂砚斋重评石头记抄本〉》。一九四八年燕京大学从徐家购得庚辰抄本，现由北京大学馆藏。

庚辰本共七十八回，缺六十四、六十七两回，十七、十八回两回未分开共用一个回目。现存的庚辰本并非原稿，乃后人的过录本，抄写者不止一人，现存的抄本仍有不少错讹误漏的地方。但做为研究材料，庚辰本自有其不可取代的重要性，因为在各抄本中，其回数最多，而脂砚斋等人的各种批注竟达两千多条，这是一笔研究作者身世、创作过程等的珍贵资料。又因其年代较早，曹雪芹还在世，于是有些红学家便认为庚辰本最接近曹雪芹的原稿，并以此肯定庚辰本的优越性。可是事实上谁也没有看过曹雪芹的原稿，就此断定庚辰本最接近曹雪芹原稿，不免失之武断，这个流传甚广的观点实在值得商榷。出现年代早，并不一定忠于原著。

一九八二年人民文学出版社出版以庚辰本为底本的《红楼梦》，这在《红楼梦》出版史上是一道重要的分水岭，此后在中国大陆，这个版本基本上取代了流行数十年的程乙本《红楼梦》，成为中国大陆最具权威的版本。这个版本经由冯其庸领衔，聚集了中国艺术研究院红楼梦研究所一批专家共同校订的，所以又称“红研所校注《红楼梦》”，前八十回是以庚辰本为底本，并参照其他诸多版本，后四十回截取自程甲本。这个版本一共修订三次，三十多年来，销售量达七百多万册，影响了几代读者。

一七九一年程伟元、高鹗整理出版程甲本后，不到一年，发觉程甲本因仓促出书，有不少“纰缪”，因此又出版程乙本，把程甲本的错误都改正过来，所以程乙本乃程甲本的修正本。程甲本一出，洛阳纸贵，此后的众多刻本，多以程甲本为祖本，相比之下，程乙本在当时比较受到冷落。

民国十年，一九二一年，近人汪原放校点整理，出版亚东版程甲本《红楼梦》之后，知道胡适手上还收藏有一部程乙本，于是在一九二七年又出版以程乙本为底本的《红楼梦》。胡适自己十分推崇这个版本，因为是修正本，优于程甲本，并写了一篇《重印乾隆壬子本〈红楼梦〉序》。这个亚东版程乙本《红楼梦》因为有胡适大力推荐，一时风行海内外，港、台、新、马等地区流行的《红楼梦》亦多以程乙本为主。事实上中国大陆人民文学出版社在一九五三年便以作家出版社的名义出版过程乙本《红楼梦》，这个版本基本上仍是亚东版的翻版。一九五七年人民文学出版社出版了第二个校点、注释本《红楼梦》，由周汝昌等校点，启功注释；后来，一九六四年、一九七四年又接着在这个基础上又推出了两个版本；一直到一九八一年，人民文学出版社程乙本《红楼梦》累计发行了一百一十万套。在一九八二年以庚辰本为底的人民文学出版社《红楼梦》问世以前，中国大陆的读者阅读的都是程乙本《红楼梦》，也就是说，大约六十岁以上的读者，看到的《红楼梦》多半是程乙本。如果往长远回溯，自从一七九一、一七九二年，程高本面世以来，到一九八二庚辰本梓印为止，一百九十一年间，中国读者看的都是程甲本、程乙本《红楼梦》，庚辰本《红楼梦》普遍流行只是近三十多年的事。在台湾早年远东图书公司、启明书局、世界书局多家出版社印行的《红楼梦》皆为亚东版程乙本《红楼梦》的翻版。一九八三年桂冠图书公司出版《红楼梦》，这个版本仍以程乙本为底本，但参照其他诸多版本，严谨校注而成，并有启功、唐敏等人详细注解，是当时台湾最流行的版本。但八〇年代，大陆庚辰本《红楼梦》以压倒性声势传入台湾，台湾各出版社亦纷纷改弦易辙，多采用庚辰本。二〇〇四年，桂冠版《红楼梦》断版，直到二〇一六年才由时报出版重新刊印，二〇一七年，广西师范大学出版社出版桂冠版简体字版，程乙本《红楼梦》才开始又引起大陆读者的注意。

既然程乙本及庚辰本是目前两个最流行的版本，这两个版本在学术上做一个严谨精确的比较，确实有其必要。如前所述，做为研究材料，庚辰本有其不可取代的重要性，但做为普及版本，其中大大小小的问题必须提出来检验。早在八十年代初，中国红楼梦学会首任会长吴组缃教授便提出了庚辰本在人物塑造上几个大问题：例如尤三姐的性格，在程乙本里是位烈女，而庚辰本却把她变成了一个淫妇，这便使得情节发展上产生了矛盾，不合逻辑，拙文《抢救尤三姐的贞操——〈红楼梦〉程乙本及庚辰本之比较》中有详细分析。吴组缃又提出庚辰本中宝玉把芳官的头发剃了，把她改成男仆装扮，并取了一个“犬戎姓名”：耶律雄奴。这一大段十分突兀，程乙本没有这一节。郑铁生教授极力推举程乙本，认为做为普及本，程乙本有“艺术的整体性”、“故事性强”、“语言通俗、简洁、明快”等优点。海外红学重镇周策纵教授把程高本及庚辰本《红楼梦》第一回第一大段从头逐字比较了一次，这一段是文言文，周策纵的结论是程高本的文字处处都比庚辰本高明一筹。

我在美国加州大学教授《红楼梦》二十余年，采用都是桂冠版程乙本《红楼梦》，因为这个版本注释周详，诗赋并有白话翻译，便于初学学生。二〇一五至一六年，我有机会在台湾大学教授三个学期《红楼梦》导读课程，因桂冠版程乙本《红楼梦》断版，于是我便用里仁书局的庚辰本《红楼梦》，即冯其庸领衔编整的“红研所校注《红楼梦》”，我于是有机会把桂冠的程乙本《红楼梦》及里仁的庚辰本《红楼梦》从头到尾仔细比对了一次。让我吃惊的是，这两个版本差异之处，比比皆是，几乎每回都有。从小说艺术的观点审度下来，无论是人物刻画、情景描写，遣词用句，差异处，往往是程乙本优于庚辰本。本书第三辑《〈红楼梦〉庚辰本与程乙本对照记》中，我把两个版本的重要差异，都对照列出，比较详论。因为程高本前八十回与脂本之间有不少差异，拥护脂本的学者，便对程高本批评抨击，认为程伟元与高鹗擅自更改原稿。其实程高本前八十回也是程、高收集当时流行的各种抄本，“广集核勘，准情酌理，补遗订讹”而成，程、高时期流行的抄本，一定远不止我们当今发现的十二种，而且比较完整，不似当今版本，多有残缺，没有一种是十足八十回的。程高本中的异文，很可能是根据当时一些没有流传下来的抄本勘订的，那些抄本与现今十二种“脂本”，不一定完全相同。

《红楼梦》是中国最伟大的小说，在中国文学史、文化史上占有如此重要地位的一部经典之作，理应以一个最完善的版本广为普及流传，这个版本在小说艺术、文字功夫、情节通顺、人物性格统一这些条件上，应当优于其他版本，程乙本确实比较合于普及本这些条件。庚辰本作为研究本，自有其重要性，但其细节上许多矛盾误谬，并非作为普及本的上选。何况庚辰本原只有七十八回，后四十回是截取程甲本补缀起来的，并非一个完整的全本。

而今海峡两岸在校园中及一般读者间，庚辰本《红楼梦》几乎垄断了整个市场，而流行多年曾经深入民间的程乙本《红楼梦》竟然不幸被边缘化了，年轻的读者只知庚辰本“红楼一梦”而不知还有程乙本“红楼另外一梦”，这并不是一个健康的现象。《红楼梦》两个最重要的版本，应该双峰并立，互相对比，让读者有所比较，对《红楼梦》这部旷世文学经典有更加全面的了解。编纂《正本清源说红楼》的目的，便是希望唤醒读者对《红楼梦》版本等重大议题的注意。

二〇一八年六月七日

程甲本　序

程伟元

《红楼梦》小说，本名《石头记》。作者相传不一，究未知出自何人，惟书内记雪芹曹先生删改数过。好事者每传抄一部，置庙市中，昂其值得数十金，可谓不胫而走者矣。然原目一百廿卷，今所传只八十卷，殊非全本。即间称有全部者，及检阅仍只八十卷，读者颇以为憾。不佞以是书既有百廿卷之目，岂无全璧？爰为竭力搜罗，自藏书家甚至故纸堆中无不留心，数年以来，仅积有廿余卷。一日偶于鼓担上得十余卷，遂重价购之，欣然翻阅，见其前后起伏，尚属接榫，然漶漫不可收拾。乃同友人细加厘剔，截长补短，抄成全部，复为镌板，以公同好。《红楼梦》全书始至是告成矣。书成，因并志其缘起，以告海内君子。凡我同人，或亦先睹为快者欤？

小泉程伟元识

程乙本　引言

程伟元、高鹗

一、是书前八十回，藏书家抄录传阅几三十年矣，今得后四十回合成完璧。缘友人借抄争睹者甚夥，抄录固难，刊板亦需时日，姑集活字刷印。因急欲公诸同好，故初印时不及细校，间有纰缪。今复聚集各原本详加校阅，改订无讹。惟识者谅之。

一、书中前八十回抄本，各家互异；今广集核勘，准情酌理，补遗订讹。其间或有增损数字处，意在便于披阅，非敢争胜前人也。

一、是书沿传既久，坊间缮本及诸家所藏秘稿，繁简歧出，前后错见。即如六十七回，此有彼无，题同文异，燕石莫辨。兹惟择其情理较协者，取为定本。

一、书中后四十回，系就历年所得，集腋成裘，更无他本可考。惟按其前后关照者，略为修辑，使其有应接而无矛盾。至其原文，未敢臆改，俟再得善本，更为厘定。且不欲尽掩其本来面目也。

一、是书词意新雅，久为名公巨卿赏鉴。但创始刷印，卷帙较多，工力浩繁，故未加评点。其中用笔吞吐虚实掩映之妙，识者当自得之。

一、向来奇书小说，题序署名，多出名家。是书开卷略志数语，非云弁首，实因残缺有年，一旦颠末毕具，大快人心，欣然题名，聊以记成书之幸。

一、是书刷印，原为同好传玩起见，后因坊间再四乞兑，爰公议定值，以备工料之费，非谓奇货可居也。

壬子花朝后一日

小泉、兰墅又识

辑一

名家说红楼

张新之

有谓此书止八十回，其余四十回，乃出另手……但观其通体结构，如常山蛇首尾相应，安根伏线，有牵一发全身动之妙，且词句笔气，前后全无差别……虽重以父兄命，万全赏，使闲人增半回不能也。何以耳以目，随声附和者之多？

——《〈石头记〉读法》

王国维

若《红楼梦》之写宝玉，又岂有以异于彼乎！彼于缠陷最深之中，而已伏解脱之种子，故听《寄生草》之曲而悟立足之境，读《胠箧》之篇而作焚花散麝之想。所以未能者，则以黛玉尚在耳。至黛玉死而其志渐决。然尚屡失于宝钗，几败于五儿，屡蹶屡振，而终获最后之胜利。读者观自九十八回以至百二十回之事实，其解脱之行程，精进之历史，明了精切何如哉！且法斯德之苦痛，天才之苦痛；宝玉之苦痛，人人所有之苦痛也。

——《〈红楼梦〉评论》

陈独秀

全书有一百二十回，这一百二十回，却是脉络贯串，一丝不乱。从第一回到第九十七回，全书的进行，是向上的（rising action）。从第九十七回到末回，全书的进行，是向下的（falling action）。中间“苦绛珠魂归离恨天”一回，便是全书最高的一点（climax）。全书的层次，错综变化，是自然的，不是机械的；而秩序却极整齐。相传这书出于两人之手，后面四十回，是后人所添。很有许多评点家，说是不足信的。但是以全书结构看，这书万万不是出于两人。作者写第一回的时候，全书结构，已了然在胸；不是随随便便，一回一回的写下去的，所以才有这样精密的结构。

——《〈红楼梦〉新评》

胡适

* * *

我们平心而论，高鹗补的四十回，虽然比不上前八十回，也确然有不可埋没的好处。他写司棋之死、写鸳鸯之死、写妙玉的遭劫，写凤姐的死，写袭人的嫁，都是很精采的小品文字。最可注意的是这些人都写作悲剧的下场。还有那最重要的“木石前盟”一件公案，高鹗居然忍心害理的教黛玉病死，教宝玉出家，作一个大悲剧的结束，打破了中国小说的团圆迷信。这一点悲剧的眼光，不能不令人佩服。

我们试看高鹗以后，那许多续《红楼梦》和补《红楼梦》的人，哪一人不是想把黛玉晴雯都从棺材里扶出来，重新配给宝玉？哪一人不是想做一部“团圆”的《红楼梦》的？我们这样退一步想，就不能不佩服高鹗的补本了。我们不但佩服，还应该感谢他，因为他这部悲剧的补本，靠着那个“鼓担”的神话，居然打倒了后来无数的团圆《红楼梦》，居然替中国文学保存了一部有悲剧下场的小说！

——《〈红楼梦〉考证》

* * *

现在印出的程乙本就是那“聚集各原本，详加校阅，改订无讹”的本子，可说是高鹗、程伟元合刻的定本。这个改本有许多改订修正之处，胜于程甲本。……程乙本流传甚少……现在汪原放标点了这本子，排印行世，使大家知道高鹗整理前八十回与改订后四十回的最后定本是个什么样子，这是我们应该感谢他的。

——《重印乾隆壬子本〈红楼梦〉序》

* * *

自从民十六亚东排印壬子程乙本行世以来，此本就成了《红楼梦》的标准本。近年台北远东图书公司新排的《红楼梦》，香港友联出版社新排的《红楼梦》，都是根据此本。大陆上所出各种排印本，也都是程乙本。

——《与胡天猎书》

陈寅恪

《故宫博物院画报》各期载有曹寅奏摺。及曹氏既衰，朝旨命李榕继曹寅之任，以为曹氏弥补任内之亏空。李曾任扬州盐政。外此尚有诸多文件，均足为考证《石头记》之资，而可证书中大事均有所本。而后四十回非曹雪芹所作之说，不攻自破矣。又曹氏有女，为某亲王妃。此殆即元春为帝妃之本事。而李氏一家似改作为王熙凤之母家。若此之线索，不一而足，大有可研究之馀地也。

——《吴宓日记》，记陈寅恪谈《红楼梦》

林语堂

一九六三年上海影印的《乾隆抄本百廿回〈红楼梦〉稿》，即所谓“高鹗手定本”。我怀疑这稿本，高鹗是“阅过”，但不像是普通编辑略加修补字句的加工而已。其所添补，是真用功夫，绘形绘声，添出许多故事情节和细末的描写，似是原作者用心血写的，而不是高鹗在七十多天所写得出来的。倘是这抄本里面所改的不是出于高鹗，而是出于曹雪芹的手笔，其价值更不待言了。我们还得慢慢的研究一下，若真出于曹氏手笔，这手稿可使我们研究这伟大作者易稿、改稿的功夫，其宝贵自不必说。现在我们所知可能是曹雪芹的笔迹，只有“空空道人”四字（吴恩裕所藏，是题篆书“云山翰墨，冰雪聪明”八字的署名，见吴恩裕《有关曹雪芹十种》，上海中华书局一九六四年）。吴注此四字是否雪芹所写“不能十分肯定”。此笔迹与“高鹗手定本”添改的字笔迹很相似。我们希望再有雪芹的笔迹可以发现。这稿本卷前题又是高鹗题“阅过”，又不是高鹗在程甲本与程乙本相差七十多天中间所能为力添补的，那么，这添补出于何人，就成为不能不求解答的问题。

* * *

老实说，《红楼梦》之所以成为第一流小说，所以能迷了万千的读者为之唏嘘感涕，所以到二百年后仍有绝大的魔力，倒不是因为有风花雪月咏菊赏蟹的小品在先，而是因为他有极好极动人的爱情失败，一以情死，一以情悟的故事在后。初看时若说繁华靡艳，细读来皆字字血痕也。换言之，《红楼梦》之有今日的地位，普遍的魔力，主要是在后四十回，不在八十回，或者说是因为八十回后之有高本四十回。所以可以说，高本四十回作者是亘古未有的大成功。

《红楼梦》这本小说不但能为少数雅人一时所赏识，而能为百代后世男妇老幼所共赏，是因为有高本。

——《平心论高鹗》

俞平伯

甲、乙两本皆非程高悬空的创作，只是他们对各本的整理加工的成绩而已。这样的说法本和他们的序文引言相符合的，无奈以前大家都不相信它，据了张船山的诗，一定要把这后四十回的著作权塞给高兰墅，而把程伟元撇开。现在看来，都不大合理。

——《谈新刊乾隆抄本百二十回〈红楼梦〉稿》

夏志清

没有后四十回我们便无法估价这本小说的伟大，那么，对后四十回进行批评攻击并且仅仅根据前八十回来褒奖作者，我认为这是文学批评中一种不诚实的做法……任何一个公正的读者，只要在读这部小说时没有对其作者问题抱持先入之见，那他就不会有任何理由贬低后四十回，因为它们提供了令人折服的证据证明了这部作品的悲剧深度和哲学深度，而这一深度是其他任何一部中国小说都不曾达到的。

——《中国古典小说史论》

鲁迅

《红楼梦》是中国许多人所知道，至少，是知道这名目的书。谁是作者和续者姑且勿论，单是命意，就因读者的眼光而有种种：经学家看见《易》，道学家看见淫，才子看见缠绵，革命家看见排满，流言家看见宫闱秘事……。在我的眼下的宝玉，却看见他看见许多死亡；证成多所爱者，当大苦恼，因为世上，不幸人多。惟憎人者，幸灾乐祸，于一生中，得小欢喜，少有偏碍。然而憎人却不过是爱人者的败亡的逃路，与宝玉之终于出家，同一小器。但在作《红楼梦》时的思想，大约也止能如此；即使出于续作，想来未必与作者本意大相悬殊。

——《集外集拾遗补编·〈绛洞花主〉小引》

* * *

我们已知道雪芹自己的境遇，很和书中所叙相合。雪芹的祖父，父亲，都做过江宁织造，其家庭之豪华，实和贾府略同；雪芹幼时又是一个佳公子，有似于宝玉；而其后突然穷困，假定是被抄家或近于这一类事故所致，情理也可通——由此可知《红楼梦》一书，首尾大部分为作者自叙，实是最为可信的一说。……

至于说到《红楼梦》的价值，可是在中国底小说中实在是不可多得的。其要点在敢于如实描写，并无讳饰，和从前的小说叙好人完全是好，坏人完全是坏的，大不相同，所以其中所叙的人物，都是真的人物。总之自有《红楼梦》出来以后，传统的思想和写法都打破了。——它那文章的旖旎和缠绵，倒是还在其次的事。

——《中国小说的历史的变迁》

* * *

后四十回虽数量止初本之半，而大故迭起，破败死亡相继，与所谓‘食尽鸟飞独存白地’者颇符，惟结末又稍振。

——《中国小说史略》

高阳

我一向不以为高鹗是后四十回的作者……后四十回既非高鹗所续，更非另一“满人”改写，那么当然是曹雪芹的原著了。不过不是“增删五次”之稿，更不是定稿。事实上恐怕永无定稿。脂批有一条：“书未成而芹逝矣。”可证。当然，这不是说初稿未成，而是指照此最后的构想，重新改写的全书未成。

——《曹雪芹对〈红楼梦〉的最后构想》

王蒙

我相信大多数学者认同的一些观点是有根据的，《红》的前八十回为曹氏原作，后四十回由高氏续作，曹氏运用了自家盛极而衰、晚境凄凉的经验，书中内容在很大程度上属于自况。

然而，从理论上、从创作心理学与中外文学史的记载来看，真正的文学著作是不可能续的。有些情节性强的凑合着还能续一下，但也要另起炉灶，有时是从书中寻找一个原来不被注意或尚未长成的人物作续作的主角，名为续作，实乃新篇。

续作者语言基本上与前八十回风格一致，情节大致上“无一字无出处无一字无来历”，续作者是下了大功夫死功夫的。按常理，能达到这一步也是不可能的。除了曹雪芹的《红楼梦》之外，托尔斯泰《战争与和平》，巴尔扎克的《欧也妮·葛朗台》，雨果的《悲惨世界》，狄更斯的《大卫·科波菲尔》，请问，谁敢谁能为之续上不是四十回而是四个页码？所以，我宁愿设想是高鹗或某人在雪芹的未完成的原稿上编辑加工的结果，而觉得完全由另一人续作，是完全不可能的，没有任何先例或后例的，是不可思议的。

——《话说〈红楼梦〉后四十回》

宋孔显

《红楼梦》是一部一百二十回的大书，不是一时所能做成的，不是一次所能写完的，必然经过许多次的修改。曹雪芹自己说，他在悼红轩中“披阅十载，增删五次”，可知《红楼梦》是十年功夫做成的，而且经过五次修改的。但《红楼梦》中的许多矛盾，却因这五次的修改而发生了。何以呢？这因《红楼梦》前几次的修改本已流行了，而后几次的修改本又出来，自然有许多地方和从前的不同，或者竟有许多地方和从前的相反。但当时传抄的人，那能顾到这些呢，自然前次未曾写完的，就拿后来的修改本来抄，于是一本之中，前后自相矛盾，例如引言上说：“是书流传既久，坊间缮本及诸家秘稿，繁简歧出，前后错见。即如六十七回，此有彼无，题同文异，燕石莫辨。”可见各种修改本是同时流行的。俞君平伯作《红楼梦辨》，不知这层理由，以为《红楼梦》除高鹗续本外，还有许多续本。其实他所认为续本的，都是曹雪芹先后的修改本。我们只要拿有正书局印行的八十回本，和现行的一百二十回中的前八十回比较，也有许多不同的地方，就可证明曹雪芹的修改了。我们明白这层理由，知道《红楼梦》中的矛盾，是传抄各修改本先后错误的缘故，高鹗哪能负这种责任呢！

——《〈红楼梦〉一百二十回均曹雪芹作》

吴组缃

后四十回续书的作者，接替这样一位原作者之手，来续补这样一部残缺未完的巨制：他没有那样的生活体验，他没有那样的思想认识，他没有那样的艺术才能，相形之下，续书存在不小的差距，自为理所当然。可是，我们看到，在核心部分保持了悲剧结局；有不少的段落写得颇为动人；我们还能看到，字里行间，兢兢业业，亦步亦趋，认真临摹原作的规范，致使一般读者，以至电脑，发现不出它的借手痕迹。比起那些数不清的续作之书，这是何等难能可贵！我想打个不恰当的比喻，一个没有下肢的人，装上了橡皮腿；这腿没有神经血肉，掐掐不痛，搔搔不痒；但站得起来了，可以行动了，像个完人了。想到续书比装腿难，岂不教我们叹为不幸中之幸！若没有这个百二十回的本子，单凭那八十回，二百年来，这部书能如此为广大读者所传诵，那是无法设想的！

——《魏绍昌〈红楼梦〉版本小考代序》

吴宓

吾信《石头记》全书一百二十回，必为一人（曹雪芹，名霑，一七一九至一七六四，其生平详见胡适君之考证）之作。即有后人（高鹗或程伟元等）删改，亦必随处增删，前后俱略改。若谓曹雪芹只作前八十回，而高鹗续成后四十回竟能天衣无缝，全体融合如此，吾不信也。欲明此说，须看本书全体之结构，及气势情韵之逐渐变化，决非截然两手所能为。若其小处舛错，及矛盾遗漏之处，则寻常小书史乘所不免，况此虚构之巨制哉。且愚意后四十回并不劣于前八十回，但盛衰悲欢之变迁甚巨，书中情事自能使读者所感不同，即世中人实际之经验亦如此，岂必定属另一人所撰作乎？

——《〈石头记〉评赞》

吕启祥

今天对于后四十回之不可替代的认同，已经放在较过去更加开阔的学术视野和更加坚实的学理基础之上了。……天地之间，由于有了程、高二人这一番劳绩，《红楼梦》这样一部尚未完稿、在流传过程中处于不稳定状态的奇书，得以用活字摆印的物化形态存留下来，既保全了前八十回的基本面貌，使之相对稳定，又有了后四十回，“颠末毕具”，大体完整。这一功绩，怎样估计都不过分。

——《不可替代的后四十回及诸多困惑》

周绍良

“乾隆庚戌”是程甲本刊行前一年，就有人读到一百二十回本，则舒元炜在程甲本问世之前三年已有之说当是不诬，也足证明程伟元序里所称“原目一百二十回”也不是骗人的。周春并且提到八十回本《石头记》与一百二十回《红楼梦》的前八十回“微有不同”，可见这位“雁隅”很留心地检阅过。难道早于程伟元第一次排印本的前三年，高鹗就会把后四十回续成流传在社会上吗？

从以上几个证据，还有裕瑞《枣窗闲笔》中一个更有力的证据，完全可以证明后四十回已经有了相当完整的初稿，所以才会有一百二十回的回目。因为，回目只可能在稿子写出以后才编出来，正如作者自己所说：“披阅十载，增删五次，纂成目录，分出章回”，而不可能是相反的情况。

——《论〈红楼梦〉后四十回与高鹗续书》

陶剑平

程甲本与程乙本先后问世，相距仅七十天，为什么“稿本”不是程甲本的底本而却是程乙本的底本？这不外乎两种可能：一是，程甲本付印后，方始发现了“稿本”。但如这样，程、高何以只字不提及？相反地，在修订的《引言》中却明说后四十回“更无他本可考”，表示要“俟得善本，更为厘定”，看来情况不大像。另一是，“稿本”系程伟元、高鹗的整理稿之一。《程序》说，收集来的四十来卷，特别是鼓担上得的那十余卷稿子，虽“前后起伏，尚属接榫”，却已“漶漫不可收拾”。“漶漫不可收拾”，自是模糊难辨，而“尚属接榫”则其非一气连贯可知。所以，当程、高在作“细加厘剔，截长补短”，使之“前后关照，应接而无矛盾”的整理修辑中，可以想见该有他们的整理稿在。其间，程、高二人也可能各自整理了一个，当第一次付印时，因“急欲公诸同好”，两稿“未及细校”，用了其中的一个来印程甲本；刊刻后，发现留下未用的整理稿有胜于已印的本子之处，因之再由他们中的另一人参阅原稿，润色斟改后用来付印程乙本——即我们今天见到的“稿本”。这样，则这个整理稿都是依据那份“漶漫”的原始稿的，所以尽管有异，但总的内容大体相近。这与《引言》说的“复聚原本”（当然包括“漶漫”的原稿与两整理稿）“细加校阅，改订无讹”亦复相合。又，从修订的许多迹象来看，“稿本”的修订者乃是高鹗，那么它的原先整理者应为程伟元了，而那样的话，则印程甲本的那个整理稿的就自然应是高鹗整理的了。

——《〈红楼梦〉后四十回非高鹗续作》

萧立岩

胡适认为《红楼梦》后四十回是高鹗续作的“最明白的证据”，是来自俞樾《小浮梅闲话》中的一段考证：“《船山诗草》有《赠高兰墅（鹗）同年》一首云：‘艳情人自说红楼’。注云：‘《红楼梦》八十回以后俱兰墅所补’。然则，此书非出一手……其为高君所补可证矣。”对于俞樾、胡适等人把“补”和“续”完全等同起来的错误意见，早已有人做了批驳，这里不打算再多作解释。但胡适却根据这一个“补”字竟进而断定高鹗是在“乾隆五十六至五十七年（一七九一至一七九二年），补作《红楼梦》后四十回，并作序例”（《〈红楼梦〉考证》）。这就更令人无法置信了。因为稍有写作常识的人都能够体会到，模仿别人的笔法续写小说，并不是一件容易的事，也许比自己另写一部小说还要费劲。因为这里面不但有创作思想不易一致的问题，而且还有表现手法不易一致的问题。特别是对于小说中人物性格的描写，续作者很难把自己生活中缺乏具体形象的人物摹写得和原作相一致。

——《高鹗续〈红楼梦〉后四十回说质疑》

舒芜

甲：你注意另一种“以乐景写哀”没有？自从“泄机关颦儿迷本性”，直到“苦绛珠魂归离恨天”，这三回之中，有三种笑，黛玉自从听了傻大姐的话，直至于死，没有一次哭，一直是笑，笑，笑。这是泪已还尽，痛恨宝玉，痛恨贾母、王夫人，痛恨人间的笑。宝玉自黛玉前来永诀，直至揭开宝钗的头盖，也一直是笑，笑，笑。这是受愚弄，作牺牲，不自知其可悲，甚至还自以为幸福，因而更使读者觉其可悲的笑。至于贾母、凤姐和袭人，也老是在笑。……这场惨痛无比的悲剧，就是在这一片笑声中演出的。

乙：那么，也可以说，这三种笑声之后，又来了三种哭声：宝玉、紫鹃、李纨三人哭黛玉，尽管性质和程度各不相同，但都是真哭。贾母、王夫人的哭，是虚伪、残忍的哭。而宝钗哭黛玉，则与以上两种都不同，另是一种复杂心情的哭。

甲：三种笑，三种哭，把一个悲剧结局写到这样丰富深刻的程度，特别是以笑声为主来写，愈是一片笑声，愈见其惨痛，真可谓“说到辛酸处，荒唐愈可悲”了。后四十回有这一个结局真是有大功于读者，谁还要否定它，实在不大好理解。

——《“说到辛酸处，荒唐愈可悲”
——关于〈红楼梦〉后四十回的一夕谈》

胡文彬

新红学考证派不论是开山泰斗还是其集大成者，在《红楼梦》后四十回的评价上和所谓程伟元“书商”说的论断，却是无法让人苟同和称善的。他们的错误论断和某些成见被一些人无限放大，其影响之深之广，简直成了一种痼疾，达到一种难以医治的程度。

——《历史的光影——程伟元与〈红楼梦〉》

郑铁生

怎么样认识和评价《红楼梦》庚辰本与程乙本的不同？其关键是如何正确地评价《红楼梦》后四十回。

胡适关于评价《红楼梦》后四十回的原则有两点：一是“外证”，另一是“内证”，而且强调“内证”比“外证”更重要。目前学术界关于后四十回不是曹雪芹的原著的说法，大都是从“外证”的视角得出的结论，遗憾的是从“内证”视角研究还无法形成规模。胡适晚年亲自实践他自己提出的“内证”原则，是十分可贵的。

——《先有大众欣赏的普及，才有小众学术的可能
——论〈红楼梦〉程乙本的重要性》

周策纵

后四十回的情况比较复杂，从主观阅读的印象说，一部分好像笔调与前面的大不相同。不过这种主观印象也不完全可靠；贾家败落后，本来就只能写得凄凉平淡些，不能像以前那么富丽繁缛；再说，一部书写作修改了十年来（其实应该是二十年），这后面一部分又不知是隔断了多久才写的，前后风格如稍有不同，也可能是正常现象。作者观点也可能有些改变，情节前后如有不符，也常能发生。就是前八十回内也就有些自相矛盾之处，连首回的笔调风格，也就和下面几回颇有差别。更何况曹雪芹一生中是否会有一短时期从过政，也还不能十分肯定，万一他真是曹天佑，做过州同，后来潦倒，那情况又怎么样呢？

——《红楼三问》

朱眉叔

俞平伯先生勇于更新自己的观点、不断进步的一生，是值得我们学习的榜样。一九五〇年在他的《〈红楼梦〉研究·自序》里曾说："它（指《〈红楼梦〉辨》）底绝版，我方且暗暗庆幸呢，因为出版不久，我就发觉了若干的错误，假如让它再版三版下去，岂非谬种流传，如何是好！"一九五九年，《乾隆抄本百二十回〈红楼梦〉稿》出现后，俞先生受到很大震动，到了一九六二年，他在《影印脂砚斋重评〈石头记〉十六回·后记》里说："程氏刊本之前，社会上纷传有一百二十回本，不像高鹗的创作。高鹗在程甲本序里不过说'遂襄其役'，并未明言写作。张问陶赠诗意在归美，遂夸张之言耳。高鹗续书之说，今已盛传，其实根据不太可靠。"这番话说明他开始否定了当年他和胡适共同提出的高鹗续书说。

——《真假〈红楼梦〉大论战势必展开》

刘梦溪

对《红楼梦》后四十回评价不一的原因，固然由于与前八十回相比，补作在艺术风格上有明显的不一致处，但主要还在于史料不足，研究者不能提出有关续书的坚强有力的证据。至今仍有一部分研究者反对前八十回和后四十回系由两人所写的说法。还有的虽承认后四十回系别人续作，但倾向于其中不排除有雪芹的遗稿在内。而所有这些说法，大都带有猜测性质，缺乏实证，因而也是谁都说服不了谁，只好成为一桩公案，听凭红学家们反复聚讼。

——《百年中国〈红楼梦〉的两个公案》

孙伟科

俞平伯先生一生痴情红学，临终遗言反对“腰斩红楼”，成为他生命与学术合二为一的绝响。近十余年来，红学发展中的“腰斩”之势愈演愈烈，先不说从考证学角度论证后四十回的作者有存疑的问题，仅从历史和传播学角度看，所谓“探佚”、“续写”已经成为每况愈下的失禁想象，离《红楼梦》文本越来越远，名副其实地成为“红学反《红楼梦》”的样板，究其实是附骥攀鸿的博名炒作。梳理和重温当代部分作家（林语堂、王蒙、宗璞、李国文、白先勇、刘心武等）对《红楼梦》整体性和高鹗评价的激烈交锋，不难窥见出大多数当代作家对此二者的肯定倾向。

——《反对腰斩红楼

——维护百廿回〈红楼梦〉：来自当代作家的观点》

宁宗一

整个一百二十回的发展线索有条不紊，后四十回不同程度地继承了前八十回强大严密的诗意逻辑和美学趋势。比如“黛玉之死”这个最富悲剧性的片段就很精采，大家也愿意截取这一段进行改编。宝黛钗的纠结，一方将要告别人间，一方在锣鼓鸣天地结婚，戏剧性很强，不仅写出了黛玉悲剧性的命运，也铺垫了宝玉必将要出家的结局，这就是后四十回的艺术力量。

——《谈白先勇细说〈红楼梦〉》

刘再复

今天我则要表明：（一）我相信程伟元序文里说的话是真话。他说：“……然原本目录百二十卷……爰为竭力搜罗，自藏书家甚至故纸堆中，无不留心。数年以来，仅积有二十余卷。一日，偶于鼓担上得十余卷，遂重价购之……然漶漫不可收拾，乃同友人细加厘剔，截长补短，抄成全部，复为镌板，以公同好。《石头记》全书至是始告成矣。”相信此言，意味着：《石头记》八十回抄本之后还有遗稿，但散失于民间……除了相信程氏所言之外，（二）我相信程、高二人对散失佚稿的“搜”、“剔”、“截”、“补”，不仅是个“续编”过程，也是一个“续写”过程。因此，说《红楼梦》全书，“前八十回为曹雪芹原著，后四十回为高鹗续书”之说，可以成立。

——《天上星辰，地上的〈红楼梦〉》

刘俊

《红楼梦》后四十回中的黛玉之死、贾府抄家等场景，白先勇认为都“写得非常好”，而宝玉出家，则是“整本书的高峰”。在白先勇看来，《红楼梦》后四十回里的这些“好”和“高峰”之所以能够形成，端赖前面的铺垫和能量的积聚，只不过是到了后四十回后爆发、释放出来了——这也证明了后四十回与前八十回之间的一体性。第一百二十回“宝玉出家”这一幕，白先勇认为“是红楼梦整部书最高的一个峰，也可能是中国文学里面最有力量（powerful）的一个场景。前面的铺叙都是要把这个场景推出来”，“如果宝玉出家这一场写得不好，写得不够力，这本书就会垮掉（collapse）……”白先勇一再强调《红楼梦》有个神话架构，而宝玉出家则是“神话架构里最高潮的一段”——最后一回中的宝玉出家，不但与第一回首尾呼应，使全书在“神话架构”上形成接榫，而且也完成了《红楼梦》中宝玉以“情”之维度呈现补天顽石人间历劫的全过程，使全书无论是主题、故事，还是人物、结构等各个方面，都浑然一体，达至圆满。

——《文本细读·整体观照
——论白先勇的〈红楼梦〉解读式》

朱嘉雯

《红楼梦》后四十回关于黛玉抚琴、妙玉听琴的篇章，与前八十回诗词章赋的写作情韵，脉络相连，并直指二人通晓音律的程度，已非一般的初学之人。作者在精炼的描绘与叙述中，透露出他自己高深的修为和思想，可谓与前八十回的艺术意境连成一气。据此，我们便可以理解俞平伯在《〈红楼梦〉辨》中所指称：后四十回某些文章“较有精采，可以仿佛原作”。而事实上，第八十七回“双玉听琴”的情节，便是最佳实例。

——《着棋与抚琴

——〈红楼梦〉后四十回与前八十回脉络相连的生活意境》

王润华

《红楼梦》研究在一八七五年已启动，开始主要以评点、题咏、索隐为主要研究方法，可称为红学。胡适在一九二一发表《〈红楼梦〉考证》，以校勘、训诂、考据来研究《红楼梦》，被认为是新红学的开始。在周策纵的《〈红楼梦〉案》中《胡适的新红学及其得失》一文，指出胡适的失，包括不公开分享资料，只依赖一两个字如“补”，而随意误读为补写或续书后四十回。但周老师多次肯定胡适在《红楼梦》版本学的新贡献，认为除了红学，同时又开创了曹学研究先河，他也特别指出胡适在一九二一年到一九三三年写的三篇文章，他说至今“还没有一个超过胡适在《红楼梦》版本学方面最基本和最重要的贡献”。

——《新世纪重返〈红楼梦〉
——周策纵曹红学的后四十回著作权考证》

白先勇

我个人对后四十回尝试从一个写作者的观点及经验来看，首先，世界上的经典小说似乎还找不出一部是由两位或两位以上的作者合著的。因为如果两位作家才华一样高，一定各有自己风格，彼此不服，无法融洽，如果两人的才华一高一低，才低的那一位亦无法模仿才高那位的风格，还是无法融成一体。何况《红楼梦》前八十回已经撒下天罗地网，千头万绪，换一个作者，如何把那些长长短短的线索一一接榫，前后贯彻，人物语调一致，就是一个难上加难不易克服的问题。《红楼梦》第五回，把书中主要人物的命运结局，以及贾府的兴衰早已用诗谜判词点明了，后四十回大致也遵从这些预言的发展。至于有些批评认为前八十回与后四十回的文字风格有差异，这也很正常，因前八十回写贾府之盛，文字应当华丽，后四十回写贾府之衰，文字自然比较萧疏，这是情节发展所需。

——《贾宝玉的大红斗篷与林黛玉的染泪手帕

——〈红楼梦〉后四十回的悲剧力量》

辑二

名家评红楼

《红楼梦》考证

胡适 *

一

《红楼梦》的考证是不容易做的，一来因为材料太少，二来因为向来研究这部书的人都走错了道路。他们怎样走错了道路呢？他们不去搜求那些可以考定《红楼梦》的著者、时代、版本等等的材料，却去收罗许多不相干的零碎史事来附会《红楼梦》里的情节。他们并不曾做《红楼梦》的考证，其实只做了许多《红楼梦》的附会！这种附会的"红学"又可分作几派：

第一派说《红楼梦》"全为清世祖与董鄂妃而作，兼及当时的诸名王奇女。"他们说董鄂妃即是秦淮名妓董小宛，本是当时名士冒辟疆的

---

* 胡适（一八九一～一九六二），原名嗣穈，曾任北大校长，新文化运动领导人之一，著有《中国哲学史大纲》、《白话文学史》、《四十自述》等作品。

妾，后来被清兵夺去，送到北京，得了清世祖的宠爱，封为贵妃。后来董妃夭死，清世祖哀痛得很，遂跑到五台山去做和尚去了。依这一派的话，冒辟疆与他的朋友们说的董小宛之死，都是假的；清史上说的清世祖在位十八年而死，也是假的。这一派说《红楼梦》里的贾宝玉即是清世祖，林黛玉即是董妃。“世祖临宇十八年，宝玉便十九岁出家；世祖自肇祖以来为第七代，宝玉便言：‘一子成佛，七祖升天’，又恰中第七名举人；世祖谥‘章’，宝玉便谥‘文妙’，文章两字可暗射。”“小宛名白，故黛玉名黛，粉白黛绿之意也。小宛是苏州人，黛玉也是苏州人；小宛在如皋，黛玉亦在扬州。小宛来自盐官，黛玉来自巡盐御史之署。小宛入宫，年已二十有七；黛玉入京，年祇十三余，恰得小宛之半。……小宛游金山时，人以为江妃踏波而上，故黛玉号‘潇湘妃子’，实从‘江妃’二字得来。”（以上引的话均见王梦阮先生的《〈红楼梦〉索隐》的《提要》）

这一派的代表是王梦阮先生的《〈红楼梦〉索隐》。这一派的根本错误已被孟莼荪先生的《董小宛考》（附在蔡孑民先生的《〈石头记〉索隐》之后，页一三一以下）用精密的方法一一证明了。孟先生在这篇《董小宛考》里证明董小宛生于明天启四年甲子，故清世祖生时，小宛已十五岁了；顺治元年，世祖方七岁，小宛已二十一岁了；顺治八年正月二日小宛死，年二十八岁，而清世祖那时还是一个十四岁的小孩子。小宛比清世祖年长一倍，断无入宫邀宠之理。孟先生引据了许多书，按年分别，证据非常完备，方法也很细密。那种无稽的附会，如何当得起孟先生的摧破呢？例如《〈红楼梦〉索隐》说：

渔洋山人《题冒辟疆妾圆玉、女罗画》三首之二末句云“洛川淼淼神人隔，空费陈王八斗才”亦为小琬而作。圆玉者，琬也；

玉旁加以宛转之义，故曰圆玉。女罗，罗敷女也。均有深意。神人之隔，又与死别不同矣。（《提要》页一三）

孟先生在《董小宛考》里引了清初的许多诗人的诗来证明冒辟疆的妾并不止小宛一人；女罗姓蔡，名含，很能画苍松墨凤；圆玉当是金晓珠，名玥，昆山人，能画人物。晓珠最爱画洛神（汪舟次有《晓珠手临洛神图卷跋》，吴薗次有《乞晓珠画洛神启》），故渔洋山人诗有“洛川淼淼神人隔”的话。我们若懂得孟先生与王梦阮先生两人用的方法的区别，便知道考证与附会的绝对不相同了。

《〈红楼梦〉索隐》一书，有了《董小宛考》的辨正，我本可以不再批评他了。但这书中还有许多绝无道理的附会，孟先生都不及指摘出来。如他说：“曹雪芹为世家子，其成书当在乾嘉时代。书中明言南巡四次，是指高宗时事，在嘉庆时所作可知。……意者此书但经雪芹修改，当初创造另自有人。……揣其成书亦当在康熙中叶。……至乾隆朝，事多忌讳，档案类多修改。《红楼》一书，内廷索阅，将为禁本，雪芹先生势不得已，乃为一再修订，俾愈隐而愈不失其真。”（《提要》页五～六）但他在第十六回凤姐提起南巡接驾一段话的下面，又注道：“此作者自言也。圣祖二次南巡，即驻跸雪芹之父曹寅盐署中，雪芹以童年召对，故有此笔。”下面赵嬷嬷说甄家接驾四次一段的下面，又注道：“圣祖南巡四次，此言接驾四次，特明为乾隆时事。”我们看这三段《索隐》，可以看出许多错误。1. 第十六回明说二三十年前“太祖皇帝”南巡时的几次接驾；赵嬷嬷年长，故“亲眼看见”。我们如何能指定前者为康熙时的南巡而后者为乾隆时的南巡呢？ 2. 康熙帝二次南巡在二十八年（西历一六八九），到四十三年曹寅才做两淮巡盐御史。《索隐》说康熙帝二次南巡驻跸曹寅盐院署是错的。3.《索隐》说康熙帝二次南巡时，“曹雪芹以童年召对”；

又说雪芹成书在嘉庆时。嘉庆元年（西历一七九六），上距康熙二十八年，已隔百零七年了。曹雪芹成书时，他可不是一百二三十岁了吗？4.《索隐》说《红楼梦》成书在乾嘉时代，又说是在嘉庆时所作：这一说最谬。《红楼梦》在乾隆时已风行，有当时版本可证（详考见后文）。况且袁枚在《随园诗话》里曾提起曹雪芹的《红楼梦》；袁枚死于嘉庆二年，诗话之作更早的多，如何能提到嘉庆时所作的《红楼梦》呢？

第二派说《红楼梦》是清康熙朝的政治小说。这一派可用蔡孑民先生的《〈石头记〉索隐》作代表。蔡先生说：

> 《石头记》……作者持民族主义甚挚。书中本事在吊明之亡，揭清之失，而尤于汉族名士仕清者寓痛惜之意。当时既虑触文网，又欲别开生面，特于本事之上，加以数层障幂，使读者有“横看成岭侧成峰”之状况。(《〈石头记〉索隐》页一）书中“红”字多隐“朱”字。朱者，明也，汉也。宝玉有“爱红”之癖，言以满人而爱汉族文化也；好吃人口上胭脂，言拾汉人唾余也……当时清帝虽躬修文学，且创开博学鸿词科，实专以笼络汉人，初不愿满人渐染汉俗，其后雍乾诸朝亦时时申诫之。故第十九回袭人劝宝玉道：“再不许吃人嘴上擦的胭脂了，与那爱红的毛病儿。”又黛玉见宝玉腮上血渍，询知为淘澄胭脂膏子所溅，谓为“带出幌子，吹到舅舅耳里，又大家不干净惹气。”皆此意。宝玉在大观园中所居曰怡红院，即爱红之义。所谓曹雪芹于悼红轩中增删本书，则吊明之义也……（页三～四）
>
> 书中女子多指汉人，男子多指满人。不但“女子是水作的骨肉，

男人是泥作的骨肉”与“汉”字“满”字有关系也；我国古代哲学以阴阳二字说明一切对待之事物，《易》坤卦彖传曰，“地道也，妻道也，臣道也”，是以夫妻君臣分配于阴阳也。《石头记》即用其义。第三十一回，……翠缕说：“知道了！姑娘（史湘云）是阳，我就是阴。……人家说主子为阳，奴才为阴。我连这个大道理也不懂得！”……清制，对于君主，满人自称奴才，汉人自称臣。臣与奴才，并无二义。以民族之对待言之，征服者为主，被征服者为奴。本书以男女影满汉，以此。（页九～十）

这些是蔡先生的根本主张。以后便是“阐证本事”了。依他的见解，下面这些人是可考的：

1. 贾宝玉，伪朝之帝系也；宝玉者，传国玺之义也，即指胤礽（康熙帝的太子，后被废）。（页十～二二）

2.《石头记》叙巧姐事，似亦指胤礽，巧字与礽字形相似也。……（页二三～二五）

3. 林黛玉影朱竹垞（朱彝尊）也。绛珠，影其氏也。居潇湘馆，影其竹垞之号也。……（页二五～二七）

4. 薛宝钗，高江村（高士奇）也。薛者，雪也。林和靖诗，“雪满山中高士卧，月明林下美人来。”用薛字以影江村之姓名（高士奇）也。……（页二八～四二）

5. 探春影徐健庵也。健庵名乾学，乾卦作“☰”，故曰三姑娘。健庵以进士第三人及第，通称探花，故名探春。……（页四二～四七）

6. 王熙凤影余国柱也。王即柱字偏旁之省，国字俗写作“国”，故熙凤之夫曰琏，言二王字相连也。……（页四七～六一）

7. 史湘云，陈其年也。其年又号迦陵。史湘云佩金麒麟，当是

“其”字“陵”字之借音。氏以史者，其年尝以翰林院检讨纂修《明史》也。……（页六一～七一）

8. 妙玉，姜西溟（姜宸英）也。姜为少女，以妙代之。《诗》曰，“美如玉”，“美如英”。玉字所以代英字也（从徐柳泉说）。……（页七二～八七）

9. 惜春，严荪友也。……（页八七～九一）

10. 宝琴，冒辟疆也。……（页九一～九五）

11. 刘姥姥，汤潜庵（汤斌）也。……（页九五～百十）

蔡先生这部书的方法是：每举一人，必先举他的事实，然后引《红楼梦》中情节来配合。我这篇文里，篇幅有限，不能表示他的引书之多和用心之勤：这是我很抱歉的。但我总觉得蔡先生这么多的心力都是白白的浪费了，因为我总觉得他这部书到底还只是一种很牵强的附会。我记得从前有个灯谜，用杜诗“无边落木萧萧下”来打一个“日”字。这个谜，除了做谜的人自己，是没有人猜得中的。因为做谜的人先想着南北朝的齐和梁两朝都是姓萧的；其次，把“萧萧下”的“萧萧”解作两个姓萧的朝代；其次，二萧的下面是那姓陈的陈朝。想着了“陈”字，然后把偏旁去掉（无边），再把“东”字里的“木”字去掉（落木），剩下“日”字，才是谜底！你若不能绕这许多弯子，休想猜谜！假使做《红楼梦》的人当日真个用王熙凤来影余国柱，真个想着“王即柱字偏旁之省，国字俗写作‘国’，故熙凤之夫曰琏，言二王字相连也”——假使他真如此思想，他岂不真成了一个大笨伯了吗？他费了那么大气力，到底只做了“国”字和“柱”字的一小部分；还有这两个字的其余部分和那最重要的“余”字，都不曾做到“谜面”里去！这样做的谜，可不是笨谜吗？用麒麟来影“其年”的其，“迦陵”的陵；用三姑娘来影“乾学”的“乾”：假使真有这种影射法，都是同样的笨谜！假使一部《红楼梦》

真是一串这么样的笨谜，那就真不值得猜了！

我且再举一条例来说明这种“索隐”（猜谜）法的无益。蔡先生引蒯若木先生的话，说刘姥姥即是汤潜庵：

> 潜庵受业于孙夏峰（孙奇逢，清初的理学家）凡十年。夏峰之学本以象山（陆九渊）、阳明（王守仁）为宗。《石头记》，“刘姥姥之女婿曰王狗儿，狗儿之父曰王成。其祖上曾与凤姐之祖，王夫人之父认识；因贪王家势利，便连了宗”。似指此。

其实《红楼梦》里的王家既不是专指王阳明的学派，此处似不应该忽然用王家代表王学。况且从汤斌想到孙奇逢，从孙奇逢想到王阳明学派，再从阳明学派想到王夫人一家，又从王家想到王狗儿的祖上，又从王狗儿转到他的丈母刘姥姥——这个谜可不是比那“无边落木萧萧下”的谜还更难猜吗？蔡先生又说《石头记》第三十九回刘姥姥说的“抽柴”一段故事是影汤斌毁五通祠的事；刘姥姥的外孙板儿影的是汤斌买的一部《廿一史》；他的外孙女青儿影的是汤斌每天吃的韭菜！这种附会已是很滑稽的了。最妙的是第六回凤姐给刘姥姥二十两银子，蔡先生说这是影汤斌死后徐乾学赙送的二十金；又第四十二回凤姐又送姥姥八两银子，蔡先生说这是影汤斌死后惟遗俸银八两。这八两有了下落了，那二十两也有了下落了；但第四十二回王夫人还送了刘姥姥两包银子，每包五十两，共是一百两，这一百两可就没有下落了！因为汤斌一生的事实没有一件可恰合这一百两银子的，所以这一百两虽然比那二十八两更重要，到底没有“索隐”的价值！这种完全任意的去取，实在没有道理，故我说蔡先生的《〈石头记〉索隐》也还是一种很牵强的附会。

第三派的《红楼梦》附会家，虽然略有小小的不同，大致都主张《红楼梦》记的是纳兰成德的事。成德后改名性德，字容若，是康熙朝宰相明珠的儿子。陈康祺的《郎潜纪闻二笔》（即《燕下乡脞录》）卷五说：

先师徐柳泉先生云："小说《红楼梦》一书即记故相明珠家事；金钗十二，皆纳兰侍卫（成德官侍卫）所奉为上客者也。宝钗影高澹人，妙玉即影西溟（姜宸英）。……"徐先生言之甚详，惜余不尽记忆。

又俞樾的《小浮梅闲话》（《曲园杂纂》三十八）说：

《红楼梦》一书，世传为明珠之子而作。……明珠子名成德，字容若。《通志堂经解》每一种有纳兰成德容若序，即其人也。恭读乾隆五十一年二月二十九日上谕："成德于康熙十一年壬子科中式举人，十二年癸丑科中式进士，年甫十六岁。"（适按此谕不见于《东华录》，但载于《通志堂经解》之首。）然则其中举人止十五岁，于书中所述颇合也。

钱静方先生的《红楼梦考》（附在《〈石头记〉索隐》之后，页一二一～一三〇）也颇有赞成这种主张的倾向。钱先生说：

是书力写宝黛痴情。黛玉不知所指何人。宝玉固全书之主人翁，即纳兰侍御也。使侍御而非深于情者，则焉得有此倩影？余读《饮水词抄》，不独于宾从间得欣合之欢，而尤于闺房内致缠绵之意。即黛玉葬花一段，亦从其词中脱卸而出。是黛玉虽影他人，亦实影侍御之德配也。

这一派的主张，依我看来，也没有可靠的根据，也只是一种很牵强的附会。1. 纳兰成德生于顺治十一年（西历一六五四），死于康熙二十四年（西历一六八五），年三十一岁。他死时，他的父亲明珠正在极盛的时代（大学士加太子太傅，不久又晋太子太师）。我们如何可说那眼见贾府兴亡的宝玉是指他呢？ 2. 俞樾引乾隆五十一年上谕说成德中举人时止十五岁，其实连那上谕都是错的。成德生于顺治十一年；康熙壬子，他中举人时，年十八；明年癸丑，他中进士，年十九。徐乾学做的《墓志铭》与韩菼做的《神道碑》，都如此说。乾隆帝因为硬要否认《通志堂经解》的许多序是成德做的，故说他中进士时年止十六岁（也许成德应试时故意减少三岁，而乾隆帝但依据履历上的年岁）。无论如何，我们不可用宝玉中举的年岁来附会成德。若宝玉中举的年岁可以附会成德，我们也可以用成德中进士和殿试的年岁来证明宝玉不是成德了！ 3. 至于钱先生说的纳兰成德的夫人即是黛玉，似乎更不能成立。成德原配卢氏，为两广总督兴祖之女，续配官氏，生二子一女。卢氏早死，故《饮水词》中有几首悼亡的词。钱先生引他的悼亡词来附会黛玉，其实这种悼亡的诗词，在中国旧文学里，何止几千首？况且大致都是千篇一律的东西。若几首悼亡词可以附会林黛玉，林黛玉真要成“人尽可夫”了！ 4. 至于徐柳泉说大观园里十二金钗都是纳兰成德所奉为上客的一班名士，这种附会法与《〈石头记〉索隐》的方法有同样的危险。即如徐柳泉说妙玉影姜宸英，那么，黛玉何以不可附会姜宸英？晴雯何以不可附会姜宸英？又如他说宝钗影高士奇，那么袭人也可以影高士奇了，凤姐更可以影高士奇了。我们试读姜宸英祭纳兰成德的文：

兄一见我，怪我落落；转亦以此，赏我标格。……数兄知我，其端非一。我常箕踞对客欠伸，兄不余傲，知我任真。我时嫚骂，无问高爵，兄不余狂，知余疾恶。激昂论事，眼睁舌挢，兄为抵掌，助之叫号。有时对酒，雪涕悲歌，谓余失志，孤愤则那？彼何人斯，实应且憎，余色拒之，兄门固扃。

妙玉可当得这种交情吗？这可不更像黛玉吗？我们又试读郭琇参劾高士奇的奏疏：

……久之，羽翼既多，遂自立门户。……凡督抚藩臬道府厅县以及在内之大小卿员，皆王鸿绪等为之居停哄骗而夤缘照管者，馈至成千累万；即不属党护者，亦有常例，名之曰平安钱。然而人之肯为贿赂者，盖士奇供奉日久，势焰日张，人皆谓之门路真，而士奇遂自忘乎其为撞骗，亦居之不疑，曰，我之门路真。……以觅馆糊口之穷儒，而今忽为数百万之富翁。试问金从何来？无非取给于各官。然官从何来？非侵国帑，即剥民膏。夫以国帑民膏而填无厌之溪壑，是士奇等真国之蠹而民之贼也。……（清史馆本传，《耆献类徵》六十）

宝钗可当得这种罪名吗？这可不更像凤姐吗？我举这些例的用意是要说明这种附会完全是主观的，任意的，最靠不住的，最无益的。钱静方先生说的好：“要之，《红楼》一书，空中楼阁。作者第由其兴会所至，随手拈来，初无成意。即或有心影射，亦不过若即若离，轻描淡写，如画师所绘之百像图，类似者固多，苟细按之，终觉貌是而神非也。”

二

我现在要忠告诸位爱读《红楼梦》的人："我们若想真正了解《红楼梦》，必须先打破这种种牵强附会的《红楼梦》谜学！"

其实做《红楼梦》的考证，尽可以不用那种附会的法子。我们只须根据可靠的版本与可靠的材料，考定这书的著者究竟是谁，著者的事迹家世，著书的时代，这书曾有何种不同的本子，这些本子的来历如何。这些问题乃是《红楼梦》考证的正当范围。

我们先从"著者"一个问题下手。

本书第一回说这书原稿是空空道人从一块石头上抄写下来的，故名《石头记》；后来空空道人改名情僧，遂改《石头记》为《情僧录》；东鲁孔梅溪题为《风月宝鉴》；后因曹雪芹于悼红轩中，披阅十载，增删五次，纂成目录，分出章回，又题曰《金陵十二钗》，并题一绝，即此便是《石头记》的缘起。诗云：

满纸荒唐言，一把辛酸泪。都云作者痴，谁解其中味？

第百二十回又提起曹雪芹传授此书的缘由。大概"石头"与空空道人等名目都是曹雪芹假托的缘起，故当时的人多认这书是曹雪芹做的。袁枚的《随园诗话》卷二中有一条说：

康熙间，曹练亭（练当作楝）为江宁织造，每出拥八驺，必携书一本，观玩不辍。人问："公何好学？"曰："非也。我非地方官而百姓见我必起立，我心不安，故藉此遮目耳。"素与江宁太守陈鹏年不相中，及陈获罪，乃密疏荐陈。人以此重之。

其子雪芹撰《红楼梦》一书，备记风月繁华之盛。中有所谓大观园者，即余之随园也。明我斋读而羡之（坊间刻本无此七字）。当时红楼中有某校书尤艳，我斋题云（此四字坊间刻本作“雪芹赠云”，今据原刻本改正）：

病容憔悴胜桃花，午汗潮回热转加；
犹恐意中人看出，强言今日较差些。
威仪棣棣若山河，应把风流夺绮罗，
不似小家拘束态，笑时偏少默时多。

我们现在所有的关于《红楼梦》的旁证材料，要算这一条为最早。近人征引此条，每不全录，他们对于此条的重要，也多不曾完全懂得。这一条记载的重要，凡有几点：

1. 我们因此知道乾隆时的文人承认《红楼梦》是曹雪芹做的。

2. 此条说曹雪芹是曹楝亭的儿子（又《随园诗话》卷十六也说“雪芹者，曹练亭织造之嗣君也。”但此说实是错的，说详后）。

3. 此条说大观园即是后来的随园。

俞樾在《小浮梅闲话》里曾引此条的一小部分，又加一注，说：

纳兰容若《饮水词集》有《满江红》词，为曹子清题其先人所构楝亭，即雪芹也。

俞樾说曹子清即雪芹，是大谬的。曹子清即曹楝亭，即曹寅。

我们先考曹寅是谁。吴修的《昭代名人尺牍小传》卷十二说：

曹寅，字子清，号楝亭，奉天人，官通政司使，江宁织造。校刊古书甚精，有扬州局刻《五韵》、《楝亭十二种》，盛行于世。著《楝亭诗抄》。

《扬州画舫录》卷二说：

曹寅，字子清，号楝亭，满洲人，官两淮盐院。工诗词，善书，著有《楝亭诗集》。刊秘书十二种，为《梅苑》、《声画集》、《法书考》、《琴史》、《墨经》、《砚笺》、刘后山（当作刘后村）《千家诗》、《禁扁》、《钓矶立谈》、《都城纪胜》、《糖霜谱》、《录鬼簿》。今之仪征余园门榜"江天传舍"四字，是所书也。

这两条可以参看。又韩菼的《有怀堂文稿》里有《楝亭记》一篇说：

荔轩曹使君性至孝。自其先人董三服官江宁，于署中手植楝树一株，绝爱之，为亭其间，尝憩息于斯。后十余年，使君适自苏移节，如先生之任，则亭颇坏，为新其材，加垩焉，而亭复完。

据此可知曹寅又字荔轩，又可知《饮水词》中的楝亭的历史。

最详细的记载是章学诚的《丙辰札记》：

曹寅为两淮巡盐御史，刻古书凡十五种，世称"曹楝亭本"是也。康熙四十三年，四十五年，四十七年，四十九年，间年一任，与同旗李煦互相番代。李于四十四年，四十六年，四十八年，与曹互代；五十年，五十一年，五十二年，五十五年，五十六年，又连任，较曹用事为久矣。然曹至今为学士大夫所称，而李无闻焉。

不幸章学诚说的那“至今为学士大夫所称”的曹寅，竟不曾留下一篇传记给我们做考证的材料，《耆献类征》与《碑传集》都没有曹寅的碑传。只有宋和的《陈鹏年传》(《耆献类征》卷一六四，页一八以下）有一段重要的纪事：

乙酉（康熙四十四年），上南巡（此康熙帝第五次南巡）。总督集有司议供张，欲于丁粮耗加三分。有司皆慑服，唯唯。独鹏年（江宁知府陈鹏年）不服，否否。总督怏怏，议虽寝，则欲抉去鹏年矣。

无何，车驾由龙潭幸江宁。行宫草创（按此指龙潭之行宫），欲抉去之者因以是激上怒。时故庶人（按此即康熙帝的太子胤礽，至四十七年被废）从幸，更怒，欲杀鹏年。

车驾至江宁，驻跸织造府。一日，织造幼子嬉而过于庭，上以其无知也，曰，“儿知江宁有好官乎？”曰，“知有陈鹏年。”时有致政大学士张英来朝，上……使人问鹏年，英称其贤。而英则庶人之所傅，乃谓庶人曰：“尔师傅贤之，如何杀之？”庶人犹欲杀之。

织造曹寅免冠叩头，为鹏年请。当是时，苏州织造李某伏寅后，为寅婕（字不见于字书，似有儿女亲家的意思），见寅血被额，恐触上怒，阴曳其衣，警之。寅怒而顾之曰，“云何也？”复叩头，阶有声，竟得请。出，巡抚宋荦逆之曰，“君不愧朱云折槛矣！”

又我的朋友顾颉刚在《江南通志》里查出江宁织造的职官如下表：

康熙二年～二十三年　　　　曹玺

康熙二十三年～三十一年	桑格
康熙三十一年～五十二年	曹寅
康熙五十二年～五十四年	曹颙
康熙五十四年～雍正六年	曹頫
雍正六年以后	隋赫德

又苏州织造的职官如下表：

康熙二十九年～三十二年	曹寅
康熙三十二年～六十一年	李煦

这两表的重要，我们可以分开来说：

1. 曹玺，字完璧，是曹寅的父亲。颉刚引《上元江宁两县志》道：“织局繁剧，玺至，积弊一清。陛见，陈江南吏治极详，赐蟒服，加一品，御书‘敬慎’扁额。卒于位。子寅。”

2. 因此可知曹寅当康熙二十九年～三十二年时，做苏州织造；三十一年～三十二年，他兼任江宁织造；三十二年以后，他专任江宁织造二十年。

3. 康熙帝六次南巡的年代，可与上两表参看：

康熙二三	一次南巡	曹玺为苏州织造
二八	二次南巡	
三八	三次南巡	曹寅为江宁织造
四二	四次南巡	同上
四四	五次南巡	同上

四六　六次南巡　　　　同上

4. 颉刚又考得“康熙南巡，除第一次到南京驻跸将军署外，余五次均把织造署当行宫。”这五次之中，曹寅当了四次接驾的差。又《振绮堂丛书》内有《圣驾五幸江南恭录》一卷，记康熙四十四年的第五次南巡，写曹寅既在南京接驾，又以巡盐御史的资格赶到扬州接驾；又记曹寅进贡的礼物及康熙帝回銮时赏他通政使司通政使的事，甚详细，可以参看。

5. 曹颙与曹頫都是曹寅的儿子。曹寅的《楝亭诗抄》别集有郭振基序，内说“侍公函丈有年，今公子继任织部，又辱世讲”。是曹颙之为曹寅儿子，已无可疑。曹頫大概是曹颙的兄弟。（说详下）

又《四库全书提要》谱录类食谱之属存目里有一条说：

> 《居常饮馔录》一卷。（编修程晋芳家藏本）
>
> 国朝曹寅撰。寅字子清，号楝亭，镶蓝旗汉军。康熙中，巡视两淮盐政，加通政司衔。是编以前代所传饮膳之法汇成一编：一曰，宋王灼《糖霜谱》；二三曰，宋东谿遁叟《粥品》及《粉面品》；四曰，元倪瓒《泉史》；五曰，元海滨逸叟《制脯鲊法》；六曰，明王叔承《酿录》；七曰，明释智舷《茗笺》；八九曰，明灌畦老叟《蔬香谱》及《制蔬品法》。中间《糖霜谱》，寅已刻入所辑《楝亭十种》；其他亦颇散见于《说郛》诸书云。

又《提要》别集类存目里有一条：

> 《楝亭诗抄》五卷，附《词抄》一卷。（江苏巡抚采进本）
>
> 国朝曹寅撰。寅有《居常饮馔录》，已著录。其诗一刻于扬州，

计盈千首；再刻于仪征，则寅自汰其旧刻，而吴尚中开雕于东园者。此本即仪征刻也。其诗出入于白居易、苏轼之间。

《提要》说曹家是镶蓝旗人，这是错的。《八旗氏族通谱》有曹锡远一系，说他家是正白旗人，当据以改正。但我们因《四库提要》提起曹寅的诗集，故后来居然寻着他的全集，计《楝亭诗抄》八卷，《文抄》一卷，《词抄》一卷，《诗别集》四卷，《词别集》一卷（天津公园图书馆藏）。从他的集子里，我们得知他生于顺治十五年戊戌（一六五八）九月七日，他死时大概在康熙五十一年（一七一二）的下半年，那时他五十五岁。他的诗颇有好的，在八旗的诗人之中，他自然要算一个大家了（他的诗在铁保辑的《八旗人诗抄》——改名《熙朝雅颂集》——里占一全卷的地位。）当时的文学大家，如朱彝尊、姜宸英等，都为《楝亭诗抄》作序。

以上关于曹寅的事实，总结起来，可以得几个结论：

1. 曹寅是八旗的世家，几代都在江南做官。他的父亲曹玺做了二十一年的江宁织造；曹寅自己做了四年的苏州织造，做了二十一年的江宁织造，同时又兼做了四次的两淮巡盐御史。他死后，他的儿子曹颙接着做了三年的江宁织造，他的儿子曹頫接下去做了十三年的江宁织造。他家祖孙三代四个人总共做了五十八年的江宁织造。这个织造真成了他家的“世职”了。

2. 当康熙帝南巡时，他家曾办过四次以上的接驾的差。

3. 曹寅会写字，会做诗词，有诗词集行世；他在扬州曾管领《全唐诗》的刻印，扬州的诗局归他管理甚久；他自己又刻有二十几种精刻的书。（除上举各书外，尚有《周易本义》、《施愚山集》等；朱彝尊的《曝书亭集》也是曹寅捐赀倡刻的，刻未完而死。）他家中藏书极多，精本有三千二百八十七种之多（见他的《楝亭书目》，京师图书馆有抄本），可见他的家庭富有文学美术的环境。

4. 他生于顺治十五年，死于康熙五十一年（一六五八～一七一二）。

以上是曹寅的略传与他的家世。曹寅究竟是曹雪芹的什么人呢？袁枚在《随园诗话》里说曹雪芹是曹寅的儿子。这一百多年以来，大家多相信这话，连我在这篇《考证》的初稿里也信了这话。现在我们知道曹雪芹不是曹寅的儿子，乃是他的孙子。最初改正这个大错的是杨钟羲先生。杨先生编有《八旗文经》六十卷，又著有《雪桥诗话》三编，是一个最熟悉八旗文献掌故的人。他在《雪桥诗话》续集卷六，页二三，说：

> 敬亭（清宗室敦诚字敬亭）……尝为《琵琶亭传奇》一折，曹雪芹（霑）题句有云："白傅诗灵应喜甚，定教蛮素鬼排场。"雪芹为楝亭通政孙，平生为诗，大概如此，竟坎坷以终。敬亭挽雪芹诗有"牛鬼遗文悲李贺，鹿车荷锸葬刘伶"之句。

这一条使我们知道三个要点：

（一）曹雪芹名霑。

（二）曹雪芹不是曹寅的儿子，是他的孙子（《中国人名大辞典》页九九〇作"名霑，寅子"，似是根据《雪桥诗话》而误改其一部分。）

（三）清宗室敦诚的诗文集内必有关于曹雪芹的材料。

敦诚字敬亭，别号松堂，英王之裔。他的轶事也散见《雪桥诗话》初、二集中。他有《四松堂集》诗二卷，文二卷，《鹪鹩轩笔麈》一卷。他的哥哥名敦敏，字子明，有《懋斋诗抄》。我从此便到处访求这两个人的集子，不料到如今还不曾寻到手。我今年夏间到上海，写信去问杨钟羲先生，他回信说，曾有《四松堂集》，但辛亥乱后遗失了。我虽然很失望，但杨先生既然根据《四松堂集》说曹雪芹是曹寅之孙，这话自然万无可疑。因为敦诚兄弟都是雪芹的好朋友，他们的证见自然是可信的。

我虽然未见敦诚兄弟的全集，但《八旗人诗抄》(《熙朝雅颂集》) 里有他们兄弟的诗一卷。这一卷里有关于曹雪芹的诗四首，我因为这种材料颇不易得，故把这四首全抄于下：

赠曹雪芹　　敦敏

碧水青山曲径遐，薜萝门巷足烟霞。

寻诗人去留僧壁，卖画钱来付酒家。

燕市狂歌悲遇合，秦淮残梦忆繁华。

新愁旧恨知多少，都付酕醄醉眼斜。

访曹雪芹不值　敦敏

野浦冻云深，柴扉晚烟薄。

山村不见人，夕阳寒欲落。

佩刀质酒歌　　敦诚

秋晓遇雪芹于槐园，风雨淋涔，朝寒袭袂。时主人未出，雪芹酒渴如狂，余因解佩刀沽酒而饮之。雪芹欢甚，作长歌以谢余。余亦作此答之。

我闻贺鉴湖，不惜金龟掷酒垆。

又闻阮遥集，直卸金貂作鲸吸。

嗟余本非二子狂，腰间更无黄金珰。

秋气酿寒风雨恶，满园榆柳飞苍黄。
主人未出童子睡，斝乾瓮涩何可当！
相逢况是淳于辈，一石差可温枯肠，
身外长物亦何有？鸾刀昨夜磨秋霜。
且酤满眼作软饱，……令此肝肺生角芒。
曹子大笑称“快哉”！击石作歌声琅琅。
知君诗胆昔如铁，堪与刀颖交寒光。
我有古剑尚在匣，一条秋水苍波凉。
君才抑塞倘欲拔，不妨斫地歌王郎。

寄怀曹雪芹　　敦诚

少陵昔赠曹将军，曾曰魏武之子孙。
嗟君或亦将军后，于今环堵蓬蒿屯。
扬州旧梦久已绝，且著临邛犊鼻裈。
爱君诗笔有奇气，直追昌谷披篱樊。
当时虎门数晨夕，西窗剪烛风雨昏。
接䍦倒著容君傲，高谈雄辩虱手扪。
感时思君不相见，蓟门落日松亭尊。
劝君莫弹食客铗，劝君莫叩富儿门。
残杯冷炙有德色，不如著书黄叶村。

我们看这四首诗，可想见他们弟兄与曹雪芹的交情是很深的。他们的证见真是史学家说的“同时人的证见”，有了这种证据，我们不能不认袁枚为误记了。

这四首诗中，有许多可注意的句子。

第一，如“秦淮残梦忆繁华”，如“于今环堵蓬蒿屯，扬州旧梦久已绝，且著临邛犊鼻裈”，如“劝君莫弹食客铗，劝君莫叩富儿门；残杯冷炙有德色，不如著书黄叶村”，都可以证明曹雪芹当时已很贫穷，穷的很不像样了，故敦诚有“残杯冷炙有德色”的劝戒。

第二，如“寻诗人去留僧壁，卖画钱来付酒家”，如“知君诗胆昔如铁”，如“爱君诗笔有奇气，直追昌谷披篱樊”，都可以使我们知道曹雪芹是一个会作诗又会绘画的人。最可惜的是曹雪芹的诗现在只剩得“白傅诗灵应喜甚，定教蛮素鬼排场”两句了。但单看这两句，也就可以想见曹雪芹的诗大概是很聪明的，很深刻的。敦诚弟兄比他做李贺，大概很有点相像。

第三，我们又可以看出曹雪芹在那贫穷潦倒的境遇里，很觉得牢骚抑郁，故不免纵酒狂歌，自寻排遣。上文引的如“雪芹酒渴如狂”，如“相逢况是淳于辈，一石差可温枯肠”，如“新愁旧恨知多少，都付酕醄醉眼斜”，如“鹿车荷锸葬刘伶”，都可以为证。

我们既知道曹雪芹的家世和他自身的境遇了，我们应该研究他的年代。这一层颇有点困难，因为材料太少了。敦诚有挽雪芹的诗，可见雪芹死在敦诚之前。敦诚的年代也不可详考。但《八旗文经》里有几篇他的文字，有年月可考：如《拙鹊亭记》作于辛丑初冬，如《松亭再征记》作于戊寅正月，如《祭周立厓文》中说：“先生与先公始交时在戊寅己卯间；是时先生……每过静补堂，……诚尝侍几杖侧。……迨庚寅先公即世，先生哭之过时而哀……诚追述平生，……回念静补堂几杖之侧，已二十余年矣。”今作一表，如下：

乾隆二三，戊寅（一七五八）

乾隆二四，己卯（一七五九）

乾隆三五，庚寅（一七七〇）

乾隆四六，辛丑（一七八一），自戊寅至此，凡二十三年。

清宗室永忠（臞仙）为敦诚作葛巾居的诗，也在乾隆辛丑。敦诚之父死于庚寅，他自己的死期大约在二十年之后，约当乾隆五十余年。纪昀为他的诗集作序，虽无年月可考，但纪昀死于嘉庆十年（一八〇五），而序中的语意都可见敦诚死已甚久了。故我们可以猜定敦诚大约生于雍正初年（约一七二五），死于乾隆五十余年（约一七八五～一七九〇）。

敦诚兄弟与曹雪芹往来，从他们赠答的诗看起来，大概都在他们兄弟中年以前，不像在中年以后。况且《红楼梦》当乾隆五十六七年时已在社会上流通了二十余年了（说详下）。以此看来，我们可以断定曹雪芹死于乾隆三十年左右（约一七六五）。至于他的年纪，更不容易考定了。但敦诚兄弟的诗的口气，很不像是对一位老前辈的口气。我们可以猜想雪芹的年纪至多不过比他们大十来岁，大约生于康熙末叶（约一七一五～一七二〇）；当他死时，约五十岁左右。

以上是关于著者曹雪芹的个人和他的家世的材料。我们看了这些材料，大概可以明白《红楼梦》这部书是曹雪芹的自叙传了。这个见解，本来并没有什么新奇，本来是很自然的。不过因为《红楼梦》被一百多年来的红学大家越说越微妙了，故我们现在对于这个极平常的见解反觉得他有证明的必要了。我且举几条重要的证据如下：

第一，我们总该记得《红楼梦》开端时，明明的说着：

作者自云曾历过一番梦幻之后，故将真事隐去，而借“通灵”

> 说此《石头记》一书也；……自己又云：'今风尘碌碌，一事无成，忽念及当日所有之女子，一一细考较去，觉其行止见识皆出我之上；我堂堂须眉，诚不若彼裙钗；……当此日，则欲将已往所赖天恩祖德，锦衣纨裤之时，饫甘餍肥之日，背父兄教育之恩，负师友规训之德，以致今日一技无成、半生潦倒之罪，编述一集，以告天下。

这话说的何等明白！《红楼梦》明明是一部"将真事隐去"的自叙的书。若作者是曹雪芹，那么，曹雪芹即是《红楼梦》开端时那个深自忏悔的"我"！即是书里的甄贾（真假）两个宝玉的底本！懂得这个道理，便知书中的贾府与甄府都只是曹雪芹家的影子。

第二，第一回里那石头说道：

> 我想历来野史的朝代，无非假借"汉"、"唐"的名色；莫如我这石头所记，不借此套，只按自己的事体情理，反倒新鲜别致。

又说：

> 更可厌者，"之乎者也"，非理即文，大不近情，自相矛盾：竟不如我这半世亲见亲闻的几个女子，虽不敢说强似前代书中所有之人，但观其事迹原委，亦可消愁破闷。

他这样明白清楚的说"这书是我自己的事体情理"，"是我半世亲见亲闻的"；而我们偏要硬派这书是说顺治帝的，是说纳兰成德的！这岂不是作茧自缚吗？

第三，《红楼梦》第十六回有谈论南巡接驾的一大段，原文如下：

凤姐笑道："……可恨我小几岁年纪，若早生二三十年，如今这些老人家也不薄我没见世面了。说起当年太祖皇帝仿舜巡的故事，比一部书还热闹，我偏偏的没赶上。"

赵嬷嬷（贾琏的乳母）道："嗳哟！那可是千载难逢的！那时候我才记事儿。咱们贾府正在姑苏扬州一带监造海船，修理海塘，只预备接驾一次，把银子花得像淌海水似的！说起来——"

凤姐忙接道："我们王府里也预备过一次。那时我爷爷专管各国进贡朝贺的事，凡有外国人来，都是我们家养活。粤、闽、滇、浙所有的洋船货物都是我们家的。"

赵嬷嬷道："那是谁不知道的？……如今还有现在江南的甄家，嗳哟！好势派！独他们家接驾四次，要不是我们亲眼看见，告诉谁也不信的。别讲银子成了粪土，凭是世上有的，没有不是堆山积海的。'罪过可惜'四个字竟顾不得了！"

凤姐道："我常听见我们太爷说，也是这样的。岂有不信的？只纳罕他家怎么就这样富贵呢？"

赵嬷嬷道："告诉奶奶一句话：也不过拿着皇帝家的银子往皇帝身上使罢了！谁家有那些钱买这个虚热闹去？"

此处说的甄家与贾家都是曹家。曹家几代在江南做官，故《红楼梦》里的贾家虽在"长安"，而甄家始终在江南。上文曾考出康熙帝南巡六次，曹寅当了四次接驾的差，皇帝就住在他的衙门里。《红楼梦》差不多全不提起历史上的事实，但此处却郑重的说起"太祖皇帝仿舜巡的故事"，大概是因为曹家四次接驾乃是很不常见的盛事，故曹雪芹不知不觉的——

或是有意的——把他家这桩最阔的大典说了出来。这也是敦敏送他的诗里说的“秦淮旧梦忆繁华”了。但我们却在这里得着一条很重要的证据。因为一家接驾四五次，不是人人可以随便有的机会。大官如督抚，不能久任一处，便不能有这样好的机会。只有曹寅做了二十年江宁织造，恰巧当了四次接驾的差。这不是很可靠的证据吗？

第四，《红楼梦》第二回叙荣国府的世次如下：

自荣国公死后，长子贾代善袭了官，娶的是金陵世家史侯的小姐为妻，生了两个儿子：长名贾赦，次名贾政。如今代善早已去世，太夫人尚在。长子贾赦袭了官，为人平静中和，也不管理家务。次子贾政，自幼酷喜读书，为人端方正直；祖父钟爱，原要他以科甲出身的。不料代善临终时，遗本一上，皇上因恤先臣，即时令长子袭官外，问还有几子，立刻引见；遂又额外赐了这政老爷一个主事之职。令其入部学习；如今已升了员外郎。

我们可用曹家的世系来比较：

曹锡远，正白旗包衣人。世居沈阳地方，来归年月无考。其子曹振彦，原任浙江盐法道。

孙：曹玺，原任工部尚书；曹尔正，原任佐领。

曾孙：曹寅，原任通政使司通政使；曹宜，原任护军参领兼佐领；曹荃，原任司库。

元孙：曹颙，原任郎中；曹頫，原任员外郎；曹颀，原任二等侍卫，兼佐领；曹天祐，原任州同。（《八旗氏族通谱》卷七十四）

这个世系颇不分明。我们可试作一个假定的世系表如下：

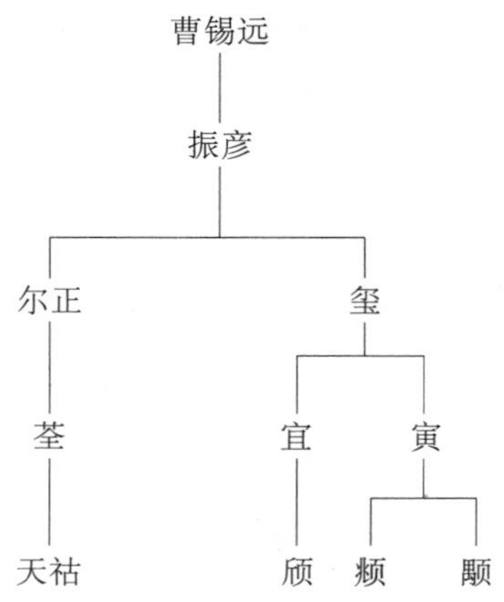

曹寅的《楝亭诗抄别集》中有“辛卯三月闻珍儿殇，书此忍恸，兼示四侄寄东轩诸友”诗三首，其二云：“世出难居长，多才在四三。承家赖犹子，努力作奇男。”四侄即颀，那排行第三的当是那小名珍儿的了。如此看来，颙与頫当是行一与行二。曹寅死后，曹颙袭织造之职。到康熙五十四年，曹颙或是死了，或是因事撤换了，故次子曹頫接下去做。织造是内务府的一个差使，故不算做官，故《氏族通谱》上只称曹寅为通政使，称曹頫为员外郎。但《红楼梦》里的贾政，也是次子，也是先不袭爵，也是员外郎。这三层都与曹頫相合，故我们可以认贾政即是曹頫；因此，贾宝玉即是曹雪芹，即是曹頫之子，这一层更容易明白了。

第五，最重要的证据自然还是曹雪芹自己的历史和他家的历史。《红楼梦》虽没有做完（说详下），但我们看了前八十回，也就可以断定：(1)贾家必致衰败，(2)宝玉必致沦落。《红楼梦》开端便说，“风尘碌碌，一事无成”；又说，“一技无成，半生潦倒”；又说，“当此蓬牖茅椽，绳床瓦灶”。这是明说此书的著者——即是书中的主人翁——当著书时，已在那穷愁不幸的境地。况且第十三回写秦可卿死时在梦中对凤姐说的话，句句明说贾家将来必到“树倒猢狲散”的地步。所以我们即使不信后四十回（说详下）抄家和宝玉出家的话，也可以推想贾家的衰败和宝玉的流落了。我们再回看上文引的敦诚兄弟送曹雪芹的诗，可以列举雪芹一生的历史如下：

1. 他是做过繁华旧梦的人。

2. 他有美术和文学的天才，能做诗，能绘画。

3. 他晚年的境况非常贫穷潦倒。

这不是贾宝玉的历史吗？此外，我们还可以指出三个要点。第一是曹雪芹家自从曹玺、曹寅以来，积成一个很富丽的文学美术的环境。他家的藏书在当时要算一个大藏书家，他家刻的书至今推为精刻的善本。富贵的家庭并不难得，但富贵的环境与文学美术的环境合在一家，在当日的汉人中是没有的，就在当日的八旗世家中，也很不容易寻找了。第二，曹寅是刻《居常饮馔录》的人，《居常饮馔录》所收的书，如《糖霜谱》、《制脯鲊法》、《粉面品》之类，都是专讲究饮食糖饼的做法的。曹寅家做的雪花饼，见于朱彝尊的《曝书亭集》（二十一，页十二），有“粉量云母细，糁和雪糕匀”的称誉。我们读《红楼梦》的人，看贾母对于吃食的讲究，看贾家上下对于吃食的讲究，便知道《居常饮馔录》的遗风未泯，雪花饼的名不虚传！第三，关于曹家衰落的情形，我们虽没有什么材料，但我们知道曹寅的亲家李煦在康熙六十一年已因亏空被革职查追了。雍正《朱批谕旨》第四十八册有雍正元年苏州织造胡凤翚奏折内称：

> 今查得李煦任内亏空各年余剩银两，现奉旨交督臣查弼纳查追外，尚有六十一年办六十年分应存剩银六万三百五十五两零，并

无存库，亦系李煦亏空。……所有历年动用银两数目，另开细折，并呈御览。

又第十三册有两淮巡盐御史谢赐履奏折内称：

窃照两淮应解织造银两，历年遵奉已久。兹于雍正元年三月十六日奉户部咨行，将江苏织造银两停其支给；两淮应解银两，汇行解部……前任盐臣魏廷珍于康熙六十一年内未奉部文停止之先，两次解过苏州织造银五万两。……再本年六月内奉有停止江宁织造之文。查前盐臣魏廷珍经解过江宁织造银四万两，臣任内……解过江宁织造银四万五千一百二十两。……臣请将解过苏州织造银两在于审理李煦亏空案内并追；将解过江宁织造银两行令曹頫解还户部。……

李煦做了三十年的苏州织造，又兼了八年的两淮盐政，到头来竟因亏空被查追。胡凤翚折内只举出康熙六十一年的亏空，已有六万两之多；加上谢赐履折内举出应退还两淮的十万两：这一年的亏空就是十六万两了！他历年亏空的总数之多，可以想见。这时候，曹頫（曹雪芹之父）虽然还未曾得罪，但谢赐履折内已提及两事：一是停止两淮应解织造银两，一是要曹頫赔出本年已解的八万一千余两。这个江宁织造就不好做了。我们看了李煦的先例，就可以推想曹頫的下场也必是因亏空而查追，因查追而抄没家产。关于这一层，我们还有一个很好的证据。袁枚在《随园诗话》里说《红楼梦》里的大观园即是他的随园。我们考随园的历史，可以信此话不是假的。袁枚的《随园记》（《小仓山房文集》十二）说随园本名隋园，主人为康熙时织造隋公。此隋公即是隋赫德即是接曹頫的任的人（袁枚误记为康熙时，实为雍正六年）。袁枚作记在乾隆十四年己巳（一七四九），去曹𫖯卸织造任时甚近，他应该知道这园的历史。我们从此可以推想曹𫖯当雍正六年去职时，必是因亏空被追赔，故这个园子就到了他的继任人的手里。从此以后，曹家在江南的家产都完了，故不能不搬回北京居住。这大概是曹雪芹所以流落在北京的原因。我们看了李煦、曹𫖯两家败落的大概情形，再回头来看《红楼梦》里写的贾家的经济困难情形，便更容易明白了。如第七十二回凤姐夜间梦见人来找他，说娘娘要一百匹锦，凤姐不肯给，他就来夺。

> 旺儿家的笑道："这是奶奶日间操心，惦记应候宫里的事。"一语未了，人回："夏太监打发了一个小内家来说话。"贾琏听了，忙皱眉道："又是什么话！一年他们也搬够了！"凤姐道："你藏起来，等我见他。……"

好容易凤姐弄了二百两银子把那小内监打发开去，

> 这里贾琏出来笑道："这一起外祟，何日是了？"凤姐笑道："刚说着，就来了一股子。"贾琏道："昨儿周太监来，张口一千两。我略应慢了些，他就不自在。将来得罪人之处不少。这会子再发个三二百万的财，就好了。"

又如第五十三回写黑山村庄头乌进孝来贾府纳年例，贾珍与他谈的一段话也很可注意：

> 贾珍皱眉道："我算定你至少也有五千银子来。这够做什么

的？……真真是叫别过年了！”

乌进孝道：“爷的这地方还算好呢！我兄弟离我那里只一百多地，竟又大差了。他现管着那府（荣国府）八处庄地，比爷这边多着几倍，今年也是这些东西，不过二三千两银子，也是有饥荒打呢！”

贾珍道：“如何呢？我这边倒可已，没什么外项大事，不过是一年的费用。……比不得那府里（荣国府），这几年添了许多花钱的事，一定不可免是要花的，却又不添银子产业。这一二年里赔了许多，不和你们要，找谁去？”

乌进孝笑道：“那府里如今虽添了事，有去有来。娘娘和万岁爷岂不赏呢？”

贾珍听了，笑向贾蓉等道：“你们听听，他说的可笑不可笑？”

贾蓉等忙笑道：“你们山坳海沿子上的人，那里知道这道理？娘娘难道把皇上的库给我们不成？……就是赏，也不过一百两金子，才值一千多两银子，够什么？这二年，那一年不赔出几千两银子来？头一年省亲，连盖花园子，你算算那一注花了多少，就知道了。再二年，再省一回亲，只怕就精穷了！”……

贾蓉又说又笑向贾珍道：“果真那府里穷了。前儿我听见二婶娘（凤姐）和鸳鸯悄悄商议，要偷老太太的东西去当银子呢。”

借当的事又见于第七十二回：

（鸳鸯）一面说，一面起身要走。贾琏忙也立起身来，说道：“好姐姐，略坐一坐儿，兄弟还有一事相求。”说着，便骂小丫头：“怎么不沏好茶来？快拿干净盖碗，把昨日进上的新茶沏一碗来！”

说着，向鸳鸯道："这两日，因老太太千秋，所有的几千两都使了。几处房租、地租，统在九月才得，这会子竟接不上。明儿又要送南安府里的礼，又要预备娘娘的重阳节，还有几家红白大礼，至少还得三二千两银子用，一时难去支借。俗语说得好：'求人不如求己。'说不得姐姐担个不是，暂且把老太太查不着的金银家伙，偷着运出一箱子来，暂押千数两银子，支腾过去。"

因为《红楼梦》是曹雪芹"将真事隐去"的自叙，故他不怕琐碎，再三再四的描写他家由富贵变成贫穷的情形。我们看曹寅一生的历史，决不像一个贪官污吏；他家所以后来衰败，他的儿子所以亏空破产，大概都是由于他一家都爱挥霍，爱摆阔架子；讲究吃喝，讲究场面；收藏精本的书，刻行精本的书；交结文人名士，交结贵族大官，招待皇帝，至于四次五次；他们又不会理财，又不肯节省；讲究挥霍惯了，收缩不回来，以致于亏空，以致于破产抄家。《红楼梦》只是老老实实的描写这一个"坐吃山空""树倒猢狲散"的自然趋势。因为如此，所以《红楼梦》是一部自然主义的杰作。那班猜谜的红学大家不晓得《红楼梦》的真价值正在这平淡无奇的自然主义的上面，所以他们偏要绞尽心血去猜那想入非非的笨谜，所以他们偏要用尽心思去替《红楼梦》加上一层极不自然的解释。

总结上文关于"著者"的材料，凡得六条结论：

1.《红楼梦》的著者是曹雪芹。

2. 曹雪芹是汉军正白旗人，曹寅的孙子，曹頫的儿子，生于极富贵之家，身经极繁华绮丽的生活，又带有文学与美术的遗传与环境。他会做诗，也能画，与一班八旗名士往来。但他的生活非常贫苦，他因为不得志，故流为一种纵酒放浪的生活。

3. 曹寅死于康熙五十一年。曹雪芹大概即生于此时，或稍后。

4. 曹家极盛时，曾办过四次以上的接驾的阔差；但后来家渐衰败，大概因亏空得罪被抄没。

5.《红楼梦》一书是曹雪芹破产倾家之后，在贫困之中做的。做书的年代大概当乾隆初年到乾隆三十年左右，书未完而曹雪芹死了。

6.《红楼梦》是一部隐去真事的自叙：里面的甄、贾两宝玉，即是曹雪芹自己的化身；甄、贾两府即是当日曹家的影子（故贾府在“长安”都中，而甄府始终在江南）。

现在我们可以研究《红楼梦》的“本子”问题。现今市上通行的《红楼梦》虽有无数版本，然细细考较去，除了有正书局一本外，都是从一种底本出来的。这种底本是乾隆末年间程伟元的百二十回全本，我们叫他做“程本”。这个程本有两种本子，一种是乾隆五十七年壬子（一七九二）的第一次活字排本，可叫做“程甲本”。一种也是乾隆五十七年壬子程家排本，是用“程甲本”来校改修正的，这个本子可叫做“程乙本”。“程甲本”我的朋友马幼渔教授藏有一部，“程乙本”我自己藏有一部。乙本远胜于甲本，但我仔细审查，不能不承认“程甲本”为外间各种《红楼梦》的底本。各本的错误矛盾，都是根据于“程甲本”的，这是《红楼梦》版本史上一件最不幸的事。

此外，上海有正书局石印的一部八十回本的《红楼梦》，前面有一篇德清戚蓼生的序，我们可叫他做“戚本”。有正书局的老板在这部书的封面上题着“国初抄本《红楼梦》”，又在首页题着“原本《红楼梦》”。那“国初抄本”四个字自然是大错的。那“原本”两字也不妥当。这本已有总评，有夹评，有韵文的评赞，又往往有“题”诗，有时又将评语抄入正文（如第二回），可见已是很晚的抄本，决不是“原本”了。但自程氏两种百二十回本出版以后，八十回本已不可多见。戚本大概是乾隆时无数展转传抄本之中幸而保存的一种，可以用来参校程本，故自有他的相当价值，正不必假托“国初抄本”。

《红楼梦》最初只有八十回，直至乾隆五十六年以后始有百二十回的《红楼梦》，这是无可疑的。程本有程伟元的序，序中说：

> 《石头记》是此书原名，……好事者每传抄一部，置庙市中，昂其值，得数十金，可谓不胫而走者矣。然原本目录一百二十卷，今所藏只八十卷，殊非全本。即间有称全部者，及检阅仍只八十卷，读者颇以为憾。不佞以是书既有百二十卷之目，岂无全璧？爰为竭力搜罗，自藏书家甚至故纸堆中，无不留心。数年以来，仅积有二十余卷。一日，偶于鼓担上得十余卷，遂重价购之，欣然翻阅，见其前后起伏尚属接榫（榫音笋，削木入窍名榫，又名榫头）。然漶漫不可收拾。乃同友人细加厘剔，截长补短，抄成全部，复为镌板，以公同好。《石头记》全书至是始告成矣……小泉程伟元识。

我自己的程乙本还有高鹗的一篇序，中说：

> 予闻《红楼梦》脍炙人口几廿余年，然无全璧，无定本。……今年春，友人程子小泉过予，以其所购全书见示，且曰：“此仆数年铢积寸累之苦心，将付剞劂、公同好，子闲且惫矣，盍分任之？”予以是书虽稗官野史之流，然尚不谬于名教，欣然拜诺，正以波斯奴见宝为幸，遂襄其役。工既竣，并识端末，以告阅者。时乾隆辛亥（一七九一）冬至后五日铁岭高鹗叙并书。

此序所谓“工既竣”，即是程序说的“同友人细加厘剔，截长补短”的整理工夫，并非指刻版的工程。我这部程乙本还有七条“引言”，比两序更重要，今节抄几条于下：

一、是书前八十回，藏书家抄录传阅几三十年矣，今得后四十回合成完璧。缘友人借抄争睹者甚夥，抄录固难，刊板亦需时日，姑集活字刷印。因急欲公诸同好，故初印时不及细校，间有纰缪。今复聚集各原本详加校阅，改订无讹。惟识者谅之。

一、书中前八十回抄本，各家互异；今广集核勘，准情酌理，补遗订讹。其间或有增损数字处，意在便于披阅，非敢争胜前人也。

一、是书沿传既久，坊间缮本及诸家所藏秘稿，繁简歧出，前后错见。即如六十七回，此有彼无，题同文异，燕石莫辨。兹惟择其情理较协者，取为定本。

一、书中后四十回，系就历年所得，集腋成裘，更无他本可考。惟按其前后关照者，略为修辑，使其有应接而无矛盾。至其原文，未敢臆改，俟再得善本，更为厘定。且不欲尽掩其本来面目也。

引言之末，有“壬子花朝后一日，小泉、兰墅又识”一行。兰墅即高鹗。我们看上文引的两序与引言，有应该注意的几点：

1. 高序说“闻《红楼梦》脍炙人口几廿余年”。引言说“前八十回，藏书家抄录传阅几三十年”。从乾隆壬子上数三十年，为乾隆二十七年壬午（一七六二）。今知乾隆三十年间此书已流行，可证我上文推测曹雪芹死于乾隆三十年左右之说大概无大差错。

2. 前八十回，各本互有异同。例如引言第三条说“六十七回，此有彼无，题同文异”。我们试用戚本六十七回与程本及市上各本的六十七回互校，果有许多异同之处，程本所改的似胜于戚本。大概程本当日确曾经过一番“广集核勘，准情酌理，补遗订讹”的工夫，故程本一出即成为定本，其余各抄本多被淘汰了。

3. 程伟元的序里说，《红楼梦》当日虽只有八十回，但原本却有一百二十卷的目录。这话可惜无从考证（戚本目录并无后四十回）。我从前想当时各抄本中大概有些是有后四十回目录的，但我现在对于这一层很有点怀疑了（说详下）。

4. 八十回以后的四十回，据高、程两人的话，是程伟元历年杂凑起来的，——先得二十余卷，又在鼓担上得十余卷，又经高鹗费了几个月整理修辑的工夫，方才有这部百二十回本的《红楼梦》。他们自己说这四十回“更无他本可考”；但他们又说：“至其原文，未敢臆改。”

5.《红楼梦》直到乾隆五十六年（一七九一）始有一百二十回的全本出世。

6. 这个百二十回的全本最初用活字版排印，是为乾隆五十七年壬子（一七九二）的程本。这本又有两种小不同的印本：一、初印本（即程甲本），“不及细校，间有纰缪”。此本我近来见过，果然有许多纰缪矛盾的地方。二、校正印本，即我上文说的程乙本。

7. 程伟元的一百二十回本的《红楼梦》，即是这一百三十年来的一切印本《红楼梦》的老祖宗。后来的翻本，多经过南方人的批注，书中京话的特别俗语往往稍有改换；但没有一种翻本（除了戚本）不是从程本出来的。

这是我们现有的一百二十回本《红楼梦》的历史。这段历史里有一个大可研究的问题，就是“后四十回的著者究竟是谁？”

俞樾的《小浮梅闲话》里考证《红楼梦》的一条说：

《船山诗草》有《赠高兰墅鹗同年》一首云:“艳情人自说红楼。”注云:“《红楼梦》八十回以后，俱兰墅所补。”然则此书非出一手。按乡会试增五言八韵诗，始乾隆朝。而书中叙科场事已有诗，则其为高君所补，可证矣。

俞氏这一段话极重要。他不但证明了程排本作序的高鹗是实有其人，还使我们知道《红楼梦》后四十回是高鹗补的。船山即是张船山，名问陶，是乾隆、嘉庆时代的一个大诗人。他于乾隆五十三年戊申（一七八八）中顺天乡试举人；五十五年庚戌（一七九〇）成进士，选庶吉士。他称高鹗为同年，他们不是庚戌同年，便是戊申同年。但高鹗若是庚戌的新进士，次年辛亥他作《红楼梦》序不会有“闲且惫矣”的话；故我推测他们是戊申乡试的同年。后来我又在《郎潜纪闻二笔》卷一里发见一条关于高鹗的事实：

嘉庆辛酉京师大水，科场改九月，诗题“百川赴巨海”，……闱中罕得解。前十本将进呈，韩城王文端公以通场无知出处为憾。房考高侍读鹗搜遗卷，得定远陈黻卷，极呈荐，遂得南元。

辛酉（一八〇一）为嘉庆六年。据此，我们可知高鹗后来曾中进士，为侍读，且曾做嘉庆六年顺天乡试的同考官。我想高鹗既中进士，就有法子考查他的籍贯和中进士的年分了。果然我的朋友顾颉刚先生替我在《进士题名录》上查出高鹗是镶黄旗汉军人，乾隆六十年乙卯（一七九五）科的进士，殿试第三甲第一名。这一件引起我注意《题名录》一类的工具，我就发愤搜求这一类的书。果然我又在清代《御史题名录》里，嘉庆十四年（一八〇九）下，寻得一条：

高鹗，镶黄旗汉军人，乾隆乙卯进士，由内阁侍读考选江南道御史，刑科给事中。

又《八旗文经》二十三有高鹗的《操缦堂诗稿跋》一篇，末署乾隆四十七年壬寅（一七八二）小阳月。我们可以总合上文所得关于高鹗的材料，作一个简单的《高鹗年谱》如下：

乾隆四七（一七八二），高鹗作《操缦堂诗稿跋》。

乾隆五三（一七八八），中举人。

乾隆五六～五七（一七九一～一七九二），补作《红楼梦》后四十回，并作序例。《红楼梦》百廿回全本排印成。

乾隆六〇（一七九五），中进士，殿试三甲一名。

嘉庆六（一八〇一），高鹗以内阁侍读为顺天乡试的同考官，闱中与张问陶相遇，张作诗送他，有“艳情人自说《红楼》”之句；又有诗注，使后世知《红楼梦》八十回以后是他补的。

嘉庆一四（一八〇九），考选江南道御史，刑科给事中。——自乾隆四七至此，凡二十七年。大概他此时已近六十岁了。

后四十回是高鹗补的，这话自无可疑。我们可约举几层证据如下：

第一，张问陶的诗及注，此为最明白的证据。

第二，俞樾举的“乡会试增五言八韵诗始乾隆朝，而书中叙科场事已有诗”一项。这一项不十分可靠，因为乡会试用律诗，起于乾隆二十一、二年，也许那时《红楼梦》前八十回还没有做成呢。

第三，程序说先得二十余卷，后又在鼓担上得十余卷。此话便是作伪的铁证，因为世间没有这样奇巧的事！

第四，高鹗自己的序，说的很含糊，字里行间都使人生疑。大概他不愿完全埋没他补作的苦心，故引言第六条说："是书开卷略志数语，非云弁首，实因残缺有年，一旦颠末毕具，大快人心；欣然题名，聊以记成书之幸。"因为高鹗不讳他补作的事，故张船山赠诗直说他补作后四十回的事。

但这些证据固然重要，总不如内容的研究更可以证明后四十回与前八十回决不是一个人作的。我的朋友俞平伯先生曾举出三个理由来证明后四十回的回目也是高鹗补作的。他的三个理由是：1. 和第一回自叙的话都不合，2. 史湘云的丢开，3. 不合作文时的程序。这三层之中，第三层姑且不论。第一层是很明显的：《红楼梦》的开端明说"一技无成，半生潦倒"；明说"蓬牖茅椽，绳床瓦灶"；岂有到了末尾说宝玉出家成仙之理？第二层也很可注意。第三十一回的回目"因麒麟伏白首双星"，确是可怪！依此句看来，史湘云后来似乎应该与宝玉做夫妇，不应该此话全无照应。以此看来，我们可以推想后四十回不是曹雪芹做的了。

其实何止史湘云一个人？即如小红，曹雪芹在前八十回里极力描写这个攀高好胜的丫头；好容易他得着了凤姐的赏识，把他提拔上去了；但这样一个重要人才，岂可没有下场？况且小红同贾芸的感情，前面既经曹雪芹那样郑重描写，岂有完全没有结果之理？又如何香菱的结果也决不是曹雪芹的本意。第五回的"十二钗副册"上写香菱结局道：

> 根并荷花一茎香，平生遭际实堪伤。自从两地生孤木，致使芳魂返故乡。

两地生孤木，合成"桂"字。此明说香菱死于夏金桂之手，故第八十回说香菱"血分中有病，加以气怨伤肝，内外挫折不堪，竟酿成干血之症，日渐羸瘦，饮食懒进，请医服药无效”。可见八十回的作者明明的要香菱被金桂磨折死。后四十回里却是金桂死了，香菱扶正：这岂是作者的本意吗？此外，又如第五回“十二钗”册上说凤姐的结局道：“一从二令三人木，哭向金陵事更哀”。这个谜竟无人猜得出，许多批《红楼梦》的人也都不敢下注解。所以后四十回里写凤姐的下场竟完全与这“二令三人木”无关，这个谜只好等上海灵学会把曹雪芹先生请来降坛时再来解决了！此外，又如写和尚送玉一段，文字的笨拙，令人读了作呕。又如写贾宝玉忽然肯做八股文，忽然肯去考举人，也没有道理。高鹗补《红楼梦》时，正当他中举人之后，还没有中进士。如果他补《红楼梦》在乾隆六十年之后，贾宝玉大概非中进士不可了！

以上所说，只是要证明《红楼梦》的后四十回确然不是曹雪芹做的。但我们平心而论，高鹗补的四十回，虽然比不上前八十回，也确然有不可埋没的好处。他写司棋之死，写鸳鸯之死，写妙玉的遭劫，写凤姐的死，写袭人的嫁，都是很有精采的小品文字。最可注意的是这些人都写作悲剧的下场。还有那最重要的“木石前盟”一件公案，高鹗居然忍心害理的教黛玉病死，教宝玉出家，作一个大悲剧的结束，打破中国小说的团圆迷信。这一点悲剧的眼光，不能不令人佩服。我们试看高鹗以后，那许多续《红楼梦》和补《红楼梦》的人，哪一人不是想把黛玉、晴雯都从棺材里扶出来，重新配给宝玉？哪一个不是想做一部“团圆”的《红楼梦》的？我们这样退一步想，就不能不佩服高鹗的补本了。我们不但佩服，还应该感谢他，因为他这部悲剧的补本，靠着那个“鼓担”的神话，居然打倒了后来无数的团圆《红楼梦》，居然替中国文字保存一部有悲剧下场的小说！

以上是我对于《红楼梦》的“著者”和“本子”两个问题的答案。

我觉得我们做《红楼梦》的考证，只能在这两个问题上着手；只能运用我们力所能搜集的材料，参考互证，然后抽出一些比较的最近情理的结论。这是考证学的方法。我在这篇文章里，处处想撇开一切先入的成见；处处存一个搜求证据的目的；处处尊重证据，让证据做向导，引我到相当的结论上去。我的许多结论也许有错误的，——自从我第一次发表这篇《考证》以来，我已经改正了无数大错误了，——也许有将来发现新证据后即须改正的。但我自信：这种考证的方法，除了《董小宛考》之外，是向来研究《红楼梦》的人不曾用过的。我希望我这一点小贡献，能引起大家研究《红楼梦》的兴趣，能把将来的《红楼梦》研究引上正当的轨道去：打破从前种种穿凿附会的“红学”，创造科学方法的《红楼梦》研究！

十，三，二七，初稿。

十，十一，十二，改定稿。

重印乾隆壬子本《红楼梦》序

胡适

从前汪原放先生标点《红楼梦》时，他用的是道光壬辰（一八三二）刻本。他不知道我藏有乾隆壬子（一七九二）的程伟元第二次排本。现在他决计用我的藏本做底本，重新标点排印。这件事在营业上是一件大牺牲，原放这种研究的精神是我很敬爱的，故我愿意给他做这篇新序。

《红楼梦》最初只有抄本，没有刻本。抄本只有八十回。但不久就有人续作八十回以后的《红楼梦》了。俞平伯先生从戚本八十回的评注里看出当时有一部"后三十回的《红楼梦》"(《〈红楼梦〉辨》下卷，页一～三七)，这便是续书的一种。高鹗续作的四十回，也不过是续书的一种。但到了乾隆五十六年～五十七年之间，高鹗和程伟元串通起来，把高鹗续作的四十回同曹雪芹的原本八十回合并起来，用活字排成一部，又加上一篇序，说是几年之中搜集起来的原书全稿。从此以后，这部百二十回的《红楼梦》遂成了定本，而高鹗的续本也就"附骥尾以传"了（看我的《〈红楼梦〉考证》，页五三～六七；俞平伯《〈红楼梦〉辨》

上卷，页一一～六二）。

程伟元的活字本有两种。第一种我曾叫作“程甲本”，是乾隆五十六年（一七九一）排印，次年发行的。第二种我曾叫作“程乙本”，是乾隆五十七年改订的本子。

程甲本，我的朋友马幼渔教授藏有一部。此书最先出世，一出来就风行一时，故成为一切后来刻本的祖本。南方的各种刻本，如道光壬辰的王刻本等，都是依据这个程甲本的。

但这个本子发行之后，高鹗就感觉不满意，故不久就有改订本出来。程乙本的“引言”说：

> ……因急欲公诸同好，故初印时不及细校，间有纰缪。今复聚集各原本详加校阅，改订无讹。惟识者谅之。

马幼渔先生所藏的程甲本就是那“初印”本。现在印出的程乙本就是那“聚集各原本，详加校阅，改订无讹”的本子，可说是高鹗、程伟元合刻的定本。

这个改本有许多改订修正之处，胜于程甲本。但这个本子发行在后，程甲本已有人翻刻了；初本的一些矛盾错误仍旧留在现行各本里，虽经各家批注里指出，终没有人敢改正。我试举一个最明显的例子为证。第二回冷子兴说贾家的历史，中有一段道：

> 第二胎生了一位小姐，生在大年初一，就奇了。不想次年又生了一位公子，说来更奇，一落胞胎，嘴里便衔下一块五彩晶莹的玉来，还有许多字迹。

后来评读此书的人，都觉得这里必有错误，因为后文第十八回贾妃省亲一段里明说"宝玉未入学之先，三四岁时，已得贾妃口传授教了几本书，识了数千字在腹中；虽为姊弟，有如母子"。这样一位长姊，何止大他一岁？所以戚本便改作：

> 第二胎生了一个小姐，生在大年初一日，就奇了。不想后来又生了一位公子。

这是一种改法。程甲本也作"次年"。我的程乙本便大胆地改作了：

> 第二胎生了一位小姐，生在大年初一，就奇了；不想隔了十几年，又生了一位公子。

这三种说法，究竟哪一种是原本呢？

前年我的朋友容庚先生在冷摊上买得一部旧抄本的《红楼梦》，是有百二十回的。他不但认这本是在程本以前的抄本，竟大胆地断定百二十回本是曹雪芹的原本。他作了一篇《〈红楼梦〉的本子问题——质胡适之、俞平伯先生》（北京大学《国学周刊》第五、六、九期），举出他的抄本文字上与程甲本及亚东本不同的地方，要证明他的抄本是程本以前的曹氏原本。我去年夏间答他一信，曾指出他的抄本是全抄程乙本的，底本正是高鹗的二次改本，决不是程刻以前的原本。他举出的异文，都和程乙本完全相同。其中有一条异文就是第二刻里宝玉的生年。他的抄本也作：

> 不想隔了十几年，又生了一位公子。

我对容先生说：凡作考据，有一个重要的原则，就是要注意可能性的大小。可能性（Probability）又叫作“几数”，又叫作“或然数”，就是事物在一定情境之下能变出的花样。把一个铜子掷在地上，或是龙头朝上，或是字朝上，可能性都是百分之五十，是均等的。把一个“不倒翁”掷在地上，他的头轻脚重，总是脚朝下的，故他有一百分的站立的可能性。试用此理来观察《红楼梦》里宝玉的生年，有二种可能：

1. 原本作“隔了十几年”，而后人改作了“次年”。

2. 原本作“次年”，而后人改为“隔了十几年”。

以常理推之，若原本既作“隔了十几年”，与第十八回所记正相照应，决无反改为“次年”之理。程乙本与抄本之改作“十几年”，正是他晚出之铁证。高鹗细察全书，看出第二回与十八回有大相矛盾的地方，他认定那教授宝玉几千字和几本书的姊姊，既然“有如母子”，至少应该比宝玉大十几岁，故他就假托参校各原本的结果，大胆地改正了。

直到今年夏间，我买得了一部乾隆甲戌（一七五四）抄本《脂砚斋重评〈石头记〉》残本十六回，这是曹雪芹未死时的抄本，为世间最古的抄本。第二回记宝玉的生年，果然也是：

> 第二胎生了一位小姐，生在大年初一，这就奇了。不想次年又生了一位公子。

这就证实了我的假定了。我曾考清朝的后妃，深信康熙、雍正、乾隆三朝没有姓曹的妃子。大概贾元妃是虚构的人物，故曹雪芹先说他比宝玉大一岁，后来越造越不像了，就不知不觉地把元妃的年纪加长了。

我再举一条重要的异文。第二回冷子兴又说：

> 当日宁国公、荣国公是一母同胞弟兄两个。宁公居长，生了四个儿子。

程甲本，戚本都作“四个儿子”。我的程乙本却改作了“两个儿子”。容庚先生的抄本也作“两个儿子”。这又是高鹗后来的改本，容先生的抄本又是抄高鹗改订本的。我的《脂砚斋〈石头记〉》残本也作“四个儿子”，可证“四个”是原文。但原文于宁国公的四个儿子，只说出长子是代化，其余三个儿子都不曾说出名字，故高鹗嫌“四个”太多，改为“两个”。但这一句却没有改订的必要。《脂砚斋》残本有夹缝朱批云：

> 贾蔷、贾菌之祖，不言可知矣。

高鹗的修改虽不算错，却未免多事了。

我在《〈红楼梦〉考证》里曾说：

> 程伟元的序里说，《红楼梦》当日虽只有八十回，但原文却有一百二十卷的目录。这话可惜无从考证（戚本目录并无后四十回）。我从前想当时各抄本中大概有些是有后四十回目录的，但我现在对于这一层很有点怀疑了。

俞平伯先生在《〈红楼梦〉辨》里，为了这个问题曾作一篇长文（卷上，页一一～二六），辨“原本回目只有八十”。他的理由很充足，我完全赞同。但容庚先生却引他的抄本第九十二回的异文作证据，很严厉地质问平伯道：

我们读第九十二回“评《女传》巧姐慕贤良，玩母珠贾政参聚散”，只觉得宝玉评《女传》，不觉得巧姐慕贤良的光景；贾政玩母珠，也不觉得参什么聚散的道理。这不是很大的漏洞吗？

使后四十回的回目系曹雪芹做的，高鹗补作，不大了解曹雪芹的原意，故此说不出来，尚可勉强说得过去。无奈俞先生想证明后四十回系高鹗补作，不能不把后四十回目一并推翻，反留下替高鹗辩护的余地。

现在把抄本关于这两段的抄下。后四十回既然是高鹗补的，干么他自己一次排印二次排印的书都没有这些的话？没有这些话是否可以讲得去？请俞先生有以语我来？（《国学周刊》第六期，页十七）

容先生的抄本所有的两段异文，都是和这个程乙本完全一样的，也都是高鹗后来修改的。容先生没有看见我的程乙本，只看见了幼渔先生的程甲本，他不该武断地说高鹗“自己一次二次排印的书都没有这些话”。我们现在知道高鹗的初稿（程甲本）与现行各本同没有这两段；但他第二次改本（程乙本）确有这两段。我们把这两段分抄在这里：

1. 第一段“慕贤良”。

程甲本与后来翻此本的各本：

宝玉道：“那文王后妃，是不必说了，想来是知道的。那姜后脱簪待罪；齐国的无盐虽丑，能安邦定国：是后妃里头的贤能的。若说有才的，是曹大家，班婕妤，蔡文姬，谢道韫诸人。孟光的荆钗布裙，鲍宣妻的提瓮出汲，陶侃母的截发留宾，还有画荻教子的：这是不厌贫的。那苦的里头有乐昌公主破镜重圆，苏蕙的回文感主。那孝的是更多了：木兰代父从军，曹娥投水寻父的尸首等类也多，我也说不得许多。那个曹氏的引刀割鼻，是魏国的故事。那守节的更多了，只好慢慢的讲。若是那些艳的，王嫱，西子，樊素，小蛮，绛仙等；妒的是，'秃妾发，怨洛神'……等类。文君，红拂，是女中的豪侠。"

贾母听到这里，说："够了；不用说了。你讲的太多，他那里还记得呢？"

程乙本（容抄本同）：

宝玉便道："那文王后妃不必说了。那姜后脱簪待罪和齐国的无盐安邦定国，是后妃里头的贤能的。"巧姐听了，答应个"是"。宝玉又道："若说有才的，是曹大姑、班婕妤、蔡文姬、谢道韫诸人。"巧姐问道："那贤德的呢？"宝玉道："孟光的荆钗布裙，鲍宣妻的提瓮出汲，陶侃母的截发留宾：这些不厌贫的，就是贤德了。"巧姐欣然点头。宝玉道："还有苦的，像那乐昌破镜，苏蕙回文。那孝的，木兰代父从军，曹娥投水寻尸等类，也难尽说。"巧姐听到这些，却默默如有所思。宝玉又讲那曹氏的引刀割鼻及那些守节的，巧姐听着更觉肃敬起来。宝玉恐他不自在，又说："那些艳的，如王嫱、西子、樊素、小蛮、绛仙、文君、红拂，都是女中的——"尚未说出，贾母见巧姐默然，便说："够了，不用说了。讲得太多，他那里记得！"

2. 第二段"参聚散"。

程甲本与后来翻此本的各本：

冯紫英道："人世的荣枯，仕途的得失，终属难定。"贾政道："像雨村算便宜的了。还有我们差不多的人家，就是甄家，从前一样的功勋，一样的世袭，一样的起居，我们也是时常来往。不多几年，他们进京来，差人到我这里请安，还很热闹。一会儿抄了原籍的家财，至今杳无音信。不知他近况若何，心下也着实惦记。看了这样，你想做官的怕不怕？"贾赦道："咱们家里再没有事的。"

程乙本（容抄本同）：

冯紫英道："人世的荣枯，仕途的得失，终属难定。"贾政道："天下事都是一个样的理哟。比如方才那珠子，那颗大的，就像有福气的人似的，那些小的都托赖着他的灵气护庇着。要是那大的没有了，那些小的也就没有收揽了。就像人家儿当头人有了事，骨肉也都分离了，亲戚也都零落了，就是好朋友也都散了。转瞬荣枯，真似春云秋叶一般。你想做官有什么趣儿呢？像雨村算便宜的了。还有我们差不多的人家儿，就是甄家，从前一样功勋，一样世袭，一样起居，我们也是时常来往。不多几年，他们进京来，差人到我这里请安，还很热闹。一会儿抄了原籍的家财，至今杳无音信。不知他近况若何，心下也着实惦记着。"贾赦道："什么珠子？"贾政同冯紫英又说了一遍给贾赦听。贾赦道："咱们家是再没有事的。"

容庚先生想用这两大段异文来证明，不但后四十回的回目是曹雪芹原稿有的，并且后四十回的全文也是曹雪芹的原文。他不知道这两大段异文便是高鹗续书的铁证，也是他伪作回目的铁证。

高鹗的"引言"里明明说：

一、书中前八十回抄本，各家互异；今广集核勘，准情酌理，补遗订讹。其间或有增损数字处，意在便于披阅，非敢争胜前人也。……

一、书中后四十回，系就历年所得，集腋成裘，更无他本可考。惟按其前后关照者，略为修辑，使其有应接而无矛盾。至其原文，未敢臆改，俟再得善本，更为厘定。且不欲尽掩其本来面目也。

前八十回有“抄本各家互异”，故他改动之处如上文举出第二回里的改本，还可以假托“广集核勘”的结果。但他既明明承认“后四十回更无他本可考”，又既明明宣言这四十回的原文“未敢臆改”，何以又有第九十二回的大改动呢？岂不是因为他刻成初稿（程甲本）之后，自己感觉第九十二回的内容与回目不相照应，故偷偷地自己修改了，又声明“未敢臆改”以掩其作伪之迹吗？他料定读小说的人决不会费大工夫用各种本子细细校勘。他哪里料得到一百三十多年后居然有一位容庚先生肯用校勘学的工夫去校勘《红楼梦》，居然会发现他作伪的铁证呢？

这个程乙本流传甚少；我所知的，只有我的一部原刻本和容庚先生的一部旧抄本。现在汪原放标点了这本子，排印行世，使大家知道高鹗整理前八十回与改订后四十回的最后定本是个什么样子，这是我们应该感谢他的。

一九二七，十一，十四，在上海

（收入曹雪芹著，汪原放标点《红楼梦》

一九二七年亚东图书馆版）

胡天猎先生影印乾隆壬子年活字版百廿回《红楼梦》短序

胡适

胡天猎先生影印的这部百廿回《红楼梦》，确是乾隆五十七年壬子（一七九二）程伟元“详加校阅改订”的第二次木活字排印本，即是我所谓“程乙本”。证据很多，我只举一点。“程甲本”第二回说贾政的王夫人“第二胎生了一位小姐，生在大年初一，就奇了。不想次年又生了一位公子，说来更奇，一落胞胎，嘴里便衔下一块五彩晶莹的玉来”。后来南北雕刻本都是从“程甲本”出来的，故这一段的文字都与“程甲本”相同。我的“甲戌本”脂砚斋重评此段文字与“程乙本”相同，可见雪芹原稿本是这样的。但《红楼梦》第十八回贾妃省亲一段里明说宝玉“三四岁时，已得贾妃口传授教了几本书，识了几千字在腹中，虽为姊弟，有如母子”。这样一位长姊，何止大他一岁？所以改订的“程乙本”此句就成了“不想隔了十几年，又生了一位公子”。胡天猎先生此本正作“隔了十几年”，可证此本确是“程乙本”。

“程甲本”没有“引言”。此本有“引言”七条，尾题“壬子花朝后一日小泉兰墅又识”。小泉是程伟元，兰墅是续作后四十回的高鹗。“引言”说明“初印时不及细校，间有纰缪，今后聚集各原本，详加校阅，改订无讹”，这也是“程乙本”独有的标记。

一九二七年，上海亚东图书馆用我的一部“程乙本”做底本，出了一部《红楼梦》的重排印本，这是“程乙本”第一次的重排本。一九五九年台北远东图书公司出版的《红楼梦》，就是用亚东图书馆的本子排印的。

一九六〇年香港友联出版社的赵聪先生校点的《红楼梦》，也是用亚东本作底本的。据赵聪先生的《重印〈红楼梦〉序》说，上海“作家出版社”曾在一九五三年及一九五七年出了两部《红楼梦》排印本，也都是用“程乙本”做底本的，可能都是用亚东本重排的。

这就是说，“程乙本”在最近三四十年里，至少已有了五个重排印本了。可是“程乙本”本身，只有极少的几个人曾经见到。赵聪先生说：“程乙本的原排本，现在差不多已成了世间的孤本，事实上我们已不可能再见到。”

胡天猎先生收藏旧小说很多，可惜他只带了很少的一部分出来，其中居然有这一部原用木活字排印的“程乙本”《红楼梦》！现在他把这部“程乙本”影印流行，使世人可以看看一百七十年前程伟元、高鹗“详加校阅改订”的《红楼梦》是个什么样子。这是《红楼梦》版本上一件很值得欢迎赞助的大好事，所以我很高兴的写这篇短序来欢迎这个影印本。

一九六一年二月十二日，

曹雪芹死后整一百九十八年的纪念日，胡适在南港。

（收入《影印乾隆壬子年木活字本百二十回〈红楼梦〉》

一九六一年台北青云山庄版）

《红楼梦》一百二十回均曹雪芹作

宋孔显 *

《红楼梦》全书一百二十回都是曹雪芹一个人做的。我们可从本书第一回中看出。第一回说本书的缘起，有“……后因曹雪芹于悼红轩中，披阅十载，增删五次，纂成目录，分出章回，又题曰《金陵十二钗》”的话。所以我们知道这一百二十回的《红楼梦》，完全是曹雪芹一手做成的。现在有人说《红楼梦》原本只有八十回，后四十回是高鹗补作的。这话我完全反对，因为披阅、增删，都是修改时的工作；纂成目录，分出章回，尤为成书后的手续。假使《红楼梦》全书未曾写完，哪能披阅、增删、纂目、分章呢？

说《红楼梦》八十回以后不是曹雪芹做的，第一个人要算俞曲园（俞樾）先生了。曲园在他的《小浮梅闲话》里说：

---

* 宋孔显（生卒年不详），字达卿，浙江绍兴人，周作人学生，一九二五年毕业于北京大学哲学系。

> 《船山（张问陶）诗草》有《赠高兰墅鹗同年》一首云："艳情人自说红楼梦"，注云："《红楼梦》八十回以后，为兰墅所补。"然则此书非出一手；按乡会试增五言八韵诗，始乾隆朝，而书中叙科场事已有诗，则其为高君所补可证矣。

胡适之先生根据这段话，认为《红楼梦》八十回以后系高鹗续成的。其实我们细玩船山诗注，也不过说后四十回为高鹗所补，并没有说为高鹗所续，补与续是两件事，我们应当分开看（详见下文）。至于曲园说科场有五言八韵诗，已经胡先生考定，曹雪芹死于乾隆二十九年，而诗始于乾隆二十一、二年，那么乡会试之有律诗，在曹雪芹死前七八年，安知他作《红楼梦》不用这种诗呢？所以这项证据已全不可靠。

胡先生作《〈红楼梦〉考证》，虽说《红楼梦》后四十回系高鹗所续，但胡先生并没提出有力的证据，胡先生的证据不过这样四项：

第一、张问陶的诗及注。

第二、俞樾举的乡会试增五言八韵诗始乾隆朝，而书中叙科场事已有诗。

第三、程序（程伟元《〈红楼梦〉序》）说先得二十余卷，后又在鼓担上得十余卷，此话便是作伪的铁证，因为世间没有这样奇巧的事。

第四、高鹗自己的序，说得很含糊，字里行间，都使人生疑。

这四项证据中的第二项，已由胡先生自己推翻了。第一项且待我下面说明。至第三第四两项，究竟程伟元是否作伪？高鹗是否说谎？要看他们的原序如何。今把他们的序和引言录下：

程伟元的《〈红楼梦〉序》说：

> 《红楼梦》小说，本名《石头记》……作者相传不一，究未知

出自何人，惟书内记雪芹曹先生删改数过。好事者每传抄一部，置庙市中，昂其值得数十金，可谓不胫而走者矣。然原目一百廿卷，今所传只八十卷，殊非全本。即间称有全部者，及检阅仍只八十卷，读者颇以为憾。不佞以是书既有百廿卷之目，岂无全璧？爰为竭力搜罗，自藏书家甚至故纸堆中无不留心，数年以来，仅积有廿余卷。一日偶于鼓担上得十余卷，遂重价购之，欣然翻阅，见其前后起伏，尚属接榫，然漶漫不可收拾。乃同友人细加厘剔，截长补短，抄成全部，复为镌板，以公同好。《红楼梦》全书始至是告成矣。……小泉程伟元识。

高鹗的《〈红楼梦〉序》说：

予闻《红楼梦》脍炙人口几廿余年，然无全璧，无定本……今年春，友人程子小泉过予，以其所购全书见示，且曰："此仆数年铢积寸累之苦心，将付剞劂、公同好，子闲且惫矣，盍分任之？"予以是书虽稗官野史之流，然尚不谬于名教，欣然拜诺，正以波斯奴见宝为幸，遂襄其役。工既竣，并识端末，以告阅者。时乾隆辛亥冬至后五日，铁岭高鹗叙并书。

《红楼梦》的引言有几条说：

一、是书前八十回，藏书家抄录传阅几三十年矣，今得后四十回合成完璧。缘友人借抄争睹者甚夥，抄录固难，刊板亦需时日，姑集活字刷印。因急欲公诸同好，故初印时不及细校，间有纰缪。今复聚集各原本详加校阅，改订无讹。惟识者谅之。

一、书中前八十回抄本，各家互异；今广集核勘，准情酌理，补遗订讹。其间或有增损数字处，意在便于披阅，非敢争胜前人也。

一、是书沿传既久，坊间缮本及诸家所藏秘稿，繁简歧出，前后错见。即如六十七回，此有彼无，题同文异，燕石莫辨。兹惟择其情理较协者，取为定本。

一、书中后四十回，系就历年所得，集腋成裘，更无他本可考。惟按其前后关照者，略为修辑，使其有应接而无矛盾。至其原文，未敢臆改，俟再得善本，更为厘定。且不欲尽掩其本来面目也。

像我这种不是神经过敏的人，看了上面的两篇序和几条引言，实在看不出程伟元和高鹗有作伪的地方。可是胡先生对于程伟元的“先得二十余卷，后又在鼓担上得十余卷”的话，以为便是作伪的铁证，因为世间没有这样奇巧的事。但我们看胡先生“搜求《四松堂集》”的一段故事（见亚东图书馆出版的《红楼梦》本），正合着世间真有这样奇巧的事呢！

胡先生“搜求《四松堂集》”的一段故事是：

我那时在各处搜求敦诚的《四松堂集》……不料上海北京两处大索的结果，竟使我大失望。到了今年，我对于《四松堂集》，已是绝望了。有一天，一家书店的伙计跑来说：“《四松堂诗集》找着了。”我非常高兴，但打开书来一看，原来是一部《四松草堂诗集》。又一天，陈肖庄先生告诉我说，他在一家书店里看见一部《四松堂集》，我说：“恐怕又是《四松草堂》罢！”陈先生回去一看，果然又错了。

今年四月十九日，我从大学回家，看见门房里桌上摆着一部褪了色的蓝布套的书，一张斑绿的旧书笺上题着《四松堂集》四个字！我自己几乎不信我的眼力了，连忙拿来打开一看，原来真是一部《四松堂集》的写本！这部写本真是天地间唯一的孤本，因为这是当日付刻的底本……

我在四月十九日得着这部《四松堂集》的稿本；隔了三天，蔡子民先生又送来一部《四松堂集》的刻本，是他托人向晚晴簃诗社里借来的……最有趣的是蔡先生借到刻本之日，差不多正是我得着底本之日，我寻此书近一年多了，忽然三日之内，两个本子一齐到了我的手里，这真是"踏破铁鞋无觅处，得来全不费工夫"了。

从上面这段故事，那我就要请问胡先生了。胡先生于一年多找不到的《四松堂集》，竟于三日之内找到两部，一部且系天地间唯一的孤本，这不是世间极奇巧的事吗？胡先生可以有这样奇巧的事，别人就不能有吗？胡先生可以得到天地间唯一的孤本，别人就不能得吗？且程伟元对于后四十回《红楼梦》，"竭力搜罗，自藏书家甚至故纸堆中无不留心，数年以来，仅积有廿余卷。一日偶于鼓担上得十余卷"。这种铢积寸累的事实，较胡先生于三日之内，忽然得到两种本子，更为合理，更为近情。而胡先生反认他为作伪的铁证，那我真不知道胡先生从何见得了。

至于高鹗的序，在愚钝的我看来，并不含糊；字里行间，也没有使人生疑的地方。胡先生也不能指出何处含糊，何处可以使人生疑；不过拿引言第六条（是书开卷略志数语，非云弁首，实因残缺有年，一旦颠末毕具，大快人心，欣然题名，聊以记成书之幸。）的一段话，来说明高序的含糊，高序的可以使人生疑，如此指东话西，未免吹毛求疵。且引言上明明说："准情酌理，补遗订讹"，"按其前后关照者，略为修辑，使其有应接而无矛盾。至其原文，未敢臆改，俟再得善本，更为厘定。"是引言第六条所说的话，正指程伟元搜求的成绩，和当时修辑成功的快慰，断不是高鹗不讳补作的意思。

不过我们从上文看来，高鹗对于《红楼梦》确是下过一番修辑的工夫。所以张船山送他的诗，有“艳情人自说红楼”，并注“《红楼梦》八十回以后，俱兰墅所补”的话。现在胡先生对这诗及注认为最明白的证据。其实船山所说不过是个“补”字，这“补”字我们不能就认为补作。因为高鹗不但后四十回《红楼梦》做过“补”的工夫，即前八十回也经过他“截长补短”，“补遗订讹”的“补”的工夫。所以船山所说的“补”，不是胡先生所说的“补作”。苟八十回后真出高鹗之手，我想船山定说：“俱兰墅所续”，当不用这个“补”字了。现在船山舍“续”字而用“补”字，正指高鹗修辑的工夫而言，确乎没有指高鹗续作的意思。

在情理上说，《红楼梦》在当时尚无印本，“好事者每传抄一部，置庙市中”，其中错误脱落自然是难免的。程伟元和高鹗既做“细加厘剔，截长补短”的整理工作，对于错误脱落之处，当然要加以修辑补苴的。或补一二字，或补一二句，或补一行数行，或补一页数页，这是有的。他们自己也说：“其间或有增损数字处，意在便于披阅”；“按其前后关照者略为修辑，使其有应接而无矛盾。至其原文，未敢臆改。”胡先生何以见得这些都是谎话呢？

《红楼梦》一百二十回的目录，在当时也还有保存的，所以程伟元的序，有“原本目录一百二十卷”的话。现在胡先生对于这点，也认为程伟元作伪。我想我们没有提出证据以前，不能一味的说古人说谎。大概《红楼梦》八十回早已另行，后四十回尚未推广，所以后来一切八十回本，都不见这目录。好比《书经》本有百篇，但其目录只有五十余篇，倘若没有《书》序，我们也不知有《九共》等四十多篇的亡目了。

总核胡先生所提出的四项证据，其实只有第一、第二两项，还合着考证家所用的证据。可是第二项已全不可靠；第一项张船山诗注上所说的“补”，确是指“截长补短”，“补遗订讹”的“补”。至于第三、第四两项，实在算不得证据，不过胡先生对于程高二人的序和引言，加以一番臆测而已。这种臆测，恐怕不是考证学上的正路，不知胡先生以为如何？

同胡先生一样主张的，还有一个同学俞平伯君。俞君作《红楼梦辨》，也认后四十回是高鹗续的。俞君的三项理由是：

（一）和第一回自叙的话都不合。

（二）史湘云的丢开。

（三）不合作文时的程序。

胡先生补充俞君的意思，也提出三项理由是：

（一）小红的没有下落。

（二）香菱的扶正。

（三）贾宝玉肯做八股文，肯去考举人。

按以上六项理由，胡先生的第三项，正是俞君第一项的一部分。如《红楼梦》的开端明说：“一技无成，半生潦倒”；明说：“蓬牖茅椽，绳床瓦灶”；岂有到末尾说宝玉出家成仙之理？（俞君）又如写贾宝玉忽然肯做八股文，忽然肯去考举人，也没有道理。（胡先生）

据胡、俞二先生的意思，以为后四十回的《红楼梦》，不应说宝玉中举而又出家成仙。因为这些事和第一回自叙的话都不合。但我要问：中个举人就算有成了吗？就不能自说：“一技无成”了吗？哈哈！半生潦倒的举人，清朝不知有多少，何止宝玉一人呢！说到“蓬牖茅椽，绳床瓦灶”，正是宝玉出家的原因，因为贫穷而想出家，世间这种人很多呢。况且作者写第一回书，忽僧忽道，到处皆是，足证他早有这种出家的思想，他写空空道人改名“情僧”，改《石头记》为《情僧录》，更足证明他有出家成仙的念头。怎么可说写宝玉中举成仙，便和第一回自叙的话不合呢？

有人说宝玉反对举子业，骂那些人为“禄蠹”，哪有自己肯做八股文，肯去考举人的呢？我说这正是宝玉反对举子业的意思。他看那些做举子业的人，认八股文为终身大事，板着面孔，十分认真。所以宝玉随便出之，一举而得，表示这有什么了不得。作者写宝玉中举，就是这个理由。

按胡先生的第一项理由，正和俞君的第二项相同。如第三十一回的回目“因麒麟伏白首双星”，依此句看来，史湘云后来似乎应与宝玉做夫妇，不应该此话全无照应。（俞君）又如第八十回竭力描写小红是个扳高好胜的丫头，好容易得着风姐的赏识，把他提拔上去了；但这样一个重要人才，岂可没有下场。（胡先生）

关于宝玉湘云应该成婚这层，俞君在《〈红楼梦〉辨》中已不坚持，至湘云的丢开，小红的没有下场，最好请看《红楼梦》的引子：

〔红楼梦引子〕——开辟鸿蒙，谁为情种？都只为风月情浓。奈何天，伤怀日，寂寥时，试遣愚衷：因此上，演出这悲金悼玉的《红楼梦》。

那么《红楼梦》的目的，在“悲金悼玉”；金是宝钗，玉是黛玉。可知《红楼梦》的主人，除了宝玉以外，便是宝钗、黛玉，不是湘云小红。湘云小红这些人，不过文章的陪衬，自然不妨丢开，不妨没有下场。譬如西施在吴国亡后，《国策》、《史记》也并不详她的究竟；貂蝉于吕布死后，《三国演义》也未曾载她的结局。可知文章有主有宾，有重有轻，那有一百二十回的大书，人人都要写个下落呢！

胡先生的第二点理由，即第五回的“十二钗副册”上写香菱的结局道“自从两地生孤木，致使芳魂返故乡”。两地孤木，合成桂字，是指夏金桂，明说香菱死于夏金桂之手。后四十回却金桂死了，香菱扶正，这岂是作者的本意呢？

诚如胡先生所说，高鹗连十二副册也不注意，那真疏忽极了，还配续后四十回吗？可是后四十回写鸳鸯吊死时，乃有秦可卿的鬼前来引导，补出前十三回秦可卿的死，是由自己吊死的。这又何等细心！其实高鹗本不疏忽，也不细心，不过“至其原文，未敢臆改”罢了。依理续书的人，终是十分细心，惟恐一有破绽，授人口实，哪有疏忽到连册文也不顾及的人呢！我想高鹗终不至疏忽到这步田地罢！

况《红楼梦》前八十回中，也有同样疏忽的地方。如三十一回的回目说：“因麒麟伏白首双星”，是湘云丈夫不管何人，结婚后都应同享高寿。但据第五回册文的词说：“展眼吊斜晖，湘江水逝楚云飞”，又同回的曲文也说：“……厮配得才貌仙郎，博得个地久天长……终究是云散高唐，水涸湘江……何必枉悲伤。”依这词和曲文，所谓“水逝云飞”，所谓“云散水涸”，都明指湘云日后要寡居，下文不能再有“因麒麟伏白首双星”的回目。前八十回公认是曹雪芹一人做的，何以也竟有这样疏忽的地方呢？那么香菱的结局和册文不符，我们也不能说不是曹雪芹做的了。

俞君的第三项理由，是“不合作文的程序”。这层以胡先生之天才，尚不能说明，如我驽下，更不必谈了。不过我细读后四十回《红楼梦》的文章，实在和前八十回没有什么差别。胡先生也说：“我们平心而论，高鹗补的四十回，确然有不可埋没的好处。他写司棋之死，写鸳鸯之死，写妙玉的遭劫，写凤姐的死，写袭人的嫁，都是很有精采的小品文字。”可是我们看那些《红楼圆梦》、《红楼后梦》、《续〈红楼梦〉》……十多种续本，不但立意荒谬，即文章亦不堪入目。岂这些人没有一个能比高鹗吗？我想不是没有一个能比高鹗，实在没有一个能比曹雪芹呢！因为曹雪芹以自己的事，自己来写作小说，自然“惟妙惟肖，入情入理”的了。

总之，《红楼梦》是一部一百二十回的大书，不是一时所能做成的，不是一次所能写完的，必然经过许多次的修改。曹雪芹自己说，他在悼红轩中“披阅十载，增删五次”，可知《红楼梦》是十年功夫做成的，而且经过五次修改的。但《红楼梦》中的许多矛盾，却因这五次的修改而发生了。何以呢？这因《红楼梦》前几次的修改本已流行了，而后几次的修改本又出来，自然有许多地方和从前的不同，或者竟有许多地方和从前的相反。但当时传抄的人，哪能顾到这些呢，自然前次未曾写完的，就拿后来的修改本来抄，于是一本之中，前后自相矛盾，例如引言上说：“是书流传既久，坊间缮本及诸家秘稿，繁简歧出，前后错见。即如六十七回，此有彼无，题同文异，燕石莫辨。”可见各种修改本是同时流行的。俞君平伯作《红楼梦辨》，不知这层理由，以为《红楼梦》除高鹗续本外，还有许多续本。其实他所认为续本的，都是曹雪芹先后的修改本。我们只要拿有正书局印行的八十回本，和现行的一百二十回中的前八十回比较，也有许多不同的地方，就可证明曹雪芹的修改了。我们明白这层理由，知道《红楼梦》中的矛盾，是传抄各修改本先后错误的缘故，高鹗那能负这种责任呢！

本文是说明一百二十回《红楼梦》全书是曹雪芹一人做成的。我在上文不过对胡、俞二先生的主张略加驳正而已，至于详细的考证，当另作专书，不是本文所能尽述的。

（《青年界》第七卷第五号，一九三五年五月版）

《红楼梦》悲剧之演成

牟宗三 *

一

《红楼梦》之被人注意，不自今日始。最初有所谓红学大家之种种索隐附会之谈，这已经失掉了鉴赏文学的本旨。后来有胡适之先生的《〈红楼梦〉考证》，把那种索隐的观点打倒，用了历史的考据法，换上了写实主义的眼镜，证明了《红楼梦》是作者的自述，是老老实实把自己的盛衰兴亡之陈迹描写出来。这虽然是一个正确的观点，然而对于《红楼梦》本身的解剖与理解，胡先生还是没有做到。这只是方向的转换，仍不是文学本身的理解与批评。所以胡先生的考证虽比较合理，然究竟是考证工作，与文学批评不可同日而语。他所对付的是红学家的索隐，所以他

* 牟宗三（一九〇九～一九九五），字离中，北京大学哲学系毕业，曾任教于台湾师范大学、东海大学，著有《心体与性体》、《才性与玄理》、《中国哲学十九讲》等书。

的问题还是那红学家圈子中的问题，不是文学批评家圈子中的问题。因为我们开始便安心鉴赏《红楼梦》本身的技术，与其中所表现的思想，那些圈子外的问题便不容易发生。圈子外的问题，无论合理与不合理，在我们看来，总是猜谜的工作，总是饱暖生闲事，望风捕影之谈。

近年来注意《红楼梦》的人，方向又转变了，从圈子外转到圈子里。这确是文学批评家的态度。不过据我所见，这些作家们所发表的言论又都只是歌咏赞叹《红楼梦》的描写技术与结构穿插之巧妙，对于其所表现的人生见地与支持本书的思想之主干，却少有谈及。这种工作并非不对，也是分内事。不过，我以为这只是咬文嚼字的梢末文章。若纯注意这等东西，其流弊所及便是八股式的文学批评法，与金圣叹批《水浒》批《西厢》，同一无聊而迂腐。而且这一种批评，其实就不是批评，它乃实是一种鉴赏。中国历来没有文学批评，只有文学鉴赏或品题。品诗品文与品茶一样，专品其气味声色风度神韵。品是神秘的，幽默的，所谓会心的微笑，却不可言诠。所以专注意这方面，结果必是无话可说，只有赞叹叫好。感叹号满纸皆是，却无一确凿的句子或命题。

这种品题法是中国历来言之特别起劲的。我并不反对这种品题工作，而且因为近二十年来人们攻击得太厉害，这种学问几乎成了绝响，所以我不忍其沦亡，也曾作文以阐发（即在《再生》二卷六期上发表过的《理解创造与鉴赏》）。在这篇文章里，我说明了理解的直接对象便是作品本身。由此作品本身发见作者的处境，推定作者的心情，指出作者的人生见地。我也说明了创作的全部过程，最后以集文学品题之大成的桐城派为根据而解说鉴赏。所以我并不反对鉴赏或品题。不过叫我论鉴赏可，叫我实际鉴赏也可，惟叫我说鉴赏之所得，却实在有点难为情。我是说不出来的，因为这不是说的东西，所以我只能说我所可说的。如其能说必须清楚地说之，如不能说必须默然。可说的说出来不必清楚，但默然的却实在难说。人家去说我也不反对，但那可说而却未经人说的，我现在却要说说。

二

在《红楼梦》，那可说而未经人说的就是那悲剧之演成。这个问题也就是人生见地问题，也就是支持那部名作的思想主干问题。

在中国旧作品中，表现人生见地之复杂与冲突无过《红楼梦》。《水浒》、《金瓶梅》却都非常之单纯。所以《红楼梦》之过人与感人，决不在描写之技术。技术的巧妙是成功作品的应当的本分，这算不得什么。要不然，还值得看么？这是起码的工作。文通字顺当然算不得杰作的所在。脑袋十分空虚，纯仗着摆字眼，玩技巧以取胜，结果只是油滑讨厌，最大的成绩不过是博得本能的一笑而已。

人们喜欢看《红楼梦》的前八十回，我则喜欢看后四十回。人们若有成见，以为曹雪芹的技术高，我则以为高鹗的见解高，技术也不低。前八十回固然是一条活龙，铺排的面面俱到，天衣无缝，然后四十回的点睛，却一点成功，顿时首尾活跃起来。我因为喜欢后四十回的点睛，所以随着也把前八十回高抬起来。不然，则前八十回却只是一个大龙身子，呆呆的在那里铺设着。虽然是活，却活得不灵。

前八十回是喜剧，是顶盛；后四十回是悲剧，是衰落。由喜转悲，由盛转衰，又转得天衣无缝，因果相连，俨若理有固然，事有必至，那却是不易。复此，若只注意了喜剧的铺排，而读不到其中的辛酸，那便是未抓住作者的内心，及全书的主干。《红楼梦》第一回说完了缘起以后，随着来了一首诗云：

满纸荒唐言，一把辛酸泪。都云作者痴，谁解其中味？

读者若不能把书中的辛酸味解出来，那才是叫作者骂尽天下后世，以为世上无解人了。他那把辛酸泪，只好向天抛洒了。所以《红楼梦》不是闹着玩的，不是消遣品，这个开宗明义的辛酸泪，及最后的悲剧，岂不是一贯？然若没有高鹗的点睛，那辛酸泪从何说起？所以全书之有意义，全在高鹗之一点。

三

悲剧为什么演成？辛酸泪的解说在哪里？曰：一在人生见地之冲突，一在兴亡盛衰之无常。这两个意思完全在一二两回里道说明白。我们先说第一个。

天地生人，除大仁大恶，余者皆无大异；若大仁者则应运而生，大恶者则应劫而生，运生世治，劫生世危。尧、舜、禹、汤、文、武、周、召、孔、孟、董、韩、周、程、朱、张，皆应运而生者；蚩尤、共工、桀、纣、始皇、王莽、曹操、桓温、安禄山、秦桧等，皆应劫而生者：大仁者修治天下，大恶者扰乱天下。清明灵秀，天地之正气，仁者之所秉也；残忍乖僻，天地之邪气，恶者之所秉也。今当祚永运隆之日，太平无为之世，清明灵秀之气所秉者，上自朝廷，下至草野，比比皆是。所余之秀气，漫无所归，遂为甘露，为和风，洽然溉及四海，彼残忍乖邪之气，不能荡溢于光天化日之下，遂凝结充塞于深沟大壑之中，偶因风荡，或被云摧，略有摇动感发之意，一丝半缕，误而逸出者，值灵秀之气适过，正不容邪，邪复妒正，两不相下，如风水雷电，地中既遇，既不能消，又不能让，必致搏击掀发；既然发泄，那邪气亦必赋之于人，假使或男或女，偶秉此气而生者，上则不能为仁人君子，下亦不能为大凶大恶：置之千万人之中，其聪俊灵秀之气，则在千万人之上；其乖僻邪谬不近人情之态，又在千万人之下；若生于公侯富贵之家，则为情痴情种；若生于诗书清贫之族，则为逸士高人，纵然生于薄祚寒门，甚至为奇优，为名娼，亦断不至为走卒健仆，甘遭庸夫驱制——如前之许由、陶潜、阮籍、嵇康、刘伶、王谢二族、顾虎头、陈后主、唐明皇、宋徽宗、刘庭芝、温飞卿、米南宫、石曼卿、柳耆卿、秦少游，近日倪云林、唐伯虎、祝枝山，再如李龟年、黄幡绰、敬新磨、卓文君、红拂、薛涛、崔莺、朝云之流：此皆易地则同之人也。（第二回）

这一套人性的神话之解析，我们不必管它。只是这三种人性，却属事实。仁者秉天地之正气，恶者秉天地之邪气，至于那第三种怪诞不经之人却是正邪夹攻中的结晶品。《红楼梦》中的贾宝玉、林黛玉便是这第三种人的基型。《红楼梦》之所以为悲剧，也就是这第三种人的怪僻性格之不被人了解与同情使然。

普通分三种人为善恶与灰色。悲剧之演成常以这三种人的互相攻伐而致成，惟《红楼梦》之悲剧，不是如此。《红楼梦》里边，没有大凶大恶的角色，也没有投机骑墙的灰色人。普通论者多以王熙凤比曹操，这可以说是一个奸雄了。惟在我看起来，却有点冤枉。王熙凤也许是一个治世之能臣，乱世之奸雄，是一个不得了的人物，但悲剧演成之主因却不在王熙凤之奸雄。如果她是奸雄，则贾母，王夫人也是奸雄，或更甚焉。但显然这不近情。何况贾家还不能算是一个乱世，所以我们对于王熙凤的观念却倒是一个治世中之能臣，不是一个乱世中之奸雄，纵然对于贾瑞和尤二姐，处置的有点过分，也只是表示她不肯让人罢了。一个是表示她十分厌恨那种痴心妄想的人，一个是表示她的醋劲之特别大。最足以表示出她不够奸雄的资格的，便是一听查抄的消息立刻晕倒在地。后来竟因心痛而得大病，所以贾母说她小器。这哪里是奸雄？再贾母死时，家道衰微，她也是两手扑空，没有办法。比起当年秦氏死，协理宁国府的时候差得多了。经不起大波折，逆境一到，便露本相。这算不得是奸雄。所以王熙凤只是一个洑上水的人，在有依有靠、无忧无虑的时候，她可以显赫一气。一旦"树倒猢狲散"，她也就完了。至于宝黛的悲剧，更不干她事，她不过是一个工具而已。关于这一点，以下自然可以明白。悲剧之演成，既然不是善恶之攻伐，然则是由于什么？曰：这是性格之不同，思想之不同，人生见地之不同。在为人上说，都是好人，都是可爱，都有可原谅可同情之处；惟所爱各有不同，而各人性格与思想又各互不了解，各人站在个人的立场上说话，不能反躬，不能设身处地，遂至情有未通，而欲亦未遂。悲剧就在这未通未遂上各人饮泣以终。这是最悲惨的结局。在当事人，固然不能无所恨，然在旁观者看来，他们又何所恨？希腊悲剧正与此同。国王因国法而处之于死地，公主因其为情人而犯罪而自杀，其妹因其为兄长而犯罪而自杀。发于情，尽于义，求仁而得仁将何所怨？是谓真正之悲剧。善恶对抗的悲剧是直线的，显然的；这种冲突矛盾所造成的悲剧是曲线的，令人失望的。高鹗能写悲剧已奇了，复写成思想冲突的真正悲剧更奇，《红楼梦》感人之深即在这一点。

四

性格冲突的真正阵线只有两端：一是聪俊灵秀乖僻邪谬的不经之人，

宝玉、黛玉属之。一是人情通达温柔敦厚的正人君子，宝钗属之。乖僻不经，曲高和寡，不易被人理解。于是，贾母、王夫人，以至上上下下无不看中了薛宝钗，而薛宝钗亦实道中庸而极高明，确有令人可爱之点。这个胜负问题，自然不卜可知，我们且看关于他三人的性格的评论。

（一）关于宝玉的：

> 面如傅粉，唇若施脂；转盼多情，语言若笑；天然一段风韵，全在眉梢；平生万种情思，悉堆眼角。——看其外貌，最是极好，却难知其底细，后人有《西江月》二词批得极确，词曰：无故寻愁觅恨，有时似傻如狂；纵然生得好皮囊，腹内原来草莽。 潦倒不通庶务，愚顽怕读文章；行为偏僻性乖张，那管世人诽谤！
>
> 又曰：富贵不知乐业，贫穷难耐凄凉；可怜辜负好时光，于国于家无望。 天下无能第一，古今不肖无双；寄言纨裤与膏粱：莫效此儿形状！（第三回）

这是作书者的总评。再看：

> 忽见警幻说道："……吾所爱汝者，乃天下古今第一淫人也。"宝玉听了，唬得慌忙答道："仙姑差了：我因懒于读书，家父母尚每垂训饬，岂敢再冒'淫'字？况且年纪尚幼，不知'淫'为何事。"警幻道："非也。淫虽一理，意则有别。如世之好淫者，不过悦容貌，喜歌舞，调笑无厌，云雨无时，恨不能天下之美女供我片时之趣兴：此皆皮肤滥淫之蠢物耳。如尔则天分中生成一段痴情，吾辈推之为'意淫'。惟'意淫'二字，可心会而不可口传，可神通而不能语达。汝今独得此二字，在闺阁中虽可为良友，却于世道中未免

> 迂阔怪诡，百口嘲谤，万目睚眦。”（第五回）

这是以痴情意淫总评他，说明他的事业专向女儿方面打交道，专向女儿身上用工夫。但却与西门庆、潘金莲等不同。所以《红楼梦》专写意淫一境界。而《金瓶梅》则不可与此同日而语。

再如：

> 那两个婆子见没人了，一行走，一行谈论；这一个笑道：“怪道有人说他们家的宝玉是相貌好，里头糊涂，中看不中吃，果然竟有些呆气。他自己烫了手，倒问别人疼不疼，这可不是呆了吗！”那个又笑道：“我前一回来，还听见他家里许多人说，千真万真有些呆气：大雨淋得水鸡儿似的，他反告诉别人：‘下雨了，快避雨去罢。’你说可笑不可笑？时常没人在跟前，就自哭自笑的；看见燕子就和燕子说话，河里看见了鱼就和鱼儿说话，见了星星月亮，他不是长吁短叹的，就是咕咕哝哝的。且一点刚性儿也没有，连那些毛丫头的气都受到了。爱惜起东西来，连个线头儿都是好的；糟蹋起来，那怕值千值万，都不管了。”（第三十五回）

这是举例说明他那种怪诞行为，呆傻脾气。其实既不呆也不傻，常人眼中如何看得出？如何能了解他？贾雨村说：“若非多读书识事，加以致知格物之功、悟道参玄之力者，不能知也。”这话实是对极，并不重大。知人岂是易事？

再看他自己的思想与希望：

> “人谁不死？只要死得好。那些须眉浊物只听见‘文死谏’‘武

死战'这二死是大丈夫的名节，便只管胡闹起来；那里知道有昏君方有死谏之臣，只顾他邀名，猛拼一死，将来置君父于何地？必定有刀兵，方有死战，他只顾图汗马之功，猛拼一死，将来弃国于何地？——"袭人不等说完，便道："古时候儿这些人也因出于不得已他才死啊！"宝玉道："那武将要是疏谋少略的，他自己无能，白送了性命，这难道也是不得已么？那文官更不比武官了：他念两句书，记在心里，若朝廷少有瑕疵，他就胡弹乱谏，邀忠烈之名；倘有不合，浊气一涌，即时拼死，这难道也是不得已？要知道那朝廷是受命于天，若非圣人，那天也断断不把这万几重任交代，可知那些死的，都是沽名钓誉，并不知君臣的大义。比如我此时若果有造化，趁着你们都在眼前，我就死了，再能够你们哭我的眼泪，流成大河，把我的尸首漂起来，送到那鸦雀不到的幽僻处，随风化了，自此再不托生为人，这就是我死的得时了。"（第三十六回）

这是他的死的哲学。再如：

"还提什么念书？我最厌这些道学话。更可笑的，是八股文章：拿他诓功名，混饭吃，也罢了，还要说'代圣贤立言'！好些的，不过拿些经书凑搭凑搭还罢了；更有一种可笑的，肚子里原没有什么，东拉西扯，弄得牛鬼蛇神，还自以为博奥。这那里是阐发圣贤的道理？"（第八十二回）

湘云笑道："还是这个性儿，改不了。如今大了，你就不愿意去考举人进士的，也该常会会这些为官作宦的，谈讲谈讲那些仕途经济，也好将来应酬事务，日后也有个正经朋友。让你成年家只在我们队里，搅得出些什么来？”宝玉听了，大觉逆耳，便道：“姑娘请别的屋里坐坐罢，我这里仔细腌臜了你这样知经济的人！”（第三十二回）

总之他最讨厌那些仕途经济，读书上进的话。他以为这都是些“禄蠹”。湘云一劝，竟大遭其奚落。可见他是最不爱听这些话的。

（二）关于黛玉、宝钗的：

他这种思想性格是不易被人了解的，然而他的行为却令人爱。大观园的女孩子，几乎无人不爱他。与他思想性格不同的薛宝钗也是爱之弥深。黛玉更不容说了，而且能了解他的，与他同性格的，也惟有一林黛玉。所谓同，只是同其怪僻，同其聪明灵秀，至于怪僻的内容，聪明灵秀的所在，自是各有不同。最大的原因就是男女的地位不同。因为男女地位的不同，所以林黛玉的怪僻更不易被人理解，被人同情。在宝玉成了人人皆爱的对象，然而在黛玉却成了宝玉一人的对象，旁人是不大喜欢她的。她的性格，前后一切的评论，都不外是：多愁善感，尖酸刻薄，心细，小脾气。所以贾母便不喜欢她，结果也未把她配给宝玉。然而惟独宝玉却是敬重她，爱慕她，把她看的俨若仙子一般，五体投地的倒在她的脚下。至于宝钗虽然也令他爱慕，却未到黛玉那种程度，那就是因为性格的不同。宝钗的性格是：品格端方，容貌美丽，却又行为豁达，随分从时，不比黛玉孤高自许，目无下尘，故深得下人之心。而且有涵养，通人情，道中庸而极高明。这种人最易被了解被同情，所以上上下下无不爱她。她活脱是一个女中的圣人，站在治家处世的立场上，如何不令人喜欢？如何不是个难得的主妇？所以贾母一眼看中了她，便把她配给了她所最爱的宝玉。但是宝玉却并不十分爱她。她专门作圣人，而宝玉却专门作异端。为人的路向上，先已格格不相入了。贾母只是溺爱，并没有理解，所以结果只是害了他。不但害了他，而且也害了黛玉与宝钗。这便是大悲剧之造成。从这方面说，贾母是罪魁。

五

性格既如上述，再述他们之间爱的关系。宝玉风流洒脱可爱，黛玉高雅才思可爱，宝钗温柔敦厚可爱。宝玉自己也说："戕宝钗之仙姿，灰黛玉之灵窍……戕其仙姿，无恋爱之心矣；灰其灵窍，无才思之情矣。"（第二十一回）可见宝玉之对黛玉另有一番看法。其实黛玉何尝不是仙姿？只是于仙姿而外，还有一种高雅才情可爱。这便是基于她的性格。宝钗亦何尝不高雅才情？只是她的高雅才情与黛玉非一基型，为宝玉所不喜，所以宝玉看不出她有何才情，而只以仙姿许之。这也是基于她的性格。于是，我们可以论他们的爱的深浅。

宝玉、宝钗之间的关系，是单一的，一元的，表面的，感觉的；宝玉、黛玉之间的关系是复杂的，多元的，内部的，性灵的。在此先证明前者。

> 此刻忽见宝玉笑道："宝姐姐，我瞧瞧你的那香串子呢？"可巧宝钗左腕上笼着一串，见宝玉问他，少不得褪了下来。宝钗原生得肌肤丰泽，一时褪不下来，宝玉在旁边看着雪白的胳膊，不觉动了羡慕之心，暗暗想道："这个膀子，若长在林姑娘身上，或者还得摸一摸；偏长在他身上，正是恨我没福。"忽然想起"金玉"一事来，再看看宝钗形容，只见脸若银盆，眼同水杏；唇不点而含丹，眉不画而横翠，比黛玉另具一种妩媚风流；不觉又呆了。宝钗褪

下串子来给他，他也忘了接。

宝钗见他呆呆的，自己倒不好意思的。（第二十八回）

宝玉是多情善感的人，见一个爱一个，凡是女孩儿，他无不对之钟情爱惜。他的感情最易于移入对象，他的直觉特别大，所以他的渗透性也特别强。时常发呆，时常哭泣，都是这个感情移入发出来的。现在一见宝钗之妩媚风流，又不觉忘了形，只管爱惜起来。然这种爱之引起，却是感觉的，表面的，因而也就是一条线的。对象一离开，他的爱也便可以渐渐消散。再如宝玉挨了打，宝钗去看他，所发生的情形也是如此。

宝钗见他睁开眼说话，不像先时，心中也宽慰了些，便点头叹道："早听人一句话，也不至有今日！别说老太太、太太心疼，就是我们看着，心里也——"刚说了半句，又忙咽住，不觉眼圈微红，双腮带赤，低头不语了。宝玉听得这话如此亲切，大有深意；忽见他又咽住，不往下说，红了脸，低下头，含着泪，只管弄衣带，那一种软怯娇羞、轻怜痛惜之情，竟难以言语形容，越觉心中感动，将疼痛早已丢在九霄云外去了。（第三十四回）

这种表情又打动了他的心，不觉忘了形。任凭铁石人也不能无动于衷，何况善感的宝玉。然这种打动，也只是感觉的，一条线的。对象离了眼，也可以逐渐消散，虽然也可以留下一种感激之情。

因为这个缘故，所以其爱宝钗之心远不如爱黛玉。他虽然和黛玉时常吵嘴，和宝钗从未翻过脸，然而也不能减低了他们的永久的爱，其原因就是：于妩媚风流的仙姿而外，又加上了一个思想问题，性格问题。由于这个成分的掺入，遂使感觉的一条线的爱，一变而为既感觉又超感觉的复杂的爱。既是复杂的，那爱慕之外，又添上了敬重高看的意味，于是，在这方面，黛玉便胜利了，宝钗失败了。黛玉既是爱人，又是知己。一有了“知己”这个成分，那爱便是内部的性灵的，便是不容易消散的，忘怀的。虽然黛玉说他是“见了姐姐，忘了妹妹”，虽然宝玉见一个爱一个，然从未有能超过黛玉者，也从未有忘过黛玉。因为他俩之间的爱实是更高一级的。

《红楼梦》里述叙宝黛之间的心理关系，太多了，太微妙了。兹录其一二段，以观一般：

> 原来宝玉自幼生成来的有一种下流痴病，况从幼时和黛玉耳鬓厮磨，心情相对，如今稍知些事，又看了些邪书僻传，凡远亲近友之家所见的那些闺英闱秀，皆未有稍及黛玉者，所以早存一段心事，只不好说出来。故每每或喜或怒，变尽法子暗中试探。那黛玉偏生也是个有些痴病的，也每用假情试探。因你也将真心真意瞒起来，我也将真心真意瞒起来，都只用假意试探，如此“两假相逢，终有一真”，其间琐琐碎碎，难保不有口角之事。
>
> 即如此刻，宝玉的心内想的是：“别人不知我的心，还可恕；难道你就不想我的心里眼里只有你？你不能为我解烦恼，反来拿这个话堵噎我，可见我心里时时刻刻白有你，你心里竟没我了。”宝玉是这个意思，只口里说不出来。那黛玉心里想着：“你心里自然有我，虽有‘金玉相对’之说，你岂是重这邪说不重人的呢？我就时常提这‘金玉’，你只管了然无闻的，方见得是待我重，无毫发私心了。怎么我只一提‘金玉’的事，你就着急呢？可知你心里时时有这个‘金玉’的念头。我一提，你怕我多心，故意儿着急，安心哄我。”

那宝玉心中又想着："我不管怎么样都好，只要你随意，我就立刻因你死了，也是情愿的；你知也罢，不知也罢，只由我的心，那才是你和我近，不和我远。"黛玉心里又想着："你只管你就是了；你好，我自然好。你要把自己丢开，只管周旋我，是你不叫我近你，竟叫我远了。"

看官，你道两个人原是一个心，如此看来，却都是多生了枝叶，将那求近之心，反弄成疏远之意了。（第二十九回）

黛玉听了这话，不觉又喜又惊，又悲又叹。所喜者：果然自己眼力不错，素日认他是个知己，果然是个知己；所惊者：他在人前一片私心称扬于我，其亲热厚密，竟不避嫌疑；所叹者：你既为我的知己，自然我亦可为你的知己，即你我为知己，又何必有"金玉"之论呢？既有"金玉"之论，也该你我有之，又何必来一宝钗呢……（第三十二回）

宝玉正出了神，见袭人和他说话，并未看出是谁，只管呆着脸说道："好妹妹，我的这个心，从来不敢说，今日胆大说出来，就是死了也是甘心的！我为你也弄了一身的病，又不敢告诉人；只好捱着。等你的病好了，只怕我的病才得好呢。——睡里梦里也忘不了你！"（第三十二回）

黛玉乘此机会，说道："我便问你一句话，你如何回答？"宝玉盘着腿，合着手，闭着眼，噘着嘴，道："讲来。"黛玉道："宝姐姐和你好，你怎么样？宝姐姐不和你好，你怎么样？宝姐姐前儿和你好，如今不和你好，你怎么样？今儿和你好，后来不和你好，你怎么样？你和他好，他偏不和你好，你怎么样？你不和他好，他偏要和你好，你怎么样？”宝玉呆了半晌，忽然大笑道：“任凭弱水三千，我只取一瓢饮。”黛玉道：“瓢之漂水，奈何？”宝玉道：“非瓢漂水；水自流，瓢自漂耳。”黛玉道：“水止珠沉，奈何？”宝玉道：“禅心已作沾泥絮，莫向春风舞鹧鸪。”黛玉道：“禅门第一戒是不打诳语的。”宝玉道：“有如三宝。”黛玉低头不语。（第九十一回）

从极度的爱，到剖心事，到现在乃直是要口供了。“任凭弱水三千，我只取一瓢饮”，及至“水止珠沉”，他便是“禅心已作沾泥絮，莫向东风舞鹧鸪”。并且最后还是以“三宝”为誓。黛玉至此可以“放心”了。内部已经不成问题，可是变生外部。宝钗胜利了。两个大傻瓜还是在闷葫芦里莫明其妙哩！

六

宝玉的“宝”丢了，宝玉疯癫了。于是贾母王夫人便想到了金玉因缘，想借着宝钗的金锁来冲喜，来招致那失掉了的宝玉。于是便定亲以至结婚。也不顾元妃的孝了，袭人的诉说警告也无用了。袭人也自是私自庆幸，凤姐便施其偷梁换柱之计，贾母王夫人只知道站在自己的立场上说话，儿女本身的思想性格，以及平素的关系，全不过问，全不理解。他们也不想理解，他们也不能够理解。他们虽知道他俩的感情比较好点，但是他们以为这是他俩从小在一块的缘故。他们所理解的只这一点，他们再不能够进一步的理解，他们都是俗人，他们不能够理解这一对艺术化了的怪物。可是第一幕悲剧就在此开始上场。

机关泄漏了，颦儿迷了本性，焚了稿子，断了痴情，那病一天重起一天，血不住的吐。贾母大惊，随同王夫人凤姐过来看视。

> 只见黛玉微微睁眼，看见贾母在他旁边，便喘吁吁的说道："老太太！你白疼了我了！"贾母一闻此言，十分难受，便道："好孩子，你养着罢！不怕的！"黛玉微微一笑，把眼又闭上了。（第九十七回）

这"微微一笑"中有多少恨？有多少苦？这"白疼了我了"一句中，含了多少讥讽？含了多少怨恨？贾母一听，能不难受？能不愧死？但是他竟老羞成怒，说出很令人伤心的话来！

> 贾母心里只是纳闷，因说："孩子们从小儿在一处儿玩，好些是有的。如今大了，懂得人事，就该要分别些，才是做女孩儿的本分，我才心里疼他。若是他心里有别的想头，成了什么人了呢！我可是白疼了他了！你们说了，我倒有些不放心。"（第九十七回）

> 贾母道："我方才看他却还不至糊涂。这个理我就不明白了！咱们这种人家，别的事自然没有的，这心病也是断断有不得的！林丫头若不是这个病呢，我凭着花多少钱都使得；就是这个病，不但治不好，我也没心肠了！"（第九十七回）

读者看这两段话，怎不令人可恨？我真要骂一声"这老乞婆！"

贾母等人自从看过了以后，便过去办宝玉喜事。黛玉方面只请医诊治而已。"上下人等都不过来，连一个问的人都没有，睁开眼只有紫鹃一人。"岂不可恨？宁不可叹？紫鹃恨的更了不得！

> 到了贾母上房，静悄悄的，只有两三个老嬷嬷和几个做粗活的丫头在那里看屋子呢。紫鹃因问道："老太太呢？"那些人都说："不知道。"紫鹃听这话诧异，遂到宝玉屋里去看，竟也无人。遂问屋里的丫头，也说不知。紫鹃听这话诧异，遂到宝玉房里去看，竟也无人！遂问屋里的丫头，也说不知。紫鹃已知八九，"但这些人怎么竟这样狠毒冷淡！"（第九十七回）

黛玉平时谁不敬重？不想到此，无一人过问。人情人情，夫复何言？我之恨即恨在此，我之叹亦叹在此。黛玉气绝之时，正是宝玉成礼之时，一面音乐悠扬，一面哭泣凄凉！这个对比，实在难堪！

黛玉死了，宝玉尚在梦中。结婚他也是莫明其妙，偷梁换柱是个纸老虎，揭穿了，宝玉越发糊涂，病的日见厉害，连饮食也不能进了。黛玉有心病，试问宝玉这是不是心病？贾母又有何说？明知其各有心病，又使用李代桃僵，这简直是开玩笑，以人命作儿戏，既不顺天，又不应人，如何不演悲剧？如何又不演第二幕悲剧？

悲剧是演了，可恨自是可恨。但是话又说回来，恨只是感情上的，细想想又无所恨。紫鹃连宝玉都恨，这当然是不合理的，可是感情上又不能无恨。我自是恨贾母，但细想，贾母也不必恨了。贾母听见黛玉死了，眼泪交流，说道："是我弄坏了他了！但只是这个丫头也忒傻气！"贾母也自认其咎，不过他以为女孩儿总当如宝钗那样才好，奇特乖僻，便不是做女孩儿的本分。这是道德观念如此，普天之下莫不皆然，贾母当年也得遵守，这如何能怨恨贾母？贾母又对王夫人说：

> "你替我告诉他的阴灵：'并不是我忍心不来送你，只为有个亲疏。你是我的外孙女儿，是亲的了；若与宝玉比起来，可是宝

玉比你更亲些。倘宝玉有些不好，我怎么见他父亲呢！’”（第九十八回）

亲疏是人情，凡事总要近情，贾母毕竟是开明的老太太，但是情也实在不容易通，通情要有理解，贾母只做到了“尽其在我”，“忠恕一贯”之道，还差得远哩。

贾母对黛玉只做到了“尽其在我”，对宝玉也何尝不如此。一般的宝玉也并没有把他看在眼里！任凭你怎么疼，操多少心，那宝玉何曾受一点感动？何曾稍有上进之心？还不是结果为一林妹妹，冷着心肠，抛弃一切，出了家做和尚！可见贾母之爱宝黛，与宝黛之爱贾母同。同是单纯的一条线的爱，同是家庭内的母子之爱。母子之爱如何同于情人之爱！

贾母如此，王夫人又何尝不如此。推之宝钗亦何独不然。宝钗与黛玉也是很好的朋友。这幕悲剧也怪不得宝钗。朋友之爱，也是比不上夫妇之爱呵！

但是宝钗虽以情人之爱对宝玉，宝玉却以朋友之爱对宝钗。朋友之爱也是单纯的一条线的。所以任凭你怎样用情，结果还是为林妹妹一走！

这幕悲剧竟一无所恨，只恨思想见地之冲突与不理解。各人都是闭着眼一直前进，为自己打算，痴心妄想，及至无可如何，必有一牺牲，这是天造地设的惨局！

七

第一幕悲剧是人性的冲突，第二幕自然以此为根据，复加上了“无常”之感，由“无常”的参加，这第二幕的悲剧便含着一个人生的根本问题。试看《红楼梦》的主角怎样解脱这个问题。

这一百二十回的《红楼梦》只是一篇兴亡陈迹的描写。一个人亲身经历一番兴亡劫数，那无常的悲感自然会发生的。《红楼梦》第一回便揭示出怎样解脱无常，以疯跛道人的《好了歌》开始，自然便以出家为终结。《好了歌》是：

世人都晓神仙好，惟有功名忘不了！
古今将相在何方：荒冢一堆草没了。
世人都晓神仙好，只有金银忘不了！
终朝只恨聚无多，及到多时眼闭了。
世人都晓神仙好，只有姣妻忘不了！
君生日日说恩情，君死又随人去了。
世人都晓神仙好，只有儿孙忘不了！
痴心父母古来多，孝顺子孙谁见了？

识“通灵来历”说“太虚实情”的甄士隐，又将《好了歌》加以注解道：

陋室空堂，当年笏满床；衰草枯杨，曾为歌舞场；蛛丝儿结满雕梁，绿纱今又在蓬窗上。说什么脂正浓、粉正香，如何两鬓又成霜？昨日黄土陇头埋白骨，今宵红绡帐底卧鸳鸯。金满箱，银满箱，转眼乞丐人皆谤；正叹他人命不长，那知自己归来丧？训有方，保不定日后作强梁。择膏粱，谁承望流落在烟花巷！因嫌纱帽小，致使锁枷扛；昨怜破袄寒，今嫌紫蟒长：乱烘烘你方唱罢我登场，反认他乡是故乡；甚荒唐，到头来都是为他人作嫁衣裳。

这一首注解，便是说明万事无常。因缘相待，祸福相依。没有完全好的时候。若要完全“好”，必须绝对“了”，若能了却一切，便是圆圆满满，常而不变，故曰《好了歌》。所以最后的解脱便是佛教的思想。

宝玉生于富贵温柔之乡，极度的繁华也受用过，后来渐渐家败人亡：死的死，嫁的嫁，黄金时代的大观园变成荒草满地了！善感的宝玉如何不动今昔之情？最使他伤心的，便是开玩笑式的结婚，与林妹妹的死。宝钗告诉他黛玉亡故的消息，他便一痛决绝，倒在床上。及至醒来，“自己仍旧躺在床上。见案上红灯，窗前皓月，依然锦绣丛中，繁华世界……仔细一想，真正无可奈何，不觉长叹数声。”（第九十八回）试想这无可奈何的长叹含着有多少痛苦；从这里边能悟出多少道理？一悟再悟，根据其固有的思想见地，把以前的痴情旧病渐渐冷淡起来，色即是空，情即是魔，于是由纨裤子弟转变到佛教那条路上去，不再在这世界里惹愁寻恨了！

本来，在中国思想中，解脱这个人生大问题的大半都走三条路：一走儒家的路，这便是淑世思想；二走道家的路，与三走佛家的路，这便是出世思想。儒家之路想着立功立言以求永生；道家想着锻炼生理以求不死；佛家想着参禅打坐以求圆寂。三家都是寻求永恒，避免现世的无常。贾宝玉最后遁入空门，作书者为敷衍世人起见，说这是假的，不是正道。甄宝玉之由纨裤转为儒家那才是真的；然而在宝玉看来却是个禄蠹！当宝玉神游太虚幻境的时候，警幻仙子最后忠告他说：“从今后，万万解析，改悟前情，留意于孔孟之间，委身于经济之道。”但是宝玉却始终讨厌这个经济之道，所以他终于走上了佛教之路！

八

宝玉是有计划的慢性的出家，不是顿时的自杀。所以当其长叹之后，虽一时想起黛玉未免心酸落泪，但又不能顿时自杀，又想黛玉已死，宝钗是第一流人物，举动温柔，遂将爱慕黛玉的心肠略移在宝钗身上。因为最易钟情的脾气，还不能一时脱掉，而宝钗亦实在有可爱之点。虽思想性格不在一条线上，然究竟亦不是俗流之人，有姿色美亦有内心美。所以他们俩结婚之后，也着实过过很恩爱的生活。下面一段话描写小夫妇的起居生活太好了！

> 且说凤姐梳了头，换了衣服，想了想，虽然自己不去，也该带个信儿；再者，宝钗还是新媳妇出门子，自然要过去照应照应的，于是见过王夫人，支吾了一件事，便过来到宝玉房中。只见宝玉穿着衣服，歪在炕上，两个眼睛呆呆的看宝钗梳头。凤姐站在门口，还是宝钗一回头看见了，连忙起身让坐。宝玉也爬起来，凤姐才笑嘻嘻的坐下。宝钗因说麝月道："你们瞧着二奶奶进来，也不言语声儿！"麝月笑着道："二奶奶头里进来就摆手儿不叫言语么。"凤姐因向宝玉道："你还不走，等什么呢？没见这么大人了，还是这么小孩子气。人家各自梳头，你爬在旁边看什么？成日家一块子在屋里，还看不够吗？也不怕丫头们笑话？"说着，"哧"的一笑，又瞅着他咂嘴儿。宝玉虽也有些不好意思，还不理会。把个宝钗直臊得满脸飞红，又不好听着，又不好说什么。（第一百一回）

又如：

宝玉正在那里回贾母往舅舅家去。贾母点头说道："去罢，只是少吃酒，早些回来，你身子才好些。"宝玉答应着出来，刚走到院内，又转身回来，向宝钗耳边说了几句，不知什么。宝钗笑道："是了，你快去罢。"将宝玉催着去了。这里贾母和凤姐宝钗说了没三句话，只见秋纹进来传说："二爷打发焙茗回来说，请二奶奶。"宝钗道："他又忘了什么，又叫他回来？"秋纹道："我叫小丫头问了焙茗，说是'二爷忘了一句话，二爷叫我回来告诉二奶奶：若是去呢，快些来罢；若不去呢，别在风地里站着。'"说得贾母凤姐并地下站着的老婆子丫头都笑了。宝钗的脸上飞红，把秋纹啐了一口，说道："好个糊涂东西！这也值得这么慌慌张张跑了来说？"秋纹也笑着回去叫小丫头去骂焙茗。那焙茗一面跑着，一面回头说道："二爷把我巴巴儿的叫下马来，叫回来说；我若不说，回来对出来，又骂我了。这会子说了，他们又骂我！"那丫头笑着跑回来说了。贾母向宝钗道："你去罢，省了他这么不放心。"说得宝钗站不住，又被凤姐怄着玩笑，没好意思，才走了。（同上）

由这两段看来，宝玉真是可爱。此等夫妇焉能长久，亦不须长久。一日已足，何况年余？然则宝钗虽守寡，其艳福亦胜黛玉多多矣。

九

宝玉终非负心之人。"禅心已作沾泥絮，莫向东风舞鹧鸪。"他必须要履践前言。宝钗虽可爱，小夫妇虽甚甜蜜，然而其爱的关系终不如与黛玉之深。不过逼着宝玉出家的主力，据情理推测，尚不在爱黛玉心切，而实在思想之乖僻与人世之无常。这两个主力合起来，使着宝玉感觉到人生之无趣。试想读书上进他既看不起，而他所最钟情的却又都风流云散，他所想望的以眼泪来葬他及大家都守着他的美梦，现在却只剩了他自已，使他感觉到活着无趣，种种想望不过是梦不过是幻。他除了出家以外，还有什么办法？为黛玉出家实在是一个巧合，而事实上促成他这个目的的前因，却有好多其他成分在内。如果宝玉不是乖僻之人，如果是乖僻而不走到佛家的路上，转回来走儒家之路，如甄宝玉似的，则与宝钗偕老是必然的事。因为宝玉也实在爱慕宝钗，而宝钗运用柔情，也实在有做过移花接木之计。然而并未偕老，这其中并非对于宝钗有所恨，有所过不去，这实在是世事使着他太伤心了，因而使着他对于生活也冷淡起来。这是蕴藏在他的内部的心理情绪。若说他一心想着黛玉而出家，这还是有热情。须知此时的宝玉不但是看富贵如浮云，即是儿女情缘也是如浮云。我们看这段话便知：

> 那知宝玉病后，虽精神日长，他的念头一发更奇僻了，竟换了一种，不但厌弃功名仕进，竟把那儿女情缘也看淡了好些。只是众人不大理会，宝玉也并不说出来。一日，恰遇紫鹃送了林黛玉的灵柩回来，闷坐自己屋里啼哭，想着："宝玉无情，见他林妹妹的灵柩回去，并不伤心落泪；见我这样痛哭，也不来劝慰，反瞅着我笑。这样负心的人，从前都是花言巧语来哄着我们！前夜亏我想得开，不然，几乎又上了他的当！只是一件叫人不解：如今我看他待袭人也是冷冷儿的。"（第一百十六回）

这种微妙的心理，慧紫鹃也不慧了！

冷到极点，心中早有一个成见在那里。母子之情与夫妇之情皆未能稍动其心。一切情欲，扫涤净尽。心中坦然，倒觉无丝毫病魔缠身。所以他说："如今再不病的了，我已经有了心了，要那玉何用？"玉即欲，欲可以医病，可以养生亦可以害生。所以"欲"是人间生活的维持，没有了欲，便到了老病死的时候；而老病死之所以至，也即因为有了欲。如今他有了"心"了。心得其主是为永生，要欲何用？袭人说"玉即是你的命"，而宝玉却以为"心就是命"，玉是无用的了。所以当"佳人双护玉"的时候，他至不得已便笑道："你们这些人原来重玉不重人哪！"可怜凡夫俗子如何能了解他的领悟！

他既有了心，那玉之有无便不相干，对于他的行动毫无影响，于是他决定离开这欲的世界了。

> 只见宝玉一声不哼，待王夫人说完了，走过来给王夫人跪下，满眼流泪，磕了三个头，说道："母亲生我一世，我也无可答报。只有这一入场，用心作了文章，好好的中个举人出来，那时太太喜欢喜欢，便是儿子一辈子的事也完了，一辈子的不好，也都遮过去了。"

这是母子的惨别！

> 宝玉却转过身来给李纨作了个揖，说："嫂子放心！我们爷儿两个都是必中的。日后兰哥还有大出息，大嫂子还要戴凤冠穿霞帔呢。"

这是叔嫂之别！

> 此时宝钗听得，早已呆了。这些话，不但宝玉说得不好，便

是王夫人李纨所说，句句都是不祥之兆，却又不敢认真，只得忍泪无言。那宝玉走到跟前,深深的作了一个揖。众人见他行事古怪，也摸不着是怎么样，又不敢笑他。只见宝钗的眼泪直流下来，众人更是纳罕。又听宝玉说道："姐姐！我要走了。你好生跟着太太，听我的喜信儿罢！"宝钗道:"是时候了，你不必说这些唠叨话了。"宝玉道："你倒催得我紧，我自己也知道该走了！"

这是夫妻惨别！还忍卒读吗？其为悲何亚于黛玉之死？

于是"宝玉仰面大笑道：'走了，走了！不用胡闹了！完了事了！'"

"走来名利无双地，打出樊笼第一关。"宝玉至今真出家矣。

离家时，贾政不在家，于是便往辞亲父。

（贾政）写到宝玉的事，便停笔。抬头忽见船头上微微的雪影里面一个人，光着头，赤着脚，身上披着一领大红猩猩毡的斗篷，向贾政倒身下拜。贾政尚未认清，急忙出船，欲待扶住问他是谁。那人已拜了四拜，站起来打了个问讯。贾政才要还揖，迎面一看，不是别人，却是宝玉。贾政吃一大惊，忙问道："可是宝玉么？"那人只不言语，似喜似悲。贾政又问道："你若是宝玉，如何这样打扮，跑到这里来？"宝玉未及回言，只见船头上来了两人，一僧一道，夹住宝玉道："俗缘已毕，还不快走？"说着，三个人飘然登岸而去。

这是父子之别！吾实不禁黯然伤神者矣！

以上别父母别妻嫂，极人间至悲之事。释迦牟尼正因着生离死别的悲惨而离了皇宫，然离皇宫又何尝不是极悲之事？宝玉冷了心肠而出家求那永生之境，正同释迦牟尼一样，都是以悲止悲，去痛引痛。这是一个循环，佛法无边，将如何断此循环？

宝玉出家一幕，其惨远胜于黛玉之死。黛玉死，见出贾母之狠毒与冷淡，然此狠毒与冷淡犹是一种世情，其间有利害关系，吾人总有恕饶的一天。至于宝玉的狠与冷却是一种定见与计划。母子之情感动不了，夫妻之情感动不了，父子之情更感动不了，刚柔皆无所用，吾人何所饶恕？恕宝玉乎？然宝玉之狠与冷并非是恶，何用汝恕？惟如此欲恕而无可恕无所恕之狠与冷，始为天下之至悲。盖其矛盾冲突之难过，又远胜于有恶可恕之利害冲突也。吾故曰第二幕之惨又胜于第一幕。其主因即在于思想性格冲突而外又加上一种无常之感。他要解脱此无常，我们恕他什么？

有恶而不可恕，以怨报怨，此不足悲。有恶而可恕，哑巴吃黄连，有苦说不出，此大可悲，第一幕悲剧是也。欲恕而无所施其恕，其狠冷之情远胜于可恕，相对垂泪，各自无言，天地黯淡，草木动容，此天下之至悲也。第二幕悲剧是也。

（《文哲月刊》第一卷第三期［一九三五年十二月十五日版］
第四期［一九三六年一月十五日版］）

《石头记》评赞

吴宓 *

弁言

按《红楼梦》一书，正名应称《石头记》。宓关于此书，曾作文二篇：

一曰《〈红楼梦〉新谈》。系民国八年（一九一九）春，在美国哈佛大学中国学生会之演说。其稿后登上海《民心周报》第一卷十七、十八期。

当宓作此演说时，初识陈寅恪先生（时在哈佛同学）才旬日。宓演说后，承寅恪即晚作《〈红楼梦〉新谈题辞》一诗见赠，云："等是阎浮梦里身，梦中谈梦倍酸辛。青天碧海能留命，赤县黄车更有人（原注：

---

* 吴宓（一八九四～一九七八），原名玉衡，哈佛大学比较文学硕士毕业，曾于东南大学、东北大学、清华大学执教，著有《吴宓诗文集》、《空轩诗话》等书。

虞初号黄车使者）。世外文章归自媚，灯前啼笑已成尘。春宵絮语知何意，付与劳生一怆神。”此诗第四句，盖勖宓成为小说家，宓亦早有撰作小说之志，今恐无成，有负知友期望多矣！

该篇内容，大致以 1. 贾宝玉，2. 林黛玉，3. 王熙凤，4. 贾惜春四人，代表由内到外四层：

1. 个人之性情行事——贾宝玉为全书之主角，一切描写之中心。以贾宝玉与中西诸多人物（如卢梭等）比较，而判定其性格。

2. 人与人之关系——就爱情一事写之：（甲）宝与黛，真情而失败；（乙）钗对宝，诈术乃成功。

3. 团体社会中政治之得失——贾母王道；熙凤霸道（才略可取，贪私致祸）。

4. 千古世运之升降——文明进步，而人之幸福不增，遂恒有出世（宗教）及归真返朴之思想（Primitivism）。《红楼梦曲》中《虚花悟》所言者是也。

二曰《〈石头记〉评赞》（*A Praise of THE DREAM OF REDCHAMBER*）。民国二十八年（一九三九）一月初，在昆明所作。未能详为阐发，仅叙列大纲。该稿系英文。今撮译其要点，成为此篇。

壹

《石头记》之小说技术至为完美。故为中国说部中登峰造极之作。

一、试以西洋小说法程规律，按之《石头记》，莫不暗合。例如全局之顶点（或转变，climax），应在全书四分之三之处。《石头记》之顶点即在九十七回（黛玉焚稿，宝钗出闺），约为四分之三。而《石头记》又兼具中国小说法程规律之长。

二、若以结构或布局（plot）判定小说之等第优劣，则《石头记》之布局可云至善。析言之：1. 以贾府之盛衰，为宝、钗、黛三角式情史之成败离合之背景，外圈内心，互同演变。2. 如一串同心圆，宝、钗、黛以外，有大观园诸姐妹丫头，此外更有贾府，此外更有全中国全世界。但外圈之大背景，只偶然吐露提及，并不详叙，（如由贾政任外官，而写地方吏胥之舞弊；又如写昔日荣、宁二公汗马从征，及西洋美人等等）愈近中心则愈详，愈远中心则愈略。3. 依主要情史之演变，而全书所与读者之印象及感情，其 atmosphere 或 mood，亦随之转移，似有由春而夏而秋而冬之情景。但因书中历叙七八年之事，年复一年，季节不得不回环重复，然统观之，全书前半多写春夏之事，后半多写秋冬之事。

贰

《石头记》之价值，可以其能感动（或吸引）大多数读者证明之，所谓 universal appeal 是也。异时异世，中国男女老少之人，其爱读《石头记》者，仍必不减；若全书译成西文，西人之爱读《石头记》者亦必与日俱增，可断言也。

以《石头记》为研究材料，而作成论文（法文）在法国（巴黎或里昂大学）得博士（或硕士）学位者：1. 李辰冬君。其书名 *Etude sur le Song du Pavillon Rouge*（《〈红楼梦〉研究》），一九三四年巴黎大学博士论文，凡一五〇面，巴黎 L. Rodestein 书店出版。书中以《红楼梦》与西洋文学名著如但丁《神曲》，莎士比亚悲剧、西万提司《吉诃德先生传》、巴尔扎克《人间喜剧》、托尔斯泰《战争与和平》等比较，议论颇精。如谓《红楼梦》能表现中国文明之精神。其结构乃如一大海，万千波浪层叠，互为起伏影响，浩莽而晃荡，使读者感觉其中变化无穷，深厚莫测。

又全书是一整体，不以章回为限，割裂而成片段，故非《战争与和平》所能及。而其自然及宁静之处，则胜过巴尔扎克之小说。又谓曹雪芹运用中国文字极工，不但能曲达思想感情，抑且活绘人物之动作与姿态。其所写之贾府，实为中国文化与社会之中心，故极有精采。其书当如但丁《神曲》，为后来凡作小说者所取法云云。按李辰冬君曾译其书为汉文（白话），分章登载天津《国闻周报》（民国二十三～二十四年）。近顷正中书局出版之李辰冬著《〈红楼梦〉研究》（重庆文化新闻第一〇七期有评文，纯为隔靴搔痒之论），似即汇合各章译文而成者也。2. 郭麟阁君。3. 吴贻泰君，皆在里昂大学所作，一九三五年～一九三六年之间出版。郭君书，为《〈红楼梦〉之研究》，撮述此书之内容，备列旧日索隐及胡适君考证之说，无甚新意。吴君书，则为《中国小说发达史》，大致依据鲁迅之《中国小说史略》，而叙述《红楼梦》书中故事竟占全书五分之二，亦无所发明。4. 卢月化女士之 *Les Jeune-filles Chinoises d'après LE REVE DANS LA CHAMBRE ROUGE*（《〈红楼梦〉中所描写之中国闺秀》），一九三七年巴黎大学博士论文，除泛论诸闺秀之地位及教育外，又特举钗、黛、凤等为例而详叙其性情品格，文笔灵活，饶有趣味。以上诸君宓皆曾晤识，其书（法文原本）亦均读过。至若精心专力研究《石头记》而以汉文（白话）作成评论者，吾所知有顾献梁君（良）。顾君搜集《石头记》各种版本及评论考证之作咸备，已撰成王熙凤、妙玉等论文数篇，均有特见云。

叁

《石头记》为一史诗式（非抒情诗式）之小说，描写人生全部（a complete Book of Life），包罗万象。但其主题为爱情，故《石头记》又可称为“爱情大全”（a complete Book of Love），盖其描写高下优劣各类各级之爱情，无不具备（例如，上有宝、黛之爱，下有贾琏及多姑娘等），而能以哲学理想与艺术之写实熔于一炉（可与柏拉图《筵话篇》、加斯蒂里辽《廷巨论》、斯当达尔《爱情论》等书比较）。其全体之结构，甚似欧洲中世之哥特式教堂，宏丽、整严、细密、精巧，无一小处非匠心布置，而全体则能引读者之精神上至于崇高之域，窥见人生之真象与其中无穷之奇美。

《石头记》描写人生之各方面，由内心以至外象，层层相关，其一则政治是也。政治以王熙凤治理贾府为代表。熙凤当权时，贾府已由王道之君主政治，降为霸道之独裁政治，道德与政治分离，滥用权力，营私敛财，对人只图逞欲，不择手段，而贾府衰亡相迫矣。《石头记》写贵族之衰亡，但无革命、共产、民治、无政府等思想，因时机尚未至也。使曹雪芹生今日，则晚近人类之政治经验，皆必写入书中矣。书中贾府情形，甚似十八世纪中路易十五、路易十六治下之法兰西。路易十五临终，有洪水将至之语，何异十三回秦可卿梦嘱王熙凤云云。而晚清之政治社会，亦有与《石头记》书中情形相似处。至于《虚花悟》曲，即西洋文学中之归真返朴主义（primitivism），而宝玉与《忏悔录》作者卢梭尤多契合之点也。

肆

《石头记》为中国文明最真最美而最完备之表现，其书乃真正中国之文化、生活、社会，各部各类之整全的缩影，既美且富，既真且详。盖中国当清康熙、乾隆时，确似路易十四、路易十五治下之法兰西，为欧洲及世界政治之中心，文物之冠冕，后世莫能及之盛世。今日及此后之中国，纵或盛大，然与世界接触融合，一切文化、思想、事物、习惯，已非纯粹之中国旧观，故《石头记》之历史的地位及价值，永久自在也。

伍

《石头记》之文字，为中国文（汉文）之最美者。盖为文明国家，中心首都，贵族文雅社会之士女，日常通用之语言，纯粹、灵活、和雅、圆润，切近实事而不粗俗，传达精神而不高古。正如古希腊纪元前五世纪之谐剧（通译曰喜剧）及四世纪柏拉图语录（俗译曰对话）中之希腊文。又如但丁理想中之意大利文，而采用入《神曲》中者。又如十七世纪巴黎客厅中之谈话，及当时古典派大制者如莫里哀剧中之法文。皆历史世运所铸造，文明进步所陶成，一往而不可再得者也。而《石头记》书中用之，又能恰合每一人物之身份，而表现其人之性格，纤悉至当，与目前情事适合。《石头记》之文笔更为难及，可云具备中国各体各家文章之美于一人一书者。每一文体，如诗、词、曲、诔、八股等，均为示范，尤其余事。

《石头记》文章之美，艺术之精，言不胜言。但观其回目，如：

三十五回：白玉钏亲尝莲叶羹，黄金莺巧结梅花络——（对偶之工丽）

四十三回：闲取乐偶攒金庆寿，不了情暂撮土为香——（自然，合情）

六十九回：弄小巧用借剑杀人，觉大限吞生金自逝——（评断深刻）

九十八回：苦绛珠魂归离恨天，病神瑛泪洒相思地——（对举，哀艳）

西洋小说，如《名利场》（*Vantity Fair*，伍光建译名《浮华世界》）等之回目亦工，然无此整丽也。

陆

《石头记》具有亚里士多德所云之庄严性（high-seriousness），可与其人生观见之。《石头记》之主角贾宝玉，在人生社会中，涉历爱情之海，积得种种经验，由是遂获宗教之善果，即：1. 真理、2. 智慧、3. 安和、4. 幸福、5. 精神之自由等是。又可云：《石头记》乃叙述某一灵魂向上进步之历史，经过生活及爱情之海，率达灵魂完成自己之目的（可与柏拉图《筵话篇》，圣奥古斯丁《忏悔录》，但丁《新生》及《神曲》，歌德《威廉麦斯特传》比较。又可与卢梭《忏悔录》及《富兰克林自传》反比）。此《石头记》之人生观也。世界文学名著，莫不指示人生全部真理，教人于现实中求解脱，《石头记》亦然。谓《石头记》为佛教之人生观，尤嫌未尽也。

《石头记》之义理，可以一切哲学根本之“一多（one and many）观念”解之。列简表如下：

一、太虚幻境——理想（价值）之世界。

人世：贾府，大观园——物质（感官 / 经验）之世界。

二、木石——理想、真实之关系（真价值，天爵）。

金玉——（人为 / 偶然）之关系；社会中之地位（人爵）。

三、贾（假）——实在（真理 / 知识），惟哲学家知之。

甄（真）——外表（幻象 / 意见），世俗一般人所见者。

四、贾宝玉——理想之我，人皆当如是。

甄宝玉——实际（世俗）之我，人恒为如是。

柒

《石头记》之伟大，亦可于其艺术观见之。作者盖欲 1. 造成完密之幻境。盖欲 2. 创作全体人生之理想的写照。盖欲 3. 藉艺术家之理想的摹仿之法，而造成人类普遍性行之永久记录。此《石头记》之艺术观也。作者以此意示读者处，如下：

一、太虚幻境——艺术（文学艺术作品）中之人生（喻如熟饭）。

贾府，大观园——日常实际经验中之人生（喻如生米）。

二、警幻仙姑——无上之艺术家（作者）。正如莎士比亚《暴风》（*Tempest*）剧中之老王魔术家 Prospero；其说明己意之处，亦相同。

甄士隐与贾雨村——将经验加以选择及改造之艺术方法（或步骤）。

三、贾宝玉——用艺术改造过（即理想化）的曹雪芹。贾宝玉实际生活中之曹雪芹，或历史人物之曹雪芹。

《石头记》——采用曹雪芹生平事迹（实际经验）为其一部分之艺术材料，而作成之小说。《石头记》是曹雪芹之自传。

又按西洋论文学创造，尤其论著作小说者，恒谓须经过三层步骤：1. 曰经验的观察，2. 曰哲理的了解，3. 曰艺术的创造。于此，遂有三世界。

第一步，经验的观察，世俗之人皆能，在（Ⅰ）实际经验世界中行之。第二步，哲学的了解，乃由此观察，以取得宇宙人生之普遍的原理，一切事物间正常的关系，遂造成（Ⅱ）第二世界，即理想世界，此惟哲学家能之。艺术家亦必能到此世界。第三步，更借用诸多虚幻（随意造作）之事境人物，以具体之方法，表现第二世界之原理及通则。因其事境人物皆随意造作，故更能表达如意。此所创造或虚构者，乃第三世界，即（Ⅲ）艺术所创造之世界。凡艺术家（小说家），必由（Ⅰ）经过（Ⅱ）而达到（Ⅲ）。必须经历此三世界，始能作出上好之文艺作品。《石头记》作者亦然：

（Ⅰ）曹雪芹之一生→（Ⅱ）太虚幻境→（Ⅲ）贾府大观园

（Ⅰ）第一世界……世俗人所经验。

实→曹雪之一生（中国、清朝、十八世纪、北京、南京等等）

（Ⅱ）第二世界……哲学家所了解。

虚→太虚幻境（警幻仙姑、正副册、《红楼梦曲》）

（Ⅲ）第三世界……艺术家所创造。

真→贾府，大观园（诸姊妹丫头众人之事迹、生活、遭际、离合悲欢等）

是故《石头记》一书中所写之人与事，皆情真理真，故谓之真，而非时真地真。若仅时真地真，只可名为实，不能谓之真；即是未脱离第一世界，不能进入第三世界。书中“甄”字（甄士隐、甄宝玉）乃代表第一世界（实），“贾”字（贾宝玉等）却是代表第三世界（真）。甄（假）贾（真）之关系如此。例如甄宝玉一类人，到处皆是，吾人恒遇见之；然其人有何价值与趣味？何足费吾笔墨（甄宝玉在书中，无资格，不获进大观园）；必如贾宝玉等，乃值得描写传世，由此推求，一切皆明了矣。

又按兹所云云，原非奇特，凡多读小说而善为体会人生者，尤其平日有志创作小说，而于一己之生活经验时时低徊涵泳者，皆其明其故而信其然也。

一、按三世界之关系，及其统一性，更可以下表之：

（Ⅰ）第一世界……乱而实 Many →曹雪芹 ↘

（Ⅱ）第二世界……整而虚 One →警幻仙姑 →《石头记》作者

（Ⅲ）第三世界……整而实 One in Many →贾宝玉↗

二、太虚幻境中之正册副册，区分等第，评定诸女品格，论断其一生行事，此正如（Ⅰ）孔子作《春秋》之书法，及溢号褒贬。尤似（Ⅱ）但丁《神曲》中，天堂、净罪界、地狱三界各有九层，每层又分数小层，厘定上下优劣品级，以定善恶功罪之大小。先定每层之性质（或善或恶），然后再以如此如彼性质之人，一一分别插入。当时生存之人，及历史中之古人，均入之——总之，以品德判分诸男女，而等第其高下而已。此办法，喻如 1. 教员先有学生名册，按照各生学号或姓名笔画多少排列者。将考试所得分数，随时记入各生名下。终乃按照成绩优劣，另行编排一过，使最优（九十七分）之甲生居首，而最劣（十四分）之癸生殿末，如是列之为榜，一见而优劣分明矣。又如 2. 医生所开药方，杂取诸药而选之，以治病。但药书所论述，及药店中之屉，则按科学分类及次序，排列诸种药品，使读书者及取药者了然于心目焉。

捌

吾信《石头记》全书一百二十回，必为一人（曹雪芹，名霑，一七一九～一七六四，其生平详见胡适君之考证）之作。即有后人（高鹗或程伟元等）删改，亦必随处增删，前后俱略改。若谓曹雪芹只作前八十回，而高鹗续成后四十回竟能天衣无缝，全体融合如此，吾不信也。欲明此说，须看本书全体之结构，及气势情韵之逐渐变化，决非截然两手所能为。若其小处舛错，及矛盾遗漏之处，则寻常小书史乘所不免，况此虚构之巨制哉。且愚意后四十回并不劣于前八十回，但盛衰悲欢之变迁甚巨，书中情事自能使读者所感不同，即世中人实际之经验亦如此，岂必定属另一人所撰作乎？按如西国古希腊荷马之史诗，十九世纪中，一时新奇风气，竟疑为伪，或谓集多人之作而成。迨一八七三年特罗城

（Troy）发见，考古学者证明荷马诗篇多传历史实迹，于是风气顿改，而今共信“荷马史诗”为真矣。吾不能为考证，但亦不畏考证，私信考据学者如更用力，或可发见较多之事实与材料，于以证明《石头记》全书果系曹雪芹一手作成者焉。

玖

《石头记》之价值光辉如此，而攻诋之者恒多，不可以不辩：

（一）旧说指《石头记》为淫书，谓其使人读之败坏道德。——按一切文学作品之合于道德与否，不在其题材，而在其作法（treatment），即作者之观点。《石头记》既教人舍幻以求真（见第六节），与古希腊悲剧，与莎士比亚悲剧，甚至与《新约》及佛经，同其宗旨。彼愚蠢之读者，偏欲效“贾天祥正照风月鉴”，或恐烧杀宝玉，痛哭成疾。此岂《石头记》作者所能负责。细察《石头记》中所着重描写之爱情，乃富于理想之爱，乃浪漫或骑士式之爱，（即斯当达尔《爱情论》中所主张，又即费尔丁及沙克雷等人小说中所表现之爱），而非肉欲之爱（登徒子与《金瓶梅》即是：西书若 Frank Harris 之自传亦是）。贾宝玉之于爱情，纯是佛心：无我，为人，忘私，共乐；处处为女子打算，毫无自私之意存。故自《石头记》出，而中国人对爱情之见解始达其最高点。于此，《石头记》可与西万提斯所作之《吉诃德先生传》（*Don Quixote*，林纾译此书曰《魔侠传》，名甚佳）比较，如下：

《吉诃德先生传》乃最佳之骑士游侠小说，但至真至美，与前此千百此类之书不同，卓然自立。《吉诃德先生传》出，而西班牙盛行已久之千百种骑士游侠小说，竟无人读，一扫而空。

《石头记》乃最佳之才子佳人（爱情与文艺）小说，亦至真至美，与前此千百此类之书（如《平山冷燕》、《天雨花》等）不同，卓然自立。（参阅《石头记》五十四回贾母评女先儿说书一段。作者藉贾母口以自道《石头记》之胜人处。此与《吉诃德先生传》中讥评当时骑士游侠小说之诞妄且伤德处，正同。）《石头记》出，而旧日之才子佳人小说弹词，降为第二三流，有识者亦不爱读之矣。且《石头记》力求“得真”、“如实”，既不以感情为道德（所谓 sentimentalism），又不故意使善人获福，恶人受祸，以强示道德之训诲（所谓 didacticism），而居中取全，以理想纳于实际之中，造出奇美之悲剧。至于结处，如“忏宿冤凤姐托村妪”，刘姥姥之救巧姐等，每于小处存忠厚之意（但无害于真），于以见作者之仁心至意云。

（二）新派则斥《石头记》为过去时代社会之陈迹幻影，无关于今日，无裨于斯世。——如此说，则世界之文学艺术皆可毁灭不存。非然者，中国文明犹得绵续一日，即《石头记》仍必为人所爱读，且读之必有益（如前述），可知也。

新派又斥《石头记》思想陈腐，谓其不提倡国家主义，或社会主义，或共产主义，又无进步、进化、平等、自由等观念。——不知《石头记》之佳处，即在其非政治宣传之小册子，亦非某种问题小说；而为一部描写全体人生，至真且美之一部大小说。其能历久而价值光辉长存，必矣。

拾

旧评或问曰：“《石头记》伊谁之作？曰；我之作。何以言之？曰：语语自我心中爬剔而出。”此一语，实能道出《石头记》之真价值，有如英国 Sir Philip Sidney 十四行诗中所云：“Look into thy heart and write.”是也。吾侪读《石头记》，有类 Wm. Hazlitt 所谓“感情激动之回忆”

(impassioned recollection)。试细绎吾个人每次读《石头记》时之情景，则可历睹此三四十年中，世界中国政治社会思想文化之变迁，兼可显映吾个人幼少壮老悲欢离合之遭遇焉。是故每一读者，不必能摹仿《石头记》作成一部长篇小说。但每一读者，尽可由彼自己之观感，而作成一篇《石头记》评赞，其间当各有独到之处。若宓此篇，聊以自陈所见，以资谈论，未足列于文学批评之林也。

今不一一论列云。

附按一：

1.《石头记》最早之英文译本，为英国驻宁波领事 H. Bencraft Joly 所译，一八七二年上海别发洋行出版，二巨册。其书系逐字逐句直译，毫无遗漏，但仅至五十二回而止。2. 近有王际真君之节译本，名 *Hung-Lou-Meng : or Dream of the Red Chamber*。王君，山东济南人，清华一九二三级毕业，留美，任美国哥伦比亚大学汉文讲师及图书馆事多年，今仍寓居美国。王君于一九二九年，编成一书（英文），综叙《石头记》全书之故事，并译其第一回，且加批评及考据，此书可为介绍《石头记》与一般英美读者之用，毋殊导言。王君原拟英译全书，其后于一九三四年所出版者（伦敦 George Routledge 书店发行，卷首有已故 Arthur Waley 氏之序）。仍非全璧，仅有十余回系直译全译，其余则撮叙事实，删去小节，使前后连贯，俾读者得知大略而已。3. 林语堂君尝欲译《石头记》为英文，旋撰《瞬息京华》（*Moment in Peking*，编按：《京华烟云》）而止。4.《石头记》之德文译本，名 *Der Traum der Roten Kammer*，德人 Frank Kuhn 氏所译，Leipzig 城 Insel 书店出版。此书宓未得见。5. 法文仅有徐仲年君节译《石头记》数段，见所译编之 *Anthologie de la*

Literature Chinese 书中二九三～三〇二页，一九三三年巴黎 Delagrave 书店出版。

附按二：

《石头记》作者之观点，为“如实，观其全体”；以“一多”驭万有，而融会贯通之——此即佛家所谓“华严境界”也。而《石头记》指示人生，乃由幻象以得解脱（from Illusion to Disillusion），即脱离（逃避）世间之种种虚荣及痛苦，以求得出世间之真理与至爱（truth and love）也。佛经所教者如此，世间伟大文学作品亦莫不如此。宓于西方小说家最爱 *Vanity Fair*（《浮华世界》）之作者萨克雷 W. M. Thackeray 氏，实以此故。

附按三：

《石头记》书中情事，可与西洋文学名著比较之处尚多。如：

1. 大观园姊妹之开诗社，猜灯谜——法国十七世纪之客厅士女（Preciosite）。

2. 贾宝玉神游太虚幻境——法国十四世纪之蔷薇艳史（*Roman de la Rose*）。

3. 贾宝玉只对于女子及爱情，极见疯傻；外此之议论，则极通达，而入情合理。——吉诃德先生只渴慕游侠，追踪骑士，行实疯狂；外此之议论思想，皆极纯正，而入情合理。

（桂林《旅行杂志》第十六卷第十一期
一九四二年二月）

“说到辛酸处，荒唐愈可悲”

关于《红楼梦》后四十回的一夕谈

舒芜 *

甲：上次你刚刚谈到后四十回的问题，我马上就说：“我从来谈的是《红楼梦》，不是《石头记》。”似乎有点急急忙忙，剪断了你的话。

乙：哪里的话？我倒觉得你说的是个警句，一下子就表明了你对后四十回的评价。

甲：“评价”，谈何容易！那是一个很大的问题，只有等待“红学”专家去解决。我们这些普通的读者，哪有这个能力。

乙：普通读者也可以谈谈普通读者的感受。

甲：这倒是的。我正是从一个极普通的读者的角度出发，想到自从一百二十回的《红楼梦》出现以来，一百七八十年了。一代又一代的广大读者，只知道这个一百二十回的本子。作为一部完整的长篇小说，感

---

* 舒芜（一九二二～二〇〇九），中国现代作家、文学评论家，著有《红楼说梦》等书。

动了无数读者，滋养了无数作者的，也只是这个一百二十回的本子。胡适的考证发表之前，也许除了三四个人之外，谁也不知道这一百二十回里面，还有前八十回和后四十回之分。这就是说，这一百二十回的《红楼梦》，已经成了一个完整的“社会存在”。即使胡适的考证发表之后（应该承认他的考证是有贡献，有积极意义的），学术界固然大都知道前八十回和后四十回不是出自一手了，而广大读者要读《红楼梦》，还是读一百二十回本，他们或者根本不知道胡适的考证；或者明知后四十回与前八十回有区别，而仍然要把一百二十回连在一起来读，不愿读一个故事没有完的残缺的八十回本。

乙：这就更是一个考验，考验出：这一百二十回，在广大读者心目中，已经不是任何考证所能拆得断、分得开的了，哪怕这考证的结果完全合乎事实。

甲：胡适的考证，是不是完全合乎事实，后四十回是不是完全出于高鹗一人的手笔，我倒有些怀疑。胡适的最主要的根据，无非俞樾所引的《船山诗草》那一条自注：“《红楼梦》八十回以后，俱兰墅所补。”其实，这一个“补”字，意义就有些含混。俞樾是把它解释为本无一字，以意补续的“补”；但又何尝不可以像程伟元序言中所说，是积年陆续搜得一些“漶漫不可收拾”的残稿，据此残稿“细加厘剔，截长补短”的“补”呢？我倒觉得张船山说“补”而不说“续”，倒是可以玩味的。晴雯“补裘”，难道是补织出下半截来吗？

乙：这倒有些像法庭上的诉讼。对于程伟元的话，既没有什么有力的反证足以驳倒它，（《船山诗草》那条自注不但不足以成为驳倒它的有力的反证，而且可以解释作有力的佐证。）就不应该轻易否定它。不过，俞樾所举的“乡会试增五言八韵诗，始乾隆朝，而书中叙科场事已有诗”这一条，算不算一个比较有力的反证呢？

甲：这没有什么，最多也不过证明了后四十回里面，有高鹗的手笔。而程伟元序言中并没有隐讳这一点，他明明说“乃同友人细加厘剔，截长补短”，当然就是说，在残稿的基础上，大大地有改，有删，有增。过去，“疑古”派往往从古籍中抓住一些后人窜乱的文句，便断言这部书整个儿是伪书，这不是科学的方法。何况我们只是说后四十回确有原作者的残稿作根据，这同高鹗对此残稿大有增删，更是毫无矛盾。

乙：后四十回里面，写得坏的太坏，写得好的又太好，文笔悬殊太远了。恐怕就是因为有的是根据曹雪芹的残稿，有的则出于高鹗的手笔吧。如果纯粹是一个人续写的，决不会出现这种现象。

甲：而且，写得坏的地方，远比写得好的地方多得多。第八十一回，也就是后四十回的一开始，便把贾宝玉重新送进家塾，然后大写贾代儒如何讲八股文，贾宝玉如何做八股文，贾政如何考察宝玉的八股文，酸腐之气冲天，故事情节和人物性格的发展上又毫无必要，这就写得坏极了，决不是曹雪芹的手笔。

乙：你忘了这一回的前半是“占旺相四美钓游鱼”，更是莫名其妙。写得好不好还不说，这一段在情节上同前后文毫无关联，对于人物性格和人物关系的表达也不知有什么作用。

甲：这可又当别论。后四十回当中，像这样前后毫无关联，不知何所取义，似乎纯粹赘余的部分，不止这一处。例如，“玩母珠贾政参聚散”一节，也就是的。先前我也觉得，这些一定都是高鹗所续的败笔。但是，有一位朋友说：“正因其前后毫无关联，倒可以证明它所据的是残稿。”一句话点醒了我。你想，是不是这样？

乙：确实，也点醒了我。如果存心作伪，续一部未完的书，一定谨守前范，规行矩步，不敢多走乱走一步，怎么会无缘无故插上一段显然赘余的部分呢？

甲：听说假冒签名的，无论签上几十张几百张，叠起来映着阳光一看，没有哪一笔不是不长不短，不肥不瘦，不偏不倚，不弯不曲，完全复合在一起的。而这就是作伪的一个重要标识。如果真的同出本人之手的许多签名，倒往往出入很大，笔画繁省都很不同，甚至还有匆忙之中偶然写错了一两笔的，但一看就知道的确同出一人之手。

乙：那么，后四十回当中所以有“钓游鱼”“玩母珠”这一类的章节，就因为程、高所收得的残稿中原来就有。高鹗整理时，也不知这些情节与上下文有何关联，也无法把上下文写得与这些情节有联系，但为了尊重原有的残稿，就只好糊里糊涂地把它们照样保存下来。你看是不是可以这样假设？

甲：我正是这样想的。虽然是假设，但是我还想不出任何其他更合理的假设。那也就不妨说……

乙：等一等！我触类旁通了另一个问题：先前胡适的考证中，举出后四十回里有些结局，与前八十回的预言、暗示、伏线，显然不相符合，把这些当作作伪的证据。后来，俞平伯先生又举出了不少。现在，是不是也可以看出完全相反的意义呢？

甲：对了。如果后四十回里的所有结局，全都同前八十回的预言、暗示、伏线不相符合，那还可以说是高鹗太低能了。那样低能的续作，也决不会一百七八十年都得到读者的承认。现在是，大多数结局都紧紧跟定了前面的伏线，偏有那么几处，同前面的预言或伏线差得很远，这是什么道理呢？例如，《金陵十二钗册子》里关于凤姐身世的预言，是“一从二令三人木”，就是说，贾琏先是服从她，继而命令她，终于休（“人木”为“休”）了她，所以她只好“哭向金陵事更哀”了。前八十回中，贾琏也几次背地说要“休了她”，要打碎她这个“醋罐子”，更是明显的伏线。高鹗岂有看不出来的？为什么后四十回中却写了那么一个莫名其妙的冤魂索命的结局呢？

乙：根据上面的假设，当然也是程伟元所收得的残稿上，本来就是这样写着的，所以高鹗也没法改变它。但是，曹雪芹自己在后面写的人物结局，又为什么同他自己在前面写的预言不相符合呢？

甲：这倒没有什么奇怪。“披阅十载，增删五次。”本来就不是一次写成、一气呵成的。现在我们是先读到《金陵十二钗册子》，然后读到其中的预言怎样一个一个实现。但是，根据创作的规律，却决不可能是先把预言写好，然后当真按着预言来编故事。实际写作过程倒应该是相反的，应该是后面的故事写好了，或大致基本上整理好了，才各以一首诗一支曲子概括之，再倒过去作为预言，放在前面。人物的故事和结局，原来可能有各种各样的写法，留下了各种各样的稿子。关于王熙凤的结局，可能先是写成冤魂索命，后又改为被休而去。但是，后来改写成被休回金陵的那个残稿，恰好没有找到；而原来写成冤魂索命的残稿，恰好存在。

乙：也可能是前八十回整理告一段落的时候，作者就写了《金陵十二钗册子》，决定要把冤魂索命改为被休而去。但实际上只做到了在前八十回的情节中，安下一些伏线，作了一些暗示，而真正被休的结局并没有来得及写。

甲：完全可能。《红楼梦》整个儿是一部未完成的杰作，前八十回也只是初步整理好了，远远不能算定稿，其中矛盾脱误之处甚多；八十回以后，更是初步也没有整理的一堆乱稿子罢了，所以更容易“迷失”。

乙：这样看来，高鹗处理这一段冤魂索命的残稿时，是看出它同《金陵十二钗册子》的矛盾的。他只好说是什么王熙凤说胡话，“要船要轿，只说赶到金陵归入什么册子去”，这样来应“哭向金陵事更哀”的预言。

甲：这正是他斡旋的苦心。他如果不是受了残稿的限制，可以由着自己的意思写，那么，顺着前面明显的预言和伏线，写一个活凤姐被休，“哭向金陵”，多么顺理成章！有何困难！何至于转这么一个笨弯，写成一个死凤姐“到金陵归入什么册子去”呢？

乙：可见，斡旋得越笨拙，越表明高鹗是受了曹雪芹的残稿的限制。

甲：这也不可一概而论。第八十二回，黛玉忽然向宝玉大谈起八股文，甚至说：“你要取功名，这个也清贵些。”居然使黛玉说出这样“国贼禄蠹”式的“混账话”来，这是人们对后四十回最不满的地方。这里高鹗也自知与前八十回太矛盾了，于是写道：“宝玉听到这里，觉得不甚入耳，因想：‘黛玉从来不是这样人，怎么也这样势欲熏心起来？’又不敢在他跟前驳回，只在鼻子眼里笑了一声。”

乙：这的确不一样。凤姐无论是被休而去，还是被冤魂索命而死，都没有什么原则的差别。按人物性格发展的逻辑来说，二者都是可能的，没有哪一个是绝对不可能的。至于黛玉忽然谈起八股文，还劝宝玉去“取功名”，则是绝对不可能的，是人物性格发展的逻辑所绝对不允许的，曹雪芹断然不会写出这样一个情节。

甲：高鹗太希望贾宝玉学八股文了，或者说，太想拿出他自己那一套八股之学来教宝玉了，所以不仅用贾政的严父之命来逼宝玉，还要用黛玉的知己之言来劝宝玉。他也知道这同前八十回中黛玉的性格、宝黛的关系太矛盾了，不得不加上那几句话，以为可以勉强斡旋过去。殊不知，事实的出入，可以勉强弥缝；原则性的相异相反，却是怎么也弥缝不了的。

乙：对。弥缝不了之处，主要还在后来的发展。退一万步，就算黛玉的性格和思想，忽然来了一个一百八十度的大变化吧，宝玉对她这样的大变化又是什么态度呢？难道仅仅是当时“在鼻子眼里笑了一声”就算完了吗？宝玉不是早就这样说过吗："林姑娘从来说过这些混账话吗？要是他也说过这些混账话，我早和他生分了。"现在黛玉竟然说出这样的"混账话"了，为什么宝玉后来对她一点也不见"生分"呢？难道宝玉的性格和思想同样来了一个一百八十度？

甲：后四十回里面，确实也有把宝玉的性格和思想写得大变，变得不象样，不合理的地方。例如，前八十回写元春晋封贵妃，这对贾府是什么样的头等喜庆事！宝玉同这个姐姐，原来又是多么亲密的关系！可是，当时宝玉因为哀悼好友秦钟，对这件喜庆大事竟是"视有如无，毫不介意：因此众人嘲他越发呆了"。这是对宝玉的性格和思想的绝好的描写。可是——

乙：我知道了。你是指后四十回写贾政升任郎中的时候，把宝玉写得不成个样子，什么"喜得无话可说"，什么"越发乐得手舞足蹈了"，不堪！简直不堪！元妃晋封时，宝玉还只死了一个好友秦钟；贾政升官时，宝玉则已在目睹亲历了金钏、尤二姐、尤三姐、司棋、晴雯相继惨死之后，此时的宝玉反而会为父亲升个郎中"乐得手舞足蹈"，写得太荒谬了。

甲：把宝玉的性格写得大变的，还有一处，就是"人亡物在公子填词"那一段。既已有《芙蓉诔》，又来这首词，是不必要的重复。此其一。这样恶俗的词，不但与《芙蓉诔》有天壤之别，便是与宝玉替探春续作的半阕《南柯子》相较，也有仙凡之殊，难道真是"贾郎才尽"至此？此其二。但更不成话的是那个称呼。试想，《芙蓉女儿诔》中的称呼："怡红院浊玉……乃致祭于白帝宫中抚司秋艳芙蓉女儿之前曰"，自己是多么自谦，对对方又是多么尊重！那才是宝玉一贯的性格和思想。可是这回"公子填词"却是怎么称呼的呢？居然是什么"怡红主人焚付晴姐知之"，完全是"大少爷"对"通房丫头"的口气。真是唐突晴雯，并且也唐突了宝玉！

乙：说到唐突，我还想起一个唐突黛玉的地方：就是紫鹃看到面貌酷似贾宝玉的甄宝玉，竟然会这么想道："可惜林姑娘死了！若不死时，就将那甄宝玉配了他，只怕也是愿意的。"

甲：这一条本来没有注意。你点出来，想想确实不成话。难道黛玉爱贾宝玉，只是爱那一张面孔吗？难道天下男人中只要同面孔的，就人尽可夫吗？

乙：紫鹃是深知黛玉的。她明明说过：黛玉和贾宝玉，"最难得的是从小儿一处长大，脾气情性都彼此知道的了。"她劝黛玉说："万两黄金容易得，知心一个也难求。"怎么会变成只论面貌，而且还断言黛玉"只怕也是愿意的"呢？

甲：所以，这不光是唐突了黛玉，同时也唐突了紫鹃。

乙：比唐突更进一步的是侮辱。我又想起后四十回写的妙玉的结局，你看，是不是太不堪，太侮辱了呢？

甲：我看，不仅侮辱了"槛外人"妙玉，而且侮辱了"槛内人"宝玉；不仅侮辱了作品中的人物，而且侮辱了读作品的读者。我读的时候，就有受侮辱的感觉，很气忿。

乙：不过，曹雪芹原来安排的结局，大约也很糟糕吧！"好一似，无瑕白玉遭泥陷；又何须，王孙公子叹无缘？"

甲：这两句暗示的是有些糟糕。不过，我相信，如果曹雪芹来写，不管怎么糟糕，也不会叫人读了气忿。问题不在说了什么，而在怎么说的。

乙：对了。叫人生气的，是叙述时那种轻薄的、甚至有些幸灾乐祸的口吻。曹雪芹断不会有这样下流的笔墨。

甲：还有一种笔墨，倒不算是下流，然而也是唐突了黛玉。就是"病潇湘痴魂惊恶梦”那一节：先是袭人平白想起黛玉可能成为宝玉的“正配”，怕自己这个“偏房”将来要受虐待，而且居然就跑到潇湘馆去议论香菱如何受夏金桂虐待，借此探黛玉的口气。黛玉也俨然以未来的“正配”驳斥未来的“偏房”的口吻，针锋相对地说什么“但凡家庭之事，不是东风压了西风，就是西风压了东风”。这已经把黛玉写得不成样子。接着又让薛宝钗派个老婆子来送蜜饯荔枝，这个老婆子进来以后，居然“请了安，且不说送什么，只是觑着眼瞧黛玉。看得黛玉脸上倒不好意思起来”。这个老婆子居然当着黛玉的面向袭人说：“怨不得我们太太说：这林姑娘和你们宝二爷是一对儿，原来真是天仙似的！”……

乙：莺儿哪里去了？这种差使，哪里轮到一个老婆子？即使老婆子去了，又何至于这样没规矩，没体统？贾府哪能容？

甲：更不好的是，接着又写黛玉在这两个刺激之下，当晚就做了那么一场恶梦。我觉得这场梦太实，太直，太露，因而也就是把黛玉的心灵写得太粗，太低，太浅。普希金写妲姬雅娜的梦，车尔尼雪夫斯基写薇拉的梦，同样是女性的爱情的梦，人家写得多么空灵！多么曲折！多么深厚！

乙：恐怕不能这样来比较。中国古典文学同俄罗斯文学本来不同。你说，古典文学里面，哪里有妲姬雅娜、薇拉那样的梦？就是著名的《牡丹亭》，杜丽娘那一梦，用你的话，不也同样是太实，太直，太露吗？

甲：我本来没有同杜丽娘的梦相比。

乙：你只能从中国古典文学的实际出发呀！

甲：那就说整个中国古典文学写这种梦都写得不好，也未尝不可。“中国之君子，明乎礼义，而陋于知人心。”何况是少女的爱情的心。

乙：不要说得那么远了。我总觉得黛玉这一梦，还是写得很好的。梦里的贾母“呆着脸儿笑”，这形容得多好！梦里的黛玉，“深痛自己没有亲娘，便是外祖母与舅母姐妹们，平时何等待得好，可见都是假的”，这写得多好！这哪里只是梦中才产生的思想？明明是她平日体验观察所得、久已埋藏在意识底层的看法。

甲：好了，不讨论这个问题了吧。反正我认为写得不好，你认为写得好，我们看法不一致就是了。刚才说到宝钗差来送蜜饯荔枝的老婆子太没有规矩，我又联想到包勇来投靠贾府那一节，也太不合体统。刘姥姥初进贾府，是那么困难。这包勇虽说有甄应嘉的荐书，也何至于容易到一来就见着了贾政？林之孝干什么去了？贾琏干什么去了？这些家政琐屑，贾政一向何曾管过？退一千一万步说，就算贾政看在荐主甄应嘉的面上，破格接见，也应该是稍稍问几句话就完事，又何至于长篇大论地同一个新来的奴才拉起家常，向一个奴才打听通家子弟的情况？包勇又怎么敢在新投靠的尊严的主子面前，那么手舞足蹈地评论原来的主子？还说到什么哥儿爱不爱姑娘们的事？堂堂贾府，哪里容得这等放肆？

乙：我又从你这个例子，联想到大老爷贾赦。修造大观园，那样重要的大事，贾赦都只在屋内高卧，有什么事还要贾琏写书面报告。可是，后四十回里面，这位大老爷的脚步忽然勤起来，有事无事，动辄就往贾政这边跑，还无缘无故留在这边吃饭。这些都是前八十回里绝对不会有的。

甲：把人的性格写变了的，还有探春远嫁，第一次归宁，家里已经经过翻天覆地的变化。这位三姑娘，原来那么能干，那么有才有学，这会子却只用“听了不免伤感”这样无味的淡话了之。

乙：后四十回这些太差劲的地方，直是举不胜举。我们换个题目，还是回过去谈谈它的优点，以及它有原作者的残稿作根据的地方吧。

甲：有一条最明显的证据，非有原作者的残稿作根据就无法解释，就是贾府被抄家的那一段。我曾经同一位朋友谈过：中国封建帝制之下，贵族大臣被抄家的事，真是无代无之。但是，文学作品写到抄家的，似乎只有《红楼梦》后四十回。而且，写得那么好！那种气氛，那种情景，只有被抄过家的曹雪芹才写得出来。至于高鹗，他没有被抄过家，也没有资格去抄人的家，他是无论如何也凭空想象不出来的。同我谈话的那位朋友，对这一点很是同意。

乙：曹家抄家的时候，曹雪芹几岁呢?

甲：即使他还没有出世，也没有关系。家庭历史上这样的大事件，总是会口口相传下去，孩子们“童而习之”，恍如亲身经历过似的。鲁迅的文言文小说《怀旧》里，就写过王翁向小孩子谈“长毛”时赵五叔在这家看门的故事。

乙：这倒是的。“多多少少的穿靴戴帽的强……强盗来了！”一定就是当时真有此语，才传下来的。凭空杜撰，谁也想不出。这的确是有曹雪芹残稿的铁证。

甲：还有一个证据，就是鸳鸯要上吊，来“接引”的竟是秦可卿。本来《金陵十二钗册子》上画的可卿的结局，就是“一座高楼，上有一美人悬梁自尽”，清清楚楚。但是，自从第十三回“秦可卿淫丧天香楼”改成了“秦可卿死封龙禁尉”以来，有意造成一个可卿“生病而死”的错觉。一般读者的印象，都被这个错觉所支配，反而忘记了《金陵十二钗册子》上那幅预言图。在这种情况之下，高鹗如果不是有原作者的残稿作根据，决没有那么大的胆子在鸳鸯自杀时直截了当地把可卿写成“灯光惨淡，隐隐有个女人拿着汗巾子，好似要上吊的样子”。

乙：这一条我又有不同的意见。也许高鹗是严格遵照前面的预言来写呢。但是倒可以作为一个反证，证明凡是高鹗写的结局与前面的预言不相符的，都决不是高鹗看不懂预言，或者有意要违反预言，而是他所得到的原作者的残稿就是那样，他也没法改。

甲：我们还是各存其是吧！谈了这么久，还没有谈到最主要的东西，就是黛死钗嫁这一个悲剧结局。我认为，这一部分，非曹雪芹写不出来；而后四十回保存了这一悲剧结局，就是一大功劳，足以抵得过刚才我们谈过的以及没有谈过的一切缺点。

乙：这一点，我完全同意。一百七八十年来，哪一个普通的读者，读后印象最深最深的，不是"焚稿断痴情"和"魂归离恨天"这几段？人们不知道什么前八十回与后四十回之分以前，谁会相信这个结局不是出自原作者之手？就是现在，我仍坚决认为，如果抽掉了这个结局，一部《红楼梦》的感人力量，至少损失了一半，其实还不止一半。

甲：这个悲剧还有特殊的意义。中国古典文学里面，《孔雀东南飞》、《钗头凤》、《梁祝》的悲剧，是由于父母之命。《上山采蘼芜》、《会真记》、《杜十娘》的悲剧，是由于男子负心。《红楼梦》则本是父母之命一类型的悲剧，而在被迫害的女儿的心里，却把同受迫害的那一个，永远误会为负心人。黛玉临死前最后一句话是："宝玉！宝玉！你好……"这是对负心人的沉痛的谴责与质问，然而她永远得不到回答了。后来，宝玉去哭潇湘馆，叫着黛玉道："你别怨我，只是父母做主，并不是我负心！"恰好是对黛玉临终的质问的回答，然而他永远解释不了这个大误会了。两个人同受迫害，然而一个是至死不知道还有一个同心共命之人，一个是一辈子永远知道得不到同心共命之人的谅解，都是一身而受两种悲剧的痛苦。不管后四十回有多少缺点，有了这一个悲剧的结局，便可以不朽了。

乙：你的意思是赞成现在这样写法，就是说，赞成"瞒消息凤姐设奇谋"这样的安排了？

甲：当然。所谓另一种结局：黛玉早死，然后金玉相配，那就完全没有什么意思。况且，“你死了，我做和尚。”这是前八十回中宝玉一再的誓言，岂有知道黛玉死了，便背弃誓言，肯与宝钗成婚之理？既然宝玉与宝钗成婚，是曹雪芹预定的结局，所以就只有被骗结婚这一种可能，没有第二种可能。

乙：对了。宝玉被骗与宝钗结婚，则黛玉无不死之理。把它集中起来，就成了一边是“薛宝钗出闺成大礼”，一边是“林黛玉焚稿断痴情”，二者在同一时间发生，这是中外文学中所罕见的悲剧。然后，宝玉一边痛悼黛玉，一边面对既成事实，也与宝钗过过一段“闺房之乐”的生活，这是符合宝玉的性格的。因为，宝玉对宝钗，原来就不无爱悦之心。这同先知道黛玉死了，再甘心情愿地与宝钗成婚，完全两样。

甲：虽然也将就既成事实，过过一段“闺房之乐”的生活，而终于撒手出家，对黛玉实践了誓言。这更是符合宝玉的性格。有人说：“宝玉有愧于潘又安。”我看，这也不过是一句俏皮话，没有什么意思。

乙：是的。宝玉是宝玉，本来不是潘又安。离开人物性格的逻辑，来评论谁应该有愧于谁，确实没有什么意思。

甲：我们还是具体地看一看这个悲剧究竟怎么写的，这才是我们的本题。我一向觉得，写得这样深厚的悲剧，至少在我所知道的中外文学作品里，是没有的。

乙：我也没有看过同样深厚的悲剧。我觉得，第一个特点，是“来势”之远。最远的要上推到第二十八回，元妃赏赐礼物，独有宝钗的一份与宝玉的一份是同样的，这已经是最高权威的明显的暗示。这一点乌云，在上空迅速凝聚，形成了两次大风暴，一次是宝玉挨打，一次是抄检大观园。

甲：这还是前八十回的。我们单说后四十回，“取势”也非常之远，八十四回“试文字宝玉始提亲”，已经是“凉风起于天末”。然后一路下来，这阵风时停时续，越来越大。直到“泄机关颦儿迷本性”之前，还先来一次“蛇影杯弓颦卿绝粒”。正如大波到来之前，先有一次较小的波涛，来得快，去得快，然后有一段风平浪静，而这正是真正的最大风暴之前的暂时的平静。

乙：在这暂时的平静中，黛玉误会了“老太太的主意，亲上做亲，又是园中住着的”一句话，满以为“非自己而谁”。又借着参禅，“讨口供”式地取得了宝玉的明确的爱情的保证。宝黛二人这时大概都以为幸福即在眼前。读者却知道黛玉的“绝粒”，暴露了她和宝玉的爱情，反而促使贾母、王夫人下了要拆散他们的最后决心。于是，宝黛二人愈是自以为幸福即在眼前，读者愈觉得可悲。这也可以说是一种“以乐景写哀”吧！

甲：你注意另一种“以乐景写哀”没有？自从“泄机关颦儿迷本性”，直到“苦绛珠魂归离恨天”，这三回之中，有三种笑：黛玉自从听了傻大姐的话，直至于死，没有一次哭，一直是笑，笑，笑。这是泪已还尽，痛恨宝玉，痛恨贾母、王夫人，痛恨人间的笑。宝玉自黛玉前来永诀，直至揭开宝钗的盖头，也一直是笑，笑，笑。这是受愚弄，作牺牲，不自知其可悲，甚至还自以为幸福，因而更使读者觉其可悲的笑。至于贾母、凤姐和袭人，也老是在笑。这是刽子手的狰狞得意的笑。这场惨痛无比的悲剧，就是在这一片笑声中演出的。

乙：那么，也可以说，这三种笑声之后，又来了三种哭声：宝玉、紫鹃、李纨三人哭黛玉，尽管性质和程度各不相同，但都是真哭，贾母、王夫人的哭，是虚伪、残忍的哭。而宝钗哭黛玉，则与以上两种都不同，另是一种复杂心情的哭。

甲：三种笑，三种哭，把一个悲剧结局写到这样丰富深刻的程度，特别是以笑声为主来写，愈是一片笑声，愈见其惨痛，真可谓“说到辛酸处，荒唐愈可悲”了。后四十回有这一个结局真是有大功于读者，谁还要否定它，实在不大好理解。

乙：也没有什么不好理解的。“由来同一梦，休笑世人痴。”是不是？

甲：哈哈！

一九七九年八月二十二日

（《红楼梦研究集刊》第二辑，一九八〇年）

高鹗续《红楼梦》后四十回说质疑

萧立岩 *

《红楼梦》是我国古典文学宝库中一部伟大的现实主义作品，二百多年来深受广大读者的热爱。但关于这部书后四十回的作者问题，却存在着一些疑问和曲解，亟待澄清。

一九二一年，胡适在《〈红楼梦〉考证》一文中断言："后四十回是高鹗补的，这话自无可疑。"半个多世纪以来，这个"大胆的假设"一直统治着《红楼梦》研究领域，成为我们正确对待后四十回的障碍。其间虽曾有人提出过不同的意见，但似乎始终没有受到足够的重视。我们阅读了一些有关材料之后，觉得胡适的这个结论，实在有重新估价的必要，以下试谈谈这个问题：

---

* 萧立岩（生卒年不详），红学家，史学家，已故。

一

从很多方面来看，都足以说明曹雪芹生前已经基本上完成了《红楼梦》的写作工作。脂评所说“书未成，芹为泪尽而逝”（甲戌本第一回眉批），实指部分章节有改写或补写未定、未完之处而言，并不是说曹雪芹恰好写到八十回就溘然而逝了。

脂评中提供的若干线索，无可辩驳地说明曹雪芹的如椽之笔并没有停留在前八十回上。畸笏叟甚至明确地说：“至末回《警幻情榜》，方知正副，再副，及三、四副芳讳”（庚辰本第十七、十八合回脂评）。这就说明了曹雪芹生前的确已写完《红楼梦》的最后一回，而畸笏叟看到的那个稿子，是以“情榜”的形式作为全书的结束的。

甲戌本凡例中有一首题诗，显然出自曹雪芹之手。这首诗说：“浮生着甚苦奔忙？盛席华筵终散场。悲喜千般同幻渺，古今一梦尽荒唐。漫言红袖啼痕重，更有情痴抱恨长。字字看来皆是血，十年辛苦不寻常！”这首诗对于小说的全部内容和主旨都作了简要的概括。既指出了贾府盛极而衰的下场，也暗示出宝、黛的爱情悲剧，可说是这部小说的总结。特别是最后两句，作者不但明确地说出写完这部小说是用了“十年”的时间，而且也抒发了作者在完成这部长篇杰作时的激动心情——他觉得这部小说的一字一句都凝聚着自己心血，十年的辛勤写作，终于取得了堪以自慰的成果。这些语言岂是书未完成时所能够说得出的？

从曹雪芹写作这部小说的经过和时间上看，他也应该有足够的时间来完成它。乾隆甲戌年（一七五四年）“抄阅再评”的《石头记》，有一段脂评说，“雪芹旧有《风月宝鉴》之书，乃其弟棠村序也。今棠村已逝，余睹新怀旧，故仍因之。”（甲戌本第一回朱批）。从这段话中，可知《石头记》乃是从《风月宝鉴》脱胎而来，而《风月宝鉴》是曹雪芹的旧作。

他扩充改写《风月宝鉴》成为《石头记》这部巨著，在一七五四年就已经有了“再评”，可见这部书写成的时间还要早于此年。即使这时的《石头记》还只有八十回，但从一七五四年到曹雪芹去世，还有将近十年的时间，他完全有条件去完成这部小说。尽管他对于后半部的稿子，可能改来改去，始终还不十分满意，但我们却没有理由说曹雪芹生前只写到八十回就戛然停笔了。

胡适在一九二八年发表的《考证〈红楼梦〉的新材料》一文中，部分地修改了他原来的说法，承认曹雪芹在去世之前，“陆续作成的《红楼梦》稿子，决不止八十回”。但为了继续维持他的高鹗续书说，却又武断地认为：这些稿子在“雪芹死后，遂完全散失了”。这是完全缺乏事实根据的，我们以常理来推断，八十回以后的遗稿，尽管可能由于朋友们借阅，有一部分“迷失”了，但全部荡然无存的可能性不大。这是因为：第一，我们至今没有看到任何关于曹雪芹死后，他的家中遭受大火或再次被查抄的可靠材料，因此，遗稿不可能全部亡佚；第二，曹雪芹身后虽然无子，但他还有一位“飘零”的“新妇”，无论她是“薛宝钗”还是“史湘云”，但她断断不会愚蠢到连雪芹的遗稿都不知保存的地步；第三，曹雪芹生前有不少关系十分密切的亲友，包括脂砚斋之类的人物在内，这些人大都是《红楼梦》迷，他们肯定也能够细心保存曹雪芹的手稿或抄本，不致使之完全散失。

程伟元搜求后四十回遗稿，是从乾隆五十年（一七八五年）前后开始的，这时离曹雪芹去世仅二十多年，时间上还相当接近。据程伟元叙述搜集遗稿的动机和经过说“不佞以是书既有百廿卷之目，岂无全璧？爰为竭力搜罗，自藏书家甚至故纸堆中无不留心，数年以来，仅积有廿余卷。一日偶于鼓担上得十余卷，遂重价购之”（《〈红楼梦〉序》）。他既有这样的信心和决心，又竭尽全力四处搜罗，而当时《红楼梦》遗稿的可能收藏者，如敦诚、敦敏、墨香、明义等人都还健在，这些人肯定都会成为他走访的对象，程伟元从他们那里得到八十回以后的一部分甚至大部分遗稿，并不是不可能的。

二

问题在于：程本的后四十回何以与脂评提供的线索多有不符之处？“中乡魁”、“沐皇恩”等情节何以与原作精神不甚相合？后四十回中有些文字何以显得如此拙劣？等等。

对于这些问题，是否可以这样理解：

第一，《红楼梦》这部绚烂多彩、卷帙浩繁的大书，曹雪芹不可能是一气呵成的。虽已有《风月宝鉴》作为底本，但在扩充改写的过程中，为了提高作品的思想和艺术效果，作者必然还要经过反复的思考和修改。特别是对于后半部，究竟给贾府写出一个什么样的结局？给小说中的一些主要人物写出什么样的下场？这些问题在曹雪芹的头脑中肯定都会是煞费经营的。曹雪芹自己就曾说过“增删五次”的话，这恐怕还是指较大的修改而言，至于小的修改，大约还远不止这些次数。而且在曹雪芹写作这部小说的过程中，又始终受到一些关系比较密切的亲友们的关注。他们不断地提出这样或那样的意见，甚至有时还会以“长辈”的身份“命”他接受。例如第十三回，对于秦可卿的死，曹雪芹本来是用“史笔”去写的，但由于脂砚斋不同意而只得改写了，这就造成第十三回的正文和第五回“太虚幻境”画册的脱节。对于贾府的结局，对于宝玉、凤姐等人的下场，是否也会遇到同样的情形呢？虽无明文可查，但我们可以设想，如果作者把宝玉的结局写成“寒冬噎酸齑，雪夜围破毡”的穷叫花子，恐怕脂砚斋之类的人就更不会同意了吧？而对于这些人的意见，曹雪芹又不能不认真地加以考虑。这就必然造成八十回以后写作的困难和修改的频繁，不易形成一个定稿。这大约就是曹雪芹生前没有来得及把八十回以后的文字公开出来，而只有一些关系比较密切的亲友才能够看到的原因吧？另外，清代还盛传乾隆皇帝曾欲借阅《红楼梦》，进书者“某满人”因恐书中有触犯皇帝之处，因而“急就原本删改进呈”。这个传说如果属实的话，那么，八十回以后的文字被删改的地方就会更多。“迷失”加“删改”，这就使得后四十回的内容与脂评提供的线索多有不符之处了。

第二，宝玉中举和贾府复兴这一部分文字，很有可能是别人后加上去的，但也不能完全排除曹雪芹由于接受了亲友们的意见而加以改写的可能性。戚蓼生序本《石头记》第十七回，有秦钟临死前和宝玉诀别的一段话：“以前你我见识自为高过世人，我今日才知自误了。以后还该立志功名，以荣耀显达为是。”甲戌本第一回，在“无材补天，幻形人世”两句傍，有一段红笔批注说：“八字便是作者一生惭恨。”甲戌本凡例中说：“今风尘碌碌，一事无成……实愧则有余，悔又无益，大无可如何之日也！当此日，欲将已往所赖天恩祖德，锦衣纨裤之时，饫甘餍肥之日，背父兄教育之恩，负师友规训之德，以致今日一技无成、半生潦倒之罪，编述一集，以告天下。”这都反映了作者思想上的彷徨。尽管曹雪芹是一位伟大的文学家和思想家，但他也不可能完全摆脱时代环境和阶级条件所加给他的限制，我们不应该脱离实际过高地要求古人。恩格斯在《社会主义从空想到科学的发展》一书中说：“十八世纪的伟大思想家们，也和他们的一切先驱者一样，没有能够超出他们自己的时代所给予他们的限制。”（《马克思恩格斯选集》第三卷第四〇五页）曹雪芹也不可能完全例外。

第三，后四十回中，有些文字的确写得相当拙劣，显得和前八十回中的大部分文字很不协调。这可能正是程、高修补之处或“某满人”删改之笔吧？但不容否认，后四十回中确实也有不少精采的篇章，不但表现了作者对于贾府人物性格的深刻了解，而且其描写手法之细腻、灵活、生动，较之前八十回毫无逊色。如宝蟾送酒、司棋之死、五儿承错爱等节，都写得十分成功。其他有些关于人物细节的描写也充分显示了作者的才华。这里随便举两个不太引人注意的例子，如第八十四回，写巧姐儿生病，赵姨娘叫贾环去看望。贾环到了巧姐儿的病房，因为想看看牛黄是什么样子，他东张西望，一不小心弄翻了药锅子那一段。作者轻轻几笔就活画出贾环那种举止轻浮，行动讨人嫌的一贯作风。同时也把凤姐的火爆脾气、尖刻的语言，以及赵姨娘对于凤姐又怕、又恨、本想讨好反而落了一场没趣的复杂心情，描写得活龙活现，淋漓尽致。又如第一百一回，写贾琏、凤姐和平儿三人私下的一席对话，作者通过对这三个人说话的语气、措词和动作的描写，巧妙地刻画出他们不同的身份和不同的性格。写得栩栩如生，恰如其分。像这样的笔法，岂是他人所能模仿得出来的？因此，如果说后四十回中完全没有曹雪芹的笔墨在内，那是不能令人信服的。

三

胡适认为《红楼梦》后四十回是高鹗续作的“最明白的证据”，是来自俞樾《小浮梅闲话》中的一段考证：“《船山诗草》有《赠高兰墅鹗同年》一首云：‘艳情人自说红楼’。注云：‘《红楼梦》八十回以后俱兰墅所补’。然则，此书非出一手……其为高君所补可证矣。”对于俞樾、胡适等人把“补”和“续”完全等同起来的错误意见，早已有人做了批驳，这里不打算再多作解释。但胡适却根据这一个“补”字竟进而断定高鹗是在“乾隆五十六～五十七年（一七九一～一七九二年），补作《红楼梦》后四十回，并作序例”（《〈红楼梦〉考证》）。这就更令人无法置信了。因为稍有写作常识的人都能够体会到，模仿别人的笔法续写小说，并不是一件容易的事，也许比自己另写一部小说还要费劲。因为这里面不但有创作思想不易一致的问题，而且还有表现手法不易一致的问题。特别是对于小说中人物性格的描写，续作者很难把自己生活中缺乏具体形象的人物模写得和原作相一致。

关于高鹗的历史，我们知道的还很少。根据一些材料的记载，知道他是一位写八股文的老手，应科举的内行，查考不出他有写作白话文小说的经历。他祖籍铁岭，是镶黄旗汉军，但他本人究竟是在哪里出生长大的？还不清楚。他是诗人张船山的妹夫，而张船山是四川遂宁人，他很可能自幼即寓居四川。因此他能否有运用流利的北京话来续写小说的能力，是很可怀疑的。另外，从他一生中的经历来看，他中过举人、进士，当过侍读和乡试同考官。后来又提升为江南道御史、刑科给事中等官职，在仕途上可算是一帆风顺的。由此可知他是一位热衷功名利禄，与世俯仰，能够适应封建统治阶级需要的人物。具有这种品质和经历的人，怎么可能续写出一部“大故迭起，破败死亡相继”（鲁迅《中国小说史略》）的后四十回呢？大略统计了一下，后四十回中写贾府及其亲友中的“破败死亡”事件不下二十余起。揭露封建社会黑暗的文字，也比较多而且尖锐，批判的矛头有些甚至直指封建皇帝及其御用统治机构，如第八十三回，元春泣诉宫庭生活的阴暗冷酷说：“父女弟兄，反不如小家子得以常常亲近！”又如第一百五回，写锦衣卫的官吏和差役，利用查抄宁国府的机会，大肆抢掠，好像一伙“穿靴戴帽的强盗”等等。这岂是高鹗之流的人所敢于说出的？

而且以曹雪芹的文学才能，再加上他自己的亲身生活经历作为写作素材，如果说用了十年以上的时间才写了八十回的话，那么高鹗怎么可能在不到一年的时间里，就补写出这样水平的后四十回呢？说这样的话，不是贬责高鹗，而简直是把他当作“超天才”来恭维了。

应该承认程伟元在《〈红楼梦〉序》里所说的话，还是比较真实的。他说在获得后四十回的残稿之后，“欣然翻阅，见其前后起伏，尚属接榫，然漶漫不可收拾。乃同友人细加厘剔，截长补短，抄成全部。”他和高鹗在《〈红楼梦〉引言》中又说：“惟按其前后关照者，略为修辑，使其有应接而无矛盾。至其原文，未敢臆改。”这是很有可能的，事实上恐怕程、高二人也只有做到这一步工作的能力，全部补写，绝不胜任。同时也很难设想两个封建士大夫中的人物，又正值角逐功名之际，竟会串通起来干这种“欺世”而又不“盗名”的蠢事。如果说他们因为觉得《红楼梦》是一部有“碍语”的书，清代盛行文字狱，怕受到了牵累，因而自己写了又不敢承认的话，那么，程伟元又何必公然出高价去搜求此书的遗稿？程、高二人又何必如此热心地去整理和刊印这部有“碍语”的书而又为之署名作序？这岂不是自相矛盾令人无法解释得通吗？

四

那么，是否存在第三者伪撰而程、高受骗的问题呢？按一般情理来说，这也是不可能的。因为从曹雪芹去世到程刊本印行，中间只有二十多年的时间。而在这一段时间的上半段，《红楼梦》显然还没有在社会上广泛流行，而只是在曹雪芹的亲友中借阅或传抄。永忠在曹雪芹死后五年，还不知道有《红楼梦》这部书，他是在墨香的介绍下，方才读到了这部小说。曹雪芹死后约十年左右，明义在《题〈红楼梦〉诗》的引言上还说：“惜其书未传，世鲜知者”。这都说明在曹雪芹生前及去世后的一段颇长的时间里，《红楼梦》一书并未为世人所熟知。梁拱辰《劝戒四录》中说："《红楼梦》一书，乾隆五十年（一七八五年）以后，其书始传。"吴云在《〈红楼梦〉传奇》序上也说："《红楼梦》一书，稗史之妖也。不知所自起，当四库书告成时（乾隆四十七年，一七八二年），稍稍流布，率皆抄写无完帙。"这些话都不能说是没有根据的。

在《红楼梦》尚未流行之前，当然不存在别人冒名伪续的问题。及至此书流行，到程伟元搜求遗稿的时候，最多也只是三、五年的时间。如果真有像裕瑞在《枣窗闲笔》中所说的那种人，因为听说程伟元搜求遗稿，"遂有闻故生心思谋利者，伪续四十回，同原八十回抄成一部，用以给人"的话，那么，他起码总要查阅一下脂评，按照其中提供的"草蛇灰线"来补写，这样才有可能骗住人，否则，他的工夫岂不有完全落空的危险？而脂评本在当时是通行的本子，并不难查阅。此人既要作伪，便不会愚蠢到置脂评于不顾，另搞一套以自露马脚的地步。根据近年来新发现的材料，知道程伟元并不是什么富商大贾，他不过是"一介贫儒"而已。他出于爱好而搜求后四十回的遗稿，肯定也付不出很高的价钱，对于"思谋利者"，大概也不会有很大的吸引力吧？

事实上，续书之风实起于程本刊行之后，因为程本后四十回中虽已有了"中乡魁"、"沐皇恩"等较为缓和的调子，但对于一般地主阶级的文人来说，仍然感觉到是很不满足的。他们需要的是一个十全十美的大团圆的结局，而不仅仅是什么"兰桂齐芳"的朦胧希望。所谓"前书八十回后，立意甚谬"（《红楼后梦》凡例）；"细考其用意不佳，多杀风景之处"（《枣窗闲笔》），正是反映了这些人的不满情绪。为了弥补这一缺憾，于是"续《红楼梦》"之类的书乃相继出现，在程本问世之前，并不存在续书的问题。

五

程伟元第一次刊印一百二十回《红楼梦》，是在乾隆五十六年（一七九一年）冬，由北京萃文书屋用木活字排印，书的全名是《新镌全部绣像〈红楼梦〉》。

由于《红楼梦》早已脍炙人口，而原来传抄流行的本子只有八十回，人们早就“以未窥全豹为恨”（《戚蓼生〈石头记〉》序）。所以这个一百二十回本一出现，很快就风行了起来。周春在《阅〈红楼梦〉笔记》中说：“壬子（一七九二年）冬，知吴门坊间已开雕矣。”这说明在程本印行的第二年，苏州的书坊紧接着也就开始翻刻了。而实际上，在程本付印之前，这个一百二十回的《红楼梦》，早就以手抄本的形式流传出去了。程、高《〈红楼梦〉引言》上说：“今得后四十回，合成完璧。缘友人借抄争睹者甚伙，抄录固难，刊板亦需时日，姑集活字刷印。”可见当时《红楼梦》爱好者，闻风而来，急欲一窥“全豹”的迫切心情。周春在《阅〈红楼梦〉笔记》中又说：“乾隆庚戌（一七九〇年）秋……雁隅以重价购抄本两部，一为《石头记》八十回；一为《红楼梦》，一百二十回，微有异同，爱不释手。”还说这位购书人由于酷爱这部小说，“监临省试，必携带入闱，闽中传为佳话。”这说明在程本刊印前一年多，一百二十回的《红楼梦》手抄本，已经流传到福建省了。

试想，远在南方的读者尚且如此哄动，那么近在北京的《红楼梦》爱好者和曹雪芹的亲友们，能不关心这个本子的出现吗？据我们所知，在程本刊行之时，曹雪芹的生前友好还有不少人健在。这些人不但了解曹雪芹，而且也大都读过《红楼梦》原稿，可说是这部小说的历史见证人。如果后四十回纯属高鹗伪撰，这些人是不可能熟视无睹的。

在这些见证人当中，我们首先要举敦敏和敦诚两兄弟。大家都知道这两个人和曹雪芹的关系是很不寻常的。敦敏在《赠芹圃》诗中说："燕市哭歌悲遇合，秦淮风月忆繁华。"这说明他对于曹雪芹的家世和才能都有深刻的了解，有人认为"秦淮风月忆繁华"一语即指《红楼梦》而言。敦诚在《寄怀曹雪芹》诗中说："劝君莫弹食客铗，劝君莫叩富儿门，残杯冷炙有德色，不如著书黄叶村。"敦诚劝曹雪芹埋头著什么书呢？也许是暗指《红楼梦》吧？这虽然只是猜测，无法证实，但通过这些诗句，起码反映了敦氏兄弟和曹雪芹之间关系的密切，反映了他们是无话不谈，无事不知的好友。直到曹雪芹病逝后很久，敦氏兄弟仍然不时地怀念他。如敦诚《四松堂集》中《寄大兄》一文说："萧萧然孤坐一室，易生感怀，每思及故人，如：立翁、复斋、雪芹……不数年间，皆荡为寒烟冷雾。向日欢笑，那复可得？时移事变，生死异途，所谓'此中日夕，以眼泪洗面也'。"为了纪念亡友，敦诚还尽力搜集他们的遗作，甚至"凡片纸只字"，亦皆"手为录之"。因此，我们完全有理由作出这样的估计：敦氏兄弟手中很可能保存着《红楼梦》后半部的原稿或手抄本。

敦诚卒于乾隆五十六年（一七九一年）冬，在他去世之前也许已来不及看到程刊本问世了，但他有可能看到早在一年多之前已经流传出来的一百二十回手抄本。敦敏卒于嘉庆元年（一七九六年）以后，他就更有充分的时间能够看到程刊本了。如果后四十回是高鹗的伪作，那么，以深刻了解曹雪芹及著作的敦氏兄弟，不可能鉴别不出来真伪。以他们和曹雪芹的友谊而论，他们也决不会容许别人把伪作强加在自己的亡友身上而默无一语。

我们还可以举永忠作证，永忠也是敦诚、敦敏的朋友，但他却没有见到过曹雪芹，也不知道有《红楼梦》这部书。在曹雪芹病逝后五年（一七六八年），由于墨香的介绍，他才读到了《红楼梦》。读后，他深为这部伟大著作的卓越文笔和悲剧情节所吸引，他写了三首感情很深的诗，诗的题目是：《因墨香得观〈红楼梦〉吊雪芹》。诗一开头就说：“传神文笔足千秋，不是情人不泪流。”从这些诗句看来，他读到的那部小说，决不只是前八十回“儿女闺房语笑私”的愉快场面，而当是有了足以使“情人”为之“泪流”的悲剧结局。他只有从小说中看到了贾府的破败和宝、黛的爱情悲剧，才会产生那种“几回掩卷哭曹侯”的悲痛心情，否则，这种悲痛心情从何而发？因此我们可以测知墨香推荐给他看的那部《红楼梦》，很可能是一部完整的小说。

另外，甲戌本的凡例上说：“是书题名极多，《红楼梦》是总其全部之名也。”由此可见《红楼梦》是这部小说的总名，而《石头记》则是前半部的暂用名。永忠称呼这部小说为《红楼梦》，而不叫做《石头记》，也可见他读到的那个本子是一部完整的小说。

退一步说，即使永忠看到的仍只是一个八十回本，但以他对于曹雪芹的高度崇拜心情和对于《红楼梦》的热爱程度，他必然也要竭力搜求八十回以后的遗稿、遗闻或其他有关材料，他决不会满足于一个有头无尾的故事。而当时离曹雪芹去世仅五年，敦诚、敦敏等人都健在；脂砚斋也还活着（按脂评的最晚年代是乾隆甲午，即一七七四年，这说明脂砚斋至少活到这一年），估计曹雪芹的妻子这时也还不至于离开人间。那么永忠完全有条件通过这些人搜集到八十回以后的文字，即使不能够十分齐全，但无论如何，他总不至于对八十回以后的故事情节一无所知，而听任高鹗的摆布吧？

永忠卒于乾隆五十八年（一七九三年），那时程刊本已经流行两年多了，永忠对于这个本子肯定要先睹为快吧？如果程本后四十回和他读过的本子或有关材料完全不符的话，他怎么可能无一语论及呢？

我们还可以举袁枚在《随园诗话》中提到的一位诗人明义作证。明义号“我斋”，著有《绿烟琐窗集》。曹雪芹生前曾和他有过交往，明义在《题〈红楼梦〉》诗的引言上说："曹雪芹出所撰《红楼梦》一部，备记风月繁华之盛。盖其先人为江宁织府，其所谓大观园者，即今随园故址。惜其书未传，世鲜知者，余见其抄本焉。"他对于曹雪芹的家世知道的很清楚，而曹雪芹又曾亲自"出所撰《红楼梦》一部"给他看，可见他们之间的关系决非泛泛。这里首先值得注意的是：明义对于这部小说，也不叫作《石头记》，而称之为《红楼梦》，不说是"前八十回"，而说是"一部"。

明义写了二十首《红楼梦》诗，均载于《绿烟琐窗集》中。据专家们鉴定，这些诗的写作时间都远在程本刊行之前，但诗的内容却有不少地方牵涉到八十回以后的一些重要情节，为我们提供了曹雪芹原稿的线索。例如《题〈红楼梦〉》第十八首诗说："伤心一首《葬花词》，似谶成真自不知，安得返魂香一缕，起卿沉痾续红丝。"黛玉的死是八十回以后的事，而明义诗中要用"返魂香"来救活黛玉，让她和宝玉结成婚姻，可见他在原抄本中已看到了黛玉早死的不幸结局。否则，他的诗中不会作此设想。第十九首诗说："莫问金缘与玉缘，聚如春梦散如烟，石归山下无灵气，纵使能言亦枉然。"这说明他读完了小说之后，得知宝玉和宝钗之间的"金玉良缘"，历时不久也就破灭了。宝玉最后仍回到大荒山下，依然是一块"无才补天"的顽石。这一结局不能不使诗人黯然神伤？第二十首诗，则是概括了小说的全部内容，为贾府的没落唱挽歌："馔玉炊金未几春，王孙瘦损骨嶙峋，青蛾红粉归何处？惭愧当年石季伦。"这里明白指出贾府的煊赫一世，仅如过眼云烟，到头来如同西晋的豪族石崇一样，落得个获罪抄家，家破人亡的下场。这些内容和我们今天看到的程本后四十回，大体上都是一致的。

到了乾隆六十年（一七九五年），明义为袁枚八十寿辰写的祝寿诗中，有一段自注说："新出《红楼梦》一书，或指随园故址"。一七九五年"新出”的《红楼梦》，当然是指程刊本而言了。但他对于这个本子并没有提出任何反对的意见，可见他并不怀疑这个本子的真实性。

像明义这样的人，他既读过曹雪芹生前的《红楼梦》原抄本，后来又看到了程刊本，如果两个本子毫无共同之处的话，他怎么可能深信不疑呢？这恐怕只能得出两个本子之间确实有一定的联系这一结论吧？

以上这些人都有专著留于世，他们的集子不难查阅到，但我们找不出他们有任何非议后四十回的话。这决不是偶然的现象，而是说明了一个问题：即程本的后四十回决不是凭空而来，尽管其中可能掺入了别人的一些笔墨，但基本内容还应当是属于曹雪芹的，否则，它在当时就不可能通过。历史事实也恰恰表明：在程本刊行之时，当这些见证人还活着的时候，并没有人怀疑后四十回的真实性。而是到了嘉庆中期以后，当这些见证人都已相继谢世，才有人基于对后四十回悲剧结局的不满，而提出了对于作者的怀疑，这一现象不是很值得注意的吗？

《红楼梦》后四十回的作者问题，是一个比较复杂的问题，但在《红楼梦》研究领域中，又是一个比较重要的问题，它牵涉到对于《红楼梦》三分之一的篇幅应当如何看待的大问题，因此，我们不应该回避它。在确凿的证据出现之前，我们只能根据现有的材料做一些推理的工作，距离问题的最后解决，还有一段遥远的路程。但胡适的高鹗续书说，肯定是不合道理的，因而也是不符合实际的，有必要重新加以估量。由于笔者水平所限，这篇短文只能算作引玉之砖，希望得到《红楼梦》研究工作者和广大读者的指正。

（《北京师范大学学报》一九八〇年第五期）

我的一个死结

话说《红楼梦》后四十回

王蒙*

我不是红学家，对于曹氏家史、脂砚斋、版本、高鹗经历等都所知有限。

我相信大多数学者认同的一些观点是有根据的，《红》的前八十回为曹氏原作，后四十回由高氏续作，曹氏运用了自家盛极而衰、晚境凄凉的经验，书中内容在很大程度上属于自况。

然而，从理论上、从创作心理学与中外文学史的记载来看，真正的文学著作是不可能续的。有些情节性强的凑合着还能续一下，但也要另起炉灶，有时是从书中寻找一个原来不被注意或尚未长成的人物作续作的主角，名为续作，实乃新篇。例如《金瓶梅》就撷出《水浒传》中的西门庆、潘金莲故事发展成全书——另一本其实与《水浒传》没有多大

* 王蒙（一九三四～ ），中国当代作家、学者，著有《青春万岁》、《组织部来了个年轻人》、《这边风景》等。

关系的书。

至于像《红楼梦》这种头绪纷繁，人物众多，结构立体多面，内容生活化、日常化、真实化、全景化的小说，如何能续？不要说续旁人的著作，就是作者自己续自己的旧作，也是不可能的。

而高鹗续了，续得被广大读者接受了，要不是民国后几个大学问家特别是胡适的“考据”功夫，读者对全书一百二十回的完整性并无太大怀疑。

我们再仔细阅读一下后四十回，虽然缺少像前八十回的元妃省亲、黛玉葬花、宝玉挨打、赠帕题诗、芦雪庵联句、晴雯补裘、寿怡红夜宴、搜检大观园、红楼二尤那样气势磅礴栩栩如生的精采段落，但其中黛玉情死、宝玉情痴、锦衣军查抄宁国府都写得真实感人，方方面面，千头万绪，好人坏人，重要人物与绝对非重要人物，福人祸人，雅人俗人，解铃端端，收官了了，大致不差。这只能证明高鹗是与曹雪芹一样的天才，而且是特殊的不计名利与智慧财产权的天才，不但能够钻入别人的生活、别人的肚子里，而且能够钻到别人的行文中、语言挥洒中、结构“棋盘”中。这样的天才前无古人后无来者，中乎外乎，均无其例。至于说到他帮助了《红楼梦》的流传，更是功莫大焉。

至于学者们对于从未发现过的“正版”后四十回的推断，多数来自脂砚斋的评语。这也是一绝，居然有一个这样绝对不把自己当外人的所谓“脂砚斋”在那里指手划脚、评头论足、说三道四，倒像脂先生是大清帝国文学部红楼梦处处长兼书记似的。就算他老对曹雪芹一切的一切门儿清，他确实掌握了曹氏写《红楼》的源起，他能洞悉和掌握曹的艺术想象、结构思忖、修辞手段、篇什推敲吗？他能洞悉和掌控曹氏的梦幻、荒唐言、假作真、真亦假、无为有、有还无吗？

当然学者的推断对于研究是有参考价值的，但依据这种推论与考证而抛开高续另写小说或新编电视连续剧则太可怕了。就算您的推断百分之百正确，没有细节，没有形象，没有情绪，没有曹高时代的行文习惯与文采，它或许能够算是科研或半科研（因为红学家的论断常常是猜测大于论证）的成果，可它们能够就地转化成艺术作品吗？再正确的推断猜测，比起高氏的早已生根、早已被基本接受的续作来，都是更仓促、更冒险、更生疏也更不靠谱的闹腾。我这样说会不会令一些学者发怒呢？

（《不奴隶，毋宁死？——王蒙谈红说事》）

《红楼》三问

《〈红楼梦〉大观：哈尔滨国际〈红楼梦〉研讨会论文选》序

周策纵[*]

一九八六年年六月中国哈尔滨师范大学和美国威斯康辛大学，共同举办了哈尔滨"第二届国际《红楼梦》研讨会"。这是继一九八〇年六月在陌地生威大召开的"首届国际《红楼梦》研讨会"之后的又一次国际会议。从这两次会议所宣读的论文，都可看出，最近几年来，红学研究的范围和主题，都越来越广和越深了；也更引起了中外学者和一般读者更多的注意了。首届会议的中文论文，早已由香港中文大学出版社出版，现在哈尔滨会议的论文选集，又能在香港由百姓文化事业有限公司出版，自然值得庆幸。这里只想顺便提出三个问题来讨论。

---

* 周策纵（一九一六～二〇〇七），美国威斯康辛大学东方语言系终身教授，是国际著名历史学家，也是国际《红楼梦》研究会主席，著有《五四运动史》、《破斧新诂》等。

一、《红楼梦》为什么这样有吸引力？

记得在陌地生首届会议的时候，有个美国电视台的记者，带了照相师来访问我，她第一个问题就是：中国一部小说，怎么会引起这么多学者的注意，能召开一个这么大的、百来个人的国际会议？这个问题，初听起来有点外行，我仔细一想，倒觉得是个很有意思的问题，也是个不简单的问题。

《红楼梦》和曹雪芹，为什么能引起这么多人不断的兴趣？试看一看，除了那无数读本、文章，诗词歌赋杂体，以及续作、仿作的小说和分析不计之外，各地区就组织有好些学术团体，出了三四个专门刊物，吸引了无数学者、历史家、小说家、诗人、新闻记者、通俗文学作家、翻译家、画家、雕塑家，还有戏剧、电影、电视和其他讲唱文学的作家和演员，加上舞蹈家、音乐家、建筑师、服饰师、食品制作者、酿酒者，更有月份牌、桥牌、风筝、陶瓷、泥人、面筋人像和玩具制造者，以至于医药、宗教研究人士，各色人等，无不受到吸引。参加褒贬的人，可以把《红楼梦》当成劝善戒淫之书，道德、政治、社会上正义的象征；卫道者却把它看作淫邪罪恶之首，足以败坏道德人心，最好当作鸦片，运往西洋，回敬贻祸给洋鬼子。读者中间，自清朝以来，就往往分成林黛玉党、薛宝钗党，秀才班子老朋友可因此争持不下，几乎弄到老拳相挥；当然也还有捧史湘云的派系，捧贾探春的派系，捧尤三姐的派系，捧晴雯、紫鹃的派系，有些人喜欢李纨，有些人喜欢焦大，自然，有更多的人喜欢刘姥姥，不一而足，争吵不休。而当代一些优秀的博士教授班子老朋友，也往往可因红学而争得面红耳赤，打起笔墨官司来，互相骂架，毫不留情；这还不打紧，只不过吵吵闹闹，正所谓“二老挥拳例不凶”，过一会也就算了；可是一到了领袖手里，可不得了，随意讲谈《红楼梦》，话一不投机，可能会弄到上山下乡，住牛棚，搞得一家哭，一路哭。这不是有点过火了吗？

然而，这决不是个无缘无故的偶发现象。它与《红楼梦》和曹雪芹本身的性质和成就都有关系，例如：故事非常感人，人物描写得十分生动，叙述的手法别出心裁，内容特别多面密合于传统中国文化，而且有关作者和书的问题特多，特易引起争论，和特别不易解决，可说都是重要的因素。

首先是作者问题，就极端复杂。曹雪芹应该是主要作者，本来可说不成问题了，可是还有人提出疑问，像第一回说的“石头”、“空空道人”，是真的作者么？即使这点且不理论，便仍可问：作者原先根据有别人的初稿吗？有别人参加过写作吗？吴玉峰、孔梅溪实有其人么？如果有，是什么样的人？脂砚斋、畸笏叟是谁？既然脂批说：（纵按：其实一般所谓“脂批”并非皆是脂砚斋所写。）“书未成，芹为泪尽而逝”，那么今存全本，当然就总有一部分是别人修补的了。于是，这又牵涉到程伟元和高鹗对后四十回到底修补了多少，甚至高鹗是否就是后四十回作者的问题。就算这些问题都解答了，大家对这些人还是知道得太少，甚至连曹雪芹的父母到底是谁，也无法肯定。这已是够恼人的了。

再看看版本问题，也是异常复杂。本来，别的中国传统小说，像《水浒传》等，也都有版本上的困难问题，但从来有没像《红楼梦》这样，流传有那么多的抄本；而且这些抄本的底本，又多半是作者还在世时就陆续流传出来的稿本，文字互有同异。这些所谓脂批本已够复杂了，再就百二十回本来说，先后排版既有问题，加上乾隆时代的百二十回抄本上面有那么多的涂改，弄的问题更为复杂。这些版本的承传关系如何，便难于判断了。

在这作者和版本问题之外，当然还有对小说本身的看法问题。本来，任何小说的读法和解释，都可能弄得“言人人殊”。可是《红楼梦》就更复杂了。首先是书名一大串，到底该叫《石头记》呢，还是叫《红楼梦》的好？本是小说，却又故意强调“真”“假”问题来，他真是在描写自己亲见亲闻的事吗？真的“本意原为记述当日闺友闺情，并非怨世骂时之书”吗？它对传统，对现社会和家族，对明朝和清朝，对政治和道德等等，采取了什么态度？作者和主角们的思想感情，又牵涉到儒、道、佛，牵涉到玄学和神宗，他们到底是同意、同情或反对了什么呢？或近于什么呢？这些早已不易作答了，而作者于像似写实之外，更采用了写诗和绘画的手法，朦胧渲染，甚至小说叙述的“观察点”也设计得特别多，把全书的本旨、主题和思想，弄得越迷糊起来。这样，从书的内在因素说，要想使读者和评论者得到一致的看法，那就更不大可能，似乎也大可不必了。

以上还不过只举出一些复杂和困惑之处，可以引起人好奇和争论。其实《红楼梦》之所以能引起许多人的兴趣，最大的原因还在于它的故事和人物逼真生动。这些人物在顽强而根深蒂固的现实压力下，或者做了悲惨的牺牲品，或者终身从事无望的反抗，都能血泪淋漓，活生生地可以呼之欲出，赢得读者由衷的同情。它所描写和暗示透露的现实压迫力，并不都是纯粹明显的恶毒人事，而往往是颇合于一般人情，或看来是事有必至，理所当然之下造成的，除了极少数次要人物之外，重要主角多人，即使做了坏事，还往往不失人性，使人觉得有时也透露些可怒或不得已之外，至少并非时时处处都是分明万恶的人。人物个性的突出，说话的生动，可说已写到绝妙，古今无二。其中村妪、憨仆、无赖、官僚、清客、伶人、僧道等，固然也各有刻画，可以使人解颐开心。而最能吸引读者兴趣和想象的，还是那许多少男少女美丽活泼的形象。这不太简单，《红楼梦》人物画之所以能普遍吸引人，可以做各种装饰陈列品，黛玉葬花、宝钗扑蝶、史湘云醉眠芍药茵、晴雯撕扇、王熙凤大闹宁国府，可以引发无数绘画、雕刻和戏剧舞蹈的美丽造形，这自然由于作者十分成功地写活了许多妩媚活泼可爱的少女。记得我十三四岁时会集过龚自珍的诗句，做成七绝二十多首来题咏《红楼梦》人物，其中咏贾宝玉的是："阅历天花悟后身，少年哀乐过于人；须知一点通灵福，买尽千秋儿女心。"其实这首第一句押韵从宽的诗，若拿来表示《红楼梦》特别能写出少年男女的感情心境，因此也就最能赚得读者的眼泪，似乎也相当合适。我相信《红楼梦》如果没有这个特点，就绝对不会这样长期引起这么多人普遍的兴趣，而且作为日常生活中的陈设和表演。

上面所说的，这个故事感人，人物生动的特点，自然大家都已知道了。不过除此以外，我以为《红楼梦》之所以能引起中国人，尤其是中国知识分子，这么广泛深入的注意，还有另外一个重要原因。那就是由于内容和表现特别多面密合着传统中国文化的精髓，深刻而默契地反映了这一特殊而又复杂的文化实体。关于这个问题，要从两方面来看：一方面是，曹雪芹学问非常渊博，《红楼梦》包罗、牵涉到中国文化的多方面，像诗歌、绘画、戏剧、园艺、闺阁男女、入学从政，以至于佛道、游戏等，又往往是知识分子很感兴趣的事情，写得样样活灵活现、有声有色。这就能吸引更多方面的读者，也就使要想充分了解它的人，必须有多方面的知识和修养，从多种角度去观察和探索，才能得到真相。这一点我在周汝昌教授所著《曹雪芹小传》（一九八〇年）写的序文里已经指出过，这儿不必多说。

另一方面则是，这小说最契合中国历史、文化、文学所发展出来的特殊心理态度。例如中国传统喜欢以分合的关系处理问题，阴阳对比，相反相成；却又注重整体与综合；提倡幽玄净化的境界；特重个人与家庭的关系；突出人伦与出世，现实与虚幻的两难等等。中国知识分子的心态，自然受了这些及其他特殊关切而形成，而《红楼梦》里人物的爱憎和行为，又都是植根于这种文化特征和心态而塑造的。甚至于它的表现手法，多数故事发展的方式，也常用对比和相反相成的因素和描写来衬托，这都深切反映着这种文化、思想和文学背景所产生的特殊心态，因此这小说也就最能攫住中国读者的心。

简括来说，《红楼梦》这部问题繁复、植根深远的小说，自有它本身的因素，才使大家对它发生这般浓厚的兴趣。也就正因为如此，虽然已经过许多优秀学者专家的研讨，各人得出来的结论，往往还不能令大多数人满意。现在就凭我个人一些粗浅的看法，提出几点意见来，请大家商榷。

二、著者问题能这样决定吗？

首先，关于《红楼梦》的作者问题，我认为目前仍只能肯定曹雪芹是主要作者。他固然旧有《风月宝鉴》之书，但那只是自己的旧作，后来改写进《红楼梦》里去。此外是否采用过别人的原稿，至少还没有强有力的证据来肯定这种假设，所谓“石头”和“空空道人”，看来还是虚拟的寓言人物，若要坐实，还得另找证据。依脂砚斋评语所说，以至首回正文所提到过的，曹雪芹似乎偶然也采纳过一些亲戚朋友的意见，考虑书名，修改一部分情节。但创作和增删，显然还由他自己作主。就曹雪芹生前已完成的那一部分来看，决不能说是集体创作。至少从前八十回看，虽然前后文字仍略有差异，大体上小说的结构和风格都非常完整一致，不可能是众手合成。

后四十回的情况比较复杂，从主观阅读的印象说，一部分好像笔调与前面的大不相同。不过这种主观印象也不完全可靠；贾家败落后，本来就只能写得凄凉平淡些，不能像以前那么富丽繁缛；再说，一部书写作修改了十年来（其实应该是二十年），这后面一部分又不知是隔断了多久才写的，前后风格如稍有不同，也可能是正常现象。作者观点也可能有些改变，情节前后如有不符，也常能发生。就是前八十回内也就有些自相矛盾之处，连首回的笔调风格，也就和下面几回颇有差别。更何况曹雪芹一生中是否会有一短时期从过政，也还不能十分肯定，万一他真是曹天佑，做过州同，后来潦倒，那情况又怎么样呢？我素来主曹天佑说，（参看第四节）试看胤禵的孙子永忠《延芬室集》中《因墨香得观〈红楼梦〉小说吊雪芹》诗说："可恨同时不相识，几回掩卷哭曹侯。"称雪芹为"曹侯"，固然是为了押韵和用典，不过曹雪芹如果全无功名，恐怕不会这样称呼他的。永忠虽不直接认识雪芹，但他和墨香的侄儿敦敏、敦诚都很熟识，不可能不从这些雪芹好友那里知道雪芹的一些情况。所以曹雪芹一生的生活和思想，也应该是比较复杂的，也就不能百分之百地肯定他不会把后四十回那样来写。这当然并不是说，后四十回没有经过程伟元和高鹗较多的修补。黄传嘉女士和陈炳藻博士在威斯康辛大学用电脑统计分析的结果，都证明后四十回在文字上和前八十回有些差异，但又没有差异到出于两人之手那么大。这正证明我一贯的看法，就是程、高并未完全撒谎。

这儿我想特别指出，近来有些新版《红楼梦》，竟明白题作"曹雪芹、高鹗著"，这也许不大妥当，高鹗实在没有著作权。他在乾隆五十六年辛亥（一七九一年）的春天才由程伟元出示书稿，到同年冬至后五日（这年阴历十一月二十七日，即阳历十二月二十二日冬至，后五日即阳历十二月二十七日），工竣作序，这中间只有十来个月的时间。照当时武英殿排活字版的速度，印三百二十部书的正常作业，每十天只能摆书一百二十版，《红楼梦》约有七十五万字左右，共一千五百七十五页

（版），至少需要一百三十一天才能排印完，这已是四个半月了。私家印书，字模设备难全，人手不够，都有可能，条件恐怕赶不上武英殿，而且草创初版，正如程、高再版《引言》中所说的：“创始印刷，卷帙较多，工力浩繁”，估计总得六个月才能印好。后来再版，三版，当然可以快些。这《引言》作于乾隆五十七年壬子花朝后一日，按花朝本可依宋吴自牧《梦粱录》和明田汝成《西湖游览志余》定为二月十五日，后者说：“盖花朝月夕，世俗恒言，二八两月为春秋之中，故以二月半为花朝，八月半为月夕也。”但程、高当时在北京多时，应依雍正、乾隆时潘荣陛著《帝京岁时纪胜》所载，二月“十二日传为花王诞日，曰花朝，幽人韵士，赋诗倡和”。这年，即一七九二年，当阴历三月四日，后一日即五日。离初版工竣高鹗作序时只有六十八天，修订加再版，这个时间也许不会够用。其实《引言》写作的时间大概是二次修订完了时，不是现在许多人所解释的以为是程乙本印成的时候。

初版高序的情况下同，那儿明说过：“工既竣，并识端末。”程乙本《引言》并未如此表明，而且这《引言》的内容多是说明重新校订的经过和办法，当然校订完了马上就要写《引言》，怎么会等上几十天或几个月全书排印好才来写呢？所以程乙本的开始排印，应从三月五日左右稿已修订完时，或稍前稿已大半改完时算起，一开始就边改边排印的可能性很少，因为那是很不安全的，当时活字不多，每版排了就得印，印了就得拆版，印过要再改就不行了。因此我认为程乙本的发行，总是在五六月之间或以后了。

现在我所要说明的只是：程甲本单说排印就需要六个月，高鹗修补百二十回全稿的时间只有四个月，单是把前八十回校订整理好已需要许多时间，如果有些还得誊清，那就更要紧凑了。编辑修改前八十回，至少也得一两个月，剩下来只有一两个月，试问哪儿还来得及补作后四十回二十三万七千字的大书？假如每天写两千字，不停地写，也得写上四个月左右。若是自己创作，这倒不难；但续补别人的著作就不简单，何况《红楼梦》情节复杂，千头万绪，书中包括人物九百七十五人，需要构想和衔接，这就太难了。如果曹雪芹花了一二十年，说他还没有把前八十回修改写完，高鹗却能在一两个月内就补作成后四十回，还得照顾到别人先写好的情节，又要摹仿别人的笔调风格，文法习惯上连电脑也能骗过，这能说得过去吗？高鹗如有这种大本领，他自己年轻时原也经这些“风情”变故，应该自己会写出一本小说来了。我认为我们决不能把《红楼梦》三分之一的著作权就这样轻易送给他！再方面，根据好些记载，我们早已知道，程甲本之前，《红楼梦》早已有百二十回本的存在，《乾隆抄本百二十回〈红楼梦〉稿》的发现更证明程、高可能用过百二十回残稿做底本。关于这种种问题，周绍良、王利器、潘重规等都发表过很好的研究，这里不必多说。我只是强调在时间和出版方面高鹗不可能补作后四十回。新校注的《红楼梦》把曹雪芹、高鹗列成合著，一定是受了过去习惯流行看法影响的结果，像冯其庸教授那样博学慎思的专家，一定不会坚持这样做的。

当然，否定高鹗补作。并不等于肯定后四十回全是曹雪芹的原稿。我们很可以假设程伟元所搜集得的后四十回或三十多回残稿，是另外一人的补作，或几个人不同补作的拼凑。这个意见最早是裕瑞提出来的，他在《枣窗闲笔》里说《红楼梦》“此书由来非世间完物也，而伟元臆见，谓世间当必有全本者在，无处不留心搜求，遂有闻故生心，思谋利者，伪续四十回，同原八十回抄成一部，用以给人。伟元遂获赝鼎于鼓担，竟是百二十回全装者。”他这话有好些不合事实的漏洞，如误以程伟元所得的稿子是“百二十回全装者”。他若细细读过程序和《引言》，早就应该知道程氏参考过的前八十回已不止一种，他所得的有“坊间缮本及诸家所藏秘稿，繁简歧出，前后错见”。又说：“书中前八十回抄本，各家互异；今广集核勘，准情酌理，补遗订讹”（程乙本《引言》)。至于后四十回，据程序称：“爰为竭力搜罗，自藏书家甚至故纸堆中无不留心，数年以来，仅积有廿余卷。一日偶于鼓担上得十余卷，遂重价购之，欣然翻阅，见其前后起伏，尚属接榫，然漶漫不可收拾。乃同友人细加厘剔，截长补短，抄成全部，复为镌板，以公同好。”在《引言》里又说：“书中后四十回，系就历年所得，集腋成裘，更无他本可考。惟按其前后关照者，略为修辑，使其有应接而无矛盾。至其原文，未敢臆改，俟再得善本，更为厘定。且不欲尽掩其本来面目也。”我多年来就认为，程伟元努力搜集得的版本，可能比古往今来任何红学家的都多，他处理的态度，也相当谨慎，非常忠实。裕瑞的猜测，却是相当疏忽而轻率的。

不过我们仍然承认他怀疑程伟元搜得的是伪作这一点，还是值得考虑。这就牵涉到后四十回情节和文字的问题。情节方面，一般人指出前后有不符处，这点我在前文已解释过了，前后偶有不符，原不足怪。至于说，脂砚斋和其他早期批者提到过的，像狱神庙、“情榜”等情节，后来迷失无稿，其实这也可以解释成：曹雪芹或因偶然失去数页，索兴不愿，就改写过了；或因自觉前稿不好，或听了亲友意见，像删削“淫丧天香楼”情节一般删改过了，这有什么不可能的呢？事实上，《红楼梦》末了如果真的写上一个“情榜”，像《水浒传》的石碣，《封神演义》的封神榜，那不知多煞风景！甚至于宝玉真的下了狱或做了乞丐；或和史湘云结了婚，白头偕老；凤姐被休弃；薛宝钗难产身亡，或和贾雨村结了婚种种，恐怕都远不如今本结局的微妙而含有深意。总之，谁也不能肯定这些不是作者终于抛弃了的情节。何况有些还是后人的推测，可能根本没有那回事。

另外一点就是文字上用辞的差异，这也应考虑到，贾家败落以后，人事全非，食用的物件，人物的行动和说话，当然都应该与前不同，用辞自然必有差别，岂可要求前后一致？西方研究作者问题的专家所采用的统计方法，摒弃实际辞汇，而只采词性统计，就是这个道理。再说，我们本来也不否认，后四十回也可能经过较多的修补，有些不同的辞汇正是修订上去的，所以仍然不能证明全文是伪作，何况同一作者十多年后总也会增加或改用一些新的习语。

所以直到现在为止，我们所见的各种百二十回本《红楼梦》，还只能题作"曹雪芹著"，至多只能加上"程伟元、高鹗修订"或"编辑"字样。这里还该特别指出，这种搜集工作，功劳固然全在程伟元，就是修订或修补工作，程伟元也应是主，高鹗是副，或同等重要。高序原来也明说程要他"分任"付印工作，他自己"遂襄其役"。这个"襄"字固然本指完成，但当时甚至现在的习惯用法、恐仍有赞助完成的意思。过去一些红学家把程伟元只当成一个书商，那自然错了，现在经过好些人发掘，尤其像周汝昌、周绍良、潘重规、胡文彬、周雷、王利器先生等的努力，我们知道他很有诗、文、书、画的才能。但许多人还相沿成习，把订补的工作全归给高鹗。其实，张问陶是高的同年（非姻亲），诗注只是片面之词，不足深责；后人又因高鹗中过进士，做过内阁侍读和御史，所以多记录他的事。高鹗诗、词、短文，写得都还算可以，五言律诗特好。不过他是个很重视科举功名的人，诗文集中竟找不到一点与程伟元往来的痕迹，我颇疑心他考中进士后，是否"一阔脸就变"，不理老朋友了；或者因程伟元最多只不过是个举人，也不大愿高攀了呢？

他们两人本来也有一点像曹雪芹，都有宗室知己。高是爱新觉罗·善廉的好友，又做过他几个儿子的老师。程伟元找他襄助编务，一部分也许是因他乃铁岭汉军旗人，语言风习比较接近《红楼梦》罢。他在订补方面，自然也有贡献。程伟元则更受皇太极的后裔、盛京将军晋昌的知遇，被他邀到东北沈阳的任所担任主要的记室工作，十分尊重和亲近。晋昌的大部分诗稿由程伟元收辑。集中唱和与投赠程的诗不下四十多首，说他“文章妙手称君最”，“瑶章三复见清新”。这位自号“洪梨主人”，当过好几个旗的副都统的皇室人物，竟也有点像敦敏、敦诚兄弟对曹雪芹一般，相与诗酒流连，对程说是“忘形莫辨谁宾主，把酒临风喜欲狂”。他诗中所描述的程伟元是：“君是风流潇洒客，放怀今古已忘骸。”说是：“知君高士静门庭，镇日琴书意自宁。”最值得注意的是他劝程“脱却东山隐士衫，泥金他日定开缄”。泥金开缄用的是《开元天宝遗事》所载唐朝习俗，新进士及第，以泥金书帖附家书中报喜的典故。这可见程伟元颇有隐士风度，不热心科举。他曾投访另一友人孙锡，孙赠诗也有“冷士到门无暑意，虚堂得雨有秋声”的句子，把他比做不热衷于功名利禄的“冷士”。只可惜他的诗文竟没有遗留下来，只有他给晋昌诗集写的跋，还可略见他对诗的见解，特重“诗以道性情，性情得真，章句自在”。

王利器教授以为乾隆百二十回抄本里有程伟元改稿的笔迹；程甲、乙本的图赞二十四套，都是他的手笔。我想这大半有可能。其中行草书部分，有几篇近似高鹗的笔迹，另有几篇笔迹更与程序相近。晋昌的官舍有个安素堂，曾请程题有“兰桂清芳”的匾额，文雷（胡文彬和周雷）曾指出《红楼梦》后四十回有“兰桂清芳”之句，的确有关。晋昌和程诗说：“曾题兰桂清芳额，书法应知效二王。”程的行楷的确略带二王笔势，比高鹗的字写得工致些。

还有值得注意的一点，程伟元颇喜欢画松树，前几年东北发现有他画的两株松树，我没有见到原件，只见到复印件；但台北张寿平先生收藏的那幅中堂，程伟元用大小两棵松树，配成一个寿字，着有浅浅的青赭色，曾蒙张先生邀我去他家目验过。程甲、乙本的画像第一幅女娲石和末幅僧道的右面，也正都画有一棵松树，虽然枝叶比较稀疏些，但上部的姿态却也有些和程画近似。《红楼梦》首回写青埂峰下的顽石，并没有提到有松树，这大概正是出于程伟元的想象和手法。总之，我认为《红楼梦》的订补工作，程伟元比高鹗更重要，现在让高鹗来分享曹雪芹的著作权，程伟元反而无分，这是公平的吗？

三、新校本是否较好？

最后，我想提出流行的定本这个问题来谈谈。自从六十多年前新红学发展以来，我们已发现了许多抄本和早期排印本与刻本，因此也编校出版了好几种新版本，影印了好几种珍本。在编校方面，像早期的汪原放，后来的俞平伯、冯其庸和香港的赵聪、台湾的潘重规先生等，都曾做过很好的努力，效果各有不同。我觉得这个版本流通问题，应依读者的性质不同，分两类来处理：研究者和普通读者。对研究者来说，问题本来比较简单，只要把各种有价值的版本，照原样原色影印流通就可以了；其次就是供给一种最完备的汇校集注本。这后一工作，我们多年前就在香港中文大学鼓吹进行，后来在首届国际研讨会上又提倡过，并展览商讨了式样。这次哈尔滨会上海外学人并联名呼吁尽快影印和编印这两种版本。（原信手稿已影印于《〈红楼梦〉大观》一书之末。）最近列藏本和舒序本的影印，自然值得欢迎。我们还希望梦觉主人序本、蒙古王府本、南图本，以至程甲、乙、丙本等都能尽快影印出版。汇校本也盼能早日完成。

给一般读者阅读的定本问题却不简单，目前有这么多的版本，文字又往往那么不同，究竟怎样选择呢？汪原放在校印程乙本时，多半根据他自己对前后情节通顺和审美标准作选择，他选的不一定对；不过，这两个标准倒也不错，后来校释者也都这样做，虽然个人的判断水准不同，作出的结果有差别，那只牵涉到各人的观点和审美能力，无法看齐，也不足深责。不过这里倒出了个比较严重的问题：由于脂批过录抄本的出现，红学家以为它们比排印本较早，没有经过程、高排印时的修改，自然比较接近原作者的本意，较近于原本为了恢复原稿的本来面目，于是就把前八十回的脂本代替了程、高本的前部，只有个别少量不得已的地方，才据后者校改。这个求接近作者原貌的用意当然是无可厚非的，可是这却要解决两个前提：一个是，我们能肯定排印本上的异文不是根据早期的抄本吗？这又牵涉到上文说过的老问题，程、高早就交代过，他们是“聚集各原本详加校阅，改订无讹”的，是“广集核勘”过的。我们实无充分证据来否认他们这些话，硬说他们没有根据，件件是臆改；即使我们找到他们有臆改处，也仍然不能以偏盖全，否定一切。另一个前提是，在这许多版本或抄本中，到底哪一个是作者较后的定稿？当然能找到初稿、再稿等等，自有许多用处，因为正像写诗一样，作者后改定的稿子有时也不一定胜于前稿。不过后来的改定稿至少表示那是作者经过考虑后他自以为是较好的了。我们一方面还很少判断哪一个版本在先，哪一个在后，尤其是其间的明确继承关系往往还弄不清，却大致凭臆测，尽量采用我们认为较早的版本，而且总以为过录的抄本较可靠。自然，有些地方由于参照过的本子比过去的编辑出版者多了些，（这是指从前程、高以后的编辑出版者说的。程、高所见的抄本不必比我们所见少。）也就有许多改良之处；可也有不少地方反而选用了更不通顺或较坏的字句。这样，对一般读者来说，反而弄得更糊涂了。至少有些地方比程、高本还坏。现在只拿第一回开场白来比较一下罢。过去通行的程甲本是：

此开卷第一回也。作者自云曾历过一番梦幻之后，故将真事隐去，而借“通灵”说此《石头记》一书也，故曰“甄士隐”云云。但书中所记何事何人？自己又云：今风尘碌碌，一事无成，忽念及当日所有之女子，一一细考较去，觉其行止见识，皆出我之上，我堂堂须眉，诚不若彼裙钗；我实愧则有余，悔又无益，大无可如何之日也。当此日，欲将已往所赖天恩祖德，锦衣纨裤之时，饫甘餍肥之日，背父兄教育之恩，负师友规训之德，以至今日一技无成，半生潦倒之罪，编述一集，以告天下：知我之负罪固多，然闺阁中历历有人，万不可因我之不肖，自护己短，一并使其泯灭也。故当此蓬牖茅椽，绳床瓦灶，未足妨我襟怀；况对着晨风夕月，阶柳庭花，更觉润人笔墨。虽我不学无文，又何妨用假语村言，敷演出来，亦可使闺阁昭传，复可破一时之闷，醒同人之目，不亦宜乎？故曰：“贾雨村”云云。

现再看人民文学出版社一九五八年俞平伯先生校订的《〈红楼梦〉八十回校本》和该社一九八二年中国艺术研究院红楼梦研究所校注的《红楼梦》，两本都以脂本做底本，前者用有正本，后者用庚辰本，相差无几。却都和上引传统流通本有好些不同文字。如传统通行本的“而借‘通灵’之说，撰此《石头记》一书也。”其实“之说”颇不通，原文所谓“通灵”自然是指那石头，借石头之口说此书，正是如下文“空空道人”对“石兄”说的：“你这一段故事，据你自己说来，有些趣味，故镌写在此”云云，可见小说中设想这书原是石头自说自写的；现在改做借石头之说来撰写这书，反而好像另有人来撰此书了。又程本：“皆出我之上”，原是因“出我之上”四字连读，现俞、研本都在“出”字下加一“于”字，反而读来显得迂缓，至少并无益处。下一句，程本：“我堂堂须眉，诚不若彼裙钗”，俞、研本却都在“我”字上加个“何”字，把肯定句改成了疑问句“何我堂堂须眉，诚不若彼裙钗哉？”所谓“堂堂须眉”，本有点大男人主义的气味，这是习俗变成了成语，大约曹雪芹拿着也没办法，但他原意是十分肯定自己比不上那些女孩子，所以还用个“诚”字，现在加个“何”字在句首，显得很不服气，减少了自悔自慊的意味，增加了大男人主义的气氛；且这“何”字对“诚”字也发生了质疑，好像在问“真的不如她们吗？”这就更大杀风景了。底下一句，俞、研本都作：“实愧则有余，悔又无益之大无可如何之日也。”“无益”二字的下面多出个“之”字，于是非与下文“大无可如何之日也”连续不可，这就变成两个“之”字在一句，多么累赘的句子！下面一句，研究所本作：“当此，则自欲将已往所赖天恩祖德”，这个“当此，则”很不通顺，所以俞本也只好据甲戌本改成“当此时”，自然较好，不过程本“时”作“日”，与上文“无可如何之日”接得更紧凑。下面“负师友规训之德”，俞、研本都把“规训”写成“规谈”，“谈”字很不妥。下文“故当此蓬牖茅椽”一段，俞、研本都作：“虽今日之茅椽蓬牖，瓦灶绳床，其晨夕风露，（四字俞本作‘风晨月夕’）阶柳庭花，亦未有妨我之襟怀笔墨者。”这段大不合情理，前段说的茅椽、瓦灶等，因是十分简陋，所以说仍不妨碍他的胸怀笔墨，若阶柳庭花，本是美景，还说什么妨碍不妨碍呢？所以程本分开来说，陋室尚不足妨他胸怀，何况风月花柳还可润人笔墨。原列举的是八种物件，俞本所列“晨”“夕”乃是时间，也不妥当。程本末段的“虽我不学无文”一句，俞本和研究所本都作“虽我未学，下笔无文”，不但“未”字欠妥，且两句不如程本一句恰当而有力。下面两句，俞本和研究所本都作“又何妨用假语村言，敷演出一段故事来”，比程本多出“一段故事”四字，表面上看来似较充足；不过前文既已说是在“说此《石头记》一书”，则此处只说“敷演出来”，也不无简洁的好处。又俞本在“敷演出一段故事来”以后，即径接“以悦人之耳目哉。故曰‘贾雨村’云云。”“来”字下脱掉“亦可使闺阁昭传”数字，也是一个缺点。

固然，以上所举，并不能代表这三种版本的全貌，后出的这两个校注本，自然有许多别的优点和贡献。我的意思只是，在重订给一般读者用的定本时，也许得实事求是，不可过于轻视程、高本才好。

一九八七年四月二十七日于美国陌地生威大

原载于《〈红楼梦〉大观》，香港 :《百姓》半月刊，一九八七年

亦曾选载于台北《中国时报 · 人间副刊》，

一九八七年，六月七日及八日

真假《红楼梦》大论战势必展开

朱眉叔 *

提出真假《红楼梦》大论战势必展开，莫非故弄玄虚，耸人听闻？绝非如此。

所以提出这个问题，因为《红楼梦》有个特大之谜。这个谜和《〈红楼梦〉谜》、《红楼解梦》之类书所破之谜毫无共同之处，而是百二十回《红楼梦》的作者究竟是谁？

试看，上海古籍出版社的《乾隆抄本百二十回〈红楼梦〉稿》署曹雪芹著；人民文学出版社的《红楼梦》署曹雪芹、高鹗著；近年来一些红学家都认为程伟元并非胸无点墨的书商，也是续书作者。这样，作者应是曹、程、高三人；电视连续剧《红楼梦》排除后四十回情节，另创造了几集，三位编剧人似也应加入作者行列；范宁先生认为后四十回并

* 朱眉叔（一九二二～二〇〇六），明清小说研究者，中国红学会理事、辽宁红学会理事长、满族文学学会副理事长。

非程、高所续，而是另有其人；赵岗先生也认为非程、高所续，可能是曹雪芹家里人续作。由此看来，作者究竟是一人，二人，三人，还是四人？非程、高所续，又是何人？莫衷一是，这难道不是一个谜吗？

有人认为作者问题是红学中 A、B、C 问题，曹著高续早已成为定论，再提出这个问题，实在幼稚可笑。可是也有人认为初看起来是个 A、B、C 问题，认真思考一下，就会发现它是红学中关系至大且深的核心问题。

关于作者说法不一，源于后四十回是否是续书问题，或者说是真假《红楼梦》的论争。周汝昌先生一向认为前八十回是经过高鹗篡改的，后四十回是高鹗伪续（详见《〈红楼梦〉断证·议高鹗续书》）。他在《红楼梦与中华文化·桐花风评语与探佚学》一文中，无限感慨地说：

> 曹雪芹不会想到，不幸的《石头记》把真假作为书的两大面，竟然“引出”一桩真假两部《红楼梦》，而且假存真亡的异事和奇冤，更使人痛苦的，是有相当多的人赞扬、维护假《红楼》，而嘲笑真《红楼》。

周先生认为高鹗篡改续作的百二十回《红楼梦》是假《红楼》，另外还有一部真《红楼》在。所谓真《红楼》，就是前八十回中删除高鹗“篡改”部分存留下来的内容，加上某些脂本特有的情节和探佚学家据脂批钩沉出来的情节。真假《红楼》之说，应该视为程、高续书论的最具有代表性的登峰造极的言论。至今，他还认定“假存真亡”是一桩奇冤，为之鸣不平，足见围绕程、高续书问题——也就是真假《红楼》问题的论争并未平息。

从二十年代初，胡适、俞平伯两位先生提出高鹗续书说后，先后有容庚先生的《〈红楼梦〉本子问题质胡适之俞平伯先生》、宋孔显的《〈红楼梦〉一百二十回均曹雪芹作》旗帜鲜明地反对续书说。但是这些论争仅仅是昙花一现，反驳得并不全面有力。五十年代，在大陆批判胡适、俞平伯治学思想时，就续书问题展开争论的文章很少。值得注意的是，有的红学家开始认为后四十回中有曹雪芹的残稿，比胡适、俞平伯更进一步肯定“续书”的成就。及至五十年代末六十年代初，伴随《乾隆抄本百二十回〈红楼梦〉稿》的问世，开始出现否定高鹗续书之说，提出他人所续论点。至于用更多理由批判高鹗“续书”的还是不乏其人的。“文革”期间，评红文章赛牛毛。但多数人恐惧被扣上“脱离阶级斗争”的帽子，无人敢谈续书问题。在台港，一九五七年林语堂先生发表《平心论高鹗》一文，公然提出后四十回就是曹雪芹散稿，引起了一场轩然大波，形成了论战的焦点。争论中接触了很多具体问题，有些续书论的观点得到了澄清，对大陆持续书论的红学家的观点也提出了异议。但是这番论争还不够广泛深入。“文革”以后迄今，大陆红学界出现了大量有关续书的文章和专著。由于发现有关程伟元的新资料，持续书论者几乎一致地把程伟元判定为续书作者之一。在这十多年里，持续书论者出现了四种新趋势：一种是从《红楼梦》原文和其他资料中找出一些新论据，强化他们的续书说；另一种是进一步根据脂批否定“续书”，进行探佚钩沉，发掘“真《红楼》”；还有一种是越来越多的持续书论者，在不同程度上承认后四十回中有曹氏残稿，否定了续书论的某些观点，且对“高续”有所赞扬，有的甚至大唱颂歌，认为高鹗和曹雪芹一样伟大；特别值得注意的是第四种人，即是少数持续书论者逐渐转变为反对续书论者，认为百二十回都是曹著。无须讳言，反对续书论，认为后四十回也是曹著的人，寥若晨星，他们的舆论也处于劣势，程、高续书说仍居于统治地位。其所以如此，非但是持续书论者人多势众，权威人士多维护续书论，更主要的是反对续书论者还没有足够的力量，针对续书论的大量的论点论据，进行短兵相接的论争，予以一一驳倒。反对续书论者往往是些小人物，他们的文章又散见在不太引人注目的期刊上，难免被人忽视。当然这和有关方面对围绕续书问题开展论争的重大意义认识不足，未能进行有力的引导，也有一定关系。总之，围绕续书的论争还是小规模的“游击战”。

有人会问，把这场论争转化为红学界普遍关注的“阵地战”，有什么必要呢？从下列五方面看是绝对必要的 ：

其一，关系到《红楼梦》是否是伟大作品，曹雪芹是否是伟大作家。今天的红学家和历史上贬斥《红楼梦》，咒骂曹雪芹的文人完全不同，可以说众口一词，口口声声颂扬《红楼梦》是伟大作品，曹雪芹是伟大作家。尽人皆知，曹雪芹之所以伟大就是靠他的一部《红楼梦》；但是对待这部书，却是见仁见智，各有千秋。有人把百二十回《红楼梦》判定为假《红楼》，假《红楼》显然不是伟大的。他们想竭力探佚钩沉，探出一部真《红楼》；可是就他们探出的情节梗概看，实在看不出有何伟大之处。百二十回本是假的，新探出的某些情节又不伟大，结果是世上根本不存在一部伟大的《红楼梦》，他们所颂扬的却是虚无缥缈的一部书，不言而喻，既然伟大的真《红楼梦》并不存在，“伟大作家”这顶桂冠，就应从曹雪芹头上摘掉了。有人说前八十回是曹著，后四十回是伪续，仅从前八十回看也是伟大的，且不论这种断尾蜻蜓论是否正确，仅就前八十回所提出的一系列重大问题，在前八十回里都没有交代和结局来看，即使前八十回是伟大的，也是美中严重不足，伟大的光芒也减弱三分之一。有人认为后四十回有曹氏残稿，但也有程、高伪续，有假的成分，这种看法也给《红楼梦》的伟大或多或少打了折扣。

弄假成真是错误的，但是，弄真成假也是错误的。究竟百二十回《红楼梦》是真，是假？有几成是真，几分是假？是否配称为百分之百的伟大作品？这是关系《红楼梦》和曹雪芹的声誉的大问题。《红楼梦》被翻译成那么多国家文字，宣传为足可与世界一流作品相媲美的伟大作品，如果百二十回本是假《红楼》，或是一部分是赝品，岂不是欺世盗名吗？这难道不是民族的耻辱吗？设若百二十回本是一部真《红楼》，那些佛头着粪的红学家，对他们在中外诋毁百二十回本的伟大声誉，在广大读者的思想中造成混乱，应当承担什么责任呢？应当不应当正本清源呢？说来说去，真假《红楼》之争是百二十回本和“伟大的《红楼梦》”这一称号是否名实相副的问题。显然，这不是红学 A、B、C 问题，而是红学界应予普遍关注的大问题。

其二，关系到是否全面而正确地理解百二十回全书。辨别百二十回本的真假，首要的根据应该是内证而不是旁证，旁证的是否可信，取决于和内证有无必然的逻辑关系，所以全面地彻底地读懂读透百二十回本，至为关键。《红楼梦》是通俗小说，似乎很容易读懂，其实不然。由于它反映的社会生活的复杂、结构的错综，表现方法丰富而含蓄，彻底读懂迥非易事。俞平伯曾说：“这书在中国文坛上是个‘梦魇’，你越研究越觉糊涂。”（《〈红楼梦〉研究·自序》）加上几十年迷信权威思想作祟，不能进行独立思考，人云亦云，极左之风毒害，习惯于抓住一点不及其余，浅尝则止，滥贴标签，这些都严重地妨碍了读懂全书。从胡适提出高鹗续书说迄今七十年来，是否把全书读懂读透了，不敢断言；但是认为后四十回中有曹氏残稿的人越来越多，就是读懂到新水平的明证。当年胡适、俞平伯曾抨击过描述贾宝玉参加乡试而且中举是高鹗败笔。胡适说：“写宝玉……忽然肯去考举人，也没有道理”。（《〈红楼梦〉考证》）俞平伯说：“宝玉修举业，中第七名举人……宝玉向来骂这些谈经济文章的是人‘禄蠹’，怎么会自己学着去做禄蠹？”（《〈红楼梦〉辨·后四十回的批评》）鲁迅更进一步说宝玉“忽改行，发愤欲振家声，次年应乡试，名以第七中式。”（《中国小说史略》）近年来，追随这些观点之后的红学研究者成群结队：而周绍良先生却是例外，他的看法是：

在后四十回里，宝玉却投身到科举场，中了一个第七名举人，这似乎同他前八十回中思想大相矛盾，为一般贬抑后四十回的人们所借口，其实这矛盾只是表面上的。看一个人，不仅要看他做了什么，而且更要看他是怎么做的，在生活中和文艺作品中都是一样。宝玉是怎样去考举人的呢？“中乡魁宝玉却尘缘”这个回目已经说得很清楚，原来他是把“博得第一”作为“却尘缘”的一个步骤……正如“阻超凡佳人双护玉”中宝玉所说：“你们这些人，原来重玉不重人哪！”现在我要同你们永别了，你们总算养育了我一场，我也给你们一点满足，了却我欠你们的情分吧！这就是宝玉当时的心情。所以，他的应试中举，不但不是顿易初衷，就仕途经济之范，反而是贯彻初衷，向仕途经济最后告别……这样一个结局，正是后四十回写得最真实最深刻的地方。（《论〈红楼梦〉后四十回与高鹗续书》）

这段分析说明周先生读懂了关于宝玉应试中举的描写。他这篇文章是一九五三年完成的，这说明从胡、俞指斥这段描写后，经过了三十年才有人看懂，而在七、八十年代还有不少人无视这一正确分析，陈陈相因，继续炒冷饭。由此足证读懂百二十回不易、正确的分析能为人所接受，成为普遍的共同认识更难。百二十回本——特别是后四十回——难点很多，有些人没有读懂，便做了错误的结论，像鲁迅这样伟大人物尚且不免，还说宝玉“忽改行，发愤欲振家声”，曲解了宝玉的思想性格，何况他人呢！所以开展真假《红楼》的大论争，无论持何种观点，都必须首先破除迷信，善于独立思考，认真读懂百二十回本，百二十回本是客观存在，应该尊重，充分理解这一客观存在，避免形形色色的主观判断。果真都读懂全书，论争也就结束了。论争的过程是深入读懂全书的过程，也是红学研究者认识提高的过程，当然也是嘉惠广大读者的过程。广大读者不再受各种各样错误观点所迷惑，深入地彻底地理解了《红楼梦》的伟大所在，更是天大的好事。

其三，关系到能否正确认识旁证有无价值，是否可信，从而有助于办识百二十回本《红楼》的真伪。近年来在旁证的研究上，取得了可喜的新成果，譬如：普遍承认在程、高本问世前已有百二十回本，程、高《引言》、《序》说的是实话，并非谎言，高鹗虐妻致死之说并无可靠证据……但是有的旁证是可信的，并未予以足够的重视，或予以曲解；有的旁证不足为据，却被奉若神明，不可动摇；还有的编造一些假旁证，支持自己的论点，譬如对作为旁证之一的脂评的研究就有待深入展开。因为有些人把脂评当作判定后四十回是伪续的利器。关于脂评的价值和可信程度，极有必要展开论争。旁证虽非主证，在推断《红楼》的真伪上还是不容忽视的。

其四，关系到一部尽善尽美的《红楼梦》的诞生。人们都承认曹雪芹撰写《红楼梦》"披阅十载，增删五次。"他亲手书写的定稿至今未见，所能见到的都是传抄本，或是根据传抄本刊行的摆印本，也就是所谓各种脂本和程、高的甲乙本。这些本子互有差异，有的差异是片言只语，有的是某些情节的有无，某些人物性格有别，究竟哪些是曹雪芹在修改过程中增删修改的，很容易引起专家们的意见分歧。既然都是传抄本，抄录者可能有所遗误，或者根据个人爱恶有所增删篡改，这也会使专家意见不一。此外，各种抄本产生的年代有先有后，是越早的越可信，还是晚出的可信，专家们的看法也不一致。由于上述种种原因，对解放后印行的以程乙本为底本的《红楼梦》和以庚辰本为底本的《红楼梦》，哪个最能体现曹雪芹最后定稿精神，看法很不一致。有人认为两个版本各有短长，都不是十全十美的，应该通过充分论争《红楼梦》的真伪，深入而正确掌握《红楼梦》的内容与形式，以能否体现高度的思想性和艺术性为准则进行取舍，整理出一部毫无瑕疵的《红楼梦》提供给中外读者，使之发出更加耀眼的伟大光芒。这种看法很有道理。

其五，关系到能否对程伟元、高鹗做出正确的评价。究竟程、高是传抄稿的搜集编辑者，还是后四十回的续作者，这和二人的品德有关。很多续书论者从“知人论文”角度，发掘他们的“丑行恶德”，作为续书论的补证，也就是假《红楼》的补证。有些人则认为所谓“丑行恶德”并不存在，是续书论者编造出来的不实之词，藉以宣判后四十回是假《红楼》。孰是孰非，在真假《红楼》的论辩中一定会得到解决。从而程、高是伟大的编辑家，还是冒牌的作者；是品德高尚的人，还是行止卑污之徒，必定会水落石出，获得公允的评价。

如果上述五点必要性能够成立，这场围绕真假《红楼》的“阵地战”就应及时展开。但是可能有人担心展开针锋相对的论辩会有害红学界的团结。其实片面地强调团结，红学界成为一潭死水，就不会有学术的繁荣和发展，健康的论辩绝不是强词夺理，冷嘲热讽，乱扣帽子，而是心平气和，摆事实讲道理，交换看法，互相促进，所以只会增进团结，不容讳言，在海峡两岸都存在蛮不讲理，胡批乱砍的个别现象，这种现象在未来也在所难免，我们不应因噎废食。

在论辩中，只要认为有理有据，就应坚持己见，同时也应善于听取他人意见，修正自己的不正确观点，逐渐形成良好的学风。俞平伯先生勇于更新自己的观点、不断进步的一生，是值得我们学习的榜样。一九五〇年在他的《〈红楼梦〉研究·自序》里曾说：

它（指《〈红楼梦〉辨》）底绝版，我方且暗暗庆幸呢，因为出版不久，我就发觉了若干的错误，假如让它再版三版下去，岂非谬种流传，如何是好！

一九五九年，《乾隆抄本百二十回〈红楼梦〉稿》出现后，俞先生受到很大震动，到了一九六二年，他在《影印脂砚斋重评〈石头记〉十六回·后记》里说：

程氏刊本之前，社会上纷传有一百二十回本，不像高鹗的创作。高鹗在程甲本序里不过说“遂襄其役”，并未明言写作。张问陶赠诗意在归美，遂夸张言之耳。高鹗续书之说，今已盛传，其实根据不太可靠。

这番话说明他开始否定了当年他和胡适共同提出的高鹗续书说。到了一九六五年，俞先生又发表了《谈乾隆抄本百二十回〈红楼梦〉稿》一文，文中指出程、高续书说的不合理：

程、高第二排本乙，必须就第一排本甲来改字，但并不排除采用他本来作为参考，以至于直接抄一些文字的可能性。因甲乙两本，从辛亥冬到壬子花朝，不过两个多月，而改动文字据说全部百二十回有二万一千五百字之多，即后四十回较少，也有五千九百六十七字。这在《红楼梦》版本史上是一个谜。文字之多且不管它，为什么要改，怎样改，也都有问题。难道排出一部新书，立即就不满意，又另搞一部么？难道这两万余言的改文都是程、高二人在短时间里想出来的么？他们可能有所依据。反面看来，若无依据，像他们这样多改、快改非但不容易办到，且也似少必要——这里不妨进一步说，甲、乙两本皆非程、高悬空的创作，只是他们对各本的整理加工的成绩而已。这样的说法和他们的序文引言相符合的。无奈以前大家都不相信它，据了张船山的诗，一定要把这后四十回的著作权塞给高鹗，而把程伟元撇开，现在看来都不太合理，从前我们曾发现即在后四十回，程、高对甲乙两本的了解也好像很差，在自己的著作里有这样情形，也是古怪的。今谓有所依据，则甲本从某某来，乙本从某某来，两本即不免打架，也不甚奇，至多也不过说校者如程、高二人失于检点总结罢了。

俞先生这些进一步自我否定的新观点，不仅可贵，而且是确切无疑的，可惜他长期卧病后，难以写出重新评价后四十回的文章，只有在临危之际写下：

胡适、俞平伯是腰斩《红楼梦》的，有罪：程伟元、高鹗是保全《红楼梦》的，有功。大是大非！

千秋功罪，难于辞达。

这一遗言说明：1.“腰斩”的说法，表明俞先生最终认为百二十回是一个人完成的统一的有机整体，后四十回不是后续的假肢，既不是程、高所续，也不是他人所续。2. 认为自己和胡适有罪，自谴之词如此严重，出人意料，这说明他认为七十年来，他和胡适的续书所造成的不好的影响是广泛而深刻的，他和胡适都应当承担主要责任。这样话如果未经深思熟虑，不痛感影响的严重，绝不会书于纸面的。3.“千秋功罪”所以

“难以辞达”，是因为全面地彻底地否定续书说，揭示它的危害性，不是三言五语，写几篇文章就能达到目的，续书说像长期累积起来的大山矗立在红学园地，若想清除这座大山，非有众多的人力，长期的努力不可。

上述俞先生不断更新自己的观点，深刻进行自我批评的事实，不但无损于他的个人声望，反而表明他是一个绝不固执己见，实事求是，勇于修正错误观点，服膺真理的杰出学者，永远是值得我们尊敬和学习的楷模。

（《明清小说研究》，一九九三年第二期）

百年中国《红楼梦》的两个公案

刘梦溪 *

红学论争其实也即红学公案。因为论争往往形成公案，特别是那些聚讼无尾的论争，假以时日，必然变成公案。下面叙录两桩红学爱好者至为关心的红学公案。

公案之一：《红楼梦》的版本系统

现在已发现的属于脂评系统的抄本计有十二种，即甲戌本、庚辰本、己卯本、梦稿本、舒元炜序本、戚蓼生序本、梦觉主人序本、郑振铎藏本、蒙古王府本、南京图书馆藏戚序本、列宁格勒藏抄本、靖应鹍藏抄本。除靖藏本不幸“迷失”，其他诸抄本，大部分已经影印出版，连列宁

* 刘梦溪（一九四一～），中国艺术研究院终身研究员，中国文化研究所所长，著有《中国现代学术要略》、《〈红楼梦〉与百年中国》等。

格勒藏本也于去年由中华书局影印行世了。

但对这十二种抄本的研究是很不够的，文章虽然发表过不少，专书亦时有出版，但距离理清这些版本的系统还相去甚远。可以说，在《红楼梦》的版本系统问题上，迄今为止，还是言人人殊，无以定论。往往一说即出，很快就遭到反驳，而反驳者自己，也不一定坚信己说。特别是版本演变和《红楼梦》成书过程的关系，现在还未能找到大家都基本认可的说法。更不要说不同版本中的脂批的比较和研究，仍有待于研究者作出进一步的努力。至于这些版本的时间顺序，简直是个谜。甲戌本名称的不妥，许多研究者都指出了，因为上面有丁亥年的批语，当然不可能是乾隆十九年甲戌的本子。但仍有不少研究者，包括胡适，坚决认定甲戌本是“海内最古的〈红楼梦〉抄本”。己卯本和庚辰本的关系，因观点不同，上海古籍出版社出版了冯其庸和应必诚各自一本专著。戚序本，也有很早和很晚两种截然相反的说法。

总之，《红楼梦》的版本系统，即使在红学专家面前，也还是个谜，因此只能成为聚讼不已的公案，诱发人们继续研究下去。

公案之二：《红楼梦》后四十回的评价问题

程伟元、高鹗“补”上去的《红楼梦》后四十回，究竟应该如何评价？是《红楼梦》研究中的又一桩公案。

曹雪芹只写了《红楼梦》前八十回，后四十回为别人所续，弄清楚这一点，是考证派红学的一大功绩。至于胡适提出来的续书作者为高鹗，证据不够充分，现在此说又发生动摇。问题是，续作者为谁是一回事，如何评价是另一回事。无论后四十回系谁人所写，都有一个与前八十回在情节结构上是否衔接，在思想倾向上是否一脉相承，在艺术上是否称为一体的问题。正是在这个向题上，研究者们拔刀相向了。考证派的几员主将，视程、高补作为寇仇，斥为“狗尾续貂”，贬称为“伪续”、“伪后四十回”，认为续书是对曹雪芹原著的亵渎，绝不能容忍，必欲一刀斩去方可一快。小说批评派的红学家们，从文学欣赏的角度着眼，一般不取考证派的激烈态度，倾向于补作大体上还说得过去，《红楼梦》得以广泛流传，程、高二氏实有功与焉。索隐派的目光集中在作品的政治和历史的层面，断定雪芹之前另有作者，对后四十回的真伪，反而不予重视。甚而，还认为前八十回与后四十回均出自一人之手笔。鲁迅对后四十回的评价较持平，认为“后四十回虽数量止初本之半，而大故迭起，破败死亡相继，与所谓‘食尽鸟飞，独存白地’者颇符，惟结末又稍振”，是以续书虽亦悲凉，而贾氏终于“兰桂齐芳，家业复起，殊不类茫茫白地，真成干净者矣”。但这一评价的前提，是接受胡适的观点，假定后四十回为高鹗所续，如果前提发生动摇，评价也必随之而有所改变。

对《红楼梦》后四十回评价不一的原因，固然由于与前八十回相比，补作在艺术风格上有明显的不一致处，但主要还在于史料不足，研究者不能提出有关续书的坚强有力的证据。至今仍有一部分研究者反对前八十回和后四十回系由两人所写的说法。还有的虽承认后四十回系别人续作，但倾向于其中不排除有雪芹的遗稿在内。而所有这些说法，大都带有猜测性质，缺乏实证，因而也是谁都说服不了谁，只好成为一桩公案，听凭红学家们反复聚讼。

也有因不满意程、高补作，另起炉灶，重新撰写一部续书者，但结果颇令人失望，不用说与雪芹原书南其辕而北其辙，去后四十回续书亦远远矣。相反，近年出版的不论依据何种底本整理出来的《红楼梦》新校本，都不敢斩去程、高补作，那怕作为附录也好，也要前八十回与后四十回一同发行。这个不知出自谁人之手的《红楼梦》后四十回，真正是斩而不断、存之难堪、弃之可惜，红学家们为此大伤脑筋，可以说是一桩不同于其他红学公案的更为棘手的公案。

（《〈红楼梦〉与百年中国》，
第八章〈拥挤的红学世界〉，二〇〇五年）

曹雪芹对《红楼梦》的最后构想

高阳 *

一

自从胡适之先生发表《〈红楼梦〉考证》以后，三十年来“红学”的内容，一直是史学的重于文学的。特别是后四十回作者之谜，以及相应并起的曹雪芹家世的问题，成为“红学”的中心。后四十回的作者，原来有两说，一是仍为曹雪芹原著；一是高鹗续作。现在又有第三说，那是赵冈先生的主张，认为可能曹雪芹后四十回的原稿中，关于抄家的描写，有不便为清高宗所见的“碍语”，乃由另一满人删削进呈；目前所流传的百二十回本，即是此改写的稿本。考据凭证据说话，看来好像很客观，但对于证据的取舍，常易在不知不觉间流于主观。换句话说，就是

* 高阳（一九二二～一九九二），历史小说家，红学家，一生著作一百余种，代表作《胡雪岩》、《慈禧全传》、《红楼梦断》等。

各自援用有利于己的证据以支持其观点，形成“此亦一是非，彼亦一是非”的现象，如果不是综合比较，无从判断彼此的得失。

今年年初得有一个机会听适之先生畅谈《红楼梦》和曹雪芹。他很谦虚地说他的成就，“只是扫除障碍的工作”。这句话给了我很大的一个启示，适之先生这话的意思，很明白地表示出来，做《红楼梦》的考据，只是研究《红楼梦》的必需准备工作，而非研究的本身；因为《红楼梦》到底是一部文学名著，不是一部史书。就算把《红楼梦》后四十回的作者，以及曹雪芹的家世考证得明明白白，毫无疑义，对于《红楼梦》在文学上的价值，好在何处，坏在那里？这些文学研究上最主要的课题，仍旧没有说出一个所以然来。

对于《红楼梦》的后四十回，若以文学的观点来看，我认为所当注意者，有下列几个问题：

一、后四十回比前八十回写得如何？

二、照前八十回看，后四十回的情节应该如何发展才合理？

三、假使说，后四十回不是曹雪芹原著，或虽出于曹雪芹之手，而非定稿，那么曹雪芹原来对后四十回的情节的构想，到底如何？

以上三个问题，我想试着来解答最后一个。我以为我找到了一把钥匙，这把钥匙是曹雪芹自己留给我们的。而且不必外求，就在原书第五回里面。

二

《红楼梦》第五回：“贾宝玉神游太虚境，警幻仙曲演红楼梦。”这一回中最主要的内容，是“金陵十二钗正册”和“新制红楼梦（曲）十二支。”

"金陵十二钗正册"，实际只有十一幅图，黛玉宝钗合一幅，以下依序是元春、探春、湘云、妙玉、迎春、惜春、凤姐、巧姐、李纨、可卿。这里就发生一个疑问："金陵十二钗正册"中，他人皆是一人占一幅，何以黛玉宝钗合一幅？

"红楼梦"曲子十二支，加上引子及尾声〔飞鸟各投林〕共为十四支。照曲文内容看，是用宝玉的口吻，追忆往事，发为叹息，犹如现代小说的所谓"第一人称"的写法。曲子正文十二支，是描写金陵十二钗的品貌遭遇，但这里又发生了变格，第一支〔终身误〕，非单写黛玉，亦非单写宝钗，而是既写黛，又写钗；第二支〔枉凝眉〕也是如此。以下自〔恨无常〕到〔好事终〕，自元春写到可卿，次序与"册子"第二幅至第十一幅同。

钗、黛二人这种特殊的安排，若是仅见于"册"或"曲"，已非偶然，而竟一见于"册"，再见于"曲"，岂不值得寄以密切的注意？

其次，大观园中，国色天香，艳绝人寰，曹雪芹以何标准选定此十二人为正钗？论行辈，巧姐不当插入；论关系，何与妙玉方外之人；论才貌，宝琴难道不够格？

复次，此十二钗排列的次序，"册"与"曲"皆同，可见不是没有原则的；那么此原则为何？论行辈，论年龄，论以宝玉为基准的亲疏关系，无一处可以说得通。

以我的"顿悟"，金陵十二钗应分为六组，每一组中显示一个强烈对比。兹就曲名简述其对比的意义如下：

第一组（变格）

〔终身误〕黛玉、宝钗（或宝钗、黛玉）。

〔枉凝眉〕同上。

解：另述。

第二组

〔恨无常〕元春。

〔分骨肉〕探春。

解：元春不寿，探春远嫁，此以“死别”“生离”作对比。

第三组

〔乐中悲〕湘云。

〔世难容〕妙玉。

解：另述。

第四组

〔喜冤家〕迎春。

〔虚花悟〕惜春。

解：迎春出嫁，惜春出家（可怜绣户侯门女，独卧青灯古佛旁）；嫁而早死，所以不如不嫁求长生（西方宝树唤婆娑，上结着长生果）。

第五组

〔聪明累〕凤姐。

〔留余庆〕巧姐。

解：凤姐翻云覆雨，极有作为；巧姐随人摆布，太无作为；母女俩的性格和遭际，以刘姥姥贯串其间，强弱因果，对比极为明显。

第六组

〔晚韶华〕李纨。

〔好事终〕可卿。

解：李纨守节，可卿淫乱；守节者晚境弥甘、淫乱者早丧。秦可卿谐音为“情可轻”，以此一组殿后，可以看出作者劝善惩淫的主旨所在。

以上所未解者，是第一组和第三组，正为宝玉情感上的大问题。而主要关键则在第三组。

第三组对比的双方是湘云和妙玉。所比的是双方与宝玉的关系。妙玉是方外之人，而且非亲非故，论表面的关系，在十二钗中跟宝玉最疏远；因此对比的另一方，应该是跟宝玉关系最密切的人，这当然非肌肤之亲的妻子不可。

宝玉跟妙玉的情感极为微妙，从“栊翠庵品茶”及“乞红梅”这两件韵事中，可以看出端倪，祇是“槛内”“槛外”，万无结成连理之理；而湘云虽有“因麒麟伏白首双星”这一回的伏线，可是宝玉未来的妻子，不是“金玉良缘”，就是“木石前盟”，包括宝玉自己在内，没有谁会想到湘云身上去，谁知最后偏偏成为夫妇；就性格而言，妙玉孤僻矫情，落落寡合，湘云则爽朗随和，最得人缘，这个对比之妙，就在无一处不反，在相互映衬之下，双方都更显得突出。

宝玉的妻子是湘云，第三组的对比是正面的证据；而第一组则是一个有力的旁证。

三

程本《红楼梦》说宝玉的妻子是宝钗，但曹雪芹最后的构想并非如此。这在“曲”中一看就可以知道的，为了读者的方便，我把第一组〔终身误〕、〔枉凝眉〕两支曲子的原文抄在下面：

〔终身误〕

都道是金玉良缘，俺只念木石前盟。空对着，山中高士晶莹雪；

终不忘，世外仙姝寂寞林。叹人间，美中不足今方信：纵然是齐眉举案，到底意难平！

〔枉凝眉〕

一个是阆苑仙葩，一个是美玉无瑕。若说没奇缘，今生偏又遇着他；若说有奇缘，如何心事终虚话？一个枉自嗟呀，一个空劳牵挂。一个是水中月，一个是镜中花。想眼中能有多少泪珠儿，怎禁得秋流到冬，春流到夏！

〔终身误〕第三句，"空对着，山中高士晶莹雪（薛）"的"空"字，不是轻易可下，如果"宝姐姐"变了"宝二奶奶"，那么日侍妆台，眼皮儿供养，心坎儿温存，还有什么"空对"之可叹？下面"举案齐眉"，非指宝钗而是指湘云，〔乐中悲〕一曲中，有"厮配得才貌仙郎，博得个地久天长"的话，可以证明宝玉、湘云夫妇，感情极好，否则"云散高唐，水涸湘江"，就不成其为"'乐'中悲"了。

在〔枉凝眉〕中，说得更明白："一个枉自嗟呀，一个空劳牵挂；一个是水中月，一个是镜中花"，连着这四个"一个"，不但明指黛玉、宝钗在宝玉都是"镜花""水月"，而且也可看出，宝玉虽只念着"木石前盟"，但另一方面又深深地爱慕着宝钗（这并不构成为矛盾，因为宝玉本是个"泛爱主义"者），所以良缘不谐的原因，决非宝玉不愿，而是宝钗不肯。

宝钗为什么不肯呢？要回答这个问题，我们先得研究曹雪芹最后所确定的宝钗，是何等样人？

我前面说过，曹雪芹把十二钗分为六组以显示其对比，第一组虽为变格，但黛钗两人，仍是一个对比，看燕瘦环肥的两种体型，就再明显不过。其次是性格，一个“爱使小性子”，口角犀利得近乎刻薄；一个是宽宏大量，温柔敦厚，从不愿予人以难堪的。所以金陵十二钗正册第一幅，劈头就说：“可叹停机德”，接下来写黛玉：“堪怜咏絮才”，这一德一才，就是曹雪芹在刻画钗黛两人时，紧紧抓住的大原则。

在〔终身误〕、〔枉凝眉〕两支曲子中，曹雪芹写宝钗之德，更有具体的比喻，其一是“山中高士晶莹雪”；其二是“美玉无瑕”，拟之为高士、白雪、美玉，可以想见曹雪芹最后想象中的宝钗，其志行的高洁，人格的完美为如何？像这样的人，不但绝不会做出让人轻视的事，而且也绝不会起什么肮脏心眼儿，否则就不足以符高士美玉之称了。

在前八十回中，曹雪芹以狮子搏兔之力写黛玉之才，同时他也用了同样的力量去写宝钗之德，而效果适得其反，这都是写在第九十七回“林黛玉焚稿断痴情，薛宝钗出闺成大礼”这一回上面。现在我们撇开后四十回不谈，仅就八十回以前而论，只看到一个心地纯厚，见识高超，处处容忍退让，事事为人设想的宝钗。那里有一点儿奸相？

最要紧的是，人人“都道金玉良缘”，宝钗却从未重视过这一点，也就是说，宝钗并不大看重于成为“宝二奶奶”。第二十八回“薛宝钗羞笼红麝串”，有一段说：

> 宝钗因往日母亲对王夫人曾提过“金锁是个和尚给的，等日后有玉的方可结为婚姻”等语，所以总远着宝玉。昨日见元春所赐的东西，独他和宝玉一样，心里越发没意思起来。幸亏宝玉被一个黛玉缠绵住了，心心念念只惦记着黛玉，并不理论这事。

这是一个洁身自好唯恐惹上嫌疑的人的心理。如说宝钗属意于宝玉，那么“总远着”，“越发没意思”，“幸亏”等等，都得改用相反的字眼，成为这个样子：

宝钗因往日母亲对王夫人曾提过“金锁是个和尚给的，等日后有玉的方可结为婚姻”等语，所以总是有意无意亲近着宝玉。昨日见元春所赐的东西，独她与宝玉一样，心里越发暗喜。无奈宝玉被一个黛玉缠绵住了，心心念念只惦记着黛玉，并不理论这事。

宝钗不太看重“金玉良缘”，则宝钗以黛玉为情敌的看法，即不能成立。在前八十回中，曹雪芹写钗黛之间，是有极深的友谊的，第四十二回宝钗劝黛玉少看“杂书”，黛玉“心下暗服”；第四十五回，宝钗探病，黛玉说了这样一段话：

黛玉叹道：“你素日待人，固然是极好的，然我最是个多心的人，只当你有心藏奸。从前日你说看杂书不好，又劝我那些好话，竟大感激你。往日竟是我错了，实在误到如今。细细算来，我母亲去世的时候，又无姐妹兄弟，我长了今年十五岁，竟没一个人像你前日的话教导我。怪不得云丫头说你好，我往日见他赞你，我还不受用；昨儿我亲自经过，才知道了。比如你说了那个，我再不轻放过你的；你竟不介意，反劝我那些话：可知我竟自误了。……”

以黛玉的心高气傲，从不服输而竟能如此倾心，此正所以表现宝钗以德服人的力量。曹雪芹把这一回题为“金兰契互剖金兰语”，“金兰”是描写友情的一个等级很高的形容词，这是更从正面强调了“二人同心”。朋友由误会中产生真诚的谅解，是非常难得的境界，若还以为钗黛两人中间有嫌隙，那真辜负了曹雪芹立意的苦心。

宝钗劝黛玉少看“杂书”的那第四十二回，题为：“蘅芜君兰言解疑癖，潇湘子雅谑补余音”，我认为这兰言的“兰”，与金兰的“兰”，其中另有深意，因为兰言的“兰”，对不上雅谑的“雅”，要讲对仗之工，用“良言”、“忠言”、“诤言”都比“兰言”来得好。其所以下“兰”字者，可能也是用来象征宝钗的品格。

如果这一假设可以成立，那么宝钗的气质，即由这三种高贵的成分所合成：白雪的纯洁；美玉的坚贞；幽兰的静穆。拟之为“高士”，十分恰当。不过高士虽然迥异流俗，却多少有硁硁自守，求个人人格完美的倾向，他的道德观，跟“我不入地狱谁入地狱”的大宗教的看法不同。所以，若要期望宝钗超出理智的考虑以外，为了情感上的原因，作任何重大牺牲，也是不可能的。

四

以这样的性格的宝钗，如果有人想促成“金玉良缘”的具体实现，必然为她所拒绝。因为她一定会这样想：

第一、对黛玉有夺爱之嫌，有负知友。

第二、纵然过去本心无他，只要一嫁宝玉，那么以前种种待人的好处，都变成了故博贤慧之名，笼络人心的手段，坐实了“藏奸”二字，跳到黄河都洗不清的。

第三、在宝玉心目中，黛玉第一；娶不到黛玉娶宝钗，岂不应了“不得已而求其次”这句话？只要她无意于宝玉，宝玉在心里面把她摆在哪一个位置，都没有关系；一成了“宝二奶奶”，自然而然也就成了黛玉的候补者，身份降低一等，这是最伤自尊心的。照书里面看，宝钗亦未尝不以大观园中第一流人物自居，而第一流人物，往往对自己在另一第一流人物眼中的评价，是最看重的，所以宝钗纵或不恤人言，也决不肯为黛玉所耻笑。

写到这里，我可以来回答金陵十二钗正册中，何以黛钗合刊一幅的问题了。曹雪芹的用意是想写一个完美的女性的两个半个，而这两个半个是为了写一句话："红颜薄命"；或者说只写了一个字："情"。

既然称两个半个，当然是对等的，但是这不比画一个圆圈，中间再画一道直线那么简单。为了要求铢两相称，曹雪芹所费的苦心，可以从"册子"上那首诗看出来：

可叹停机德，堪怜咏絮才！

头两句是钗前黛后，如果三、四两句依然如此，那就确定了地位的高下，所以倒过来变成黛前钗后：

玉带林中挂，金簪雪里埋。

在〔终身误〕、〔枉凝眉〕两支曲子中的描写，也都力求对称，以示无所偏颇。所以《红楼梦》的读者，可以像宝玉一样，把黛玉列为第一，或者像湘云一样，说宝钗好；但请勿说黛玉比宝钗好，或者宝钗比黛玉好，那样比法，是违反曹雪芹的本意的。

关于宝钗的拒婚，曹雪芹还另外在"又副册"写了一个人，来反衬她的高洁。那就是袭人，袭人被目为宝钗的影子，其实貌合神离，试看她："初试云雨"以后，即隐隐然以宝玉未来的侍妾自居，及至宝玉出家，怀着必死的心肠上车回家，却又不死；不死为的是怕"害了哥哥"倒也罢了；但一夜过后，终于死心塌地。心地不够光明，意志不够坚定，生性难耐寂寞，跟宝钗纯洁、坚贞、静穆的高贵气质一比，自然只有用一床“破席”来形容其下贱了。

我以上种种分析，在推断曹雪芹最后构想的内容。至于这个构想的评价，那是另一件事，也就是真正红楼梦研究所要做的工作。照我初步的见解，认为这个构想，在意境上比现在后四十回的写法，高出不知多少？现在的宝钗，最后成了庸脂俗粉，其失败正跟十三妹嫁安公子一样，一无意味可言。

五

金陵十二钗中，除钗黛以外，其他人物的结局，依“册”“曲”来看，构想比现在后四十回中所写的，要完备得多，如元春死后曾托梦；迎春嫁后一年，被虐待致死；贾兰做了武官等等，可说是大同小异。其全然不同者，一是湘云，嫁宝玉后，不久即死；一是凤姐的下场，那就是有名的那个“一从二令三人木”之谜。

关于这个谜，严明先生曾写了一篇专文刊在《自由中国》第二十二卷第二期上面。严先生把“一从二令三人木”七字，用测字法加减，所得谜底是“上下众人冷，夫休！”严先生指出凤姐“七出之条”全犯，推断“被休”出于邢夫人的主张云云。在全篇文字中，我只能同意严先生一点，那也就是俞平伯氏所猜出来的一点，“人木”确指“休”字。

那么“一从二令三人木”，这俞平伯、林语堂二氏都认为无从解释的六个字，到底意何所指？

首先我得说：《红楼梦》不是推背图，曹雪芹绝无理由做个谜让后人来伤脑筋。所以以猜谜的方式来解释这六个字，入手便错。诚然，“人木”二字是拆字格，但这不过是要凑成七个字的一句诗，并无深意。

我的看法很简单，“一从二令三休”，是概括贾琏凤姐夫妇关系的三个阶段：

一从——出嫁“从”夫。

二令——阃“令”森严。

三休——“休”回娘家。

第一阶段出嫁“从”夫，以彼时的伦理观念，理所当然；第二阶段，阃“令”森严，贾琏处处受凤姐的压制，前八十回中已写得淋漓尽致；第三阶段凤姐被“休”回娘家，是曹雪芹在后四十回中的构想。这个构想好极了，完全符合小说的要求。

“可杀不可辱”不独以“士”为然，凡是心高气傲的人，到势穷力蹙之境，莫不希望如此。要打击一个人，最狠毒的方法是打击他的自尊心，让他活着抬不起头来，死了无人注意。希特勒的谜到现在还有人感兴趣，纳粹党徒至今还在活动；而墨索里尼从未有人提起，褐衫党亦已成为历史的名词，其原因就在希特勒虽死未辱。同样地，明思宗和建文帝在后人的心目中，不同于李后主和宋徽宗，亦就是杀与辱的不同。

旧时妇女，特别是缙绅之家的命妇，如说被休回娘家，那可真成了“头条社会新闻”，合族都会感到奇耻大辱。读者试想，争强好胜，目中无人的凤姐，一旦为平日俯首听“令”的丈夫所“休”，那在她真是生不如死，所谓“哭向金陵事‘更’哀”是说哭着被休回娘家，其事比死更为可哀。这个“更”字，用得好极。

那么凤姐被休的经过如何呢？我根据“册”、“曲”中的图意，前八十回的线索，以及人物的性格，试述曹雪芹原来的构想如下：

环境：

凤姐的“册子”中，是“一片冰山，上有一只雌凤”，严明先生解为“示‘众冷’之意”；我的看法很简单，是暗示“冰山一倒，立足无地”。

凤姐的冰山，一是贾母，二是王子腾。贾母寿终，王子腾病死“十里屯”，就是凤姐的冰山倒了。同时家势衰败，凤姐已无用武之地，全家上下，亦就不必再对她有所畏惧。此时环境大不利于凤姐。

主动者：

贾琏。

动机及目的：

一、久受压制，出于报复的心理。二、谋财。休了凤姐，即可接收凤姐的财产。贾琏久已觊觎凤姐的私房；凤姐放高利贷等等亦唯恐贾琏知道，这些在前八十回中有很明显的描写，请读者覆按。三、贪色。“砸碎了”醋罐子，才可以畅所欲为。

罪状：

一定是“淫佚”。七出之条，“无子”、“不事舅姑”、“口舌”、“妒嫉”、“恶疾”等五项，都有申辩的余地，只有“窃盗”、“淫佚”两项最具体。凤姐当然不至于偷别人的东西，即有其事，说声“我是闹着玩的”，谁还真追究不成？但如从她床上捉出一个情夫来，可不能说“我是闹着玩的”。而且以凤姐的手腕口才，除非“捉奸捉双”方可把她打倒；否则还有被反噬的危险。

其他：

在情节上，还可以安排凤姐在旅途中悬梁自尽。这一点构想，不能“必其有”，只是我从〔聪明累〕那支曲子中，感到有一种三更上吊，临死忏悔的气氛。我认为这一安排，也还不坏。在凤姐起意自杀以前，可以给她一些重大的刺激，譬如让为她“弄权”受害的人，闻讯赶来，大大地羞辱她一顿；另一方面，第一百十三回“忏宿冤凤姐托村妪”的情节，大致可以移用到这里，由刘姥姥赶至旅次话别，引起凤姐托女的念头。由刺激引起自杀的动机，以托女消除自杀的顾虑（凤姐自杀以前唯一割舍不下的，只有巧姐），恩怨已了，然后才得以自求解脱。这样交代了枭雄式的凤姐，在效果上，至少气势不弱。

照以上的构想，其中唯一需要斟酌的是，平儿的态度。平儿、丰儿，喻为凤姐的"屏风"，贾琏如不能得到平儿的合作，无法破获凤姐的奸情。以平儿的性格，公然背叛凤姐，能不能是一个问题，肯不肯又是一个问题。不过所幸的，曹雪芹在前八十回中已留下了很好的伏线，以第二十一回"俏平儿软语救贾琏"及第四十四回"变生不测凤姐泼醋"这两回来看，可知平儿对凤姐，也有着难以消弭的矛盾，倾向于贾琏这方面的成分居多。所以在那时对于凤姐，背叛或许不敢，告贾琏的密则断乎不至于。在贾琏的计划中，她可能表面上不肯参与，暗地里所持的，则如晋朝王敦内犯时，王导所采取的"默成"的态度。

六

前面我说过，曹雪芹这个"一从二令三休"的构想好极了，完全符合小说的要求。现在我解释我的看法。

这得先简单谈一谈《红楼梦》的主题。它可用"色即是空"四字来概括。但是曹雪芹有名士癖气，玩世逃世或许有之，出世则未必；他的"色即是空"的观念，实际上恐怕还是由沧桑之感蜕变出来的，所以并未真正看破红尘。相反地，我认为他极向往于他儿时所见的繁华景象，在刻意渲染朱门绣户、锦衣玉食的生活中，求取心理上的虚幻的满足。愈向往于过去，则愈觉得现实之难以接受。因为败落得太快、太惨，在观念上旧时繁华与今日贫困两种真实的迭合，因而产生如梦似幻的感觉。这就是曹雪芹创作时的心理状态。

这一心理状态是很矛盾的，他一面未能忘情于富贵荣华，一面又觉得富贵荣华靠不住。试想，曹家三世袭职，四次接驾，明为织造，实际则是皇帝直接指挥的心腹。有这样深厚的基础、坚强的奥援的人家，就一般的情况来说无论如何不是在短时期内所败得了的；而居然于一夕之间，“家亡人散各奔腾”！如此说来，世上万事都不可靠，包括皇帝的宠信在内。他在书中虽未明指“天威不可测”，但第十三回可卿托梦，以及构想中要写的元春托梦，嘱咐“退步”要早；可以看出他的深意。在实际生活中，曹雪芹不事生产，我疑心他也是受了万事靠不住的想法的支配，那就不如看开一点，得过且过算了。

由以上推论及前八十回书中所见，可知“变幻不测”是曹雪芹在《红楼梦》中所极力强调的。因此，一切情节的发展，只要在情理上说得通，变化越大越好。“一从二令三休”，具有双重的曲折，由“令”而“休”，更像把一个人拉到山顶再推入深渊，变化幅度之大，足以满足主题的要求；而在技巧上，则是掀起一个戏剧性的大高潮。岂不是“完全符合小说的要求”？

七

我所研究出来的曹雪芹的最后构想的内容，大致如上述。

我相信读者一定会问：你凭什么说那是曹雪芹的最后构想？以下是我的回答：

第一、第五回所写的“册”、“曲”，无疑地，应当作全书结构的“预告”看。

第二、这“预告”是在“披阅十载，增删五次”以后才出现的。曹雪芹也许还有第六个、第七个稿本，但既未出世，则现行本八十回以前应视作定稿。

第三、后四十回若是他人的续稿，自不必谈；如果仍是曹雪芹原著，那么以文字的精炼来比较，决非“增删五次”的稿本。所以，最后的构想，仍应以第五回的预告为准。

如果我前面所说的一切，在原则上为读者所同意，那么我愿意进一步来推论后四十回作者的问题。

我一向不以为高鹗是后四十回的作者，理由是：

第一、后四十回的文字虽不及前八十回，但一般公认还是相当不错的。我不认为高鹗有此能力。尤其续书比自己创作还难，因为得抛弃了自己的一切，去体会别人的风格。如果高鹗续书能够看不出续的痕迹，那就比曹雪芹还要高明了。

第二、八十回与八十一回之间，找不出有什么不同。事实上从第五十三回“宁国府除夕祭宗祠，荣国府元宵开夜宴”以后，写到宁荣两府过了全盛时期，文字就慢慢地不行了，如既有第三十七回“秋爽斋偶结海棠社”，就不必再有第七十回“林黛玉重建桃花社”；再把两回文字作一比较，更是优劣判然。又如第七十五回，贾母所讲的那个怕老婆的笑话，恶俗不堪，决不能出之于如此身份的老太太之口；何况是儿孙满堂的场合。所以一定说八十回以前好，八十一回以后较差，这话并不正确。

第三、第三十一回“因麒麟伏白首双星”是一大漏洞，为何不改？这一回改起来并不费事，除了另制回目以外，只要把“湘云伸手擎在掌上，心里不知怎么一动，似有所感。”这三句话改掉，就一点痕迹都不留了。因此，我认为原书“引言”及高、程两序，所说的都是实情，程伟元大概是个书商，而高鹗则是程伟元请来客串的编辑，因为“传抄一部”，“昂其值得数十金”，自然要“集活字刷印”，“急欲公诸同好”，没有功夫来细作校正了。

照现在来看，上述第三点的理由，更为充分。因为任何人来续后四十回，必先得对前八十回痛下功夫，那就不可能不注意到第五回的“预告”。当然，续书者可能不同意曹雪芹的设计，另出新意，但那样就得把“册”、“曲”中的文字，按己意重写，以求统一。现在既不是全照“预告”发展，又不把“预告”改得符合结局，世上哪有这样续书的人。

至于赵冈先生所提出的见解，认为是另一“满人”按照曹雪芹的原稿改写，姑不论所引证据是否站得住；只就其改写的原因而论，是为了要删改抄家的碍语，宝玉的婚姻与凤姐的结局，并不构成为“碍语”，何以也把它改掉？再说，“进呈”上览，不是件开玩笑的事，如果清高宗看出前后不符，令此“满人”“明白回话”，岂不将遭严谴？

后四十回既非高鹗所续，更非另一“满人”改写，那么当然是曹雪芹的原著了。不过不是“增删五次”之稿，更不是定稿。事实上恐怕永无定稿。脂批有一条“书未成而芹逝矣”可证。当然，这不是说初稿未成，而是指照此最后的构想，重新改写的全书未成。

（原文收录于《红楼一家言》，
二〇〇五年二月二版，
台北，联经出版事业股份有限公司）

《红楼梦》的版本和续书

刘广定[*]

一、引言

我国著名的古典通俗小说《红楼梦》自问世以来，脍炙人口两百余年，至今不衰。常与《三国演义》、《水浒传》、《西游记》并列为“四大名著”。其相关之研究世称“红学”，乃与“甲骨文”、“敦煌学”共为二十世纪中国文史“三大显学”。尤其特殊的是，此书除尚存十一种内容不尽相同的旧抄本、逾百种各式印本，还有删削改写本和续书数十种，以及十七种外国文字译本和六种汉文。

《红楼梦》自十八世纪六十年代以早期的“抄本”开始流行，经“木活字本”、“刻本”到稍后的“石印本”，及至近现代的“铅印本”、“影印

---

* 刘广定（一九三八～），曾执教于台湾大学化学系、担任“中研院”科学史委员会委员，获得中山学术奖，著有《中国科学史论集》、《化外谈红》。

本”及“电脑排印本”等种种不同的版本。并有《红楼梦》、《石头记》、《金玉缘》、《大观琐录》等多种名称。其版本种类很多，大体可分两类：一是乾隆五十六年（一七九一）萃文书屋以木活字排印的“摆字本”及其后重排或据之另行印制的“刻本”、“印本”等，因乃程伟元和高鹗所主持，一般称为“程高本”或“程本”；另一是含有“脂砚斋评”的早期“旧抄本”及其中有迹象显示为已删去“脂砚斋评”之“旧抄本”，一般通称为“脂本”。

其中已知现存的“脂本”共十一种，分别为：

（一）“甲戌本”：存第一～一八、十三～十六、二十五～二十八各回，有批语。因其中有“至脂砚斋甲戌（一般认为是乾隆十九年）抄阅再评”之句而得名。曾为清人刘位坦、铨福（一八一八？～一八八〇？）父子所收藏。近人胡适一九二七年购得，逝世后为其子携往美国。

（二）“己卯本”：存第二～二十、三十一～四十、五十六～五十八、六十～七十各回及第一、五十五、五十九三个半回，有批语。其中第六十四和第六十七回为补抄。因其中有“己卯（一般认为是乾隆二十四年）冬月定本”而得名。近代曾为董康、陶洙（心如）收藏，现藏北京国家图书馆。有些红学家认为此本是“怡亲王府”的抄本，或从“怡亲王府”抄本所过录，实则不然。

（三）“庚辰本”：存第一～六十三、六十五、六十六及六十八～八十各回，有批语。因其中有“庚辰（一般认为是乾隆二十五年）秋月定本”而得名。曾为徐郙（星曙）旧藏，现藏北京大学图书馆。据笔者之研究，[1]至少其中的七十一～八十回是周绍良所谓的“蒸锅铺”抄本，[2]亦即馒头

1 刘广定：《“中央大学”人文学报》第二十五期，二〇〇二年，第七一～九一页。
2 周绍良：《〈红楼梦〉研究论集》，山西人民出版社，一九八二年，第一三四页。

铺伙计暇时所抄。

（四）“列藏本”：存第一～四、七～八十各回，有批语。约在一八三三年为人携到俄国，现藏于圣彼得堡。因藏书地一度改名“列宁格勒”，故称。发现人孟列夫建议改称“圣藏本”。

（五）“戚（序）本”：存第一～八十回，有批语。因有乾隆三十四年同进士戚蓼生序而得名。有两种，一称“戚沪本”，原有八十回，现仅有一～四十回存于上海。此本曾由清人张开模（一八四九～一九〇八）收藏，后归俞明震（一八六〇～一九一八），民国初年由上海有正书局石印发行，但略经贴改，故此流行本宜称“有正本”。另一种原在近人陈群之“泽存书库藏书”中，后归南京图书馆，故称“戚宁本”，亦称“南图本”。“有正本”又分“大字本”和“小字本”两种。

（六）“蒙府本”：存第一～一百二十回，有批语，但五十七～六十二及八十一～一百二十回系补抄。据说乃自某蒙古王府售出，故名。现藏北京国家图书馆。

（七）“杨藏本”：存第一～一百二十回，其中四十一～五十回系补抄，原本贴有许多附条，也有十数条批语。曾为清人杨继振（一八三二～一八九〇）所收藏而得名，现藏中国社会科学院文学研究院。

（八）“舒序本”：存第一～四十回、第六回有一疑是某藏书人之旁批。因有舒元炜乾隆五十四（己酉）年序而得名，又称“己酉本”。原为近人吴晓铃所有，现藏北京国家图书馆。

（九）“郑藏本”：存第二十三、二十四两回，无批语。近人郑振铎原藏，故名。现藏北京国家图书馆。

（十）“甲辰本”：存第一～八十回，有批语。有梦觉主人甲辰年（一般认为是乾隆四十九年）序，故亦称“梦觉本”。因乃一九五三年在山西发现，又称“晋本”现藏北京国家图书馆。

其中除“戚宁本”未影印、“戚沪本”乃以“有正本”流传，其余均已有影印本问世。又周汝昌称“甲戌本”、“庚辰本”和“戚序本”（“有正本”）为“三真本”，也有人以“有正本”（“戚沪本”）、“戚宁本”与“蒙府本”为“立松轩本”。另须说明的是尚有一称为“靖藏本”的“脂本”，据说只有毛国瑶见过，不久即失踪，真伪难定，疑云重重，故略之。二〇〇一年在北京师范大学也曾发现另一“庚辰本”，但据研究报告，系陶洙于一九五〇年代初期整理抄写而成[1]。至于各抄本的年代，请参阅下节的讨论。

另外还有两种见于前人笔记的“旧抄本”。一载道光年间出版之《痴人说梦》，一是清末民初人吴克岐之《犬窝谭红》，分别记述了两种文字与通行本出入很多之“旧抄本”。周策纵等多位红学家都对此有详细的比较研究，本文从略。

“木活字本”有一百二十回，约七十三万字。最早是乾隆辛亥年（一七九一）冬由北京萃文书屋所发行，次年又重排修订新版。据统计，二者相异处达一万九千五百六十八字。[2]因乃程伟元与高鹗校定，故一般统称“程高本”或“程本”，也分称为“程甲本”和“程乙本”。但此后仍稍有订误，一九八六年顾鸣塘在上海图书馆找到过一部和“程乙本”有多处不同的版本，他称之为“程丙本”[3]，实际上仍是“程乙本”，只是修改了一些文字，且与“程乙本”的差别远小于“程甲本”和“程乙本”间的差异。又坊间流传的也有一些是二者之混合本，[4]例如一九六一年台北韩镜塘将所收藏之“程乙本”影印问世（称

1 张俊、曹立波、杨健：《〈红楼梦〉学刊》二〇〇二年第三辑，第八十～一一三页。
2 《校注说明》，《〈红楼梦〉校注本》，北京师范大学出版社，一九八七年，第二页。
3 顾鸣塘：《上海师范大学学报》一九八六年第一期，第二六～四二页。
4 文雷：《〈红楼梦〉学刊》一九八〇年第四辑，第二六五～二九八页。

为“青石山庄影印本”），实和上海亚东图书馆旧印之“程乙本”有许多不同处，徐仁存、徐有为昆仲称之为“程丙本”，然实乃五十五回（六十一～七十、七十六～一百二十回）“程甲本”与六十五回（一～六十、七十一～七十七回）有部分文字修订的“程乙本”之混合物，而其“程乙本”部分也不全同于上海图书馆藏本。

“刻本”是依“程甲本”修订雕版付印，最早者是约在乾隆末年或嘉庆初年的“东观阁本”，后有“抱青阁本”、“本衙藏板本”、“藤花榭本”、“宝兴堂本”、“凝翠草堂本”、“耘香阁本”等多家书局的刻本，均为一百二十回，因有“图像”而称为《绣像〈红楼梦〉》。嘉庆年间也开始有批注本，如“嘉庆辛未（一八一一）重镌，文畬堂藏板，东观阁梓行”的《新增批评绣像〈红楼梦〉》及“三让堂”的《绣像批点〈红楼梦〉》等。其他如“宝文堂”和“善因楼”据“东观阁评本”的刻印本（“善因楼”出版的易名为《批评新大奇书〈红楼梦〉》），“五云楼”、“翰选楼”、“连元阁”、“三元堂”、“纬文堂”、“经纶堂”、“经元升记”、“务本堂”等发行者据“三让堂本”的刻印本（“连元阁”刻印的却称《新增批点绣像〈红楼梦〉》），道光壬辰年（一八三二）双清仙馆出版的王希廉（雪香，即护花主人）评本《新评绣像〈红楼梦〉全传》，咸丰元年（一八五一）张新之（太平闲人）写成的《妙复轩评〈石头记〉》，光绪年间王雪香与姚燮（大梅山民）之《增评补图〈石头记〉》等，都有大量评点文字。

“石印本”出现于光绪十年（一八八四），据杜春耕估计直到民国二十年左右至少有六十种石印本子。[1]约可分成三类：

1. 王希廉与姚燮合评的《增评补图〈石头记〉》，或称《大观琐录》。

2. 王希廉、张新之和姚燮三家合评的《增评补像全图〈金玉缘〉》，

1　杜春耕：《〈红楼梦〉学刊》二〇〇二年第三辑，第一七九～二〇八页。

但也有改用他名的。

3. 蝶芗仙史的《增评加批〈金玉缘〉图记》，亦名《警幻仙记》，乃改写王、姚评本而成者。

这一时期因“书禁”关系，故各本皆不用《红楼梦》为书名。以上流传最广者属王、张、姚的“三家评本”，在民国十六年亚东图书馆据“程乙本”排印发行前，坊间亦多采之。

“铅印本”则始于光绪十一年（一八八五）上海“广百宋斋印书局”的《增评补图〈石头记〉》。民国以后新式标点的版本大抵皆为铅字排印，后渐改用影印及电脑打印的现代科技方式印刷发行。有关民国以后各种新版本之简介，见本文第八节。

二、旧抄本抄成的年代

上述之旧抄本中，以干支为名的如“甲戌本”等几种并非表示该本子成书的年代，更不能表示抄写的年代。其他各本也有时会被误解成“乾隆抄本”，其实不然。只有现存“上海书店”的“戚沪本”前四十回（“有正本”的底本），据报导“工楷精抄，字体为乾嘉时期流行的馆阁体……又经有版本鉴别经验的人士鉴定，根据纸张墨色来看，这个抄本约在乾隆末年至嘉庆年间抄成”[1]。不过，以纸张墨色鉴定版本不一定可靠，盖即使纸是“乾隆纸”，也不一定就是“乾隆年抄”。百余年前抄本亦不易由“墨色”而判断出是否有二三十年的差别，如“戚宁本”据严中所言“抄写时代约在清咸同之间”[2]，周汝昌却认为“恐怕是道咸旧抄”[3]。又如“舒

1　周汝昌等:《曹雪芹与〈红楼梦〉》，香港:中华书局，一九七七年，第一〇六～一一〇页。

2　严中 :《红楼丛话》，南京大学出版社，一九九一年，第二〇九页。

3　周汝昌 :《〈红楼梦〉新证》，人民文学出版社，一九七六年，第一〇四〇页。

序本”据刘世德亲检原件，认为是乾隆年间旧迹而非过录本。[1]然而，“舒序本”虽现仅四十回，实际原有八十回，其总目录包括第一～三十九回及八十回，中间四十九～七十九回不存。全书笔迹亦不尽相同，特别是第八、十四、十五、二十四、二十八、二十九、三十二、三十五各回回目与总目录稍有不同，可推测其中必有补抄的部分。

笔者曾根据避讳字和一些特殊俗写字推测“郑藏本”以外各本之抄成年代如下：[2]

1. 最早的很可能是“有正本”的底本“戚沪本”因不避道光讳“宁”字，当是乾嘉时期所抄。

2. “舒序本”的正文、“甲戌本”、“甲辰本”和“列藏本”因避道光皇帝之讳不完全，而可能是道光初年抄成。

3. “杨藏本”和“蒙府本”只有极少部分未避“宁”字讳，而“庚辰本”与“己卯本”彻底避“宁”字讳，知皆是道光初年之后抄成。另“己卯本”和“庚辰本”两本多处有“㑹”（命）“展”（殿）之特殊写法，这种抄法虽此前已有，但十九世纪中叶在某些地区特别流行，故可作为旁证。至于“己卯本”的第六十七回极可能乃民国时人据当时坊间本补抄，而假借“乾隆抄本”之名。[3]

故上述2、3中，除了“舒序本”的序文、题辞和总目有可能是乾隆五十四年的原件外，其他均是较晚时期所抄成，而且，很可能是多次转录而成的过录本。

这些抄本中常有错漏处，尤以“庚辰本”之误字为最多，例如将

---

1 刘世德：《〈红楼梦〉学刊》一九九〇年第二辑，第二七一～二八二页。

2 刘广定：《台湾图书馆馆刊》一九九六年第一期，第一六五～一七四页；又见：《明清小说研究》一九九七年第二期，第一二四～一三五页：《〈红楼梦〉学刊》二〇〇〇年第三辑，第二一七～二二一页。

3 刘广定：《台湾图书馆馆刊》二〇〇〇年第一期，第一〇七～一二二页。

“邁”抄成“返”，当是因为“邁”先抄成简化字“迈”，而“迈”与“返”形似而再抄时误认；又如“就”抄成“回”，原因大概是，“就”先误读为“舊”，简写是“旧”，再误识为“回”。[1]这可说明该本是辗转抄录而成。因此，据现存“抄本”文字来研究《红楼梦》时务必谨慎，以免误判。

至于这些旧抄本是否有近人伪作之可能，笔者认为除非有确证，如上述“已卯本”第六十七回外，一般不易遽断。特别是认为未避清帝御讳即非清代人所抄之说，尤可商榷，盖抄本是私人间的交易，或如前述“蒸锅铺”的限量流通，很可能因抄手的文化程度不够，或抄时心不在焉而生疏忽，故避御讳的严谨程度将远逊由书局正式发行者。再如，据报导“舒序本”乃厂甸某书店以八十元购得二百余种“旧书”中的一种，吴晓铃一九三八年元旦发现后又以四十元购下，[2]则原藏书人所得之款，平均每种还不到五角！不符作伪牟利原则，故可推想应非伪作。

还必须说明一点，抄本抄成年代的早晚并不能表示其所依据“底本”内容文字的早晚。例如第三回写黛玉进荣国府初见贾母时，有一句为“黛玉方拜见了外祖母，此即冷子兴所云之史氏太君贾赦贾政之母也，当下贾母一一指与黛玉”，下加横线之句唯“甲辰本”为双行夹注，其余抄本皆作正文。然此句实应系脂评，当是过录时误植。“甲辰本”不误，故其所据底本可能较他本为早。至于“有正本（戚沪本）”，虽抄成于乾嘉时期，但却可能源自较晚的抄本。现以一例说明之。第七十六回黛玉与湘云“凹晶馆联诗悲寂寞”一段中，黛玉的最后一句诗，不同版本用字有异。“程高本”、“列藏本”、“甲辰本”作“冷月葬诗魂”，但“有正本”、

1　刘广定：《“中央大学”人文学报》第二十五期，二〇〇二年，第七一～九一页。

2　杨乃济：《〈红楼梦〉学刊》一九九九年第二辑，第三四五页。

"蒙府本"、"杨藏本"则作"冷月葬花魂"。"庚辰本"此处原为"冷月葬死魂",但将"死"字点去而旁改为"诗"。多年前即有人认为原应是"冷月葬花魂",庚辰本的抄本误将"花",看成"死",校者以"死魂"不通而就凭近似的声音臆断为"诗魂"。这一说法的附和者很多,但"庚辰本"抄手抄错之处极多,特别是第七十一回到八十回之正文中常有莫名其妙的错误,且因"音误"而抄错之处远多于"形误"。抄写人常会相互误用"诗、思","使、斯","使、死","时、似"等音近字。但"花"只有一次误抄为"嬛"(第七十九回),一次误抄为"好"(第八十回),也有一次误"化"为"花"(第七十四回)。故笔者认为第七十六回原应是"冷月葬诗魂",先误为"冷月葬死魂"(音似),再将"死"误抄成"化"(形似),而后来才成为"花"(音似)。[1]"有正本"等作"花魂",则应是较为晚出的抄本,其他例证可参见本文第六节。

三、各抄本之间的关系

在十一种旧抄本中,"郑藏本"与他本有许多明显不同处;又第二十三、二十四两回,难做较明确的比较,故本文于此两方面皆从略。其他各本大致可分为两大系统:一般乃将"有正本(戚沪本)"、"戚宁本"和"蒙府本"归于一系,"甲戌本"等其他抄本归于另一系。然仔细检讨则仍有很多出入,且两系的区分也非绝对。刘世德分析各本第十六回末"秦钟之死"一段,归纳出各本间之关系如下:[2]

1 刘广定:《"中央大学"人文学报》第二十五期,二〇〇二年,第七一~九一页。
2 刘世德:《〈红楼梦〉学刊》一九九五年第一辑,第一四三~一六三页。

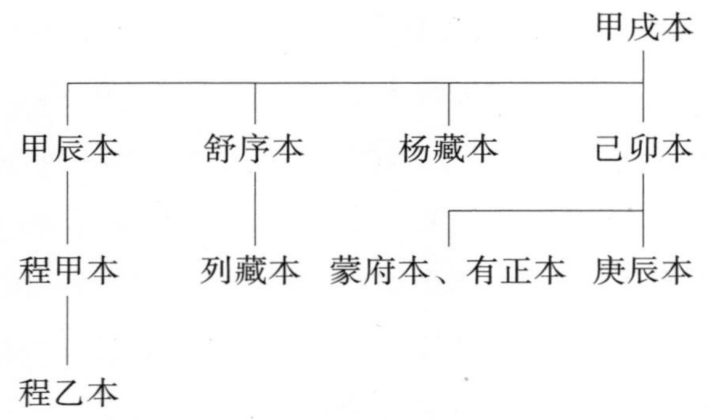

就此处之异文而言，这分法很合理，郑庆山亦认为第十二～四十回大致可分“蒙府、戚序（有正）、己卯、庚辰”与“杨藏、列藏、舒序、甲辰、程高”两系统。[1]

但若比较第二十二回末的文字，却发现各本相异的情形与第十六回不同。第二十二回末尾，“庚辰本”止于惜春灯谜，每谜下有批语，上有朱批“此后破失俟再补”，隔页有“暂记宝钗制谜云：朝罢谁携两袖烟……”及另行“此回未成芹逝矣，叹叹，丁亥夏畸笏叟”字样。“列藏本”亦止于惜春之谜，谜下批语较“庚辰本”为简，只是“此是 ×× 之作”，亦缺“暂记宝钗制谜……”等字。其他各本分三种写法如下：

1.“有正本”、“蒙府本”与“舒序本”在惜春灯谜后有大段文字，内容大致为：

> 贾政道：“这是佛前海灯嗄。”惜春笑答是海灯。贾政心内沉思道：“娘娘所作爆竹，此乃一响而散之物；迎春所作算盘是打动乱如麻；探春所作风筝乃飘飘浮荡之物；惜春所作海灯，益发清净孤独，今乃上元佳节，如何皆用此不祥之物为戏耶？”心内愈

1　郑庆山：《〈红楼梦〉的版本及其校勘》，北京图书馆出版社，二〇〇二年。

思愈闷，因在贾母之前，不敢形于色，只得勉强往下看去，只见后面写着七言律诗一首，却是宝钗所作。遂念道："朝罢谁携两袖烟，琴边衾里总无缘，晓筹不同鸡人报，五夜无烦侍女添，焦首朝朝还暮暮，煎心日日复年年，光阴荏苒须当惜，风雨阴晴任变迁。"贾政看完，心内自忖道："此物还到有限，只是小小之人作此诗句，更觉不祥。皆非永远福寿之辈。"想到此处，愈觉烦闷，大有悲戚之状，因而将适才的精神，减去十之八九，只垂头沉思。

贾母见贾政如此光景……不在话下。

且说贾母见贾政去了，便道："你们可自在乐一乐。"一言未了，早见宝玉跑至围屏灯前，指手画脚，满口批评，这个这一句不好，那一个做的不恰当，如同开了笼的猴子一般。宝钗便道："还像适才坐着，大家说说笑笑，岂不斯文些儿？"凤姐自里间忙出来插口道："你这个人，就该老爷每日令你寸步不离方好。适才我忘了，为什么不当着老爷撺掇，叫你也作诗谜儿，若如此，怕不得这会子正出汗呢。"说的宝玉急了，扯着凤姐儿，扭股糖似的，只是厮缠，贾母又与李宫裁并姐妹说笑了一会，也觉有些困倦起来。听了听，已是漏下四鼓，命将食物撤去，赏散与众人。随起身道："我们安歇罢，明日还是节下，该当早起，明日晚间再顽罢。"且听下回分解。

"有正本"及"蒙府本"在元春四姐妹诗谜下的评注与"庚辰本"相同，宝钗诗下则无评。

2."杨藏本"及"程高本"均缺惜春诗谜。在探春诗谜后为：

贾政道："好像风筝。"探春道是。贾政再往下看，是黛玉的道："朝罢谁携两袖烟，琴边衾里两无缘。晓筹不用鸡人报，五夜无烦侍女添。焦首朝朝还暮暮，煎心日日复年年。光阴荏苒须当惜，风雨阴晴任变迁。打一用物。”

贾政道：“这个莫非是更香？”宝玉代言道是。贾政又看道：

“南面而坐，北面而朝。象忧亦忧，象喜亦喜。打一用物。”

贾政道：“好好，如猜镜子妙极。”宝玉笑回道是。贾政道：“这一个却无名字，是谁做的？”贾母道这个大约是宝玉做的。贾政就不言语，往下再看宝钗的道是：

“有眼无珠腹内空，荷花出水喜相逢。梧桐叶落分离别，恩爱夫妻不到冬。打一用物。”

贾政看完，心内自忖道：“此物倒有限，只是小小年纪作此等语言，更觉不祥，看来皆非禄寿之辈。”想到此处，甚觉烦闷，大有悲戚之状，只是垂头沉思。贾母见贾政如此光景……（以下略同 1. 中引文）

此种写法将更香谜归于黛玉，与“庚辰本”补记之语不同，另增宝玉及宝钗各一首谜。然却自相矛盾，因若有了宝玉之诗谜，则不合下文凤姐所说：“适才我忘了，为什么不当着老爷撺掇，叫你也作诗谜儿。”

3.“甲辰本”则很简略，亦无惜春诗谜，在探春的谜后是：

贾政道：“好像风筝。”探春道是。贾政再往下看是“朝罢谁携两袖烟，琴边衾里两无缘……”，贾政就不言语，往下再看道是：“有眼无珠腹内空，荷花出水喜相逢。梧桐叶落分离别，恩爱夫妻不到冬。打一物。”

贾政看到此谜，明知是竹夫人，今值元宵，语句不吉便佯作不知，不往下看了。于是夜阑杯盘狼藉，席散各寝。后事下回分解。

故依此回，可排出各本前后顺序如下：

“某本（甲）”——有正本、蒙府本、舒序本（完整）、庚辰本、列藏本（残缺）

“某本（乙）”——杨藏本、程高本

——甲辰本

其他许多异文则又不同，例如第二回叙述宝玉在元春之后出生的写法有三种：

1.“甲戌本”、“己卯本”、“庚辰本”、“蒙府本”、“甲辰本”、“杨藏本”、“列藏本”和“程甲本”均为：

不想次年又生了一位公子

2.“有正本”及“舒序本”则作：

不想后来又生了一位公子

3. 唯“程乙本”为：

不想隔了十几年又生了一位公子

大概原先写的是“次年”，后发现与后文不符而修改。但有两种改法，而此例显示出“舒序本”和“列藏本”不同，“有正本”和“蒙府本”也不同，与前述两例所得结论都不一样。[1]“有正本”和“蒙府本”不同之

1 刘广定：《台湾图书馆馆刊》一九九八年第一期，第六一～七一页。

其他例子，参见本文第六节。

一般人多认为“己卯本”和“庚辰本”是同一种抄本，或“庚辰本”出于“己卯本”，但郑庆山的研究发现两者仍有出入，特别是前五回文字差别颇大。[1]故知各抄本之间关系复杂。笔者的解释是：目前传世的这些旧抄本都是辗转过录所得之“百衲本”，且多由文化程度不高或不甚敬业的抄本抄成，造成错漏甚多。由于常有某处此同彼异，但他处却此异彼同之现象，故不能据以断定版本的先后，或是否同源。

四、抄本与木活字本间的关系

《红楼梦》开始是以抄本的方式流传，富察明义的《绿烟琐窗集》中有“题红楼梦”诗二十首，自序云：“曹子雪芹出所撰红楼梦一部……余见其抄本焉。”据吴恩裕考证其诗集大约是在一七七七年以前二十年之内所写成，[2]故明义有可能在曹雪芹生前（一七六三年初）已见过某一抄本。另一项记载是爱新觉罗·永忠的《延芬室集》，其中有乾隆三十三年（一七六八）“因墨香得观红楼梦小说吊雪芹”七绝三首，可知《红楼梦》抄本至迟在此年已经流传。乾隆五十六年（一七九一）冬萃文书屋发行木活字摆印本（“程甲本”），高鹗之序云：“予闻红楼梦脍炙人口者几二十余年。”次年发行“程乙本”时程伟元、高鹗二人的《红楼梦引言》中也说：“是书前八十回，藏书家抄录传阅几三十年矣。”亦可证在乾隆三十年（一七六五）左右，抄本已开始流传。

依高鹗之序言，流传的抄本“无全璧，无定本”。程伟元的序则说：

1　郑庆山：《〈红楼梦〉的版本及其校勘》，北京图书馆出版社，二〇〇二年。

2　吴恩裕：《有关曹雪芹十种》，上海：中华书局，一九六四年，第四二～四九页。

> ……好事者每传抄一部，置庙市中，昂其值，得数十金，可谓不胫而走者矣！然原本目录一百二十卷，今所藏只八十卷……

“程乙本”中程伟元、高鹗二人的《红楼梦引言》也说：

> 书中前八十回抄本，各家互异；今广集核勘，准情酌理，补遗订讹。其间或有增损数字处，意在便于披阅，非敢争胜前人也。
>
> 是书沿传既久，坊间缮本及诸家所藏秘稿，繁简歧出，前后错见。即如六十七回，此有彼无，题同文异，燕石莫辨。兹惟择其情理较协者取为定本。

由前述十一种抄本之内容互有异同、且多仅有八十回或不足，可知“程高本”序言可信。其前八十回乃参考不同抄本加以修正后摆印，但前述十一种抄本似皆非其所依据者。盖除上文所述各例中，“程高本”与某些抄本有同有异外，一个最明显的证据是第六十七回。“程甲本”、“程乙本”的第六十七回除少数一些异字外，几乎完全相同，但和“蒙府本”、“有正本”、“甲辰本”、“列藏本”、“杨藏本”均不同，又“己卯本”和“庚辰本”缺此回，这都和序言所述相符。

再者，序言之中并未提及原稿之“批语”，只说“未加评点”。这点与无批语的“舒序本”吻合。第一本红学著作、清人周春（一七二八～一八一五）的《阅红楼梦随笔》中也未提到任何“评语”的事，可知当时在“庙市”流传的抄本是没有评语和很少评语的，但有些评语已混入了正文，如前文第二节所举第三回“此即冷子兴所云之史氏太君贾赦贾政之母也”之例。但此句不见于“程高本”，亦说明其所依据并非前述抄本中的任一种。

又如第五十四回叙述宝玉由秋纹和麝月陪同回园来看袭人，正好遇见贾母派来送食物给鸳鸯与袭人的两个媳妇。这里有段对话，“程甲本”和早出的“程乙本”均作：

麝月等问：“手里拿的是什么？”媳妇道：“外头唱的是八义，又没唱混元盒，那里又跑出金花娘娘来了。”宝玉命：“揭起来我瞧瞧。”秋纹魔秋忙上去将两个盒子揭开。

显然所据的抄本中有漏误。各抄本此处略有参差，“有正本”为：

麝月等问：“手里拿的是什么？”媳妇道：“是老太太赏金花时二位姑娘吃的。”秋纹笑道：“外头唱的是八义，没唱混元盒。那里又跑出金花娘娘来了。”宝玉笑道命揭开盒子我瞧瞧。秋纹麝月忙上去将两个盒盖揭开。

上海图书馆所藏较后出的“程乙本”才补上缺文，改“魔秋”为“麝月”。这再度证明“程乙本”之尊重原“抄本”。

至于后四十回（即第八十一～一百二十回），旧抄本中仅“蒙府本”与“杨藏本”有之。但“蒙府本”此部分系据“程甲本”所补；“杨藏本”中则有二十一回同于“程乙本”，而第八十一～八十五、八十八～九十、九十六～九十八、一〇六～一〇七、一一六～一二〇等回的“原抄底本”与“程甲本”、“程乙本”均异。原本上的“附条”，据王三庆[1]、徐仁存和

1 王三庆：《〈红楼梦〉版本研究》，台北石门图书公司，一九八一年，第四二三～五一二页；又见：《木铎》第八期，第三四一～三四八页，一九七九年。

徐有为[1]之研究而知亦不与“程甲本”或“程乙本”相同。与“杨藏本”不同的第十九回除一些文句之差别外，“原抄底本”之文字一般较“程高本”为简，甚多红学家如朱淡文[2]、郑庆山[3]等认为其乃从“程高本”删节而得。唯此说未必然，仍有深入探讨之价值。

多数红学家相信旧抄本（即“脂本”）在先、“程高本”在后，但近年来欧阳健[4]等提出“程先脂后”的说法而又引起了一些争议和讨论。据笔者的浅见，冯其庸曾举例指出“程本前八十回即是脂本”、“程甲本残留的脂评文字”[5],例如第三十七回贾芸送白海棠给宝玉时所写信末“男芸跪书”后之“一笑”两赘字，是“程本以前之抄本含批注”的明确证据。但传世的旧抄本中是否文字都是原稿？批注文字是何人、何时所写？则可商榷。[6]

五、“程高本”的价值

自嘉道年间到民国初期一百三十余年来，坊间数十种印本，都是以“程甲本”为祖本。稍予订正后翻刻重印的。大多数的读者并不在意不同版本间的差异，或某一版本中的漏误。以第九十二回“评女传巧姐慕贤良，玩母珠贾政参聚散”为例。从“程甲本”看不出有“巧姐慕贤良”的描写，也觉不何处在叙述“贾政参聚散”。然而，直到一九二五年容庚

1 徐仁存、徐有为：《中外文学》第十二卷第三期，第八～二六页，一九八三年。
2 朱淡文：《〈红楼梦〉论源》，江苏古籍出版社，一九九二年。
3 郑庆山：《〈红楼梦〉的版本及其校勘》，北京图书馆出版社，二〇〇二年。
4 例如，欧阳健：《红学辨伪论》，贵州人民出版社，一九九六年。
5 冯其庸：《〈石头记〉脂本研究》，人民文学出版社，一九九八年，第三一二～三二一页。
6 刘广定：《“中央大学”人文学报》第二十五期，第七一～九一页；又见俞平伯：《俞平伯论〈红楼梦〉》，上海古籍出版社，一九八八年，第三五七页。

才提出这一问题[1]，之前百余年似无人论及。因此，“程甲本”虽有不少内容情节前后不符及词语文字欠妥之处，仍流传多年而不衰。后出的“程乙本”则在前八十回改动了一万四千三百七十六字、在后四十回改动了五千一百九十二字[2]，内容较少矛盾错误，词语也较为通俗。由于胡适的推荐，这一标点重印、较接近白话的“程乙本”，受到广大曾接受新式教育的知识分子的欢迎。此后，“程乙本”就大为流行了。

从小说流传和推广这一观点来论。“程高本”厥功至伟。如果只靠传抄，既不方便，又很昂贵（程伟元序言：“昂其值得数十金”）。满纸评点的本子，对一般读者而言，并无必要，而且“评注过多，未免旁杂，反扰正文”（“甲辰本”第十九回之梦觉主人批语）。没有故事结局的残本，除了少数研究者外，普遍读者也不会有多少兴趣。民初上海有正书局所印八十回“戚序本”流行不广，大概就是这个原因。一些红学家大捧曾赞赏“戚序本”的鲁迅，而力贬推广“程乙本”的胡适，实乃皮相之见，也是一偏见。《红楼梦》一书是靠一百二十回完整的故事，才受到大众欢迎的。

“程高本”和一些较晚的抄本有一明显优点，那就是文字的“雅化”。这便降低了某些卫道人士对《红楼梦》的拒斥程度。例如：第二回写贾雨村要讨娇杏做二房，封肃喜得“屁滚尿流”，“甲辰本”与“程高本”都改成“眉开眼笑”。第四回写薛蟠打死冯渊径自携眷北上，“自谓花上几个臭钱，无有不了的”（“有正本”），“程乙本”与“舒序本”都删去“臭”字。第二十九回凤姐骂小道士“野牛肏的”、“程高本”改作“小野杂种”，也是这个原因。

---

1 《〈红楼梦〉研究专刊》第六辑，香港中文大学新亚书院中文系，一九六九年，第六～二三页。

2 《校注说明》，《〈红楼梦〉校注本》，北京师范大学出版社，一九八七年，第二页。

“程高本”的另一价值是辑补了一些现存“脂本”漏抄的文字，使读者能看到更为完整的故事。例如第七十四回“抄检大观园”部分，述及凤姐偕王善保家的搜查怡红院搜到晴雯的箱子，各“脂本”都没有晴雯摔箱子及与王善保家的对话那一大段文字，只写作：

> 只见晴雯挽着头发闯进来，豁啷的一声，将箱子掀开，两手提着底子往地下一番，将所有之物尽都倒出。王善保家的也竟（觉）没趣，看了一看，也无甚私弊之物，回了凤姐要往别处去（据“甲辰本”，他本大致相同）。

虽通顺，但却不甚合理。王善保家的在抄检别处时都是神气活现，何以在怡红院任凭晴雯挑衅，只觉“没趣”而已？

但“程高本”除文字稍异外则在“也觉没趣”下多出一大段文字：

> （也觉没趣）儿，便紫胀了脸，说道：“姑娘，你别生气。我们并非私自就来的，原是奉太太的命来搜查；你们叫翻呢，我们就翻一翻，不叫翻，我们还许回太太去呢，那用急得这个样子！”晴雯听了这话，越发火上浇油，便指着他的脸说道：“你说你是太太打发来的，我还是老太太打发来的呢！太太那边的人我也都见过，就只没看见你这么个有头有脸大管事的奶奶！”凤姐见晴雯说话锋利尖酸，心中甚喜，却碍着邢夫人的脸，忙喝住晴雯。那王善保家的又羞又气，刚要还言，凤姐道：“妈妈，你也不必和他们一般见识，你且细细搜你的；咱们还到各处走走呢。再迟了，走了风，我可担不起。”王善保家的只得咬咬牙，且忍了这口气，细细的（看了一看）……

从“儿”到“细细的”共二百三十九字，为其他抄本所无。“程高本”多出的这段文字与前后文连成一气，可谓天衣无缝，整体内容比抄本更合情理。尤其是写晴雯在受到王夫人叱责而认清了自己的命运与结局后，做出了最后的反击，最能表现她的个性。再者，此处可与同回王善保家的向王夫人进谗、指责晴雯一段，和第七十七回有“王善保家的趁势告倒了晴雯”（“列藏本”）一句相为照应。故可推知“脂本”于此部分可能遗落了一些，也就是说“程高本”所据以排版的底本，原有二百四十个字恰好一面，是原稿所有，“脂本”遗漏但“程高本”之底本不缺。也由此可见程、高两人因“竭力搜罗”，得到了比其他抄本更为完整的一个本子。

当然，“程高本”也有缺点，即一些遗漏未补。例如“程甲本”与“程乙本”第十六回末皆止于“毕竟秦钟死活如何？且听下回分解”，与第十七回起处“话说秦钟既死”不能衔接。缺少见于一些“脂本”的秦钟临死前劝宝玉，“以前你我胆识自为高于世人，今日才知自误了，以后还该立志功名，以荣耀显达为是”，表达了作者“忏悔”心情的一段。唯可说明“程高本”是相当忠于“底本”的。

六、各本间的差别

早期的“抄本”各有不同，且与“木活字本”（“程高本”）出入很多。“刻本”及稍后的“石印本”都据“程甲本”，故和“程乙本”也有许多差别。各本间除了个别字句“繁简歧出，前后错见”外，有几类迥异处。一是整段内容几乎完全不同，如第一回“下凡历劫”的故事，“程高本”之写法乃合“神瑛侍者”与“玉（石头）”为一，但“脂本”则只是“神瑛侍者”投胎，似由一僧一道将“玉”交其携带下凡。内容出入很大，文长不录。何者为佳，见仁见智。唯依笔者拙见，“程高本”的写法，较易理解，故其“底本”可能后出。

又如第四十一回写到刘姥姥进大观园尝到风味特殊的茄子。这一道由茄子制成的菜实有两个名称和两种做法。一般称为“茄鲞”，其做法在“庚辰本”是：

> 凤姐儿笑道：“这也不难。你把才下来的茄子把皮籤了，只要净肉，切成碎钉子，用鸡油炸了，再由鸡脯子肉并香菌、新笋、蘑菇、五香腐干、各色干果子，俱切成钉子，用鸡汤煨了，将香油一收，外加糟油一拌，盛在瓷罐子里封严，要吃时拿出来，用炒的鸡瓜一拌就是。”刘姥姥听了，摇头吐舌说道：“我的佛祖！到得十来只鸡来配他，怪道这个味儿！”

“程高本”与其他抄本的文字大致同此。但“有正本”及“蒙府本”则做“茄胙”，制法也不同：

> 凤姐笑道：“这也不难。你把四、五月里的新茄包儿摘下来，把皮和穰子去尽，只要净肉，切成头发细的丝儿，晒干了，拿一只肥母鸡靠出老汤来，把这茄子丝，上蒸笼蒸的鸡汤入了味，再拿来晒干，如此九蒸九晒，必定晒脆了，盛在磁罐子里封严了，要吃时，拿出一碟子来，用炒的鸡爪子一拌就是了。”刘姥姥听了摇头吐舌道：“我的佛祖，到得十几只鸡儿来配他，怪道好吃。”

前一方法是把小块的茄子制成干，浸在油里，就像是鱼干叫做“鱼鲞”一样，而称为“茄鲞”，但除茄子干外，还要和香菌、新笋、鸡丁

（鸡爪子）混在一起吃。“有正本”与“蒙府本”所叙述的做法，也是制成茄子干，但为丝状的。可能由于“胙”是祭祀用的肉，大约是条状的，所以这样的茄子干称为“茄胙”。所谓“切成头发细的丝儿”，只是说乃切得很细，而且从做法来看，“茄鲞”用两三只鸡就够了，与刘姥姥所说“我的佛祖，到得十几只鸡来配他”不合。反而做“茄胙”至少要用十只鸡，由此可推想“有正本”是较晚的本子，改正了前面用不了“十来只鸡”的错误。

二是大量文字“此有彼无”之例。在回末可能因底本破损程度不同或补订方式相异所致，如前面第三节论及第十六回和第二十二回之例即是，若在回中，则很可能乃漏抄之结果，上文第五节所述第七十四回“抄检大观园”即为一例。其他如第二十一回“俏平儿软语救贾琏”部分，“程高本”及多数“脂本”都有贾琏从平儿处抢回头发的一段。但“甲辰本”缺“平儿指着鼻子……又不待见我”约二百五十字，上下不能连贯，应系漏抄。又如第六十三回“己卯本”、“庚辰本”、“有正本”与“蒙府本”都有芳官改妆易名及宝玉发议论等约一千字的一大段。“杨藏本”、“列藏本”及“甲辰本”无此段，但后之第七十、七十三等回仍有芳官所改“雄奴”之名，故可推测是漏抄或底本遗漏。苕溪渔隐之《痴人说梦》所引“旧抄本”也有此段，然字数约少一半，亦可能为漏抄之故。“程高本”则完全不载，可能是因所据底本遗漏，也可能是在出版时为免文字贾祸而删去。

第七十八回“老学士闲征姽婳词”部分，“有正本”与“蒙府本”在下文两“原序”之间漏抄六十三字（据“程甲本”、“庚辰本”、“列藏本”）：

贾政道：“不过如此，他们那里已有原序。昨日因又奉恩旨着察核前代以来应褒奖而遗落未经奏请各项人等，无论僧尼乞丐女妇人等，有一事可嘉，即行汇送礼部，备请恩奖。所以他这原序也送往礼部去了。”

而成为：

贾政道：“不过如此，他们却原是有序，因送礼部去了。”

但“程甲本”、“程乙本”和“甲辰本”漏了“庚辰本”、“有正本”等所有叙述贾政对宝玉、贾环、贾兰三人观点的一大段文字，原因也是在“贾政命他们了题目……闲言少叙，且说贾政命他三人各作一首”（据“列藏本”）一段中漏去三百九十八字（如据“有正本”则少三百八十五字）。可见各本皆有缺失处。

然某抄本有缺文也可能乃原作者之所为。如第五十七回探春赠给邢岫烟一块碧玉佩，各抄本除“甲辰本”外都有一段宝钗对岫烟讲有关“妆饰品”无用的话，从“但还有一说”到“岫烟忙又答应”一百九十字（据“有正本”），虽可能是“甲辰本”及“程高本”之底本漏抄，但也可能是原作者在一次修改过程中自行删去的。因为邢岫烟才经贾母做媒说给薛蝌为妻，尚未过门，还是“准”小姑身份的薛宝钗似乎不宜说那些充满教训口气的话。

第三类是较不明显但颇为重要的差异。如小说中贾宝玉的心腹书僮有两个名字，且在不同版本内变化也各异。此人第九回始出现，名为“茗烟”，是“宝玉第一个得用的”，后文涉及他的情节还很多，但其名有时又作“焙茗”。唯“杨藏本”之正文、“列藏本”第六十四回以外各回及“甲辰本”为全书都用“茗烟”。“庚辰本”、“舒序本”、“有正本”和“程高本”第二十四回起却改成“焙茗”，“程高本”还特别说明改名的原因。但除“程高本”一直作“焙茗”，其他各本从第三十九回起多又改用“茗烟”。“蒙府本”较特殊，除了第二十八回有一处与第三十二、三十四两回作“焙茗”外，余均作“茗烟”。唯有“郑藏本”，第二十三及二十四回均为“焙茗”。有人认为《红楼梦》作者“把二人误成一人”。然这是不可能的。宝玉的书僮人数虽多，但“心腹的”只有一个。即“茗烟”或“焙茗”。只有不同的“作者”，才会把这一相当重要人物的名字弄错，或把两者混杂使用。可见“抄本”经过整理，但整理者并不很了解全书内容。再者，“有正本”作“焙茗”的回数却比“蒙府本”多，反与“庚辰本”相同。其他人名混淆之例尚多，如“彩云与彩霞”等，刘世德已有详细研究[1]，不赘。由此观之，各种抄本间的关系远不如一般想象那样简单。

七、八十回之后为续书？

《红楼梦》后四十回的评价问题是刘梦溪所提出的九个“红学公案”之一[2]。程伟元在“程高本”的序言中虽说：

> 然原目一百廿卷，今所传只八十卷，殊非全本。即间称有全部者，及检阅仍只八十卷，读者颇以为憾。不佞以是书既有百廿卷之目，岂无全璧？爰为竭力搜罗，自藏书家甚至故纸堆中无不留心，数年以来，仅积有廿余卷。一日偶于鼓担上得十余卷，遂重价购之，

1　刘世德：《〈红楼梦〉学刊》一九九六年第二辑，第一三九～一六七页；第三辑，第二五〇～二七〇页。

2　刘梦溪：《〈红楼梦〉与百年中国》，河北教育出版社，一九九九年。

欣然翻阅，见其前后起伏，尚属接榫，然漶漫不可收拾……细加厘剔，截长补短……

“程乙本”里程伟元、高鹗二人的《引言》也说：

书中后四十回，系就历年所得，集腋成裘，更无他本可考……按其前后关照者，略为修辑，使其有应接而无矛盾……

然“程高本”问世后不久即有人出其后部为伪作，直到当代仍盛行是说。

目前已知最早的记录是嘉庆九年（一八〇四）陈镛的《樗散轩丛谈》，其中一段说：

然《红楼梦》实才子书也，初不知作者谁何……巨家间有之，然皆抄录，无刊本，曩时见者绝少……《红楼梦》一百二十回，第原书仅止八十回，余所目击。后四十回乃刊刻时好事者补续，远逊本来，一无足观。

因为陈镛曾见过八十回抄本，所以就认为后四十回乃补续，虽云“远逊本来”，却无具体的说明。又嘉庆年间潘德舆所著《金壶浪墨》中则说：

或曰：传闻作是书者，少习华膴，老而落魄，无衣食，寄食亲友家，每晚挑灯作此书，苦无纸，以日历纸背写书，未杂业而弃之。末十数卷，他人续之耳。

表示只是“传闻”、“末十数卷”（并非“后四十回”）为他人的续作，至如裕瑞于嘉庆二十三四年间成书的《枣窗闲笔》中则写道：

曹雪芹虽有志于作百二十回，书未告成即逝矣。诸家所藏抄八十回事，及八十回书后之目录，率大同小异者……而伟元臆见，谓世间当必有全本者在，无处不留心搜求，遂有闻故生心思谋利者，伪续四十回，同原八十回抄成一部，用以给人。伟元遂获赝鼎于鼓担……但细审后四十回，断非与前一色笔墨者，其为补者无疑……此四十回，全以前八十回中人名事务苟且敷衍，若草草看去，颇似一色笔墨。细考其用意不佳，多刹风景之处，故知曹雪芹万万不出此下下也……

他乃以个人对文字、故事的喜恶判断后四十回为伪，近人如俞平伯的《〈红楼梦〉辨》也是如此。但林语堂[1]、宋浩庆[2]等之见解则又不同，故此标准实有缺陷，易生争议。

另胡适认为：

程序说先得二十余卷，后又在鼓担上得十余卷。此话便是作伪的铁证，因为世间没有这样奇巧的事。[3]

而潘重规则举出清人莫友芝重刊元版《资治通鉴》的巧合及胡适本

1 林语堂：《“中央研究院”历史语言研究所集刊》第二十九本，一九五八年，第三二七～三八七页。

2 宋浩庆：《〈红楼梦〉探》，北京：燕山出版社，一九九二年。

3 胡适：《〈红楼梦〉考证》（改定稿），见《〈红楼梦〉考证》，台北：远东图书公司，一九六一年，第一～四三页。

人寻遍《四松堂集》不得，却在三天之内得到两个本子为例，说明了不可用“奇巧”为“作伪”的证据[1]。其实这样“奇巧”的例子近代亦有[2]，均可证明“奇巧”与“作伪”并无绝对关系。

再一种以程高两人为“作伪”之观点认为《红楼梦》全书不是一百二十回。《红楼梦》的回数究竟为多少？一百回、一〇八回与一一〇回等各种说法都有。然而“程高本”的序言已言“原本目录一百二十卷”，前引《枣窗闲笔》中亦说“八十回书后之目录，率大同小异者……遂有闻故生心思谋利者，伪续四十回”，都表示当时“有目无文”者为四十回，即原书为一百二十回。“舒序本”一七八九年之序言也说：

> 惜乎《红楼梦》之观止八十回也。全册未窥，怅神龙之无尾；阙疑不少，隐斑豹之全身。……漫云用十而得五，业已有二于三分。从此合丰城之剑，完美无难。……于是摇毫掷简，口诵手批。就现在之五十三篇，特加雠校；藉邻家之二十七卷，合付抄胥。核全函于斯部，数尚缺失秦关；返故物于君家，璧已完乎赵舍。“（双行小字注）君先与当廉使并录者此八十卷也”……

一般以《史记》的《高祖本纪》中之“秦得百二焉”来解释序中“秦关”以证明全书共一百二十回。但杜景华则认为“百二”的解释应是“百

1　潘重规：《〈红楼梦〉新解》，台北：文史哲出版社，一九七三年，第六五～六八页。

2　据李乔苹《中国化学史》（中册）第五六～五七页（台湾商务印书馆，一九七八年）所记：一九三五年十一月二十九日，广州中山大学化学系吴鲁强教授写给当时北京大学化学系曾昭抡主任的一封有关搜集十九世纪中文化学书籍的信中说：“三年前，余于广州市文德路一旧书坊间，得遇《化学大成》两卷，各自独立，惟残缺不成完帙。后经书贩将两套参成一套，几属完整，惟间因虫蚀，略生小孔耳。全书共分二十册，取值四元。以此微金购得若是罕本，可谓廉极矣。”

分之二十”，序言之意为全书一百回中已有八十回，还缺二十回[1]。

然而乾隆年间实有八十回本和一百二十回本两种。周春《阅〈红楼梦〉随笔》说：

乾隆庚戌秋，杨畹耕语余云：雁隅以重价购抄本两部，一为《石头记》八十回，一为《红楼梦》一百廿回，微有异同，爱不释手，监临省试，必携带入闱，闱中传为佳话。

证明在“程甲本”问世一年前（一七九〇）已有一百二十回本了。据周绍良考证[2]，雁隅即徐（杨）嗣曾，乾隆五十年（一七八五）七月任福建巡抚，五十五年（一七九〇）十一月卒于任。他购得百二十回抄本最晚在乾隆五十四年已酉（一七八九），因这是距庚戌年最近的乡试时间。

《红楼梦》后四十回是否为伪续？或为何人所作？皆非简单问题。许多红学家曾从美学、语言学、故事情节或描述人物情景的方式等角度比较后四十回与前八十回，但各人见解不同，答案各异。有人认为后四十回是高鹗或他人的续作，有人相信是曹雪芹的亲人据其原稿改写而成，也有人以“高鹗所补系雪芹旧稿”[3]或“保存了大部分原稿”[4]，甚至“后四十回百分之九十四五的笔墨属于曹雪芹的原著”[5]。即以考虑文字用法的研究为例，其结论皆不一致。如高本汉（Bernhard Karlgren，瑞典人）认为全书一百二十回出自一手。赵冈、陈钟毅伉俪却证明前八十回与后

1　杜景华：《〈红楼梦〉学刊》一九九二年第二辑，第一六六页。

2　周绍良：《〈红楼梦〉研究论集》，山西人民出版社，一九八二年，第二三八～二五四页。

3　林语堂：《“中央研究院”历史语言研究所集刊》第二十九本，一九五八年，第三二七～三八七页。

4　同上书，第九三～一一九页。

5　宋浩庆：《〈红楼梦〉探》，北京：燕山出版社，一九九二年。

四十回的作者不同[1]。又如陈炳藻从使用字汇的角度进行电脑处理得到“〈红楼梦〉全书一百二十回大致上是同一作者所著”的结论[2]。而陈大康的电脑研究结论则是“后四十回非曹雪芹之作,但有少量残稿”[3]。王世华曾就方言现象判断“前八十回与后四十回不可能出自一人之手”[4],郑庆山也以后十回的用语多“东北口音”而强调其为高鹗或他人的续作[5]。唯笔者以为高鹗在“细加厘易、截长补短”和“按其前后关照者略为修辑”时，于文中引进其“乡音”的可能性亦是很大的，因此不能仅以此为证。

浅见以为可从“程高本”未问世读过《红楼梦》的人所记述此书的内容来研判这一问题[6]。富察明义《绿烟琐窗集》有《题〈红楼梦〉》诗二十首，其第十九首：

莫问金姻与玉缘，聚如春梦散如烟。
石归山下无灵气，总使能言亦枉然。

说明顽石已归青埂峰下，全书已告结束。也就是说明义所读的《红楼梦》属不一定与今本相同，但乃一故事完整的本子。明义的第一首到第十六首诗是写八十回以前的故事，第十八首到二十首是写八十回以后的故事，这一般没有什么异议，可是对于第十七首，却有不同的意见。此诗是：

---

1 赵冈、陈钟毅:《〈红楼梦〉新探》,台北:联经出版社,一九七五年,第三一一~三二〇页。

2 Chan, Bing C., *The Authorship of The Dream of Red Chamber*, Joint Publishing Co,(Hong Kong),一九八六:陈炳藻:《〈红楼梦〉学刊》二〇〇二年第三辑,第二六七~二八二页。

3 陈大康:《〈红楼梦〉学刊》一九八七年第一辑，第二九三~三一八页。

4 王世华:《〈红楼梦〉学刊》一九八四年第二辑，第一五七~一七八页。

5 郑庆山:《〈红楼梦〉的版本及其校勘》，北京图书馆出版社，二〇〇二年。

6 刘广定:《“中央图书馆”馆刊》，新二十三卷一期，第一三一~一四一页，一九九〇年。

锦衣公子茁兰芽，红粉佳人未破瓜。
少小不妨同室榻，梦魂多个帐儿纱。

笔者认为这一首中“少小不妨同室榻”是指第十九回“意绵绵静日玉生香”里所述宝黛二人榻说笑的故事，而全诗乃咏“程高本”第一〇九回宝玉独眠“候芳魂”未果的情节。按宝玉在病中和宝钗成婚，但直到第一〇九回尚未“圆房”，故首二句是宝钗婚后尚未“破瓜”。是回写宝玉独眠，指望和黛玉梦中相会而未果。故虽“少小不妨同室榻”，但现在却是“梦魂多个帐儿纱”，两人梦魂不能相通，无法相见。就文字而言，俞平伯在《〈红楼梦〉辨》中即认为在后四十回中存在“较有精采，可以仿佛原作的”篇章，其中就包括了“第一百九回，五儿承错爱一节”[1]。周绍良讨论八十回以后的曹雪芹“原稿”时也以“候芳魂五儿承错爱”一节，“直认这是原作”[2]。从上文的讨论已可知《题红楼》第十七首是咏这一回的故事，故也可推知“程高本”这回大体上应与明义所见的《红楼梦》相同，亦即今本的后四十回中的这一部分确为曹雪芹的“原稿”。

证明“程高本”所写黛玉病死为“原稿”，除明义《题〈红楼梦〉》诗第十八首“伤心一首《葬花词》，似谶成真自不知，安得返魂香一缕，起卿沉痼续红丝”，另一证据是睿亲王淳颖在乾隆五十六年春夏之交或之前所写《读〈石头记〉偶成》诗，其全文是：

满纸喁喁语不休，英雄血泪几难收。

1　俞平伯：《〈红楼梦〉辨》，台北：河洛出版社，重印本，第七八～七九页。
2　周绍良：《〈红楼梦〉研究论集》，第一〇八页。

痴情尽处灰同冷，幻境传来石也愁。
怕见春归人易老，岂知花落水仍流。
红颜黄土梦凄切，麦饭啼鹃认故丘。

从诗句来推测，这一《石头记》至少已有今本九十七回“林黛玉焚稿断痴情”的故事。周绍良曾认为第九十六到九十八三回是全书“高潮”[1]。无怪乎明义、淳颖均有题咏，也因此可知后四十回的确保留了相当部分的原稿。

再者，因《红楼梦》后四十回有些似与“脂本”前八十回“不合”的文字，如第七十回末“程高本”比其他抄本多出的一段贾宝玉开始做功课的文字，即有论者批评为伪造。但是“脂本”第七十回末与七十一回起处并不接榫，之间明显有缺文。从这两回故事来看，宝玉为应付贾政归来而做功课，有何不妥？还有人说：

> 薛蟠打死人命在前八十回和后四十回中各有一次。由于曹雪芹和高鹗这两个作者的世界观、思想水平截然不同，这两次打死人命的具体描写也恰好成为鲜明对照。[2]

按薛蟠第一次在应天府打死冯渊，由于王府说情及门子怂恿，贾雨村徇私枉法，放了凶手（第四回）。第二次是在京城以南二百多里处打死酒保，薛家虽买通知县，但尸亲上诉，刑部不受贿赂，判了薛蟠死刑，等待处决（第八十五、八十六、九十九及一〇〇回），最后因大赦才免一

1　周绍良：《〈红楼梦〉研究论集》，第九三～一一九页。
2　吴小如：《古典小说漫稿》，上海古籍出版社，一九八〇年，第一三四～一三七页。

死（一二〇回），情节非常合理。从小说创作来说，前后截然不同，不落“千篇一律”的俗套；从故事内容来说，第四回既写贾雨村的恶，也写王家尚在“盛世”，第八十六回起则写京城是有王法之地，刑部不能胡乱判案，且王子腾不在京内，贾府也已趋没落，因此关说无门。这是妥切又合理的佳作。

八、近代印本

民国时期的印本，除石印本外，最早的“铅印本”为中华书局一九一六年出版的王梦阮、沈瓶庵之《〈红楼梦〉索隐》，题为“悟真道人戏笔”。书前有序和例言及《〈红楼梦〉索隐提要》。正文中夹注索隐，每回回末又有索隐。该本系据王、姚合评本删去其卷前各种图文及正文中批注，但仍保留每回末的护花主人评和大某山民评。乃《红楼梦》版本中唯一以索隐为主的本子。

其次为上海亚东图书馆本的初排和重排两种《红楼梦》，均由汪原放标点、校读。初排本一九二一年铅印发行，系据王希廉本并参校“有正本”及王、姚合评之《石头记》，予以分段和加新式标点排印。重排本则为汪原放用胡适藏“程乙本”为底本重新校读后，删改初排本二万余字而成，一九二七年出版后，极为流行。同年，上海文明书局也出版了铅印的“三家评本”。

此后上海大达图书供应社与新文化书社于一九二九年都出版了新式标点的《红楼梦》。一九三〇年上海商务印书馆以包括各种图文之王、姚合评本《石头记》为“万有文库”的一种出版，一九三三年又将其列入“国学基本丛书”。另外，还有一九三四年世界书局赵苕狂编校的《足本红楼梦》和广益书局李菊隐校阅之《古本红楼梦》，一九三七年上海中央书店出版的《绣像〈红楼梦〉》等。这些印本都曾再版多次，到一九四〇年代以后，香港广智书局、五桂堂书局等，都有铅印本发行。一九五〇年代台湾的多家书局、出版社也开始排印或影印发行[1]。

旧抄本的现代影印本始自一九五五年，北京大学古籍刊行社将“庚辰本”以原题名《脂砚斋重评〈石头记〉》影印发行。这是民国元年（一九一二）上海有正书局首次石印八十回戚蓼生序本（“有正本”）后，相隔四十余年之另一盛举。一九六一年台北“中央印制厂”又影印了胡适珍藏的“甲戌本”。此二影印本问世后，海峡两岸相互影印流传，这可说是红学研究蓬勃发展之一大主因。一九六〇年台北“青石山庄”主人韩镜塘将收藏的“程乙本”（实际为混合本，见前文）影印发售，为“木活字本”再度传世之滥觞。

自一九五〇年代开始，有“校注本”问世。最初本是一九五三年北京作家出版社依亚东重排本，由汪静之、俞平伯和启功等注释整理而成。一九五七年人民文学出版社出版了第一部简体字版《红楼梦》。周汝昌、周绍良和李易以“程乙本”为底本，并参校了“王希廉评本”、“金玉缘本”、“藤花榭本”、“本衙藏板本”、“程甲本”、“庚辰本”和“有正本”等七种本子校注，每回作了校记，注释由启功重撰，比作家出版社的旧本增加了不少，原来的注也大都经过订补。此本直到一九八〇年代初期仍很畅销。一九五八年人民文学出版社又出版《〈红楼梦〉八十回校本》，由俞平伯校订、王惜时参校，以“有正本”为底本、“庚辰本”为主要校本而以其他“脂本”参校，有“校字记”一册，并以“程甲本”第八十一～一二〇回为附录。一九六〇年赵聪也有“校点本”，由香港友

1 有关台湾出版《红楼梦》的情况，参见刘广定：《全国新书资讯月刊》（台湾图书馆），二〇〇二年十月，第三四～三七页。

联出版社出版。

中国艺术研究院红楼梦研究所，由冯其庸等多位红学家于一九八一年完成了以“庚辰本”为前八十回底本，“程甲本”为后四十回底本之新校注本。该本用“甲戌本”、“己卯本”、“蒙府本”、“有正本”、“戚宁本”、“舒序本”、“郑藏本”、“藤花榭本”、“本衙藏本”、“王希廉评本”及“程乙本”参校，择优采用，有注释和校记，由人民文学出版社一九八二年出版。有时称为“艺研院本”，多年来一直甚为畅销。冯其庸又偕红楼梦研究所研究人员以“庚辰本”为底本，采分行排列方式，以其他十种抄本及“程甲本”比对异同，完成《脂砚斋重评〈石头记〉汇校本》一书，一九八七年文化艺术出版社出版。

一九八〇年代还有两种重要的“校本”。一为台北中国文化大学一九八三年出版的一部《校定本〈红楼梦〉》，乃潘重规指导香港中文大学和台北中国文化大学学生据“杨藏本”，参校“甲戌本”、“己卯本”、“庚辰本”、“有正本”与几种“程高本”与“刻本”完成，并由王三庆综合整理。此本以朱墨两色套印，又附“札记”一册，极具研究参考价值。另一是一九八七年由北京师范大学出版社出版的校注本。系以“程甲本”为底本，参校本有“程乙本”、“藤花榭本”、“王雪香评本”、“妙复轩评本”、“广百宋斋本”和“金玉缘本”等“程高本”系列，与“脂本”系列的“甲戌本”、“已卯本”、“庚辰本”、“有正本”和“列藏本”等。由启功指导张俊、聂石樵、周纪彬、龚书铎、武静寰五人进行注释校勘，每章都有详细的注释和校字记。北京中华书局一九九八年取此本归入“古典小说四大名著”中。

到了一九九〇年代，又有多种新、旧“评本”问世，如“王蒙评本”、“梁归智评本”、“王志武评本”、“蒋文钦评本”、“黄霖评本”与“黄小田评本”等皆是[1]。二〇〇一年北京图书馆出版社规划出版“清代评点〈红楼梦〉丛书”，已出版者如陈其泰（一八〇〇～一八六四）之《桐花凤阁〈红楼梦〉》（“程乙本”）。

新出“校注本”亦不少。在台湾出版的如：冯其庸以“程甲本”为底本，参校“庚辰本”所编注的“中国名著大观”本《红楼梦》（台北市：地球出版社，一九九四年）；由“北大教授”以“甲辰本”和“程甲本”为底本校成之《红楼梦》（台北县：三诚堂出版社，二〇〇〇年）。在香港出版的，如以“程乙本”为底本，参校“庚辰本”所编注的《图文本〈红楼梦〉》（香港：商务印书馆，二〇〇二年）。

大陆出版的数量更多。如一九九三年有蔡义江的校注本《红楼梦》，浙江文艺出版社出版。以现存十一种抄本与“程甲本”进行互校，择善而从，不以某一种为固定底本，但前八十回择文首重“甲戌本”，次为“己卯本”与“庚辰本”，后四十回则以“程甲本”与“程乙本”互校。用字则按“汉语规范用法”改正，以利阅读。“注释”包括简明的注释，必要之校记及一些脂评。又，该年浙江古籍出版社有潘渊点校的连史纸线装本《红楼梦》，取程乙本为底本、以他本校补。

另如郑庆山的《红楼梦》汇校本，前八十回以“甲戌本”为底本，不足部分用“己卯本”，再缺的部分用“庚辰本”，唯第六十四及六十七回用“列藏本”，并以甚余各本为校订参考。后四十回以“程甲本”为底本，用“蒙府本”、“三家评金玉缘本”、“杨藏本”和人民文学出版社排印的“程乙本”为校本。正文用字以适合国内中青年读者的需要为主，采用“规范简化字”排印。每回都有校字记。又如邓遂夫有《脂砚斋重评〈石头记〉甲戌校本》（北京：作家出版社，二〇〇〇年），乃“〈红楼

1　承胡文彬先生告知，谨致谢忱。

梦〉脂评校本丛书”之一。其他多种，兹不赘述。

还有一些与前数种都不同的近代版本。如北京文津出版社一九八八年影印了当时年逾八旬的朱咏葵（笔名老葵）花费十六年汇校完成的《曹雪芹〈石头记〉》清抄本手稿本。其中包括了原有的旁批、双行批、眉批。另外在书眉和回末还有抄者本人的评语见解，对红学研究者而言颇有参考价值。

各种“校注本”内容，文字之选择，由于校注者见解不同而有一些出入。唯如前文第五节所举第七十四回“抄检大观园”搜查怡红院时，晴雯摔箱子后与王善保家的对话一段，“艺研院本”、“蔡义江校注本”、“朱咏葵抄本”或“三诚堂本”均不载。而以“程甲本”、“程乙本”和“甲辰本”为底本的各本第七十八回则无“庚辰本”等所有叙述贾政对宝玉等三人观点改变的一大段。虽取舍方式见仁见智，但拘泥于版本，有损故事内容之完整性，是一憾事。

自一九五〇年以后，各地书肆中的《红楼梦》种类很多。尤以近年来多采影印及电脑打印等现代科技方式印制发行，旧抄本及旧印本又得重现于世。笔者曾约略统计台湾出版的《红楼梦》，分为“影印本”和“排印本”两大类，约五十种[1]。但其他地区出版者，现似尚无统计。

“节本”方面，十九世纪已有一些。如嘉庆十一年（一八〇六）宝兴堂刊本，《〈红楼梦〉书录》（第三十九页）即说明“此系节本”，又据报导一八六八年沙彝尊曾有《〈红楼梦〉节要》。但铅印本最早的是上海群学社一九二三年出版的许啸天句读、胡翼云校阅的一百回本，删去第一、二、五等回又将第三十七与三十八等回合并，内容也有删改。文明书局

1 有关台湾出版《红楼梦》的情况，参见刘广定：《全国新书资讯月刊》（台湾图书馆），二〇〇二年十月，第三四～三七页。

一九二六年也出版了邹江达的《〈红楼梦〉精华》一册，又有中华书局本（《书录》第八十页）。但流传较广的是开明书店一九三五年由名作家茅盾（沈雁冰）改订的《洁本小说〈红楼梦〉》，将亚东图书馆的“程乙本”删去秽语，改回目成五十章，作为中学生课外文艺读本发行，近年来还有重印本。其后有一九四八年中华书局倪国培的《〈红楼梦〉节选》等。台湾正中书局一九五二年也曾出版李辰冬的二十回节本。近年来，各地皆有多种“节本”或“改写本”出版。一般为十几到二十几章。以宝玉黛玉爱情故事为主。这些书乃为中小学生和文化程度较低之一般大众而写，但已失《红楼梦》主旨。

九、续书

与我国其他著名小说一样，《红楼梦》也有“续书”和“仿作”。唯其数量和种类之多，为他书之所不及。惜近代的中国小说史研究者常对此忽略，或仅以寥寥数语带过，只有少数给与续书较多篇幅的介绍、说明[1]。至于专攻红学的学位论文，过去涉及续书的并不多。台湾大学中文学研究所韩国留学生崔溶彻的博士论文《清代红学评述》（一九九〇年），有一章专门评述清代续书，但不深入。近年来则海峡两岸各有一位青年学者积极研究续书，皆有专著问世：任教于天津师范大学的赵建忠泛研究各种续书，台中东海大学硕士林依璇则专注于嘉庆年间出版的八种续书之研究，讨论详尽并富创见，均值得一读。

赵建忠搜集各方资料，归纳现存及仅存目的“续书”分为八类共

1 例如，吴宏一：《明清小说》，台北：黎明书局，一九九五年。

一百零二种，包括：[1]

1. 程高本续衍类，共十三种；

2. 改写、增订、汇编类，共五种；

3. 短编续书类，共十四种；

4. 借题类，共三种；

5. 外传类，共五种；

6. 补佚类，共八种；

7. 旧时真本类，共二十五种；

8. 引见书目类，共二十九种。

实际则不止此数，除了继续不断有新出的，如新编后四十回故事的崔耀华所著《〈红楼梦〉续》[2]外，还有张万熙（墨人）修订批注的一百二十回《张本〈红楼梦〉》[3]。台湾的企光企业公司自二〇〇一年九月起开始陆续出版署名为“中国”的《〈红楼梦〉在台湾》，乃以索隐方式改写《红楼梦》为清末李自成、吴三桂、陈圆圆、郑成功等人的故事。

早期的续书都是属于“程高本续衍类”。最早的是逍遥子的《后〈红楼梦〉》三十回，初刊于乾隆末年和嘉庆元年，而在嘉庆年间就至少出版了八种同类续书。除秦子忱的《续〈红楼梦〉》三十回和归锄子的《〈红楼梦〉补》四十八回乃续自九十七回，其余《后〈红楼梦〉》、王兰沚《绮楼重梦》四十八回、陈少海《红楼复梦》一百回、海圃主人《海续〈红楼梦〉》四十回、临鹤山人《红楼圆梦》三十回和嫏嬛山樵《补〈红楼梦〉》四十八回六种都是续自一二〇回。嫏嬛山樵除在嘉庆二十五年出版《补〈红楼梦〉》外，于道光四年又出版了一部三十二回的《增补〈红楼

---

1 赵建忠：《红楼管窥》，吉林人民出版社，二〇〇二年，第八七～一一七页。

2 北京：华文出版社，二〇〇二年版。

3 湖南出版社，一九九五年版。

梦〉》，接续《补〈红楼梦〉》。这些续书当时也相当流行，甚至其中《后〈红楼梦〉》、《〈红楼梦〉补》、《续〈红楼梦〉》、《红楼复梦》与《补〈红楼梦〉》五种还有朝鲜文的译本。这些续书多是以“宝黛团圆”、“贾府复兴”等为结局，王国维在其《〈红楼梦〉评论》中认为这“正代表吾国人乐天之精神者也”。至于近年之续书则有从第八十一回起，实可归于“补佚类”，如崔耀华所著《〈红楼梦〉续》即是。

上述的早期续书以往少受重视，凡言及者亦多只有几句负面批评。《枣窗闲笔》大约是第一本谈论《红楼梦》续书的，作者爱新觉罗·裕瑞（一七七一～一八三八），别号思元斋主人，乾隆至道光时人，他认为百二十回本《红楼梦》八十回以后皆程伟元所续（参见本文第七节），另外也批评了嘉庆二十三年前出版的《镜花缘》和六种“续书”，包括乾隆末到嘉庆元年间出版的《后〈红楼梦〉》、嘉庆四年出版的《续〈红楼梦〉》和《红楼复梦》、嘉庆十年出版又名《增补〈红楼梦〉》的《海续〈红楼梦〉》及《绮楼重梦》、嘉庆十九年出版的《红楼圆梦》。例如他评《后〈红楼梦〉》“嚼蜡无味，将雪芹含蓄双关极妙之意荼毒尽矣！”约在嘉道年间的“梦痴学人”所著《梦痴说梦》，除了上述六种外还提到嘉庆二十五年的《补〈红楼梦〉》和道光四年出版的《增补〈红楼梦〉》（均娜嬛山樵所著），但评语是“虽立言各别，其为蜡味则一也”。唯多种续书实也有其文化意义与文学价值，决非一无可取。[1]

“改写、增订、汇编类”多乃就原作加以增删重撰。如作家张欣伯曾据脂批和某些红学家研究结果，将百二十回本改成“批削本”《〈石头记〉稿》一百十四回（一九八六年）。张万熙（墨人）也有经他改写的《张本

1 赵建忠：《〈红楼梦〉续书研究》，天津古籍出版社，一九九七年，第六十五页；又见林依璇：《天才可补天：〈红楼梦〉续书研究》，台北：文津出版社，一九九九年。

〈红楼梦〉》一百二十回。前者只对若干重要情节加以改写，如元妃是造成“金玉联姻”之人、史湘云嫁甄宝玉后病歿等。后者则改动甚多，等于改写了原作，是否恰当则有待读者去评价了。另外也有重编续书者，如《红楼拾梦平话》（作者佚名）即将十种续书予以纂辑、增删。

“短篇续书类”、“借题类”和“外传类”，笔者大多未曾寓目。由“短篇续书类”的《梦〈红楼梦〉》（尹湛纳希著）、《〈红楼梦〉逸篇》（鹰叟著），“借题类”的《新〈石头记〉》（吴研人著）及“外传类”的《秦可卿之死》（刘心武著）少数几种观之，已是另行创作，和《红楼梦》无甚关系。

近年出版的《〈红楼梦〉新补》（张之著）和《〈红楼梦〉的真故事》（周汝昌著）等“补佚类”续书，系其作者据“脂批”及“探佚”研究结果，益以个人之观点与想象力而写成。与“改写、增订类”有相似处，也如另种创作。故各种结局之安排并不尽相同，就如“旧时真本类”一般。赵建忠所列二十五种“旧时真本类”都应实际曾现于世，但多属于看过有“脂批”之抄本而按之补续的另类“续书”。当然也不能排除有些确为失散之原作的可能。唯究有几多可信，则属见仁见智，难有定论。

至于其他多种只见书目之“续书”，似都曾经确实存在。但后人无缘得见，亦不悉其内容，本文只好从缺。

（引自《〈红楼梦〉十五讲》，北京大学，二〇〇七年）

补

《〈红楼梦〉的版本和续书》一文撰成于二〇〇二年十一月，这四年多来可补充的很多，现择几项简述于下 ：

1. 抄本原仅有十一种见于世，二〇〇六年六月在上海又出现了一种，现归卞亦文先生收藏，仅第一～十回。其前有第三十三～八十回的总回目为白文本，无批注。北京图书馆出版社于同年十二月将之影印发售，名为《卞藏脂本〈红楼梦〉》，冯其庸先生和收藏人卞先生都做了初步的研究，均认为是早期的清代抄本。

2.“甲戌本”已由上海博物馆向胡适先生家属购回庋藏。冯其庸先生二〇〇六年曾亲往检视，发现以前其中“玄”字末笔之“、”是后人所添，正如笔者二〇〇六年在扬州国际红楼梦研讨会上发表论文中所推测一样。

3.“靖本”的正确性扑朔迷离，裴世安先生等曾辑录《靖本资料》（二〇〇五年），读后以为人间或应曾有此本，但毛国瑶先生辑录文字之正确性可疑，故仍觉不宜用为讨论文本及批语之依据。

4. 有关八十回以后故事是否为原作，笔者原以明义的《题〈红楼梦〉》第十七首前两句是写钗玉成婚后未行房。后再思索，虽仍以该首所咏为今本第一百九回“候芳魂五儿承错爱”故事，但前两句应是接第十六首之诔晴雯与宝玉与晴雯之清白。此说已载于二〇〇六年之拙作《化外谈红》第三五五～三五六页（台北：大安出版社）。

5. 杨传镛先生遗著《〈红楼梦〉版本辨源》，甚具参考价值，已由北京图书馆出版社二〇〇七年一月出版。

反对腰斩红楼

维护百廿回《红楼梦》：来自当代作家的观点

孙伟科 *

俞平伯先生一生痴情红学，临终遗言反对“腰斩红楼”，成为他生命与学术合二为一的绝响。近十余年来，红学发展中的“腰斩”之势愈演愈烈，先不说从考证学角度论证后四十回的作者有存疑的问题，近从历史和传播学角度看，所谓“探佚”、“续写”已经成为每况愈下的失禁想象，离《红楼梦》文本越来越远，名副其实地成为“红学反《红楼梦》”的样板，究其实是附骥攀鸿的博名炒作。梳理和重温当代部分作家（林语堂、王蒙、宗璞、李国文、白先勇、刘心武等）对《红楼梦》整体性和高鹗评价的激烈交锋，不难窥见出大多数当代作家对此二者的肯定倾向。

一七九一年和一七九二年，对于《红楼梦》来说，是值得纪念的年

* 孙伟科（一九六五～ ），中国艺术研究院红楼梦研究所研究员，《〈红楼梦〉学刊》编审，著有《艺术与审美》、《〈红楼梦〉美学阐释》。

份。从此，百廿回本《红楼梦》作为一个艺术整体向社会、读者流布发行，成为《红楼梦》传播史上重大的事件。此后，《红楼梦》所产生的影响均与此有关，成为不可抹杀的历史事实。

但是，要“腰斩”《红楼梦》的声音依然回响。二〇一〇年五十集新版电视连续剧《红楼梦》热播之际，当代作家刘心武向媒体发表谈话，说“李少红不能这样做”——即不能按百廿回本拍摄。当然，这只是一个浮在表面的一个例子，但它代表相当一部分人的观点。

这些腰斩红楼的观点包括，直接要求以探佚取代后四十回，以断简残篇的脂本脂批取代程高本《红楼梦》，以早期稿本代替、瓦解、攻伐作者的修改等等，都是根据不太成熟的对于曹雪芹创作过程的揣测，以初始观点反对自我发展的观点。这些做法，违反了创作规律，也直接威胁了《红楼梦》作为文学经典的崇高地位。

那么，多数当代中国作家是怎样看《红楼梦》的呢？

一

二〇〇五年宗璞撰写了《感谢高鹗》[1]一文，二〇〇六年修改后年底发表于《随笔》杂志第六期。此文后来收入《二十四番花信》，由江苏文艺出版社二〇一〇年出版。

宗璞文章的标题值得关注。

当有人要割掉后四十回扔到垃圾篓里的时候，当有人要重新续写《红楼梦》后文，要取而代之的时候，宗璞开宗明义地说：感谢高鹗。她比

1 宗璞：《感谢高鹗》，见宗璞著：《二十四番花信》，江苏文艺出版社，二〇一〇年。下面所引宗璞观点均出自此文，不再注。

上世纪五〇年代林语堂《平心论高鹗》(一九五八年)的语气更重一些，要“感谢”高鹗，在文章结束时，宗璞改为“盛谢高鹗”。盛谢高鹗，也就是旗帜鲜明地对百廿回本《红楼梦》的维护。

宗璞不仅要感谢高鹗，还要感谢曾经为高鹗辩护过的人：胡适、顾颉刚、林语堂。他们替高鹗说过话，“我想也是很多人心里要说而没有说说出来的话。”在这篇文章中，宗璞态度鲜明，不同意俞平伯关于后四十回“俗”“浊”的评价，关于第九十七回宝黛最后相见的那一段，她同意王国维的分析：“如此之文，此书中随处有之。其动吾人之感情何如，凡稍有审美的嗜好者，无人不经验之也。”

《红楼梦》中黛死钗嫁，作者呕心沥血成就的这文学史上的千古大悲剧，回溯历史，也是林语堂在《平心论高鹗》中批评的对象俞平伯先生说是“一味肉麻而已。”不仅是林语堂不相信，这也让宗璞很难相信俞平伯的文学趣味和判断。俞平伯当年拿前八十回攻后四十回，立场、态度在行文之前，可谓主题先行，或者说是落实胡适后四十回伪续观点的命题作文。说它是由外而内的命题作文，可以验证的证据是，在后来的继续研读中，俞平伯几乎放弃了这个命题作文中最主要的几个观点，如自叙传说、腰斩说等。

林语堂大约是读出了俞平伯在《〈红楼梦〉辨》中带有先验性的“扭曲”，所以几十年后也就是五〇年代才写专著与俞平伯抬杠，直接说俞平伯之文是“歪缠”。细读林语堂的雄文，高低之分、雅俗之间，你说东我偏说西的“扛杠味道”很重，既然你歪缠，我也不能总平心。林语堂抬杠的是二十世纪二〇年代的俞平伯，但他对后来俞平伯的深刻变化缺乏明察。

可是，《红楼梦》后四十回问题，是红学中的一个纽结，似乎谁也绕不过去，不仅是红学家关注的问题，也是作家关注的问题。

宗璞接着说："我曾设想，后四十回也是雪芹所作。后四十回的才气功力等等不及前八十回，也许是因为那时雪芹的精神才气都已用尽。写东西后面不如前面是常见的，何况这样大的长篇。有人指出，林黛玉吃五香大头菜加些麻油醋，简直不像黛玉的生活。我想，那时雪芹举家食粥，吃多了咸菜，也可能写进书里。作者的生活很可能影响书中的人物。"

既然总是从经历谈创作，宗璞也从生活出发，替后四十回辩护。前面宗璞扯进来的人物如胡适、顾颉刚、林语堂等是红学上的历史文物，而没有涉及红学的当代人物。这不是有意避让什么，看看此文发表的时间，就不难明白宗璞的针对性了。

二〇〇五年刘心武登台在中央电视台十频道"百家论坛"上讲"秦学"，并处处指斥高鹗，对后四十回百般挑剔，认为百廿回本是"伪书"，是大俗书，曲解了曹雪芹、篡改了小说本文等等。由此，刘心武是当代腰斩红楼的代表！更有甚者，接着指责：高鹗不仅替换了后四十回，还修改前八十回，所以现行百廿回本的《红楼梦》不可信。由此，彻底否定了百廿回本《红楼梦》。

宗璞直接发问："有人要把后四十回割下来扔进字纸篓，那还有《红楼梦》存在吗？我们或可写出精采的片段，但要写出后半部超过高鹗的续书，是绝不可能的……电视剧后几集中，人物都变了哑巴。谁能写出和原书相称的台词？"

有些人认为宗璞的观点有些突兀，认为她这些谈论不过是即兴感谈。但是，请不要看轻宗璞的谈论。宗璞一九九〇年曾为王蒙的《红楼启示录》撰写过序言，题目是《无限意趣在"石头"》。十五年过去，持续关注《红楼梦》的宗璞肯定是有感而发的。刘心武在分析宗璞的小说时，认为宗璞是受《红楼梦》影响很重的小说家，生活的交际中两人之间也是知根知底的朋友。毋庸置疑，他们都有《红楼梦》上的共同爱好，但也没有回避在《红楼梦》认识上的分歧。作家在文学上的自由立场、自信的判断力和执着的趣味，没必要因为怕得罪谁而隐瞒自己的观点。

在《感谢高鹗》中宗璞也稍带着批评了八七版电视连续剧《红楼梦》。八七版《红楼梦》后六集对后四十回的取代，是一次失败的尝试，也就是宗璞所说的后来所续不可能超过高鹗。“黛死钗嫁”好不好，也许不需要争论了，一九六二年的电影越剧《红楼梦》采用了黛死钗嫁，于是感天动地，传唱数十年不绝，俨然经典；八七版电视连续剧《红楼梦》放弃了黛死钗嫁，所以招致议论纷纷、意见分裂。虽然经典，但有缺憾。说好者只是说“首尾合龙”，说不好者则言之凿凿，“悲剧的力量消减了”。大多数观者以前三十集为好，后六集快过。宗璞的观点，木石姻缘从来就在金玉的威胁之下，木石姻缘使宝玉逃不出金玉枷锁，这就是《红楼梦》的悲剧。“紧扣住这一根本设计从不偏离，是续写的最大成功处。我以为这就是雪芹要说的故事。”

宗璞不讳言，高鹗的后四十回，就是“雪芹要说的故事”。换言之，高鹗的续书是成功的。

二

刘心武所信奉的古本，可不是这么回事。

刘心武所说的“古本”就是抄本，把抄本看得高于印本，颇有些看高“手稿”的意味。手稿是未定本，虽经脂砚斋审定，但我们不知作者的真实态度。程伟元、高鹗将众多手稿汇集于案头，斟字酌句，细加厘定，对榫疏通，应该说在一七九一年到一七九二年比我们看到了更多的抄本，有更多的选择可能来选择。换言之，我们今天看到的抄本，可能程伟元、高鹗都看过，是他们挑剩的。今天，我们看到几个手抄本子，就认为比程伟元、高鹗看到的多，纯属自大式的武断。我们可以与程高商榷不同的选择，但却无法对程高显露傲慢。对于抄本，程伟元、高鹗一七九一年借刻本表明了自己的态度和选择，虽然他们说明不多，但印出来的《红楼梦》则说明了一切，如他们采用了《红楼梦》的书名而不是《石头记》，其实这在小说里已经说明后者是作者对小说的曾用名。我们为什么不看重作者的最终改定而竭力要回到初稿上呢？红学的任务就是不允许作者修改自己的稿子吗？或者是挖掘出作者放弃的稿子吗？关于秦可卿的研究最能说明这一点，作者非常明确地放弃了风月化的描写，删掉遗簪、更衣的情节，而现在的很多研究就是恢复秦可卿的风月形象，有点像要把儿女痴情的《红楼梦》改回劝善惩淫的《风月宝鉴》，将（人情）纯情小说改回（还原）风月小说。

假如《红楼梦》只是一部指斥风月腐败、道德堕落的小说，是一部劝诫小说，《红楼梦》还会有今天所说的千门万户、“百科全书”的性质吗？

刘心武对于子虚乌有的“古抄本”的喜爱到了迷信的地步。从本质上讲，惟古抄本是从，不如说是惟脂砚斋是从。刘夫子自道：“我就觉得，既然有曹雪芹的前八十回原文里的诸多伏笔预示、透露逗漏，有很多种古本《红楼梦》相互参照，又有红学界统称脂批的大量批语”，立下雄心大志来“试一试”“探佚复原曹雪芹的后二十八回的内容”……从此，刘心武以自己的书房为“古物修复所”，据说花费七年时间，要完成对全本、真本的恢复。

与刘心武轻信脂砚斋相比，当代作家中的王蒙、李国文等都对脂砚斋持不信任的态度。李国文怀疑脂砚斋一群就是一些嘤嘤嗡嗡的无聊文人，装腔作势，指手画脚，对文人的独立创作起了干扰作用，脂批才是《红楼梦》的跗骨之蛆；王蒙则讥讽脂砚斋颐指气使的样子像是“大清帝国文学部红楼梦处处长兼书记”。王蒙和刘心武也是朋友，其实，在他的朋友中，刘心武表现得很听话——很听脂砚斋的话。

李国文一九九〇年将过分相信脂砚斋的人，孜孜以求“脂学”的人，称之为“上当的红学家”[1]，他们不懂脂砚斋的幻笔幻体，听风就是雨，毫无判断力。从刘心武对脂砚斋言听计从的态度来看，上当的不仅是红学家，还有“著名作家”。看来，拿着脂砚斋的鹅毛当令箭的人，不以“某某家”的身份相区别。

脂本所传达出来的观念，是与程本不同的。比如，俞平伯先生所说的“二美合一”，也就是林黛玉、薛宝钗的关系在发展中，矛盾渐渐地消失了，也就是说在脂本中，“木石前盟”和“金玉良缘”的矛盾有被淡化直至被取消的可能。如果认为宝黛钗爱情婚姻的悲剧是主线，那么这条主线在脂本中被调和了。而在程高本中，脂本中要消弭的矛盾被强化了，爱情悲剧被进行到底了。我们看到，钗黛矛盾、玉钗矛盾被强化了，直至对立、决裂的地步，最终构成了悲剧。这就是脂本和程高本的重大差异之一。按脂本、脂批中“二美合一”的倾向发展下去，艺术风格就可能是“怨而不怒”。

再说尤三姐的形象，在脂本中尤三姐是一个不折不扣的“淫奔女”，而在程高本中她被洁化了，作者删去了那些污秽文字——正是风月笔墨。这样就影响到对尤三姐悲剧原因的认识。有的研究者认为脂本好（多种因素复杂社会原因所造成的尤三姐悲剧，比程高本将由三姐的悲剧原因写成是柳湘莲的误解好），有的认为程高本好（对尤三姐的洁化处理符合曹雪芹“男浊女清”的崇美立场），也是各说各的、各有道理。

脂砚斋为《石头记》准备了一个结局，什么扫雪拾玉，什么羁押狱

1　李国文：《上当的红学家》，《文学自由谈》一九九〇年第六期。

神庙，什么小红、茜雪慰主，什么茫茫白地，什么悬崖撒手等等，这只是简略的提示，像是一个菜单，而不是艺术画面，缺少针脚严密的细节。脂砚斋不愿意多说，后来人也无可奈何。

对后四十回也有很信任的，以至到了怀疑高鹗作为续作者的身份。对《红楼梦》后四十回仔细研究的王蒙说："我宁愿设想是高鹗或某人在雪芹的未完成的原稿上编辑加工的结果，而觉得完全由另一个人续作，是完全不可能的，没有任何先例或后例的，是不可思议的。"[1]

王蒙不自觉地回到林语堂曾经表达过的立场上。林语堂曾在杨继振藏本出版之际，认同该书序者范宁的判断，说高鹗拿到本子是一百二十回，后四十回中有曹雪芹的散佚的三十回，他就是一个"阅者"[2]，是一个"补者"，而不是"写者"，即作者。

再到二〇〇八年王蒙出版《不奴隶，毋宁死？》[3]时，王蒙干脆说，后四十回是"我的一个死结"。

这个死结是否已经解开？

王蒙曾说到过一种普遍的阅读心理，既然《红楼梦》后四十回是伪作，何必读它呢？以往的论证给后四十回的普通阅读造成了极大的阅读障碍。在这种心理惯性、阅读惯势的作用下，觉得处处不对，字字碍眼，笔拙文俗，不免吹毛求疵，难以说好。台湾作家白先勇却并非如此。他二十世纪八〇年代曾写过一篇《贾宝玉的俗缘》[4]的文章，指出在九十三回中有传神之笔，确证贾宝玉不是好色之徒。除此之外，贾宝玉和蒋玉菡之间还因花袭人的婚嫁有着隐秘的俗缘关系。贾宝玉在欣赏《占花魁》

1　王蒙著：《红楼启示录》，北京三联书店出版社，一九九一年，第二三六页。
2　林语堂著：《平心论高鹗》，陕西师范大学出版社，二〇〇四年，第一七页。
3　王蒙著：《不奴隶，毋宁死？》，北京十月文艺出版社，二〇〇八年。
4　白先勇著：《白先勇书话》，文化艺术出版社，二〇〇九年，第一〇三页。

的时候，目光追逐、深情关注的不是舞台上美奂美伦的花魁，而是情痴情种的男性人物秦重（情种的谐音），秦重对女性的体贴关怀和珍重怜惜，在境界上和宝玉如出一辙，宝玉似乎是在秦钟身上看到了自己，一时间竟物我两忘、神飞天外。这个细节很小，在后四十回中，往往是我们容易一翻而过的地方，白先勇注意到了，停下来，重点指出来。在白先勇看来，类似这样“戏中戏”的手法，是曹雪芹极其重要艺术点睛手段。我们知道，白先勇在自己的写作中借鉴了这种“戏中戏”的手法。

对后四十回的批评，依据多来自于脂砚斋批语。脂砚斋的权威性，王蒙是有疑的。脂砚斋“能洞悉和掌握曹的艺术想象、结构思忖、修辞手段、篇什推敲吗？他能洞悉和掌握曹氏的梦幻、荒唐言、假作真、真亦假、无为有、有还无吗？”[1]

脂砚斋的批语不具有权威性，而依据脂砚斋批语的推断，还可靠吗？关于后面见仁见智、一地鸡毛的推测、续写，从来都没能替代过高鹗，所以也用不着费神掂量、推敲、评判了。

许多探佚是以恢复原本原义之名兜售私货。为什么说探佚是一地鸡毛？仅就黛玉之死来说，一说是沉湖而死，不是“冷月葬花魂”或“葬诗魂”吗？一说是悬梁自缢，不是“玉带林中挂”吗？还有说林黛玉是被慢慢毒死的（刘心武）。继续下去，相信还会有更多的说法，并且说有所本、振振有词！究竟哪一种死法更好？看来，还是“焚诗稿，断痴情”最好！因为这是高鹗的，就要因人废言。偏偏说它，说“黛死钗嫁”不好吗？

刘心武很执意于脂砚斋，将“脂砚斋”之意说成是“原本原义”，实际上是脂本脂义。对于一个作家来说，将两个人的思想看作是完全相同，

1　王蒙著：《不奴隶，毋宁死？》，北京十月文艺出版社，二〇〇八年，第三一七页。

这是匪夷所思的。不要说脂砚斋和曹雪芹的关系还有许多未确定性，即便是关系密切甚至是夫妻，他们之间也是不能等同或互相代表的。脂本脂义与百廿回本的区别是显然的，像夏志清所说的那样，脂砚斋执着于怀念过去，而曹雪芹则只是利用经验，其立意已超越事件本身。作家端木蕻良在自己的长篇小说《曹雪芹》的自序中也认为："脂砚、畸笏评阅《红楼梦》时，他们又未能更深地理解曹雪芹，往往过多地沉溺于过去生活的回忆中，如此而已。"在脂本中，钗黛合一、父子合一、风格上怨而不怒，即钗黛分歧所代表的木石前盟和金玉良缘的矛盾消失了，贾宝玉人生道路的自由选择和他父亲贾政光荣耀祖要求之间的矛盾消失了，那么，在脂本中《红楼梦》的悲剧该如何形成？其推动力是什么？《红楼梦》悲剧的涵义还剩下什么呢？显然，剩下的只是家族兴亡。力主小说"写政"而不是以"写情"为主，似乎写家族更符合文化小说的含义，何以"写情"或者说写爱情就会降低小说的思想含量呢？贬低爱情描写以及文学作品爱情悲剧的意义，将《红楼梦》定位于"中华大文化"小说，是否因此《红楼梦》的地位就超越了文学、具有了"形而上"的品质了呢？"写情"与"写政"不是非此即彼的关系，在《红楼梦》中是二而一的关系，《红楼梦》首先是文学，离不开"写情"，其次才能向哲学、文化拓展、提升，脱离文学人物形象、情节合理发展、具体细节的刻画、结构的整体把握，提升就会变成离题万里的主观随意，正所谓下笔千言，言不及义。

三

悲剧的要义不在毁灭、不幸、牺牲上，而在于为何毁灭？如何牺牲？以及造成不幸结果的原因上。可怖、恐惧是强化艺术效果的手段，但不是艺术的目的。悲剧艺术的目的在于毁灭者自身在遭受不幸时所显现的价值上，这价值是不是充分？所以，鲁迅说“悲剧将人生有价值的东西毁灭给人看。”爱情不自由、难实现、爱情毁灭是悲剧，但是坚守什么样的爱情观包含着价值性的大小。偷情不成不是悲剧，如贾琏之于鲍二家的；爱情不自由而誓死信守爱情、信守自由爱情的原则则肯定是悲剧。宝黛爱情，正是后一种，把自由爱情看得比生命还重要，不自由，毋宁死。

宗璞极为欣赏黛死钗嫁的悲剧。宗璞说，“黛玉死，二玉成婚，实为全书的高潮。”宗璞坚信这也是曹雪芹要说的故事。

胡适、顾颉刚、俞平伯等都认为后四十回是一个悲剧，是成功的悲剧，这也是胡适肯定高鹗续书的重要依据。刘心武见到“兰桂齐芳”、“延世泽”的字眼，就望文生义地认为《红楼梦》因此被改写成了喜剧，刘心武问：高鹗的狗尾伪续“怎么会是以这样一个甚至是喜剧的场景收场”？

刘心武这里隐藏了一个要求，就是悲剧就要死人死得“真干净”，“大厦将倾”一定要轰然倒塌！衡量悲剧的重点转移了，毁灭的结果比“毁灭价值”更重要。

“微而曲”、“曲而隐”的《红楼梦》，常常是悲中有喜，喜中含悲的。深谙个中道理的王蒙说：“什么叫茫茫大地真干净？”“死了黛玉走了宝玉又死了贾母凤姐，这也就干净了。贾兰辈再有一百个中举也影响不了‘真干净’的空旷寂寞啊！”[1]

刘心武贬低后四十回、不承认后四十回的悲剧性的观点，追根溯源人们往往想到周汝昌。刘心武崇尚“多歧为贵”，但对周汝昌却是过多

1　王蒙著：《红楼启示录》，北京三联书店，一九九一年，第二三四页。

袭用。过多“苟同”，已经到了步步紧跟亦步亦趋的地步。周汝昌认为后四十回悲剧性不够，是因为它应该是一个“大散剧”，即“树倒猢狲散”之意。贾府与其他王府之间残酷斗争，家庭内部兄弟阋墙，贾府人口星散，宗祠轰毁，贾宝玉流落街头衣不蔽体食不裹腹，败亡得“僵而死”才算悲剧。

这里，是不是将恐怖的结局（悲惨本身）当成了悲剧呢？

比较起来，刘心武不仅对脂砚斋缺乏独立思考和怀疑精神，对周汝昌的观点也缺乏独立思考，往往不愿意声张地自我消化，照单全收。放在红学或红学家的范围内，刘心武的独立性是严重不足的。全书一〇八回说，脂砚斋即史湘云即新寡的妻子，日月两个集团争夺皇权说，都是袭用周汝昌的观点，并且很多时候还不愿意说出其出处，俨然是刘心武自己单枪匹马的独立研究。如果袭用一处尚可，上述三者均袭用，互相连接，并成为自己讲座和著述的骨架主干，这还能说是“多歧”吗？

耻于谈写情（儿女私情），反对把《红楼梦》理解为爱情悲剧，这是周汝昌和刘心武的共同立场；两人还共同认为，林黛玉是一个尖酸刻薄的大俗人，宝玉心仪的是史湘云，最终结合的也应该是史湘云。而宗璞则认为，宝玉和湘云在文本中无爱情故事。湘云的“才貌仙郎绝对不会是宝玉”。假如还有宝玉与湘云的故事，那宝黛爱情的纯洁性如何保持？为什么要感谢高鹗，宗璞说，“为了他清醒地、准确地保住了宝黛悲剧的纯洁性。”王蒙盛赞宝黛爱情是天情的体验，倘若小说没有沿这一主线发展下去成为悲剧，恐怕这体验也不会如此感人肺腑。

四

在金陵十二钗之一秦可卿身上，总是弥漫着神秘的氛围。对于她的过度阐释，已经成为危及全本的消极想象。审美中的消极想象是指，脱离文本制约或支撑，进行与文本寓意无关的联想。

秦可卿之死，贾宝玉闻此噩耗，一口鲜血涌出，禁不住喷吐地上。这是惊人一笔。有人说，秦可卿的形象是一个隐喻，她的早死，是古典理想的毁灭。她是兼美的，既有林黛玉之美——飞燕之美，也有薛宝钗之美——杨妃之美，兼有感性、理性之美，兼有丰腴端庄、风流婉转之美等，但是她不可能长久。曹雪芹用文字形象说，这个虚幻的人物在太虚幻境出现过，在现实生活中她是注定要灭亡的，因为现实不能容纳这种兼擅之美——毫无缺陷之美。美奂美轮的古典美不能复现，像《浮士德》中的海伦。

李国文在《秦可卿的魅力》中说："我一直想，那个在小说中被叫着秦可卿的性偶像，一定是曹雪芹童年至青年时代最重要的半人半神的性启蒙导师。他不厌其详地记录下白日梦的全过程，肯定寄托着大师一份不了之情，难尽之意。无论如何，这位最早启发了贾宝玉性觉醒的女人，这位第一次使他尝到禁果滋味的女人，这位在他的情爱途程的起跑线上起过催化作用的女人，是他一生中心灵的守护神，是可想而知的。"[1]

这种说法，在老作家端木蕻良那里也得到了验证。一九八七年端木蕻良在《谈电视剧〈红楼梦〉》的短文中认为："秦可卿是天上人，又是地下人。她幻形人间，进入宁国府中时，却成了'造衅开端'的牺牲品，像影子似的消失了。贾蓉本来就拿她当作一件工具，有了她，人前人后，上上下下，能吃得开。秦可卿死了，请下旌表龙禁卫之后，贾蓉很快又娶了。只有宝玉忘记不了她，永远忘记不了她。"[2]

1　李国文著：《历史的真相》，江苏文艺出版社，二〇一〇年，第二七〇页。

2　端木蕻良著：《红泥煮雪录》，江苏文艺出版社，二〇一〇年，第二八二页。

不论是秦可卿还是海伦，都是引导男性精神升华、追求完美的女神式人物。贾宝玉不是皮肤淫滥之徒，一直保持“色而不淫”，与警幻仙姑的训导有关，其精神飞升是不是得到了这位女神的引导呢？

在叶兆言的《阅读吴宓》中，吴宓也是这样认识秦可卿之于贾宝玉的意义的。“吴宓一生都在追求女子的爱，他随处用情，自称以‘释迦耶稣之心，行孔子亚里士多德之事’。《红楼梦》是他最钟爱的作品，吴宓也是‘情种’之一，这位当代贾宝玉很认真地出过一个考题，试问‘宝玉和秦可卿究竟有没有发生过关系’，答案自然是否定。”不愿意从“性吸引”的角度理解贾宝玉和秦可卿的关系，是因为宝玉心目中的可卿是女神。从吴宓的角度讲，如此解释秦可卿与贾宝玉的关系是因为“吴宓追求爱情，有一种宗教的热忱。‘发乎情，止乎礼’。”[1]

白先勇在《贾宝玉的俗缘》中，说得更彻底。贾宝玉作为“情种”的感情，超越了男女之爱：“宝玉先前对秦氏姐弟秦可卿、秦钟的爱恋，亦为同一情愫。秦可卿——更确切的说秦氏在太虚幻境中的替身警幻仙姑之妹兼美——以及秦钟，正是引发宝玉对女性及男性发情的人物，而二人性秦（情）又是同胞，当然具有深意，二人实是‘情’之一体两面。有了兼美的引发在先，乃有宝玉与袭人的云雨之情，有了秦钟与宝玉之两情缱绻，乃有蒋玉菡与宝玉的俗缘缔结。秦钟与卖油郎秦重都属同号人物，都是‘情种’——也就是蒋玉菡及宝玉认同及扮演的角色。”

是不是对秦可卿的理解，仅此而已？

相比于上述作家而言，刘心武又是一个另类。

刘心武着眼的不是贾宝玉与秦可卿的关系，而是秦可卿与她公公贾珍的关系。珍卿之间的乱伦关系，在八七版电视连续剧《红楼梦》中得

1　叶兆言著：《陈旧人物》，上海书店出版社，二〇〇七年，第一一八页。

到了淋漓尽致的表现。“箕裘颓堕皆从敬，家事消亡首罪宁”，贾珍与秦可卿的道德败坏，导致了败家。这个《风月宝鉴》里的主要情节，起着劝戒的作用，道德堕落便是末世之相。独守空房，然后幽会、更衣、遗簪、被撞破等，是不是更有戏剧性和视觉冲击力呢？不得而知。只是播出后的效果不好，人们不愿意一家人坐在客厅里欣赏两家人之间那一种令人难以安坐、无比尴尬的场景。

刘心武的突破是，要将丧伦败行的偷情改造为真情之恋，将败家罪行改为人性之常，于是贾珍成了真情汉子，敢爱敢恨，哭灵时真情依旧，失态失言，泪水连连，买棺材时一掷千金真是豪情万丈。刘心武的难题是，贾珍这个吃喝嫖赌四毒俱全的人，如何对秦可卿纯情伟岸起来？怎么说变就变了。后面贾珍觊觎尤三姐，父子聚麀的兽行，是这里变了那里没有变，曲意回护造成贾珍在整个作品中形象不统一的前后分裂。

至于刘心武所揭示的埋藏在秦可卿这个人物身上的秘密，赋予这个人物不能承受之重，则足以颠覆《红楼梦》悲剧。另外一个故事取代了《红楼梦》的故事，这不是一个包含着某些历史必然性的悲剧，而是贾府反复押宝失利、运用权谋失败的悲剧。

那些将秦可卿重新恢复为风月形象的人，除了剥夺曹雪芹的著作修改权外，大概还不懂得秦可卿在贾宝玉心目中的地位，她已经不是一位邪异妖艳的女巫或者色情狂，而是一位女神。把秦可卿与贾珍的关系疏通了，在宝玉这里却受阻了。迷离恍惚、飘飘欲仙的兼美可卿，变成了缠陷迷情、难以自拔的沉重肉身。或灵或肉，是不同的选择。

脂本中的一些批语，提供给我们认识《红楼梦》形成过程中的一些问题。比如秦可卿的形象。程高本中有许多处不可理解，但脂批中透露出来的作者修改，改未改净，显示了作者时间仓促而导致的修改的不彻底性。秦可卿从一个风月形象向文学形象过渡，还留有一些风月痕迹。

脂砚斋命曹雪芹删去关于荼毒秦可卿的笔墨，主要原因是家族原因，丑化自我、自我丑化，是为“碍语”，要不得。一九九一年开始播映的京剧《曹雪芹》（言兴朋主演曹雪芹），写了曹雪芹有这样一位颀婶（雪芹叔叔曹颀之妻），独守天香高楼，与公公爱恨情仇，情志难遂，难言其辱，抑郁而死。秦可卿真的是曹家人，是曹雪芹的长辈姻戚，这还离不开“爱不得恨不得”的脂砚斋评语。

现在看来关于小说中涉及秦可卿的笔墨，不多不少。关于宝玉与秦可卿关系的迷思，诚如李国文所言“你走进去，容易，走出来，也容易；但是，你走进去深一点，走出来，就难一点；如果你完全走进去，也许，你就休想走出来，那时，你八成就是一位红学家了”。[1]

对文学作品，借口是文本细读，实际上是微言大义，想象失禁，无限引申，特别是对小说阅读来说往往是愚不可及，出力不讨好。如此如此，八成成的不仅是红学家，还是秦学家。

（引自《曹寅、〈红楼梦〉与镇江》，

北京曹雪芹学会主编，当代中国出版社，二〇一三年）

1　李国文著：《历史的真相》，江苏文艺出版社，二〇一〇年，第二七〇页。

漫谈《红楼梦》

杨绛[*]

我曾想用批评西洋小说的方法，细评《红楼梦》。那时我动笔即错，不敢作此妄想。如今世移事异，妄想不复是妄想，但我已无心再写什么评论了。

近来多有人士，把曹雪芹的前八十回捧上了天，把高鹗的后四十回贬得一无是处。其实，曹雪芹也有不能掩饰的败笔，高鹗也有非常出色的妙文。我先把曹雪芹的败笔，略举一二，再指出高鹗的后四十回，多么有价值。

林黛玉初进荣国府，言谈举止，至少已是十三岁左右的大人家小姐了。当晚，贾母安排她睡在贾母外间的碧纱橱里，贾宝玉就睡在碧纱橱外的床上。据上文，宝玉比黛玉大一岁。他们两个怎能同睡一床呢？

---

* 杨绛（一九一一～二〇一六），本名杨季康，清华大学西语系教授，译有《堂·吉诃德》，著有《我们仨》等。

第三回写林黛玉的相貌："一双似喜非喜含情目。"深闺淑女，哪来这副表情？这该是招徕男人的一种表情吧？又如第七回："黛玉冷笑道：'我就知道么！别人不挑剩下的也不给我呀。'"林姑娘是盐课林如海的女公子，按她的身份，她只会默默无言，暗自垂泪，自伤寄人篱下，受人冷淡，不会说这等小家子话。林黛玉尖酸刻毒，如称刘姥姥"母蝗虫"，毫无怜老恤贫之意，也有损林黛玉的品格。

第七回，香菱是薛蟠买来作妾的大姑娘，却又成了不知自己年龄的小丫头。

平心而论，这几下败笔，无伤大雅。我只是用来反衬高鹗后四十回的精采处。

高鹗的才华，不如曹雪芹，但如果没有高鹗的后四十回，前八十回就黯然失色，因为故事没个结局是残缺的，没意思的。评论《红楼梦》的文章很多，我看到另有几位作者有同样的批评，可说"所见略同"吧。

第九十七回，林黛玉焚稿断痴情，多么入情入理。曹雪芹如能看到这一回，一定拍案叫绝，正合他的心意。故事有头有尾，方有意味。其他如第九十八回，苦绛珠魂归离恨天，黛玉临终被冷落，无人顾怜，写人情世态，入骨三分。

高鹗的结局，和曹雪芹的原意不同了。曹雪芹的结局"落了片白茫茫大地真干净"，高鹗当是嫌如此结局，太空虚，也太凄凉，他改为"兰桂齐芳"。我认为，这般改，也未始不可。

其实，曹雪芹刻意隐瞒的，是荣国府、宁国府不在南京而在北京。这一点，我敢肯定。因为北方人睡炕，南方人睡床。大户人家的床，白天是不用的，除非生病。宝玉黛玉并枕躺在炕上说笑，很自然。如并枕躺在床上，成何体统呢！

第四回，作家刻意隐瞒的，无意间流露出来了。贾雨村授了"应天府”。“应天府”，据如今不易买到的古本地图，应天府在南京，王子腾身在南京，薛蟠想乘机随舅舅入京游玩一番，身在南京，又入什么京呢？当然是——北京了！

苏州织造衙门是我母校振华女校的校址。园里有两座高三丈、阔二丈的天然太湖石。一座瑞云峰，透骨灵珑；一座鹰峰，层峦迭嶂，都是帝王家方有而臣民家不可能得到的奇石。苏州织造府，当是雍正或是康熙皇帝驻驿之地，所以有这等奇石。

南唐以后的小说里，女人都是三寸金莲。北方汉族妇女都是小脚，南方乡间或穷人家妇女多天足。《红楼梦》里不写女人的脚。农村来的刘姥姥显然不是小脚。《红楼梦》里的粗使丫头没一个小脚的。这也可充荣府宁府在北京不在南京的旁证吧。

《漫谈》是即兴小文，兴尽就完了。

（摘自《杨绛全集》）

先有大众欣赏的普及，才有小众学术的可能

论《红楼梦》程乙本的重要性

郑铁生 *

一九二七年问世的程乙本《红楼梦》，作为新文化运动中白话文的典范被普及，至今已整整九十年了。其意义已远远不是一部大众文学读物普及的成功，而是中华优秀传统文化有机组成的传播和弘扬，独领风骚，扬厉中外。

一、程乙本《红楼梦》作为大众阅读普及本的确立和变化

一九二〇年代初，在新文化运动的热潮中，出版界敢于创新，率先运用新式标点符号，对有深远影响的四大古典白话小说，进行标点、刊印，以适合更广大群众的阅读，起到了空前的文学读物的大普及，其意

* 郑铁生，天津外国语大学中文学科教授，中国红楼梦学会理事，中国三国演义学会理事，著有《刘心武红学之疑》、《诗词话人才》、《〈三国演义〉叙事艺术》。

义的深远无可比拟。

（一）胡适在一九二七年十一月十四日所作的《重印乾隆壬子本〈红楼梦〉序》说：“从前汪原放先生标点《红楼梦》时，他用的是道光壬辰（一八三二）刻本。他不知道我藏有乾隆壬子（一七九二）的程伟元第二次排本。现在他决计用我的藏本做底本，重新标点排印。这件事在营业上是一件大牺牲，原放这种研究的精神是我很敬爱的，故我愿意给他做这篇新序。”显然汪原放为了支持胡适的学术主张，把程乙本《红楼梦》作为新文化运动中白话文的典范推出，被称为“亚东本”，是《红楼梦》大众文学读物的普及本。直至一九六〇年代胡适逝世前，在长达半个世纪的岁月中，胡适收藏、研读、题跋的所有《红楼梦》版本中，唯一向大众推介出版的是“程乙本”，因此，一九六一年一月二十四日胡适《与胡天猎书》说：

> 自从民十六亚东排印壬子“程乙本”行世以来，此本就成了《红楼梦》的标准本。近年台北远东图书公司新排的《红楼梦》，香港友联出版社新排的《红楼梦》，都是根据此本。大陆上所出各种排印本，也都是“程乙本”。

在胡适为代表的新红学派的努力下，程乙本《红楼梦》作为大众阅读的普及本成为大陆以及港台、东南亚华语文化圈唯一流行的最广泛的版本。

（二）一九八〇年代初，人民文学出版社出版了中国红楼梦研究所校注本，以庚辰本替代了程乙本。关于这个问题，笔者在二〇一一年九月二十一日采访过冯其庸先生，当面向他请教和问询了一些情况，其过程是：

一九七四年冯其庸先生抽调到文化部红楼梦校订组。以什么版本作为《红楼梦》校订本的底本，在校订组有不同的意见，但冯先生是牵头人，而且有着强烈的主观意向，认为以庚辰本作《红楼梦》校订本的底本最好。理由是什么呢？他向我讲了两点：一个是庚辰是乾隆二十五年，这时离开曹雪芹去世只有两年（曹雪芹卒于乾隆二十七年壬午除夕）。到现在为止，还没有发现比这更晚的曹雪芹生前的改定本，是最接近作者亲笔手稿的完整的本子。另一个是它有七十八回，甲戌本是十六回；己卯本是四十一回又两个半回，所以说也是最完整的一个本子。为此，他凭借自己对庚辰本的研究成果，说服了其他人员，文化部红楼梦校订组决定采用庚辰本为底本。

一九七九年以文化部红楼梦校订组为班底筹建了中国艺术研究院红楼梦研究所，继续这项工作。以庚辰本为底本的《红楼梦》校订本，是中国艺术研究院红楼梦研究所的一个集体成果，由于集聚一批《红楼梦》专家的研究心血，受到人民文学出版社的重视，于是一九八二年人民文学出版社推出以庚辰本为底本的《红楼梦》，结束了自一九五四年以来长达二十八年的以程乙本为底本的《红楼梦》的普及本历史。正如人民文学出版社副编审胡文骏二〇一六年十二月二十日在《光明日报》发表了《〈红楼梦〉的优质版本是怎样炼成的》一文，指出："一九八二年三月，我社又推出了由中国艺术研究院红楼梦研究所校注的新一版的《红楼梦》。这个校注本是在红学所的主持下，经过一代红学家的集体努力完成的。此后，它就成了最为流行的《红楼梦》读本，至今仍在市场上保持着稳定而不俗的销量。"出版后又历时二十年，修订了三次。如冯先生说："我们的书出来以后，李一氓特地写了一篇评论文章，认为这个本子可以作为定本。那还是第一次的本子呢。到了二〇〇八年，我们修改以后，大家心里更觉得痛快。吕启祥、胡文彬——他出了很大力，都很高兴。"形成《红楼梦》读本中的主流品牌，占据市场，累计发行七百多万册。

（三）二〇一七年六月广西师范大学出版社理想国推出程乙本《红楼梦》和白先勇的《白先勇细说〈红楼梦〉》。白先勇力主大众普及本应是程乙本《红楼梦》，他是文化名人，其说法在名人效应下具有挑战意义。由此引发出人们的一些疑问和不同的见解。比如一九八二年以来大陆为什么要用《红楼梦》庚辰本代替了程乙本？如何评价《红楼梦》的不同版本的功能和价值？为什么说程乙本《红楼梦》是最适合广大民众阅读的普及本等。

二、对待《红楼梦》“庚辰本”和“程乙本”不同的看法？

《红楼梦》“庚辰本”与“程乙本”两个版本究竟有什么不同？这是我们判断它们的功能和价值的基本点。

首先是庚辰本与程乙本外结构的不同，庚辰本只有七十八回，它的后四十回是用程高本补上的。因此一百二十回不是一个体系。而程乙本则是一百二十回。

其次是内结构中也存在着一些不同。中国红楼梦学会首任会长吴组缃早在一九八一年就撰文指出：

拿“程乙本”跟“庚辰本”对照，先不管词句之类的小差异，有多处情节场面确实经过删改了。且举两处看看：

“庚辰本”第六十三回，贾宝玉叫芳官改扮男装，“将周围的短发剃了去，露出碧青的头皮来”，又说芳官的名字不好，改了个番名叫做“耶律匈奴”，后被叫成“野驴子”，又把她“算个小土番儿”来献俘，“引得合院无不笑倒”。可是“芳官十分称心”……这一大段描写，到百二十回刻本就删削得不留痕迹。

第六十五回写了尤三姐。“庚辰本”写道：“贾珍便和三姐挨肩擦脸，百般轻薄起来。小丫头们看不过去，也躲了出去，凭他俩个自在取乐，不知做些什么勾当”、“谁知这尤三姐天生脾气不堪，仗着自己风流标致，偏要打扮的出色，作出许多万人不及的淫情浪态来”，并且写到“底下绿裤红鞋，一对金莲或翘或并，没半刻斯文”，等等。尤三姐心高气傲，是书中唯一的光明正大公开要求婚姻自主、自择配偶的一个姑娘。她对惯于玩弄女子的豪门纨裤子弟一向心存反感和蔑视。现在照这样写，明显有损这个光辉形象。书中一贯避免写女子的鞋脚，唯独这里直写无隐，这也违背了书中描写女性的一个美学信念。这些，在百二十回本里，都作了删改。我们是不是也应该认为改得好，改得必要？

像这样的修改，都深入到决定人物形象塑造的情节去取和意义掌握的问题。我想说，可能只有原作者曹雪芹本人有此种敏感；无论续书作者是谁，连同脂砚、畸笏等批者在内，都不像能够有此水准。我设想，曹雪芹以他的历史水准和生平经历，写作这样一部博大精深的作品，随着创作实践的进展，对生活现实的认识自必不断有所提高。写在后面，必得回头改写前面，还须重新修改后面。也未必三两次就可以改好或定稿。所谓“批阅十载，增删五次”的过程必然不免，而且仍然不能完工。

面对《红楼梦》“庚辰本”与“程乙本”两个版本这种现状，形成截然对立的观点。有的学者认为《红楼梦》后四十回是补写的，非曹雪芹原著，甚至推理前八十回也被修改。正如吴组缃所指出：有些学者总认为最接近曹雪芹原初稿才是《红楼梦》的本来面目，比经过修改的品质还高，所以无限地推重乾隆三脂本，即甲戌本（一七五四）、庚辰本（一七六〇）、己卯本（一七五九）。这个观念一直支撑着崇尚脂本的学者，崇脂本贬程本。因此，他们不看好一百二十回的程乙本，而格外推重脂本。这种观念无论在出版界还是在学术界，都占据着掌控局面的地位。因此，人民文学出版社出版《红楼梦》，不加任何说明，主观地将曹雪芹与高鹗并列为作者。近年来学术界的考证，高鹗补写不确，已成事实。于是红楼梦研究所的《红楼梦》校注本，又改为无名氏补写。

而另一部分学者则认为上个世纪红学最大的冤假错案就是阉割《红楼梦》后四十回，一百二十回都是曹雪芹的原著。他们认为把抄本上的干支武断地判定为乾隆年间的抄本，是缺乏理论根据的。脂本是一九二七年以后陆续才发现的，而在乾隆、嘉庆、道光、咸丰这一百三十多年间，并不见于任何公私藏书的著录，何况从书中不避康熙皇帝的讳“玄”字的这一事实，更无法证明就是乾隆年间的抄本。特别难以自圆其说的是，它却避道光皇帝的讳，据欧阳健先生的统计，在乾隆三脂本中，道光皇帝的讳“宁”字的出现次数及避讳次数分别是：甲戌本出现三十六次，避讳三十三次；己卯本出现四十一次，避讳四十一次；庚辰本出现五十四次，避讳五十四次，从而为我们破除了其为“乾隆抄本”的推论提供了不可忽视的理据。

笔者同台湾红学会会长朱嘉雯专门谈过这个问题，她告诉我：在一九八〇年代之前，台湾出版的《红楼梦》著作，署名都是曹雪芹。只是台湾八〇年代以后也出版了大陆上红楼梦研究所《红楼梦》校注本，才出现曹雪芹、高鹗并列的现象。

这是一个长期被雾霾的非学术问题，以致阴晴难辨，瓦釜长鸣。正如胡文彬所言，“新红学考证派不论是开山泰斗还是其集大成者，在《红楼梦》后四十回的评价上和所谓程伟元‘书商’说的论断，却是无法让人苟同和称善的。他们的错误论断和某些成见被一些人无限放大，其影响之深之广，简直成了一种痼疾，达到一种难以医治的程度。”

三、怎么样认识和评价《红楼梦》庚辰本与程乙本的不同?

怎么样认识和评价《红楼梦》"庚辰本"与"程乙本"的不同?其关键是如何正确地评价《红楼梦》后四十回。

胡适关于评价《红楼梦》后四十回的原则有两点：一是"外证"，另一是"内证"，而且强调"内证"比"外证"更重要。目前学术界关于后四十回不是曹雪芹的原著的说法，大都是从"外证"的视角得出的结论，遗憾的是从"内证"视角研究还无法形成规模。胡适晚年亲自实践他自己提出的"内证"原则，是十分可贵的。一九二七年他从支持"程乙本"成为普及本流传开来，到晚年用程乙本与程甲本、戚序本相比，认为程乙本最适合大众阅读，正是出自对大众欣赏的重视、推介、支持，而且为"程乙本"在大陆、台湾、香港的广泛发行感到自豪和欣慰。

特别是胡适晚年的一个重要观点，即把程甲本、程乙本、甲戌本、庚辰本、戚序本等，都看作是《红楼梦》版本的不同形态。正如一九六一年五月十八日《跋乾隆甲戌脂砚斋重评〈石头记〉影印本》所说："这是《红楼梦》小说从十六回的甲戌（一七五四）本变到一百二十回的辛亥（一七九一）本和壬子（一七九二）本的版本简史。"正是在这个意义上，我们说庚辰本和程乙本无所谓孰优孰劣。它们都在《红楼梦》版本史上占据一定的位置。换句话说，它们各有各的价值和功能。而学者对待它们的原则应当是有的版本侧重研究，有的版本侧重阅读，也就是"小众学术，大众欣赏"。

根据"小众学术，大众欣赏"的原则，《红楼梦》各个版本所承担使命是不一样的。我认为：

《红楼梦》脂本也好，程本也好，凡版本问题都是"小众学术"的范畴，比如说庚辰本与己卯本的关系，甲戌本与作者，后四十回人物的命运和结局等等，都是专家的研究范畴，没有必要推向大众。

而读者欣赏《红楼梦》，则选择《红楼梦》版本中相对语言通俗明快、结构完整、人物鲜明生动的版本推向大众。大众欣赏不是考证《红楼梦》，而是透过阅读理解《红楼梦》美的世界，以及人生意蕴和学习、掌握历史文化。

所谓："小众学术"，是指研究红学的学者、专家，他们从文本到版本，从作者到家世，上穷典籍，下考文物，举凡涉及曹雪芹及其家世的一纸一石、《红楼梦》版本的几张残页都孜孜以求，当然，更多的还是阐释《红楼梦》文本的艺术成就。一言以概之，学术也。"小众学术"为红学研究奠定了基石，并从不同的层面、不同的角度开掘了红学研究的领域。

所谓："大众欣赏"，简单地说，欣赏是解读的过程，《红楼梦》在未被读者解读之前，是一种雪藏状态的审美现实，是潜在的艺术世界，是开放的心灵家园。只有透过读者的欣赏，《红楼梦》才能成为有生命的审美现实；《红楼梦》文本的审美意义，才能进入读者理解的意向结构之中。而解读的深浅粗细，往往取决于读者自身所具有的感悟、情感和体验。"凡操千曲而后晓声，观千剑而后识器。"

二者之间的关系是一个互动的过程，只有大众欣赏得到普及，对理性的需求提高，才会对小众学术激励和推动；相反，小众学术越是把理论研究贴向大众，为提升大众的理解力和欣赏水准铺桥架路，小众学术才会越有生命力。只有小众学术，深入地为红学的研究开拓和奠基，才能不断地为大众欣赏铺设普及的台阶。欣赏也是不断提升的过程，"大众欣赏"与"小众学术"的两极差距越小，"大众欣赏"的整体水准就越高，从某种意义上讲，"小众学术"达到的最高极致就是雅俗共赏。

四、为什么说程乙本《红楼梦》是最适合广大民众阅读的普及本?

《红楼梦》最适合广大人民群众阅读的普及本，应当具有三个鲜明特征。

第一，艺术的整体性。

艺术的整体性是好的故事的基础框架，是艺术生命的基本要素。只有整体性，才能产生美的效应。程乙本《红楼梦》首先具有这个特征，是脂本所不具有的优势。《白先勇细说〈红楼梦〉》，从结构、人物、语言多方面考察，认为《红楼梦》后四十回就是曹雪芹不可分割的组成部分。程乙本是《红楼梦》版本中最好的版本。最近我阅读了部分的《白先勇细说〈红楼梦〉》，虽然不完全认同他的某些观点，或者说其论证存在着不确之处，但值得首肯的是：白先勇是把《红楼梦》作为一个生命整体来看待，谈到了“后四十回的文字风采、艺术价值绝对不输前八十回，有几处可能还有过之。”“长期以来，几个世代的红学专家都认定后四十回的一些情节乃高鹗所续，并非曹雪芹的原稿。因此也就引起一连串的争论：后四十回的一些情节不符合曹雪芹的原意、后四十回的文采风格远不如前八十回，这样那样，后四十回遭到各种攻击，有的言论走向极端，把后四十回数落得一无是处，高鹗续书变成千古罪人。”他实践了胡适提出的“内证”的方法，在解读《红楼梦》全书的过程中，把“程乙本”和“庚辰本”做了比较。对两者比对并不少见，但从全书的解读过程全面铺开进行比对，这是比较少见的，这种整体性研究方法也是我们今天最值得提倡的。所谓“内证”，就是白先生所讲的，“把这部文学经典完全当作小说来导读，侧重解析《红楼梦》的小说艺术：神话架构、人物塑造、文字风格、叙事方法、观点运用、对话技巧、象征隐喻、平行对比、千里伏脉，检验《红楼梦》的作者曹雪芹如何将各种构成小说的元素发挥到极致。”

第二，故事性强。

二〇〇九年在《〈红楼梦〉学刊》笔者发表《从〈红楼梦〉文本叙事反观程本与脂本的异同》，从回目入手，探讨了《红楼梦》的故事结构。《红楼梦》故事是由复杂的叙事结构单元和叙事成分构成的生命有机体，依据其故事流程的阶段性，可以划分诸多的章回，也就是小故事。因此，小故事，即章回结构的整体性和叙事的肌理往往是作者提炼和凝缩回目文字的叙事根据，可以说“以一目尽传精神”。由于回目是章回叙事内容的最集中最典型的涵盖，是章回艺术构思的聚焦点，是章回的叙事内容的眼目，所以我们从回目就可以考量《红楼梦》大故事与小故事的内在联系、小故事与小故事的内在联系，以及贯彻环节和过渡设置，总之，最终体现在故事性的强与弱上。

依据上述原则，考察了诸脂本与程甲、程乙本回目的异同，发现程乙本的回目是《红楼梦》所有版本中最精准的。如：

程甲本第七回：送宫花贾链戏熙凤，赴家宴宝玉会秦钟

程乙本第七回：送宫花贾链戏熙凤，宴宁府宝玉会秦钟

甲戌本第七回：送宫花周瑞叹英莲，谈肄业秦钟结宝玉

戚序本第七回：尤氏女独请王熙凤，贾宝玉初会秦鲸卿

第七回送宫花和会秦钟是本回比较集中的两种叙事内容。周瑞家的送宫花过程，折射出几位小姐的性格侧面，“迎春、探春二人正在窗下围棋”，大家闺秀，娴雅淑静。惜春和小尼姑一起玩，说笑道：“我明儿也要剃了头跟她作姑子去呢……”这笑话无意之中映射了她的未来。送到黛玉处，她问道：“还是单送我一个人的，还是别的姑娘们都有呢？”周瑞家的回答：“各位都有了，这两枝是姑娘的。”黛玉冷笑道：“我就知道

么！别人不挑剩下的也不给我呀。”表现了她的小性儿。这中间只有送凤姐那四枝，未见其人。周瑞家的以为凤姐正在睡中觉呢，只见“奶子笑着，撇着嘴摇头儿。正问着，只听那边微有笑声儿，却是贾琏的声音。”这贾琏戏熙凤，叙事不仅含蓄，而且文字很少。它与对其他四位小姐的叙述文字长短差不多，为什么回目偏偏点出王熙凤？只有理解整个故事结构的设置，才能了然于胸。一是，从故事结构上看，《红楼梦》的叙事从第六回开始到第十八回元妃省亲结束，这一叙事单元用浓彩重墨主要是刻画王熙凤，正如甲戌本“回前墨”写道：“此中借刘妪，却是写阿凤正传。”二是，从叙事手法上看，甲戌本脂批：“阿凤之为人岂有不着意于风月二字之理哉？若直以明笔写之，不但唐突阿凤身价，亦且无妙文可赏。若不写之，又万万不可。故只用‘柳藏鹦鹉语方知’之法，略一皴染，不独文字有隐微，亦且不至污渎阿凤之英风俊骨。所谓此书无一不妙。”可见，提炼回目的文字，不但要注意本章回的叙事内容、整体结构的设置，还要注意叙事艺术的独特表现。由此观之，甲戌本题为“送宫花周瑞叹英莲”，把周瑞家的感叹香菱一事作为回目，是本末倒置，何况“周瑞家的”是不能简缩为周瑞，而且周瑞家的感叹时，香菱到了薛家早已不叫英莲了。戚序本这章回目只偏重后一半叙事内容：“尤氏女独请王熙凤，贾宝玉初会秦鲸卿”，偏而不全。同样的文字却只涵盖章回的一半叙事内容，而程本却涵盖了全部叙事内容，相比之下，戚序本回目的讯息量太少了。

回目不是某个词语的个别现象，而是《红楼梦》整体艺术构思的浓缩，所以程乙本显现的优势属于宏观的范畴。

第三，语言通俗、简洁、明快。

白先勇是以小说家的眼光来比对的，着眼最对多的“内证”之处是人物和词语。比如比较了两个版本中对秦钟、尤三姐、晴雯、袭人、芳官、司琪等人物描写的差异，从叙事肌理、人物性格和情节因素等方面说明程乙本为佳。另外是词语的运用，强调通俗、简洁、明快。比如贾母打趣凤姐，程乙本说她“泼辣货”优于庚辰本的“破皮破落户”。庚辰本“芳气笼人是酒香”不如程乙本“芳气袭人是酒香”。红楼梦曲中庚辰本“怀金悼玉”不如程乙本“悲金悼玉”等等，其分析大都是很有道理，令人信服的。

二〇一五年我校订《曹雪芹与〈红楼梦〉》清样的时候，出现一个问题，过去引证《红楼梦》原著时，使用的是红研所校订的《红楼梦》，当时手头没有红研所的《红楼梦》，恰好张俊送我一套《新批校注〈红楼梦〉》（商务印书馆二〇一三年），于是我顺手就用这个本子校对。没想到程乙本与庚辰本差别不小，几乎每段文字都有异同，但每每程乙本胜出一筹，更精炼，更通俗，更明快。这件事给我的印象很深，程乙本的文字的确超出其他版本。

白先勇提出的问题是百年红学研究的瓶颈之处。理想国借此推波助澜，特别是在新红学一百周年之前的此举，是对红学史的一次大反省、大总结、大推进。

（本文原题《红楼梦》程乙本风行九十年，

《明报》月刊第五十二卷第十期）

谈《白先勇细说〈红楼梦〉》

宁宗一[*]

三月份白先勇先生来南开，原本安排我们有一场关于《红楼梦》的对话，后来因故取消了，非常遗憾。我钦佩白先勇先生，是因为青春版《牡丹亭》，从在南开的演出，到苏州大学、北京京伦饭店、国家大剧院等等，直接的交流使我受益很多。我对他的佩服不是出于一般的礼貌和尊敬，而是发自肺腑的，我认为他确实把自己的生命、心灵和智慧投入到昆曲等传统慧命的延续上了。《白罗衫》在南开演出时，我坐在他旁边，让人感动的是，从整部剧的构思、改编到排练，他已经不知道看了多少遍，但他比我们第一次看的观众还要聚精会神。

我也知道他一直在讲《红楼梦》，《红楼梦》是他文化生命的组成部分。白先勇先生的《白先勇细说〈红楼梦〉》，很早就寄给我了，他对

---

* 宁宗一（一九三一～ ），南开大学中文系教授，著有《中国古典小说戏曲探艺录》、《名著重读》、《心灵文本》。

《红楼梦》所投入的时间和感情，让我这个教古典文学的都感到惭愧。我一九五四年一毕业就留校教书，先教历史系“中国文学通史”，从先秦一直讲到五四前。一九五八年回到中文系接替我的导师许政扬先生教“宋元文学史”，这才开始比较多的接触小说、戏曲。我历经了许多磨难，最好的年华几乎都是在政治运动中度过的。特别是一九五八年，批判古典文学厚古薄今，所以我对《红楼梦》等经典文本，都没有能够深入研究。真正的好好读点书、做点学问，是一九七八年以后的事了。

面对《红楼梦》这样一部天书，我感到没有发言权，白先勇先生的《白先勇细说〈红楼梦〉》是一回一回地讲，我大学二年级的时候，南开大学中文系华粹深先生就是一回一回地讲，但是一学期就三十几节课，他也只讲了三十多回，没有能够讲完。而白先生则用三个学期的时间讲完了一百二十回！白先生的书，我读前言、序论，然后再一回一回地看，看得很慢，还没有完全看完，但是我可以大致把握他分析《红楼梦》的路子。

我想先谈两个问题。最近也看到了一些批评白先勇先生的言论，说他对一些情节的分析是“脑补”，是想象之辞。我对此不以为然，这简直没有一点学人之间的尊重。我们可以各抒己见，但是一定要尊重独立的学人立场。我以为只要是研究文学的都有想象的空间。白先生这么多年投身在《红楼梦》和昆曲的研究上，不是兴之所至，而是真正地将生命投注在其中。学术讨论应该互相尊重，听取不同意见，平等地交流，这是第一个问题。第二，有些人对待《红楼梦》，往往是一字一考，只见树木不见森林，抓住某一点、某一两个字，而忽视了对文本的解读。我尊重一切去伪存真的考据，但是一定要避免陷入繁琐。我们要以回归文本为宗旨，把握文学的审美感悟力。下面就谈一谈我认同的白先勇先生在《红楼梦》分析上的一些重要方面。

第一，赞成白先生选择程乙本。首先声明我对版本没有研究，但是程甲、程乙，脂砚斋评本的庚辰、甲戌、乙卯等等版本我都有。我的导师华粹深先生在弥留之际还把俞平伯先生给他题着款儿的脂砚斋本给我了。我尊重手抄本的发现，因为这对《红楼梦》的研究无疑是非常重要的，但一言以蔽之，它只是重要的“参照”。《红楼梦》传之不朽，跟程乙本有密切的关系，脂砚斋评本只有七十八回或八十回，全书故事并不能首尾完成。从小说创作构思学这个角度来说，程乙本的完整性更在于全书贯穿线的完整性。这一条完整的贯穿线，没有偏离作为文化符号的曹雪芹的创作构思。我认为高鹗距离曹雪芹的时代很近，可能是根据原作者残存的某些片段，追踪原书情节，完成了宝黛的爱情悲剧。首先，整个一百二十回的发展线索有条不紊，后四十回不同程度地继承了前八十回强大严密的诗意逻辑和美学趋势。比如黛玉之死这个最富悲剧性的片段就很精采，大家也愿意截取这一段进行改编。宝黛钗的纠结，一方将要告别人间，一方在锣鼓鸣天的结婚，戏剧性很强，不仅写出了黛玉悲剧性的命运，也铺垫了宝玉必将要出家的结局，这就是后四十回的艺术力量。另外，很多人不能接受贾母后来对黛玉的冷淡甚至是有一点厌烦的态度。这其实是中国伦理问题的一种纠结。从整部小说的贯穿线来看，贾母到后来对黛玉越来越冷淡并不奇怪，因为聪明的贾母对宝玉跟黛玉之间叛逆性的恋爱关系其实早有察觉，而且她是说不出来的不接受。小说里不见得一一点明，但是从整个故事的发展逻辑来看，她对这种叛逆性的爱情是排斥的。而且黛玉的家世非常可怜，与宝钗相比，丝毫没有优势。另外，白先勇先生以程乙本为讲课的底本，对程乙本和庚辰本进行比较，一一指出庚辰本中出现的问题。庚辰本是手抄本，又有脂砚斋的批语，但是它掺入了一些不太恰当的内容，并不符合人物的性格。秦钟弥留之际的一番话并不是他的思想，否则宝玉和秦钟的价值观不一样，二人早已分道扬镳，不可能成为莫逆之交。还有尤三姐，庚辰本多出来的几句话毁了尤三姐刚烈的女性形象。庚辰本中晴雯之死的部分也有不符合宝玉和晴雯性格逻辑的内容，晴雯的形象因此遭到了贬抑，进而也影响到小说中的人物关系，晴雯地位低微，心灵却干净而崇高，这才会得到宝玉的喜欢和宠爱。而在庚辰本中，性格逻辑出现的偏差，使得宝玉对晴雯的宠爱没了依据。我不迷信手抄本还因为我以为任何抄写过程都不是机械性的，特别是小说、戏剧，抄的过程中难免会有因带入手抄者的理解而顺手改动的地方，这是人之常情，但是后人有时候无法辨析，有时候甚至不加辨析就相信。一定要知道，手抄本并不等于曹雪芹的原本。版本确实很重要，我们不能否定它的价值。然而，正如白先生所说，现如今庚辰本对程乙本所呈现出的压倒性的趋势是不应该的。人民文学出版社的校注本总体说是不错的，它也陆续做了一些修订，这是学术前进过程中的必然现象，可以不断地修改完善，但是不能以定本自居。“参照”两个字是我们学人治学的一个关键。白先勇先生的分析都是通过仔细认真地比较得来的，没有强词夺理之处。在这个问题上，他尊重手抄本，同时又用一个最完整的、影响最大的程乙本为底本去进行讲述，这点我完全赞同。

第二，白先生作为一个作家型的学者，学者型的作家，深谙创作三昧，他对《红楼梦》的分析非常细腻，对小说的故事情节、人物关系等等把握得非常准确，还特别善于发现。提到“发现”两个字，我就想到了陈寅恪先生，他强调治史的“发现”意识，研究古典文学同样如此。白先生没有用考据家的视角来解读《红楼梦》，他是紧紧地贴著作家的心灵来解读、领悟和审美，深入到作家的心灵中去挖掘。他解说这本书的学术立场是文学本位主义，而回归文本则是细说《红楼梦》的一个重要策略。他所强调的，第一是人物性格分析，重点是对话。我们将东、西方的文学作品做一个比较，西方的长篇小说，比如托尔斯泰、杜思妥耶夫斯基等俄罗斯作家的作品更多的是心灵辩证法，静态的来写心理活动，可能连续几页的篇幅都在进行心理分析；而中国的小说是情节辩证法，心理流程是动态的，在故事情节的进程中，把人物心理展示出来，更注意挖掘最不可测的人性。英国前首相丘吉尔曾说“人性，你是猜不出来的”，其实大师都试图挖掘人性。正如巴斯卡在《思想录》里面所说人性是最复杂的，“人性并不是永远前进的，它是有进有退的。”曹雪芹探索人性，白先勇先生跟随着曹雪芹对人性的探索，深入到人物之人性的底里，这是作家论小说的特色。现在有一些学者吸收西方的学术观点分析中国古典小说，这当然很好，可是如果只是将两者捏合在一块儿，并不能真正贴近小说作者的心灵，同样是没有意义的。正因为白先勇先生有作家的人生和审美体验，才能够挖掘得很深。有些人说他有太多想象之辞，我不以为然，任何一个读者都有想象，这正是伟大作品的魅力所在，它能够调动我们的想象。我给学生讲课，会送给他们十二个字：无需共同理解，但求各有体验。你的理解和他的理解可以完全不一样，但是你得有自己的审美体验、审美感悟。原清华大学的罗家伦校长说“学问与智慧，有显然的区别”，有学问没有智慧是不成的。这一点跟王元化先生提出的“有思想的学术与有学术的思想”的命题还不太一样。王元化强调的是思想的重要性。罗家伦先生谈的是学问与智慧，学问是知识的丰富性，智慧则是一种发现，一种洞见力，只有具有智慧才能有更好的发现。我们有了思想、有了智慧才能够看到人所未见的东西。我看过很多研究《红楼梦》的书，但没有像白先生观察得这么细腻的，他能够在细微之处见真情。

第三，白先勇先生的书中有一些“关键词”。这些“关键词”我几乎都能认同，甚至与他不谋而合。

首先，他说“如果说文学是一个民族心灵最深刻的投影，那么《红楼梦》在我们民族心灵构成中，应该占有举足轻重的地位。”二〇一三年商务印书馆出版了我一本讨论小说、戏曲的书，书名就是《心灵投影》。我们都认为一部伟大的作品往往就是一个作家的心灵投影，曹雪芹写出这么恢弘的作品，是他的心灵投影。

其次是自传说，我认为《红楼梦》是一部真正的典型的心灵自传。黑格尔说过，“美的艺术的领域，就是绝对心灵的领域”，这可以说是一位美学家从哲学层面来谈心灵。我们看古今中外的作家，实际上他们写的都是心灵史。易卜生说，“写作就是坐下来重新审视自己”，写作实际上是他的心灵自传的一个侧影。果戈里在写第二部《死魂灵》的时候，内心冲突得很厉害，认为自己的灵魂非常肮脏，他更加直白地说：“我近年所写的一切都是我的‘心史’。”海明威说，“不要写我的传记，我的作品就是我的传记”。中国现代作家中，郁达夫是最明快的，他说，“文学作品都是作家的自叙传”。我认为每部作品，特别是伟大作品，尽管都是虚构的艺术，但也都是作者的心灵自传，经过作者的心灵过滤，虽然它是像鲁迅先生所说的，“人物的模特儿也一样，没有专用过一个人，往往嘴在浙江，脸在北京，衣服在山西，是一个拼凑起来的角色。”但是每一点都要通过作家的心灵的过滤，用他净化了的心灵来检验，从而成为他笔底下的各色人等。我一直想研究心灵史，也试图建构心灵美学。因为我觉得性格分析也无法解决小说戏曲等叙事文体更深一层次的问题。十九世纪丹麦的勃兰兑斯说，“文学史，就其最深刻的意义来说，是一种心理学，研究人的灵魂，是灵魂的历史。”给文学史下了一个准确的定义。早年徐朔方先生提出《三国演义》、《水浒传》、《西游记》等小说，都是世代累积型的，我曾经也接受，后来慢慢发现，所谓累积实际上只是小说题材层面的累积，最终的作品必须是一个天才的、智慧的、伟大作家个人写出来的。小说创作是不能合作的，长篇小说这么一个庞大的史诗性文类，创作时可以征求意见，可以与人探讨、提高，但是人物的对话、性格逻辑、故事的发展等等这些是不能合作的。有人认为《红楼梦》是曹家家庭累积的产物，我难以接受。他的家庭当然对他有影响，但《红楼梦》是他的心灵自传，这两者是不一样的。

再次，关于象征和隐喻。《红楼梦》惯用隐喻和象征，表层的，比如用名字的谐音暗示人物的命运。深层的象征是超越题材、超越时空的，需要读者随着人生的体验来慢慢理解，没有漫长的人生历程，很难感悟到《红楼梦》的象征意蕴。白先勇先生作为一个作家，经常谈象征和隐喻，他说，“很可能大观园只存在曹雪芹的心中，是他的‘心园’，他创造的人间‘太虚幻境’。”我们不能一味地去追查大观园在哪里，是北京、南京、正定还是杭州。实际上大观园就是个“心园”，是作家心象的投影。白先生对文学史的定义同样非常棒，他说“文学史就是一些文学天才们的合传”。我们历代有很多伟大的作家，但是进入文化史、文学史的还是凤毛麟角，都是天才的天才，是真正的佼佼者。他这个提法很关键，《红楼梦》确实是个巅峰，不可企及的巅峰。“不可企及”这个提法是马克思在《〈政治经济学批判〉导言》中所说的，希腊神话是人类历史上不可企及的高峰。伟大的作品实际上是作者用当时最好的表现形式，反映了那个时代，写出了那个时代的人物，随着历史的发展，这个时代、这些人物都一去不复返了，而这个作品已经成为了一块不可超越的、不可企及的纪念碑。这不是从进化论的角度来说后代总比前代好。伟大的作品记录了它产生时代的社会生活、人物关系，以及每个人的心灵和人性。白先勇先生说曹雪芹是天才的天才，这不是过火的话，而是出于他对于这部伟构的崇拜。他提出这部书是天书，里面充满着玄机。《红楼梦》之所以成为一部超越题材、超越时空的，具有象征意味的作品，绝非偶然。

审美鉴赏一般分为三个层次，我们看任何作品，不管诗歌、戏剧、还是小说，首先我们接触的是它的形式美，以及形式里面所包蕴的意象，这是审美的第一个层次；第二个层次是意象所包含的社会历史的内涵；审美的最高层次，就是超越题材、超越时空的具有象征意味的内容。比如《红楼梦》的母题是人生的永恒遗憾，这也是我们很多古典文学作品的永恒主题。从前我写过一篇文章《〈长生殿〉的悲剧意识——敬致改编者》也是谈这个，我在谈《长生殿》的改编的时候，提到“雨梦”一场结尾处的幕后合唱：“天长地久有时尽，此恨绵绵永难偿，永难偿！”卒章显其志，留给人们的是永恒的遗憾。《红楼梦》写兴衰、写梦、写解脱，同样寓意着人生的永恒遗憾，这才让人百读不厌，才能够联系自己的身世、自己的思想，净化自己的心灵。《红楼梦》这部伟大作品，超越题材、超越时空的象征意蕴，白先勇先生发现得太多了，他从点到线到面，都有发现，他给我一种启示，让我也有所发现。他的这些关键词，很值得我们关注。

第四，小说《红楼梦》当中出现的戏曲剧目和资料至关重要。小说和戏曲的研究应该是同步的，不可割裂的。对小说中出现的戏曲的研究主要有两种路数，一种是文献学角度，从古典小说里面勾稽大量的戏曲文献，比如《金瓶梅》中有很多戏曲资料，冯沅君先生就从《金瓶梅》中勾稽了金院本。这是从文献学的角度观照小说与戏曲的关系。另一方面，小说中戏曲故事和表演艺术的描写，对人物命运的走向、故事情节的发展起着推动作用。比如《红楼梦》中几次看戏的情节，不仅通过点戏展现人物性格，像宝钗点了贾母爱看的戏，也通过戏曲的内容暗示小说的人物命运。杨绛先生的《李渔论戏剧结构》专门谈小说和戏曲的结构，她说，“我国的传统戏剧可称为‘小说式的戏剧’”，从结构方面谈中国的戏剧是小说结构，小说的结构又往往是戏剧的。中国的小说和戏曲之间的关系是复杂而又多面的，既有文献方面，也有故事方面，还有杨绛先生所说的结构等艺术方面。

第五，得意之笔与失意之笔。叙事文体的作者有得意之笔和失意之笔，曹雪芹写《红楼梦》也是如此。行文之间的一些矛盾就属于失意之笔，小至人物年龄，大至人物关系，甚至于人生态度，这不是败笔，是作者的失意之笔。得意之笔是作者挥洒而出又不愿意删去的内容。对刘姥姥的描写就是曹雪芹的一个得意之笔。他用极为复杂的感情，写这样一个打秋风的老人，对这个农村老婆儿既欣赏又调侃，既提供喜剧性，又蕴涵着悲剧性。曹雪芹将这个人物可爱的方面，她的“傻劲儿”、她出身下层的智慧，都面面俱到地写出来了，他花这么大的笔触来写刘姥姥，是得意之笔，即使篇幅占得很多，也不舍得删一点儿。所有伟大的作品中都有一股潜流，也许表面是平静的，但是那股潜流可能在暗处涌动，这是很难发现的。在喜剧性人物之中内含着一股潜流，刘姥姥比薛蟠写得更加成功。薛蟠只是一个俗不可耐的纨裤子弟，线条是单的，而刘姥姥这个人物做事完全甩开了，她的性格底下有一股潜流在流淌。白先勇先生也特别谈到了刘姥姥，我认为这是作者的得意之笔，放开了写，将这个人物写活了，而且把悲剧性和喜剧性融合在一起。别林斯基赞扬果戈里的《旧式的地主》是一部名副其实的“含泪的喜剧”，伟大的作品最惹人注意的就是悲剧性和喜剧性的交叉之点，在交叉点展示人物性格的丰满性，刘姥姥就是这样的，她自我认知的能力很强，她逗着贾母和儿孙们玩儿，但是并没有失去尊严。茅盾在谈姚雪垠的《李自成》的时候，总结了小说的叙写法，说中国的小说是大笔勾勒，工笔细描。《红楼梦》继承了《金瓶梅》很多地方，《金瓶梅》中有些内容是勾勒式的、一笔带过，但是该细描的时候，真的是工笔刻画。《红楼梦》更是发展到一个高峰，把中国传统小说的人物刻画做得太出色了。

《红楼梦》早已成为显学，而一些专门从事考据的学者，不是从文本里边去有所发现，而是像罗家伦先生引用过一句西洋人的话，称那些专门搞无关宏旨的考据的人为“有学问的笨伯”（a learned-fool）。毫无疑问，考据是非常重要的，它可以去伪存真，可以发现别人没发现的东西，这也是我们尊重考据最主要的原因，它是做学问的左右手。但是考据毕竟只是手段，而不是目的。文学作品必须要回归到审美。文学是捍卫人性的，越是灵魂不安的时候，越需要文学的抚慰。文学并不是硬梆梆的，而是软性的、温暖的，在心灵旁边给你抚慰。《红楼梦》这部作品，鲁迅先生最反对的就是对号入座。有很多女孩子以黛玉自比，学林黛玉软绵绵的姿态，但是仅仅追求表层的东西，而缺乏林黛玉对传统的反叛。这种对号入座是阅读经典的一个很大的问题，我每次都会校正同学们这类的态度。

红迷很多，但我也做过一个小小的调查，大部分人读不下去《红楼梦》，很多人读了开始几回，就觉得把握不到要领而放弃了。白先生的书从第一回开始就把人物关系和背景梳理得很清楚，这是非常有意义的一种导读。这部书，给我的启发很大，他完整细说了一百二十回的《红楼梦》，我应该细读，虽然我读得慢，但是我会把它读完，会不断的品味、不断的从中发现白先生的发现。

我认为对于叙事文体的小说艺术，审美的感悟力是非常重要的。我愿意回望黑格尔那句至理名言，“美的艺术的领域，就是绝对心灵的领域”，一部《红楼梦》，给我们留下了诗性人生永恒遗憾的思索，而读读白先勇先生一百二十回的细说，可以净化我们的心灵，从而更好地理解这部诗小说的美学意味。

（阎晓铮 整理）

聚焦文本·深度细读·实事求是

谈《白先勇细说〈红楼梦〉》

吴新雷*

刘俊（以下简称刘）：吴老师您好！谢谢您接受我的访谈。最近广西师范大学出版社出版了白先勇老师的《白先勇细说红楼梦》这本书。您是红学专家，您是怎么看这本书的？

吴新雷教授（以下简称吴）：好的好的！我从头来讲起。从什么地方讲起呢？我跟白先生啊，是两方面的朋友了，本来是昆曲朋友，现在又变成红学朋友。白先生他醉心于昆曲《牡丹亭》，痴迷于小说《红楼梦》，我们两个人，既赏曲，又谈红，就跑动起来了，就变成老朋友了。为什么说是老朋友呢，他今年八十大寿，我今年八十有五，两个人都是八十以上的人了，所以说我们是赏曲谈红的“老”朋友。白先生是在美国圣塔芭芭拉加州大学一直讲《红楼梦》的，他讲了二十九年，又在台湾大

* 吴新雷（一九三三～ ），南京大学中文系教授、中国古代戏曲学会常务理事、中国昆剧研究会理事、中国红楼梦学会顾问，著有《中国戏曲史论》、《两宋文学史》。

学讲了一年多，正好我在南京大学中文系也是讲《红楼梦》的。我从八十年代到九十年代，开了《〈红楼梦〉研究》的专题课，连年讲了十八次。我们两人讲的方式不一样。白先生的最大的特点是什么呢，他是细读，或者叫细谈，他的这部书是他在台大讲课的讲义，整理出来就叫《白先勇细说〈红楼梦〉》。他开设的是《红楼梦》导读课，专谈《红楼梦》这个小说的文本，文本以外的，他不多说。

刘：您开《红楼梦》的课是怎么上的啊？与白老师的“细说”有什么不同？

吴：我开《红楼梦》的课是怎么讲法的啊？先要讲红学的历史；然后讲作者曹雪芹，考证曹雪芹的家世生平，接下来再谈版本，等版本谈完了呢，到最后再谈作品。我讲《红楼梦》分四章，第一章红学史，第二章是曹雪芹的家世生平，第三章是版本，第四章才谈《红楼梦》的思想与艺术，等到谈《红楼梦》文本的时候，往往变成强弩之末了。但是白先生呢，他的这个特点就是，坐下来，读红楼，谈《红楼梦》小说本身。所以他为什么谈三个学期？他谈得特别细，他是一回一回讲的。他让学生把《红楼梦》拿出来，大家手里拿了这个书，一回一回地来读。他一个学期讲四十回，正好讲三个学期，三四一十二，一百二十回。他带来了一个什么呢（刘：踏实读书的好学风），哎——他就是让学生坐下来，踏踏实实读作品，要读作品。好比我们讲文学史的嘛，你假如半天不读作品，那都是等于空谈的啊。他就是读作品，谈小说本身，小说以外的事情不要去多管，先要把这个《红楼梦》读通。所以他这个书最大的成就，就是“循正去弊”。

刘：什么叫“循正去弊”啊？

吴：那就是去除红学中的流弊。红学当中有两个大毛病：一个是大搞牵强附会的“索隐猜谜”，制造了一大堆奇谈怪论。特别是流行“《红楼梦》揭秘”，什么揭秘啊，谈了好多莫名其妙的事，如说秦可卿是康熙的孙女儿，因为康熙皇帝有个太子叫胤礽后来废掉了，他就说秦可卿是废太子的女儿，这个也不知道他怎么想得出来的。你可能也听说过一位红学家的奇谈，谈什么呢，谈《红楼梦》小说中的人物史湘云，他说史湘云就是那个评批八十回抄本的脂砚斋；更可笑的是，他说史湘云嫁给了曹雪芹！（哈哈哈）第二个大毛病是什么呢？就是大放稀奇古怪的“红外线”。什么叫“红外线”呢？就是脱离曹雪芹《红楼梦》的边缘化的东西。曹雪芹创作《红楼梦》小说本身他不谈，去谈曹雪芹《红楼梦》之外的别的事，当然也搭点关系，你说它一点关系也没有也不是，但都是一些边缘化的东西。以前华君武画过一幅漫画，他画一个曹雪芹，红学家在数曹公头上有多少根头发！（哈哈哈）又或否认曹雪芹的著作权，在曹雪芹之外为《红楼梦》找到了六十多位作者，有说《红楼梦》是杭州人洪升写的，有说是太仓人吴梅村写的，有说是如皋人冒辟疆写的……媒体乐意报导奇葩新闻，有些地方还与旅游开发结合起来，大造声势。有些人怕读《红楼梦》，闹腾了半天，咦，根本就没有去读小说文本，谈论的都是“红外线”那些猎奇的东西。有的人是蜻蜓点水，有的人是随便翻翻，“死活都读不下去”。而白先生的《白先勇细说〈红楼梦〉》，开宗明义，请大家踏踏实实地来读《红楼梦》的文本，一回一回地读，养成良好的纯正的读书风气。他不搞穿凿附会的“索隐”，也不受“红外线”的干扰，实事求是地指导读者坐下来通读、细读，他则纯正地进行导读，导赏！他这部书最大的贡献，就是循正去弊，回归文本。

刘：具体到《白先勇细说红楼梦》，怎么看，怎么读，涉及到哪些层面呢？

吴：白先生这部书了不起的地方，就是宣导聚焦文本，深度细读。因为他本身是作家，他知晓创作的甘苦，而且也知道写小说的好多门道。

他有创作经验，所以他能用作家的眼光看《红楼梦》，这就看得深啦！因为白先生是当代著名的旅美华人作家，他不是用清朝人的眼光去看，他是用当代新的文学观点、新的美学理论来观照。曹雪芹曾说："满纸荒唐言，一把辛酸泪，都云作者痴，谁解其中味。"我为什么要吟这首诗呢？哎——白先生能解了曹公的味，这就是白先生的贡献。他解读得细而且精，他是一回一回地"解"，每一回每一回，层层推进。他不搞影射那一套，没有"索隐派"牵强附会的那种解释。他依据文本实事求是地来解读，不脱离文本，像剥茧抽丝一样，丝丝入扣。他是作家嘛，他从文艺创作的角度着眼来解读这部小说，讲曹雪芹的创作方法、叙事手法，作者的悲剧意识，作品的立意，还有人物的性格刻画，形象塑造，对话技巧、艺术风格等等，他讲得很具体，很有创见！

谈到《红楼梦》的立意，白先生从哲学思想方面着力进行了深入的探讨。他指出《红楼梦》里面有儒家思想，有佛家思想，还有道家思想。白先生从儒释道交融归一的高度来观照《红楼梦》，指出小说从太虚幻境写到宝玉出家，曹雪芹运用了神话寓言的架构和手法，这里面就渗透着佛道意识。曹雪芹本人当然是儒佛道三教合一论者，从儒家意识出发他是写实的，写到贾宝玉跟贾政父子间的矛盾，则反映了儒家的入世跟佛道的出世观念的矛盾和冲突。这都是白先生讲得鞭辟入里的地方。

刘：能不能举个具体的例子来说明白先生讲得好？

吴：白先生讲得深入浅出，如讲到第二十三回"西厢记妙词通戏语，牡丹亭艳曲警芳心"的时候，白先生指出：把《西厢记》、《牡丹亭》和《红楼梦》串起来，可以说是中国浪漫文学长河中的三个高峰，一个比一个高，挑战了宋明理学，对中国宗法礼教进行了颠覆性的冲击！白先生说："对于情的解释，集大成之书是《红楼梦》"。在这回小说中，写到黛玉听到梨香院昆曲女伶在唱《牡丹亭·惊梦》，"细嚼'如花美眷，似水流年’八个字的滋味”，小说的原文是：“忽又想起前日见古人诗中，有‘水流花谢两无情’之句；再词中又有‘流水落花春去也，天上人间’之句；又兼方才所见《西厢记》中‘花落水流红，闲愁万种’之句，都一时想起来，凑聚在一处。仔细忖度，不觉心痛神驰，眼中落泪。”因为曹雪芹用的这个“流水落花春去也”是从李后主的《浪淘沙》词中引来的，白先生在讲课的时候，他又引用了李后主的另一首词《相见欢》：“林花谢了春红”，“自是人生长恨水长东”的词意，说明黛玉对自己的人生有了感悟，这是作者为第二十七回写黛玉葬花埋下的伏笔——这都是白先生讲的，我这里举这个例子，是说明他讲得细。因为《红楼梦》原文里曹雪芹引了李后主的词，所以白先生也用李后主的词来阐释林黛玉的感悟。这回，第二十三回，写“流水落花春去也”，白先生特别指出：是曹雪芹为第二十七回写黛玉葬花埋下了伏笔，因为《葬花词》中有“一朝春尽红颜老，花落人亡两不知”的句子，写花就是写黛玉自己，就是林黛玉对自己的感叹，由一己之悲扩大到世人之痛——白先生这样的解读，真是触类旁通、前后照应的啊。

刘：细读《红楼梦》，用什么本子来读也很重要。《红楼梦》的版本问题，实际上直接关系到对《红楼梦》的理解。《白先勇细读〈红楼梦〉》对这个问题是怎么看的？

吴：《红楼梦》的版本问题比较复杂，因为曹雪芹写到八十回，下面就没有了，这里面就存在许多需要探讨的问题，八十回以后究竟曹雪芹有没有写？这里面就牵涉到版本问题。《红楼梦》的版本有脂评本抄本和程高本印本两大系统，先说脂砚斋评本这个抄本系统，因为那个时候印刷条件差，要出版书不容易的，所以大多是以抄本的形式流传的。那类抄本现在发现的有十二种。另外就是乾隆五十六年由程伟元和高鹗两个人策划，把后面四十回找出来，经过整理后以“萃文书屋”名义用木活字排出来，当然它也是木板印的，但不是雕的，而是用木活字排出来的。那个程高本就是一百二十回。脂砚斋评本只有八十回还不完整，缺失了一些，而程、高本自八十回以后续补到一百二十回，很完整，这个是程伟元和高鹗搞的。第一次印的胡适称之为程甲本，到了第二年乾隆五十七年，经修订后印行第二次，胡适称之为程乙本。这次广西师范大学出版社出版了以程乙本为底本的校注本，卷首印有白先生写的《前言》，说明了这次印行程乙本的缘由。

刘：白先勇老师为什么要推举程乙本呢？

吴：大家都知道，现在学界最流行的《红楼梦》读本，是中国艺术研究院红楼梦研究所冯其庸先生他们以庚辰本为底本校注出来的，一九八二年由人民文学出版社初版，至二〇一三年已重印了四十一次。二〇一四年白先生在台湾大学开设《红楼梦》导读课，就指定用了冯先生他们这个本子。因为此本也出了台湾版，是由台北里仁书局翻印的。就是庚辰本系统的书。白先生在讲课的过程中，顺便把庚辰本和程乙本进行了比较，经仔细核对，看出庚辰本里面有错失的地方，在程乙本里却写得比较通顺，因此对程乙本大为称赞，觉得程乙本有重印的价值。他从前在美国讲课时，用的是台湾桂冠图书公司以程乙本为底本校注的《红楼梦》，现已绝版，于是便推荐重印。先由台湾时报文化出版公司印行，并印了《白先勇细说红楼梦》，如今广西师范大学出版社同时出了这两部书的简体字横排本。

刘：那应该怎样看待既尊重庚辰本又推举程乙本呢？

吴：不同版本的流传，本来是并行不悖的，百花齐放嘛，进行比较是正常的。这里面一定要说清楚，避免造成误会。造成一种什么样的误会呢？啊，我们现在都看庚辰本，你怎么弄了个程乙本来啦？不知道底细的人，会引起误解，好像中间会产生抵触。其实不是的，我在这里要做点阐发工作，阐发工作的要点是说明白先生尊重庚辰本的历史地位，同时又称赞程乙本的普及价值，这两个事情是不矛盾的！不能因为这次白先生推出了程乙本，就以为抵触了庚辰本。根本不是的！白先生在台湾大学讲了三个学期的《红楼梦》导读课，他用的就是以庚辰本为底本的冯本，怎么说了程乙本的好话就会发生抵触呢？还有一点要讲清楚的，这个程乙本啊，实际上在一九八二年以前是学界最流行的读本。我就是读程乙本的，因为红研所冯先生他们校注的本子是一九八二年才出版的！你想啊，我今年已八十五岁了，我从小学、中学到大学的时候，红研所的校注本还没有呢，那时候读什么本子啊？读的就是亚东版程乙本，还有人民文学出版社从五十年代到七十年代广为发行的以程乙本为底本的校注本，这是实情！

刘：《红楼梦》以程乙本为底本与以庚辰本为底本的渊源是怎样的？

吴：印行程乙本的来头是这样的，“五四”运动以后，上海亚东图书馆的汪原放要出新式标点的《红楼梦》，他于一九二一年第一次用铅字排印的是程甲本，因为他跟胡适是同乡好友，胡适便告诉他，这个程甲本没有程乙本好，建议他还是印程乙本，正好胡适藏有一套原版程乙本，所以一九二七年汪原放第二次印的时候，就印程乙本了。以后不断地重印，学界就普遍流行程乙本了。为什么说我一直读的是程乙本呢？以一九四九年为界，以前流传的都是汪原放印的程乙本。我是小学五年级的时候接触到《红楼梦》的，当然那时候还看不大懂，现在回忆，那时读到的就是汪原放亚东版的程乙本。解放后，人民文学出版社一九五七年就开始排印《红楼梦》了，它用的呢，实际上就是亚东版的本子。从五十年代一直到七十年代，那么长的时段，大家读的《红楼梦》，都是人民文学出版社以程乙本为底本的排印本。因此呢，不是这次白先生来了以后推举程乙本才变出了程乙本，不是的，程乙本早就推广了。这里面不要引起误会，不要引起隔阂。所以我要把这个实际情况讲清楚。

至于以庚辰本为底本校注《红楼梦》，是冯其庸先生提出来的，他还特地写了《论庚辰本》专著，论证庚辰本是比较接近于曹公原书的本子。校注工程由中国艺术研究院红楼梦研究所冯先生他们集体完工，于一九八二年仍由人民文学出版社排印出版，二〇〇九年曾修订过一次，以后多次重印，在学界广为传诵。冯先生签赠我一部，我由此也成了庚辰本的读者。

如今广西师范大学出版社新出了以程乙本为底本的《红楼梦》校注本，使沉潜已久的程乙本再上台面，受到了读者的重视，这是出版界百花齐放的喜讯，也是红学界百花齐放的盛事。程乙本与庚辰本双峰并峙，并行不悖，我很高兴地看到彼此双赢的大好局面！

刘：《白先勇细说〈红楼梦〉》是如何看待庚辰本和程乙本的？

吴：白先生既尊重庚辰本的地位，又推许程乙本的价值；力挺程乙本，但并非不要读庚辰本了。在两者之间，他不是一边倒。他指出庚辰本有误笔，是学术研讨，没有排他性。版本之异同是个学术问题，《红楼梦》的版本有脂评本和程高本两大系统，情况复杂，各本之间互有优缺点，见仁见智，可以各抒己见，争鸣讨论，相互切磋。

我要强调的是什么呢？白先生二〇一四年在台湾大学开设导读课用的读本，就是以庚辰本为底本的冯先生他们校订的《红楼梦》（台湾版），他因教学需要把庚辰本和程乙本作了比较，看出庚辰本存在不少瑕疵，有多处错漏，但他仍尊奉庚辰本，最明显的是他出版《白先勇细说〈红楼梦〉》这本新书时，一百二十个章回的回目仍标举庚辰本的回目，这证见他是看重庚辰本的。

刘：能不能讲讲两个本子对比的具体事例？

吴：庚辰本时代早出，接近曹雪芹原著，有许多优点，但经白先生仔细比勘对照，看出庚辰本也有不足之处，其中有不少混杂缠夹、颠倒错漏的地方，主要表现在尤三姐、芳官、晴雯、秦钟等人物的描绘有失误。再如第三十回“龄官划蔷痴及局外”，庚辰本写龄官划了几千个“蔷”字，这未免夸张过了头，怎么可能划到几千个呢？程乙本作“画了有几十个”，这就比较合乎情理。又如第七十四回“惑奸谗抄检大观园”中，从司棋的箱子里抄出了潘又安给司棋的“字帖儿”。庚辰本把绣香囊的来头写颠倒了。绣香囊本来是潘又安赠给司棋的定情物，字帖上反而写成是司棋赠给潘又安的，而且变成了两个。绣香囊事件是整本小说的重大关键，引发了查抄大观园的特大风波，是不能写错的，但庚辰本却出了差错。程乙本没有出错。其他还有一些事例，显示出程乙本写得较为通达顺畅。

我这里另外谈一件事。那就是程乙本第七十六回“凹晶馆联诗悲寂寞”中，写林黛玉联句“冷月葬诗魂”。庚辰本原作“冷月葬死魂”，很明显，“死魂”是传抄本的错笔，红楼梦研究所冯先生他们那个校注本根据脂评本系统中的蒙府本、戚序本、梦稿本，校改“死”字为“花”字，定为“冷月葬花魂”。《白先勇细说〈红楼梦〉》认为“冷月葬诗魂”比“冷月葬花魂”更好。他说“黛玉本身就是个诗魂，她的灵魂里面就是诗”[1]。说到这里，我可以讲一则红坛掌故。我们知道，红楼梦研究所校注本是在冯其庸先生主持下，集多人功力的集体成果。冯先生个人认为应按程高本校改为“诗魂”，但校订小组成员讨论时，以“葬花”为由，多数人坚持校改为“花魂”。虽然冯先生是负责人，他是掌权的，但为了尊重校订组里朋友们的集体意见，少数服从多数，他便收回个人的意见，这也说明冯先生是谦谦君子，风格高，没有以权势压人。但这就成了冯先生的一桩心事。他生前在《风雨平生：冯其庸口述自传》中，就念念

1 《白先勇细说〈红楼梦〉》，广西师范大学出版社，二〇一七年二月版，第六六〇页。

不忘地留言说："有的朋友坚持要'花魂'"，然而，林黛玉"不仅是美，她更重要的是有诗的气质。用'魂'来形容林黛玉，不完全契合林黛玉的气质、个性"。冯先生认为应作"诗魂"，"从曹雪芹创作意图来说，只能是'诗魂'才确切"，"'冷月葬诗魂'才对"[1]。这个例子极其生动，庚辰本里是"死魂"，本来冯先生要校改为"诗魂"的，但多数人要改为"花魂"，他就尊重了集体的意见——这也显出冯先生歉抑退让的厚道风范。不过，冯先生内心觉得用了"花魂"没有用"诗魂"是生平遗憾，他是坚守"诗魂说"不赞成"花魂说"的！程甲本、程乙本和列藏本均为"诗魂"，冯先生自己在一九九一年交由文化艺术出版社出版的《八家评批〈红楼梦〉》中就用了"诗魂"。我也认为"诗魂"好，因为上句是"寒塘渡鹤影"，曹公真了不起，写出了极其神异的对句："寒塘渡鹤影，冷月葬诗魂"！我讲这个掌故，就表明白先生和冯先生有些看法是不谋而合的。其实，白先生早就认识冯先生了，那是一九八〇年六月在美国威斯康辛大学举办的首届国际《红楼梦》研讨会上，他俩都是应邀与会者，都在会上宣读了提交的论文，彼此交流，是有交谊的。

刘：对于《红楼梦》的后四十回，历来争议甚多。《白先勇细说〈红楼梦〉》是肯定后四十回的。您是怎么看的？

吴：白先生认为应该相信程伟元和高鹗在《红楼梦》序／叙和引言中的说明。程甲本程序中明明写着"竭力搜罗"，自藏书家甚至故纸堆中"积有二十余卷"，又"于鼓担上得十余卷"，"见其前后起伏，尚属接榫"，"乃同友人细加厘剔，截长补短，抄成全部"。白先生认为，这收罗得来的旧稿，可能就是曹雪芹的遗作。这个意见我还是赞成的。但"五四"运动以来新红学派中大多数人不认同程伟元和高鹗的话，认为这后四十

1 冯其庸《风雨平生：冯其庸口述自传》，商务印书馆，二〇一七年一月版，第三八七页。

回是程、高自行增补的，或认定是高鹗一个人续补的。有人否定后四十回的文笔，说高鹗违背了曹雪芹的创作意图，写得很不好。有人把高鹗骂得狗血喷头，斥之为“败类”、“伪续”！一九五八年，林语堂写了《平心论高鹗》，认为应该公平地评价高鹗的功过问题。如今，白先生大力肯定后四十回，主要是针对张爱玲的。张爱玲在《红楼梦魇》一书中也不满意这个后四十回，对后四十回持否定态度。白先生与之相反，认为后四十回写得不错。白先生特别举两个写得好的例子，一个是黛玉之死，还有一个是宝玉出家。白先生在书里讲，说这是两根支柱，如果没有这两根支柱，后四十回就垮掉了。这个我也赞成。白先生在广西师大出版社新出的程乙本校注版《前言》中说：“张爱玲极不喜欢后四十回，她曾说一生中最感遗憾的事就是曹雪芹写《红楼梦》只写到八十回没有写完。而我感到这一生中最幸运的事情之一，就是能够读到程伟元和高鹗整理出来的一百二十回全本《红楼梦》，这部震古铄今的文学经典巨作。”

这个一百二十回本《红楼梦》还牵涉到署名问题。以前出版的各本均署为“曹雪芹、高鹗著”，也有署为“曹雪芹著，高鹗续”或“曹雪芹著，程伟元、高鹗续”。新时期以来，红学界又有新论，说高鹗写不出来，否定后四十回是高鹗续的，但又考不出是谁写的，只得说是无名氏写的。我在市场上看到有个印本署名“曹雪芹著，无名氏续”。现在白先生推荐的印本署为“曹雪芹著，程伟元、高鹗整理”，这还比较合适。在这个问题上，我是赞同白先生观点的，我也认为应该相信程伟元和高鹗在序／叙和引言中说的是真话！

白先生讲《红楼梦》，没有哗众取宠之心，惟有回归文本之意！聚焦文本，深度细读，实事求是！这便是他取得杰出成就的地方！

刘：谢谢吴老师对《白先勇细说红楼梦》的精采评析！也谢谢您接受我的访谈！非常感谢！

天上星辰，地上的《红楼梦》

刘再复 *

一

人民日报《环球人物》杂志社和九州出版社，两家联合重印程乙本《红楼梦》(姑且称为联合版吧)，是个很好的消息。我喜欢一百二十回的程乙本。先前我感悟与讲述《红楼梦》，也常依据以程乙本为底本的校注本（有时也依据以程甲本为底本的排印本）。

喜爱《红楼梦》的人，都知道《红楼梦》的版本有两大脉络。一是“脂本”脉络。所谓脂本，是指流行于乾隆十九年（一七五四）至五十六年（一七九一）间的八十回抄本，因附有脂砚斋（曹雪芹的友人或亲人）的眉批，所以称作“脂本”。现在可以知道的脂批《石头记》抄本就有十

---

* 刘再复，(一九四一～)，曾任中国社会科学院文学研究所所长，现为香港城市大学中国文化中心荣誉教授，著有《性格组合论》、《文学的反思》、《红楼四书》。

种以上，包括甲戌本、庚辰本、已卯本、梦稿本、戚序本（戚蓼生序）、舒序本（舒元炜序）、梦序本（梦觉主人序）、蒙府本（蒙古王府）、靖藏本（南京靖应鹍，已遗失）、列藏本（列宁格勒）及南京图书馆藏本、郑振铎藏本等。二是“程本”脉络。也可称作“程高本”脉络。程即程伟元，高即高鹗。全书一百二十回，由程伟元于乾隆五十六年（一七九一）初次以活字排印，简称程甲本。第二年又用活字排印修订稿，通称程乙本。“程本”因为有高鹗的四十回续书，变成一百二十回。也因为有了续书，《红楼梦》的故事便呈现出完整形态。因此，后来各种一百二十回的《红楼梦》版本，均以程甲、乙两本为基础。甚至署名为曹雪芹、高鹗著。高鹗其人（一七三八～一八一五），字兰墅，别署“红楼外史”，汉军镶黄旗人，乾隆六十年（一七九五）进士，官至翰林院侍读。关于高鹗续写的《红楼梦》后四十回，历来争议很大。有的认为，后四十回大体上是曹雪芹散失的遗稿，根本说不上“续”，顶多算是“整理”；有人认为，红楼续书的艺术水准与原书（前八十回）相差太远，高鹗的续写不仅无功，而且有罪：糟蹋了原著。也有人认为，《红楼梦》的续书很多，唯有高鹗的续写抵达原著水准，并使《红楼梦》形成完整结构，其功不可没。面对纷纷的众说，我从未作过褒此抑彼的判断，只维护“一部红楼，各自表述”的自由权利。然而，今天我则要表明：（一）我相信程伟元序文里说的话是真话。他说：“……然原本目录百二十卷……爰为竭力搜罗，自藏书家甚至故纸堆中，无不留心。数年以来，仅积有二十余卷。一日，偶于鼓担上得十余卷，遂重价购之……然漶漫不可收拾，乃同友人细加厘剔，截长补短，抄成全部，复为镌板以公同好。《石头记》全书至是始告成矣。”相信此言，意味着：《石头记》八十回抄本之后还有遗稿，但散失于民间。程、高二人先是做了“搜罗”（搜集）工作，后又做了“整理”、“剪裁”、“抄写”等工作。后一项工作，用今天的语言表述，便是“续编”与“续写”。总之，没有程伟元与高鹗的重整、重编、补全，就没有今天完整的一百二十回《红楼梦》全书。除了相信程氏所言之外，（二）我相信程、高二人对散失佚稿的“搜”、“剔”、“截”、“补”，不仅是个“续编”过程，也是一个“续写”过程。因此，说《红楼梦》全书，“前八十回为曹雪芹原著，后四十回为高鹗续书”之说，可以成立。基于此，我不仅要以鲜明的态度肯定高鹗的续编续写之功，而且认为，这是人类文学创作史上的一种奇观。

二

今年四月，香港诚品书店（台湾诚品书店的香港分部）邀请我和白先勇先生就《红楼梦》作一对话。这一设想，十分美好。先勇兄去年刚推出《白先勇细说〈红楼梦〉》大著，特寄赠我一部。这是他在美国加州大学圣芭芭拉分校二十九年及台湾大学三个学期的教学成果，也是他一生不断阅读的重要心得，能以此书为主要话题与他对谈，乃是一次极好的学习机会，可惜因为我身在美国，路途太远，力不从心，实在无法为此而作一次万里飞行，只好作罢。诚品书店之所以让我与白先勇兄对话，大约有两个原因。一是我和先勇兄本是好友，彼此相互敬重已久，对话当然会十分愉快；二是先勇兄和我都很喜欢《红楼梦》的程乙本，并且都充分肯定高鹗的四十回续书。先勇兄是当代中国的一流作家，自己有丰富的创作经验与敏锐的文学感觉，他不赞成张爱玲贬抑高鹗续书（张爱玲著有《红楼梦魇》，并为不能读到曹雪芹的全本而感到终生遗憾），为能够读到程高全本而感到人生充满喜悦。并通过文本细读，一回一回地讲述，娓娓道来，真引人入胜，倘若有机会对话，我当会讲些与他的共通共鸣之处，包括巨著中的哲学意蕴。但我们的阅读方式与阅读重心有所不同，也就难免有些歧见。例如，对于二十二回，我认为这是全书的文眼。林黛玉看出贾宝玉禅偈之弱点，在宝玉的“你证我证，心证意证，是无有证，斯可云证，无可云证，是立足境”二十四字禅偈之后再加“无立足境，是方干净”八个字，极为重要。可惜先勇兄却未论此一情节。我一再说，《红楼梦》两个主人公贾宝玉和林黛玉的内心相通，相思相恋；但一个修的是“爱”的法门（宝玉），一个修的是“智慧”的法门（黛玉），很不相同。在智慧层面上，黛玉处处都高于宝玉一筹，补加“无立足境，是方干净”，也是智高一筹的明证。这一加，显示她已进入庄子的“无待”境界，即完全独立不依的境界。而宝玉则还徘徊在“立足境”之有待境界。诸如这样的认识，我真想与先勇兄商讨。

尽管我和先勇兄对《红楼梦》的阅读方法与认知方法有所不同（大约是微观文本细读与宏观精神把握的差异），但对高鹗续书的看法则十分相近。我缺少先勇兄的创作才华与书写敏感，但也深知高鹗实在不简单。我早就认同林语堂先生对续书的肯定（参见林语堂《平心论高鹗》，一九五八）。但直到今天，才得以充分表述。《红楼梦》问世之后续书很多。据我曾寄寓的文学研究所老研究员孙楷第先生的查考。《红楼梦》续书就有《后〈红楼梦〉》三十回、《续〈红楼梦〉》三十卷、《续〈红楼梦〉》四十卷、《绮楼重梦》四十八回、《红楼重梦》、《红楼复梦》一百回、《红楼圆梦》三十回、《〈红楼梦〉补》三十二回、《红楼幻梦》二十回、《红楼梦别》二十四回、《红楼后梦》、《红楼再梦》等。而一粟先生（《〈红楼梦〉资料汇编》编者）则列出更多书目：《后〈红楼梦〉》、《续〈红楼梦〉》、《绮楼重梦》、《红楼复梦》、《红楼圆梦》、《〈红楼梦〉补》、《补〈红楼梦〉》、《增补〈红楼梦〉》、《红楼幻梦》、《新〈石头记〉》、《红楼残梦》、《红楼余梦》、《红楼真梦》、《〈红楼梦〉别本》、《新续〈红楼梦〉》、《红楼三梦》、《红楼后梦》、《红楼再梦》、《红楼续梦》、《再续〈红楼梦〉》、《三续〈红楼梦〉》、《红楼补梦》、《红楼梦醒》、《疑〈红楼梦〉》、《大〈红楼梦〉》、《红楼翻梦》、《红楼二尤》、《婉媔将军》、《林黛玉笔记》等。而依据《红楼梦》所改编的各种戏曲，更是多得难以计数。但是众多续书，能经得起时间（历史）筛选和读者筛选的，唯有高鹗续作（或续编）的四十回作品。

三

我不仅不是红学家，而且不把《红楼梦》作为研究物件（只作为心灵感应、感悟物件和欣赏物件）。也就是说，对于《红楼梦》，我不作主客分离的逻辑分析，只由主体（接受主体与物件主体）去作"心心相印"，总之，我是享受《红楼梦》的大众的一员，而不是辛苦查考钻研《红楼梦》的小众的一员。相应地，在方法上也只是对前人提供的小说文本和研究成果，再作悟证，不作考证与论证。但对《红楼梦》问世之后的一切考证与论证我都衷心尊重，用心领会。哪怕像蔡元培先生那种偏颇的考证（证其巨著具有反清复明的民族主义倾向），我也尽可能去理解，绝不轻薄嘲笑。我早已声明，我讲述《红楼梦》，完全是自身的生命需求，毫无外在目的。如果说有什么学术"企图"的话，那也只是想把《红楼梦》的探索，从考古学与意识形态学拉回文学。所以在讲述中，既不设置政治、道德法庭，也不设置考古实证法庭，只确认"审美法庭"，即只作文学阅读与审美判断。对于高鹗的续书，我之所以肯定它，敢说它是文学创作史上的"奇观"，也是出于审美判断。所谓审美判断，既不是独断，也不是武断，而是"诗断"，即文学判断。也可以说，既不是考证，也不是论证，而是"诗证"，即艺术鉴赏和艺术鉴定。以往讨论高鹗续书时，大都用考证、论证的方法，讨论的中心是它的真伪、可否（是否可能，如俞平伯先生早在一九二二年就发表〈论续书底不可能〉）等。这种方法乃是“外证”方法。而我则使用文学批评的“内证”方法，只论美丑与艺术水准，只重文本鉴赏，不在乎文章出自谁的手笔，只要写得好就可以。从青年时代开始，我一直像王国维、胡适、鲁迅那样，把一百二十回作为一部完备的艺术整体来鉴赏，从未觉得后四十回与前八十回有什么天渊之别。说句实在话，四十年前我阅读何其芳作序的人民文学出版社的版本时，还不知道红学界关于后四十回的续书有那么大的分歧与争议。过了若干年，虽明了红学界的争论焦点，也不喜欢续书中“兰桂齐芳”和“沐皇恩延世泽”等俗笔，但并不觉得续书有什么致命伤。此时，我离争论的双方都很远，只是进入纯粹的文学阅读（诗鉴），而且是带着“原著与续著有何差别”的问题进行阅读与判断。读后鉴后，更是理性地认定，后四十回的续作，其文心（审美大局）与前八十回并无根本不同。也就是说，续书大处站得住脚；小处虽有疏漏但可以原谅。小处的俗笔甚至可称败笔的，除了人们常说的“兰桂齐芳”之外，我还觉得宝玉出走后，又写了皇上钦赐匾额，追封宝玉为“文妙真人”，实属“画蛇添足”，完全没有必要。所谓真人就无须“文妙”俗号，既是“文妙”，便非真人。我尽可能挑剔高氏续书的瑕疵，但最后还是觉得，鲁迅的评价是公平的。他说：“后四十回虽数量止初本之半，而大故迭起。破败死亡相继，与所谓‘食尽鸟飞独存白地’者颇符，惟结末又稍振。”（《中国小说史略. 第二十四篇清之人情小说》）。所谓“大故迭起”，意思是说，后四十回，情节密集，大事件一桩接一桩，大故事一个接一个：宝钗出闺，金玉合成；黛玉泪尽，焚稿而亡；宝玉思念，痛触前情；元妃薨逝，贾府抄检，贾母树倒，妙玉遭劫，凤姐病故，甄贾相逢，宝玉出走，或归大荒。确实是“破败死亡相继”，样样扣人心弦。而这些大情节，并非杜撰，而是与原著的“白茫茫大地真干净”（第五回）的预言正相呼应。因此，可以说，鲁迅所说的“颇符”二字，一字千钧。如果用鲁迅的审美眼睛看“红楼”，那就应当确认，高氏续书与曹氏原著的大思路相符合。续书中的某些微观俗笔，到底无法否认高鹗宏观上的真墨健笔。

我说高氏续书“大处站得住脚”，乃是指它的两个“大处”即两大结局：一是悲剧结局；二是形而上结局。林黛玉泪尽而亡，贾宝玉离家出走，这都是大结局，而且都是悲剧大结局。王国维的《红楼梦评论》对此赞道：“红楼梦书，与一切喜剧相反，彻头彻尾之悲剧也……吾国之文学，以挟乐天之精神故，故往往说诗歌之正义，善人必令其终，而恶人必离其罚……《红楼梦》则不然……金玉以之合，木石以之离，又岂有蛇蝎之人物，非常之变故，行于期间哉？不过通常之道德、通常之人情、通常之境遇为之而已。由此观之，《红楼梦》者，可谓悲剧中之悲剧也。”王国维这段著名的论断，其立论的根据在哪里？就在后四十回高鹗的续书里。林黛玉之死是谁写出来的？如果不是曹雪芹散失的遗稿，那就是高鹗的手笔。这一小说的“大处”十分精采又十分深刻。林黛玉之死，不是恶人的结果，而是善人的结果（包括最爱黛玉的贾母与贾宝玉）。贾母与宝玉都在无意之中进入了谋杀黛玉的“共犯结构”，都有一份责任。这才是最为深刻的悲剧。另一主角贾宝玉在黛玉去世之后，丧失心灵支柱，心灰意懒，最后离家出走。在中国，“出走”这种行为语言，既是“反叛”，也是“绝望”。这正是最深刻的悲剧行为与悲剧心理。

说高氏续书“大处站得住”，除了它书写了悲剧结局，还书写了形而上结局，即哲学性的“觉悟”结局。续书如何把握贾宝玉的结局，这是决定作品成败的大难点，又是一个关键点。高鹗在此关键点上，把握住前八十回的文心，极为高明又极为妥帖。

续书第一百一十七回，描写贾宝玉丢失了胸中垂挂的玉石，为此薛宝钗与袭人皆慌成一团，拼命寻找，在这个关键性的瞬间，宝玉说了一句石破天惊的话："我已经有了心了，要那玉何用？" 这是大彻大悟之语，充分形而上品格之语。这说明，续书守持了《红楼梦》原著的心灵本体论，唯有心灵最重要，其他的都可以不在乎。还有第一〇三回，贾雨村到了江津渡口。此时，已修成道人的甄士隐前来开导他放下功名以求解脱，贾雨村却昏昏欲睡，最终不觉不悟。与贾雨村相反，贾宝玉最终大彻大悟，离家出走了。这种结尾深含哲学意蕴，让人回味无穷。一九八七版电视剧虽很成功（总体构思、演员表演、音乐制作等，皆很成功），但结尾却太形而下（如宝玉入狱，王熙凤破席裹尸在雪地里下葬，刘姥姥体现贫下中农阶级品格而仗义救亲等），让人感到唐突甚至感到如此结局甚有迎合时势之嫌。

我很敬重把自己的一生都献给《红楼梦》研究事业的周汝昌先生，他的成就主要在于考证（尤其是著写了《〈红楼梦〉新证》，纠正了胡适关于贾府败落是"坐吃山空"、"树倒猢狲散"的"自然趋势"说，而实证了贾府家道中衰乃是人为的政治历史原因），考证功夫登峰造极。而对《红楼梦》文学价值的感悟与认知又在胡适与俞平伯之上（他高度评价《红楼梦》的文学水准，最先判断《红楼梦》抵达世界经典水准）。然而，他对程本的高氏续书却过分贬抑，关于这点，我在为他的弟子梁归智教授所作的《周汝昌传》二版序文中，曾坦率地提出商榷。我说：

> 我如此高度评价周汝昌先生研究《红楼梦》的成就，并不等于说，我和周汝昌先生的学术观点完全一致。很可惜，我一直未能赢得一个机会直接向周先生请教，如果有这样的机会，我一定会坦率地告诉他，有三个问题老是让我"牵肠挂肚"，很想和他讨论，也可以说是商榷。第一，关于后四十回即高鹗续作的评价。众所

周知，周先生以极其鲜明的态度彻底否定高鹗的续作，认定高氏不仅无功，而且有罪。而我却不这么看，我认为周先生的否定只道破部分真理，也就是高鹗续书确实有许多败笔，例如让宝玉与贾兰齐赴科场而且中了举，让皇帝赐予“文妙真人”的名号与匾额，这显然与曹雪芹原有的境界差别太大。但是，后四十回毕竟给《红楼梦》一个形而上的结局，即结局于“心”（当宝钗和袭人还在寻找丢失的通灵玉石时，宝玉声明：我已经有了心了，要那玉何用？）。第一〇三回写“急流津觉迷渡口”，贾宝玉实已觉悟，贾雨村却徘徊于江津渡口，虽与甄士隐重逢，并听了甄的“太虚”说法，但还是不觉不悟，昏昏入睡。至此，是佛（觉即佛）是众（迷即众），便见分野了。这种禅式结局乃是哲学境界，难怪牟宗三先生对后四十回要大加赞赏。第二，周先生自己的研究早已超越考证，不知道为什么在定义“红学”时，却把红学限定于考证、探佚、版本等，而把对《红楼梦》文本的鉴赏、审美、批评，逐出“红学”的王国之外，这是不是有点像柏拉图把诗人和戏剧家逐出他的“理想国”？第三，周先生发现脂砚斋可能就是史湘云。在“真事隐”的故事中最后是贾宝玉与史湘云实现“白首双星”的共聚，这很可信，但周先生却由此而独钟湘云，以至觉得《红楼梦》倘若让湘云取代黛玉为第一女主角会更好。这类细节问题，我心藏数个，很想与周先生“争论”一番，可惜山高路远，这种求教的机会恐怕不会有了。想到这里，真是感到遗憾。出国之前，一代红学大师就在附近，我在北京二十七年，竟未能到他那里感受一下他的卓越才华与心灵，这是多大的损失啊。此时，我只能在洛矶山下向他问候与致敬，并想对他说：“周先生，您是幸福的，因为您的整个人生，都紧紧地连着中华民族最伟大的生命与天才。”

四

《红楼梦》研究，在中国当代已成一门公认的显学。钱锺书先生曾提醒过我："显学很容易变成俗学。"我在发表关于《红楼梦》的阅读心得时，也特别警惕把《红楼梦》探索庸俗化。

《红楼梦》阅读，像是精神上的奥林匹克运动会，人人都可享受观赏和参与的快乐。谁都承认，《红楼梦》是我国的文学经典，但我多了一层认识，即认定它不是一般的文学经典，而是"经典极品"。

所谓"经典极品"，必须具备三个条件：

第一，它是人类社会精神价值创造最高水准的标志。人类有史以来，有一些天才名字和他的代表作，产生之后便成了我们这个星球地平面上的最高精神水准。如哲学上的柏拉图、亚多斯多德、康得、休谟、黑格尔、马克思、笛卡尔等。在文学上，如荷马史诗中的《伊利亚特》、希腊悲剧中的《俄底浦斯王》、但丁的《神曲》、莎士比亚的《哈姆雷特》、塞万提斯的《堂·吉诃德》、歌德的《浮士德》、雨果的《悲惨世界》、托尔斯泰的《战争与和平》、杜思妥耶夫斯基的《卡拉马佐夫兄弟》、卡夫卡的《变形记》、《审判》、《城堡》等等，而中国唯有一个名字一部作品能够与这些经典极品并驾齐驱。这就是曹雪芹与他的《红楼梦》。基于这一看法，我虽然高度评价胡适、俞平伯先生的考证之功，但对他们二人看低《红楼梦》水准的说法，总是耿耿于怀。胡适竟然认为"《红楼梦》比不上《儒林外史》，在文学技术上《红楼梦》比不上《海上花列传》，也比不上《老残游记》"。他甚至对苏雪林教授说"原本《红楼梦》也只是一件未成熟的文艺作品"[1]。说《红楼梦》是一件未成熟的作品，这是什么

1　参见一九六〇年十一月二十日胡适致苏雪林信，引自《胡适论红学》第二六七页，安徽教育出版社，二〇〇六年版。

话？而俞平伯先生也说“平心看来，《红楼梦》在世界文学中底位置是不很高的。这一类小说，和中国底文学——诗、词、曲，在一个平面上……”（《〈红楼梦〉辩》中卷。引自《俞平伯说〈红楼梦〉》第九十三页，上海古籍出版社，二〇〇〇年版）很明显，胡、俞这两位著名红学家，对《红楼梦》的审美判断（文学价值的估量）是完全错误的。

第二，它是超越时代、超越地域的一种伟大存在。它没有时间的边界，也没有空间的边界，是一种与日月星辰相似的永恒精神存在。叙利亚诗人阿多尼斯说，卓越的诗，不是文化，而是存在。文化是被建构或已建构的完成体；存在则是自在自为之体。《红楼梦》作为一种存在，它诞生之后便会一天天生长，一天天扩展自己的内涵与影响。文化有边界，而存在没有边界。它将永远被感知，被阐释，被开掘，即永远说不尽，一千年一万年之后仍然说不尽。西方有说不尽的《哈姆雷特》，东方则有说不尽的《红楼梦》。也就是说，时间对于《红楼梦》没有意义。它完全是一部超时代的、具有永恒性品格的伟大作品。

第三，它经得起各种文学流派、各种文学思潮不同标准的密集检验，又超越各种文学流派、各种文学思潮的评价尺度。说《红楼梦》是伟大的写实主义作品，不错，因为它真实，无论描写人性还是描写人的生存环境都很真实。它扬弃“大仁大恶”那种脸谱化旧套，呈现“善恶并举”与“无善无罪”的活人真相。《红楼梦》一部小说反映的现实生活比同时代的任何历史著作都更为真实，更为丰富。但它又超越写实主义，因为它不仅写了人间的大梦，而且写了太虚幻境、鬼神感应等，这明明又是浪漫主义。不是小浪漫，而是大浪漫，它展示的图景从天上到地上，从三生石畔到大观园。其精神内涵不仅属于中国，而且属于全世界。它是一部超越中国情结的伟大作品，文本中具有中国的民族特色，但其视野则完全超越中华民族。说它是荒诞主义，也对。他除了描述最美的心灵与最美的形象之外，也写了这个世界的荒诞真实。贾赦、贾琏、贾瑞、贾蓉、薛蟠等，全是荒诞的象征。所以我说《红楼梦》不仅是一部伟大的悲剧，而且也是一部伟大的荒诞剧。说它是魔幻主义，也没错。癞头和尚、跛足道人、赤瑕宫神瑛侍者、三生石畔绛珠仙草，哪个不沾玄幻、仙幻、佛幻、警幻？主人公生下来就嘴衔玉石，秦可卿死时与王熙凤相会，林黛玉死后潇湘馆闹鬼等，都带魔幻色彩。当下有学人拔高《金瓶梅》，说《金瓶梅》比《红楼梦》还好，这种论点显然“不妥”。我不否认《金瓶梅》确实是一部写实主义的杰作。它不设道德法庭，写出了人性的真实与生存环境的真实，非常精采。但如果用其他视角观照，例如用“心灵”、“想象力”视角或用“形而上”视角，我们就会发现，它缺少《红楼梦》那种形而上品格和巨大的心灵内涵，其“想象力”也无法与《红楼梦》同日而语。《金瓶梅》虽有写实成就，但就整体文学价值而言，它还是远逊于《红楼梦》。

五

万念归心，以“我已经有心了”作终结，这是一百二十回本（程高本）最了不起的选择，也是程高本为后人说不尽的原因。有了这“心”，程高本就有了灵魂，也就可以立于不败之地了。

完整形态的《红楼梦》，之所以完整，首先是心灵的完整。我曾说过，心灵、想象力、审美形式乃是文学的三大要素，而心灵为第一要素。《红楼梦》的成就是多方面的，但塑造一颗名为“贾宝玉”的心灵，乃是它的第一成就。我曾出版过《贾宝玉论》（北京三联），认为贾宝玉是人类文学史上最纯粹的心灵，它的清澈，如同创世纪第一个早晨的露珠，至真至善至美。这颗心灵不仅没有敌人，也没有坏人，甚至没有“假人”。

它没有世俗人通常具有的生命机能，如仇恨机能、报复机能、嫉妒机能、算计机能、排他机能、贪婪机能等等。也就是说，这颗心灵不懂人世间还有《水浒传》的那种凶残之心、嗜杀嗜斗之心，也不知道人世间还有《三国演义》中的那些权术、诡术和心术。他与曹操的“宁负天下人，休教天下人负我”的哲学相反，从不在乎他人对自己“如何如何”，只知道自己该如何对待他人和这个世界。父亲贾政委屈他、冤枉他，把他打得皮破血流，他没有半句怨言和微词。因为父亲如此对待他，这是父亲的事，而他应当如何对待父亲，这是他的做人准则，也是他的精神品格。

二〇〇〇年我在香港城市大学中国文化中心备课，第一次感悟到贾宝玉心灵时，禁不住内心的激动，真的“拍案而起”了。之所以如此激动，一是为读懂“贾宝玉心灵”本身的精采内涵；二是为曹雪芹能够塑造出如此光芒万丈的心灵；三是为自己能够有幸地感受到这颗心灵的不同凡响。这有点像王阳明在龙场大彻大悟时的高度亢奋与高度喜悦。王阳明在那一个夜晚终于明白，万物万有中，最重要的是人的心灵。吾心即宇宙，宇宙即吾心，心灵价值无量，心灵决定一切。所以我说，《红楼梦》乃是王阳明之后中国最伟大的心学，不同的只是王阳明的心学是思辨性心学，而《红楼梦》则是意象性心学。如果“心学”二字太学术，那也可以称它为“伟大的心谱”或“伟大的心曲”。抓住贾宝玉的心灵，就抓住《红楼梦》的“神髓”。小说的语言，小说的故事，小说的框架，都仅是《红楼梦》的“形”；唯有贾宝玉的心灵，是《红楼梦》的“神”。《红楼梦》之所以不仅是情爱故事，就因为它还有更重要的内涵，例如写出贾宝玉，这就给人类社会提供了一种至真至善至美的精神存在。贾宝玉当然是情爱角色，说他是情爱主体并没有错。但贾宝玉不仅是情爱主体，他更重要的是心灵主体。这颗心灵，对待世界、对待社会、对待人生、对待他者的态度都是最合情理、最合天地的态度。

都云作者痴，谁解其中味？《红楼梦》之所以韵味无穷，永远读不尽，说不尽，就在于它拥有贾宝玉的心灵之味，人性及神性之味。林黛玉、薛宝钗、史湘云、秦可卿、探春等诸闺阁女子当然可爱，但她们都是环绕贾宝玉心灵运转的星辰，唯有贾宝玉的心灵，是〈红楼梦〉世界的太阳。曹雪芹对中华民族最伟大的贡献，正是它给这个民族塑造了一颗永葆青春、永葆光明的精神太阳。

高鹗的续书没有给这颗太阳减色。相反，他面对这颗太阳不断向读者提示：有了心，就有了一切。人类胸内的心灵比胸外的宝石重千倍，贵万倍。只要捧着这颗心，贾宝玉出家之后无论走到哪个天涯海角，他都是至纯、至善、至贵之身。庄子在二千三百年前就提出“真人”的人格理想，但他没有描绘出“真人”是什么样。而曹雪芹和高鹗为庄子完成了真人的形象塑造。真人之形，真人之神，真人之心，就是贾宝玉这个样子。文学的事业，是心灵的事业，曹雪芹高举了心灵，高鹗随之高举了心灵。心灵把原著与续书打成一片，连成一部巅峰式的伟大艺术品了。

六

去年冬季，我结束香港科技大学人文学院暨高等研究院的客座课程之后，又应公开大学之邀，作了一次全校性的学术演讲，讲题是《“四大名著”的精神分野》。四大名著是指四部长篇小说《三国演义》、《水浒传》、《西游记》、《红楼梦》。我郑重地说明，笼统地通称“四大名著”，有理由，但也有危险。就艺术水准而言（纯粹文学批评），四部小说都堪称经典（《三国演义》和《水浒传》只是一般经典，不是“经典极品”）。但就精神内涵而言，《水浒传》与《三国演义》乃是坏书，二者皆是中国的地狱之门。而《西游记》与《红楼梦》则是好书，二者皆是中国的天堂之门。为什么？因为前二者与后二者的精神方向根本不同，其精神分野可谓天渊之差，天壤之别。接着，我从心灵分野、意志分野、境界分野等三个方面讲述了四部名著的具体区别。从心灵层面上说，《水浒传》太多凶心即太多砍杀之心，对于主人公李逵、武松的杀人快感，作者的描述也报以快感。《三国演义》则是机心、伪心、权谋之心的大全。全书展示的“三国”逻辑是：谁最会伪装，谁的成功率就最高。而《西游记》、《红楼梦》则童心洋溢，佛光普照。《西游记》中的师徒结构，唐僧呈现佛心，孙悟空呈现童心。《红楼梦》童心、佛心双全，主人公贾宝玉的赤子之心，其内涵便是双心并举。童心表现为真心，包括爱情之真、友情之真、亲情之真、世情之真。佛心表现为慈无量心、悲无量心、喜无量心、舍无量心。所以我说，贾宝玉就是准基督、准释迦。释迦牟尼出家之前什么样？大体上是贾宝玉这个样。而贾宝玉出家后会是什么样？大约正是释迦那个样。

心灵分野之外是意志分野。所谓意志，乃是人的内在驱动力，包括行为与心理的驱动力。《三国演义》与《水浒传》的主人公（英雄们）的驱动力，乃是权力意志。不是一般的权力意志，而是最高权力意志，即争夺皇位皇权的欲望。而《西游记》与《红楼梦》的主人公孙悟空与贾宝玉，其行为与心理的驱动力则是自由意志，也就是自由精神本身，也可以说是对自由的响往。不过，孙悟空呈现的是积极自由（著名哲学家以赛亚·柏林把自由区分为积极自由与消极自由），他的大闹龙宫、大闹天宫，乃是积极自由的极致，而走出五指山后的西天取经，则是确认自由并非任性的我行我素，任何自由都包含着某种限定。而贾宝玉的自由意志，乃是消极自由的象征。他不是重在“争取”，而是重在“回避”：回避科举，回避世俗逻辑，回避“立功、立德、立言”等不朽功业的追求。他读诗作诗，沉醉西厢，追求情爱，均无功利之思，与其说是“争取自由”，不如说是回避掌控。从世俗的囚牢中走出来，才是贾宝玉的真性情真意志。

最后是境界分野。哲学家把境界分为自然境界（动物境界）、功利境界、道德境界、天地境界。最低者处于动物境界，如同禽兽。最高者处于天地境界，不仅具有人性而且具有神性。贾宝玉始终处于佛性的宇宙境界中，处处慈悲待人。作为天外来客，他把佛教的不二法门贯彻到人世间，所以对人没有贵贱之分、尊卑之分、内外之分、主奴之分、敌我之分。他用天眼看人，晴雯就是晴雯，鸳鸯就是鸳鸯，美就是美，生命就是生命。说她们是“奴婢”，是“丫鬟”，是“下人”，那是世俗世界的概念。这些概念从未进入宝玉的脑中与心中。他拒绝生活在世俗世界的浊水中与概念中。所以“处淤（污）泥而不染”，五毒不伤。他爱一切人，理解一切人，宽恕一切人。即使对那个总是想加害他的赵姨娘，他也未曾说过她的一句坏话。即使对贾环那种蓄意用灯油火毁灭他眼睛的罪恶行径，他也不予计较。真认定“四海之内皆兄弟”。王国维说，《红楼梦》不同于《桃花扇》，后者是历史，处于历史境界中；而前者则超历史，超时代，处于宇宙境界中。天地境界既高于《三国演义》与《水浒传》的功利境界（一切以“图大业”为转移），也高于包公（包拯）的道德境界。作家不是包公，他们既同情秦香莲，也同情陈世美，面对的只是人性真实与心灵困境。曹雪芹是真作家、大作家，他既悲悯林黛玉，也悲悯薛宝钗。既写出林黛玉的悲剧，也写出薛宝钗的悲剧。因为他立足于天地境界之中，天生一副“博爱”的菩萨心肠和一副“兼美”的天地情怀。

十几年来，我放下其他课题，专注于文学。并在香港科技大学人文学院开设“文学常识二十二讲”和“文学慧悟十八点”的讲座，重新整理自己对文学的认知。在讲述中，我只强调文学的“真实”特性，并且认定，文学的功能只要“见证人性的真实和见证人类生存环境的真实”即可。这一见证功能也是文学创作的唯一出发点。不必选择其他的出发点，包括“谴责”、“暴露”、“干预生活”、“批判社会”等出发点。我说的“真实”，乃是“真际”，而非“实际”。太虚幻境不是“实际”，但它也呈现“真际”。世界异常丰富复杂，人性也异常丰富复杂，作家只能尽可能在贴近真际真实，不可能穷尽真理，也不可能抵达那个所谓“世界本体”的“终极”顶端。作家与哲学家一样，对于世界、社会、人生、人性，只能不断去认知、认知再认知，很难去完成“改造”。即使对于“国民性”，也只能呈现，而不能从根本上去改造。我的一切文学讲述，均以《红楼梦》为参照系。在此参照系之下，什么是文学？如何文学？全都洞若观火。

在《红楼梦》面前，人们常会产生“高山仰止”之感。我除了“如见高山”之外，还觉得“如见星辰”。于是，一打开巨著，总想起康德“天上星辰，地上的道德律”的名句，并悄悄地作了变动，改为“天上星辰，地上的《红楼梦》”。除此之外，我不知道如何表达内心对这部“经典极品”的热爱与敬意了。

（原载于《上海文学》二〇一八年第一期）

文本细读·整体观照

论白先勇的《红楼梦》解读式

刘俊 *

白先勇对《红楼梦》的解读具有非常明显的个人特点，那就是首先将《红楼梦》视为一部经典文学作品，然后在此基础上，注重文本细读，代入创作经验，化用“新批评”理论，对《红楼梦》进行主题、人物、语言、场景、视角、结构等方方面面的分析，并以这种分析为前提，对《红楼梦》的版本进行比较，对后四十回的作者、成就，以及与前八十回的关系等问题，进行研析和判断，从而形成一种整体观照。

一、以“文本”为本位阅读／解读《红楼梦》

白先勇阅读《红楼梦》为时甚早，“小学五年级便开始看《红楼梦》，

* 刘俊（一九六四～ ），南京大学文学院教授，中国世界华文文学学会副会长，著有《复合互渗的世界华文文学》、《越界与交融》。

以至于今，床头摆的仍是这部小说”[1]。纵观白先勇的文学生涯，《红楼梦》可以说始终伴随着他的文学人生，并对他的创作，产生过重大影响。白先勇自己承认：“影响我的文字的是我还在中学时，看了很多中国旧诗词……然后我爱看旧小说，尤其《红楼梦》，我由小时候开始看，十一岁就看红楼梦，中学又看，一直也看，这本书对我文字的影响很大……”[2]。他不但阅读《红楼梦》，也评说《红楼梦》；不但教授《红楼梦》，也宣传《红楼梦》。在美国加州大学任教期间，白先勇长期开设《红楼梦》研究课程，二〇一四年开始，他又受邀在台湾大学开设《红楼梦导读》课程；二〇一六年和二〇一七年，经他力荐的程乙本《红楼梦》在海峡两岸相继出版，而他在台湾大学开设《〈红楼梦〉导读》的课程结晶——《白先勇细说〈红楼梦〉》，也于二〇一六年和二〇一七年在海峡两岸分别出版。伴随着白先勇对《红楼梦》的一再言说，一股“《红楼梦》热”在海峡两岸顿然兴起。

白先勇对《红楼梦》的解读，很早就开始了。一九七二年，在〈谈小说批评的标准——读唐吉松《欧阳子的“秋叶”》有感〉一文中，他就将《红楼梦》和曹雪芹作为例子之一，引入论述，《红楼梦》精湛的对话技巧、无所不包的广袤与“伟大”、“慈悲为怀”的超越性和对传统（儒家道德）的反叛，都成为白先勇评判小说水准高低的重要标准[3]。一九七六年八月二十一日，他在香港接受胡菊人的访谈时，曾多次谈及《红楼梦》。在这篇名为《与白先勇论小说艺术》[4]的访谈中，白先勇基本上是以《红

1 白先勇：《蓦然回首》，收入《蓦然回首》，尔雅出版社，一九七八年版，第六八页。
2 同上，第一四二页。
3 白先勇：《谈小说批评的标准：读唐吉松〈欧阳子“秋叶”〉有感》，收入《蓦然回首》，尔雅出版社，一九七八年版，第三五～五二页。
4 《与白先勇论小说艺术：胡菊人白先勇谈话录》，收入《蓦然回首》，尔雅出版社，一九七八年版，第一一九～一六三页。

楼梦》为例，来谈小说艺术的主要特点，其中对《红楼梦》的涉及，集中体现在这样几个方面：

（一）主题：

1. 曹雪芹伟大，很多人都讲佛道思想，时间感，影响整个中国的儒家形象，但是为什么他可以表现这些伟大的主题……贾母可以说有儒家思想的“象征”在里面。

2.《红楼梦》的主题非常大，把我们基本哲学，儒家、道家统统表现出来……

3.《红楼梦》是“表现永恒的人生问题”。

（二）人物：

1. 曹雪芹之所以伟大，他看人不是单面的，不是一度空间的……《红楼梦》里面没有十全十美的人，也没有一个十恶不赦的人。

2. 像《红楼梦》，凤姐这个人，到底是怎么样一个人，你三言两语很难讲，但曹雪芹就厉害了，他设了很多线，每条线都表现了凤姐的一面……他从来不讲凤姐是怎么样的一个人，他是从各方面表现出来，这才是戏剧化。

（三）场景：

1. 像凤姐出场，多了不起……人未见，声音先来，声势凌人。

2. 整个来说，《红楼梦》里，每个人出场的先后，每个场景安排的先后，都很好的……中秋夜宴那一场写得非常好……他们在凸碧山庄赏月……忽然贾母感伤了，大概是觉得人生无常，月亮不能永远团圆，人不能永远团圆……这一场很重要，因为表示了由盛而衰……我想贾母感觉到这一点。只是写贾母感觉，还不够力量，曹雪芹非常好，马上接上黛玉和湘云联诗，最后一句是“冷月葬诗魂”，这样一方面讲到贾府的衰亡，第二方面暗示了黛玉的死亡……这个 mood 是非常凄凉的……人生无常，上面贾母感觉到，下面黛玉感觉到。这两场景相互辉映。若没有黛玉一场，直接写贾母的话，是不够的。若黛玉一场晚一点的话，也不对，紧接了两个，太好了。把〈红楼梦〉的主题也丰富了一层。所以说在小说里场景的前后安排时很重要的。

（四）"观点"（point of view）：

如何表现贾家的荣华富贵，那种气势凌人？从作者的观点无从表现……但是从一个乡下老太婆的观点来看就可以了。这就是观点的运用，自从刘姥姥进了大观园，便用她的观点来看大观园……我想观点的运用是小说里面最重要的特质之一。

（曹雪芹）他观点的改变，不露痕迹，这个了不起……宝玉在场时，大部分用宝玉的观点，在别的场时，他觉得应该以什么人来当这一场的主角，他就转到那个人的观点去，转得非常自然。每一次转动都有它的意义在，从观点的运用看，这部书很了不得。因为这么复杂一部书，不可能用单一观点，不能以第一人称叙述（first person narrator），一定要用全知观点来表现，全知观点里面又有由各种人物的观点出发，而且运用了现代小说的技巧，用第三者的对话来批评某一个人物，不直接的讲。像兴儿在尤二姐家讲起凤姐、贾宝玉、林黛玉，是对他们的批评。

（五）技巧：

1.《红楼梦》的技巧之所以伟大，有一点，是对话了不起，曹雪芹很少旁白，解释人物的个性、人物的意念……总是让人物自己来表现自己，用对话的方式。

2. 中秋夜宴，海棠花开，宝玉失玉，这些都是 warning（警告），曹雪芹用了很多 warning……《红楼梦》写得好，绝不只因为内容丰富，而且是表达技巧非常非常高超。

3. 这部书伟大，一方面在它的象征意义非常深刻，一方面写实能力达到了高峰。

（六）文字：

1. 中国文字不长于抽象的分析、阐述，却长于实际象征性的运用，应用于 symbol，应用于实际的对话，像《红楼梦》，用象征讨论佛道问题，用宝玉的通灵宝玉，用宝钗的金锁，很 concrete、很实在的文字……这是我们中国文字的优点，我们要了解。

2. 对话一定要生动，一定像生活里的人所说的……黛玉与宝玉谈禅谈玄，都是开玩笑讲出来的，全是日常生活的语言，这是它伟大的地方，那么平凡的日常生活的方式，却有那么深奥的东西。

如果说这次访谈，是白先勇借助《红楼梦》来谈小说艺术，《红楼梦》还不是他的正面话题的话，那么发表在一九八六年一月《联合文学》上的《贾宝玉的俗缘：蒋玉菡与花袭人——兼论〈红楼梦〉的结局意义》，则是白先勇专门论述《红楼梦》的一篇学术论文，在这篇论文中，白先勇提出了这样几个观点：

1. 虽然贾宝玉有句名言“女儿是水做的骨肉，男人是泥做的骨肉”，但《红楼梦》中有几位男性不在此列，他们是：北静王、秦钟、柳湘莲、蒋玉菡。这“四位男性于貌则俊美秀丽，于性则脱俗不羁，而其中以蒋玉菡与贾宝玉之间的关系最是微妙复杂，其涵义可能影响到《红楼梦》结局的诠释”。

2. 在第五回“贾宝玉神游太虚境，警幻仙曲演红楼梦”中“金陵十二钗又副册”寓示袭人命运的诗句为：“枉自温柔和顺，空云似桂如兰；堪羡优伶有福，谁知公子无缘”，诗中“优伶”即指蒋玉菡，“可见第一百二十回最后蒋玉菡迎娶花袭人代贾宝玉受世俗之福的结局，作者早已安排埋下伏笔，而且在全书发展中，这条重要线索，作者时时在意，引申敷陈”。

3. 第二十八回“蒋玉菡情赠茜香罗，薛宝钗羞笼红麝串”中，蒋玉菡行酒令时，吟出“花气袭人知昼暖”之句，冥冥之中与花袭人结缘。此时虽然贾宝玉与蒋玉菡初次见面，却十分投缘，“两人彼此倾慕，互赠汗巾，以为表记”。宝玉赠给蒋玉菡的那条松花汗巾原属袭人所有，而蒋玉菡赠的那条“血点似的大红汗巾子，夜间宝玉却悄悄系到了袭人的身上。”宝玉此举，“在象征意义上，等于替袭人接受聘礼，将袭人终身托付给蒋玉菡”。在第一百二十回结尾时，通过两条汗巾二度相合，蒋玉菡和花袭人方彼此相知一为宝玉丫头，一为宝玉挚友，两人终于“成就一段好姻缘”。

4. 袭人在宝玉的生命中极具分量，且与宝玉有肌肤之亲；而蒋玉菡与宝玉的关系也非同一般——不仅两人名字中都有个“玉”字（《红楼梦》中凡名字中有“玉”者，都具重要意义），而且两人还有一段同性俗缘，宝玉为此还大受笞挞。后来宝玉出家，“佛身”升天，但“俗身”却附在了蒋玉菡身上，由蒋玉菡“最后替他完成俗愿，迎娶袭人”——“蒋玉菡当为宝玉‘千百亿化身’之一”。

5.《红楼梦》中常用“戏中戏”的手法来点题，九十三回蒋玉菡扮演《占花魁》中的秦小官，秦小官原名秦重（与“情种”谐音），而秦小官对花魁（美娘）的怜香惜玉，又寓示了蒋玉菡将来对花袭人的一种柔情——这也是宝玉希冀的心愿。《红楼梦》中除了宝玉—黛玉—宝钗的三角关系之外，还有宝玉—蒋玉菡—袭人的另一种三角关系。前一个三角关系中，宝黛是“仙缘”，玉钗是责任，均无真正的世俗之爱，而在后一种三角关系中，宝玉与蒋玉菡和袭人，均有过世俗肉身之爱，因此，宝玉与这两人俗缘最深。当宝玉出家，尘缘已了之际，他以功名报答父母，以儿子完成家族使命，却以蒋玉菡替代自己娶袭人，完成自己的俗缘。

6.《红楼梦》第一百二十回结尾，不但以甄士隐和贾雨村这两个寓言式人物首位呼应，而且“宝玉出家，佛身升天，与蒋玉菡、花袭人结为连理，宝玉俗缘最后了结——此二者在《红楼梦》的结局占同样的重要地位，二者相辅相成，可能更近乎中国人的人生哲学，佛家与儒家，出世与入世并存不悖……如果仅看到宝玉削发出家，则只看到《红楼梦》的一半……作者借着蒋玉菡与花袭人完满结合，完成画龙点睛的一笔，这属于世俗的一般，是会永远存在的”。在宝玉自己出家这一半，符合佛家小乘佛法；而他成就蒋玉菡和花袭人的姻缘，则与大乘佛法的人间性相一致。

通过以上对白先勇接受访谈时的言说以及他自己论文中观点的大量引述，不难发现，1. 白先勇对《红楼梦》的熟悉程度并不亚于专门研究《红楼梦》的红学家，只不过他对《红楼梦》的关注，不以《红楼梦》的版本考证为志业，也不以曹雪芹的身世索隐为追求，而是将《红楼梦》视为一个文学文本，从文学作品的角度，对作品进行“文学”阐释；2.《红楼梦》（曹雪芹）在白先勇的心目中，代表了文学的最高成就，是评判文学水准高下的标竿和尺码；3. 在对《红楼梦》的“文学”细读中，白先勇带领我们充分认识到了曹雪芹的博大精深，感受到了《红楼梦》的深刻细腻，挖掘出了《红楼梦》的高妙精致，展示出了《红楼梦》的理路意趣——也就是说，白先勇对《红楼梦》的理解，紧扣《红楼梦》的文学／文本世界，文学／文本世界之外的《红楼梦》版本沿革和作者曹雪芹的身世经历，虽然是白先勇理解《红楼梦》的重要参考，但却没有成为白先勇研析《红楼梦》的主要方向和重点；4. 白先勇在对《红楼梦》研析的过程中，会遇到哪个版本最符合文学情境和美学风格的问题，此时白先勇也会对《红楼梦》的版本有所言说，但那是他在长期细读《红楼梦》的基础上，凭着自己深厚的文学修养所形成的文学敏感，以及自己创作实践的切身体会，在版本比较的基础上所作出的“文学”判断。

在白先勇第一次接触到《红楼梦》近七十年之后，在白先勇香港接受访谈四十年之后，在白先勇发表《红楼梦》研究论文三十年之后，在白先勇美国加州大学讲授《红楼梦》四十年之后，在白先勇台湾大学讲授《红楼梦》二年之后，他将在台湾大学开设《红楼梦》课程的讲义整理成《白先勇细说〈红楼梦〉》一书公开出版。《白先勇细说〈红楼梦〉》看上去是《〈红楼梦〉导读》这门课程的讲义结集，但实际上，它是白先勇几十年熟读、精研《红楼梦》之后，运用新批评理论，结合自己的创作实践，对之加以精心研析的成果结晶，并完整、全面地体现了白先勇对《红楼梦》的认知形态和解读理路。

四十年前，白先勇在接受胡菊人访谈时，尽管他在言谈中对《红楼梦》的相关评说，已经可以大致看出后来的《白先勇细说〈红楼梦〉》的雏形，但毕竟在当时“还没有一本专书，讨论红楼梦的技巧……还没有一本专书说为什么红楼梦写得那么好，譬如从观点、象征、文字、对比这一类的文学技巧来研究《红楼梦》”[1],对此白先勇在言语之中颇感遗憾；四十年后，白先勇将自己“文学”研读《红楼梦》的毕生体会，以系统性、“集大成”的方式结晶为《白先勇细说〈红楼梦〉》一书，用实际行动消除了当年的这一缺憾。

二、化用“新批评”理论展开文本细读

白先勇虽然大学念的是外文系，出国留学后又在美国学习创意写作，

1 《与白先勇论小说艺术：胡菊人白先勇谈话录》，收入《蓦然回首》，尔雅出版社，一九七八年版，第一四九页。

但他对中国古典文学的热爱却从未间断，即便是在台湾大学外文系念书期间，他也常去旁听中文系的古典文学课程[1]。既专业学习外国文学又不忘怀中国古典文学，这种相容古今中外的文学理念自觉和文学教育追求，使得白先勇既有着深厚的中国古典文学素养和根基，又具有西方文学观念及理论的知识和视野——两者的结合使白先勇能用西方的文学观念和理论，来观照和分析中国古典文学。在白先勇对西方理论的接受中，"新批评"无疑是对他产生重大影响的一种文学理论，这不仅因为对他影响至巨的大学老师夏济安（及其弟弟夏志清）非常熟悉"新批评"理论，而且他在美国爱荷华大学留学期间，也修过与"新批评"理论相关的课程[2]。事实上在白先勇的一些评论文章和他自己的创作谈中，不难发现"新批评"理论对他的深刻影响。在白先勇对《红楼梦》的解读／细读中，"新批评"理论的分析特点，也十分明显。

"新批评"（New Criticism）是对二十世纪二、三十年代一批英美文学理论家／评论家所形成的文学理论／批评特征的概括和总称，这些文学理论家／评论家以英国的艾略特（T. S. Eliot）、理查兹（I. A. Richards）、燕卜荪（William Empson）、利维斯（F. R. Leavis），和美国的兰色姆（J. C. Ransom）、泰特（Allen Tate）、布鲁克斯（Cleanth Brooks）、沃伦（Robert Penn Warren）、维姆萨特（W. K. Wimsatt）、韦勒克（Rene Wellek）等为代表，虽然这些被看作是"新批评"代表人物的文学理论家／评论家们最终并没有形成一个统一的理论流派，但在他们的文学理论追求和文学批评实践中，注重对文学文本主体／本体的形式强调，认

1　参见白先勇《蓦然回首》，收入《蓦然回首》，尔雅出版社，一九七八年版，第六五～七八页。

2　刘俊《情与美：白先勇传》，花城出版社，二〇〇九年版，第二六页。

为文学的本体即作品等方面，却是颇为一致的。

“新批评”的名称源自兰色姆的一部文学理论著作《新批评》。所谓“新批评”，是相对于在此之前文学批评中的社会批评、历史批评、伦理道德批评以及作家传记研究——这种文学批评／研究方法致力于探讨文学与社会、历史、伦理道德等“外部”关联及作家与作品的关系，而对文学作品／文本自身重视不够。“‘新批评’视文学作品为独立的客体，注重作品的内部研究”[1]，将文学批评／文学研究从着重文学的“外部”关联转为对作品／文本的“内部”聚焦，宣导一种“文本阐释”（explication of the text）的文学批评／文学研究风气。其“最大贡献就是提供了一种‘文本细读’（close reading）的方法”[2]。对文学作品／文本自身“内部”的重视，决定了“新批评”理论家／评论家们把文学作品／文本自身视为是文学活动的本质与目的，强调文学作品／文本自身应成为文学研究的核心。在他们看来，“文学研究的合情合理的出发点是解释和分析作品本身”[3]，而在突出文学作品／文本自身的本体性同时，他们还特别看重文学作品／文本自身的整体性和统一性。“布鲁克斯明言‘新批评’的信条之一是：‘文学批评主要关注的是整体，即文学作品是否成功地形成了一个和谐的整体，组成这个整体的各个部分又具有怎样的相互关系’”[4]。

“新批评”除了在认识论上强调文学作品／文本自身的本体性、整体性和统一性，在方法论上注重“文本阐释”和“文本细读”，还在认识

1 王腊宝、张哲：《新批评·译序》，收入约翰·克罗·兰色姆著，王腊宝、张哲译《新批评》，江苏教育出版社，二〇〇六年版，第三页。

2 李欧梵：《西方现代批评经典译丛·总序》，收入约翰·克罗·兰色姆著，王腊宝、张哲译《新批评》，江苏教育出版社，二〇〇六年版，第五页。

3 韦勒克、沃伦：《文学理论》，生活·读书·新知三联书店，一九八四年版，第一四五页。

4 王腊宝、张哲：《新批评·译序》，收入约翰·克罗·兰色姆著，王腊宝、张哲译《新批评》，江苏教育出版社，二〇〇六年版，第一三页。

文学作品／文本自身“内部”的具体操作上，提出了许多独特新颖的概念和见解，如“文学语言”与“科学语言”的区别（理查兹）、“张力”的发现（泰特）、“反讽”的强调（布鲁克斯）等，这些概念／见解，对深入“细读”／分析文学作品／文本自身，具有非常强的实用性和可操作性。

从以上对“新批评”理论的简略介绍中，不难发现白先勇在他几十年的《红楼梦》阅读／研读道路上，“新批评”对他的影响痕迹十分明显：首先，他对《红楼梦》世界的进入，不在《红楼梦》的“外部”世界（版本考据、作者索隐）盘旋，而是明心见性，直指《红楼梦》的文学世界“内部”，将《红楼梦》作为一部文学作品／文本对之进行“文学”认识和美学考察；其次，他对《红楼梦》的理解和感悟，是通过文本细读／文本阐释，将其作为一个有机整体来进行全面把握；第三，他在具体精研细读《红楼梦》的过程中，依凭“新批评”的理论视野，并结合自身的创作经验，从语言层（文学语言的语调、语气、语态）、修辞层（明喻、暗喻、借喻、象征）、元素层（张力、反讽）、结构层（整体性、统一性）等不同方面，对《红楼梦》展开“细说”。

需要特别指出的是，在《白先勇细说〈红楼梦〉》中白先勇虽然以“新批评”为主要理论指导展开对《红楼梦》的细读，但他对“新批评”理论的运用并不是刻板的、僵化的、教条主义式的，而是对“新批评”进行了“化用”——具体而言，就是并没有像“新批评”那样一味关注文学的“内部”，而是在注重文学“内部”的同时也不忽略与文学相关的“外部”世界（社会、历史、道德、伦理、作家生平等），此外，白先勇在细读《红楼梦》时，其理论资源也不只限于“新批评”一家，卢伯克（Percy Lubbock）的叙事“观点”（point of view）理论、“绘画手法”和“戏剧手法”理论；福斯特（E. M. Forster）的“扁平人物”和“圆形人物”理论等，都是白先勇精研细读《红楼梦》的重要理论来源。因此，准确地说，白先勇在“细读”《红楼梦》的时候，他对“新批评”理论的运用，是在“新批评”理论基础上，融合了社会批评、历史批评、伦理道德批评、心理分析批评、作家传记研究以及卢伯克、福斯特等人的文学理论之后的一种“化用”。

由于《白先勇细说〈红楼梦〉》是对《红楼梦》原著条分缕析的逐章细读，创见纷呈，亮点毕现，因此在本文中，对于《白先勇细说〈红楼梦〉》的精采之处，难以一一指陈，无法面面俱到，而只能举起要者，加以叙说，由管窥豹，略见真章。

从总体上看，《白先勇细说〈红楼梦〉》对于《红楼梦》研究的最大贡献，主要体现在这样几个方面：

（一）“文本化”、“文学化”和“艺术性”的看取角度和研究立场：

这一点前面已经提及，从白先勇“读《红楼梦》”、“讲《红楼梦》”、“研究《红楼梦》”的历史来看，他自始至终都是聚焦《红楼梦》的作品／文本，深入《红楼梦》的“内部”，以对《红楼梦》的文本解读为旨归。在有关《红楼梦》的众多研究成果中，将《红楼梦》当作“天下第一书”，化用“新批评”理论对《红楼梦》进行艺术维度的细读和阐释，《白先勇细说〈红楼梦〉》堪称首创！白先勇的阅读视野横跨中外，贯穿古今，人类创造的文学经典，白先勇所阅多矣！以丰厚的经典阅读为前提，而将《红楼梦》视为“天下第一书”，可见《红楼梦》在白先勇心目中的地位是何等“显赫”，而这一“显赫”地位的获得，并不是因为《红楼梦》版本的多样和作者身世的复杂，而是因为《红楼梦》文学成就的巨大和艺术水准的精湛！因此，白先勇看取《红楼梦》的角度和研究《红楼梦》的立场，是“文本化”的，“文学化”的，“艺术性”的。白先勇自己坦言“我在台大开设《红楼梦》导读课程”的目的，就是要“正本清源，把这部文学经典完全当作小说来导读，侧重解析《红楼梦》的小说艺术：神话架构、人物塑造、文字风格、叙事手法、观点运用、对话技巧、象征隐喻、平行对比、千里伏笔，检视《红楼梦》的作者曹雪芹如何将各种构成小说的元素发挥到极致”[1]。在白先勇看来，“曹雪芹是不世出的天才”，他虽然成长在十八世纪的乾隆时代，但他在“继承了中国文学诗词歌赋、小说戏剧的大传统”的同时，却能“推陈出新”[2]，以至于十九、二十世纪西方现代小说技巧的各种新形式（如叙事观点的运用、写实与神话／象征的迭合、扁平人物和圆形人物的设计、场景作用的自觉等），“在《红楼梦》中其实大都具体而微”[3]——也就是说，曹雪芹以他的文学天赋，在《红楼梦》创作中所体现出的各种手法，已经不自觉地暗合了后来的西方现代小说技巧，使得“《红楼梦》在小说艺术的成就上，远远超过它的时代，而且是永恒的”[4]。

由于白先勇几十年一贯地从“文学”角度深入《红楼梦》的艺术世界，因此对于《红楼梦》在文学表现和艺术创新上“内在”具有的超凡性、超前性和永恒性，白先勇能够深刻体察、鞭辟入里并全面开掘、完整阐释，能够将《红楼梦》在艺术上的独特性、丰富性和创造性予以充分展现和彻底释放，从而从文学艺术的角度，帮助人们更加深刻、全面、完整、细致地认识到《红楼梦》的“第一”性、超前性、伟大性和永恒性！

（二）“形而上”与“形而下”两结合的分析理路：

在《白先勇细说〈红楼梦〉》中，白先勇对《红楼梦》的分析理路具

1 白先勇:《白先勇细说〈红楼梦〉》（上），广西师范大学出版社，二〇一七年版，第六页。
2 同上。
3 白先勇:《白先勇细说〈红楼梦〉》（上），广西师范大学出版社，二〇一七年版，第七页。
4 同上。

有“形而上”与“形而下”两结合的特点。所谓“形而上”，是指白先勇对于《红楼梦》中的哲学意涵、神话结构和象征手法，有着独到的认识和深刻的理解；所谓“形而下”，则是指白先勇对于《红楼梦》中的生活细节、人物心理和写实手法，有着细腻的发现和精准的剖析，而他将这两个方面有机结合起来分析《红楼梦》的深湛和高妙，就成了《白先勇细说红楼梦》中的一大特点。在对《红楼梦》第一回的分析中，白先勇开宗明义指出曹雪芹首先“架构了一个神话，由超现实引领，进入写实”，并认为“这本书最大的特点之一，或说它奇妙之处，就是神话与人间、形而上与形而下，可以来来去去，来去自如……好像太虚幻境、警幻仙姑、茫茫大士、渺渺真人……真有这么回事，然后一降回到人间，贾母、王熙凤、宝玉、黛玉……也觉得是真有其人”[1]。《红楼梦》本身具备的“形而上”（哲学、神话、象征）和“形而下”（社会学、人间、写实）之两重性，为白先勇从这两个方面去发现《红楼梦》的神妙并对之进行细读，提供了“文本”基础，而白先勇能从“形而上”与“形而下”两结合的理路去分析《红楼梦》，也说明白先勇是曹雪芹真正的知音，是《红楼梦》真正的解人。在《白先勇细说〈红楼梦〉》中，白先勇既对《红楼梦》中的“形而上”抽象进行了细致分析，也对小说中的“形而下”具象展开了深入剖析，从而在“形而上”与“形而下”的两结合中，以与《红楼梦》文本契合的对应方式，进行了独到的阐释。

如在分析第五回的时候，白先勇明确提出“第五回是全书极重要的神话架构”[2]，在这一回中，“真与幻，人与仙”——也就是“形而上”的哲学沉思与“形而下”的人生百相，借着“宝玉神游”联结了起来。在

1 《白先勇细说红楼梦》（上），广西师范大学出版社，二〇一七年版，第三九页。

2 同上，第七三页。

细读/解读的过程中，白先勇既指出小说中的“形而上”内容（太虚幻境中的种种场景、人物，和金陵十二钗正册、副册、又副册）其实是“形而下”内容（宝玉未来的现实人生）的一种“预言”和“警示”，又指出“形而下”内容（秦氏卧房及其中的华美陈设）其实是“形而上”内容（宝玉“情”的觉醒和人生感悟）的一种“诱导”和“启迪”。这样的“两结合”分析——包括指出很多人物（如宝玉、黛玉、北静王、贾雨村、甄士隐、秦钟、秦可卿等）既是象征人物，“同时也是实在的人物”[1]，不但与《红楼梦》作品本身相“匹配”，而且也体现出白先勇在“细读”《红楼梦》时，抽象与具象、哲理与人生、象征与写实——一言以蔽之，也即“形而上”与“形而下”——合二为一的一种分析/解读特色。

（三）从“人物”到“语言”的精准“细读”：

《白先勇细说〈红楼梦〉》所体现出的对“新批评”理论的化用，除了“观念”上重视“文本”之外，最丰富最具体的表现，就是在“细读”《红楼梦》时，在人物塑造、文字风格、叙事手法、观点运用、对话技巧、平行/伏笔手法等方面的细致分析和详细解读。在人物塑造方面，白先勇除了指出曹雪芹的《红楼梦》在塑造人物时，不但“摆脱了说书的传统，在整本书里面看不见曹雪芹这个人”[2]，而且“写一个人，没有绝对的好或绝对的坏”[3]，写出的人物“一个个都非常个性化（individualized）”[4]，还特别指出“《红楼梦》写人物，用各种的侧面来描写”[5]，如写凤姐第一次从林黛玉的眼中看，第二次从刘姥姥的眼中看，第三次从兴儿的眼中

1 同上，第一三二页。
2 同上，第四九页。
3 同上，第五〇页。
4 同上，第九四页。
5 同上。

看（嘴中说）……“就这么一个人，从各种角度写，正面写，反面写”[1]。此外，白先勇一再强调《红楼梦》中非常重要的一点，就是它在“设计人物、描写人物”时，“不是单面的，它有一种‘镜像’（mirror image），就是说一个人物，他另有好几个，方方面面来补强他。一个林黛玉，有晴雯，有龄官，还有柳五儿，好几个女孩子，跟黛玉的命运相似，个性也相同，但又不完全一样……宝钗也有镜像，袭人是一个，探春也是这一类型”[2]。能把《红楼梦》中塑造人物的精妙之处，如此深切地探究挖掘出来，白先勇显然得益于对“新批评”理论的熟稔和对作品人物关系的理解——“新批评”的“细读”方法，帮助白先勇发现了曹雪芹在《红楼梦》中一方面以不同的角度多方面描写人物，另一方面则以一个“中心”人物为核心，围绕着这个“中心”人物以“群”（类／系列）的方式，另外塑造数个人物，以达到映衬、对比、补充、丰富这个中心人物的目的，并形成以这个“中心”人物的气质、特点为代表而又各不相同的人物群像。这样的人物塑造法，在世界小说发展史上，应当说都是一个创举。而曹雪芹在塑造人物时的这番良苦用心 也在二百多年后的一位文学同道那里，得到了“共鸣”，遇到了真正的解人和“知音”。

除了在人物塑造上匠心独运，别具新意，曹雪芹在关乎小说创作的其他所有方面，可以说都心思缜密，精心设计、巧妙安排，整体布局。由于曹雪芹艺术用心深藏不露，将种种深湛的艺术手法如盐入水与作品融为一体，因此一般读者在阅读《红楼梦》时往往习焉不察，白先勇在细读《红楼梦》时，对种种艺术手法条分缕析，抽丝剥茧，将这些“精妙”之处一一展现。

1　同上。

2　同上，第一五六页。另参见第七八页。

比如在小说语言和对话方面，白先勇就有很多精采的分析。第十八回元妃省亲在与贾母、王夫人见面时，有“当日既送我到那不得见人的去处”之语。白先勇在分析这句话时，既指出其背后蕴藏着无尽的辛酸和凄凉——“皇妃的生活岂是好过？”[1],同时也赞赏“一句话就把她变成一个人，真的人，不仅是皇帝的妃子，也是贾家的女儿”，“她也非常有人性，有她自己满腹的心事，有她自己说不出的苦处”[2]。曹雪芹在《红楼梦》中一句普通的家常对话，经过白先勇这么一分析，其丰富的含义和对塑造人物具有的张力，就一下子呈现在读者眼前。

再比如在观点／视角（point of view）运用方面，白先勇也对《红楼梦》的匠心独运深有会心。对于大观园的繁华、奢华、尊荣和尊贵，曹雪芹在《红楼梦》中通过贾政（客观）／宝玉（主观）、元妃（主、客观兼具）等不同的视角表现过，可是大观园在刘姥姥眼里是怎样的观感，则是从完全不同的观点／视角展开的一个世界。对此，白先勇充分体悟到曹雪芹的神思妙用：“刘姥姥进了潇湘馆，进了蘅芜院，她的感受，让我们刷新（refresh）一次认识，重新对大观园有一番新的印象。这就是曹雪芹厉害的地方，他前面很久没有讲到大观园了，已经知道的他不讲了，新发生的，等刘姥姥来的时候，又给它一个近镜头（close up），夸大地来看大观园”[3]。“由于刘姥姥进来，用不同的眼光再扫一遍以后……我们等于跟在刘姥姥后面进去看大观园。”对于“曹雪芹三番四次用各种角度描写”大观园，白先勇认为“这很重要的。如果换一个作家，可能他忍不住，抢先把那么不得了的一个园子，主观地写了一大堆，那样的

1 《白先勇细说〈红楼梦〉》（上），广西师范大学出版社，二〇一七年版，第一四六页。
2 同上。
3 同上，第三〇三页。

写法，也许反而让我们脑子里糊涂一片，也失去身历其境的乐趣”。[1]

至于白先勇对《红楼梦》中平行／伏笔手法的剖析，早年〈贾宝玉的俗缘：蒋玉菡与花袭人——兼论《红楼梦》的结局意义〉一文，就已是这方面的精辟之作，到了《白先勇细说〈红楼梦〉》中，白先勇对曹雪芹运用“草蛇灰线、伏脉千里”手法的分析，更加全面、充分、细致。由于前文已举白先勇的文章为例，这里就不再赘述了。

三、版本互校与整体观照

（一）“程乙本”与“庚辰本”相比照的版本互校：

“版本学”是《红楼梦》研究中非常重要的一个方面，作者、版本、文本是支撑“红学”的三大主干，从蔡元培、王国维、胡适、俞平伯，到林语堂、周汝昌、冯其庸、张爱玲，无论是“旧红学”还是“新红学”，对于《红楼梦》的研究，基本上都是围绕这三大主干展开。前面说过，白先勇虽然不以“《红楼梦》研究专家”名世，但他对《红楼梦》的熟悉程度，并不亚于许多红学家，因此，他以《红楼梦》的文本为物件，以一个著名作家的阅读感受和创作体验为支撑，以化用后的“新批评”理论为指导，展开对《红楼梦》的讲解、细读和研究，也就在《红楼梦》的版本认知上，形成了他的独特判断。

在《白先勇细说〈红楼梦〉》中，白先勇结合教学的需要，对在当代读者中最具广泛影响力的两个《红楼梦》版本——“程乙本”和“庚辰本”——进行了比照，通过版本互校，白先勇发现“庚辰本”在许多地方存在着人物语言与身份不符、人物性格前后矛盾，甚至人物行为的因

1　同上，第三〇四页。

果关系产生了颠倒等问题，而“程乙本”则基本上不存在这些问题，因此白先勇对待这两个版本的基本态度是：“庚辰本作为研究本，至为珍贵，但作为普及本则有不少大大小小的问题”[1]，而“《红楼梦》是中国最伟大的小说，当然应当由一个最佳版本印行广为流传。曾经流传九十年，影响好几代读者的程乙本，实在不应该任由其被边缘化”[2]——也就是说，在白先勇看来，“庚辰本”自有其研究价值，而“程乙本”作为大众阅读的文学文本，则更符合文学经典的特征和要求，更应作为文学经典文本得到普及和流传。

为何同样一部《红楼梦》，却在“庚辰本”和“程乙本”中会出现这样的分野？在《白先勇细说〈红楼梦〉》中，白先勇有这样的介绍：

> 《红楼梦》的版本问题极其复杂，是门大学问。要之，在众多版本中，可分两大类：即带有脂砚斋、畸笏叟等人评语的手抄本，止于前八十回，简称脂本；另一大类，一百二十回全本，最先由程伟元与高鹗整理出来印刻成书，世称程高本，第一版成于乾隆五十六年（一七九一），即程甲本，翌年（一七九二）又改版重印程乙本。程甲本一问世，几十年间广为流传，直至一九二七年，胡适用新式标点标注、由上海亚东图书馆印行的程乙本出版，才取代程甲本，获得《红楼梦》“标准版”的地位。[3]

然而，起步于上世纪七十年代、完成于一九八二年的新版“庚辰

1 白先勇：《抢救尤三姐的贞操：〈红楼梦〉程乙本与庚辰本之比较》。

2 同上。

3 白先勇：《白先勇细说〈红楼梦〉》（上），广西师范大学出版社，二〇一七年版，第九～十页。

本”（这一新版“庚辰本”与传统八十回版的“庚辰本”不同，它也是一百二十回本，前八十回以“庚辰本”为底本，后四十回则截取自程高本），却挟体制之力，以“横扫千军”之势，取代了此前“程乙本”的“标准版”地位，并使“程乙本”逐渐有消弭于无形的危机。如果这个新版（一九八二年版）“庚辰本”确实优于“程乙本”，那么以优汰劣，理所应当！问题在于，白先勇经过对两个版本的仔细比照互校，发现这个新版“庚辰本”“隐藏了不少问题，有几处还相当严重”[1]，因此他从“小说艺术、美学观点”的角度，在《白先勇细说〈红楼梦〉》中“比较两个版本的得失”[2]，一一指出“庚辰本”的缺失和不足，为事实上已经基本消失的“程乙本”“正名”、“平反”、“鼓与呼”。

白先勇通过比照互校，发现了一九八二年版“庚辰本”中的不当／错误之处有一百九十处之多，这里举几个最为突出、典型的例子：

1.“庚辰本”第六十五回“贾二舍偷娶尤二姨，尤三姐思嫁柳二郎”中的尤三姐形象前后矛盾，不合逻辑。这一回按照“庚辰本”的描写，尤三姐前面是这样的：“贾珍便和三姐挨肩擦脸，百般轻薄起来。小丫头子们看不过，也都躲了出去，凭他两个自在取乐，不知作些什么勾当”，“这尤三姐……本是一双秋水眼，再吃了酒，又添了饧涩淫浪，不独将他二姐压倒，据珍琏评去，所见过的上下贵贱若干女子，皆未有此绰约风流者……他那淫态风情，反将二人禁住……竟真是他嫖了男人，并非男人淫了他”，“谁知这尤三姐天生脾气不堪，仗着自己风流标致，偏要打扮得出色，另式作出许多万人不及的淫情浪态来”。这样一个不知自重放浪形骸的尤三姐，到了后面却以自尽的方式来维护自己的清白和尊严：

1 同上，第十页。
2 同上。

“那尤三姐在房明明听见（柳湘莲有退婚之意，来向贾琏索要定礼‘鸳鸯剑’——引者注）。好不容易等了他来，今忽见反悔，便知他在贾府中听了什么话来，把自己当作淫奔无耻之流，不屑为妻”，于是她走出来一面对柳湘莲说“还你的定礼”，“一面泪如雨下，左手将剑并鞘送给湘莲，右手回肘，只往颈上一横”。

对于尤三姐的这种前后变化，白先勇认为前面的描写“庚辰本犯了一个很糟糕的错误……把尤三姐写得那么低俗……把尤三姐完全破坏掉了。第一，尤三姐绝对不可能跟贾珍先有染，有染以后，她后来怎么硬得起来，她怎么敢臭骂贾珍、贾琏他们两个人？自己已经先失足了，有什么立场再骂？”因此“如果它是这样写，下面根本写不下去了”[1]，而且按照“庚辰本”的描写，如果尤三姐真的是“淫情浪态”在先，那么后面柳湘莲的判断就没有错，尤三姐也就没什么好冤屈的，她刚烈地自刎也就显得非常矛盾和突兀，在人物性格的逻辑上也明显不合。比较起来，“程乙本”对尤三姐形象、性格的描写、刻画就合情合理得多，也更加符合尤三姐这个人物自身的性格发展逻辑。限于篇幅，这里就不引用白先勇对“程乙本”的分析、举例了。[2]

2.“庚辰本”第七十四回“惑奸谗抄检大观园，矢孤介杜绝宁国府”（“程乙本”回目为“惑奸谗抄检大观园，避嫌隙杜绝宁国府”）在绣春囊事件上，“出了离谱的错”[3]。这回在迎春的大丫头司棋那里，抄检出一双男子的锦袜并一双锻鞋，一个同心如意并一个字帖儿，“庚辰本”中的

1 白先勇：《白先勇细说〈红楼梦〉》（下），广西师范大学出版社，二〇一七年版，第五二六页。

2 白先勇：《白先勇细说〈红楼梦〉》（下），广西师范大学出版社，二〇一七年版，第五二五～五三六页。

3 白先勇：《白先勇细说〈红楼梦〉》（下），广西师范大学出版社，二〇一七年版，第六三六页。

（潘又安）字帖儿上这般写道："再所赐香袋二个，今已查收外，特寄香珠一串，略表我心"——白先勇指出"这错得离谱，完全倒过来了"[1]，也就是说，"绣春囊本是潘又安赠给司棋的定情物，庚辰本的字帖写反了，写成是司棋赠给潘又安的，而且变成两个"[2]。而在"程乙本"中，则写成"再所赐香珠二串，今已查收。外特寄香袋一个，略表我心"。两相比较，很显然"程乙本"是正确的。

在人物的语言与身份关系上，"庚辰本"也有诸多人物语言与其身份、情境不相符合之处，而同一处的"程乙本"表达，则显得要贴切、高明许多。此类例子甚多，难以一一列举，试举两例："庚辰本"第三回"贾雨村夤缘复旧职，林黛玉抛父进京都"（"程乙本"回目为"托内兄如海荐西宾，接外孙贾母惜孤女"）贾母在向林黛玉介绍王熙凤的时候，写作"你不认得他，他是我们这里有名的一个泼皮破落户儿，南省俗谓作'辣子'"，而"程乙本"则写成"你不认得他，他是我们这里有名的泼辣货，南京所谓'辣子'"——两相比较，白先勇认为"庚辰本'泼皮破落户'我觉得不妥"；而"'南省'何所指？查不出来"，"程乙本把'南省'作'南京'，南京有道理，贾府在南京"[3]；再如"庚辰本"第六十八回"苦尤娘赚入大观园，酸凤姐大闹宁国府"中，凤姐见到尤二姐，讲了很多话，并称尤二姐为"姐姐"而自称"奴家"——白先勇指出"凤姐不可能称尤二姐为'姐姐'，她只能叫她'妹妹'，而且她对尤二姐绝对不会自称'奴家'，以王凤姐的地位，王凤姐的威，怎么可能用这种自谦自卑的语气，而且是在情敌面前"[4]——而在"程乙本"中王熙凤则称尤二姐为"妹

1　同上，第六三八页。
2　白先勇：《白先勇细说红楼梦》（上），广西师范大学出版社，二〇一七年版，第一五页。
3　同上，第六四页。
4　白先勇：《白先勇细说红楼梦》（下），广西师范大学出版社，二〇一七年版，第五五九页。

妹”，也没有“奴家”的自称。“庚辰本”里这种人物言语、身份不搭调的现象，在“程乙本”的同样地方则完全消失，而代之以合理又合理、妥帖且熨帖的表达。对此《白先勇细说〈红楼梦〉》中举例甚多，这里就不再引证了。

通过对“庚辰本”和“程乙本”的版本比照和互校，白先勇以一个个具体的例证，证明了“程乙本”作为文学文本，比“庚辰本”更加成熟也更具经典意味！

（二）从“文本”自身的呈现形态和逻辑发展实现整体观照：

由于《红楼梦》的版本有八十回本的“脂本”系统（共有十二种）和一百二十回本的“程高本”（有“程甲本”和“程乙本”两种）系统，而八十回本出现得早，一百二十回本出现得晚，因此后四十回的作者问题，以及后四十回与前八十回之间是一种什么样的关系问题，也就成为红学研究中的又一重大“论题”和焦点，也是导致红学界／不同红学家之间产生分歧的重要原因。

“程高本”系统的“生产者”程伟元在《程甲本序》以及和高鹗共同署名的《程乙本引言》中，对《红楼梦》后四十回的由来进行了说明：“自藏书家甚至故纸堆中无不留心，数年以来，仅积有二十余卷。一日偶于鼓担上得十余卷，遂重价购之，欣然翻阅，见其前后起伏，尚属接榫，然漶漫不可收拾。乃同友人细加厘剔，截长补短，抄成全部，复为镌板，以公同好。《红楼梦》全书始至是告成矣”[1]；“书中后四十回，系就历年所得，集腋成裘，更无他本可考。惟按其前后关照者，略为修辑，使其有应接而无矛盾。至其原文，未敢臆改，俟再得善本，更为厘定。且不欲

1 曹雪芹：《红楼梦》（程乙本校注版，上），广西师范大学出版社，二〇一七年版，第一九页。

尽掩其本来面目也”[1]。

从程伟元和高鹗的自述中，《红楼梦》后四十回的“来历”，已交代清楚：为历年搜集所得。只因张问陶的一个“诗注”(《赠高兰墅（鹗）同年》注：“《红楼梦》八十回以后，俱兰墅所补”)，而使得胡适认定《红楼梦》后四十回为高鹗所续补，且艺术成就大不如前四十回——胡适的这一观点对后续的红学家/《红楼梦》研究者如俞平伯、周汝昌、张爱玲等，都产生了重要影响。然而，早在二十世纪二、三十年代，就有容庚、宋孔显等人提出不同的看法，认为：“百二十回本是曹氏的原本，后四十回不是高鹗补作的”[2]、“《红楼梦》一百二十回均曹雪芹作”[3]。红学后来者周策纵、高阳、王佩璋、舒芜、吴组缃、冯其庸、胡文彬、蔡义江、赵冈、吴新雷、宁宗一、郑铁生等人，也都对高鹗续补之说有所质疑，其中一些学者还不同程度地倾向于认为后四十回很可能就是曹雪芹的原作——只是没有铁证罢了。

白先勇明确主张《红楼梦》后四十回来自曹雪芹的原稿，整个《红楼梦》一百二十回是个有机整体！只不过他的论证方式与其他红学家们有所不同：他主要是从一个作家的创作感受/体验，以及通过对《红楼梦》的文本分析/细读，两者融合后得出这一结论。在白先勇看来，“世界上的经典小说似乎还找不出一部是由两位或两位以上的作者合著的。因为如果两位作家才华一样高，一定个人各有自己风格，彼此不服，无法融洽，如果两人的才华一高一低，才低的那一位亦无法模仿才高那位的风格，还是无法融成一体”；而且，“《红楼梦》前八十回已经撒下天

1 同上，第二三页。

2 容庚：《〈红楼梦〉的本子问题质胡适之俞平伯先生》，收入《〈红楼梦〉研究稀见资料汇编》上册，人民文学出版社，二〇〇二年版，第一六八页。

3 宋孔显：《〈红楼梦〉一百二十回均曹雪芹作》，收入《〈红楼梦〉研究稀见资料汇编》上册，人民文学出版社，二〇〇二年版，第五六八页。

罗地网，千头万绪，换一个作者，如何把那些长长短短的线索一一接榫，前后贯彻，人物语调一致，就是一个难上加难不易克服的问题。《红楼梦》第五回，把书中主要人物的命运结局，以及贾府的兴衰早已用诗谜判词点明了，后四十回大致也遵从这些预言的发展”。对于“有些批评认为前八十回与后四十回的文字风格有差异”，白先勇认为这很正常，“因前八十回写贾府之盛，文字应当华丽，后四十回写贾府之衰，文字自然比较萧疏，这是情节发展所需”[1]。也就是说，白先勇以一个作家的经验和立场，认为《红楼梦》前八十回与后四十回“是前后渐进过渡衔接得上的”[2]，应当为一人（曹雪芹）所作[3]。

当然，除了这种源自创作经验和写作逻辑的推论之外，白先勇断定《红楼梦》后四十回也是出自曹雪芹之手的更有力论据，是来自他对《红楼梦》的阅读感受和美学体会。在白先勇看来，《红楼梦》的两大主线：贾府兴衰、宝玉悟“道”（从“情”走向“佛”），在整个一百二十回中是一以贯之、始终如一的，而且很多“草蛇灰线，伏脉千里”的线索，在后四十回与前八十回的对应也堪称完美。在白先勇的阅读／细读经验里，《红楼梦》作为一个整体，后四十回与前八十回不但没有任何违和感，而且还体现出一种和谐的内在统一性和有机整体性。前面提到的《贾宝玉的俗缘：蒋玉菡与花袭人——兼论〈红楼梦〉的结局意义》一文，已经充分证明了《红楼梦》后四十回与前八十回之间的前后呼应是那么的自然、优美、天衣无缝——从第五回“金陵十二钗又副册”寓示袭人命运的诗句“堪羡优伶有福，谁知公子无缘”；到第二十八回蒋玉菡行酒令时

1 白先勇：《贾宝玉的大红斗篷与林黛玉的染泪手帕——〈红楼梦〉后四十回的悲剧力量》。

2 同上。

3 在另一处，白先勇也有过类似的表达：“我的看法是曹雪芹写完了，高鹗删润的”。见《白先勇细说〈红楼梦〉》（上），广西师范大学出版社，二〇一七年版，第三四页。

吟出“花气袭人知书暖”之句，以及贾宝玉与蒋玉菡彼此倾慕，互赠汗巾，而互赠的汗巾又都与袭人有关；再到第一百二十回末尾，由两条汗巾，蒋玉菡和花袭人方知原来姻缘前定，宝玉早已为他们“牵线”，为他们两人“成就一段好姻缘”，而他们的结合，也完成／实现了宝玉的“俗缘”。白先勇的这篇文章，可视为是从一条特定的线索／一个特定的维度，阐明／证明《红楼梦》后四十回与前八十回之间，是有着密切的内在关联性和协调的有机整体性的！

类似的例子当然不止一处，比如《红楼梦》后四十回中的黛玉之死、贾府抄家等场景，白先勇认为都“写得非常好”[1]，而宝玉出家，则是“整本书的高峰”[2]。在白先勇看来，《红楼梦》后四十回里的这些“好”和“高峰”之所以能够形成，端赖前面的铺垫和能量的积聚，只不过是到了后四十回后爆发、释放出来了——这也证明了后四十回与前八十回之间的一体性。第一百二十回“宝玉出家”这一幕，白先勇认为“是红楼梦整部书最高的一个峰，也可能是中国文学里面最有力量（powerful）的一个场景。前面的铺叙都是要把这个场景推出来”，“如果宝玉出家这一场写得不好，写得不够力，这本书就会垮掉（collapse）……”[3]。白先勇一再强调《红楼梦》有个神话架构，而宝玉出家则是“神话架构里最高潮的一段”[4]——最后一回中的宝玉出家，不但与第一回首尾呼应，使全书在“神话架构”上形成接榫，而且也完成了《红楼梦》中宝玉以“情”之维度呈现补天顽石人间历劫的全过程，使全书无论是主题、故事，还是人物、结构等各个方面，都浑然一体，达至圆满。

---

1 白先勇：《白先勇细说〈红楼梦〉》（上），广西师范大学出版社，二〇一七年版，第三四页。

2 同上。

3 白先勇：《白先勇细说〈红楼梦〉》（下），广西师范大学出版社，二〇一七年版，第九九四页。

4 同上。

对于宝玉出家这一场景在《红楼梦》中的作用和意义，白先勇特别撰文专门论述：

> 《红楼梦》作为佛家的一则寓言则是顽石历劫，堕入红尘，最后归真的故事。宝玉出家当然是最重要的一条主线，作者费尽心思在前面大大小小的场景里埋下种种伏笔，就等着这一刻的大结局（Grand Finale）是否能释放出所有累积爆炸性的能量，震撼人心。宝玉出家并不好写，作者须以大手笔，精心擘划，才能达到目的。《红楼梦》是一本大书，架构恢宏，内容丰富，当然应该以大格局的手法收尾。[1]

白先勇认为曹雪芹通过宝玉完成尘世“俗缘”（给父母一个功名，给宝钗一个儿子、给袭人一个丈夫）的“人间情”，和出家“佛缘”（归彼大荒，“落得个白茫茫大地真干净”）的“超越情”，从写实／社会和神话／宗教两个层面，为《红楼梦》画上了完美的句点，而这一句点最“画龙点睛”之笔，就是最后的“宝玉出家”——“情僧贾宝玉，以大悲之心，替世人担负了一切‘情殇’而去，一片白茫茫大地上只剩下宝玉身上大斗篷的一点红。然而贾宝玉身上那袭大红猩猩毡的斗篷又是何其沉重，宛如基督替世人背负的十字架，情僧贾宝玉也为世上所有为情所伤的人扛起了‘情’的十字架”，“最后情僧贾宝玉披着大红猩猩毡的斗篷担负起世上所有的‘情殇’，在一片禅唱声中飘然而去，回归到青埂峰下，情根所在处。《红楼梦》收尾这一幕，宇宙苍茫，超越悲喜，达到一种宗

1　白先勇：《贾宝玉的大红斗篷与林黛玉的染泪手帕——〈红楼梦〉后四十回的悲剧力量》。

教式的庄严肃穆”[1]。从某种意义上讲，“宝玉出家”也是《红楼梦》作者一体化（就是曹雪芹一人）、作品具有高度完整性的最充分证明和最集中体现！

纵观白先勇的《红楼梦》解读式，不难发现，其历史颇为悠久，其特征可谓鲜明，其成就堪称显著，其影响相当广泛。白先勇从《红楼梦》的文本入手，化用“新批评”理论，不但对《红楼梦》的主题、人物、场景、结构、语言等方方面面进行了“细说”，而且还在这种“文本化”分析中，从创作／文本维度和作品的整体性角度，对《红楼梦》的版本优劣、后四十回的作者认定及其文学成就，提出了自己的判断，从而在创作体验／感受代入、“新批评”理论化用和文本细读／美学评判相结合这一《红楼梦》解读式中，形成了自己特有的思路、视角、方法和风格，为文学认识和美学理解《红楼梦》，作出了独特的贡献！

1　同上。

着棋与抚琴

《红楼梦》后四十回与前八十回脉络相连的生活意境

朱嘉雯 *

著名作家白先勇针对《红楼梦》后四十回应出于曹雪芹原稿，再经高鹗、程伟元整理成一百二十回全本的概况，曾做出解释："我觉得黛玉之死和宝玉出家是两根柱子，把《红楼梦》这个'红楼'撑起来了，前面八十回写的再好，也是为后四十回准备的，千里伏笔，都是为了最后宝玉出家、黛玉之死铺陈的，所以如果这两回写得不好，中间缺了一根垮下来，整个都会垮掉。"

关于《红楼梦》八十回前后之思想、结构与人物性格的一致性等问题，最早在清朝张新之的《红楼梦读法》一书中，即已指出："一部《石头记》，计百二十回，沥沥洋洋，可谓繁矣，而实无一句闲文。可谓此书只八十回，其余四十回乃出另手，吾不能知。但观其中结构，如常山蛇，

---

* 朱嘉雯（一九七二～ ），东华大学华语文中心主任、宜兰大学人文暨科学教育中心副教授，著有《〈红楼梦〉与曹雪芹》、《这温柔来自何处 :〈红楼梦〉里的爱情命运》。

首尾相应，安根伏线，有牵一发浑身动摇之妙，且此句笔气，前后略无差别，重以父兄命，万金赠，使闲人增半回，不能也。何以为耳目，随声附和者之多？”

循此，本文欲从后四十回《红楼梦》文人风雅生活的情趣处着眼，分析此间众人的棋力与古琴造诣，藉以说明其文本前后一贯的生活意境与艺术修为。

一、雪天着棋

《红楼梦》第九十二回写道：在一个大雪纷飞的时节，贾政闲来无事，正与詹光下大棋，当时围棋又称为“大棋”，例如第八十七回曾有这样的句子：“只见一个人道：‘你在这里下一个子儿，那里你不应么？’宝玉方知是下大棋。”

贾政与詹光通局的输赢其实是差不多的，但是为着一个角儿的死活未分，于是在那儿“打劫”。这时门上的小厮进来回道：“外面冯大爷要见老爷。”贾政头也不抬地应道：“请进来。”小厮便出去请了，一时冯紫英走进来。贾政即忙迎接。冯紫英进来以后，便在书房中坐下，看见他们正下棋，便说道：“你们只管下棋，我来观局。”詹光腼腆笑道：“晚生的棋是不堪瞧的！”冯紫英也微笑道：“好说，请下罢。”

贾政道一面看着棋局的变化，一面问道：“有什么事？”冯紫英回道：“没什么事。老伯只管下棋，我也跟着学几着儿。”贾政因而向詹光说道：“冯大爷是我们相好的，既没事，我们索性下完了这一局再说话儿。”冯紫英又问道：“你们下采？不下采？”詹光回答：“下采的。”冯紫英道：“既是下采的，我就不好多嘴了。”此时贾政难得打趣地说道：“多嘴也不妨，横竖他已经输了十来两银子了，终究是不拿出来的。往后只好罚他做东了！”詹光笑说：“这倒使得。”冯紫英道：“老伯和詹公对下吗？”贾政笑道：“从前是对下的，可是他总是输，所以现在我都让他两个子儿，没想到他还是输。有时候还要后悔几着，不让他悔，他就急了！”詹光也笑，羞愧地反驳道：“没有的事！”贾政道：“没有吗？你试试看！”

两人就这么一面说笑，一面下完一盘棋。结果，詹光输了七个子儿。冯紫英这会儿可以下评论了：“这盘棋终究是吃亏在打劫。老伯劫少，便赢了。”围棋中所谓“打劫”，是指下棋的时候，若是将对方的一个子提掉，那么自己所下的子即使仅剩一气，则对方也不能立即下子将之提回，而是必须先下在其他地方，等到下一手才能提这个子。打劫的设置是为了避免双方反复互相提子，使得棋局陷入无限循环而无法进行的处境。“打劫”的范围虽然仅限在一两颗棋子上头，但是经常就为了这一两颗棋子的死活而关系到全局的胜负。

《红楼梦》这一回出现贾政下棋的情态，显得一派悠闲而惬意，此时的政老爷，不仅脱去了严肃拘谨的形象，也没有一点道学气，比起前八十回许多情节中，他对贾宝玉的疾言厉色，甚至打骂相向，这里确实多了一份浓厚的人情味儿，和俏皮的笑闹，他甚至还会赌点小钱，并随时调侃詹光！而且对于自己赢棋，也显得颇为得意！这一点，无疑是在人物艺术表现手法上更自然，而且富有生活气息，亦可说是作者在写作上愈趋于醇厚成熟的臻境。

或许是贾政与外头的相公们相处起来更比自己的儿子轻松自得，同时也是詹光那批帮闲者，很懂得输棋、奉承这一套，竟让贾政在下棋一事上获得了全然的放松。同时我们也应留意到八十回后频频出现妙玉、惜春、宝玉、贾政等人在雪天和午夜时分，安安静静地下棋，偶尔对世事有所体悟的意境。如此沉着且清雅的生活氛围，此处的写作风格因而反映出作者写作时静谧闲适的内心世界。

事实上，围棋这门古老的文人游戏在《红楼梦》前八十回里，曾以各种文学意象出现。特别是为迎春、探春、惜春和妙玉等人物形象赋彩上，作者于此间留下了出色的笔墨。首先，与之直接相关的人名便是“司棋”。而作者写司棋的目的之一，也在于侧面描绘她的主人迎春。我们从懦小姐不问累金凤一回可知迎春的性情懦弱，然而从另一面向看来，迎春也是大观园里最安静、低调的姑娘。她的静谧、不语，实际上与下棋本身的意境可相连通，上文冯紫英观看贾政与清客下棋时，强调观棋不语，已足以说明“棋”所带来的氛围便是“静”。因此，面对沉默无语的迎春，曹雪芹在琴、棋、书、画中，选择“棋”为她的丫环命名，藉以暗示迎春的心态平静安稳，背后的修养实与棋道相连。

此外，当六十二回探春与宝琴对弈时，宝钗和岫烟在旁观局。林黛玉和贾宝玉便在一簇花丛下唧唧哝哝地说些知心话。此时，“探春因一块棋受了敌，算来算去，总得了两个眼，便折了官着儿，两眼只瞅着棋盘，一只手伸在盒内，只管抓棋子作想。”探春因一块孤棋受攻，虽然好歹做出了两眼，却仍损失了不少官子。孤棋做活了，形势却不佳，因此她“一只手伸在盒内，只管抓棋子作想”，连林之孝家的来回话，都只能站着等半天，直到探春回头要茶时，才准允她说话。此处以探春手里抓弄棋子来形象化地描绘其思考的状态，加深了探春的书卷气质与热衷思考动脑的品貌，同时刻画出贾府主仆之间所谨守的礼法与矩度，其笔法可谓丝丝入扣，层次井然又富写实性。

而在整部《红楼梦》中，棋力最高者，应是妙玉。小说第八十七回：

只见妙玉低着头，问惜春道：“你这个畸角儿不要了么？”惜春道：“怎么不要？你那里头都是死子儿，我怕什么？”妙玉道：“且

> 别说满话，试试看。”惜春道：“我便打了起来，看你怎么着。”妙玉却微微笑着，把边上子一接，却搭转一吃，把惜春的一个角儿都打起来了，笑着说道：“这叫作‘倒脱靴势’。”

“倒脱靴”是杀棋妙招，妙玉与惜春高段过招，显示大观园女子的棋力不凡！虽然在围棋上用功最深的还是惜春，可惜她虽在此事上着力，于妙玉面前仍然需被让子。这段情节出现在八十回后，小说第百一十一回写道：

> 这里妙玉带了道婆走到惜春那里，道了恼，叙些闲话。惜春说起：“在家看家，只好熬个几夜，但是二奶奶病着，一个人又闷又害怕。能有一个人在这里，我就放心，如今里头一个男人也没有。今儿你既光降，肯伴我一宵，咱们下棋说话儿，可使得么？”妙玉本来不肯，见惜春可怜，又提起下棋，一时高兴应了。

那时已是初更时分，彩屏放下棋枰两人对弈，结果惜春连输两盘，妙玉又让她四个子儿，惜春方赢了半子。惜春勉强赢得半子，也许还是妙玉让棋所致。

在大观园里，惜春的个性也是偏向沉静冷漠的。她比较专注在静态事物上，包括下棋与绘画，其余世事一概不闻问，表面上看来寂寞孤冷，实际上也是一种修身养性。小说第七十四回大丫环入画被抄出许多外来物件时，惜春不问青红皂白，只说道：“嫂子别饶他！嫂子要依他，我也不依。”她只求嫂子：“快带了他去。或打或杀，我一概不管。”至一百一十一回贾母去世、鸳鸯悬梁，贾府中人此时的各种惊惶与忙乱可想而知，而惜春却泰然只求与妙玉对弈一个通宵，她的冷漠与超然是前后一致的，而我们由下棋情节中，也可以看见整部《红楼梦》在人物艺术上的连贯性，并且就惜春而言，其连贯地书写将一直延续到她绝情出家为止。

二、月夜听琴

《红楼梦》第八十六回“寄闲情淑女解琴书”，贾宝玉因袭人提及“心爱的人”，一时触动心弦，径往潇湘馆走来。只见黛玉靠在桌上看书，而书上的字，他一个也不认得。“有的像‘芍’字，有的像‘茫’字；也有一个‘大’字旁边‘九’字加上一勾，中间又添个‘五’字；也有上头‘五’字‘六’字又添一个‘木’字，底下又是一个‘五’字……”

这里贾宝玉所看到的乃是琴谱上的音调指法。以古琴形制而言，从琴面较宽的琴首一端数来，共有十三徽。而琴面上依序由外向内，由粗而细，则有七弦。弹琴指法上，右手部分有大指的托、擘，食指的挑、抹，以及中指的剔、勾，加上名指的摘、打……等三十多种。左手部分的按弦法，则分别以大指、食指、中指、名指之吟、猱、绰、注为主。是以古琴字谱常以指法谱标示，亦称为“减字谱”。这是用汉字减少笔画的方法，将左右手之指法及音位等相关说明文字，减省笔画后，组合而成。是以林黛玉解析贾宝玉所看到的“并不是一个字，乃是一声”，用左手大拇指按琴上的九徽，而右手勾五弦。

中国古琴的谱式，迟至汉魏之交，已有文字谱的创立。现存之《碣石．幽兰》，便是陈、隋之间隐士丘明（四九四—五九〇）所传，经唐人手抄的文字谱晚期形式。它是一种完全用文字来记录演奏手法的琴谱，因而在阅读上较为复杂和繁琐，所谓：“其文极繁，动越两行，未成一句。”于是，隋唐之间产生了较为简便的减字谱体系，将汉文减省笔画以组成弹琴指法。此类古琴音位记谱法的完成，历史上归名于音乐家曹柔。减字谱的创发被誉为“字简而意尽，文约而音赅”[1]，从而使得唐代著名琴家陈康士、陈拙等人得以据此大量创作并记录琴谱，以流传后世。

说明识谱后，继而谈及琴理。黛玉道：“琴者、禁也，古人制下，原已治身，抑其淫荡，去其奢侈。”这一段话标举出秦汉以来，儒道以琴体现人格的理性实践。汉代桓谭《新论. 琴道》有云：“琴者禁也，古圣贤玩琴以养心，穷则独善其身，而不失其操，故谓之‘操’。”事实上，自孔门至伯牙以降，琴道有渐渐进入以悲怆意识为本质的趋向。《乐府题解》中记载伯牙学琴，必待移情于大海孤岛之绝境中，方能静心体会到，社会人心的异化。于是进一步在宇宙自然中，以反璞归真的心态，进入生命层次与生存处境的原始探求。这也正是汉代蔡邕《琴操》所云：“昔伏羲氏作琴，以御邪僻，防心淫，以修身理性反其天真也。”琴学成为君子于浊世中养心修性的进路，于是“操”之作为曲名，便意味了穷困之人不愿随世俯仰，与世同浊，而独标高格的节操。此后林黛玉以《猗兰》、《思贤》两操和韵以自况，也就足以说明她在贾府中的精神煎熬，犹如大海中的孤岛。既无法积极开创新局，遂只有禁制人格之沦于僻邪，以保持清淳本朴的人生境界。

林黛玉说：“若要抚琴，必择静室高斋，或在层楼的上头，在林石的里面，或是山巅上，或是水涯上，在遇着那天地清和的时候，风清月朗，焚香静坐，心不外想，气血平和，才能与神合灵，与道合妙。”古琴作为文人静心养性的音乐，自有其清高的雅趣。林黛玉的一套琴论，暗合《重修真传琴谱》中明代杨表正所谓“十四宜弹”之说。盖古琴演奏之雅趣，贵在琴人独处自娱，或与一二知音惺惺相惜之雅集。因此自来有：“遇知

1 （明）张右衮《琴经》。

音，逢可人，对道士，处高堂，升楼阁，在宫观，坐石上，登山埠，憩空谷，游水湄，居舟中，息林下，值二气清朗，当清风明月”等强调以清高自诩，与山水自然合契，同知音交心等演奏环境。

林黛玉对贾宝玉的“琴教”，实际上并不与《红楼梦》“大旨谈情”之全书界定须臾或离。书中运用纤细灵巧、雅俗折衷之同音双关语之处理技巧，早已达到每令读者兴起语意繁复神妙，与寄意幽微深长之感。因而林黛玉的“琴观”，即成为我们观察其“情关”的重要视角之一。以“琴”疏论，弹琴者的心性自有其清雅孤高，而对听琴者的要求，则是绝对的知己。

而爱情关系也但求知音，李渔《闲情偶寄》已明此理：“伯牙不遇子期，相如不得文君，尽日挥弦，总成虚鼓。”[1]李笠翁继而有言：“花前月下，美景良辰，值水阁之生凉，遇绣窗之无事，或夫唱而妻和，或女操而男听，或两声齐发，韵不参差。无论身当其境者俨若神仙，即化成一幅合操图，亦足令观者销魂……”《红楼梦》之迥别于一般才子佳人小说处，在于“知音”观念的升华。传统戏曲、小说的写法是“郎才女貌，一见倾心”，而《红楼梦》宝、黛互为知己则是在爱情的关系上，意识到更高的要求。

贾宝玉引林黛玉为知己在《红楼梦》第三十二回，史湘云和薛宝钗一样劝宝玉道：“你就不愿意去考举人进士的，也该常会会这些为官作宦的，谈讲谈讲那些仕途经济……”宝玉听了，大觉逆耳，竟下逐客令道：“姑娘请别的屋里坐坐罢，我这里仔细腌臜了你这样知经济的人！”不想黛玉正走进来，陡然听见宝玉道：“林姑娘从来说过这些混账话吗？要是他也说这些混账话，我早和他生分了！”黛玉听了不觉惊喜交集，同时

1　李渔，《闲情偶寄》，台北：广文书局，一九七七年。

也悲叹愈切："果然自己眼力不错，素日认他是个知己，果然是个知己。"宝黛之爱，建立在互相引为知己的基础之上。而这份知己之情，又呈现在他们同时对自我"本分"的反省上。贾宝玉痛绝于"仕途经济"，听不得"混账话"，已如前述。他坚决排斥时文八股与忠孝节烈等观念，同他的家族对他光宗耀祖的要求，产生了尖锐的思想意识对立。

而此一叛逆性格同时也在林黛玉的人生道路上展现。在闺阁中，她鲜少提针线，只伴书香药香生活。香菱学诗，林黛玉笑道："既要学做诗，你就拜我为师。我虽不大通，大略也还教得起你。"反观薛宝钗却批评道："我实在聒噪的受不得了！一个女孩儿家，只管拿诗作正经事，讲起来，较有学问的人听了反笑话，说不守本分。"

"不守本分"正是贾宝玉和林黛玉的共同形象，对所谓"本分"的下意识抗拒和排斥主流价值极僵化的礼教，曹雪芹称这样的人乃"置之千万人之中，其聪俊灵秀之气，则在千万人之上；其乖僻邪谬不尽人情之态，又在千万人之下。"宝玉和黛玉互为知音，同时也各自感受到人抵触于天的孤立存在。贾宝玉领悟《寄生草》："漫揾英雄泪，相离处士家……赤条条来去无牵挂，哪里讨烟蓑雨笠卷单行？一任俺芒鞋破钵随缘化。"林黛玉《唐多令·咏柳絮》亦云："飘泊亦如人命薄，空缱绻，说风流。草木也知愁，韶华竟白头。叹今生、谁舍谁收？"

所叹皆为凄恻之音，自伤人生一无凭借，仅以"草木之人"的感情与命限，抵抗大环境的风浪。曹雪芹著《红楼梦》的书斋命名为"抗风轩"，也使我们意识到其创作时，曾经历高亢激越的抗争意识和悲愤的情感！而能够意识和体会到宝、黛二人此番挣扎心情，并心生共鸣者，小说后四十回集中体现在妙玉听琴的领会上。

将棋力与琴艺合而观之，则使我们感受到作者特别赋予妙玉极高的悟性，她能完全吸收棋与琴背后巨大的君子怆然之孤独意识。《红楼梦》

第八十七回，妙玉与宝玉路过潇湘馆，忽听叮咚琴声，同时听见林黛玉低吟琴曲四迭。小说场景分为里、外两幕，在屋内黛玉披了一件皮衣，独自闷闷地走到外间来坐下。回头看见案上宝钗的诗尚未收好，又拿出来瞧了两遍，叹道："境遇不同，伤心则一。不免也赋四章，翻入琴谱，可弹可歌，明日写出来寄去，以当和作。"便叫雪雁将外边桌上笔砚拿来，濡墨挥毫，赋成四迭。又将琴谱翻出，借既有《猗兰》、《思贤》两操，合成音韵，与自己做的诗配齐了，又唤雪雁将自己带来的短琴拿出，调上弦，操演了指法。黛玉本是个绝顶聪明人，又在南边学过古琴，虽是手生，到底一理就熟。抚了一番，夜已深了。

同时在屋外，妙玉和宝玉先是别了惜春，离了蓼风轩，弯弯曲曲，走近潇湘馆，忽听得叮咚之声。

> 妙玉道："那里的琴声？"宝玉道："想必是林妹妹那里抚琴呢。"妙玉道："原来他也会这个吗？怎么素日不听见提起？"宝玉悉把黛玉的事说了一遍，因说："咱们去看他。"妙玉道："从古只有听琴，再没有看琴的。"宝玉笑道："我原说我是个俗人。"说着，二人走至潇湘馆外，在山子石上坐着静听，甚觉音调清切。只听得低吟道：
>
> "风萧萧兮秋气深，美人千里兮独沉吟。望故乡兮何处？倚栏杆兮涕沾襟。
>
> 山迢迢兮水长，照轩窗兮明月光。耿耿不寐兮银河渺茫，罗衫怯怯兮风露凉。
>
> 子之遭兮不自由，予之遇兮多烦忧。之子与我兮心焉相投，思古人兮俾无尤。"
>
> 妙玉道："这又是一拍。何忧思之深也！"宝玉道："我虽不懂得，但听他声音，也觉得过悲了。"里头又调了一回弦。妙玉道："君

弦太高了，与无射律只怕不配呢。”里边又吟道：

“人生斯世兮如轻尘，天上人间兮感夙因。感夙因兮不可惙，素心如何天上月！”

妙玉听了，呀然失色道：“如何忽作变徵之声！音韵可裂金石矣！只是太过。”宝玉道：“太过便怎么？”妙玉道：“恐不能持久。”正议论时，听得君弦“嘣”的一声断了。妙玉站起来，连忙就走。宝玉道：“怎么样？”妙玉道：“日后自知，你也不必多说。”竟自走了。弄得宝玉满肚疑团……

此处君弦太高，作变征之声，至第八十九回我们才听得黛玉说道：“这是自然之音，做到那里就那里，原没有一定的。”可知那琴声源于黛玉心情的直接流露，是自然而然的，这同时也说明古琴讲究人琴和合的境界。她因收摄不住的感情而突作变征之声，故而发出：“我的心，如天上明月！”情之所至，音韵可裂金石，乃至弦断。而琴音如天籁，毋听之以耳，需听之以心。古人论知音的最高境界，亦在于得无弦琴意而莫逆于心。林黛玉在贾府无望的处境，自贾宝玉失去了通灵玉之后，彻底陷入绝望。而在此之前，《红楼梦》第六十四回里，林黛玉早已是“美人巨眼识穷途”。妙玉当初听见她的琴音，也仿若洞悉了不久的将来，包含宝、黛在内，整体家族无可挽回的颓势，因此她由担心其忧思之深，到惊讶于变征之音，又预料其不能久持，最终慨然离去。妙玉于是完全融入琴音，通晓抚琴者生命的困境，同时也为极将逼近的终局而叹息。而此时，宝、黛二人都还在未知懵懂的状态下，黛玉仅凭感性抒发为乐音，而宝玉却连琴音联系着怎样的情感，都还琢磨不透，可知作者对妙玉这一人物在后四十回，寄托了怎样重要的暗示与点拨作用。

《红楼梦》后四十回关于黛玉抚琴、妙玉听琴的篇章，与前八十回诗词章赋的写作情韵，脉络相连，并直指二人通晓音律的程度，已非一般的初学之人。作者在精炼的描绘与叙述中，透露出他自己高深的修为和思想，可谓与前八十回的艺术意境连成一气。准此，我们便可以理解俞平伯在《红楼梦辨》中所指称：后四十回某些文章“较有精采，可以仿佛原作”。而事实上，第八十七回“双玉听琴”的情节，便是最佳实例。

新世纪重返《红楼梦》

周策纵曹红学的后四十回著作权考证

王润华 *

周策纵《〈红楼梦〉案》的曹红学：继承与发扬旧红学、新红学的新传统

周策纵教授（一九一六～二〇〇七）在二〇〇〇年新世纪降临时，由香港中文大学出版了《〈红楼梦〉案：弃园红学论文集》[1]，这是代表新世纪"一书天下重"的《红楼梦》新考证新解读的学术著作。周教授继承与发扬了《红楼梦》的索隐派、咏红派、评点派、红学、新红学的优良传统，加上西方汉学专而精，深而广的研究精神，建立新的的曹红学。

---

* 王润华（一九四一～），新加坡学者、诗人、散文家。曾获《创世纪》二十周年纪念奖、《中国时报》散文推荐奖、中兴文艺奖、新加坡国家文化奖、泰国的东南亚文学奖、东南亚国协的亚细安文化奖，现为南方大学资深副校长。

1 《〈红楼梦〉案：弃园红学论文集》（香港：香港中文大学出版社，二〇〇〇年）；另有中国大陆的简体字版，《〈红楼梦〉案：周策纵论〈红楼梦〉》（文化艺术出版社，二〇〇五年）。两书所收篇章相同。本文引文引自前书。

《〈红楼梦〉案》出版时，周教授序文特别提起他在一九八一年访问新加坡，当地学术与文化界以酒会招待，大家题诗写字，新加坡著名诗人兼书法家潘受先生（一九一一～一九九九）赠诗一首：

是非聚讼苦悠悠，识曲端推顾曲周；
能使一书天下重，白头海外说红楼。

潘受于诗后附注说：“策纵教授去年六月在美召集第一届国际红学会议，使《红楼梦》一书之光焰如日中天，诚学术史上不朽之盛事。顷来新加坡，喜获把晤，承索拙书，因缀二十八字奉博一笑。”周教授非常喜欢潘受先生的赠诗，他还说：“潘公的诗书皆妙，这件条幅我至今还珍藏着。他说的‘能使一书天下重’我自然不敢当。至于‘白头海外说红楼’，倒相当合于事实，也会终身不忘的了。”[1]可见周策纵教授对潘受的诗句“能使一书天下重，白头海外说红楼”，感到知音难求之乐。因为《红楼梦》的研究，对周策纵来说，确实不只是单单研究与发表论文而已，而是海外终生努力的学术人生大事业之一。[2]所以在序文中周老师感叹地说：“我对《红楼梦》和曹雪芹的研究，本来有比较颇具系统的完整计画，可是一直未能实现。”[3]因为他一生只有一册《〈红楼梦〉案：弃园红学论文集》。我为此写过论文《周策纵教授的曹红学：文化研究的新典范》，讨论他在西方学术“文化研究”新思潮之下，曹红学形成与《红楼梦》及

---

1 《〈红楼梦〉案：弃园红学论文集》，《序文》。

2 我个人对周老师比较清楚的其他学术人生大事业有几个，如延续五四传统的新诗的使命、发展从人文跨越学科的角度去研究中国人文学术，如《文林》的出版、从新整理出中国文学思想发展，见我的论文《周策纵：学术研究的新典范》、《世界文学评论》，二〇〇六年第二期（二〇〇六年十月），页二〇一～二〇五。

3 《〈红楼梦〉案：弃园红学论文集》。

作者曹雪芹研究新成果。[1]《〈红楼梦〉案》共收曹红学论文二十七篇，最早一篇写于一九六〇年，最后一篇一九九九年，其篇目如下：

一、自序："白头海外说《红楼》"（一九九九年八月八日，二〇〇〇年七月二十日补订）

二、论《红楼梦》研究的基本态度（一九七二年三月十二日）

三、多方研讨《红楼梦》——《首届国际〈红楼梦〉研讨会论文集》编者序（一九八三）

四、红楼三问——《〈红楼梦〉大观：哈尔滨国际〈红楼梦〉研讨会论文选》序（一九八七年四月二十七日）

五、胡适的新红学及其得失（一九九七年八月五日稿成，一九九七年八月七——十日宣读）

六、《红楼梦》"本旨"试说（一九八〇年六月十八日宣读）

七、《红楼梦》里的一个思想问题及其背景——天命与大义．分与情（一九八六年六月三日）

八、《红楼梦》〈凡例〉补佚与释疑（一九八〇年六月十六日宣读）

九、《红楼梦》与《西游补》（一九八〇年六月十九日宣读）

十、《石头记》还是《红楼梦》？——主题试探（在新加坡国立大学的讲演）（一九八七年十月十四日讲演）

十一、谈诗和《红楼梦》的世界——陈致《周策纵先生访谈录》节录（载于一九九六年六月）

---

1 王润华《周策纵之汉学研究新典范》，台北：文史哲出版社，二〇一〇年，第一一一～一四八页；简体字版《华裔汉学家周策纵的汉学研究》，北京：学苑出版社，二〇一一年，第五三～八一页。

十二、论关于凤姐的“一从二令三人木”——《红楼梦》考之一（一九六一年八月十日）

十三、《红楼梦》“汪恰洋烟”考——《红楼梦》考之二（一九六〇年六月初稿，一九七五年十月重写）

十四、周汝昌著《曹雪芹小传》序（一九八〇年一月二十五日）

十五、冯其庸编著《曹雪芹家世·红楼梦文物图录》序（一九八二年五月三十一日）

十六、书中有我读红楼——“《红楼梦》研究丛书”总序（一九八九年三月二十五日）

十七、论索引——潘铭燊编著《红楼梦人物索引》序（一九八二年十二月十二日）

十八、论一部被忽视了的《红楼梦》旧抄本——《痴人说梦》所记抄本考辨（一九九二年十月十五日）

十九、《犬窝谭红》所记《红楼梦》残钞本辨疑（一九九四年五月四日）

二十、《红楼梦》里的避讳问题——《胡适口述自传》译注后案（一九七九年十二月十七日）

二十一、既识其小，免失其大——为《红楼梦》“唐、宋”之争进一解（一九八〇年十二月二十八日）

二十二、玉玺·婚姻·《红楼梦》——曹雪芹家世政治关系溯源（一九八二年五月三十一日）

二十三、有关曹雪芹的一件切身事——胖瘦辨（一九八六年六月五日）

二十四、曹雪芹笔山实证（一九九六年一月二十日）

二十五、《红楼梦》研究在西方的发展（在香港中文大学新亚

书院的讲演）（载于一九七一年十一月）

二十六、《红楼梦》是世界文学——“首届国际《红楼梦》研讨会”开幕词（一九八〇年六月十六日宣读）

二十七、尊重异己和独立思考（代跋）——哈尔滨“第二届国际《红楼梦》研讨会”闭幕词（一九八六年六月十九日）

以上篇目说明红学需要深而广的知识，还要专而精的探讨。这是当时哈佛的汉学研究学风。第十三篇“《红楼梦》‘汪恰洋烟’考——《红楼梦》考之二”需要走进纽约大都会博物馆考察西方文物与了解法语发音与清朝的翻译习惯。[1]这就是周策纵的文化研究精神下曹红学特点。

周教授说，如果题咏也算红学研究，至二〇〇〇年，他已参加红学界七十年了。老师一九二九年（十三岁）起，就开始写咏红诗，后来又以白话题咏，至今还保存不少。[2]出国前，他已很注意新红学的研究方法了，尤其受顾颉刚的启发特别大，不过周教授发现至今还是红学界的严重问题是：“红学家很少有人深刻研究过中外的文学理论与批评”：

四十年代中期我曾向顾颉刚先生提出一个问题：为甚么近代新《红楼梦》研究都偏重在考证方面？他说那是对过去小说评点派和索隐派过于捕风捉影的一种反感，而且从胡适之先生以来，他们一批朋友又多半有点历史癖和考据癖；当然，无论对这小说怎样分析、解释、与评估，总得以事实做根据，所以对事实考证就看得特别重要了。我也很同意这种看法，但同时觉得可惜过去红学

1　参考《〈红楼梦〉“汪恰洋烟”考》，《红楼梦案》，第一五七～一六七页。

2　周策新旧纵咏红诗，收录于陈致《周策纵旧诗存》，香港：汇智出版，二〇〇六年；王润华、周策纵、吴南华《胡说草：周策纵新诗全集》，台北：文史哲出版，二〇〇八年。

家很少有人深刻研究过中外的文学理论与批评。[1]

一九四八年五月老师前往美国留学，在船上几十个留学生，别的小说不爱看，发现有人带了一本《红楼梦》，大家争相阅读。他说："在这种舱外风涛，舱内闷热，多人抢读的紧张情势下把这巨著又匆匆断断续续看过一遍，使我益发觉得红学应该有新的发展，并且须在海外推广。"[2]周策纵到美国以后，对西方文艺理论与文学经典的学术知识与训练，对他的以文化研究为方法的曹红学之形成是重大的原因。中国社会文化、出版技术、文学经典的构成、考证学、小说的创作技巧等等因素，周老师都能掌握，更何况周老师也是有创作经验作家与艺术家。我们阅读白先勇策划下，最近台北时报出版公司出版的，只放曹雪芹为唯一作者，取消高鹗之名的一百二十回《红楼梦》，还有白先勇写的长序，就知道很多红学的问题需要有创作经验的作家的参与，才能认识到其艺术核心结构，洞察前八十回与后四十回的有机艺术结构。[3]

纽约红楼与哈佛汉学／中国学研究：曹红学的新研究传统

《红楼梦》研究在一八七五年已启动，开始主要以评点、题咏、索隐为主要研究方法，可称为红学。胡适（一八九一～一九六二）在一九二一发表《〈红楼梦〉考证》，以校勘、训诂、考据来研究《红楼梦》，被认为是新红学的开始。[4]在周策纵的《〈红楼梦〉案》中《胡适的新红

1 《多方研讨〈红楼梦〉》，《〈红楼梦〉案》，第一二页。

2 《〈红楼梦〉案》，第一三页。

3 白先勇《序》，见曹雪芹《红楼梦》，台北：时报出版公司，二〇一六年。

4 胡适的重要红学论文皆收集在严云受编《胡适论红学》，合肥：安徽教育出版社，二〇〇六年。

学及其得失》一文，指出胡适的失，包括不公开分享资料，只依赖一两个字如“补”，而随意误读为补写或续书后四十回。但周老师多次肯定胡适在《红楼梦》版本学的新贡献，认为除了红学，同时又开创了曹学研究先河，他也特别指出胡适在一九二一年到一九三三年写的三篇文章[1]，他说至今“还没有一个超过胡适在《红楼梦》版本学方面最基本和最重要的贡献”[2]。他明白的指出，后来的学者，包括他自己，都是在胡适完成的研究与影响或笼罩之下展开。而周策纵从一九五〇年在哈佛大学的时候提出以“曹红学”来称呼他自己的新的红楼梦及其作者的研究，他继承胡适的“新红学”，加上西方汉学／中国学严格的态度与古典文献考证精神、西方社会科学多元的观点与方法，在考证、文学分析、和版本校勘几个领域开拓了新天地，同时也把语言学、文学批评、比较文学、电脑科技带进曹红学研究，以目前通行的学术话语，如本文下面所论，属于文化研究的典范。

周教授于一九四八年赴美留学，之前他已很注意新红学的研究方法了，他承认受了顾颉刚的启发，注重红学的研究方法。初到纽约的五十年代，他与一批朋友成立了白马社，以顾献梁（一九一四～一九七九）在纽约市的公寓为中心，这个楼房里里外外，漆上朱红色，周老师称为“纽约红楼”。当时住在纽约的胡适也参与活动并给与鼓励，因为他们除了从事诗歌、小说及其它艺术创作，同时也要发展海外红学，胡适

---

1 一九二一年《〈红楼梦〉考证》、一九二七年《重印乾隆任子〈红楼梦〉序》、及一九三三年《跋乾隆庚辰本脂砚斋重评〈石头记〉》。这三篇论文收集在《胡适论红学》，合肥：安徽教育出版社，二〇〇六年，第一～四一页，第八七～九五页，第九六～一〇七页。

2 周策纵：《胡适的新红学及其得失》、《〈红楼梦〉案》，第四七页。

（一八九一～一九六二）称他们为“第三文艺中心”[1]。在这时期，周老师提议用“曹红学”，因为作者及其它社会、政治、文化各方面的研究也很重要。顾献梁说用“曹学”就够，胡适在一九二一年写《〈红楼梦〉考证》的时候，曾发掘曹雪芹家世许多未为前人注意的材料，次年又找到敦诚《四松堂集》稿本和刻本，后来就写了那篇跋文，这些都是研究曹雪芹的重要材料。胡适和顾颉刚可说是开了“曹学”先河。周教授回忆说：

> 按“曹学”一词是我的朋友顾献梁先生在一九四〇年代最初提出来的，一九五〇年代中我和他在纽约他家谈起这问题，他想要用“曹学”这名词来包括“红学”。我提出不如用“曹红学”来包括二者；分开来说仍可称做“曹学”和“红学”。他还是坚持他的看法。后来他去了台湾，一九六三年发表他那篇《“曹学”创建初议》的文章。[2]

顾献梁是一位传奇性的人物，他一九五八年去了台湾，努力宣扬现代主义，传播现代艺术的种子。一九五九年，顾献梁、杨英风等发起成立“中国现代艺术中心”，也在许多大学任教，讲授艺术课程，曾是清华大学艺术顾问、淡江大学建筑系主任，也开办画廊沙龙。顾献梁撰写的主要是艺术评论，介绍新潮艺术，对台湾整个现代文学艺术产生深入的影响。回台湾后，带着纽约红学研究的余绪，他写了《曹学创建初议——

1 参考王润华：《被遗忘的五四：周策纵的海外新诗运动》，《文与哲》，第十期（二〇〇七年六月），第六〇九～六二五页。

2 顾献梁：《曹学创建初议：研究曹霑和石头记的学问》。载台北《作品》一九六三年第一期，第五～七页。

研究曹霑〈石头记〉的学问》，他说这是为了纪念曹雪芹逝世二百周年而作，他只承认《红楼梦》作者为曹雪芹一人，不过通篇像是宣言口号，胡文彬在《读遍红楼》一书中的《为伊消得人憔悴》那篇文章中注意到其意义，其中有这样的看法：

> "曹学"是纯正的文艺批评！
> "曹学"是登大雅之堂的文艺学问。
> "曹学"应该"美"为第一，"文学"为主。

胡文彬说：

> 我个人始终认为曹寅是"曹学"中的一个核心人物，他是"曹学"的支力点。倘若真正使"曹学"以"美"为第一，以"文学"为主，仅仅依靠《红楼梦》文本，"曹学"只能仅得其半，另一半的重点我认为应该放在曹寅的文学成就及其深厚的文化意识方面。[1]

周老师认为胡适一九二一年写的《〈红楼梦〉考证》[2]，在阅读、研究思考方法也是中国文学研究划时代的典范之作，推翻索隐派，是新红学的开始。在著者问题方面，他具体考订了《红楼梦》的作者是曹雪芹，这又是"曹学"的开始。胡适虽然支持红学研究，但他已逐渐放弃，所以老师自己感到有领导与发展红学研究的使命，这就成为他终生努力的

1　胡文彬：《为伊消得人憔悴》，《读遍红楼》卷三，北京：书海出版社，二〇〇六年，第一七三页。

2　最早发表在《胡适文存》，上海：上海东亚图书馆，一九二一年。现在胡适所有红学论文皆收入《胡适〈红楼梦〉研究论述全篇》，上海：上海古籍出版社，一九八八年。

一项学术工作。胡适当时（一九六一）在《海外论坛》发表《所谓“曹雪芹小像”的谜》，质疑王冈画曹雪芹体胖脸黑的可靠性[1]，周老师后来撰写《有关曹雪芹的一件切身事——胖瘦辨》[2]，就是象征性的继承红学走向曹红学。

一九六〇年元旦，唐德刚、顾献梁、周策纵等一批朋友创办《海外论坛》月刊，胡适给予支持，这年十一月底胡适就写了《所谓“曹雪芹小像”的谜》发表在次年（一九六一）《海外论坛》[3]。周老师计画要在《海外论坛》上继续胡先生的研究，并扩充王国维（一八七七～一九二七）的文学评论方向，再从各个角度去发展新红学。那时他在哈佛，有草拟一份《〈红楼梦〉研究计画》大纲，打算从各种角度对《红楼梦》作综合式的研究和检讨。哈佛大学同事中对《红楼梦》比较有兴趣的有海陶玮（James Robert Hightower, 1915–2006）和杨联升（一九一四～一九九〇）教授。海陶玮英译过《红楼梦》前四五回，草稿没有发表。老师当时在《海外论坛》发表了那篇《论关于凤姐的“一从二令三人木”》。他计画要在《海外论坛》上继续胡先生的研究，不过胡适不久后去了台北，一九六二年就去世了，《海外论坛》也停刊了。所以这一批以胡适之先生为首的对红学有兴趣的留美中国学人，当时没有很大的表现。

一九六三年初周教授到威斯康辛大学任教后，再度推展他的红学研究计画。他自己开了专门研究《红楼梦》的课程，照他以前和胡适、顾

1 胡适：《胡适论红学》，第一二七～一三三页。

2 胡适：《所谓“曹雪芹小像”之谜》，二卷一期《海外论坛》（一九六一年一月）认为王冈画的不是曹雪芹。见《胡适的新红学及其得失》，《〈红楼梦〉案》，第三五～六六页，有周策纵的讨论及王冈画像。《有关曹雪芹的一件切身事：胖瘦辨》见《〈红楼梦〉案》，第二八七～二九五页。

3 胡适：《所谓“曹雪芹小像”的谜》。载《海外论坛》第二卷第一期（一九六一年一月）。现收集在《胡适论红学》，第一二七～一三三页。

颉刚（一八九三～一九八〇）二位所说的“多方”研究的观点，去教导学生个别作分析。自六十年代上半期起，红学家赵冈与陈钟毅夫妇来了威大的经济系，他们重要著作《〈红楼梦〉新证》[1]，半本书讨论后四十回的作者是谁，已否定四十回的续书人是高鹗。他们说“由于新资料之陆续出现，许多以往认为高鹗续书之红学家已经放弃了此种看法”。[2] 威大的教授与学生很多对《红楼梦》有当大的研究兴趣。因此周策纵策划在一九八〇年六月十六至二十日在威大召开首届国际《红楼梦》研讨会，一九八六年又在哈尔滨召开第二届，会合了全世界的红学专家，实现了周老师继承胡适与顾颉刚的新红学研究。首届会议的四十二篇论文可分别用十种不同的研究方法，正是“多方”研究的方向：

> （一）前人评论检讨，（二）版本与作者问题，（三）后四十回问题，（四）曹雪芹的家世、生活、和著作，（五）主题与结构，（六）心理分析，（七）情节与象征，（八）比较研究和翻译，（九）叙述技巧，（十）个性刻画。

所以老师说“从所提出的论文性质来看，可说包括的范围很广，观察的角度颇多。这正是我们筹备人员所尽力提倡和希望的。同时也可说是我们海外红学界多年来共同努力的方向”。[3]

---

1 赵冈、陈钟毅：《〈红楼梦〉新证》，台北：晨钟出版社，一九七一年。此书著于一九六九年，一九七〇年香港初版。

2 《〈红楼梦〉新证》，第三六九～三七八页。

3 《〈红楼梦〉案》，第一二页。

结合电脑数位科技研的曹红学：从数位语言研判作者问题

一九六五年周策纵从哈佛到了威斯康辛大学，第二年就有学生试用语言学、文学批评、和比较文学的方法写《红楼梦》分析；有人做了西文翻译名字对照表，诗人淡莹（刘宝珍）等协助编了三四百页，中英对照的《〈红楼梦〉研究书目》；黄传嘉还首先用统计方式和电脑研究了这小说里二十多个叹词和助词，用来试测前八十回和后四十回用词的异同以测试是否为不同作者所写问题；稍后博士研究生陈炳藻（曾任爱荷华大学教授）用了更复杂的统计公式和电脑计算了二十多万辞汇的出现频率，写成博士论文[1]，用电脑统计法分析《红楼梦》前八十回与后四十回用字之差异，以判断作者的问题。这些研究结论发现差异不大，不至于出于二人之笔。这论文一直到了一九八〇年才完成与通过，英文版一九八六年由香港三联出版，中文版《电脑红学：论〈红楼梦〉作者》迟至一九九六由香港三联出版。[2]在二〇〇三年十二月元智大学与清华大学合办的的语言文学与资讯科技国际会议，我们邀请周教授前来作主题演讲，就因为在个人电脑还未来临的的时代，他已在威斯康辛大学指导学生采用电脑的资料分析进行语言文学研究。[3]

利用电脑对《红楼梦》前八十回和后四十回的用字进行了测定，并从数理统计学的观点出发，探讨《红楼梦》前后用字的相关程度，前后

---

1 *The Authorship of the Dream of the Red Chamber: Based on a Computerized Statistical Study of Its Vocabulary*, Ph D thesis, Dept of East Asian Languages and Literature, University of Wisconsin, 1980.

2 陈炳藻：《电脑红学：论〈红楼梦〉作者》，香港：三联书店，一九八六年。

3 周策纵教授于二〇〇七年五月七日逝世，这是他生命旅程中最后一次出国远行及演讲。本人当时担任元智大学中文系主任兼文学院院长。

文本之结构，周教授在桌面电脑与手提电脑发明之前已经引入最为先进研究方法。他一九六九年开始指导陈炳藻将《红楼梦》的一百二十回本按顺序编成三组，每组四十回。并将《儿女英雄传》作为第四组进行比较研究，从每组中任取八万字，分别挑出名词、动词、形容词、副词、虚词这五种词，运用数理语言学，通过电脑程式对这些词进行编排、统计、比较和处理，进而找出各组相关程度。结果发现《红楼梦》前八十回与后四十回所用的词汇正相关程度达百分之七十八点五七，而《红楼梦》与《儿女英雄传》所用词的正相关程度是百分之三十二点一四。由此推断得出前八十回与后四十回的作者均为曹雪芹一人的结论。[1]

接着很多学人使用这方法去研究《红楼梦》的作者问题。一九八七年，复旦大学数学系李贤平的工作引人注目。他在美国威斯康辛大学的电脑前工作了数百小时，绘制了三百多张图纸，运用电脑技术中的模式识别法和统计学家使用的探索性资料分析法，对《红楼梦》进行统计分析、风格分析。他把《红楼梦》一百二十回本作为一个整体，以四十七个虚字为识别特征，对它们在书中各回的出现频率进行统计分析，输入电脑后将使用频率绘成图纸，根据图纸反映出的表明不同创作风格的星云状和阶梯状图形，提出了又一次震惊红学界的《红楼梦》成书过程新观点，证明了《红楼梦》各回写作风格具有不同的类别，各部分实际上是由不同作者在不同时期里完成的。李贤平认为："《红楼梦》前八十回是曹雪芹据《石头记》增删而成，其中插入他早年着的《金瓶梅》式小说《风月宝鉴》，并增写了具有深刻内涵的许多内容。《红楼梦》后四十回是曹家亲友在曹雪芹全书尚未完成就突然去世之后，搜集整理原稿并加工补写而成。程伟元将全稿以活字版印刷刊行。高鹗校勘异文补遗订

1 陈炳藻：《电脑红学：论〈红楼梦〉作者》，香港：三联书店，一九八六年。

讹。”他的这一看法否定了被红学界一直视为曹雪芹作前八十回，高鹗续后四十回的定论。还有华东师范大学陈大康教授，他也把《红楼梦》一百二十回分成三组，每组四十回，并统计了其中所含词、字、句等八十八个项目。他发现，这些词在前两组出现的规律相同，而与后四十回却不一致；关于用字特点和句式规律，前两组也是惊人的吻合，而后四十回则迥异。由此推断：后四十回非曹雪芹所作，但含有少量残稿。[1]

其实西方汉学家高本汉（Bernhard Karlgren）早在一九五二就发表过研究论文“*New Excursions in Chinese Gramma*”，他用单字或词统计考证《红楼梦》，前八十回与后四十回是否为一人所作。八十回高频率的字词如“可”，“来不及”，“里头”，在四十回也是高频率，凡是八十回未出现的，在四十回也未出现，由此论断《红楼梦》为曹雪芹一人所作。[2]

“一从二令三人木”文本互涉分析：曹雪芹为《红楼梦》作者

周策纵的曹红学研究，是结合中国传统考据学、西方汉学与新批评的产品。在周策纵的研究中，特别强调综合性的研究的重要意义。他的“曹红学”研究，如他的代表作《〈红楼梦〉案》所展现，多元思考与方法、跨领域跨学科的综合研究，比其他的红学专家更具有跟强的洞察力与创见性，使他的研究更具首创性。所以了解他的曹红学，有必要知道他的学术思想历程。

周策纵教授在一九四八年五月离开中国到密芝大学攻读政治学硕士

1 关于其他电脑资料的分析，参考 https://www.wenkuxiazai.com/doc/2ab25904bed5b9f3f90f1ca9.html 或 https://www.eshuyuan.net/forum.php?mod=viewthread&tid=365041&page=1&authorid=6189

2 *New Excursions in Chinese Gramma*, in Bulletins of the Museum of the Far Eastern Antiquities, 1952, No.24, pp.51-50.

／博士前，已对中国社会、历史、文化，包括古文字学有渊深精深的造诣。他的学术研究可说继承了中国注重版本、目录、注释、考据的清代朴学的考据传统，主张学问重史实依据，解经由文字入手，以音韵通训诂，以训诂通义理。《周策纵古今语言文字考论集》中《说“尤”与蚩尤》与《“巫”字探源》可说是这种治学的集大成。出国后，西方汉学加强同时也突破了这种突破传统思考方式，去思考中国文化现象的多元性的汉学传统。后来西方的文学分析又打造了文本分析，很多新批评的文学分析，用在《〈红楼梦〉案》中的论文。其中《论关于凤姐的“一从二令三人木”》写于出国初期的一九六一年，是他的《红楼梦》文本互涉，注意上下文本关系的结构。他不像一般学者，停留在“拆字法”的玩弄，既有历史语言的传统方法，也具有西方文学批评的互文性思考。他把语言、语义与小说的情节的发展紧紧结合来解读，加以诠释，发现凤姐的结局并未和这句诗相矛盾，在前八十回已交待清楚。结果终结了作为后四十回为非曹雪芹所作的另一个证据。

《红楼梦》第五回写贾宝玉在太虚幻境翻看金陵十二钗的终身册籍，看到王熙凤册子上画着“一片冰山”，一只凤凰，其判词曰：

凡鸟偏从末世来，都知爱慕此生才。
一从二令三人木，哭向金陵事更哀。

警幻册子都关系到许多人物的情节与结局。对于研究《红楼梦》后四十回的作者、版本、结构都有密切的关系。可惜关于凤姐情节的七个字，没有人从小说的上下关系的文本互涉解读，只是从传统的拆字法猜测。以文本互涉的文学分析法，周策纵教授看出曹雪芹很明确暗示“一从二木三人木”是指六十八与六十九回凤姐害死尤二姐的悲剧。六十八回凤姐设计诱尤二姐搬进大观园住，戚序本和程甲本有“一从到了这里，诸事皆系家母和家姐商量主张……”。“二令”指尤二姐：一面命旺儿唆使尤二姐的未婚夫张华控告贾琏，另一命是是命王信用钱去疏通察院反告张华诬告。“三人木”是指三个休字。六十八回写凤姐到尤氏处说官府“要休我”，“只给我一纸休书”有两个休字，接下去又有“好不休了”。都是写凤姐用两面刀陷害尤二姐，是她最得意最毒辣的手段。尤二姐与张华的事还是后来被抄家的重要原因之一，凤姐死前梦见尤二姐来索命。尤二姐死得悲惨，尤二姐的悲惨死忙使凤姐本人在后四十回死前“哭向金陵”，这是与其有关的结局。所以这册词与凤姐的结局自然联接与结合，虽然尤二姐的悲剧，凤姐的残忍行为在前八十回已结束。[1] 周教授因此把“一从二木三人木”与后四十回的抄家，还有凤姐的结局，清楚的连结起来。以前胡适、俞平伯、吴世昌因为没有走出传统猜谜的游戏，都认定前八十回凤姐的册词，与后四十回没有任何连接，成为高鹗续写后四十回的证据之一。

西方传统的汉学的强点，是一门纯粹的学术研究，专业性很强，研究深入细致。过去西方的汉学家，尤其在西方往往穷毕生精力去彻底研究一个小课题，而且是一些冷僻的、业已消失的文化历史陈迹，和现实毫无相关。因此传统的汉学研究如研究者不求速效，不问国家大事，所研究的问题没有现实性与实用法，其研究往往出于奇特冷僻的智性追求，其原动力是纯粹趣味。周教授的一些著述如《破斧新诂：〈诗经〉研究之一》[2],《周策纵古今语言文字考论集》中讨论龙山陶文的论文[3]，就充

1　周策纵：《论关于凤姐的“一从二令三人木”》,《〈红楼梦〉案》，第一四三～一五六页。

2 《破斧新诂：〈诗经〉研究之一》，新加坡：新社，一九六九年。

3 《四千年前中国的文史纪实：山东省邹平县丁公村龙山文化陶文考释》,《台北：弃园古今语言文字考论集》，台北：万卷楼，二〇〇六年，第二五～四六页。

分表现“专业性很强，研究深入细致”西方汉学的治学方法与“奇特冷僻的智性追求”精神。《红楼梦案》中的《〈红楼梦〉汪恰洋烟考》写于初期一九六〇，是他的《红楼梦》考之第二篇，考证庚辰脂批本《红楼梦》小说中晴雯病中用汪恰洋烟通鼻塞，由于老师通晓多种语文，有“奇特冷僻的智性追求”精神，他考订汪恰洋烟与当时烟草与鼻烟公司 Virginian tobacco 有关，汪恰洋烟大概是 Virginia 或 Virgin 译音，或是法文 Vierge 的译音。他也在美国纽约大都会美术馆（The Metropolitan Museum of Art）找到曹雪芹同代的正如晴雯看见的镀金鼻烟盒相似，上有珐琅黄发赤身女子像。就如西方汉学家不求速效。很有耐力的研究一个微小问题，这篇短文从一九六五年写到一九七五才完成。[1]

因此只有周教授能结合中国研究、西方汉学（Sinology）与中国传统的考据学（或朴学）去开拓中国古今人文研究的新领域，尤其语言、文字、文化、文学的新领域。周策纵的《玉玺·婚姻·〈红楼梦〉：曹雪芹家世政治关系溯源》就用文物碑文历史档案，揭开曹家的历史与社会背景，以了解小说与西方当代性的关系。这是他要大力提倡曹学的原因。他的曹学给索隐派一个很大的打击。[2]

以修订、印刷考证曹雪芹为《红楼梦》唯一作者

周教授于二〇〇〇年出版了《〈红楼梦〉案：弃园红学论文集》，这是他终生曹红学的研究最具体代表作。他在序文里说：“我这个集子所收的论文，牵涉《红楼梦》研究的方面颇广，但主要的还在于考证、文

1 写作早于《论关于凤姐的“一从二令三人木”》，但未发表，一九七五改写，一九七六年发表。

2 《〈红楼梦〉案》，第二五三～二八六页。

论，和版本校勘几个领域。在考证方面，我最受鼓励和影响的，前有顾颉刚先生，后有胡适之先生。”老师一生都忙于提倡而疏于著述，所以他还是感叹成果太少：“我对《红楼梦》和曹雪芹的研究，本来定有比较具系统的完整计画，可是一直未能实现。我过去编有中英对照的《〈红楼梦〉研究书目》，稿件三四百页，只因求全责备之心太切，一直未克出版。现在检阅这册菲薄的成绩，真不免愧则有余，悔又无益，大无可如何之日也。”[1]

很明显的，周老师的红学研究，在方法上，一方面继承中国的红学学术传统与发扬西方的学术思考与方法，如上所述，建立“多方”研讨，同时在目的上，他深受当时美国汉学史精神与“中国研究”所强调的“挑战与回应”理论的影响，就是研究与现实有相关，思想性与实用性。[2]《〈红楼梦〉案》前四篇论文都是强调研究曹红学应有学术的思考精神与方法，还要建立《红楼梦》文本解读的文学目的，不是为考证而考证。老师认为“红学”已是一门极时髦的“显学”，易于普遍流传，家喻户晓，假如我们能在研究的态度和方法上力求精密一点，也许整个学术研究，能够形成一个诠释学的典范；对社会上一般思想和行动习惯，都可能发生远大的影响。他深恶痛绝长期以来的态度和方法：以讹传讹，以误证误，使人浪费无比的精力。[3]比如发掘到的资料应该普遍公开。他举胡适在一九二一年写《〈红楼梦〉考证》，考据根据的重要资料《四松堂集》，保密三十年才公开，另外他收藏的《乾隆甲戌脂砚斋重评石头记》，也是收藏了三十多年，不让人利用。另外早年周汝昌主张脂砚斋就是史湘云，

---

1 《〈红楼梦〉案》。

2 “挑战与回应”理论出自汤因比（A. J. Toynbee）的十大册 *A Study of History*，像哈佛的费正清的中国研究，便是以这模式来解读中国，一方面研究中国如何反应西方，同时让西方了解中国。

3 《〈红楼梦〉案》，第一～十页。

并不是没有能力看见别人反对自己的理由，而是不肯反对自己。[1]

本文前面我提到老师曾向顾颉刚与胡适提到红学应从各个角度各种方向去研究的看法：一方面要“用乾嘉考证，西洋近代科学和汉学的方法去探究事实真相；另一方面要用中外文学理论批评，和比较文学的方法去分析、解释小说的本身，这当然应包括从近代心理学、社会学、人学、语言学、史学、哲学、宗教、文化、政治、经济、统计等各种社会科学与人文学科，甚至自然科学的方法与角度研究。”但老师始终觉得可惜过去红学家很少有人深刻研究过中外的文学理论与批评。所以《〈红楼梦〉案》研究红学的最终目的，是了解《红楼梦》作为文学小说的艺术及其价值。老师自己从事文学创作，精通古今中外的文学及理论，他的红学突破了许多传统的观点与认识，一切都是回归文学，不是为考证而考证。

现在全世界华文读者阅读的版本主要就是程乙／甲本。大陆与台湾的也是如此。如北京人民出版社一九八八年出版的《红楼梦》，台北时报文化出版的《红楼梦》，但与大陆不同，在白先勇的指导下，该书就署名曹雪芹一人。

一百二十回的程本（程甲本）是排印本。十八世纪九十年代一七九一年以第一次以活字印刷程甲本，这是曹雪芹逝世二十八年后才出版。后来再修订印刷，称为程乙本，目前阅读的都是这个程乙本。由于《红楼梦》过去学者断言《红楼梦》后四十回是高鹗续作。但经过几十年深入、科学性的分析如周策纵的考证，加上新历史资料的出土，如目前一百二十回的《红楼梦》手稿《乾隆抄本百二十回〈红楼梦〉稿》

1 《〈红楼梦〉案》，第二～五页。

已经出现[1]，开始认定百廿回都是是雪芹的原作，只是手稿残破，曾经出版人程伟元与高鹗修补。唐德刚、赵冈、周策纵、高阳等学者，包括大陆学者如文雷（胡“文”彬、周“雷”合用笔名）一九七六年也发表论述，主张程伟元与高鹗两人确是根据曹雪芹已完成的后四十回原稿整理、篡改与修补。程氏在乾隆五十六年（一七九一）一百二十回本《〈红楼梦〉序》中说，后四十回中有二十余回是他自“藏书家甚至故纸堆”中找到，剩余十数回则得之于“鼓担”，他和高鹗只是“细加厘剔，截长补短”。同一时间前后，周春在《阅〈红楼梦〉随笔》提到乾隆庚戌年（一七九〇）：“雁隅以重价购抄本两部，一为《石头记》，八十回；一为《红楼梦》，一百二十回，微有异同。”[2]

关于《红楼梦》前八十回与后四十回作者的是否曹雪芹与高鹗的争论，周策纵还有另一个重大的论证，否定后四十回的作者是高鹗的臆测论断。根据不可靠的考据，将后四十回著作权给予高鹗，如目前很多《红楼梦》，封面竟印成“曹雪芹、高鹗著”，实在不妥，令人心痛。他先后用两种科学的方法来寻求答案。他是世界上最早采用电脑来分析小说的词汇出现频率，来鉴定前八十回与后四十回作者的异同。他曾执导研究生黄传嘉用电脑分析二十多个叹词助词在前八十回预后四十回的异同，后来又指导陈炳藻用更复杂的统计公式和电脑计算二十多万词汇的出现频率，写成博士论文。两次的分析结果，前后的差异不大，没有出于两位作者的文笔迹象。

他还有第三个论证。周教授又采用清代木刻印刷术，出版一本书的实际作业流程，来考验从对诗词中的一两个字臆测出来的结论的可靠性。

1 《乾隆抄本百二十回〈红楼梦〉稿》,《发现与研究》,参考赵冈、陈钟毅:《〈红楼梦〉新探》,第三〇三～三二九页。

2 赵冈、陈钟毅：《〈红楼梦〉新探》，第二六三～三七九页。

根据文献，程伟元出示书稿到续书印刷出版，只花了十个月左右，根据当时可靠的刻印书作业时间，单单刻印，最快至少要六个月，其实私家印书，字模设备难全，可能更慢：

> 他在乾隆五十六年辛亥（一七九一）的春天才得由程伟元出示书稿，到同年冬至后五日（这年阴历十一月二十七，即阳历十二月二十二日冬至，后五日即阳历十二月二十日），工竣作序，这中间只有十来个月的时间。照当时武英殿排活字版的速度，印三百二十部书的正常作业，每十天；摆书一百二十版，《红楼梦》约有七十五万字左右，共五百七十五叶（版），至少需要一百三十一天续能排印完，这已是四个半月了。私家印书，字模设备难全，人手不够，有可能，条件恐怕赶不上武英殿，而且草创初版，正如程、高再版《引言》中所说的："创始刷印，卷帙较多，工力浩繁"，估计总得六个月才能印好。[1]

这样高鹗只有四个月，如何续书四十回？《红楼梦》情节复杂，千头万绪，人物就有九百七十五人。如果曹雪芹花了一、二十年才写了八十回，高鹗在四个月完成续书四十回，怎么可能？对文学创作有认识的人都不会相信高鹗在短期间可能写出四十回。更何况现在学者已发现，在程甲本之前，已有一百二十回本的存在，如《乾隆抄本百二十回〈红楼梦〉稿》，高鹗修改时可能用过其残稿作底本。[2]

周教授政治学博士出身，社会科学，历史学治学方法与精神主导其

---

1 《红楼三问》，《〈红楼梦〉案》，第二四～三〇页。

2 《红楼三问》，《〈红楼梦〉案》，第二四～三〇页。

资料分析，讲究事实证据，客观史学，始终严格监控着红学界望文生义的凭臆测、空疏的解读。加上他的校勘、训诂、考证的功夫高强，很客观的史学训练，使他很清醒地看待胡适及后来的学者，对清代一首旧诗中的注释："《红楼梦》八十回以后，俱兰墅所补"的"补"字的含义，他认为这不是"补作"（即续书），只是修补：

胡适很相信张问陶《赠高兰墅鹗同年》诗中自注的话："《红楼梦》八十回以后，俱兰墅所补。"认为"补"就是"补作"不止是"修补"。又把高鹗所写的《引言》第六条"是书开卷略志数语，非云弁首，实因残缺有年，一旦颠末毕具，大快人心；欣然题名，聊以记成书之幸。"解释做"大概他不愿完全埋没他补作的苦心"，才记上这一条。我以为这都是误解，其实高鹗说的"聊以记成书之幸"，正"因残缺有年，一旦颠末毕具"可见所谓"补"正是"修补"也就是程伟元序中说的"乃同友人（高鹗）细加厘剔，截长补短，抄成全部"中"补短"的"补"。[1]

由于红学家多数没有受过纯文学的训练，他们多是一批有考古癖的人，总是从收藏价值来看文学，以为是时间愈早的脂批本愈有价值，所以近年出版新校本，于是把八十回的脂批本代替了程高的排印本，理由是初稿接近作者的原貌。懂得文学创作的人，都知道作家通常都已最后改定稿为本。所以周老师对时下红学界很失望：

作者改定的稿子有时也不一定胜过于前稿，不过后来的改定

1 《胡适的新红学及其得失》,《〈红楼梦〉案》，第四〇页。

稿至少表示那是作者经过考虑后他自以为是较好的了。在这种情况下，就不能说稿子越早的越好。可是这些年来，我们一方面还很少能判断那一个版本在先，那一个在后，尤其是其间的明确继承关系往往还弄不清，却大致凭臆测，尽量采用我们认为较早的版本，而且总以为过录的抄本较可靠。[1]

周老师以人民文学出版社一九五八年俞平伯先生校订的《〈红楼梦〉八十回校本》和该社一九八二年中国艺术院红楼梦研究所校注的《红楼梦》（两本都以脂本做底本，前者用有正本，后者用庚辰本）与传统流通本（程高本）比较，文字相差无几，前者的文字不通之处甚多。他的理由还有："程、高早就交代过，他们是'聚集各原本详加校阅，改订无讹'的，是'广集核勘'过的。我们实无充分证据来否认他们这些话。"[2]

从外而内的文本考证：曹红学的《红楼梦》小说艺术结构

周教授的红学研究与多数其他红学家的最大不同，就是他不管在校勘、训诂、考证，都不忘记他在处理一部文学作品，这是一部小说。他的红学考证，处处都反映出他对小说技巧、理论与批评的熟悉。上面提到他从咏红诗开始研究，而现在的新红学家完全忽视这些作品，而他马上从读者批评的观点看问题，觉得还是具有意义的阅读。我们阅读《〈红楼梦〉本旨试说》，惊讶他对《红楼梦》中小说技巧与结构分析之深入：

1 《红楼三问》，《〈红楼梦〉案》，第三一～三二页。

2 《红楼三问》，《〈红楼梦〉案》，第三一页。

前五回只在总叙作者的主旨和小说的架构，与介绍重要小说人物和中心思想。一直要到第六回描写宝玉与袭人的特殊关系和刘姥姥一进大观园，才一步一步展开故事本身的实际叙述。

像这样把整个前五回来总叙作者主旨和小说架构，并介绍重要小说人物和小说的中心思想，笼罩全域，突出主题，在中国及世界小说史上都显得是很独特的。固然如《西游记》前面的十多回也用了大量的篇幅来替主题和主要预备工作，可是远不如《红楼梦》前五回那样有完整、复杂、微妙，而多层的设计……但这正是《红楼梦》特异之处，也正密扣着此书的主旨。[1]

接下去论析《红楼梦》“多种‘观察点’与贯通个性与共性”，从考证大师，周老师摇身一变，完全成为一位论述小说的艺术大师，如小说大师亨利·詹姆斯、康拉德、福斯特或理论家鲁博、伯特的小说技巧与理论[2]，无所不懂，因此周老师能够透视《红楼梦》的叙述结构的奥秘：

首先我们要了解，《红楼梦》之所以优异动人而有远大的影响，是它能贯通作品所述社会人生的个性和共性，就是使读者觉得书中所描述的人与事，一方面如真有发生，即明知是虚设的，却栩栩欲活，各有个性而独一无二；另一方面，却又觉得这种人与事，在读者周围，也到处可以以相同的或不同的方式出现或找到。书

1 《〈红楼梦〉本旨试说》，《〈红楼梦〉案》，第六九～七〇页。

2 Henry James, *The Art of the Novel* ,New York: Charles Scribner ‘s Sons,1947; E.M. Forster, *Aspects of the Novel*, New York: Harvest Books, 1954; Joseph Conrad, *Preface to The Nigger of the ‘Narcissus’* , 1897; Percy Lubbock, *The Craft of Fiction*, New York : Peter Smith, 1945 ; Wayne Booth, *The Rhetoric of Fiction*, Chicago: University of Chicago Press, 1983.

中所写虽是一时一地的人甚至如所宣称的只是作者一生亲见亲闻之人与事，但似乎又说了古往今来甚至未来人生的命运。而又使读者不觉得这些乃是空洞的说教。

《红楼梦》的作者为了要做到这点，采取了好些手法。其中之一便牵涉到如近代西洋小说批评中时常提到的小说的“观察点”问题。（我把 point-of-view 不照一般习惯译作“观点”，因为通常所谓“观点”乃指思想上一种看法，小说批评理论中所说的 point-of-view 有时虽也含有此义，但有时则不必，而只是指说者或观察者站在甚么地位或是那一种人而已……一般小说的作者所能设想的观察点不外于五六种……）[1]

《红楼梦》“小说人物”的观察点，各各顾到，某人从某种地位、立场，和思想感情观点看问题，行事，说话，各自有条理不乱，闻声见影，即知是谁人，这已是众所周知的必在此列举例证。

但是周老师指出，除了西洋小说常出现的那些多知或第一人称等多种观察点之外，《红楼梦》中还有一种观察点为人所不知，西方小说不见有使用：[2]

《红楼梦》在处理观察点方面，有一个更复杂的安排，对故事叙述者、背后作者，和实际血肉作者三者的交互微妙处理。所谓背后作者与实际作者，如〈凡例〉中引“作者自云”或“作者本意”便是以背后作者来引述实际作者……

---

1 《〈红楼梦〉本旨试说》，《〈红楼梦〉案》，第六九～七〇页。

2 《〈红楼梦〉本旨试说》，《〈红楼梦〉案》，第七一～七二页。

老师说阅读《红楼梦》有诗曰："一生百读《红楼梦》，借问如何趣益浓？只为书中原有我，亲闻亲见更亲逢。"[1]他自己从现代小说的参与论加以解释：[2]

> 能亲闻、亲见，固然已不寻常，但这还只算旁观现在加个"亲闻亲见更亲逢"，逢即逢遇、遭逢之意，也就是《红楼梦》第一回说的"亲自经历"的意思。表示读者有如与经历了书中的事件，这就更直接亲切，非同小可了。《红楼梦》之所以能做到这点，使读者认同，除提到的描写情景逼真而不隔，含有无尽的言外之意之有最重要的一个因素，就是：它是中国第一部自传式言情小说。

周老师的诠释使我马上想起康拉德所说过的：小说家应具有使读者"亲闻亲见更亲逢"这样的力量：

> My task which I am trying to achieve is, by the power of written word to make you hear, to make you feel—it is, before all, to make you see. That—and no more, and it is, everything.[3]

我的工作是努力通过书写的力量使你听见、感受，更重要的使你看见。这就是小说要达到的最高境界，周教授进一步看到小说中的参与感与多义性，因此他从读者批评的阅读理论来看《红楼梦》：

---

1 《书中有我读红楼》，《〈红楼梦〉案》，第一九〇页。

2 《书中有我读红楼》，《〈红楼梦〉案》，第一九〇页。

3 Joseph Conrad, *Preface to The Nigger of the Narcissus*, James Miller (ed.) *Myth and Method*, Lincoln: University of Nebraska Press, 1960, p30.

> 《红楼梦》的这种自传性，自然还不是成功的充足条件，是它能使读者时时有参与感和亲切感，使每个读者把自己也读了进去，就较易造成另外一种效果，那就是前文开头说过的，读者和研究者结论各有不同，争论不一的读者，每个评论者，每个研究者，原有他或她自己不同的身世、思想、感情，以至于不同的分析、解释、方法，如今把自己放进去，也就是把这种种不同的因素加上去，大家对《红楼梦》的看法，自然就更有差异了，而很难求同了。[1]

文学作品可分为单一意义的作品（rhetorical presentation）其主题意义强加读者身上的作品，另一种是多种意义的作品（dialectical presentation），读者有参与感、意义要读者去寻找。《红楼梦》便是后一种。“读者反应”的阅读者在阅读时，是带着自己本土文化经验、个人的、民族的感情思想，甚至幻想力去阅读，去了解。阅读者是决定意义的最重要因素。周教授是一位对文学的语言技巧、艺术结构有训练，所谓有学问的读者（informed reader, competent reader, educated reader）。[2]

结论：周策纵的曹红学——带来全新的诠释与世界性的意义

在《红楼梦案》收录的文章中，尤其《胡适的新红学及其得失》一文，老师多次肯定胡适在《红楼梦》版本学后人无法超越的贡献，除了红学，同时又开了曹学研究先河，他特别指出胡适在一九二一年到

1 《书中有我读红楼》，《〈红楼梦〉案》，第一九一页。

2 Elizabeth Freund, *The Return of the Reader: Reader-Response Criticism* ,New York: Methuen Co. 1987; 中译本陈燕谷译《读者反应理论批评》，台北：骆驼出版社，一九九四年。

一九三三年写的三篇文章[1]，他说至今“还没有一个超过胡适在《红楼梦》版本学方面最基本和最重要的贡献。”他明白的指出，后来的学者，包括他自己，都是在胡适完成的研究与影响或笼罩之下展开。在《〈红楼梦〉案》的序文中，周教授也自我承认“在考证方面，我最受鼓励和影响，前有顾颉刚先生，后有胡适之先生。至于谈到《〈红楼梦〉案》的研究，他说：“我这个集子所收的论文，牵涉《红楼梦》研究的方面颇广，但主要在于考证、文论，和版本校勘几个领域。”可见周老师似乎很含蓄的自我意识到，除了考证版本，他在曹红学中，他的文论最具有突破性的表现。我在上面已引述他对为了满足历史癖和考据癖的红学而不满，当然他对胡适的考证止于考证也很失望，尤其胡适晚年贬低《红楼梦》、令人不能接受的艺术评价，[2]因为他自己是从外而内，用考证训诂与版本学建构一个欣赏、分析、评价《红楼梦》的艺术世界的批评架构与理论：

> 从胡适之先生以来，他们一批朋友又多半有点历史癖和考据癖；当然，无论对这小说怎样分析、解释、与评估，总得以事实做根据，所以对事实考证就看得特别重要了。我也很同意这种看法，但同时觉得可惜过去红学家很少有人深刻研究过中外的文学理论与批评。[3]

周教授认为最大遗憾，就是“红学家很少有人深刻研究过中外的文学理论与批评。”这本《〈红楼梦〉案》，除了开启“多方”研究红学与曹

---

1 一九二一年《〈红楼梦〉考证》、一九二七年《重印乾隆任子〈红楼梦〉序》，及一九三三年《跋乾隆庚辰本脂砚斋重评〈石头记〉》。

2 《胡适的新红学及其得失》，《〈红楼梦〉案》，第六一～六六页。

3 《多方研讨〈红楼梦〉》，《〈红楼梦〉案》，第一二页。

学的学术方法，如上所述，结合了中国传统考据学、西方汉学与中国研究的学术精神与方法，将是教导年轻学者打下“治学方法”最好的范本，他把考证版本回归文学研究，给《红楼梦》的小说艺术世界带来深度的文学分析（literary analysis）。周教授的三篇文章如《红楼三问》、《〈红楼梦〉“本旨”试说》及《书中有我读红楼》，这是新红学家从文学艺术的角度来研究《红楼梦》的划时代之作。周教授把中国传统的考据学与西方汉学的治学方法与精神结合成一体，跨国界的文化视野，给《红楼梦》学术带来全新的诠释与世界性的意义。[1]

1 当然近几十年，西方的学者出版了许多杰出的文学分析的文论，但是他们不是建立在新红学的基础上的著作，属于另一类的红学研究，本人并没有忽视其成就。

抢救尤三姐的贞操

《红楼梦》程乙本与庚辰本之比较

白先勇[*]

《红楼梦》第六十三回至六十九回，尤氏两姐妹尤二姐、尤三姐的故事，横空而出，替《红楼梦》掀起另一波高潮。小说情节至此已进行到一半，主要人物都已出场，尤其是一些女性角色，金陵十二钗、贾府大小丫鬟，甚至梨香院的小伶人，个个都刻画得有棱有角，多姿多彩。而且面貌鲜明，各具个性。没料到此时突然间，红楼二尤登场，短短几回，两人的悲剧下场，写得动人心弦，让读者留下不可磨灭的印象，而尤二姐、尤三姐立于众多次要人物群里，出类拔萃，在《红楼梦》中稳稳占有一席之地。

曹雪芹塑造人物最常用的是对比手法，黛玉与宝钗、晴雯与袭人、宝玉与贾政，以此类推，凤姐与李纨、探春与迎春等等，人物个性，强

* 白先勇（一九三七～ ），小说家，散文家，评论家，剧作家。爱荷华大学文学创作硕士，著有《台北人》、《纽约客》、《孽子》、《蓦然回首》等。

烈反差，形成种种对衬，角色互补，相生相克，使得《红楼梦》的人物关系复杂而有趣。曹雪芹塑造尤二姐、尤三姐本意，亦是如此。尤二姐柔顺软弱，尤三姐刚强贞烈，这两姐妹的性格迥然不同，形成一对强烈对比的人物。可是就在尤三姐的形象个性上，《红楼梦》的两个最流行的版本程乙本与庚辰本却有着严重的分歧，以致影响到情节发展的逻辑。

尤氏姐妹的母亲尤老娘是宁国府贾珍之妻尤氏的继母，出身寒微，嫁进尤家时，是带着两个女儿二姐、三姐过来的，二姐、三姐也就是俗称的“拖油瓶”，家庭社会地位不高。尤老娘一门三口平时还得依靠宁国府贾珍的接济过日子，算是贾家的穷亲戚。可是尤氏姐妹却是一对天生丽质的绝色佳人，宝玉口中的“尤物”。这就使风流成性的贾珍对这两个小姨子起了邪念，二姐水性，很早便跟姐夫有染，可是三姐个性却不好相与，贾珍虽然对三姐垂涎，但不敢轻举妄动，怕自讨没趣，所以三姐始终保持清白，未让姐夫玷污——这是程乙本对尤三姐的描述；可是庚辰本却完全相反，把尤三姐也写成了一个水性杨花的女子，虽然个性比她姐姐刚烈，却照样被姐夫贾珍弄到手，而且有一节形容她当着丫鬟们任由贾珍狎昵调戏，肆无忌惮。庚辰本既然把尤三姐定性为“淫妇”，这样往下六十五、六十六回有关尤三姐的情节便产生了极大的内在矛盾，逻辑上出了问题，严重影响小说情节发展的一贯性。

第六十三回贾敬服金丹身亡，尤氏把尤老娘及二姐、三姐接到宁国府帮忙料理丧事。贾蓉听说两个姨娘来了，便忙赶过去欲跟她们厮混，原来贾蓉跟尤二姐也有情，贾珍父子有“聚麀”之诮。这是尤二姐、尤三姐头一次出场，可是程乙本与庚辰本对尤三姐一开始便有了不同的写法。

贾蓉一到便跟二姐调笑：

“二姨娘，你又来了？我父亲正想你呢。”

二姐红了脸，骂了几句：

说着顺手拿起一个熨斗来，兜头就打，吓的贾蓉抱着头，滚到怀里告饶。尤三姐便转过脸去，说道：“等姐姐来家再告诉她！”（程乙本）

庚辰本却是这样接的：

尤三姐便上来撕嘴，又说：“等姐姐来家，咱们告诉她。”贾蓉忙笑着跪在炕上求饶，他两个又笑了。

贾蓉又和他二姨娘抢砂仁吃：

那二姐儿嚼了一嘴渣子，吐他一脸，贾蓉用舌头都舔着吃了。

接着贾蓉信口开河，胡言乱语，把贾琏和凤姐的阴私都揭露出来，尤三姐这下实在看不过去了：

三姐儿沉了脸，早下炕进里间屋里，叫醒尤老娘。（程乙本）

庚辰本没有这一段。

按程乙本这一节写贾蓉下流，二姐轻浮，而三姐看不惯二姐、贾蓉，姨娘外甥两人嬉闹无度，对贾蓉不假辞色，沉下脸来，而庚辰本却把三姐也拖进去这场姨娘外甥的“乱伦”游戏，跟贾蓉打打闹闹起来。

浪荡子贾琏勾动了尤二姐，把她娶为二房，金屋藏娇，新房就设在宁国府后面的花枝巷里。第六十五回：

> 贾二舍偷娶尤二姨
>
> 尤三姐思嫁柳二郎

是《红楼梦》写红楼二尤最精采的一回。

一日贾珍趁着贾琏不在新屋，来探望二姐、三姐。其实贾珍对上过手的二姐已经厌倦，这时目标转向三姐。二姐命人备下酒馔，尤老娘、三姐作陪，款待贾珍，庚辰本下面这一段，对三姐的描述，至为关键：

> 当下四人一处吃酒。尤二姐知局，便邀她母亲说：“我怪怕的，妈同我到那边走走来。”尤老也会意，便真个同她出来，只剩小丫头们，贾珍便和三姐挨肩擦脸，百般轻薄起来。小丫头子们看不过，也都躲了出去，凭他两个自在取乐，不知作些什么勾当。

庚辰本这一段把二姐、三姐都写坏了。二姐虽然举止有点轻浮，但基本上是一个心地善良的女孩子，尤其关心她妹妹的前途归宿，不会在这里设局把母亲调开，制造机会让贾珍狎玩她的妹子。三姐在这里更加写成了“浮花浪蕊”，跟贾珍“挨肩擦脸”，任由贾珍“百般轻薄”，连小丫头们都看不过，躲了出去，“凭他两个自在取乐，不知作些什么勾当。”庚辰本把尤三姐形容得如此不堪，将曹雪芹原本把三姐塑造成“烈女”的形象，完全毁损。

程乙本这段描写不是这样：

当下四人一处吃酒。二姐儿此时恐怕贾琏一时走来，彼此不雅，吃了两钟酒便推故往那边去了。贾珍此时也无可奈何，只得看着二姐儿自去。剩下尤老娘和三姐儿相陪。那三姐儿虽向来也和贾珍偶有戏言，但不似他姐姐那样随和儿，所以贾珍虽有垂涎之意，却也不肯造次了，致讨没趣。况且尤老娘在旁边陪着，贾珍也不好意思太露轻薄。

程乙本这一段写得合情合理，尤二姐自己离席是有理由的，因为她之前与贾珍有染，怕贾琏闯来看见她陪贾珍饮酒，情况尴尬，有碍贾琏面子，可见二姐还有羞耻心，为她丈夫着想。而此处三姐与贾珍并无勾当，因为三姐的脾气“不随和”，贾珍不敢轻举妄动，怕讨没趣，何况尤老娘还在场。

庚辰本特意将尤三姐塑造成一个浪荡女子，这就跟下面的情节发展起了严重的矛盾冲突。

贾琏回来，发觉贾珍偷偷来访，二姐向贾琏告白，讲了一番肺腑之言，并忧心三姐的未来。贾琏自告奋勇，干脆走过西院去公开撮合贾珍与三姐，“索性大家吃个杂会汤”。

程乙本下面这几段，是《红楼梦》中写得最精采、最戏剧化的情节之一：

贾琏便推门进去，说：“大爷在这里呢，兄弟来请安。”贾珍听是贾琏的声音，唬了一跳，见贾琏进来，不觉羞惭满面。尤老娘也觉不好意思。贾琏笑道：“这有什么呢！咱们弟兄，从前是怎么样来？大哥为我操心，我粉身碎骨，感激不尽。大哥要多心，

> 我倒不安了。从此，还求大哥照常才好；不然兄弟宁可绝后，再不敢到此处来了。”说着便要跪下，慌得贾珍连忙搀起来，只说：“兄弟怎么说，我无不领命。”贾琏忙命人：“看酒来，我和大哥吃两杯。”因又笑嘻嘻向三姐儿道：“三妹妹为什么不合大哥吃个双钟儿？我也敬一杯，给大哥合三妹妹道喜。”

贾琏和贾珍两人唱双簧、演相声，尤三姐看在眼里，心中早已火冒三丈，经贾琏这样一挑逗，便发作了：

> 三姐儿听了这话，就跳起来，站在炕上，指着贾琏冷笑道：“你不用和我‘花马掉嘴’的！咱们‘清水下杂面——你吃我看’，‘提着影戏人子上场儿——好歹别戳破这层纸儿’。你别糊涂油蒙了心，打量我们不知道你府上的事呢！这会子花了几个臭钱，你们哥儿俩，拿着我们姊妹两个权当粉头来取乐儿，你们就打错了算盘了！我也知道你那老婆太难缠。如今把我姐姐拐了来做了二房，‘偷来的锣鼓儿打不得’。我也要会会这凤奶奶去，看他是几个脑袋？几只手？若大家好取和儿便罢；倘若有一点叫人过不去，我有本事先把你两个的牛黄狗宝掏出来，再和那泼妇拼了这条命！喝酒怕什么？咱们就喝！”说着自己拿起壶来，斟了一杯，自己先喝了半盏，揪过贾琏来就灌，说：“我倒没有和你哥哥喝过，今儿倒要和你喝一喝，咱们也亲近亲近。”吓得贾琏酒都醒了。贾珍也不承望三姐儿这等拉得下脸来。兄弟两个本是风流场中耍惯的，不想今日反被这个女孩儿一席话说得不能搭言。

这一大段作者曹雪芹让他笔下的人物尤三姐尽情表演。三姐痛斥贾珍贾琏兄弟，音容并茂，铿锵有声，可能是《红楼梦》中最富戏剧张力的一段，三姐为了保持自己的尊严，拉下脸来，逼住贾珍、贾琏两个风流老手，不敢轻举妄动。三姐把贾珍、贾琏狠狠数落了一番：斥骂他们仗势欺人，花了几个臭钱，把她们姐妹权当粉头来取乐。曹雪芹批评贾府几个主子荒淫无度，从不直接指摘，总是借着旁人的口来褒贬评论，有名的例子是焦大口中“爬灰的爬灰，养小叔的养小叔”。柳湘莲：“东府里，除了那两个石头狮子干净罢了！”贾府资深保母赖嬷嬷批评贾珍：“他自己不管一管自己，这些兄弟侄儿怎么怨得不怕他？”尤三姐对贾珍贾琏的斥责，也有异曲同工之妙。这些都是对贾府道德败坏的批判，贾府后来被抄家败落，与贾珍等人不伦的行为也有关连。但尤三姐痛斥贾珍、贾琏这段情节的成立，有一个前提：尤三姐必须是清白的，与姐夫未曾有过苟且之事。如果像庚辰本先入为主，把三姐描述成一个随便可让贾珍“百般轻薄”的“淫妇”，三姐便没有立场在此处理直气壮的把贾珍、贾琏骂得狗血喷头。如果三姐真的曾被贾珍玩弄过，以贾珍的大爷脾气，绝不容许这样一个失过足的“淫妇”任意辱骂。这一节跟庚辰本的假设前提，有很大矛盾，不合逻辑。

曹雪芹的心思如此缜密，绝不会犯下人物与情节产生严重矛盾的错误。很可能是庚辰本抄书的人动了手脚，擅自把尤三姐从烈女改成了淫妇，但这关键的一节又没有改写，所以留下了前后兜不拢的矛盾。

下面一节形容三姐酒后放浪，镇住贾珍、贾琏，程乙本亦写得十分精采：

> 只见这三姐索性卸了妆饰，脱了大衣服，松松的挽个儿；身上穿着大红小袄，半掩半开的，故意露出葱绿抹胸，一痕雪脯；底下绿裤红鞋，鲜艳夺目；忽起忽坐，忽喜忽嗔，没半刻斯文，

两个坠子就和打秋千一般；灯光之下越显得柳眉笼翠，檀口含丹；本是一双秋水眼，再吃了几杯酒，越发横波入鬓，转盼流光：真把那珍琏二人弄得欲近不敢，欲远不舍，迷离恍惚，落魄垂涎。再加方才一席话，直将二人禁住。弟兄两个竟全然无一点儿能为，别说调情斗口齿，竟连一句响亮话都没了。三姐自己高谈阔论，任意挥霍，村俗流言，洒落一阵，由着性儿拿他弟兄二人嘲笑取乐。一时，他的酒足兴尽，更不容他弟兄多坐，竟撵出去了，自己关门睡去了。

庚辰本在描写这一段，有相当大的差别：

这尤三姐松松挽着头发，大红袄子半掩半开，露着葱绿抹胸，一痕雪脯。底下绿裤红鞋，一对金莲或翘或并，没半刻斯文。两个坠子却似打秋千一般，灯光之下，越显得柳眉笼翠雾，檀口点丹砂。本是一双秋水眼，再吃了酒，又添了饧涩淫浪，不独将他二姐压倒，据珍琏评去，所见过的上下贵贱若干女子，皆未有此绰约风流者。二人已酥麻如醉，不禁去招他一招，他那淫态风情，反将二人禁住。那尤三姐放出手眼来略试了一试，他弟兄两个竟全然无一点别识别见，连口中一句响亮话都没有了，不过是酒色二字而已。自己高谈阔论，任意挥霍洒落一阵，拿他弟兄二人嘲笑取乐，竟真是他嫖了男人，并非男人淫了他。一时他的酒足兴尽，也不容他弟兄多坐，撵了出去，自己关门睡去了。

程乙本此处虽然把尤三姐的万种风情写得淋漓尽致，但作者的态度对他塑造的人物，基本上是尊重的，没有半点亵渎贬抑的意味。可是庚辰本因为一直要把尤三姐写成“淫妇”，所以直接用“淫浪”、“淫态”来标示她，说她“竟真是他嫖了男人，并非男人淫了他”。庚辰本这一段，格调不高，不能不教人怀疑，抄书人加了许多“淫辞”在里面。

接着程乙本更进一步描画三姐：

> 这尤三姐天生脾气,和人异样诡僻。只因他的模样儿风流标致，他又偏爱打扮得出色,另式另样,做出许多万人不及的风情体态来。那些男子们，别说贾珍贾琏这样风流公子，便是一班老到人，铁石心肠，看见了这般光景，也要动心的。及至到他跟前，他那一种轻狂豪爽、目中无人的光景，早又把人的一团高兴逼住，不敢动手动脚。

至此，程乙本把尤三姐的风情体态以及倾倒众生的吸引力，作了一番全面的刻画，同时更突出她“轻狂豪爽，目中无人，令人不敢招惹”的高傲个性。

但这些都是对尤三姐的正面评价。而庚辰本一直到底对尤三姐都是暗含贬意的负面描述：

> 谁知这尤三姐天生脾气不堪，仗着自己风流标致，偏要打扮的出色，另式作出万人不及的淫情浪态来，哄的男人们垂涎落魄，欲近不能，欲远不舍，迷离颠倒，他以为乐。
>
> 尤三姐自此以后，一点不顺心，便将贾珍、贾琏、贾蓉三人厉言痛骂一顿，说他们爷儿三个诓骗她们寡妇孤女，而且天天挑拣穿吃，打了银的，又要金的，有了珠子，又要宝石；吃着肥鹅，又宰肥鸭，或不趁心，桌子一推，衣裳不如意，不论绫缎新整，

便用剪子铰碎，撕一条，骂一句。究竟贾珍等何曾随意了一日，反花了许多昧心钱。

尤二姐跟母亲看不过去，十分相劝，尤三姐反而说：

> 姐姐糊涂！咱们金玉一般的人，白叫这两个现世宝沾污了去，也算无能！而且他家现放着个极利害的女人，如今瞒着，自然是好的，倘或一日他知道了，岂肯干休？势必有一场大闹。你二人不知谁生谁死，这如何便当作安身乐业的去处？

三姐自比金玉，可见她自负自尊，她是不值她姐姐委曲嫁给贾琏做二房。尤家虽然寒微，但亦是正经门户，一般说不肯将闺女被人收为姨娘，何况贾琏家里放着个“极厉害的女人”。三姐看得明白，这绝非安居乐业之地。所以她责怪她姐姐“糊涂”。后来果然尤二姐被凤姐诓进贾府，折磨至死。

二姐看着三姐如此闹法，也不是事，便与贾琏商量，替三姐下聘，找一归宿，二姐备下了酒，特请她妹妹过来和母亲上坐。程乙本下面这一段三姐自白，写得辛酸，把三姐这个人物完全人性化了：

> 刚斟上酒，也不用他姐姐开口，便先滴泪说道："姐姐今儿请我，自然有一番大道理要说；但只我也不是糊涂人，也不用絮絮叨叨的。从前的事，我已尽知了，说也无益！既如今姐姐也得了好处安身，妈妈也有了安身之处，我也要自寻归结去，才是正礼。但终身大事，一生至一死，非同儿戏。向来人家看着咱们娘儿们微息，不知都安着什么心！我所以破着没脸，人家才不敢欺负。这如今要办正事，

不是我女孩儿家没羞耻，必得我拣个素日可心如意的人，才跟他。要凭你们拣择，虽是有钱有势的，我心里进不去，白过了这一世了！”

三姐看着二姐跟母亲有了定所，虽然她明知那是个火坑，但也不能多说什么了，自己在姐姐家已待不下去，须要找个归宿，她终于向姐姐、母亲说出她的心里话：向来人家看轻她们孤女寡母，无所凭借，任意打她们姐妹的主意，所以她才不顾颜面，放刁撒泼，人家不敢欺负，她在男人面的放浪行为，并非她不知羞耻，也是逼不得已，三姐倒底是个非凡女子，婚姻一事，坚持自己择偶。当时女儿家是不作兴自己选夫婿的。这也说明三姐是一个敢爱敢恨的人。她看上了柳湘莲。五年前三姐一家到外祖母家拜寿，柳湘莲跟一班好人家子弟在唱戏，柳湘莲扮小生。其实柳湘莲也是世家子，年轻貌美，生性放任不羁，不拘世俗，亦是个特立独行的人。三姐一见钟情。对她姐夫贾琏这样说：

“若有了姓柳的来，我便嫁他。从今起，我吃长斋念佛，伏侍母亲，等来了嫁了他去；若一百年不来，我自己修行去了。”说着将头上一根玉簪拔下来，磕作两段，说：“一句不真，就合这簪子一样！”说着，回房去了，真个是“非礼勿动，非礼不言”起来。

这就是尤三姐刚烈绝决的个性，最后把她引上悲剧的结果。贾琏好不容易找到柳湘莲，向他索了聘礼，一把家传的鸳鸯剑。三姐把剑挂在自己绣房床上，每日望着剑，自喜终身有靠。可是当柳湘莲回来打听到尤三姐是贾珍的小姨子时，登时起了疑心，向宝玉说出了他的名言：“你们东府里，除了那两个石头狮子干净罢了！”柳湘莲去向贾琏索回聘礼，贾琏还要跟他理论时，尤三姐好不容易等了他来，今忽见反悔，便知他在贾府中听了什么话来，把自己当作淫奔无耻之流，不屑为妻，“连忙摘下剑来，将一股雌锋隐在肘后，出来便说：‘你们也不必出去再议，还你的定礼！’一面泪如雨下，左手将剑并鞘送给湘莲，右手回肘，只往颈上一横。”尤三姐以死表明自己的贞节，维持了她最后的尊严。庚辰本把尤三姐描写成早已失足于姐夫贾珍的“淫妇”，在这一节上，又起了严重的矛盾，如果三姐果然与贾珍有染，那么柳湘莲怀疑她乃“淫奔无耻之流”并不冤枉，尤三姐便没有立场自刎了，她的死没有必要，也就毫无意义。庚辰本把尤三姐写岔了，人物与情节发展起了冲突，逻辑上出了问题，尤三姐这个人物变得性格不统一，忽儿刚烈，忽儿淫荡，使得小说情节发展无所适从。

读者对尤三姐的形象性格也就捉摸不定了，整个尤三姐的故事便受了影响，有了瑕疵。当然尤三姐不是不可以写成淫妇，那么她痛斥贾珍、贾琏那一章节就必须重写，而且三姐的结局也不能自杀以示清白。事实上《红楼梦》中尤三姐在程乙本里，她是一个写得极出彩的角色，三姐美艳超群，潇洒不羁，性情刚烈，不畏权势，她敢面斥贾氏兄弟，对情的追求一往而深，执著绝决，当她痴心以待的人对她的贞操起了疑心时，她当场自刎以表清白，死得轰轰烈烈。尤三姐是烈女，不是淫妇，她受冤屈而亡的悲剧下场才能得到读者的同情。这也应该是作者曹雪芹的原意，《红楼梦》中作者曹雪芹创造了一系列为情殉身的烈女，林黛玉、晴雯、司棋，尤三姐也应该归入这个行伍，弱不禁风的林黛玉最后焚稿断痴情，亦自有她一番悲壮。这些人物都属于第一回中茫茫大士所称的“这一干风流孽鬼”下世，到人间去历劫的。尤三姐的故事占的篇幅不多，但牵动颇大，柳湘莲因三姐之死，勘破红尘，遁入了空门。柳湘莲出家也遥遥指引了宝玉，最后大出离的结局。其实尤三姐对贾宝玉有着某种的了解，贾琏的仆人兴儿在二姐、三姐随便诋毁宝玉，说他“疯疯癫癫”，三姐马上替宝玉辩护，说他“并不糊涂”，只是一般人不懂他就是了。二姐看三姐护着宝玉，便笑道 ：“依你说，你两个已是情投意合了，竟把你许了他，岂不好？”连兴儿都说 ：“若论模样儿行为，倒是一对儿好人！”跟黛玉、晴雯一样，尤三姐也算得上是宝玉的“红颜知己”。第一百十六回“得通灵幻境悟仙缘”，宝玉重返太虚幻境，又看到登载金陵十二钗等人命运的册子，这次他了悟到原来这些人的命运遭遇都是前定，最后竟是尤三姐的鬼魂赶来一剑斩断宝玉的尘缘。

可见尤三姐这个人物在作者整个情节寓意的设计中，占了相当重要的地位。尤三姐的贞操，必须保护，以贯彻她人格的完整性。

《红楼梦》的版本问题非常复杂，大致可分两大类 ：一类是前八十回的手抄本，因为有脂砚斋等人的批注，简称“脂本”，迄今发现的有十二种，其中以甲戌本、己卯本、庚辰本、甲辰本、戚序本比较重要，这些抄本流行的年代大约四十年不到，从一七五四年至一七九一年，程伟元、高鹗的初次刻印本出现为止。红学大家俞平伯认为“这些抄本，无论旧抄新出都是一例的混乱”（《〈红楼梦〉八十回校本序言》）。原因是这些抄书的人，程度水平不一定很高，错误难免，有的可能因为牟利，竟擅自更改，“故意造出文字的差别来炫惑人”。

这些抄本又以庚辰本比较完整。原书名《脂砚斋重评〈石头记〉》，庚辰指乾隆二十五年（一七六〇年），现存抄本原为晚清状元协办大学士徐郙旧藏，一九三三年胡适从徐郙之子徐星曙处得见此抄本，撰长文《跋乾隆庚辰本〈脂砚斋重评石头记〉抄本》。一九四八年燕京大学从徐家购得庚辰抄本，现由北京大学馆藏。

庚辰本共七十八回，缺六十四、六十七两回，十七、十八两回未分开共用一个回目。现存的庚辰本并非原稿，乃后人的过录本，抄写者不止一人，现存的抄本乃有不少错讹遗漏的地方。但做为研究材料，庚辰本自有其无可取代的重要性，因为在各抄本中，其回数最多，而脂砚斋等人的各种批注竟有两千多条，这是一笔研究作者身世、创作过程等的珍贵资料。又因其年代较早，曹雪芹还在世，于是有些红学家便认为庚辰本最靠近曹雪芹的原稿，虽然曹雪芹的原稿迄今尚未面世，而且作者“增删五次”，庚辰本亦不确定靠近那一稿。

一九八二年人民文学出版社出版以庚辰本为底本的《红楼梦》，这在《红楼梦》出版史上是一道重要的分水岭。此后在中国大陆，这个版本基本上取代了程乙本《红楼梦》，成为中国大陆最具权威的版本。这个版本经由冯其庸领衔，聚集了中国艺术研究院红楼梦研究所一批专家共同校订的，所以又称“中国红楼梦研究所校注本”，一共修订三次，三十多年来，销售量达七百多万册，影响了几代的读者。

乾隆五十六年（辛亥），一七九一年程伟元、高鹗整理出版木活字刻本一百二十回《新镌全部绣像〈红楼梦〉》，世称“程甲本”，翌年一七九二（壬子）又复刻修正本，世称“程乙本”。“程甲本”乃《红楼梦》首次面世的刻印全本，一时洛阳纸贵，成为后世诸刻本的祖本。相对而言，“程乙本”在当时却没有引起太大的注意，发行不广。至近世上海亚东图书馆汪原放于民国十年，一九二一年，又重刻《红楼梦》，以道光十二年（一八三二）双清馆刊行的王希廉评本《新评绣像〈红楼梦〉》为底本，此亦属“程甲本”系统，并加新式标点，分段落。书前附胡适的《〈红楼梦〉考证》。这个版本重印了六版。可是汪原放发觉胡适收藏了一套“程乙本”，于是一九二七年汪原放又以“程乙本”为底本重刻《红楼梦》。

胡适又作了一篇《重印乾隆壬子本〈红楼梦〉序》。这个亚东版程乙本《红楼梦》因为有胡适大力推荐，一时风行海内外，港、台、新、马地区流行的《红楼梦》亦多以程乙本为主，于是程乙本《红楼梦》成了流传最广的普及本。中国大陆也要等到八十年代初，庚辰本《红楼梦》开始垄断出版界后，程乙本《红楼梦》才渐渐销声匿迹。台湾远东图书公司、启明书局等出版的《红楼梦》，基本上都是亚东版的翻版。一九八三年台湾桂冠图书公司印行了以乾隆壬子年程乙本为底本的《红楼梦》，这在《红楼梦》出版史上另立一道里程碑。桂冠版《红楼梦》的校注特别严谨，曾参校以下各个重要版本：王希廉评刻本、金玉缘本、藤花榭本、本衙藏版本、程甲本，这些都是一百二十回刻本。脂本有庚辰本、戚蓼生序本，每回后面并列有各版本比较的校记。这个版本的注释最为详备，是以启功注释本为底本，加上唐敏等人的注解，重新整理而成，书中的诗赋并有白话翻译，对于一般读者，甚有助益。我在美国加州大学圣芭芭拉分部教授《红楼梦》二十多年，一直采用桂冠版做教科书，桂冠版优点甚多，非常适合学生阅读。

自上世纪八十年代初，人民文学出版社出版庚辰本《红楼梦》后，这个版本的影响也跨海传到台湾来，台湾多家出版社纷纷改换版本，庚辰本在台湾亦渐渐压倒程乙本。二〇〇四年桂冠版程乙本《红楼梦》终于断版。二〇一四至二〇一五年，我应台湾大学之请，讲授《红楼梦》导读课程，共一年半三个学期，一百个钟头的时间，因为市上已无桂冠版销售，我便采用台北里仁书局出版，冯其庸等人校注的庚辰本《红楼梦》为教课本，此本即为大陆红研所的校注本。我在授课时，同时参照桂冠版《红楼梦》，因此有机会把两个最流行的版本，一个以程乙本为底本，一个以庚辰本为底本的《红楼梦》从头到尾，仔细比对了一次。我比较两个版本，完全以小说艺术，美学观点来衡量，我发觉庚辰本做为研究本，至为珍贵，但做为普及本则有不少大大小小的问题。《红楼梦》以人物塑造多姿多彩，栩栩如生取胜，作者曹雪芹创造了一连串大大小小令人难忘的小说人物，其中次要人物又以红楼二尤，尤二姐、尤三姐的故事最为哀艳。庚辰本在好几位人物形象及性格的刻画上产生了矛盾，留下败笔。其中尤三姐一案最为严重，本文前面已有详细对照分析。其他人物如秦钟、晴雯、芳官、袭人等也有各种描述上的瑕疵，我在拙著《白先勇细说〈红楼梦〉》中都已一一指出。

《红楼梦》之所以成为中国最伟大的小说，主要还是归功于曹雪芹的文字艺术，《红楼梦》是一本集大成之书，曹雪芹继承了中国文学诗词歌赋，戏曲小说的大传统，又能样样推陈出新，《红楼梦》兼容各种文类，浑然一体，文白相兼，雅俗并存。《红楼梦》的对话艺术，巧妙无比，人物一张口，便有了生命，这是曹雪芹特有的本事，他对当时口语白话文的运用，到达炉火纯青的地步。《红楼梦》的对话，精确的标示出人物的个性、心理、身份、处境，人物都有个人化的语调、特征，凤姐是凤姐，李纨是李纨，绝不混淆。《红楼梦》写的虽然是贵族之家，但曹雪芹并不避俗，该用粗鄙言语时，一样得心应手，完全合乎人物的身份及说话场合。可是庚辰本中有几处的骂人粗口，却用得并不恰当：

例一：第二十九回

贾母率领贾府众人往清虚观打醮，观里一个十二、三岁正在剪烛的小道士，来不及躲避，一头撞到凤姐怀里。凤姐一巴掌，把那个小孩子打了一个筋斗，骂道：

> “野牛肏的，胡朝那里跑？”（庚辰本）
>
> “小野杂种！往那里跑？”（程乙本）

凤姐个性泼辣，骂脏话并不稀罕，例如她骂自己的下人兴儿、旺儿，但在清虚观里当着贾母以及贾府中上上下下的人，对一个小道士骂出“野牛肏的"这样的粗口就有失身份了，到底凤姐是贾府的少奶奶，荣国府的大管家呢，在道观里不致如此撒泼失礼，何况清虚观不比平常，住持张道士乃是荣国公贾代善的替身，皇帝封为"终了真人"，是个有地位的所在。程乙本作"小野杂种"，就没有那样突兀了。

例二：第六十五回

贾琏娶了尤二姐做二房，并在贾府后面巷子里金屋藏娇，一日贾琏的心腹跟班兴儿来请贾琏外出，二姐留下兴儿话家常。兴儿平日受尽凤姐欺压，此刻在二姐面前狠狠把凤姐数落了一顿，二姐说："你背着他这么说他，将来背着我还不知怎么说我呢！"兴儿忙跪下赌咒发誓，尤二姐笑道：

> "猴儿肏的，还不起来呢。说句顽话，就唬的那样起来。"（庚辰本）
>
> "你这小猾贼儿，还不起来！说句玩话儿，就吓得这个样儿。"（程乙本）

尤二姐的性格也许有点轻浮，跟贾琏、贾蓉打情骂俏，也会说些浮言浪语，但基本上二姐是个温柔好心肠的女子，不会撒泼放刁，尤其嫁给贾琏后，已是个姨奶奶的身份，对贾琏的心腹男佣不至于动粗口说出"猴儿肏的"这样的话，程乙本"小滑贼儿"比较像二姐的口气。

例三：第七十五回

宁国府贾敬服金丹身亡，贾珍借着居丧期间，在府内竟然引进一干游侠纨裤"放头开局，大赌起来"，薛蟠还有邢夫人的胞弟外号傻大舅的邢德全也参与其中，这晚尤氏带了丫鬟媳妇返来，停在厅外偷看。里面正值傻大舅输了钱，抱怨陪酒的两个小么儿只赶赢家不理输家，座中有一个客人问道："方才是谁得罪了舅太爷？我们竟没有听明白。且告诉我们评评理。”邢德全把两个孩子不理的话说了一遍，那人接过来就说：“可恼！怨不得舅太爷生气。——我问你：舅太爷不过输了几个钱罢咧，并没有输掉了，怎么你们就不理了？”说着，大家都笑起来。尤氏在外面听了这话，悄悄的啐了一口，骂道：

“你听听，这一起没廉耻的小挨刀的，才丢了脑袋骨子，就胡吣嚼毛了，再肏攮下黄汤去，还不知吣出什么来呢。”（庚辰本）

“你听听，这一起没廉耻的小挨刀的！再灌丧了黄汤，还不知吣出什么新样儿来呢！”（程乙本）

“肏攮”原本是“长安”郊区的方言粗口，现在沛县一带还在流行，在这里就是硬灌下去的意思。尤氏倒底是宁国府的大奶奶，受过封诰的夫人，而且尤氏个性软弱顺从，这句粗口用得与她身份性格不符。曹雪芹在《红楼梦》里并不避俗，这一节纨裤赌客的粗话却达到了制造热闹的喜剧效果。但庚辰本中贾府的少奶奶们满口“肏”来“肏”去，实在不成体统。

例四：第六十回

小伶人蕊官托春燕带一包蔷薇硝送给在怡红院的芳官，贾环看到了，不识相向宝玉索取一些蔷薇硝赠给彩云。芳官不愿意，暗中将茉莉粉代替了蔷薇硝，贾环兴冲冲拿回去，被彩云发觉讥笑了一顿，赵姨娘知道火冒三丈，拱着贾环到怡红院去大闹一场，贾环畏怯不前，被赵姨娘痛斥：

“呸！你这下流没刚性的，也只好受那些毛崽子的气！平白我说你一句儿，或是无心错拿了一件东西给你，你倒会扭头暴筋，

> 瞪着眼摔娘，这会子被那起屄崽子耍弄也罢了，你明儿还想这些家里人怕你呢。你没有屄本事，我也替你羞。”（庚辰本）

赵姨娘虽然愚昧无知，但她是宠爱贾环的，骂起儿子来不至于满口脏话。程乙本没有用到“屄”字。

例五：第五十九回

宝钗的丫头莺儿手巧，善编织，一日宝钗遣莺儿到黛玉处索取蔷薇硝，莺儿回转时，带领蕊官、藕官同行，经过柳叶渚便采了些初春的柳条来编花篮，怡红院小丫头春燕走来，警告莺儿，这一带的花柳已分给她姑妈管辖，如果她姑妈看到这些嫩柳枝被摘，必定心痛抱怨，说着她姑妈果然过来了，这些婆子平日便对园里的大丫头、小伶人心怀不满，这时乘机把春燕打骂一番泄愤，给莺儿难堪，随着春燕自己的妈妈芳官的干娘也到来，伙同着春燕的姑妈一齐把春燕又打骂一顿：

> “小娼妇，你能上去了几年？你也跟那起轻狂浪小妇学，怎么就管不得你们了？干的我管不得，你是我屄里掉出来的，难道也不敢管你不成！”一面抓起柳条子来，直送到他脸上，问道：“这叫作什么？这编的是你娘的屄！”（庚辰本）

要么春燕母亲骂得起劲骂滑了嘴，骂到自己头上去了。或者是抄书的人抄到这里忘掉这婆子是春燕的亲娘。这些“屄”字用得不妥，程乙本没有这些字。

程高本如果把程甲本、程乙本算在一起，广为流行已有二百多年，亚东版程乙本到今年也有九十年了，程高本两百多年来曾影响无数读者。做为普及本，程乙本一直是胡适的首选，这个版本，无论就文字精确、人物性格统一、情节发展符合情理，各方优点来看，自有其重要的历史地位，不少红学专家学者都予以极高的评价，如中国“红学会”首任会长吴组缃、海外红学重镇“五四运动”专家周策纵等都曾为文推崇程乙本。最近北京曹雪芹学会副会长郑铁生在香港《明报》月刊发表了一篇有关程乙本重要的文章：《〈红楼梦〉程乙本风行九十年》。文中指出一个重要的观念：“大众欣赏”与“小众学术”，他认为《红楼梦》的各种版本都有其重要性，但其功用目的不同，有的版本用于学术研究，属于“小众学术”，只适合少数学者研究运用，但“大众欣赏”则应该选择“相对语言通俗明快，结构完整，人物鲜明生动的版本推向大众。”他的结论是程乙本即是“大众欣赏”最合适的普及本。

笔者不惮其烦把庚辰本的毛病一一挑出来分析，目的不在贬低庚辰本的价值，前面我一再强调庚辰本作为学术研究亦即“小众学术”，当然有其无可比拟的重要性，但作为“大众欣赏”的普及本，其间隐藏着的许多问题不能不指明出来，提醒读者。《红楼梦》是中国最伟大的小说，当然应当由一个最佳版本印行广为流传。曾经流传九十年，影响好几代读者的程乙本，实在不应该任由其被边缘化。

二〇一七年十一月七日完稿

贾宝玉的大红斗篷与林黛玉的染泪手帕

《红楼梦》后四十回的悲剧力量

白先勇

近百年来，红学界最大的一个争论题目就是《红楼梦》后四十回到底是曹雪芹的原稿，还是高鹗或其他人的续书。这场争论牵涉甚广，不仅对后四十回的作者身份起了质疑，而且对《红楼梦》这部小说的前后情节、人物的结局、主题的一贯性，甚至文字风格，文采高下，最后牵涉到小说艺术评价，通通受到严格检验，严厉批评。“新红学”的开山祖师胡适，于一九二一年为上海亚东图书馆出版的新式标点程甲本《红楼梦》写了一篇长序《〈红楼梦〉考证》。这篇长序是“新红学”最重要的文献之一，其中两大论点：证明曹雪芹即是《红楼梦》的作者，断定后四十回并非曹雪芹原著，而是高鹗伪托续书。自从胡适一锤定音，判决《红楼梦》后四十回是高鹗的“伪书”以来，几个世代甚至一些重量级的红学家都沿着胡适这条思路，对高鹗续书作了各种评论，有的走向极端，把后四十回数落得一无是处，高鹗变成了千古罪人。而且这种论调也扩散影响到一般读者。

在进一步讨论《红楼梦》后四十回的功过得失之前，先简单回顾一下后四十回诞生的来龙去脉。乾隆五十六年（一七九一）由程伟元、高鹗整理出版木刻活字版排印一百二十回《红楼梦》，中国最伟大的小说第一次以全貌面世，这在中国文学史上应是划时代的一件大事。这个版本胡适称为“程甲本”，因为是全本，一时洛阳纸贵，成为后世诸刻本的祖本，翌年一七九二，程、高又刻印了壬子年的修订本，即胡适大力推荐的“程乙本”，合称“程高本”。在“程高本”出版之前，三十多年间便有各种手抄本出现，流传坊间，这些抄本全都止于前八十回，因为有脂砚斋等人的批注，又称“脂本”，迄今发现的“脂本”共十二种，其中以“甲戌本”、“己卯本”、“庚辰本”、“甲辰本”、“戚序本”（亦称“有正本”）比较重要。程伟元在“程甲本”的序中说明后四十回的由来：是他多年从藏书家及故纸堆中搜集得曹雪芹原稿二十多卷，又在鼓担上发现了十余卷，并在一起，凑成了后四十回，原稿多处残缺，因而邀高鹗共同修补，乃成全书：

> 爰为竭力搜罗，自藏书家甚至故纸堆中无不留心，数年以来，仅积有廿余卷。一日偶于鼓担上得十余卷，遂重价购之，欣然翻阅，见其前后起伏，尚属接榫，然漶漫不可收拾。乃同友人细加厘剔，截长补短，抄成全部，复为镌板，以公同好。

“程乙本”的引言中，程伟元和高鹗又有了如下申明：

> 书中后四十回，系就历年所得，集腋成裘，更无他本可考。惟按其前后关照者，略为修辑，使其有应接而无矛盾。至其原文，未敢臆改，俟再得善本，更为厘定。且不欲尽掩其本来面目也。

程伟元与高鹗对后四十回的来龙去脉，以及修补的手法原则说得清楚明白，可是胡适就是不相信程、高，说他们撒谎，断定后四十回是高鹗伪托。胡适做学问有一句名言：拿出证据来。胡适证明高鹗“伪作”的证据，他认为最有力的一项就是张问陶的诗及注。张问陶是乾隆、嘉庆时代的大诗人，与高鹗乡试同年，他赠高鹗的一首诗《赠高兰墅鹗同年》的注有“《红楼梦》八十回以后，俱兰墅所补”这一条，兰墅是高鹗的号。于是胡适便拿住这项证据，一口咬定后四十回是由高鹗“补写”的。但张问陶所说的“补”字，也可能有“修补”的意思，这个注恐怕无法当作高鹗“伪作”的铁证。胡适又认为程序说先得二十余卷，后又在鼓担上得十余卷，“世间没有这样奇巧的事！”那也未必，世间巧事，有时确实令人匪夷所思。何况程伟元多年处心积虑四处搜集，并非偶然获得，也许皇天不负苦心人，居然让程伟元收齐了《红楼梦》后四十回原稿，使得我们最伟大的小说能以全貌面世。

近二、三十年来倒是愈来愈多的学者相信高鹗最多只参与了修补工作，《红楼梦》后四十回不可能是高鹗一个人的“伪作”，后四十回本来就是曹雪芹的原稿。例如海外红学重镇，“五四运动”权威周策纵；台湾著名历史小说家、红学专家高阳；中国大陆几辈红学专家：中国红楼梦学会首任会长吴组缃、中国红学会副会长胡文彬、中国红楼梦学会常务理事吴新雷、中国红楼梦学会顾问宁宗一、北京曹雪芹学会副会长郑铁生，这些对《红楼梦》有深刻研究的专家学者们，不约而同，对后四十回的作者问题，都一致达到以上的看法。

我个人对后四十回尝试从一个写作者的观点及经验来看，首先，世界上的经典小说似乎还找不出一部是由两位或两位以上的作者合著的。因为如果两位作家才华一样高，一定个人各有自己风格，彼此不服，无法融洽，如果两人的才华一高一低，才低的那一位亦无法模仿才高那位的风格，还是无法融成一体。何况《红楼梦》前八十回已经撒下天罗地网，千头万绪，换一个作者，如何把那些长长短短的线索一一接榫，前后贯彻，人物语调一致，就是一个难上加难不易克服的问题。《红楼梦》第五回，把书中主要人物的命运结局，以及贾府的兴衰早已用诗谜判词点明了，后四十回大致也遵从这些预言的发展。至于有些批评认为前八十回与后四十回的文字风格有差异，这也很正常，因前八十回写贾府之盛，文字应当华丽，后四十回写贾府之衰，文字自然比较萧疏，这是情节发展所需。其实自从七十七回“俏丫鬟抱屈夭风流，美优伶斩情归水月”，抄大观园后晴雯遭谗屈死，芳官等被逐，小说的调子已经开始转向暗淡凄凉，宝玉的心情也变得沉重哀伤，所以才在下一回“痴公子杜撰芙蓉诔”对黛玉脱口讲出：“茜纱窗下，我本无缘，黄土垄中，卿何薄命”这样摧人心肝的悼词来。到了第八十一回，宝玉心情不好，随手拿了一本《古乐府》翻开来，却是曹操的《短歌行》：“对酒当歌，人生几何。”一代枭雄曹孟德感到人生苦短，世事无常的沧桑悲凉，也感染了宝玉，其实后四十回底层的基调也布满了这种悲凉的氛围，所以前八十回与后四十回的调子，事实上是前后渐进、衔接得上的。

周策纵教授在威斯康辛大学执教时，他的弟子陈炳藻博士等人用电脑统计分析的结果，虽然后四十回与前八十回在文字上有些差异，但并未差异到出于两人之手那么大。如果程高本后四十回诚然如一些评论家所说那样矛盾百出，这二百多年来，程高本《红楼梦》怎么可能感动世世代代那么多的读者？如果后四十回程伟元、高鹗果真撒谎伪续，恐怕不会等到一百三十年后由新红学大师胡适等人来戳破他们的谎言，程、高同时代那么多红迷早就群起而攻之了。在没有如山铁证出现以前，我们还是姑且相信程伟元、高鹗说的是真话吧。

至于不少人认为后四十回的文字功夫、艺术价值远不如前八十回，这点我绝对不敢苟同，后四十回的文字风采、艺术成就绝对不输给前八十回，有几处感人的程度恐怕还犹有过之。胡适虽然认为后四十回是高鹗补作的，但对后四十回的悲剧下场却十分赞赏："高鹗居然忍心害理的教黛玉病死，教宝玉出家，作一个大悲剧结束，打破中国小说的团圆迷信。这一点悲剧眼光，不能不令人佩服。"

《红楼梦》后四十回的悲剧力量，建筑在几处关键情节上，宝玉出家、黛玉之死，更是其中重中之重，如同两根梁柱把《红楼梦》整本书像一座高楼，牢牢撑住，这两场书写，是真正考验作者功夫才能的关键时刻，如果功力不逮，这座红楼，辄会轰然倾塌。

《红楼梦》这部小说始于一则中国古老神话：女娲炼石补天。共工氏撞折天柱，天塌了西北角，女娲炼石三万六千五百零一块以补天，只有一块顽石未用，弃在青埂（情根）峰下，这块顽石通灵，由是生了情根，下凡后便是大观园情榜中的第一号情种贾宝玉，宝玉的前身灵石是带着情根下凡的，"情根一点是无生债"，情一旦生根，便缠上还不完的情债。黛玉第一次见到宝玉："虽怒时而似笑，即瞋视而有情"、"平生万种情思，悉堆眼角"。其实贾宝玉即是"情"的化身，那块灵石便是"情"的结晶。

"情"是《红楼梦》的主题、主旋律，在书中呈现了多层次的复杂义涵，曹雪芹的"情观"近乎汤显祖，"情不知所起，一往而深，生者可以死，死可以生。"《红楼梦》的"情"远远超过一般男女之情，几乎是一种可以掌握生死宇宙间的一股莫之能御的神秘力量了。本来灵石在青埂峰下因未能选上补天，"自怨自愧"，其实灵石下凡负有更大的使命：到人间去补情天。第五回"贾宝玉神游太虚境"，宝玉到了太虚幻境的宫门看到上面横书四个大字：孽海情天。两旁一副对联：

厚地高天，堪叹古今情不尽；
痴男怨女，可怜风月债难酬。

所以宝玉在人间要以他大悲之情，去普度那些情鬼下凡的“痴男怨女”。宝玉就是那个情僧，所以《红楼梦》又名《情僧录》，讲的就是情僧贾宝玉历劫成佛的故事。《红楼梦》第一回，空空道人将“石头记”检阅一遍以后，“因空见色，由色生情，传情入色，自色悟空，遂改名情僧，改《石头记》为《情僧录》。”此处读者不要被作者瞒过，情僧指的当然是贾宝玉，空空道人不过是一个虚空符号而已。在此曹雪芹提出了一个极为吊诡而又惊世的概念：本来“情”与“僧”相悖无法并立，有“情”不能成“僧”，成“僧”必须断“情”。“文妙真人”贾宝玉绝不是一个普通的和尚，“情”是他的宗教，是他的信仰，才有资格称为“情僧”。宝玉出家，悟道成佛，并非一蹴而就，他也必须经过色空转换，自色悟空的漫长彻悟过程，就如同唐玄奘西天取经要经历九九八十一劫的考验，才能修成正果。贾宝玉的悟道历程，与悉达多太子有相似之处。悉达多太子饱受父亲净饭王宠爱，享尽荣华富贵，美色娇妻，出四门，看尽人世间老病死苦，终于大出离，寻找解脱人生痛苦之道。《情僧录》也可以说是一本“佛陀前传”。曹雪芹有意无意把贾宝玉写成了佛陀型的人物。

贾宝玉身在贾府大观园的红尘里，对于人世间枯荣无常的了悟体验，是一步一步来的。第五回贾宝玉在秦氏卧房小憩时梦游太虚幻境，在“薄命司”里看到“金陵十二钗”以及其他与宝玉亲近的女性之命册，当时他还未能了解她们一个个的悲惨下场，警幻仙姑把自己乳名兼美，表字可卿的妹子跟宝玉成姻，并秘以云雨之事，宝玉一觉惊醒，叫了一声：“可卿救我！”可卿其实就是秦氏的小名。秦氏纳闷，因为她的小名从无人知。梦中的可卿即秦氏的复制。秦氏是贾蓉之妻，貌兼黛玉、宝钗之美，又得贾母等人宠爱，是重孙中第一个得意人物。但这样一个得意人，却突然夭折病亡。宝玉听闻噩耗，“心中似戳了一刀，喷出一口鲜血。”宝玉这种过度的反应，值得深究，有人认为宝玉与秦氏或有暧昧之情，这不可能，我认为是因为这是宝玉第一次面临死亡，敏感如宝玉，其刺激之大，令他口吐鲜血，就如同悉达多太子出四门，遇到死亡同样的感受。在贾府极盛之时，突然传来云板四声的丧音，似乎在警告：好景不常，一个兼世间之美的得意人，一夕间竟会香消玉殒。彩云易散琉璃脆，世上美好的事物，不必常久。秦氏鬼魂托梦凤姐，警示她：“月满则亏，水满则溢”，已经兴盛百年的贾家终有走向衰败的一日。头一回，宝玉惊觉到人生的“无常”。

未几，宝玉的挚友秦钟又突然夭折，使宝玉伤心欲绝。秦氏与秦钟是两姐弟，在象征意义上，秦与“情”谐音，秦氏手足其实是“情”的一体二面，二人是启发宝玉对男女动情的象征人物，二人极端貌美，同时寿限短，这对情僧贾宝玉来说，暗示了“情”固然是世间最美的事物，但亦最脆弱，最容易斫伤。

所以情僧贾宝玉的大愿是：抚慰世上为“情”所伤的有情人。

贾宝玉本来天生佛性，虽在大观园里，锦锈丛中，过的是锦衣玉食的富贵生涯，但往往一声禅音，一偈禅语，便会启动他向往出世的慧根。早在二十二回“听曲文宝玉悟禅”，宝钗生日，贾母命宝钗点戏，宝钗点了一出《山门》，说的是鲁智深出家当和尚的故事，宝玉以为是出“热闹戏”，宝钗称赞这出戏的排场词藻俱佳，便念了一支《寄生草》的曲牌给他听：

漫揾英雄泪，相离处士家。谢慈悲，剃度在莲台下。没缘法，转眼分离乍。赤条条，来去无牵挂。那里讨，烟蓑雨笠卷单行？

一任俺，芒鞋破钵随缘化！

鲁智深踽踽独行在出家道上的身影，即将是宝玉最后的写照。难怪宝玉听曲猛然触动禅机，遂有自己“赤条条无牵挂”之叹。

大观园是贾宝玉心中的人间太虚幻境，是他的“儿童乐园”，怡红公子在大观园的人间仙境里，度过他最欢乐的青少年时光，跟大观园里众姐妹花前月下，饮酒赋诗，无忧无虑的做他的“富贵闲人”。天上的太虚幻境里，时间是停顿的，所以花常开，人常好，可是人间的太虚幻境却有时序的推移，春去秋来，大观园终于不免百花雕零，受到外界凡尘的污染，最后走向崩溃。第七十四回因绣春囊事件抄大观园，这是人间乐园解体的转捩点，接着晴雯遭谗被逐，司棋、入画、四儿，以及十二小伶人统统被赶出大观园，连宝钗避嫌也搬了出去，一夕间大观园繁华骤歇，变成了一座荒园。大观园本是宝玉的理想世界，大观园的毁坏，也就是宝玉的“失乐园”，理想国的幻灭。

晴雯之死，在宝玉出家的心路历程上又是一劫，第七十七回“俏丫鬟抱屈夭风流”，晴雯临死，宝玉探访，是全书写得最感人肺腑的章节之一。在此，情僧贾宝玉对于芙蓉女儿晴雯的屈死，展现了无限的悲悯与怜惜。一腔哀思，化作了缠绵凄怆，字字血泪的《芙蓉诔》，既悼晴雯，更是暗悼另一位芙蓉仙子林黛玉，自此后，怡红公子遂变成了伤心人，青少年时的欢乐，不复再得。

搜查大观园指向贾府抄家，晴雯之死暗示黛玉泪尽人亡。后四十回这两大关键统统引导宝玉走向出家之路。在大观园里，怡红公子以护花使者自居，庇护园内百花众女孩，不使她们受到风雨摧残，灵石下凡，本来就是要补情天的，宝玉对众女孩的怜惜，不分贵贱，雨露均沾，甚至对小伶人芳官、藕官、龄官也持一种哀矜。当然情僧贾宝玉，用情最深的是与他缘定三生，前身为绛珠仙草的林黛玉。宝玉对黛玉之情，也就是汤显祖所谓的情真、情深、情至，是一股超越生死的神秘力量。林黛玉的夭折，是情僧贾宝玉最大的“情殇”。贾府抄家，遂彻底颠覆了宝玉的现实世界。经历过重重的生关死劫，第一百十六回“得通灵幻境悟仙缘”。宝玉再梦回到太虚幻境，二度看到姐妹们那些命册，这次终于了悟人生寿夭穷通，分离聚合皆是前定，醒来犹如黄粱一梦，一切皆是“镜花水月”。《红楼梦》的情节发展至此，已为第一百二十回最后宝玉出家的大结局做好了充分的准备。

《红楼梦》作为佛家的一则寓言则是顽石历劫，堕入红尘，最后归真的故事。宝玉出家当然是最重要的一条主线，作者费尽心思在前面大大小小的场景里埋下种种伏笔，就等着这一刻的大结局（grand finale）是否能释放出所有累积爆炸性的能量，震撼人心。宝玉出家并不好写，作者须以大手笔，精心擘划，才能达到目的。《红楼梦》是一本大书，架构恢宏，内容丰富，当然应该以大格局的手法收尾。宝玉的“大出离”实际上分开两场。第一场“第一百十九回：中乡魁宝玉却尘缘”，宝玉拜别家人赴考，是个十分动人的场面，宝玉：

> 走过来给王夫人跪下，满眼流泪，磕了三个头，说道：“母亲生我一世，我也无可答报。只有这一入场，用心作了文章，好好的中个举人出来，那时太太喜欢喜欢，便是儿子一辈子的事也完了，一辈子的不好，也都遮过去了。”

宝玉出家之前，必须了结一切世缘；他报答父母的是中举功名，留给他妻子的是腹中一子，替袭人这个与他俗缘最深的侍妾，下聘一个丈夫蒋玉菡。宝玉出门时，仰面大笑道：“走了，走了！不用胡闹了！完了事了！”宝玉“嘻天哈地，大有疯傻之状，遂从此出门而去。”宝玉笑什么？笑他自己的荒唐、荒谬，一生像大梦一场，也笑世人在滚滚红尘里，还在做梦。应了《好了歌》的旨意，“好便是了，了便是好。”

第一百二十回，我们终于来到这本书的最高峰，小说的大结局。

贾政扶送贾母的灵柩到金陵安葬，然后返回京城：

一日，行到毗陵驿地方，那天乍寒，下雪，泊在一个清静去处。贾政打发众人上岸投帖，辞谢朋友，总说即刻开船，都不敢劳动。船上只留一个小厮伺候，自己在船中写家书，先要打发人起早到家。写到宝玉的事，便停笔。抬头忽见船头上微微的雪影里面一个人，光着头，赤着脚，身上披着一领大红猩猩毡的斗篷，向贾政倒身下拜。贾政尚未认清，急忙出船，欲待扶住问他是谁。那人已拜了四拜，站起来打了个问讯。贾政才要还揖，迎面一看，不是别人，却是宝玉。贾政吃一大惊，忙问道：“可是宝玉么？”那人只不言语，似喜似悲。贾政又问道：“你若是宝玉，如何这样打扮，跑到这里来？”宝玉未及回言，只见船头上来了两人，一僧一道，夹住宝玉道：“俗缘已毕，还不快走？”说着，三个人飘然登岸而去。贾政不顾地滑，疾忙来赶，见那三人在前，那里赶得上？只听得他们三人口中不知是那个作歌曰：“我所居兮，青埂之峰；我所游兮，鸿蒙太空。谁与我逝兮，吾谁与从？渺渺茫茫兮，归彼大荒！”

贾政一面听着，一面赶去，转过一小坡倏然不见。贾政已赶得心虚气喘，惊疑不定……贾政还欲前走，只见白茫茫一片旷野，并无一人。

《红楼梦》这段章节是中国文学一座巍巍高峰，宝玉光头赤足，身披大红斗篷，在雪地里向父亲贾政辞别，合十四拜，然后随着一僧一道飘然而去，一声禅唱，归彼大荒，“落了片白茫茫大地真干净。”《红楼梦》这个画龙点睛式的结尾，其意境之高，其意象之美，是中国抒情文学的极品。我们似乎听到禅唱声充彻了整个宇宙，《红楼梦》五色缤纷的锦绣世界，到此骤然消歇，变成白茫茫一片混沌；所有世上七情六欲，所有嗔贪痴爱，都被白雪掩盖，为之冰消，最后只剩一“空”字。

王国维在《人间词话》中论李后主词“真所谓以血书者也”，“俨有释迦、基督担荷人类罪恶之意。”此处王国维意指后主亡国后之词，感慨遂深，以一己之痛，道出世人之悲，故譬之为释迦、基督。这句话，我觉得用在此刻贾宝玉身上，更为恰当。情僧贾宝玉，以大悲之心，替世人担负了一切“情殇”而去，一片白茫茫大地上只剩下宝玉身上大斗篷的一点红。然而贾宝玉身上那袭大红猩猩毡的斗篷又是何其沉重，宛如基督替世人背负的十字架，情僧贾宝玉也为世上所有为情所伤的人扛起了“情”的十字架。最后宝玉出家身上穿的不是褐色袈裟，而是大红厚重的斗篷，这雪地里的一点红，就是全书的玄机所在。

“红”是《红楼梦》一书的主要象征，其涵义丰富复杂，“红”的首层意义当然指的是“红尘”，“红楼”可实指贾府，亦可泛指我们这个尘世。但“红”的另一面则孕涵了“情”的象征，贾宝玉身上最特殊的征象就是一个“红”字，因为他本人即是“情”的化身。宝玉前身为赤霞宫的神瑛侍者，与灵河畔的绛珠仙草缘定三生。“赤”、“绛”都是“红”的衍化，这本书的男女主角贾宝玉与林黛玉之间的一段生死缠绵的“情”即启发于“红”的色彩之中。宝玉周岁抓阄，专选脂粉，长大了喜欢吃女孩儿唇上的胭脂，宝玉生来有爱红的癖好，因为他天生就是个情种，所以他住在怡红院号称怡红公子，院里满栽海棠，他唱的曲是“滴不尽相思血泪抛红豆。”“红”是他的情根。最后情僧贾宝玉披着大红猩猩毡的斗篷担负起世上所有的“情殇”，在一片禅唱声中飘然而去，回归到青埂峰下，情根所在处。《红楼梦》收尾这一幕，宇宙苍茫，超越悲喜，达到一种宗教式的庄严肃穆。

生离死别是考验小说家的两大课题，于是黛玉之死便成为《红楼梦》全书书写中的“警句”了，这也是后四十回悲剧力量至为重要的支撑点，作者当然须经过一番苦心孤诣的铺陈经营，才达到最后女主角林黛玉泪尽人亡，震撼人心的悲剧效果。

黛玉前身乃灵河岸上三生石畔一棵绛珠仙草，因受神瑛侍者甘露的灌溉，幻化成人形，游于“离恨天”外，饥餐“秘情果”，渴饮“灌愁水”，为了报答神瑛侍者雨露之恩，故乃下凡把“一生的眼泪还他。”黛玉的前生便集了“情”与“愁”于一身，宝玉第一次见到她：“态生两靥之愁，娇袭一身之病。”“闲静如娇花照水，行动如弱柳扶风。”是个多愁善感，西子捧心的病美人。黛玉诗才出众，乃大观园诸姐妹之冠，孤标傲世，她本人就是“诗”的化身，“秉绝代之姿容，具稀世之俊美”，因此她特具灵性，对自己的命运分外敏感，常惧蒲柳之姿寿限不长。第二十三回“牡丹亭艳曲警芳心”，黛玉经过梨香院听到小伶人演唱《牡丹亭》：

原来姹紫嫣红开遍，似这般都付与断井颓垣。
只为你如花美眷，似水流年。

黛玉“不觉心动神摇。”“心痛神驰，眼中落泪。”为什么黛玉听了《牡丹亭》这几句戏词，会有如此强烈反应？因为汤显祖《惊梦》这几句伤春之词正好触动黛玉花无常好，青春难保的感慨情思，因而启发了第二十七回《葬花词》自挽诗的形成：

尔今死去侬收葬，未卜侬身何日丧？
侬今葬花人笑痴，他年葬侬知是谁？
试看春残花渐落，便是红颜老死时。
一朝春尽红颜老，花落人亡两不知！

黛玉挽花——世上最美的事物，不可避免走向雕残的命运。

亦是自挽——红颜易老，世事无常。

事实上整本《红楼梦》辄为一阕史诗式的挽歌，哀挽人世枯荣无常之不可挽转，人生命运起伏之不可预测。《葬花词》便是这阕挽歌的主调。李后主有词《乌夜啼》：

林花谢了春红，太匆匆。
无奈朝来寒雨晚来风。
胭脂泪，留人醉，几时重？
自是人生长恨水长东！

后主以一己之悲，道出世人之痛，黛玉的《葬花词》亦如是。

绛珠仙草林黛玉，谪落人间是为了还泪，当然也就是来还神瑛侍者贾宝玉的无生情债。宝、黛之情超越一般男女，是心灵的契合，是神魂的交融，是一段仙缘，是一则爱情神话。

可是在现实世界中，林黛玉却是一个孤女，因贾母怜惜外孙女，接入贾府。黛玉在自己家中本来也是唯我独尊的娇女，一旦寄人篱下，不得不步步留心，处处提防，生怕落人褒贬，又因生性孤傲，率直天真，有时不免讲话尖刻，出口伤人，在大观园里其实处境相当孤立。

黛玉对宝玉一往情深，林妹妹一心一意都在表哥身上，但满腹缠绵情思又无法启口，只得时时耍小性儿试探宝玉。小儿女试来试去，终于在第三十四回中“情中情因情感妹妹，错里错以错劝哥哥”两人真情毕露：

宝玉因与蒋玉菡交往又因金钏儿投井，被贾政痛挞，伤痕累累，黛玉去探视，“两个眼睛肿得桃儿一般，满面泪光。”晚上宝玉遣晴雯送两条旧手帕给黛玉，黛玉猛然体会到宝玉送她旧手帕的深意，不觉“神痴心醉”，左思右想，一时“五内沸然”，“余意缠绵”在两块手帕上写下了三首情诗，吐露出她最隐秘的心事：

其一

眼空蓄泪泪空垂，暗洒闲抛更向谁？
尺幅鲛绡劳惠赠，为君那得不伤悲！

其二

抛珠滚玉只偷潸，镇日无心镇日闲；
枕上袖边难拂拭，任他点点与斑斑。

其三

彩线难收面上珠，湘江旧迹已模糊；
窗前亦有千竿竹，不识香痕渍也无？

写完，黛玉“觉得浑身火热，面上作烧，走至镜台，揭起锦袱一照，只见腮上通红，真合压倒桃花，却不知病由此起”。黛玉的病其实是因为她那薄弱的身子，实在无法承受她跟宝玉之间“情”的负荷。黛玉最敏感，也最容易受到“情”的斫伤。

黛玉与宝玉虽然两人情投意合，但当时中国社会婚嫁全由家中长辈父母做主，黛玉是孤女，没有父母撑腰，对于自己的婚姻前途，是否能与宝玉两人百年好合，一直忐忑不安，耿耿于怀，酿成她最重的“心病”。宝玉了解她，安慰她道：“你皆因都是不放心的缘故，才弄了一身的病了。”但宝、黛婚事却由不得这一对情侣自己做主。最后贾府最高权威贾母选择了宝钗而不是黛玉作为贾府的孙媳妇，完全基于理性考虑，因为宝钗最适合儒家系统宗法社会贾府中那个孙媳妇的位置，宝钗是儒家礼教下的理想女性，贾母选中这个戴金锁，服冷香丸的媳妇，当然是希望她能撑起贾府的重担，就像她自己在贾府扮演的角色。

> “林丫头的乖僻，虽也是他的好处，我的心里不把林丫头配他，也是为这点子；况且林丫头这样虚弱，恐不是有寿的。只有宝丫头最妥。”

贾母如此评论（第九十回）。

第八十二回“病潇湘痴魂惊恶梦”，黛玉这场恶梦是《红楼梦》后四十回写得最惊心动魄的场景之一。在梦中，黛玉突然看清楚了自己孤立无助的处境：贾府长辈们要把黛玉嫁出去当续弦，黛玉四处求告无门，只得去抱住贾母的腿哭求，“但见贾母呆着脸儿笑道：‘这个不干我的事。’”黛玉撞在贾母怀里还要求救，贾母吩咐鸳鸯：“你来送姑娘出去歇歇，我倒被他闹乏了。”一瞬间黛玉了悟到：“外祖母与舅母姐妹们，平时何等待得好，可见都是假的。”

最后黛玉去见宝玉，宝玉为表真心，当着黛玉，“就拿着一把小刀子往胸上一划，鲜血直流。”黛玉吓得魂飞魄散，宝玉“还把手在划开的地方儿乱抓”然后大叫“不好了！我的心没有了，活不得了！”说着，眼睛往上一翻，“咕咚”就倒了，黛玉惊醒后，开始呕血：“痰中一缕紫血，簌簌乱跳。”

这场梦魇完全合乎弗洛伊德潜意识的运作，现代心理学的阐释，黛玉在潜意识里，剖开了她的心病看清楚贾母对待她的真面孔，她一直要宝玉的真心，宝玉果然划开胸膛，把心血淋淋掏出来给她，自此后，黛玉的病体日愈虚弱恶化，终于泪尽人亡。

黛玉之死是《红楼梦》另一条重要主线，作者从头到尾明示暗示，许多关键环结，一场接一场，一浪翻一浪，都指向黛玉最后悲惨的结局。可是真正写到黛玉临终的一刻，作者须煞费苦心将前面累积的能量，全部释放出来才能达到震撼人心的效果，一如宝玉出家之精心铺排。黛玉之死，过分描写，容易滥情，下笔太轻，又达不到悲剧的力量，如何拿捏分寸，考验作者功力。第九十七回“林黛玉焚稿断痴情，薛宝钗出闺成大礼”，第九十八回“苦绛珠魂归离恨天，病神瑛泪洒相思地”，这两回作者精采的描写，巧妙的安排，情绪的收放，气氛的营造，步步推向高峰，应该成为小说“死别”书写的典范。

黛玉得知宝玉即将娶宝钗，一时急怒，迷惑了本性，吐血晕倒，醒来后，“此时反不伤心，惟求速死，以完此债。”多年的“心病”，一旦暴发，黛玉一生的梦想，一生的追求，一生的执著，就是一个“情”字，她与宝玉之间的“情”，“情”一旦失落，黛玉的生命顿时一空，完全失去了意义。以往黛玉生病，“自贾母起直到姊妹们的下人，常来问候；今见贾府中上下人等都不过来，连一个问的人都没有，睁开眼，只有紫鹃一人，自料万无生理。”黛玉挣扎起身，叫雪雁把诗本子拿出来，又要那块题诗的旧帕：

只见黛玉接到手里也不瞧，扎挣着伸出那只手来，狠命的撕那绢子，却是只有打颤的分儿，那里撕得动？紫鹃早已知他是恨宝玉，却也不敢说破，只说："姑娘，何苦自己又生气！"黛玉微微的点头，便掖在袖里。说叫："点灯。"

点了灯又要笼上火盆，还要挪到炕上来：

那黛玉却又把身子欠起，紫鹃只得两只手来扶着他。黛玉这才将方才的绢子拿在手中，瞅着那火，点点头儿，往上一撂。

随着黛玉把诗稿也撂在火上，一并焚烧掉。

题诗的手帕，宝玉曾经用过，是宝玉送给黛玉的定情物，因是宝玉的旧物，也是宝玉身体的一部分，上面黛玉题诗写下她心中最隐秘的情思，滴满了绛珠仙子的情泪，也是黛玉身体的一部分，染泪手帕象征了宝、黛二人最亲密的结合，黛玉断然将题诗手帕焚毁，也就是烧掉了宝、黛两人缠绵不休的一段痴情，染泪手帕首次出现在第三十四回，隔了六十三回后在此处发挥了巨大的力量，是作者曹雪芹草蛇灰线，伏脉千里的妙笔。

黛玉是诗的化身，是"诗魂"，第七十六回中秋夜黛玉与湘云在凹晶馆联诗，黛玉咏了一句谶诗："冷月葬诗魂"。黛玉焚稿，也就是自焚。烧掉染泪手帕，是焚毁身体信物，烧掉诗稿，是焚毁灵魂、诗魂，黛玉如此决绝斩断情根，自我毁灭，此一刻，黛玉不再是一个弱柳扶风的病美人，而是一个刚烈如火的殉情女子。黛玉之死，自有其悲壮的一面。黛玉临终时交代紫鹃："我这里并没有亲人，我的身子是干净的，你好歹叫他们送我回去！"至此，黛玉保持了她的最后尊严，与贾府了断一切俗缘。

宝玉跟黛玉的性格行为，都不符合儒家系统宗法社会的道德规范，可以说两人都是儒家社会的“叛徒”，注定只能以悲剧收场，一个出家，一个为情而亡，应了第五回太虚幻境里对他们情缘的一曲判词〔枉凝眉〕：

一个是阆苑仙葩，一个是美玉无瑕。
若说没奇缘，今生偏又遇着他；
若说有奇缘，如何心事终虚话？
一个枉自嗟呀，一个空劳牵挂。
一个是水中月，一个是镜中花。
想眼中能有多少泪珠儿，
怎禁得秋流到冬，春流到夏！

宝、黛之情，终究是镜花水月，一场空话。

《红楼梦》后四十回，因为宝玉出家，黛玉之死这两则关键章节写得辽阔苍茫，哀惋凄怆，双峰并起，把整本小说提高升华，感动了世世代代的读者。其实后四十回还有许多其他亮点，例如第八十七回“感秋声抚琴悲往事”，妙玉、宝玉听琴，第一百零五回“锦衣军查抄宁国府”贾府抄家，第一百零六回“贾太君祷天消祸患”，贾母祈天，第一百零八回“死缠绵潇湘闻鬼哭”，宝玉泪洒潇湘馆——都是好文章。

程伟元有幸，搜集到曹雪芹《红楼梦》后四十回遗稿，与高鹗共同修补，于乾隆五十六年（一七九一）及乾隆五十七年（一七九二）刻印了《红楼梦》一百二十回全本，中国最伟大的小说得以保存全貌，程伟元与高鹗对中国文学、中国文化，做出了莫大的贡献，功不可没。

二〇一七年十一月二十五日

辑三

《红楼梦》程乙本与庚辰本对照记

【第三回】

贾雨村夤缘复旧职　林黛玉抛父进京都（庚辰本）
托内兄如海荐西宾　接外孙贾母惜孤女（程乙本）

庚辰本原文

贾雨村夤缘复旧职 林黛玉抛父进京都

程乙本原文

托内兄如海荐西宾 接外孙贾母惜孤女

白先勇的论点

我觉得程乙本回目“托内兄如海荐西宾 接外孙贾母惜孤女”比庚辰本“贾雨村夤缘复旧职 林黛玉抛父进京都”好得多。第一，“抛父”这两个字用得不当，不是她要离开她父亲，是贾母——她的外祖母，因为怜惜失去母亲的孤女，来接她回去。这一接，定了林黛玉进贾府的命运。之前有个和尚警告过她，最好不要见近亲，见了有灾祸，的确，黛玉进了贾府，最后为情而亡，所以“接外孙贾母惜孤女”是很关键并符合实情的。

＊＊＊

庚辰本原文

黛玉连忙起身接见。贾母笑道：“你不认得他，他是我们这里有名的一个泼皮破落户儿，南省俗谓作‘辣子’，你只叫他‘凤辣子’就是了。”黛玉正不知以何称呼，只见众姐妹都忙告诉他道：“这是琏嫂子。”黛玉虽不识，也曾听见母亲说过，大舅贾赦之子贾琏，娶的就是二舅母王氏之内侄女，自幼假充男儿教养的，学名王熙凤。黛玉忙陪笑见礼，以“嫂”呼之。

程乙本原文

黛玉连忙起身接见，贾母笑道："你不认得他：他是我们这里有名的一个泼辣货，南京所谓'辣子'，你只叫他'凤辣子'就是了。"黛玉正不知以何称呼，众姊妹都忙告诉黛玉道："这是琏二嫂子。"黛玉虽不曾识面，听见他母亲说过：大舅贾赦之子贾琏，娶的就是二舅母王氏的内侄女；自幼假充男儿教养，学名叫作王熙凤。黛玉忙陪笑见礼，以"嫂"呼之。

白先勇的论点

你看，贾母怎么介绍王熙凤，"你不认得他，他是我们这里有名的一个泼皮破落户儿"。庚辰本"泼皮破落户儿"我觉得不妥，程乙本是"泼辣货"。"南省俗谓作'辣子'，你只叫他'凤辣子'就是了。"庚辰本的"南省"何所指？查不出来，程乙本把"南省"作"南京"，南京有道理，贾府在金陵。

* * *

庚辰本原文

面若中秋之月，色如春晓之花，鬓若刀裁，眉如墨画，面如桃瓣，眼若秋波。虽怒时而若笑，即瞋视而有情。

程乙本原文

面若中秋之月，色如春晓之花，鬓若刀裁，眉如墨画，鼻如悬胆，睛若秋波，虽怒时而似笑，即瞋视而有情。

白先勇的论点

庚辰本我觉得有点不妥当，它说：面如桃瓣，目若秋波，前面已经讲他"面若中秋之月，色如春晓之花"，颜色是春晓之花，没有讲哪一种花，是春天最美的初开的花，是秋天最亮的时候的月，足够了！再形容"面如桃瓣"，有些多余，拿桃花来比喻男子，也不妥。程乙本没有这两句，而是讲他的鼻子：鼻如悬胆，睛若秋波，虽怒时而似笑，即瞋视而有情。黛玉一见大吃一惊，并不因他一身的贵公子穿戴，而是在哪里见过，怎么觉得眼熟。的确，他们三生缘定，老早就见过了。在天上，他是神瑛侍者，他是绛珠仙草，他拿灵河的水来灌溉他，他下来是报他的恩的。

* * *

庚辰本原文

两弯似蹙非蹙罥烟眉，一双似喜非喜含露目。

程乙本原文

两弯似蹙非蹙笼烟眉，一双似喜非喜含情目。

白先勇的论点

庚辰本里的黛玉：两弯似蹙非蹙罥烟眉，庚辰本用了个怪字“罥”，程乙本用了“笼”，笼烟眉，我觉得“笼烟”两个字好。

【第五回】

游幻境指迷十二钗 饮仙醪曲演红楼梦（庚辰本）
贾宝玉神游太虚境 警幻仙曲演红楼梦（程乙本）

庚辰本原文

游幻境指迷十二钗 饮仙醪曲演红楼梦

程乙本原文

贾宝玉神游太虚境 警幻仙曲演红楼梦

白先勇的论点

我个人比较喜欢程乙本回目：“贾宝玉神游太虚境 警幻仙曲演红楼梦”。太虚幻境很要紧，点出书中重要人物的命运。贾宝玉神游太虚幻境，是书里面最重要的章节之一。

* * *

庚辰本原文

嫩寒锁梦因春冷，芳气笼人是酒香。

程乙本原文

嫩寒锁梦因春冷，芳气袭人是酒香。

白先勇的论点

庚辰本：芳气笼人是酒香，我觉得这个“笼”字不对，应该是程乙本的“袭”字，芳气袭人是酒香。有两个原因：第一，当然这个“袭”字比“笼”字好；第二，袭人两个字，我说过曹雪芹用的词没有一个是随便用的，袭人是谁？贾宝玉最贴己的一个丫鬟，而且这一回跟他有关。所以这么一句联诗，他不是随便用的。

* * *

庚辰本原文

二十年来辨是非，榴花开处照宫闱。三春争及初春景？虎兕相逢大梦归。

程乙本原文

二十年来辨是非，榴花开处照宫闱；三春争及初春景，虎兔相逢大梦归。

白先勇的论点

“榴花开处照宫闱。三春争及初春景”，三春讲的是迎春、探春、惜春那三个春，当然不及元春，虎兕相逢大梦归。庚辰本“兕”应该是一个错字。“兕”是“犀牛”的意思，虎兕相逢没有意义。程乙本是：虎兔相逢大梦归，虎年碰到兔年，元春亡故，元春一死，曹家垮掉。

* * *

庚辰本原文

开辟鸿蒙，谁为情种？都只为风月情浓。趁着这奈何天，伤怀日，寂寥时，试遣愚衷。因此上，演出这怀金悼玉的《红楼梦》。

程乙本原文

开辟鸿蒙，谁为情种？都只为风月情浓。奈何天，伤怀日，寂寥时，试遣愚衷：因此上，演出这悲金悼玉的《红楼梦》。

白先勇的论点

庚辰本：怀金悼玉，程乙本：悲金悼玉，“怀”字的力量差远了，我想把那个字改过来，演出这悲金悼玉的“红楼梦”。

* * *

庚辰本原文

一个是阆苑仙葩，一个是美玉无瑕。若说没奇缘，今生偏又遇着他；若说有奇缘，如何心事终虚化？一个枉自嗟呀，一个空劳牵挂。一个是水中月，一个是镜中花。想眼中能有多少泪珠儿，怎经得秋流到冬尽、春流到夏！

程乙本原文

一个是阆苑仙葩，一个是美玉无瑕。若说没奇缘，今生偏又遇着他；若说有奇缘，如何心事终虚话？一个枉自嗟呀，一个空劳牵挂。一个是水中月，一个是镜中花。想眼中能有多少泪珠儿，怎禁得秋流到冬，春流到夏！

白先勇的论点

庚辰本“若说有奇缘，如何心事终虚化？”这个“化”字不对，程乙本：“话”。庚辰本“想眼中能有多少泪珠儿，怎经得秋流到冬尽，春流到夏！”有几个字，也是大家改一改。程乙本：怎“禁”得，“怎禁得秋流到冬，春流到夏！”下面没有那个“尽”字。别忘了开始的时候那个神话，神瑛侍者跟绛珠仙草，他们一起到了红尘来，林黛玉是要还泪的，要秋流到冬、春流到夏，她要把眼泪哭干了以后，这个情债才还得完。这曲子是哀悼他们两个人那一段悲剧爱情。

【第六回】

贾宝玉初试云雨情　刘姥姥一进荣国府

庚辰本原文

袭人亦含羞笑问道：“你梦见什么故事了？是那里流出来的那些脏东西？”

程乙本原文

宝玉含羞央告道：“好姐姐，千万别告诉人。”袭人也含着羞悄悄的笑问道：“你为什么……”说到这里，把眼又往四下里瞧了瞧，才又问道：“那是那里流出来的？”

白先勇的论点

贾宝玉这时候就吩咐：千万别告诉人。这是很自然的反应。看看庚辰本这一句：袭人亦含羞笑问道：“你梦见什么故事了？是那里流出来的那些脏东西？”可是程乙本是这样子的：宝玉含羞央告道：“好姐姐，千万别告诉人。”袭人也含着羞悄悄的笑问道：“你为什么……”悄悄两个字用得好！悄悄的笑问道：“你为什么……”不讲下面了，没了，你为什么，讲不出来，不好意思讲。她是女孩子！然后呢？说到这里，把眼又往四下里瞧了瞧，这一句要紧的，他四面且看一看，才又问他说：那是那里流出来的？我想，当时的情境就应该是这个样子。袭人不可能讲“脏东西”。她自己也不了解，她也没看过，而且我想在她心中没有那种脏的意念在里头。

庚辰本原文

宝玉道："一言难尽。"

程乙本原文

宝玉只管红着脸不言语，袭人却只瞅着他笑。

白先勇的论点

庚辰本这个地方用得不好，程乙本写得比较含蓄：宝玉只管红着脸不言语，袭人却只瞅着他笑，看着他有点笑笑的，这个样子就够了。再看庚辰本怎么写，他问他说哪里来的脏东西，宝玉道："一言难尽。"这也不是宝玉的口气。宝玉是根本不好意思讲话了。

* * *

庚辰本原文

说至警幻所授云雨之情，羞的袭人掩面伏身而笑。宝玉亦素喜袭人柔媚娇俏，遂强袭人同领警幻所训云雨之事。袭人素知贾母已将自己与了宝玉的，今便如此，亦不为越礼，遂和宝玉偷试一番，幸得无人撞见。自此宝玉视袭人更比别个不同，袭人待宝玉更为尽心。

程乙本原文

迟了一会，宝玉才把梦中之事细说与袭人听。说到云雨私情，羞得袭人掩面伏身而笑。宝玉亦素喜袭人柔媚娇俏，遂强拉袭人同领警幻所训之事。袭人自知贾母曾将他给了宝玉，也无可推托的，扭捏了半日，无奈何，只得和宝玉温存了一番。自此宝玉视袭人更自不同，袭人待宝玉也越发尽职了。

白先勇的论点

程乙本：迟了一会，宝玉才把梦中之事细说与袭人听。然后，羞的袭人掩面伏身而笑。这也不说了。下面讲宝玉，也素喜袭人柔媚娇俏，遂强拉袭人同领警幻所训之事。庚辰本怎么写这段呢：袭人素知贾母已将自己与了宝玉的，今便如此，亦不为越礼，下面更不像话了：遂和宝玉偷试一番。偷试二字，用得真坏！然后还有更糟糕的：幸得无人撞见。偷偷摸摸做这个鬼鬼祟祟的事情，这个写得不好。程乙本这么写的：袭人自知贾母曾将他给了宝玉，也无可推托的，扭捏了半日。这才是袭人这个女孩子会有的反应。扭捏了半日，无奈何，只得和宝玉温存了一番。就完了，没有说什么，没有说偷试一回，也没说什么幸得无人撞见这种话，那种话不像《红楼梦》，不像曹雪芹写的贾宝玉跟袭人。

【第八回】

比通灵金莺微露意 探宝钗黛玉半含酸（庚辰本）
贾宝玉奇缘识金锁 薛宝钗巧合认通灵（程乙本）

庚辰本原文

比通灵金莺微露意 探宝钗黛玉半含酸

程乙本原文

贾宝玉奇缘识金锁 薛宝钗巧合认通灵

白先勇的论点

庚辰本这个回目："比通灵金莺微露意 探宝钗黛玉半含酸"我不喜欢。程乙本是："贾宝玉奇缘识金锁 薛宝钗巧合认通灵"。这一回啊，黛玉是在吃醋、嫉妒，因为宝钗来了，对她来说是个很大的威胁。宝钗长得很漂亮，而且很得人缘，很通情达理，学问也好，处处不见得输给黛玉。她是另外一表，是姨表，黛玉是姑表，地位差不多，的确构成威胁。女孩子之间吃醋很正常，表姐妹之间吃醋也很正常，但吃醋不见得含酸，这个"酸"字下得不好。黛玉，林姑娘，是何许人物！酸字用不到她身上。"酸"凤姐，对的！有一回，凤姐吃醋了，因为贾琏跟一个鲍二家的有苟且事，被凤姐抓到了，吃醋！那一回程乙本叫"变生不测凤姐泼醋"，泼醋含酸用在凤姐身上是对的，放在这里用于黛玉我觉得不妥。

【第十三回】

秦可卿死封龙禁尉 王熙凤协理宁国府

庚辰本原文

凤姐听了此话，心胸大快，十分敬畏。

程乙本原文

凤姐听了此话，心胸不快，十分敬畏。

白先勇的论点

凤姐一听秦氏此话，心胸不快，庚辰本这里有个错字：心胸“大”快，绝对不是“大”字，把它改过来。

【第十四回】

林如海捐馆扬州城 贾宝玉路谒北静王

庚辰本原文

话说宁国府中都总管来升闻得里面委请了凤姐。

程乙本原文

话说宁国府中都总管赖升闻知里面委请了凤姐。

白先勇的论点

王熙凤被贾珍请来管宁国府，下面都紧张了，宁国府的人什么反应呢？庚辰本：话说宁国府中都总管来升……，这个名字“来升”我有点怀疑，程乙本是“赖升”。大总管姓赖，庚辰本是来。

庚辰本原文

现今北静王水溶年未弱冠，生得形容秀美，情性谦和。

程乙本原文

现今北静王世荣年未弱冠，生得美秀异常，性情谦和。

白先勇的论点

北静王，庚辰本给他的名字很奇怪——水溶，这个看起来不像个名字，这不是旗人的名字。程乙本是“世荣”，这比较像。

【第十六回】

贾元春才选凤藻宫　秦鲸卿夭逝黄泉路

庚辰本原文

宝玉忙叫道：“鲸兄！宝玉来了。”连叫两三声，秦钟不睬。宝玉又道：“宝玉来了。”

程乙本原文

宝玉忙叫道：“鲸哥！宝玉来了。”连叫了两三声，秦钟不睬。宝玉又叫道：“宝玉来了。”

白先勇的论点

秦钟昏迷了，梦到阎王派了小鬼要把他拉走，宝玉赶到了，叫了一声：“鲸兄！宝玉来了。”这是庚辰本。程乙本不同，他叫“鲸哥”，不是“鲸兄”，一字之差，这两个意义就不一样了。我想以曹雪芹心思这么密的人，小地方不会写差的。秦钟要死了，宝玉叫他，对他感情很好，叫他“鲸哥”。虽然宝玉年纪比他大，虽然秦钟是侄子辈，因为特殊的感情，所以叫他“鲸哥”，跟客套的“鲸兄”是不一样的。

* * *

庚辰本原文

那秦钟魂魄哪里肯就去，又记念着家中无人掌管家务，又记挂着父亲还有留积下的三四千两银子，又记挂着智能尚无下落，因此百般求告鬼判。

程乙本原文

那秦钟魂魄那里肯就去？又记念着家中无人管理家务，又惦记着智能儿尚无下落，因此百般求告鬼判。

白先勇的论点

好多小鬼来提他，秦钟舍不得走，心里头有记挂。庚辰本突然跑出这么一句话：又记挂着父亲还有留积下的三四千两银子。多出这么一句来，程乙本没有的。

* * *

庚辰本原文

宝玉忙携手垂泪道："有什么话留下两句。"秦钟道："并无别话。以前你我见识自为高过世人，我今日才知自误了。以后还该立志功名，以荣耀显达为是。"说毕，便长叹一声，萧然长逝了。

程乙本原文

（原文无此段）

白先勇的论点

程乙本拉走就拉走了，庚辰本把秦钟的魂又放回来了，放回来还不打紧，他又讲了这么几句话：以前你我见识自为高过世人，我今日才知自误了。以后还该立志功名，以荣耀显达为是。这几句话不像是秦钟讲的，他讲这话，宝玉早一脚把他踢开了。连史湘云劝宝玉几句做官，他都把她推出门去，凡劝他做官、立志的，最听不下去。我想秦钟也应该了解他，不会讲这种话，程乙本没这一段的。秦钟死了就死了，回不来了，回来还劝宝玉做官去，这段我看是多余的败笔，应该又是抄本的问题。

【第十七回】

大观园试才题对额 荣国府归省庆元宵（程乙本）

【第十八回】

皇恩重元妃省父母 天伦乐宝玉呈才藻（程乙本）

庚辰本原文

（第十八回无回目）

程乙本原文

皇恩重元妃省父母 天伦乐宝玉呈才藻

白先勇的论点

我们来看第十七回、第十八回。庚辰本第十八回没有回目，程乙本呢？有回目的，是“皇恩重元妃省父母 天伦乐宝玉呈才藻”，庚辰本十七回、十八回混在一起了。

* * *

庚辰本原文

只见园中香烟缭绕，花彩缤纷，处处灯光相映，时时细乐声喧，说不尽这太平气象，富贵风流。——此时自己回想当初在大荒山中，青埂峰下，那等凄凉寂寞；若不亏癞憎、跛道二人携来到此，又安能得见这般世面。本欲作一篇《灯月赋》、

《省亲颂》，以志今日之事，但又恐入了别书的俗套。按此时之景，即作一赋一赞，也不能形容得尽其妙；即不作赋赞，其豪华富丽，观者诸公亦可想而知矣。

程乙本原文

只见园中香烟缭绕，花影缤纷，处处灯光相映，时时细乐声喧：说不尽这太平景象，富贵风流。

白先勇的论点

这一回庚辰本有点问题，我提出给大家参考：贾府以非常隆重的礼仪等着接皇妃，从贾母开始，都穿着朝服，等在那个地方。大观园里面，到处张灯结彩，说不尽的富贵风流。所以秦氏鬼魂说是“火上烹油”，又来了更大的喜事，“鲜花着锦”，有了鲜花还要拿锦缎裹起来，这回写贾家极盛的时候，元妃怎么省亲，“……说不尽这太平气象，富贵风流”，可是，突然一跳，跳到那块顽石，自己讲话了：此时自己回想当初在大荒山中，青埂峰下，那等凄凉寂寞；若不亏癞僧、跛道二人携来到此，又安能得见这般世面。本欲作一篇《灯月赋》、《省亲颂》，以志今日之事……突然间石头跑出来讲话，这非常突兀，这不是《红楼梦》的风格。《红楼梦》里作者是隐形的，你完全看不见曹雪芹在哪里。这一段石头讲话，程乙本是没有的。

* * *

庚辰本原文

按此四字并“有凤来仪”等处，皆系上回贾政偶然一试宝玉之课艺才情耳，何今日认真用此匾联？况贾政世代诗书，来往诸客屏侍座陪者，悉皆才技之流，岂无一名手题撰，竟用小儿一戏之辞苟且搪塞？真似暴发新荣之家，滥使银钱，一味抹油涂朱，毕则大书“前门绿柳垂金锁，后户青山列锦屏”之类，则以为大雅可观，岂《石头记》中通部所表之宁荣贾府所为哉！据此论之，竟大相矛盾了。诸公不知，待蠢物将原委说明，大家方知。当日这贾妃未入宫时，自幼亦系贾母教养。后来添了宝玉，贾妃乃长姊，宝玉为弱弟，贾妃之心上念母年将迈，始得此弟，是以怜爱宝玉，与诸弟待之不同。

程乙本原文

这“蓼汀花溆”及“有凤来仪”等字，皆系上回贾政偶试宝玉之才，何至便认真用了？想贾府世代诗书，自有一二名手题咏，岂似暴富之家，竟以小儿语搪塞了事呢？只因当日这贾妃未入宫时，自幼亦系贾母教养。后来添了宝玉，贾妃乃长姊，宝玉为幼弟，贾妃念母年将迈，始得此弟，是以独爱怜之。

白先勇的论点

庚辰本接下来又出现了一段极不得体的话。说贾家世代诗书，建大观园一定有很多文人雅士来题词，怎会用了小孩子的来搪塞：真似暴发新荣之家，滥使银钱，一味抹油涂朱，毕则大书“前门绿柳垂金锁，后户青山列锦屏”之类，则以为大雅可观，岂《石头记》中通部所表之宁荣贾府所为哉！据此论之，竟大相矛盾了。诸公不知，待蠢物将原委说明，大家方知。又来这么一段，跟《红楼梦》完全不合，程乙本里面也没有。

【第二十一回】

贤袭人娇嗔箴宝玉　俏平儿软语救贾琏

庚辰本原文

谁知这媳妇有天生的奇趣，一经男子挨身，便觉遍身筋骨瘫软，使男子如卧棉上；更兼淫态浪言，压倒娼妓，诸男子到此岂有惜命者哉。

程乙本原文

谁知这媳妇子有天生的奇趣：一经男子挨身，便觉遍体筋骨瘫软，使男子如卧绵上；更兼淫态浪言，压倒娼妓。

白先勇的论点

“便觉遍身筋骨瘫软”这八个字，把多姑娘通通写尽了。下面这一句是个败笔：

诸男子到此岂有惜命者哉。程乙本没有这一句，这个多余了。我觉得多姑娘写到那样子，够了！再加一句就多了。

【第二十二回】

听曲文宝玉悟禅机　制灯谜贾政悲谶语

庚辰本原文

又看道是：前身色相总无成，不听菱歌听佛经。莫道此生沉黑海，性中自有大光明。贾政道："这是佛前海灯嗄。"惜春笑答道："是海灯。"

程乙本原文

贾政又看道：南面而坐，北面而朝，"象忧亦忧，象喜亦喜"。——打一用物。贾政道："好，好！如猜镜子，妙极！"宝玉笑回道："是。"

白先勇的论点

前身色相总无成，不听菱歌听佛经。莫道此生沉黑海，性中自有大光明。这是讲惜春以后要当尼姑，但讲得太明了，程乙本没有此句，倒是庚辰本里缺了宝玉出的灯谜：南面而坐，北面而朝，"象忧亦忧，象喜亦喜"。

* * *

庚辰本原文

只见后面写着七言律诗一首，却是宝钗所作，随念道："朝罢谁携两袖烟？琴边衾里总无缘。晓筹不用鸡人报，五夜无烦侍女添。焦首朝朝还暮暮，煎心日日复年年。光阴荏苒须当惜，风雨阴晴任变迁。"

程乙本原文

贾政再往下看，是黛玉的，道："朝罢谁携两袖烟？琴边衾里两无缘。晓筹不用鸡人报，五夜无烦侍女添。焦首朝朝还暮暮，煎心日日复年年。光阴荏苒须当惜，风雨阴晴任变迁。——打一用物。"

白先勇的论点

接下来一个谜，庚辰本说是宝钗所作，谜底是"更香"——从前计算时间的香。程乙本则说是黛玉写的。我觉得这个命运像黛玉，不像宝钗。黛玉呢，自己焚那个香，烧尽为止。黛玉最后死的时候，把自己的诗稿往火盆里丢，把自己的诗稿焚掉。焚诗稿就是焚自己，等于为了情，把她自己烧掉了。情像香一样，一节一节烧成灰。

* * *

庚辰本原文

（庚辰本无此段）

程乙本原文

往下再看宝钗的，道是："有眼无珠腹内空，荷花出水喜相逢。梧桐叶落分离别，恩爱夫妻不到冬。——打一用物。"

白先勇的论点

程乙本中宝钗另有一个谜语，倒像是宝钗的命运：有眼无珠腹内空，荷花出水喜相逢。梧桐叶落分离别，恩爱夫妻不到冬。谜底"竹夫人"，竹子编的类似枕头的东西，凉的，中间是空的，夏天拿来枕一枕，到了秋天梧桐叶落的时候，就收起来了，所以恩爱夫妻呢，头贴的、脸贴的，像那个枕头那么恩爱的东西，不到冬。这是讲宝钗的命运，最后宝玉出家了，他守活寡。

庚辰本原文

贾政心内沉思道："娘娘所作爆竹，此乃一响而散之物。迎春所作算盘，是打动乱如麻。探春所作风筝，乃飘飘浮荡之物。惜春所作海灯，一发清净孤独。今乃上元佳节，如何皆作此不祥之物为戏耶？”心内愈思愈闷，因在贾母之前，不敢形于色，只得仍勉强往下看去。

程乙本原文

（程乙本无此段）

白先勇的论点

这段话，程乙本里面没有的，庚辰本说得太明，自己去解释出来了。

＊ ＊ ＊

庚辰本原文

贾母见贾政如此光景，想到或是他身体劳乏亦未可定，又兼之恐拘束了众姊妹不得高兴玩耍，即对贾政云：“你竟不必猜了，去安歇罢。让我们再坐一会，也好散了。”贾政一闻此言，连忙答应几个“是”字，又勉强劝了贾母一回酒，方才退出去了。回至房中只是思索，翻来覆去竟难成寐，不由伤悲感慨，不在话下。

程乙本原文

贾母见贾政如此光景，想到他身体劳乏，又恐拘束了他众姊妹，不得高兴玩耍，便对贾政道：“你竟不必在这里了，歇着去罢！让我们再坐一会子，也就散了。”贾政一闻此言，连忙答应几个“是”，又勉强劝了贾母一回酒，方才退出去了。回至房中，只是思索，翻来覆去，甚觉凄惋。

白先勇的论点

贾母看他这样子以为他累了，就说你回去吧，让他们更轻松一点。贾政一闻此言，连忙答应几个“是”，又勉强劝了贾母一回酒，方才退出去了。回至房中，只是思索，翻来覆去，甚觉凄惋。程乙本的这句，说不出的一股凄凉，说不出的一种难过，他自己也不太明白，冥冥中他就感觉到不祥之意。

【第二十四回】

醉金刚轻财尚义侠　痴女儿遗帕惹相思

庚辰本原文

红玉听了忙走出来看，不是别人，正是贾芸。红玉不觉的粉面含羞，问道："二爷在那里拾着的？"贾芸笑道："你过来，我告诉你。"一面说，一面就上来拉他。

程乙本原文

小红听了，忙走出来看时：不是别人，正是贾芸。小红不觉粉面含羞，问道："二爷在那里拾着的？"只见那贾芸笑道："你过来，我告诉你。"一面说一面就上来拉他的衣裳。

白先勇的论点

小红他本来叫红玉，因为"玉"字重了宝玉，从前是不可以的，贾府的爷们，他们的名字不可以重的，就把她改成小红。庚辰本不是很一贯，一下子小红，一下子红儿，一下子红玉，程乙本就通通改成小红。

【第二十五回】

魇魔法姐弟逢五鬼　红楼梦通灵遇双真（庚辰本）

魇魔法叔嫂逢五鬼　通灵玉蒙蔽遇双真（程乙本）

庚辰本原文

魇魔法姐弟逢五鬼 红楼梦通灵遇双真

程乙本原文

魇魔法叔嫂逢五鬼 通灵玉蒙蔽遇双真

白先勇的论点

庚辰本回目“姐弟”两个字，这关系不对，凤姐跟宝玉不是姐弟，是叔嫂。程乙本的回目是：“魇魔法叔嫂逢五鬼 通灵玉蒙蔽遇双真”。回目都是点题的，点出这一回讲的是什么事情，主角是什么人，等等。整本书里边，回目出现“红楼梦”三个字的很少。第五回在太虚幻境里边“饮仙醪曲演红楼梦”，第一次提到“红楼梦”三个字。这一回程乙本的回目“通灵玉蒙蔽遇双真”，这就是点题了，讲那块通灵玉需要双真——那两个一僧一道来拭掉尘世污染。庚辰本“红楼梦通灵遇双真”，此处“红楼梦”何所指不清楚，我觉得程乙本的回目比较切题。

* * *

庚辰本原文

别人慌张自不必讲，独有薛蟠更比诸人忙到十分去：又恐薛姨妈被人挤倒，又恐薛宝钗被人瞧见，又恐香菱被人臊皮，——知道贾珍等是在女人身上做功夫的，因此忙的不堪。忽一眼瞥见了林黛玉风流婉转，已酥倒在那里。

程乙本原文

（程乙本无此段）

白先勇的论点

薛蟠这个呆霸王也是曹雪芹写得非常好的一个角色，大家再往下看到第二十八回，“蒋玉菡情赠茜香罗”，把呆霸王写得活灵活现。这个人既是一个顽劣无比的纨绔大少，又有他的一种天真，但这一回写他，有几个字我觉得不是很恰当。别人慌张自不必讲，贾府乱成一团嘛！独有薛蟠更比诸人忙到十分去：又恐薛姨妈被人挤倒，又恐薛宝钗被人瞧见，又恐香菱被人臊皮，——知道贾珍等是在女人身上做功夫的，因此忙的不堪。忽一眼瞥见了林黛玉风流婉转，已酥倒在那里。这个不像薛蟠。有几点：第一、讲贾珍，贾珍是很好色的一个人，但还不至于在薛宝钗、香菱身上打主意，这个有点说不过去。而且薛姨妈跟宝钗、香菱在贾府住那么久了，老早混熟了里面的人，何至于贾珍看到这两人会动心？下面更不像话！我想薛蟠看了林黛玉，他不懂欣赏的，他怎么会懂欣赏林姑娘这个病美人？看了她不会酥倒，他酥倒是看了别人。这一段一点都不像薛蟠，写得不恰当，程乙本里没有这段的。

* * *

庚辰本原文

李宫裁并贾府三艳、薛宝钗、林黛玉、平儿、袭人等在外间听信息。闻得吃了米汤，省了人事，别人未开口，林黛玉先就念了一声“阿弥陀佛”。薛宝钗便回头看了他半日，嗤的一声笑。众人都不会意，贾惜春道：“宝姐姐，好好的笑什么？”宝钗笑道：“我笑如来佛比人还忙：又要讲经说法，又要普渡众生；这如今宝玉、凤姐姐病了，又烧香还愿，赐福消灾；今才好些，又管林姑娘的姻缘了。你说忙的可笑不可笑。”

程乙本原文

众姊妹都在外间听消息，黛玉先念了一声佛，宝钗笑而不言，惜春道：“宝姐姐笑什么？”宝钗道：“我笑如来佛比人还忙：又要度化众生；又要保佑人家病痛，都叫他速好；又要管人家的婚姻，叫他成就。——你说可忙不忙？可好笑不好笑？”

白先勇的论点

宝钗涵养很好的，装不知道，这下子逮到机会了，还他一句：“我笑如来佛比人还忙：又要讲经说法，又要普渡众生；这如今宝玉、凤姐姐病了，又烧香还愿，赐福消灾；今才好些，又管林姑娘的姻缘了。”我想，薛宝钗不会直接讲出来林姑娘的姻缘，这会触犯林黛玉的。而且这也不很像薛宝钗，薛宝钗很厉害的，常常讲话只讲一半，就够了。程乙本这里就写得好，它用“又要管人家的婚姻”，“人家”两个字，随便指谁，不专指林姑娘。宝钗不会那么直接、那么赤裸裸地指出来的。

【第二十七回】

滴翠亭杨妃戏彩蝶　埋香冢飞燕泣残红

庚辰本原文

花谢花飞花满天，红消香断有谁怜？游丝软系飘春榭，落絮轻沾扑绣帘。闺中女儿惜春暮，愁绪满怀无释处，手把花锄出绣闺，忍踏落花来复去。

程乙本原文

花谢花飞飞满天，红消香断有谁怜？游丝软系飘春榭，落絮轻沾扑绣帘。闺中女儿惜春暮，愁绪满怀无着处；手把花锄出绣帘，忍踏落花来复去？

白先勇的论点

他写的《葬花词》是古诗体，庚辰本："花谢花飞花满天"，这个"花满天"不太好，应该是"飞满天"，看这整篇："花谢花飞飞满天，红消香断有谁怜？游丝软系飘春榭，落絮轻沾扑绣帘。"讲的是春天百花凋残了。

* * *

庚辰本原文

一年三百六十日，风刀霜剑严相逼。明媚鲜妍能几时，一朝飘泊难寻觅。花开易见落难寻，阶前闷杀葬花人。独倚花锄泪暗洒，洒上空枝见血痕。

程乙本原文

一年三百六十日，风刀霜剑严相逼；明媚鲜妍能几时，一朝飘泊难寻觅。花开易见落难寻，阶前愁杀葬花人；独把花锄偷洒泪，洒上空枝见血痕。

白先勇的论点

庚辰本："花开易见落难寻，阶前闷杀葬花人。"这个"闷"字不太好，应该是程乙本："愁杀葬花人"。

* * *

庚辰本原文

天尽头，何处有香丘？未若锦囊收艳骨，一抔净土掩风流。质本洁来还洁去，强于污淖陷渠沟。

程乙本原文

天尽头！何处有香丘？未若锦囊收艳骨，一抔净土掩风流；质本洁来还洁去，不教污淖陷渠沟。

白先勇的论点

庚辰本："质本洁来还洁去，强于污淖陷渠沟。"程乙本是："不教污淖陷渠沟。"

【第二十八回】

蒋玉菡情赠茜香罗　薛宝钗羞笼红麝串

庚辰本原文

且自身尚不知何在何往，则斯处、斯园、斯花、斯柳，又不知当属谁姓矣！——因此一而二，二而三，反复推求了去，真不知此时此际欲为何等蠢物，杳无所知，逃大造，出尘网，始可解释这段悲伤。

程乙本原文

且自身尚不知何在何往，将来斯处、斯园、斯花、斯柳，又不知当属谁姓？——因此一而二，二而三，反复推求了去，真不知此时此际，如此解释这段悲伤！

白先勇的论点

程乙本里头，没有"真不知此时此际欲为何等蠢物，杳无所知，逃大造，出尘网"

这几句话。这个太过了！

* * *

庚辰本原文

滴不尽相思血泪抛红豆，开不完春柳春花满画楼，睡不稳纱窗风雨黄昏后，忘不了新愁与旧愁，咽不下玉粒金莼噎满喉，照不见菱花镜里形容瘦。

程乙本原文

滴不尽相思血泪抛红豆；开不完春柳春花满画楼。睡不稳纱窗风雨黄昏后；忘不了新愁与旧愁。咽不下玉粒金波噎满喉；照不尽菱花镜里形容瘦。

白先勇的论点

宝玉在席上唱了很有名的曲子《红豆词》，"咽不下玉粒金莼噎满喉"，玉粒金"莼"有点怪，程乙本是金"波"。照不见菱花镜里形容瘦，照不见的"见"程乙本用"尽"字。

【第二十九回】

享福人福深还祷福　痴情女情重愈斟情

庚辰本原文

凤姐便一扬手，照脸一下，把那小孩子打了一个筋斗，骂道："野牛肏的，胡朝哪里跑！"

程乙本原文

凤姐便一扬手，照脸打了个嘴巴，把那小孩子打了一个筋斗，骂道："小野杂种！往那里跑？"

白先勇的论点

凤姐一扬手照脸一巴掌，把那个小道士打了个筋斗，还骂粗话。不过庚辰本这个“野牛肏的，胡朝那里跑！”太粗了，不像凤姐讲的。程乙本我觉得恰如其分，骂一声“小野杂种”，够了！曹雪芹不是不用粗话，而是不合身份，薛蟠骂骂算了，凤姐不会讲这么粗的话，所以我觉得这里有点问题。

【第三十回】

宝钗借扇机带双敲　龄官划蔷痴及局外

庚辰本原文

宝玉听说，自己由不得脸上没意思，只得又搭讪笑道：“怪不得他们拿姐姐比杨妃，原也体丰怯热。”

程乙本原文

宝玉听说，自己由不得脸上没意思，只得又搭赸笑道：“怪不得他们拿姐姐比杨妃，原也富胎些。”

白先勇的论点

给他碰了个软钉子，没意思，只得又搭讪笑道：“怪不得他们拿姐姐比杨妃，原也体丰怯热。”最后这一句，程乙本是：原也富胎些。这两者有点差别，而且蛮要紧的。“富胎”这两个字也是指丰满，但口气上比“体丰怯热”好。

＊　＊　＊

庚辰本原文

宝钗听说，不由的大怒，待要怎样，又不好怎样。

程乙本原文

宝钗听说，登时红了脸，待要发作，又不好怎么样。

白先勇的论点

宝钗听了这话，庚辰本写："不由的大怒，待要怎样，又不好怎样。"程乙本是："登时红了脸，待要发作，又不好怎么样。"这个地方，程乙本写得合理。宝钗不会大怒，第一，宝姑娘多么有涵养；第二，是在贾母面前，再怎么他也要装一下，他在贾母、王夫人面前都是非常乖顺的，不会大怒，但是登时红了脸，心里面不舒服气的。

* * *

庚辰本原文

宝钗指他道："你要仔细！我和你玩过，你再疑我。和你素日嘻皮笑脸的那些姑娘们跟前，你该问他们去。"

程乙本原文

宝钗指着他厉声说道："你要仔细！你见我和谁玩过！有和你素日嘻皮笑脸的那些姑娘们，你该问他们去！"

白先勇的论点

这个时候，宝钗讲话很凶的，他不好骂宝玉，不好跟宝玉讲，他借着丫鬟可以的，声音变了，厉声了。宝姑娘很少失掉风度，这是其中之一。你要仔细！你见我和谁玩过！这是说，我不是随随便便跟你们这些小丫头开玩笑的，有和你素日嘻皮笑脸的那些姑娘们，你该问他们去。程乙本这里多了个"有"字，少了"跟前"，我觉得是好的。

* * *

庚辰本原文

宝玉笑道："凭他怎么去罢，我只守着你。"

程乙本原文

宝玉笑道："谁管他的事呢！咱们只说咱们的。"

白先勇的论点

宝玉笑道："凭他怎么去罢，我只守着你。"庚辰本这个话讲得也不太恰当，程乙本是，宝玉笑道："谁管他的事呢！咱们只说咱们的。"这个好多了！我只守着你，这种话好像不太合适在这时候讲。

* * *

庚辰本原文

里面的原是早已痴了，画完一个又画一个，已经画了有几千个"蔷"。

程乙本原文

里面的原是早已痴了，画完一个"蔷"又画一个"蔷"，已经画了有几十个。

白先勇的论点

他（龄官）一个人写写写，画完一个又画一个，庚辰本说："已经画了有几千个"，哪会有几千个？程乙本是"几十个"，比较合理。

【第三十一回】

撕扇子作千金一笑　因麒麟伏白首双星

庚辰本原文

众人听了都笑道："果然明白。"宝玉笑道："还是这么会说话，不让人。"林黛玉听了，冷笑道："他不会说话，他的金麒麟会说话。"一面说着，便起身走了。

程乙本原文

众人听了，都笑道："果然明白。"宝玉笑道："还是这么会说话，不让人。"黛玉听了，冷笑道："他不会说话，就配带'金麒麟'了！"一面说着，便起身走了。

白先勇的论点

黛玉在旁边冷笑，说：他不会说话，他的金麒麟会说话。程乙本黛玉这句话是：他不会说话，就配带"金麒麟"了？ 黛玉很介意湘云有金麒麟，宝钗的金锁片已经够他受了，又跑出个金麒麟来。所以就酸他一句："他不会说话，就配带'金麒麟'了？"意思是配带金麒麟的人，当然会说话了。他的金麒麟会说话。这有点不大妥当。小说也好，诗也好，按理讲，一句都不能写错的，一句写得不对，就会影响全盘，以曹雪芹的那种仔细，程乙本在语气上好得多。

【第三十二回】

诉肺腑心迷活宝玉　含耻辱情烈死金钏

庚辰本原文

袭人听了这话，吓得魄消魂散，只叫"神天菩萨，坑死我了！"便推他道："这是那里的话！敢是中了邪？还不快去？"

程乙本原文

袭人听了，惊疑不止，又是怕，又是急，又是臊，连忙推他道："这是那里的话？你是怎么着了？还不快去吗？"

白先勇的论点

这下子袭人听了这个话大吃一惊，庚辰本是：袭人听了这话，吓得魄消魂散，只叫"神天菩萨，坑死我了！"便推他道："这是那里的话！敢是中了邪？还不快去？"这哪里是袭人！袭人这个女孩子心机多么深沉，很低调很温柔的一个人，不会菩萨老天这么叫的。程乙本是这样子写的：袭人听了，惊疑不止。没有说吓得魂消魄散，没到那个地步，“惊疑不止”才对。

＊ ＊ ＊

庚辰本原文

忽有宝钗从那边走来，笑道：“大毒日头地下，出什么神呢？”袭人见问，忙笑道：“那边两个雀儿打架，倒也好玩，我就看住了。”宝钗道：“宝兄弟这会子穿了衣服，忙忙的那去了？我才看见走过去，倒要叫住问他呢。他如今说话越发没了经纬，我故此没叫他了，由他过去罢。”

程乙本原文

谁知宝钗恰从那边走来，笑道：“大毒日头地下，出什么神呢？”袭人见问，忙笑说道：“我才见两个雀儿打架，倒很有个玩意儿，就看住了。”宝钗道：“宝兄弟才穿了衣服，忙忙的那里去了？我要叫住问他呢，只是他慌慌张张的走过去，竟像没理会我的，所以没问。”

白先勇的论点

宝钗来了，他说：“宝兄弟这会子穿了衣服，忙忙的那去了？我才看见走过去，倒要叫住问他呢。他如今说话越发没了经纬，我故此没叫他了，由他过去罢。”宝钗就讲，宝玉刚刚过去，我没有叫住他，他如今说话越发没了经纬，意思是颠三倒四。我想，宝钗不会讲这一句，这也不像宝钗的话。程乙本是这样的：宝兄弟才穿了衣服，忙忙的那里去了？我要叫住问他呢，只是他慌慌张张的走过去，竟像没理会我的，所以没问。这个是比较合理的宝钗的口气和反应。

【第三十四回】

情中情因情感妹妹　错里错以错劝哥哥

庚辰本原文

宝玉听得这话如此亲切稠密，竟大有深意，忽见他又咽住不往下说，红了脸，低下头只管弄衣带，那一种娇羞怯怯，非可形容得出者，不觉心中大畅，将疼痛早丢在九霄云外。

程乙本原文

宝玉听得这话如此亲切，大有深意；忽见他又咽住，不往下说，红了脸，低下头，含着泪，只管弄衣带，那一种软怯娇羞、轻怜痛惜之情，竟难以言语形容，越觉心中感动，将疼痛早已丢在九霄云外去了。

白先勇的论点

宝玉看了宝姑娘弄那衣角不好意思，非可形容得出者。庚辰本下面一句话又不对了：不觉心中大畅，将疼痛早丢在九霄云外。程乙本这一段是这样子写的：宝钗见他睁开眼说话，不像先时，心中也宽慰了些，便点头叹道："早听人一句话，也不至有今日！别说老太太、太太心疼，就是我们看着，心里也——"没话了，写得好，就此打住。我也疼你这话不讲出来，不讲了。这就是曹雪芹的手法，讲一半，这是宝钗的个性。刚说了半句，又忙咽住，不觉眼圈微红，双腮带赤，低头不语了。宝玉听得这话如此亲切，大有深意；忽见他又咽住，不往下说，红了脸，低下头，含着泪，只管弄衣带，那一种软怯娇羞、轻怜痛惜之情，竟难以言语形容，这几句写得好！然后呢？越觉心中感动，将疼痛早已丢在九霄云外去了。"越觉心中感动"，不是"不觉心中大畅"，身上痛得要死，还心中大畅？是感动将疼痛丢在九霄云外去了。

* * *

庚辰本原文

心中自思："我不过捱了几下打，他们一个个就有这些怜惜悲感之态露出，令人可玩可观，可怜可敬。假若我一时竟遭殃横死，他们还不知是何等悲感呢！既是他们这样，我便一时死了，得他们如此，一生事业纵然尽付东流，亦无足叹惜，冥冥之中若不怡然自得，亦可谓糊涂鬼祟矣！"

程乙本原文

想道："我不过挨了几下打，他们一个个就有这些怜惜之态，令人可亲可敬。假若我一时竟别有大故，他们还不知何等悲感呢！既是他们这样，我便一时死了，得他们如此，一生事业，纵然尽付东流，也无足叹惜了。"

白先勇的论点

自己忘了痛，宝钗也这么动了心了，宝玉心中想："我不过捱了几下打，他们一个个就有这些怜惜悲感之态露出，令人可玩可观"，庚辰本这个"可玩可观"，太轻浮了。程乙本是这样："我不过挨了几下打，他们一个个就有这些怜惜之态，令人可亲可敬。"这就好了。庚辰本又讲：假若我一时竟遭殃横死。这也不好，贾宝玉不会讲这个话，"遭殃横死"，用词不当。程乙本：假若我一时竟别有大故。这就对了！万一我出了什么事故，"他们还不知何等悲感呢！既是他们这样，我便一时死了，得他们如此，一生事业，纵然尽付东流，也无足叹惜了。"我们说贾宝玉是一个没有救药的浪漫派，女人的怜惜，女孩子的眼泪，得了这个，什么都不要了。庚辰本又多了一句：冥冥之中若不怡然自得，亦可谓糊涂鬼祟矣。这句话实在是多余的。

【第三十五回】

白玉钏亲尝莲叶羹　黄金莺巧结梅花络

庚辰本原文

一进院门，只见满地下竹影参差，苔痕浓淡，不觉又想起《西厢记》中所云“幽僻处可有人行，点苍苔白露泠泠”二句来，因暗暗的叹道：“双文，双文，诚为命薄人矣。然你虽命薄，尚有孀母弱弟；今日林黛玉之命薄，一并连孀母弱弟俱无。古人云‘佳人命薄’，然我又非佳人，何命薄胜于双文哉！”

程乙本原文

一进院门，只见满地下竹影参差，苔痕浓淡，不觉又想起《西厢记》中所云“幽僻处，可有人行？点苍苔，白露泠泠”二句来，因暗暗的叹道：“双文虽然命薄，尚有孀母弱弟；今日我黛玉之薄命，一并连孀母弱弟俱无。”

白先勇的论点

庚辰本：双文，双文，诚为命薄人矣！然你虽命薄，尚有孀母弱弟；今日林黛玉之命薄，一并连孀母弱弟俱无。古人云“佳人命薄”，然我又非佳人，何命薄胜于双文哉！这段话不像曹雪芹写的。程乙本简洁：双文虽然命薄，尚有孀母弱弟；今日我黛玉之薄命，一并连孀母弱弟俱无。想到这里，又欲滴下泪来。它不讲“今日林黛玉之命薄”，而用“今日我黛玉之薄命”，讲自己连名带姓一起讲这就不对，什么“古人云“佳人薄命”，然我又非佳人，何命薄胜于双文哉！”这些话都累赘得很，不像曹雪芹的干净利落。

【第三十七回】

秋爽斋偶结海棠社　蘅芜苑夜拟菊花题

庚辰本原文

宝玉听说，便展开花笺看时，上面写道：娣探谨奉

程乙本原文

宝玉听说，便展开花笺看时，上面写道：妹探谨启

白先勇的论点

看看这封信就知道了，充分显出三姑娘的雅兴和文采，海棠社是他起社的。庚辰本跟程乙本的这封信，有几个地方不太一样：开头“娣探谨奉”，娣这个字不常用，是妹妹的意思，程乙本直接用妹字，“妹探谨启”。

* * *

庚辰本原文

今因伏几凭床处默之时，因思及历来古人中处名攻利敌之场，犹置一些山滴水之区，远招近揖，投辖攀辕，务结二三同志者盘桓于其中，或竖词坛，或开吟社，虽一时之偶兴，遂成千古之佳谈。娣虽不才，窃同叨栖处于泉石之间，而兼慕薛、林之技。

程乙本原文

今因伏几处默，忽思历来古人，处名攻利夺之场，犹置些山滴水之区，远招近揖，投辖攀辕，务结二三同志，盘桓其中，或竖词坛，或开吟社：虽因一时之偶兴，每成千古之佳谈。妹虽不才，幸叨陪泉石之间，兼慕薛林雅调。

白先勇的论点

这封信写他有雅兴要建立一个诗社，中间这两句：窃同叨栖处于泉石之间，而兼

慕薛、林之技。程乙本是这样子的：幸叨陪泉石之间，兼慕薛林雅调。谈写诗用技术来形容我觉得不好，“兼慕薛林雅调”这个就对了。

* * *

庚辰本原文

孰谓莲社之雄才，独许须眉；直以东山之雅会，让馀脂粉。若蒙棹雪而来，娣则扫花以待。此谨奉。

程乙本原文

孰谓雄才莲社，独许须眉；不教雅会东山，让余脂粉耶？若蒙造雪而来，敢请扫花以俟。谨启。

白先勇的论点

庚辰本：若蒙棹雪而来，娣则扫花以待。此谨奉。这个娣字，改成妹字。程乙本是这样的：若蒙造雪而来，敢请扫花以俟。谨启。“敢请”两个字用得好。结束时，“谨启”两个字就够了。

【第三十八回】

林潇湘魁夺菊花诗　薛蘅芜讽和螃蟹咏

庚辰本原文

欲讯秋情众莫知，喃喃负手叩东篱。孤标傲世偕谁隐，一样花开为底迟？圃露庭霜何寂寞？鸿归蛩病可相思？休言举世无谈者，解语何妨片语时。

程乙本原文

欲讯秋情众莫知，喃喃负手扣东篱：孤标傲世偕谁隐？一样开花为底迟？圃露庭霜何寂寞？雁归蛩病可相思？莫言举世无谈者，解语何妨话片时。

白先勇的论点

最后一句，庚辰本是：解语何妨片语时。程乙本是：解语何妨话片时。我觉得程乙本“解语何妨话片时”比较好。

【第四十回】

史太君两宴大观园　金鸳鸯三宣牙牌令

庚辰本原文

刘姥姥拿起箸来，只觉不听使，又说道：“这里的鸡儿也俊，下的这蛋也小巧，怪俊的。我且肏攮一个。”

程乙本原文

刘姥姥拿起箸来，只觉不听使，又道：“这里的鸡儿也俊，下的这蛋也小巧，怪俊的。我且得一个儿！”

白先勇的论点

庚辰本这里是：我且肏攮一个。程乙本是：我且得一个儿。肏攮太粗，刘姥姥是个乖滑的老太婆，在贾母面前，不致讲粗口。

【第四十一回】

栊翠庵茶品梅花雪 怡红院劫遇母蝗虫（庚辰本）
贾宝玉品茶栊翠庵 刘姥姥醉卧怡红院（程乙本）

庚辰本原文

栊翠庵茶品梅花雪 怡红院劫遇母蝗虫

程乙本原文

贾宝玉品茶栊翠庵 刘姥姥醉卧怡红院

白先勇的论点

这一回，庚辰本的回目是：栊翠庵茶品梅花雪 怡红院劫遇母蝗虫。黛玉笑刘姥姥大吃大喝，把她比做母蝗虫，虽然比得有几分像，但是拿它做回目不宜，而且栊翠庵茶品梅花雪，也很含糊，没有一个主题。程乙本的回目是：贾宝玉品茶栊翠庵 刘姥姥醉卧怡红院。这两个对得好，而且贾宝玉品茶，里边有蛮多玄机的。

* * *

庚辰本原文

宝玉便走了进来，笑道："偏你们吃梯己茶呢。"二人都笑道："你又赶了来飺茶吃。这里并没你的。"

程乙本原文

宝玉便轻轻走进来，笑道："你们吃体己茶呢！"二人都笑道："你又赶了来撤茶吃！这里并没你吃的。"

白先勇的论点

宝玉悄悄地跑进来了，他说，偏偏你们吃体己茶。庚辰本用"梯己"，其实应该是"体己"，"体己"就是你们喝私茶，把我撇到外面去。

【第四十四回】

变生不测凤姐泼醋　喜出望外平儿理妆

庚辰本原文

黛玉因看到《男祭》这一出上，便和宝钗说道："这王十朋也不通的很，不管在那里祭一祭罢了，必定跑到江边子上来作什么！俗语说，'睹物思人'，天下的水总归一源，不拘那里的水舀一碗看着哭去，也就尽情了。"宝钗不答。宝玉回头要热酒敬凤姐。

程乙本原文

黛玉因看到《男祭》这出上，便和宝钗说道："这王十朋也不通得很，不管在那里祭一祭罢了，必定跑到江边上来做什么！俗语说：'睹物思人'，天下的水总归一源，不拘那里的水舀一碗，看着哭去，也就尽情了。"宝钗不答。宝玉听了，却又发起呆来。

白先勇的论点

黛玉说完，你看下面的回应，庚辰本：宝钗不答。宝玉回头要热酒敬凤姐。这一句变成这样子，那就跟《荆钗记》一点关系都没有了。程乙本：宝钗不答。宝玉听了，却又发起呆来。这就对了。宝玉在想，他何必跑那么远去祭金钏儿呢？就在贾府里面拿一碗土就可以祭了。

【第四十五回】

金兰契互剖金兰语　风雨夕闷制风雨词

庚辰本原文

哥哥儿，你别说你是官儿了，横行霸道的！你今年活了三十岁，虽然是人家的奴才，一落娘胎胞，主子恩典，放你出来，上托着主子的洪福，下托着你老子娘，也是公子哥儿似的读书认字，也是丫头、老婆、奶子捧凤凰似的。长了这么大，你那里知道那"奴才"两字是怎么写的！只知道享福，也不知道你爷爷和你老子受的那苦恼，熬了两三辈子，好容易挣出你这么个东西来。从小儿三灾八难，花的银子也照样打出你这个银人儿来了。

程乙本原文

小子，别说你是官了，横行霸道的！你今年活了三十岁，虽然是人家的奴才，一落娘胎胞儿，主子的恩典，放你出来，上托着主子的洪福，下托着你老子娘，也是公子哥儿似的，读书写字，也是丫头、老婆、奶子捧凤凰似的，长了这么大，你那里知道那"奴才"两字是怎么写？只知道享福，也不知你爷爷和你老子受的那苦恼，熬了两三辈子，好容易挣出你这个东西，从小儿三灾八难，花的银子照样打出你这个银人儿来了。

白先勇的论点

"我那里管他们，由他们去罢！前儿在家里给我磕头，我没好话，我说：哥哥儿，你别说你是官儿了，横行霸道的！你今年活了三十岁，虽然是人家的奴才，一落娘胎胞，主子恩典，放你出来。"哥哥儿这个字，我在别的地方没看过，哥儿是有的，"哥哥儿"我觉得有点怪。程乙本用"小子"，较好。如果是哥儿、哥哥儿，都还有一点宠他的味道，叫小子，等于拉下脸来教训了。

* * *

庚辰本原文

秋花惨淡秋草黄，耿耿秋灯秋夜长。已觉秋窗秋不尽，那堪风雨助凄凉！助秋风雨来何速！惊破秋窗秋梦绿。

程乙本原文

秋花惨淡秋草黄，耿耿秋灯秋夜长；已觉秋窗秋不尽，那堪风雨助凄凉！助秋风雨来何速？惊破秋窗秋梦续；

白先勇的论点

《秋窗风雨夕》："秋花惨淡秋草黄，耿耿秋灯秋夜长。已觉秋窗秋不尽，那堪风雨助凄凉！助秋风雨来何速！惊破秋窗秋梦绿"。这个"绿"字在这里有点问题，秋梦绿，后面那个解释有点勉强，秋天哪来梦到绿的颜色呢？程乙本是："惊破秋窗秋梦续"，我想"续"字比较好，断断续续的。

* * *

庚辰本原文

宝玉道："不相干，是明瓦的，不怕雨。"

程乙本原文

宝玉道："不相干，是羊角的，不怕雨。"

白先勇的论点

宝玉只是来看一下就要走了，他怕黛玉要休息了，走的时候要拿一个灯笼，黛玉讲，下雨灯笼会淋湿，宝玉说没关系，是明瓦的，不怕雨。"明瓦"，是一种蚌类磨出来的东西。程乙本写的是"羊角"，羊角挖空做的灯。

【第四十六回】

尴尬人难免尴尬事　鸳鸯女誓绝鸳鸯偶

庚辰本原文

凤姐儿暗想："鸳鸯素习是个可恶的，虽如此说，保不严他就愿意。"

程乙本原文

凤姐儿暗想："鸳鸯素昔是个极有心胸气性的丫头，虽如此说，保不严他愿意不愿意。"

白先勇的论点

庚辰本这句话有问题：鸳鸯素习是个可恶的。凤姐跟鸳鸯的关系蛮好的，凤姐对鸳鸯也有三分敬佩，怎么会想他是个可恶的呢？除非他说反话，很可恶，就是很不好弄，这么说也不对。程乙本是：鸳鸯素昔是个极有心胸气性的丫头。这就对了！

* * *

庚辰本原文

平儿又把方才的话说与袭人，袭人听了说道："真真这话论理不该我们说，这个大老爷太好色了，略平头正脸的，他就不放手了。"

程乙本原文

平儿又把方才的话说了，袭人听了，说道："这话，论理不该我们说：这个大老爷，真真太下作了！略平头正脸的，他就不能放手了。

白先勇的论点

庚辰本用"好色"这两个字作为对贾赦的评断，太平了！程乙本是："这个大老爷，真真太下作了！"这个话对了。好色一般来讲，不见得是坏事，下作，就不好了。连袭人是个丫头，对贾赦也这么瞧不起。袭人平常不大轻易讲人坏话的，也讲了句重话。

＊ ＊ ＊

庚辰本原文

鸳鸯听说，立起身来，照他嫂子脸上下死劲啐了一口，指着他骂道："你快夹着屄嘴离了这里，好多着呢！什么'好话'！宋徽宗的鹰，赵子昂的马，都是好画儿。什么'喜事'！状元痘儿灌的浆儿——又满是喜事。怪道成日家羡慕人家女儿作了小老婆，一家子都仗着他横行霸道的，一家子都成了小老婆了！看的眼热了，也把我送在火坑里去。我若得脸呢，你们在外头横行霸道，自己就封自己是舅爷了。我若不得脸败了时，你们把忘八脖子一缩，生死由我。"

程乙本原文

鸳鸯听说，立起身来，照他嫂子脸上下死劲啐了一口，指着骂道："你快夹着你那毯嘴，离了这里，好多着呢！什么'好话'？又是什么'喜事'？怪道成日家羡慕人家的丫头做了小老婆，一家子都仗着他横行霸道的，一家子都成了小老婆了！看得眼热了，也把我送在火坑里去。我若得脸呢，你们外头横行霸道，自己封就了自己是舅爷；我要不得脸，败了时，你们把忘八脖子一缩，生死由我去！"

白先勇的论点

《红楼梦》那些女孩子一个个都伶牙俐齿的，鸳鸯、晴雯、司棋……没有一个好惹的，骂起来可是不留情的："什么'好话'！宋徽宗的鹰，赵子昂的马，都是好画儿，什么'喜事'！状元痘儿灌的浆又满是喜事。"庚辰本这几句，程乙本没有的，我也觉得多余，扯出宋徽宗、赵子昂来了！我想，就算鸳鸯是认识字的，因为他跟着贾母抄佛经、自习，但未必用得上这两个典，而且用这两个典骂嫂子，这嫂子茫茫然，什么赵子昂，什么宋徽宗，我想不妥，可能也是抄本的时候加进去的。

* * *

庚辰本原文

鸳鸯喜之不尽，拉了他嫂子，到贾母跟前跪下，一行哭，一行说，把邢夫人怎么来说，园子里他嫂子又如何说，今儿他哥哥又如何说，“因为不依，方才大老爷越性说我恋着宝玉，不然要等着往外聘，我到天上，这一辈子也跳不出他的手心去，终久要报仇。我是横了心的，当着众人在这里，我这一辈子莫说是‘宝玉’，便是‘宝金’‘宝银’‘宝天王’‘宝皇帝’，横竖不嫁人就完了！”

程乙本原文

鸳鸯看见，忙拉了他嫂子，到贾母跟前跪下，一面哭，一面说，把邢夫人怎么来说，园子里他嫂子怎么说，今儿他哥哥又怎么说，“因为不依，方才大老爷越发说我‘恋着宝玉’，不然，要等着往外聘，凭我到天上，这一辈子也跳不出他的手心去，终久要报仇。—我是横了心的，当着众人在这里，我这一辈子，别说是宝玉，就是‘宝金’、‘宝银’、‘宝天王’、‘宝皇帝’，横竖不嫁人就完了！”

白先勇的论点

庚辰本：鸳鸯喜之不尽，拉了他嫂子，到贾母跟前跪下。“喜之不尽”这四个字用得不好，这时候没什么好喜的。程乙本很简单：“鸳鸯看见”。鸳鸯看见那么多人在，拉了他嫂子，到贾母跟前跪下，一行哭，一行说，把邢夫人怎么来说，园子里他嫂子又如何说，今儿他哥哥又如何说，都讲给贾母听。

【第四十七回】

呆霸王调情遭苦打　冷郎君惧祸走他乡

庚辰本原文

贾母一回身，贾琏不防，便没躲伶俐。

程乙本原文

贾母一回身，贾琏不防，便没躲过。

白先勇的论点

庚辰本这里："贾母一回身，贾琏不防，便没躲伶俐。""没躲伶俐"什么意思？我看是个错的词。程乙本是"没躲过"，很简单的！贾母便问："外头是谁？倒像个小子一伸头的似的。这下子贾琏躲不过了，就进来打听老太太什么时候出门。

【第四十八回】

滥情人情误思游艺　慕雅女雅集苦吟诗

庚辰本原文

香菱满心中还是想诗。至晚间对灯出了一回神，至三更以后上床卧下，两眼鳏鳏，直到五更方才朦胧睡去了。

程乙本原文

香菱满心中正是想诗，至晚间，对灯出了一回神。至三更以后，上床躺下，两眼睁睁直到五更，方才朦胧睡着了。

白先勇的论点

庚辰本这“鰥鰥”两字有些奇怪。鰥，是眼睛不闭的一种鱼。曹雪芹喜欢流畅白话，并不喜欢用冷僻怪字，程乙本就直接用两眼“睁睁”，比较合理。

【第四十九回】

琉璃世界白雪红梅　脂粉香娃割腥啖膻

庚辰本原文

袭人见他又有了魔意，便不肯去瞧。晴雯等早去瞧了一遍回来，㰰㰰笑向袭人道：“你快瞧瞧去！大太太的一个侄女儿，宝姑娘一个妹妹，大奶奶两个妹妹，倒像一把子四根水葱儿。”

程乙本原文

袭人见他又有些魔意，便不肯去瞧。晴雯等早去瞧了一遍回来，带笑向袭人说道：“你快瞧瞧去！大太太一个侄女儿，宝姑娘一个妹妹，大奶奶两个妹妹，倒像一把子四根水葱儿！”

白先勇的论点

“㰰㰰”，读为“嗤嗤”。㰰，是个很怪的字，冷僻的古字，是嗤笑的意思。晴雯在这种场合下，不可能嗤嗤笑向袭人道，他为什么嗤嗤笑，没有这个道理啊！程乙本直接用“带笑向袭人说道”，这就对了！

【第五十二回】

俏平儿情掩虾须镯　勇晴雯病补雀金裘（庚辰本）
俏平儿情掩虾须镯　勇晴雯病补孔雀裘（程乙本）

庚辰本原文

俏平儿情掩虾须镯 勇晴雯病补雀金裘

程乙本原文

俏平儿情掩虾须镯 勇晴雯病补孔雀裘

白先勇的论点

回目中的“雀金裘”，程乙本是“孔雀裘”，这倒没有什么特别的差别，可是我越看越觉得现在这个庚辰本有些问题严重，所以不得不把那些有问题的段落或者有问题的地方，特别挑出来讲。

＊　＊　＊

庚辰本原文

宝钗笑道：“偏这个蠢儿惯说这些白话，把你就伶俐的。”黛玉道：“若带了来，就给我们见识见识也罢了。”宝钗笑道：“箱子笼子一大堆还没理清，知道在那个里头呢！等过日收拾清了，找出来，大家再看就是了。”

程乙本原文

宝钗笑道：“偏这蠢儿惯说这些话，你就伶俐得太过了。”黛玉笑道：“带了来，就给我们见识见识也罢了。”宝钗笑道：“箱子笼子一大堆，还没理清呢，知道在那个里头呢？等过些日子收拾清了找出来，大家再看罢了。”

白先勇的论点

庚辰本有些问题。薛宝琴到贾府来，因为他已经下聘了，许给梅翰林的儿子，家里是把他送来出嫁的，他的嫁妆都带来了。当时女孩子下了聘、订了婚，不对外讲的，贾府这些姐妹们在聊，听说有外国人作的诗，姑娘们就叫他拿出来给大家看看。宝琴说，放进箱子里收着没带来。黛玉很聪明，说：“你别哄我们。我知道你这一来，你的这些东西未必放在家里，自然都是要带了来的，这会子又扯谎说没带来。他们虽信，我是不信的。”黛玉晓得，她要出嫁的女孩子，怎么可能不带来。看看庚辰本这一行：宝钗笑道：“偏这个颦儿惯说这些白话，把你就伶俐的。”我想这不通，太别扭。程乙本是：“偏这颦儿惯说这些话，你就伶俐的太过了。”不是顺多了吗！《红楼梦》的好处是它很流畅，不喜欢用特别生僻的冷字，不用弯来撇去的怪文法，读来非常顺当的。

【第五十三回】

宁国府除夕祭宗祠　荣国府元宵开夜宴

庚辰本原文

且说薛宝琴是初次，一面细细留神打谅这宗祠，原来宁府西边另一个院子，黑油栅栏内五间大门，上面悬一块匾，写着是“贾氏宗祠”四个字，旁书“衍圣公孔继宗书”。两旁有一副长联，写道是：肝脑涂地，兆姓赖保育之恩；功名贯天，百代仰蒸尝之盛。

程乙本原文

且说宝琴是初次进贾祠观看，一面细细留神，打量这宗祠：原来宁府西边另一个院子，黑油栅栏内五间大门，上面悬一匾，写着是“贾氏宗祠”四个字，旁书“特晋爵太傅前翰林掌院事王希献书”，两边有一副长联，写道：肝脑涂地，兆姓赖保育之恩；功名贯天，百代仰蒸尝之盛。

白先勇的论点

先看这个宗祠门口，两边一副对联："肝脑涂地，兆姓赖保育之恩；功名贯天，百代仰蒸尝之盛。"这种歌功颂德的语气，庚辰本说是：衍圣公孔继宗书，孔子的后代写的。

【第五十四回】

史太君破陈腐旧套　王熙凤效戏彩斑衣

庚辰本原文

两个女先生也笑个不住，都说："奶奶好刚口。奶奶要一说书，真连我们吃饭的地方也没了。"

程乙本原文

两个女先儿也笑个不住，都说："奶奶好刚口！奶奶要一说书，真连我们吃饭的地方都没了！"

白先勇的论点

到贾母这边做客的，多半是女眷，所以说唱的人也多半是女的，他们叫做"女先儿"，庚辰本恐怕多个一个字，"女先生"，这个"生"多余了。

* * *

庚辰本原文

贾母笑道："我有道理。如今也不用这些桌子，只用两三张并起来，大家坐在一处挤着，又亲香，又暖和。"

程乙本原文

贾母道："我有道理：如今也不用这些桌子，只用两三张并起来，大家坐在一处，挤着，又亲热，又暖和。"

白先勇的论点

庚辰本这个地方：大家坐在一处挤着，又亲香，又暖和。亲香我想不对，程乙本是亲热，又亲热，又暖和。贾母就说，我们家里也有个班子，叫那些女孩来秀一下。

* * *

庚辰本原文

凤姐儿笑道："我们是没有人疼的了。"尤氏笑道："有我呢，我搂着你。也不怕臊，你这孩子又撒娇了，听见放炮仗，吃了蜜蜂儿屎的，今儿又轻狂起来。"

程乙本原文

凤姐笑道："我们是没人疼的！"尤氏笑道："有我呢，我搂着你。——你这会子又撒娇儿了，听见放炮仗，就像'吃了蜜蜂儿屎'的，今儿又轻狂了。"

白先勇的论点

放炮仗了，王熙凤也撒娇，他很害怕，尤氏就把他抱着，庚辰本写，尤氏笑道："你这孩子又撒娇了"。我想，尤氏跟王熙凤是平辈，不可能叫他孩子，而且这时候是他们两个在开玩笑，其实尤氏受王熙凤打压蛮厉害的，逮到机会也要戳他两下，说他"听见放炮仗，吃了蜜蜂儿屎的"，讽刺他举止轻狂。程乙本是：你这会子又撒娇儿了，口气比较合情合理。

* * *

庚辰本原文

十八日便是赖大家，十九日便是宁府赖升家，二十日便是林之孝家，二十一日便是单大良家，二十二日便是吴新登家。这几家，贾母也有去的，也有不去的，也有高兴直待众人散了方回的，也有兴尽半日一时就来的。

程乙本原文

（程乙本无此段）

白先勇的论点

庚辰本这一段，说元宵过完了之后，十八日便是赖大家，十九日便是宁府赖升家，二十日便是林之孝家，二十一日是单大良家……意思是那些管家们，每个人家里开个席，都来迎贾母到家里面去玩。这个不大可能。大家想一想，贾母到他们仆人家里去只有一次，是贾政的乳母赖嬷嬷，他的地位很高，他很有面子，在贾母面前可以平坐平起的，因为他的孙子赖尚荣捐了一个官，他家里面也有蛮好的排场，赖大又是荣国府的管家头头，贾母才会赏脸的。哪有可能林之孝这些人也都开起席来请人，没这个规矩，根本请不动的，就是赖嬷嬷来请，还要三番四次先通过凤姐的安排。程乙本没有这段，庚辰本这里还跑出一个单大良家，这很奇怪，从头到尾根本没有单大良这个人，你看他说："这几家，贾母也有去的，也有不去的。"我想贾母不可能随便去哪家，她从初一到十五已经累得不得了，自己家一连串的，哪里还有精神去仆人家参加，所以我想这个不合理，跟程乙本一比对，这个应该是多余的。

【第五十六回】

敏探春兴利除宿弊 时宝钗小惠全大体（庚辰本）
敏探春兴利除宿弊 贤宝钗小惠全大体（程乙本）

庚辰本原文

敏探春兴利除宿弊 时宝钗小惠全大体

程乙本原文

敏探春兴利除宿弊 贤宝钗小惠全大体

白先勇的论点

这回的回目“时宝钗小惠全大体”，庚辰本这个“时”字我没见过这么用，时宝钗什么意思呢？程乙本是：“贤宝钗小惠全大体”，我想这个就对了。庚辰本这个本子，基本上是拿来做研究作用的，最原始的是什么样子，就保留什么样子，纵然明显是当初抄错，也不改。我想，“贤”宝钗，比较合理。

* * *

庚辰本原文

话说平儿陪着凤姐儿吃了饭，服侍盥漱毕，方往探春处来。只见院中寂静，只有丫鬟婆子诸内壸近人在窗外听候。

程乙本原文

话说平儿陪着凤姐吃了饭，伏侍盥漱毕，方往探春处来。只见院中寂静，只有丫鬟婆子，一个个都站在窗外听候。

白先勇的论点

“只见院中寂静，只有丫鬟婆子诸内壸近人在窗外听候。”“壸”，念“捆”，宫中的路。诸内壸近人，这本来讲皇宫内院里面那些人，我想这个字在这里用得有些奇怪。《红楼梦》的白话文非常好，是非常流畅的，程乙本这句是：“只有丫鬟婆子，一个个都站在窗外听候。”我觉得流畅多了。一个个，一定有一群嘛，都站在窗外听候。庚辰本那个要解释，就是王国维讲的“隔”了，整个意象反而不活了。

【第五十七回】

慧紫鹃情辞试忙玉　慈姨妈爱语慰痴颦（庚辰本）
慧紫鹃情辞试莽玉　慈姨妈爱语慰痴颦（程乙本）

庚辰本原文

慧紫鹃情辞试忙玉 慈姨妈爱语慰痴颦

程乙本原文

慧紫鹃情辞试莽玉 慈姨妈爱语慰痴颦

白先勇的论点

庚辰本“慧紫鹃情辞试忙玉”，这个“忙”不太通，应该是程乙本的“莽”，“慧紫鹃情辞试莽玉”。忙玉，讲他是急急忙忙的，怎么试他？讲他莽玉，就是傻傻的，讲几句就不得了了。

* * *

庚辰本原文

宝玉便伸手向他身上摸了一摸，说道：“穿这样单薄，还在风口里坐着，春天风馋，时气又不好，你再病了，越发难了。”

程乙本原文

宝玉便伸手向他身上抹了一抹，说道：“穿这样单薄，还在风口里坐着，时气又不好，你再病了，越发难了。”

白先勇的论点

庚辰本“春天风馋”这个词句，我在别的书上没见过这么个用法，它的意思是被风侵袭，这用法有点怪。程乙本里没有这句，就是：“穿这样单薄，还在风口里坐着，时气又不好，你再病了，越发难了。”不是很顺嘛！

* * *

庚辰本原文

谁知宝玉见了紫鹃，方嗳呀了一声，哭出来了。众人一见，方都放下心来。贾母便拉住紫鹃，只当他得罪了宝玉，所以拉紫鹃命他打。

程乙本原文

谁知宝玉见了紫鹃，方“嗳呀”了一声，哭出来了。众人一见，都放下心来。贾母便拉住紫鹃，——只当他得罪了宝玉，所以拉紫鹃命他赔罪。

白先勇的论点

贾母便拉住紫鹃，只当他得罪了宝玉，所以拉紫鹃命他打。庚辰本这句我觉得不妥，宝玉不可能打紫鹃，贾母也不会拉个丫头要宝玉去打他。程乙本是：所以拉紫鹃命他赔罪。这个比较合理。

* * *

庚辰本原文

黛玉不时遣雪雁来探消息，这边事务尽知，自己心中暗叹。幸喜众人都知宝玉原有些呆气，自幼是他二人亲密，如今紫鹃之戏语亦是常情，宝玉之病亦非罕事，因不疑到别事去。

程乙本原文

（程乙本无此段）

白先勇的论点

庚辰本这个地方有一段，我觉得不是很妥当：黛玉不时遣雪雁来探消息，这边事务尽知，自己心中暗叹。幸喜众人都知宝玉原有些呆气，自幼是他二人亲密，如今紫鹃之戏语亦是常情，宝玉之病亦非罕事，因不疑到别事去。这段讲黛玉有点怕，怕人家知道他们两人有私情，好像要看看他们怎么回事。这不像黛玉的个性，若有的话，他一定也放在心里，不会叫小丫头刺探。程乙本没有这段。

* * *

庚辰本原文

如今薛姨妈既定了邢岫烟为媳，合宅皆知。邢夫人本欲接出岫烟去住，贾母因说："这又何妨，两个孩子又不能见面，就是姨太太和他一个大姑，一个小姑，又何妨？况且都是女儿，正好亲香呢。"邢夫人方罢。

程乙本原文

如今薛姨妈既定了邢岫烟为媳，合宅皆知。邢夫人本欲接出岫烟去住，贾母因说："这又何妨？两个孩子又不能见面，就是姨太太和他一个大姑子，一个小姑子，又何妨？况且都是女孩儿，正好亲近些呢。"邢夫人方罢。

白先勇的论点

庚辰本这里："况且都是女儿，正好亲香呢。"亲香，没有这个词的，程乙本是："正好亲近些呢。"

* * *

庚辰本原文

宝钗自见他时，见他家业贫寒，二则别人之父母皆年高有德之人，独他父母偏是酒槽透之人，于女儿分中平常。

程乙本原文

宝钗自那日见他起，想他家业贫寒：二则别人的父母皆是年高有德之人，独他的父母偏是酒槽透了的人，于女儿分上平常。

白先勇的论点

在讲邢岫烟的父母，庚辰本："独他父母偏是酒糟透之人"，语气有点别扭。程乙本是："独他的父母偏是酒槽透了的人"，加一个"了"字，就不同了。

庚辰本原文

且岫烟为人雅重，迎春是个有气的死人，连他自己尚未照管齐全，如何能照管到他身上。

程乙本原文

且岫烟为人雅重，迎春是个老实人，连他自己尚未照管齐全，如何能管到他身上。

白先勇的论点

庚辰本这一定是错的：迎春是个有气的死人。曹雪芹绝对不会讲这句话，不会这么糟蹋迎春。迎春老实、懦弱，曹雪芹笔下相当同情这个女孩子，而且姐妹间都很同情他，不可能说他是有气的死人，这句话太刻薄。程乙本是：迎春是个老实人。这就够了。

* * *

庚辰本原文

如今却出人意料之外奇缘作成这门亲事。岫烟心中先取中宝钗，然后方取薛蝌。有时，岫烟仍与宝钗闲话，宝钗仍以姊妹相呼。

程乙本原文

如今却是众人意料之外奇缘作成这门亲事。岫烟心中先取中宝钗，有时仍与宝钗闲话，宝钗仍以姊妹相呼。

白先勇的论点

接下来讲邢岫烟跟薛家的关系。宝钗当然很受敬重，庚辰本：岫烟心中先取中宝钗，然后方取薛蝌。我觉得这一句有点多余，好像他觉得宝钗比他自己的未婚夫还要好，这种形容不是很妥当。程乙本根本没有这一句。

庚辰本原文

宝钗又指他裙上一个碧玉珮问道："这是谁给你的？"岫烟道："这是三姐姐给的。"宝钗点头笑道："他见人人皆有，独你一个没有，怕人笑话，故此送你一个。这是他聪明细致之处。但还有一句话你也要知道，这些妆饰原出于大官富贵之家的小姐，你看我从头至脚可有这些富丽闲妆？然七八年之先，我也是这样来着，如今一时比不得一时了，所以我都自己该省的就省了。将来你这一到了我们家，这些没有用的东西，只怕还有一箱子。咱们如今比不得他们了，总要一色从实守分为主，不比他们才是。"岫烟笑道："姐姐既这样说，我回去摘了就是了。"宝钗忙笑道："你也太听说了。这是他好意送你，你不佩着，他岂不疑心。我不过是偶然提到这里，以后知道就是了。"

程乙本原文

（程乙本无此段）

白先勇的论点

庚辰本这一段，我觉得宝钗有些过分了。宝钗讲他了，说这个东西是有钱人家戴的，你看看我，哪里有这种东西？七八年前我也戴的，现在家境不怎么好了，所以不戴了。你以后嫁过来也要知道我们的境况。这不对！薛宝钗从小就不爱这种东西，薛姨妈讲的，他从小就不爱戴，不是什么家境好不好的问题。他住的地方，曹雪芹形容像个雪洞一样，所以他后来守活寡。这个女孩子冷的，吃的是冷香丸，对于世俗的东西都是冷的，其实是有点太过了。所以贾母就觉得犯忌，一个年轻姑娘，太素净了，犯忌！所以替他把房间重新装饰一下。他生性就不爱这些，薛家家境虽不如从前，也没有坏到哪儿去，薛姨妈家里还有好多当铺生意，薛家小姐戴点首饰对他们来说根本不成问题。所以我觉得这段逻辑不对，好像说以前家境好戴了一身，现在家境不好了把它拿掉。薛宝钗不是这种人，因为家境上下有所改变，薛宝钗就是薛宝钗，不爱这套。程乙本里面没有这一段的。

* * *

庚辰本原文

薛姨妈忙也笑劝，用手分开方罢。因又向宝钗道："连邢女儿我还怕你哥哥遭踏了他，所以给你兄弟说了。别说这孩子，我也断不肯给他。前儿老太太因要把你妹妹说给宝玉，偏生又有了人家，不然倒是一门好亲。"

程乙本原文

薛姨妈忙笑劝，用手分开方罢。又向宝钗道："连邢姑娘我还怕你哥哥糟蹋了他，所以给你兄弟，别说这孩子，我也断不肯给他。前日老太太要把你妹妹说给宝玉，偏生又有了人家；不然，倒是门子好亲事。"

白先勇的论点

薛姨妈就讲了，他是绝对不会给他那不成材的儿子，连邢姑娘我都不肯给薛蟠，还要让他嫁给薛蝌，（庚辰本这里写邢女儿，不对的）怎么舍得把你林姑娘给他呢？

* * *

庚辰本原文

黛玉先骂："又与你这蹄子什么相干？"后来见了这样，也笑起来说："阿弥陀佛！该，该，该！也臊了一鼻子灰去了！"薛姨妈母女及屋内婆子丫鬟都笑起来。婆子们因也笑道："姨太太虽是顽话，却倒也不差呢。到闲了时和老太太一商议，姨太太竟做媒保成这门亲事是千妥万妥的。"薛姨妈道："我一出这主意，老太太必喜欢的。"

程乙本原文

黛玉先骂："又与你这蹄子什么相干！"后来见了这样，也笑道："阿弥陀佛！该，该，该！也臊了一鼻子灰去了！"薛姨妈母女及婆子丫鬟都笑起来。

白先勇的论点

黛玉先骂："又与你这蹄子什么相干？"后来见了这样，也笑起来说："阿弥陀佛！该，该，该！也臊了一鼻子灰去了！"这个当然写得很好，以这种戏谑的方式，整个场景写活了。写到这里就应该结束了。可是庚辰本接着又有一段：薛姨妈母女及屋内婆子丫鬟都笑起来。婆子们因也笑道："姨太太虽是顽话，却倒也不差呢。到闲了时，和老太太一商议，姨太太竟做媒保成这门亲事是千妥万妥的。"薛姨妈道："我一出这主意，老太太必喜欢的。"我觉得多加了这几句也有问题的。程乙本没这几句。第一，紫鹃跑出来讲了这句话，我们觉得很意外，这很好，这个场景很戏剧化。再加上那些下面的老婆子，也这么再重复一遍，那个戏剧力量没有了。第二，轮不到那些老婆子来讲这件事，那些婆子们是二线、三线在外面伺候的，轮不到他们来讲。而且呢，薛姨妈如果再讲"我一出这主意，老太太必喜欢的。"这太认真了，那就应该真的去开口了。他前面讲的，也不过是提一提好玩，再重复这么讲，太过了，就不是玩笑话了。所以程乙本没有这一段，我觉得是对的。

【第五十八回】

杏子阴假凤泣虚凰　茜纱窗真情揆痴理

庚辰本原文

谁知上回所表的那位老太妃已薨，凡诰命等皆入朝随班，按爵守制。敕谕天下：凡有爵之家，一年内不得筵宴音乐，庶民皆三月不得婚嫁。贾母、邢、王、尤、许婆媳祖孙等皆每日入朝随祭，至未正以后方回。

程乙本原文

谁知上回所表的那位老太妃已薨，凡诰命等皆入朝随班，按爵守制，敕谕天下，凡有爵之家，一年内不得筵宴音乐，庶民皆三月不得婚姻。贾母婆媳祖孙等俱每日入朝随祭，至未正以后方回。

白先勇的论点

庚辰本这个地方，“贾母、邢、王、尤、许婆媳祖孙等，皆每日入朝随祭”，跑出个“许”来，想了半天，大观园找不出一个姓许的，这应该是个错字。

* * *

庚辰本原文

那婆子听如此，亦发狠起来，便弯腰向纸灰中拣那不曾化尽的遗纸，拣了两点在手内，说道：“你还嘴硬，有据有证在这里。我只和你厅上讲去！”

程乙本原文

那婆子便弯腰向纸灰中拣出不曾化尽的遗纸在手内，说道：“你还嘴硬？有证又有凭，只和你厅上讲去。”

白先勇的论点

庚辰本：那婆子听如此，亦发狠起来，便弯腰向纸灰中拣那不曾化尽的遗纸，拣了两点在手内。讲纸不用“点”，纸要么就两张，程乙本没有这句话。

* * *

庚辰本原文

我这会子又不好了，都是你冲了！你还要告他去。藕官，只管去，见了他们你就照依我这话说。等老太太回来，我就说他故意来冲神祇，保佑我早死。

程乙本原文

这会子又不好了，都是你冲了！还要告他去？——藕官，你只管见他们去，就依着这话说！”

白先勇的论点

宝玉教了他一大串说词，庚辰本下面几句，我想这又是多余了。“等老太太回来，我就说他故意来冲神祇，保佑我早死。”这句话太过了，宝玉不会讲这种话，这岂不是害死那个老婆子！他这么一讲还了得！那个老婆子一定被赶走。程乙本没有这几句。

＊ ＊ ＊

庚辰本原文

又哭道：“我也不便和你面说，你只回去背人悄问芳官就知道了。”说毕，扬常而去。

程乙本原文

又哭道：“我也不便和你面说，你只回去，背人悄悄问芳官就知道了。”说毕，怏怏而去。

白先勇的论点

庚辰本是“说毕，扬常而去”。这个不对。“扬常”，如果是写“扬长”，那是大摇大摆地走，也不对。程乙本是：“说毕，怏怏而去”，这就对了。小地方错了有时候会误导，曹雪芹用字很讲究的，他不会用一个场景情绪不对的字。

＊ ＊ ＊

庚辰本原文

那婆子便说：“一日叫娘，终身是母。他排场我，我就打得！”

程乙本原文

那婆子便说：“‘一日叫娘，终身是母。’他排揎我，我就打得！”

白先勇的论点

那婆子便说：“一日叫娘，终身是母。他排场我，我就打得！”“排场”两个字可能是错的，应该是“排揎”，“他排揎我，我就打得！”

＊ ＊ ＊

庚辰本原文

宝玉便将方才从火光发起，如何见了藕官，又如何谎言护庇，又如何藕官叫我问你，从头至尾，细细的告诉他一遍，又问他祭的果系何人。芳官听了，满面含笑，又叹一口气，说道："这事说来可笑又可叹。"

程乙本原文

宝玉将方才见藕官，如何谎言护庇，如何"藕官叫我问你"，细细的告诉一遍，又问："他祭的到底是谁？"芳官听了，眼圈儿一红，又叹一口气，道："这事说来，藕官儿也是胡闹。"

白先勇的论点

在庚辰本，宝玉问祭的是什么人？芳官听了，满面含笑，又叹一口气，说道："这事说来可笑又可叹。"程乙本是："芳官听了，眼圈儿一红"，不是含笑，是眼圈儿一红，差很远！因为眼圈儿一红就表示说，芳官也很同情，芳官也很感动，芳官也跟藕官，跟那个药官，他们的感情很好，所以他才会眼圈儿一红。如果说他是含笑，觉得他们糊里糊涂傻东西，这就很轻浮了。这种地方，我想曹雪芹用字，眼圈儿一红，是对的！很要紧的一个形容词，讲明了芳官的态度，这样子来引进这个故事。

＊ ＊ ＊

庚辰本原文

宝玉听了，忙问如何。芳官笑道："你说他祭的是谁？祭的是死了的菂官。"宝玉道："这是友谊，也应当的。"

程乙本原文

宝玉忙问："如何？"芳官道："他祭的就是死了的药官儿。"宝玉道："他们两个也算朋友，也是应当的。"

白先勇的论点

藕官跟他以前的一个朋友，叫做“菂官”，“菂”是莲子，庚辰本这个字有点怪，程乙本是“药官”，芍药。在整本书里面，菂官或者药官没有出现，她已经死了。在程乙本里，芳官道：“他祭的就是死了的药官儿。”宝玉道：“他们两个也算朋友，也是应当的。”庚辰本这里，宝玉道：“这是友谊，也应当的。”“友谊”两个字就把他们两个破坏掉了。朋友，不是友谊，友谊是个抽象的东西。他们是朋友，朋友在宝玉心中是很重要的，所以那个藕官才说，晓得他是自己一流人物，宝玉懂情，所以才把心事告诉他。

* * *

庚辰本原文

芳官笑道：“哪里是友谊？他竟是疯傻的想头，说他自己是小生，菂官是小旦，常做夫妻，虽说是假的，每日那些曲文排场，皆是真正温存体贴之事，故此二人就疯了，虽不做戏，寻常饮食起坐，两个人竟是你恩我爱。菂官一死，他哭的死去活来，至今不忘，所以每节烧纸。后来补了蕊官，我们见他一般的温柔体贴，也曾问他得新弃旧的。他说：‘这又有个大道理。比如男子丧了妻，或有必当续弦者，也必要续弦为是。便只是不把死的丢过不提，便是情深意重了。若一味因死的不续，孤守一世，妨了大节，也不是理，死者反不安了。’你说可是又疯又呆？说来可是可笑？”

程乙本原文

芳官道：“那里又是什么朋友哩？那都是傻想头：他是小生，药官是小旦，往常时，他们扮作两口儿，每日唱戏的时候，都装着那么亲热，一来二去，两个人就装糊涂了，倒像真的一样儿。后来两个竟是你疼我，我爱你。药官儿一死，他就哭得死去活来的，到如今不忘，所以每节烧纸。后来补了蕊官，我们见他也是那样，就问他：‘为什么得了新的就把旧的忘了？’他说：‘不是忘了。比如人家男人死了女人，也有再娶的，只是不把死的丢过不提就是有情分了。’你说他是傻不是呢？”

白先勇的论点

程乙本里，芳官讲这段，讲藕官、药官，十二三岁的小女孩扮戏，扮小两口子，假戏真作，讲的就是很天真的这么一段情。这故事是个悲剧，蛮动人的故事，不是轻浮，不是可笑的假戏真做，而是一个很严肃的爱情故事。写两个小女孩之间的感情，写得很好，而且非常简洁，一个页码就把它写完了。为什么动人？很真诚，她们两个人的感情很真诚，但是需要透过芳官来讲，所以芳官的态度很要紧，如果芳官是以一种戏谑的口吻，那这段感情就变成一种笑话了。芳官很同情她们，所以才眼圈儿一红，想到她们的过去。再看看庚辰本，太啰嗦！把这段情反而破坏了。

＊ ＊ ＊

庚辰本原文

宝玉听说了这篇呆话，独合了他的呆性，不觉又是欢喜，又是悲叹，又称奇道绝，说："天既生这样人，又何用我这须眉浊物玷辱世界。"因又忙拉芳官嘱道："既如此说，我也有一句话嘱咐他，我若亲对面与他讲未免不便，须得你告诉他。"芳官问何事。宝玉道："以后断不可烧纸钱。这纸钱原是后人异端，不是孔子的遗训。以后逢时按节，只备一个炉，到日随便焚香，一心诚虔，就可感格了。愚人原不知，无论神佛死人，必要分出等例，各式各例的。殊不知只以'诚心'二字为主。即值仓皇流离之日，虽连香亦无，随便有土有草，只以洁净，便可为祭，不独死者享祭，便是神鬼也来享的。你瞧瞧我那案上，只设一炉，不论日期，时常焚香。他们皆不知原故，我心里却各有所因。随便有新茶便供一钟茶，有新水就供一盏水，或有鲜花，或有鲜果，甚至荤羹腥菜，只要心诚意洁，便是佛也都可来享，所以说，只在敬不在虚名。以后快命他不可再烧纸钱了。"

程乙本原文

宝玉听了这呆话，独合了他的呆性，不觉又喜又悲，又称奇道绝；拉着芳官嘱咐道："既如此说，我有一句话嘱咐你，须得你告诉他：以后断不可烧纸，逢时按节，只备一炉香，一心虔诚，就能感应了。我那案上也只设着一个炉，我有心事，不论日期，时常焚香；随便新水新茶，就供一盏；或有鲜花鲜果，甚至荤腥素菜都可。只在敬心，不在虚名。以后快叫他不可再烧纸了！”

白先勇的论点

此段情境的差别更是大了。程乙本：宝玉听了这呆话，独合了他的呆性，不觉又喜又悲，又称奇道绝。宝玉听了，独合他的呆性，他的呆性是什么？情这个字。不管是男女之情，或是两个小女孩之间的情，以他来看，如果这种情生死不渝，已经超越了一切，不管性别或者其他，在他来说，并不重要。所以他拉着芳官嘱咐。我想，宝玉也供了好几个人，真正在他心中的已死去的那些人，像秦钟，像金钏儿，有些是早死的，有些是为他死的，所以他讲了这段话。看看庚辰本，它又拉出个孔子的遗训来，这一段，我觉得就多了，程乙本恰如其分，把藕官跟药官两个人的感情，透过芳官的转述说出来了。如果这些话是由藕官来讲，第一，很难讲，第二，讲出来可能有点肉麻。曹雪芹高明，他转一转让芳官讲，芳官是他们同一个班子里的，对他们当然很了解。芳官同情他们两个人，他又是在宝玉那里的，最顺理成章，选得好！

【第五十九回】

柳叶渚边嗔莺咤燕　绛云轩里召将飞符

庚辰本原文

这两门因在内院，不必关锁。里面鸳鸯和玉钏儿也各将上房关了，自领丫鬟婆子下房去安歇。每日林之孝之妻进来，带领十来个婆子上夜，穿堂内又添了许多小厮们坐更打梆子，已安插得十分妥当。

程乙本原文

这两门因在里院，不必关锁；里面鸳鸯和玉钏儿也将上房关了，自领丫鬟婆子下房去歇；每日林之孝家的带领十来个老婆子上夜，穿堂内又添了许多小厮打更：已安插得十分妥当。

白先勇的论点

庚辰本讲：每日林之孝之妻进来，书里面没这么个讲法的，都是“林之孝家的”，这是一贯的，全都用某某家的，譬如说，林之孝是丈夫的名字，“家的”，就是林之孝家里的媳妇，他的太太。林之孝之妻，是他的妻子没错，但全书没这么讲法。

* * *

庚辰本原文

一面又抓起柳条子来，直送到他脸上，问道：“这叫作什么？这编的是你娘的屄！”莺儿忙道：“那是我们编的，你老别指桑骂槐！”

程乙本原文

一面又抓起那柳条子来，直送到他脸上，问道：“这叫作什么？这编的是你娘的什么？”莺儿忙道：“那是我编的，你别‘指桑骂槐’的！”

白先勇的论点

“这叫作什么？这编的是你娘的屄！”这一句我觉得骂错了，骂他自己的女儿“编的是你娘的屄”，这不是骂到自己了吗？程乙本是：“这叫做什么？这编的是你娘的什么？”这样子也就算了。

【第六十回】

茉莉粉替去蔷薇硝　玫瑰露引来茯苓霜

庚辰本原文

又指贾环道："呸！你这下流没刚性的，也只好受这些毛崽子的气！平白我说你一句儿，或无心中错拿了一件东西给你，你倒会扭头暴筋瞪着眼蹬摔娘。这会子被那起屄崽子耍弄也罢了。你明儿还想这些家里人怕你呢。你没有屄本事，我也替你羞。"

程乙本原文

又指贾环道："呸！你这下流没刚性的，也只好受这些毛丫头的气！平白我说你一句儿，或无心中错拿了一件东西给你，你倒会扭头暴筋、瞪着眼，撴摔我；这会子被那起毛崽子耍弄，倒就罢了。你明日还想这些家里人怕你呢！你没有什么本事，我也替你恨！"

白先勇的论点

在庚辰本这段，这个赵姨娘讲起粗话来了，我觉得不太合适："这会子被那起屄崽子耍弄也罢了。你明儿还想这些家里人怕你呢。你没有屄本事，我也替你羞。"骂自己的儿子这个话不对。程乙本是："这会子被那起毛崽子耍弄，倒就罢了。你明日还想这些家里人怕你呢！你没有什么本事，我也替你恨！"我想这个比较合适，赵姨娘应该还不至于到那个地步。

* * *

庚辰本原文

"'梅香拜把子——都是奴几'呢！"

程乙本原文

"'梅香拜把子——都是奴才'罢咧！"

白先勇的论点

芳官也不是省油的灯，就回他说："我便学戏，也没往外头去唱。我一个女孩儿家，知道什么是粉头面头的！姨奶奶犯不着来骂我，我只不是姨奶奶家买的。'梅香拜把子——都是奴几'呢！"芳官说我又不是你买的，下面那句就更刻薄了，"梅香拜把子——都是奴几（程乙本是：奴才）"。

【第六十一回】

投鼠忌器宝玉瞒赃　判冤决狱平儿行权

庚辰本原文

我劝他们，细米白饭，每日肥鸡大鸭子，将就些儿也罢了。吃腻了膈，天天又闹起故事来了。

程乙本原文

我劝他们，细米白饭，每日肥鸡大鸭子，将就些儿也罢了，吃腻了肠子，天天又闹起故事来了。

白先勇的论点

"我劝他们，细米白饭，每日肥鸡大鸭子，将就些儿也罢了。吃腻了膈，天天又闹起故事来了。"庚辰本用了个"膈"字，就是肠子的意思，医学上用膈膜，程乙本直接用"肠子"，我们平常不用"膈"这个字的。

【第六十二回】

憨湘云醉眠芍药裀　呆香菱情解石榴裙

庚辰本原文

湘云便用箸子举着说道："这鸭头不是那丫头，头上那讨桂花油？"

程乙本原文

湘云便用箸子举着说道："这鸭头不是那丫头，头上那有桂花油？"

白先勇的论点

"这鸭头不是那丫头，头上那讨桂花油？"这"讨"字可能不对，程乙本是："头上那有桂花油？"他这是即兴而说的，讲的时候一群丫头跑来说，我们头上有桂花油，来给我们来查查！又灌了湘云一杯酒。

【第六十三回】

寿怡红群芳开夜宴　死金丹独艳理亲丧

庚辰本原文

当时芳官满口嚷热，只穿着一件玉色红青酡绒三色缎子斗的水田小夹袄，束着一条柳绿汗巾，底下是水红撒花夹裤，也散着裤腿。

程乙本原文

当时芳官满口嚷热，只穿着一件玉色红青驼绒三色缎子拼的水田小夹袄，束着一条柳绿汗巾；底下是水红洒花夹裤，也散着裤腿。

白先勇的论点

“当时芳官满口嚷热，只穿着一件玉色红青酡三色缎子斗的水田小夹袄”，这个“酡”有点奇怪，应该是骆驼的“驼”字;那个“绒”字，一个绞丝边，一个“式”字，大字典也查不到，可能庚辰本抄错了。

* * *

庚辰本原文

因又见芳官梳了头，挽起来，带了些花翠，忙命他改妆，又命将周围的短发剃了去，露出碧青头皮来，当中分大顶，又说：“冬天作大貂鼠卧兔儿戴，脚上穿虎头盘云五彩小战靴，或散着裤腿，只用净袜厚底镶鞋。”又说：“‘芳官’之名不好，竟改了男名才别致。”因又改作“雄奴”。芳官十分称心，又说：“既如此，你出门也带我出去。有人问，只说我和茗烟一样的小厮就是了。”宝玉笑道：“到底人看的出来。”芳官笑道：“我说你是无才的。咱家现有几家土番，你就说我是个小土番儿。况且人人说我打联垂好看，你想这话可妙？”宝玉听了，喜出意外，忙笑道：“这却很好。我亦常见官员人等多有跟从外国献俘之种，图其不畏风霜，鞍马便捷。既这等，再起个番名，叫作‘耶律雄奴’。‘雄奴’二音。又与匈奴相通，都是犬戎名姓。况且这两种人自尧舜时便为中华之患，晋唐诸朝，深受其害。幸得咱们有福，生在当今之世，大舜之正裔，圣虞之功德仁孝，赫赫格天，同天地日月亿兆不朽，所以凡历朝中跳梁猖獗之小丑，到了如今，竟不用一干一戈，皆天使其拱手俛头，缘远来降。我们正该作践他们，为君父生色。”芳官笑道：“既这样着，你该去操习弓马，学些武艺，挺身出去拿几个反叛来，岂不尽忠效力了。何必借我们，你鼓唇摇舌的，自己开心作戏，却说是称功颂德呢。”宝玉笑道：“所以你不明白。如今四海宾服，八方宁静，千载百载不用武备。咱们虽一戏一笑，也该称颂，方不负坐享升平了。”芳官听了有理，二人自为妥帖甚宜。宝玉便叫他“耶律雄奴”。

程乙本原文

（程乙本无此段）

白先勇的论点

庚辰本下面又有一大段，把芳官的头都给剃了，把她扮成一个小匈奴，取一个匈奴的名字，叫什么“耶律雄奴”。芳官是个唱正旦的，前面写芳官，写什么都很有意思，把她头剃掉，我觉得这个不妥。不光她扮成男孩子，那几个小伶人通通剃了头变成男孩子了，有点恶搞。第一，我想这一段无趣，第二，那些小女孩个个漂亮，把她们剃了个头，变成个小匈奴的样子，穿着匈奴装，这奇怪！这一大段程乙本根本没有。

* * *

庚辰本原文

贾蓉当下也下了马，听见两个姨娘来了，便和贾珍一笑。

程乙本原文

贾蓉当下也下了马，听见两个姨娘来了，喜得笑容满面。贾珍忙说了几声“妥当”，加鞭便走。店也不投，连夜换马飞驰。

白先勇的论点

看看庚辰本：贾蓉当下也下了马，听见两个姨娘来了，便和贾珍一笑。这个就不对了。贾珍、贾蓉，都跟尤二姐有过一腿，所以外面说他俩父子聚麀。麀是鹿，聚麀就是讲乱伦，对他们有聚麀之诮。贾蓉跟贾珍的父子关系是贾蓉很怕父亲的，贾珍说打就打，说骂就骂，贾蓉当然知道他的二姨娘跟他父亲有暧昧关系，怎么会望着父亲一笑，“好家伙，那个尤物来了”。这个不对！贾蓉绝对不敢朝他父亲这么一笑。程乙本是：他一听二姨娘来了，“喜得笑容满面”。

* * *

庚辰本原文

尤二姐便红了脸，骂道：“蓉小子，我过两日不骂你几句，你就过不得了。越发连个体统都没了。还亏你是大家公子哥儿，每日念书学礼的，越发连那小家子瓢坎的也跟不上。”

程乙本原文

二姨娘红了脸，骂道：“好蓉小子！我过两日不骂你几句，你就过不得了，越发连个体统都没了！还亏你是大家公子哥儿，每日念书学礼的，越发连那小家子的也跟不上！”

白先勇的论点

尤二姐便红了脸，骂道：“蓉小子，我过两日不骂你几句，你就过不得了！越发连个体统都没了。还亏你是大家公子哥儿，每日念书学礼的，越发连那小家子瓢坎的也跟不上。”突然跑出“瓢坎”这两个字，在程乙本里面没有的，多了这两个字，也没有什么意思。

* * *

庚辰本原文

连那边大老爷这么利害，琏叔还和那小姨娘不干净呢！

程乙本原文

连那边大老爷这么利害，琏二叔还和那小姨娘不干净呢！

白先勇的论点

“连那边大老爷这么利害，琏叔还和那小姨娘不干净呢！”应该是琏二叔，他不会讲琏叔的！庚辰本的称呼常常有问题。

【第六十四回】

幽淑女悲题五美吟　浪荡子情遗九龙佩

庚辰本原文

贾珍又给了一房家人，名叫鲍二，夫妻两口，以备二姐过来时伏侍。那鲍二两口子听见这个巧宗儿，如何不来呢？

程乙本原文

只是府里家人不敢擅动，外头买人又怕不知心腹，走漏了风声，忽然想起家人鲍二来。当初因和他女人偷情，被凤姐儿打闹了一阵，含羞吊死了，贾琏给了一百银子，叫他另娶一个。那鲍二向来却就合厨子多浑虫的媳妇多姑娘有一手儿，后来多浑虫酒痨死了，这多姑娘儿见鲍二手里从容了，便嫁了鲍二。况且这多姑娘儿原也和贾琏好的，此时都搬出外头住着。贾琏一时想起来，便叫了他两口儿到新房子里来，预备二姐儿过来时伏侍。那鲍二两口子听见这个巧宗儿，如何不来呢？

白先勇的论点

庚辰本页：贾珍又给了一房家人，名叫鲍二，夫妻两口，以备二姐过来时伏侍。记得鲍二吗？鲍二家的不是跟贾琏有一腿吗？被凤姐闹出后就吊颈死了，所以这个地方是不对的。

【第六十五回】

贾二舍偷娶尤二姨　尤三姐思嫁柳二郎

庚辰本原文

当下四人一处吃酒。尤二姐知局，便邀他母亲说：“我怪怕的，妈同我到那边走走来。”尤老也会意，便真个同他出来，只剩小丫头们。贾珍便和三姐挨肩擦脸，百般轻薄起来。小丫头子们看不过，也都躲了出去，凭他两个自在取乐，不知作些什么勾当。

程乙本原文

当下四人一处吃酒。二姐儿此时恐怕贾琏一时走来，彼此不雅，吃了两钟酒便推故往那边去了。贾珍此时也无可奈何，只得看着二姐儿自去。剩下尤老娘和三姐儿相陪。那三姐儿虽向来也和贾珍偶有戏言，但不似他姐姐那样随和儿，所以贾珍虽有垂涎之意，却也不肯造次了，致讨没趣。况且尤老娘在旁边陪着，贾珍也不好意思太露轻薄。

白先勇的论点

这个地方，庚辰本犯了一个很糟糕的错误：当下四人一处吃酒。尤二姐知局，“知局”就是很识相，晓得怎么回事了，便邀他母亲说：“我怪怕的，妈同我到那边走走来。”尤老也会意，应该是尤老娘，漏个“娘”字，便真个同他出来，只剩小丫头们。贾珍便和三姐挨肩擦脸，百般轻薄起来。小丫头子们看不过，也都躲了出去，凭他两个自在取乐，不知作些什么勾当。把尤三姐写得这样，这里文笔也不好，把尤三姐完全破坏掉了。第一，尤三姐绝对不可能跟贾珍先有染，有染以后，他后来怎么硬得起来，他怎么敢臭骂贾珍、贾琏他们两个人？自己已经先失足了，有什么立场再骂，如果他是这样写，下面根本写不下去了，而且这几句话写得极糟，绝对不是曹雪芹的笔法。这一段要不得！程乙本里边没有的。程乙本是：当下四人一处吃酒。二姐儿此时恐怕贾琏一时走来，彼此不雅，吃了两钟酒便推故往那边去了。

* * *

庚辰本原文

贾琏便推门进去，笑说：“大爷在这里，兄弟来请安。”贾珍羞的无话，只得起身让坐。贾琏忙笑道：“何必又作如此景象，咱们弟兄从前是如何样来！大哥为我操心，我今日粉身碎骨，感激不尽。大哥若多心，我意何安。从此以后，还求大哥如昔方好，不然，兄弟能可绝后，再不敢到此处来了。”说着，便要跪下。慌得贾珍连忙搀起，只说：“兄弟怎么说，我无不领命。”贾琏忙命人：“看酒来，我和大哥吃两杯。”又拉尤三姐说：“你过来，陪小叔子一杯。”贾珍笑着说：“老二，到底是你，哥哥必要吃干这钟。”说着一扬脖。

程乙本原文

贾珍听是贾琏的声音，唬了一跳，见贾琏进来，不觉羞惭满面。尤老娘也觉不好意思。贾琏笑道：“这有什么呢！咱们弟兄，从前是怎么样来？大哥为我操心，我粉身碎骨，感激不尽。大哥要多心，我倒不安了。从此，还求大哥照常才好；不然兄弟宁可绝后，再不敢到此处来了。”说着便要跪下，慌得贾珍连忙搀起来，只说：“兄弟怎么说，我无不领命。”贾琏忙命人：“看酒来，我和大哥吃两杯。”因又笑嘻嘻向三姐儿道：“三妹妹为什么不合大哥吃个双钟儿？我也敬一杯，给大哥合三妹妹道喜。

白先勇的论点

庚辰本没写出那味道：贾琏忙命人：“看酒来，我和大哥吃两杯。”又拉尤三姐说：“你过来，陪小叔子一杯。”这个写得不对，不是那么回事，还有贾珍讲下面这些话，更不得体。贾珍笑着说：“老二，到底是你，哥哥必要吃干这钟。”说着一扬脖。气氛完全不对，把贾珍、贾琏这两个人写得更浮掉了。

* * *

庚辰本原文

谁知这尤三姐天生脾气不堪，仗着自己风流标致，偏要打扮得出色，另式作出许多万人不及的淫情浪态来，哄得男子们垂涎落魄，欲近不能，欲远不舍，迷离颠倒，他以为乐。

程乙本原文

这尤三姐天生脾气，和人异样诡僻。只因他的模样儿风流标致，他又偏爱打扮得出色，另式另样，做出许多万人不及的风情体态来。那些男子们，别说贾珍贾琏这样风流公子，便是一班老到人，铁石心肠，看见了这般光景，也要动心的。及至到他跟前，他那一种轻狂豪爽、目中无人的光景，早又把人的一团高兴逼住，不敢动手动脚。所以贾珍向来和二姐儿无所不至，渐渐的俗了，却一心注定在三姐儿身上，便把二姐儿乐得让给贾琏，自己却和三姐儿捏合。偏那三姐一般合他玩笑，别有一种令人不敢招惹的光景。

白先勇的论点

看庚辰本这一段：谁知这尤三姐天生脾气不堪，这就不好了，讲到脾气不堪，我想这用词不当。仗着自己风流标致，偏要打扮得出色，另式作出许多万人不及的淫情浪态来，要不得！前面把尤三姐写得这么样的刚烈，这里又加了这么一句。我想还是参照程乙本。

【第六十六回】

情小妹耻情归地府　冷二郎一冷入空门

庚辰本原文

三姐喜出望外，连忙收了，挂在自己绣房床上，每日望着剑，自笑终身有靠。

程乙本原文

三姐儿喜出望外，连忙收了，挂在自己绣房床上，每日望着剑，自喜终身有靠。

白先勇的论点

贾琏拿回鸳鸯剑交给三姐：三姐看时，上面龙吞夔护，夔也是一条龙，珠宝晶荧，将靶一掣，里面却是两把合体的。一把上面錾着一“鸳”字，一把上面錾着一“鸯”字，冷飕飕，明亮亮，这个剑很锋利的，如两痕秋水一般。三姐喜出望外，连忙收了，挂在自己绣房床上，每日望着剑，自笑终身有靠。庚辰本：自笑终身有靠。这“笑”字不对的，用得不好，我想应该是自“喜”，心中很高兴，程乙本：自喜终身有靠。就把它挂在房里，常常望着，心想终身有了寄托。

庚辰本原文

贾珍因近日又遇了新友，将这事丢过，不在心上，任凭贾琏裁夺，只怕贾琏独力不加，少不得又给了他三十两银子。

程乙本原文

贾珍因近日又搭上了新相知，二则正恼他姐妹们无情，把这事丢过了，全不在心上，任凭贾琏裁夺；只怕贾琏独力不能，少不得又给他几十两银子。

白先勇的论点

贾琏回去就把这事情告诉了贾珍，贾珍对尤三姐也不是那么真的，尤三姐又难搞，就算了，好吧！也就同意了。为什么呢？庚辰本：贾珍因近日又遇了新友，新友两个字不对，不是新朋友。程乙本是：又搭上了新相知，又有了新情人了，贾珍向来很风流的。对三姐儿放手算了，他有了新人了。

* * *

庚辰本原文

宝玉道："你原是个精细人，如何既许了定礼又疑惑起来？你原说只要一个绝色的，如今既得了个绝色便罢了，何必再疑？"湘莲道："你既不知他娶，如何又知是绝色？"

程乙本原文

宝玉道："你原是个精细人，如何既许了定礼又疑惑起来？你原说只要一个绝色的。如今既得了个绝色的，便罢了，何必再疑？"湘莲道："你既不知他来历，如何又知是绝色？"

白先勇的论点

庚辰本这个地方：你既不知他娶，不晓得什么意思，他娶两个字不对的。程乙本是：你既不知他来历，你不认识他，又怎么知道他是个绝色呢？

* * *

庚辰本原文

宝玉道："他是珍大嫂子的继母带来的两位小姨。我在那里和他们混了一个月，怎么不知？真真一对尤物，他又姓尤。"湘莲听了跌足道："这事不好，断乎做不得了。你们东府里除了那两个石头狮子干净，只怕连猫儿狗儿都不干净。我不做这剩忘八。"

程乙本原文

宝玉道："他是珍大嫂子的继母带来的两位妹子。我在那里和他们混了一个月，怎么不知？真真一对尤物！——他又姓尤。"湘莲听了，跌脚道："这事不好！断乎做不得！你们东府里，除了那两个石头狮子干净罢了！"

白先勇的论点

湘莲听了，跌足道："这事不好，断乎做不得！你们东府里，除了那两个石头狮子干净罢了！"他说出很有名的一句话，东府里除了那两个石头狮子，没有干净的。柳湘莲也听到贾珍他们的乱伦之事，他知道的，不过庚辰本下面又多加了一句：只怕连猫儿狗儿都不干净。我不做这剩忘八。我想这一句不好，柳湘莲不至于那么刻薄，而且也不是曹雪芹的口气，程乙本没有这个。

* * *

庚辰本原文

贾琏此时也没了主意，便放了手命湘莲快去。湘莲反不动身，泣道："我并不知是这等刚烈贤妻，可敬，可敬。"湘莲反伏尸大哭一场。等买了棺木，眼见入殓，又抚棺大哭一场，方告辞而去。

程乙本原文

贾琏此时也没了主意，便放了手，命湘莲快去。湘莲反不动身，拉下手绢，拭泪道："我并不知是这等刚烈人！真真可敬！是我没福消受。"大哭一场，等买了棺木，眼看着入殓，又抚棺大哭一场，方告辞而去。

白先勇的论点

庚辰本：尤三姐死了，他们要抓柳湘莲，湘莲反不动身，泣道："我并不知是这等刚烈贤妻，可敬，可敬。"他说这些话不对。尤三姐跟柳湘莲根本没结婚，怎么会叫做贤妻？"可敬，可敬"，这语气也不太对。程乙本是：湘莲反不动身，拉下手绢，拭泪道："我并不知是这等刚烈人！真真可敬！是我没福消受。"庚辰本"泣道"二字非常抽象，他掏了手绢出来，抹一抹眼泪，这就动人了。他讲，"我并不知是这等刚烈人！真真可敬，是我没福消受。"真真可敬！我觉得这个好。

* * *

庚辰本原文

出门无所之，昏昏默默，自想方才之事。原来尤三姐这样标致，又这等刚烈，自悔不及。正走之间，只见薛蟠的小厮寻他家去，那湘莲只管出神。那小厮带他到新房之中，十分齐整。

程乙本原文

出门正无所之，昏昏默默，自想方才之事："原来这样标致人才，又这等刚烈！"自悔不及，信步行来，也不自知了。

白先勇的论点

结尾的地方，庚辰本也有问题：出门无所之，昏昏默默，自想方才之事。原来尤三姐这样标致，又这等刚烈，自悔不及。这个倒没有什么，下面写：正走之间，只见薛蟠的小厮寻他家去。又跑出一个薛蟠的小厮出来，所以变成写实。那湘莲只管出神。这个时候又虚化了。那小厮带他到新房之中，十分齐整。带到薛蟠替他准备好的新房这种东西，我觉得有点多余。

* * *

庚辰本原文

忽听环佩叮当，尤三姐从外而入，一手捧着鸳鸯剑，一手捧着一卷册子，向柳湘莲泣道："妾痴情待君五年矣。不期君果冷心冷面，妾以死报此痴情。妾今奉警幻之命，前往太虚幻境修注案中所有一干情鬼。妾不忍一别，故来一会，从此再不能相见矣。"

程乙本原文

正走之间，只听得隐隐一阵环佩之声，三姐从那边来了，一手捧着鸳鸯剑，一手捧着一卷册子，向湘莲哭道："妾痴情待君五年，不期君果'冷心冷面'，妾以死报此痴情。妾今奉警幻仙姑之命，前往太虚幻境，修注案中所有一干情鬼。妾不忍相别，故来一会，从此再不能相见矣！"

白先勇的论点

忽听环佩叮当，尤三姐从外而入，尤三姐的魂来了，柳湘莲是半醒半梦，其实是暗夜里做梦，梦到尤三姐来了。一手捧着鸳鸯剑，一手捧着一卷册子，向柳湘莲泣道："妾痴情待君五年矣。不期君果冷心冷面，妾以死报此痴情。妾今奉警幻之命，前往太虚幻境修注案中所有一干情鬼。妾不忍一别，故来一会，从此再不能相见矣。"看看程乙本：只听得隐隐一阵环佩之声，三姐从那边来了。"隐隐"两个字用得好，梦中听见了环佩之声，一看，三姐的魂来了。

* * *

庚辰本原文

说着便走。湘莲不舍，忙欲上来拉住问时，那尤三姐便说："来自情天，去由情地。前生误被情惑，今既耻情而觉，与君两无干涉。"说毕，一阵香风，无踪无影去了。

程乙本原文

说毕，又向湘莲洒了几点眼泪，便要告辞而行。湘莲不舍，连忙欲上来拉住问时，那三姐一摔手，便自去了。

白先勇的论点

三姐的魂讲完以后，庚辰本是这样写的：说着便走。湘莲不舍，忙欲上来拉住问时，那尤三姐便说："来自情天，去由情地。前生误被情惑，今既耻情而觉，与君两无干涉。"说毕，一阵香风，无踪无影去了。讲多了，这个时候哪里还讲得出一番道理来？程乙本是：说毕，又向湘莲洒了几点眼泪，便要告辞而行。湘莲不舍，连忙欲上来拉住问时，那三姐一摔手，便自去了。我觉得程乙本写得比较洒脱。要诀别了，不会跟他再啰嗦了，摔手而走，我觉得够了。

【第六十八回】

苦尤娘赚入大观园　酸凤姐大闹宁国府

庚辰本原文

凤姐儿忙下座以礼相还，口内忙说："皆因奴家妇人之见，一味劝夫慎重，不可在外眠花卧柳，恐惹父母担忧。此皆是你我之痴心，怎奈二爷错会奴意。眠花宿柳之事瞒奴或可；今娶姐姐作二房之大事亦人家大礼，亦不曾对奴说。奴亦曾劝二爷早行此礼，以备生育。不想二爷反以奴为那等嫉妒之妇，私自行此大事，并不说知。使奴有冤难诉，惟天地可表。……"

程乙本原文

凤姐忙下坐还礼，口内忙说："皆因我也年轻，向来总是妇人的见识，一味的只劝二爷保重，别在外边眠花宿柳，恐怕叫太爷太太担心：这都是你我的痴心，谁知二爷倒错会了我的意。若是外头包占人家姐妹，瞒着家里也罢了；如今娶了妹妹做二房，这样正经大事，也是人家大礼，却不曾合我说。我也劝过二爷，早办这件事，果然生个一男半女，连我后来都有靠。不想二爷反以我为那等妒忌不堪的人，私自办了，真真叫我有冤没处诉。我的这个心，惟有天地可表。……”

白先勇的论点

这一回我们全部以程乙本为准，庚辰本里面有很多错误，希望大家仔细比较。一开始凤姐跟尤二姐讲的很长的一段话，称谓和语气就不对。凤姐不可能称尤二姐“姐姐”，他只能叫他“妹妹”，而且他对尤二姐绝对不会自称“奴家”，以王凤姐的地位，王凤姐的威，怎么可能用这种自谦自卑的语气，而且是在情敌面前。这些细节就依据程乙本。

【第六十九回】

弄小巧用借剑杀人　觉大限吞生金自逝

庚辰本原文

贾母细瞧了一遍，又命琥珀：“拿出手来我瞧瞧。”鸳鸯又揭起裙子来。贾母瞧毕，摘下眼镜来，笑说道：“竟是个齐全孩子，我看比你俊些。”

程乙本原文

贾母细瞧了一遍，又命琥珀：“拿出他的手来我瞧瞧。”贾母瞧毕，摘下眼镜来，笑说道：“很齐全。我看比你还俊呢！”

白先勇的论点

庚辰本：贾母瞧毕，摘下眼镜来，笑说道：“竟是个齐全孩子，我看比你俊些。”那个“竟”字，语气上不大顺，我觉得程乙本比较简洁：“很齐全。我看比你还俊呢！”

* * *

庚辰本原文

贾琏来家时，见了凤姐贤良，也便不留心。如这秋桐辈等人，皆是恨老爷年迈昏愦，贪多嚼不烂，没的留下这些人作什么，因此除了几个知礼有耻的，馀者或有与二门上小么儿们嘲戏的。甚至于与贾琏眉来眼去私相偷期的，只惧贾赦之威，未曾到手。这秋桐便和贾琏有旧，从未来过一次。今日天缘凑巧，竟赏了他，真是一对烈火干柴，如胶投漆，燕尔新婚，连日那里拆的开。

程乙本原文

贾琏来家时，见了凤姐贤良，也便不留心。况素昔见贾赦姬妾丫鬟最多，贾琏每怀不轨之心，只未敢下手；今日天缘凑巧，竟把秋桐赏了他，真是一对烈火干柴，如胶投漆，燕尔新婚，连日那里拆得开？

白先勇的论点

庚辰本这一段我觉得有点问题：如这秋桐辈等人，皆是恨老爷年迈昏愦，贪多嚼不烂，没的留下这些人作什么，因此除了几个知礼有耻的，余者或有与二门上小么儿们嘲戏的。甚至于与贾琏眉来眼去，私相偷期的，只惧贾赦之威，未曾到手。这秋桐便和贾琏有旧，从未来过一次。程乙本没有这一段，这一段把贾家写得太过了，说贾赦那些妾室、那些丫鬟们淫乱得不得了，乱搞一通。

* * *

庚辰本原文

此亦系理数应然，你我生前淫奔不才，使人家丧伦败行，故有此报。

程乙本原文

此亦系理数应然：只因你前生淫奔不才，使人家丧伦败行，故有此报。

白先勇的论点

他下面叹一口气："此亦系理数应然"，天理如此，为什么呢？你我生前淫奔不才，这个地方有个错误，就是跟上面一回一样的，三姐并没有淫奔不才。程乙本是：只因你前生淫奔不才，你前生犯了一个淫罪，使人家丧伦败行，兄弟同妇，而且又跟人家儿子也混在一起，故有此报。

* * *

庚辰本原文

尤二姐泣道："妹妹，我一生品行既亏，今日之报既系当然，何必又生杀戮之冤。随我去忍耐。若天见怜，使我好了，岂不两全？"小妹笑道："姐姐，你终是个痴人。自古'天网恢恢，疏而不漏'，天道好还。你虽悔过自新，然已将人父子兄弟致于麀聚之乱，天怎容你安生？"尤二姐泣道："既不得安生，亦是理之当然，奴亦无怨。"小妹听了，长叹而去。

程乙本原文

尤二姐哭道："妹妹，我一生品行既亏，今日之报，既系当然，何必又去杀人作孽？"三姐儿听了，长叹而去。

白先勇的论点

程乙本是：尤二姐哭道："妹妹，我一生品行既亏，今日之报既系当然，何必又去杀人作孽？"三姐儿听了，长叹而去。程乙本非常简要，三姐一听，无可救药，你已经根本没有斗志，认了你的命了，那我也没办法救你，长长叹一口气，走了。我觉得这一段写得比较有力量，也比较含蓄。庚辰本则是多了一大段：尤二姐泣道："妹妹，我一生品行既亏，今日之报，既系当然，何必又生杀戮之冤。随我去忍耐。若天见怜，使我好了，岂不两全？"小妹笑道："姐姐，你终是个痴人。自古天网恢恢，疏而不漏，天道好还。你虽悔过自新，然已将人父子兄弟致于麀聚之乱，天怎容你安生？"尤二姐泣道："既不得安生，亦是理之当然，奴亦无怨。"小妹听了，长叹而去。用"小妹"这个称谓不对，这一段称谓错了。我觉得三姐儿讲多了，已经讲了你生前淫奔，使人家丧伦败行，够了，下面不要再讲这一大段了，麀聚之乱是很难听的，麀字是母鹿，讲他淫乱像动物一样。小说对话含蓄一点，有时候言外之意，不讲比讲还有力量。

* * *

庚辰本原文

胡君荣一见，魂魄如飞上九天，通身麻木，一无所知。

程乙本原文

胡君荣一见，早已魂飞天外，那里还能辨气色？

白先勇的论点

现在看他生病了，要找个医生来，刚好那时候太医有事，就找了另外一个胡大夫，这个庸医乱诊一顿，你看他怎么给二姐号脉，庚辰本形容他，一看尤二姐露出脸来，美人嘛！胡君荣一见，魂魄如飞上九天，通身麻木，一无所知。这个形容也太过了。程乙本是：胡君荣一见，早已魂飞天外，那里还能辨气色？这个好得多。

* * *

庚辰本原文

又骂平儿不是个有福的，“也和我一样。我因多病了，你却无病也不见怀胎。如今二奶奶这样，都因咱们无福，或犯了什么，冲的他这样。”

程乙本原文

（程乙本无此段）

白先勇的论点

庚辰本又多出了这么一段，凤姐又骂平儿不是个有福的，“也和我一样。我因多病了，你却无病也不见怀胎。如今二奶奶这样，都因咱们无福，或犯了什么，冲他这样。”把平儿也骂一顿，程乙本没有这一段。前面讲王熙凤够了，骂平儿这一段多余了。

* * *

庚辰本原文

晚间，贾琏在秋桐房中歇了，凤姐已睡，平儿过来瞧他，又悄悄劝他："好生养病，不要理那畜生。"尤二姐拉他哭道："姐姐，我从到了这里，多亏姐姐照应。为我，姐姐也不知受了多少闲气。我若逃的出命来，我必答报姐姐的恩德；只怕我逃不出命来，也只好等来生罢！"平儿也不禁滴泪说道："想来都是我坑了你。我原是一片痴心，从没瞒他的话。既听见你在外头，岂有不告诉他的。谁知生出这些个事来。"尤二姐忙道："姐姐这话错了。若姐姐便不告诉他，他岂有打听不出来的，不过是姐姐说的在先。况且我也要一心进来，方成个体统，与姐姐何干。"二人哭了一回，平儿又嘱咐了几句，夜已深了，方去安息。

程乙本原文

晚间，贾琏在秋桐房中歇了，凤姐已睡，平儿过尤二姐那边来劝慰了一番，尤二姐哭诉了一回。平儿又嘱咐了几句，夜已深了，方去安息。

白先勇的论点

庚辰本这一大段，觉得好像平儿跟尤二姐是一伙了，一伙人来对付秋桐、怨凤姐，这个也不可能的。尤其是骂秋桐"不要理那畜生"，这不是平儿的语气，在她的位子也不宜。所以庚辰本这一段，我觉得有点问题。程乙本简要得多，几句话讲完了。我想这一次平儿到二姐儿那边去，也有所顾忌的，不会跟他讲这么多话：凤姐已睡，平儿过尤二姐那边来劝慰了一番，尤二姐哭诉了一回。平儿又嘱咐了几句，夜已深了，方去安息。足够了。

* * *

庚辰本原文

贾琏又搂着大哭，只叫："奶奶，你死的不明，都是我坑了你！"贾蓉忙上来劝："叔叔解着些儿，我这个姨娘自己没福。"说着，又向南指大观园的界墙，贾琏会意，只悄悄跌脚说："我忽略了，终久对出来，我替你报仇。"

程乙本原文

（程乙本无此段）

白先勇的论点

庚辰本这一段也有点问题。他们要把尸首抬出去了，贾琏一看，他的脸还像生前那样子，就悲伤的大哭起来说：奶奶，你死的不明，都是我坑了你！程乙本没有这一段的，不像贾琏的话。如果贾琏是这么样的伤心，之前他为什么不出来说几句话？贾蓉忙上来劝："叔叔，解着些儿，我这个姨娘自己没福。"说着，又向南指大观园的界墙。那个祸害在那边，挑唆他，凤姐才是祸源头。贾琏会意，只悄悄跌脚说："我忽略了，终久对出来，我替你报仇。"说是要追究尤二姐的死因，后来完全没这回事，所以我觉得这一段抄本有问题的。

【第七十回】

林黛玉重建桃花社　史湘云偶填柳絮词

庚辰本原文

如今仲春天气，虽得了工夫，争奈宝玉因冷遁了柳湘莲，剑刎了尤小妹，金逝了尤二姐，气病了柳五儿，连连接接，闲愁胡恨，一重不了一重添。弄得情色若痴，语言常乱，似染怔忡之疾。慌的袭人等又不敢回贾母，只百般逗他顽笑。

程乙本原文

如今仲春天气，虽得了工夫，争奈宝玉因柳湘莲遁迹空门，又闻得尤三姐自刎，尤二姐被凤姐逼死，又兼柳五儿自那夜监禁之后，病越重了：连连接接，闲愁胡恨，一重不了一重添，弄得情色若痴，语言常乱，似染怔忡之病。慌得袭人等又不敢回贾母，只百般逗他玩笑。

白先勇的论点

庚辰本这几行："如今仲春天气，虽得了工夫，争奈宝玉因冷遁了柳湘莲，剑刎了尤小妹，金逝了尤二姐，气病了柳五儿……"这个怪得很，什么冷遁了，剑刎了，金逝了，不通。程乙本是这么写的：争奈宝玉因柳湘莲遁迹空门，又闻得尤三姐自刎，尤二姐被凤姐逼死，又兼柳五儿自那夜监禁之后，病越重了。这不是很通顺吗？发生了这么多事以后，宝玉就有点疯疯癫癫了，或许受到刺激，语言常乱，似染怔忡之疾，有点精神恍惚了。

＊＊＊

庚辰本原文

那晴雯只穿葱绿院绸小袄，红小衣红睡鞋，披着头发，骑在雄奴身上。麝月是红绫抹胸，披着一身旧衣，在那里抓雄奴的肋肢。雄奴却仰在炕上，穿着撒花紧身儿，红裤绿袜，两脚乱蹬，笑的喘不过气来。宝玉忙上前笑说："两个大的欺负一个小的，等我助力。"说着，也上床来膈肢晴雯。晴雯触痒，笑的忙丢下雄奴，和宝玉对抓。雄奴趁势又将晴雯按倒，向他肋下抓动。袭人笑说："仔细冻着了。"看他四人裹在一处倒好笑。

程乙本原文

那晴雯只穿着葱绿杭绸小袄，红绸子小衣儿，披着头发，骑在芳官身上。麝月是红绫抹胸，披着一身旧衣，在那里抓芳官的肋肢，芳官却仰在炕上，穿着撒花紧身儿，红裤绿袜，两脚乱蹬，笑得喘不过气来。宝玉忙笑说："两个大的欺负一个小的！等我来挠你们。"说着也上床来隔肢晴雯。晴雯触痒，笑得忙丢下芳官，来合宝玉对抓，芳官趁势将晴雯按倒。袭人看他四人滚在一处，倒好笑，因说道："仔细冻着了可不是玩的。都穿上衣裳罢！"

白先勇的论点

庚辰本这个地方延续了前面的问题，小戏子芳官在宝玉怡红院里，他们不是把他打扮成胡人，改了一个"雄奴"的名字吗？跟芳官根本不配，芳官哪里像个雄奴的样子，她很可爱、很机灵的一个小女孩，这里也要改过来，前面那一段程乙本没有的，庚辰本多出来的不合理，又破坏气氛。

＊ ＊ ＊

庚辰本原文

雾裹烟封一万株，烘楼照壁红模糊。

程乙本原文

树树烟封一万株，烘楼照壁红模糊。

白先勇的论点

下面庚辰本是：雾裹烟封一万株。程乙本我觉得比较好：树树烟封一万株。树树，我觉得比雾裹好。

＊ ＊ ＊

庚辰本原文

宝琴笑道："你猜是谁作的？" 宝玉笑道："自然是潇湘子稿。" 宝琴笑道："现是我作的呢。" 宝玉笑道："我不信。这声调口气，迥乎不像蘅芜之体，所以不信。"

程乙本原文

宝琴笑道："你猜是谁作的？" 宝玉笑道："自然是潇湘子的稿子了。" 宝琴笑道："现在是我作的呢！" 宝玉笑道："我不信！这声调口气，迥乎不像。"

白先勇的论点

庚辰本这里又有小错误，宝琴说，你猜是谁作的？宝玉说当然是潇湘妃子的稿子。宝琴说，是我作的呢！宝玉笑道："我不信。这声调口气，迥乎不像蘅芜之体，所以不信。"蘅芜是指宝钗嘛！宝琴讲是我写的，怎么会扯到宝钗去了呢？程乙本没有的，只有"迥乎不像"，不像你写的意思。

* * *

庚辰本原文

宝钗笑道："所以你不通。难道杜工部首首都作'丛菊两开他日泪'之句不成？一般的也有'红绽雨肥梅''水荇牵风翠带长'之媚语。"

程乙本原文

宝琴笑道："所以你不通：难道杜工部首首都作'丛菊两开他日泪'不成？一般的也有'红绽雨肥梅''水荇牵风翠带长'等语。"

白先勇的论点

这里庚辰本又错了：宝钗笑道："所以你不通。"程乙本是，宝琴笑道："所以你不通：难道杜工部首首都作'丛菊两开他日泪'不成？一般的也有'红绽雨肥梅''水荇牵风翠带长'等语。"庚辰本讲杜甫从前《秋兴》八首，非常有历史沧桑感，可是他也有"水荇牵风翠带长"这种写景很细腻的不同的媚语，这"媚语"二字不好，我想老杜的诗好像没有媚语，程乙本是也有"红绽雨肥梅""水荇牵风翠带长"等语，这些话。

* * *

庚辰本原文

众人拍案叫绝，都说："果然翻得好气力，自然是这首为尊。缠绵悲戚，让潇湘妃子；情致妩媚，却是枕霞；小薛与蕉客今日落第，要受罚的。"

程乙本原文

众人拍案叫绝，都说："果然翻得好！自然这首为尊。缠绵悲戚，让潇湘子；情致妩媚，却是枕霞；小薛与蕉客，今日落第，要受罚的。"

白先勇的论点

这首词大家都说"果然翻得好，自然是这首为尊。"庚辰本这个地方是"果然翻得好气力"，多了"气力"两个字，用不着。

* * *

庚辰本原文

这是大老爷那院里娇红姑娘放的，拿下来给他送过去罢。

程乙本原文

我认得这风筝，这是大老爷那院里嫣红姑娘放的。拿下来给他送过去罢。

白先勇的论点

宝玉讲我认得，这个风筝是大老爷那里的“娇红”姑娘放的。庚辰本错了，应是“嫣红”姑娘，没有这个娇红姑娘的，贾赦买的丫头叫嫣红。

【第七十一回】

嫌隙人有心生嫌隙　鸳鸯女无意遇鸳鸯

庚辰本原文

这两个婆子一则吃了酒，二则被这丫头揭挑着弊病，便羞激怒了，因回口道：“扯你的臊！我们的事，传不传不与你相干！你不用揭挑我们，你想想，你那老子娘在那边管家爷们跟前比我们还更会溜呢。什么‘清水下杂面你吃我也见’的事，各家门，另家户，你有本事，排场你们那边人去。我们这边，你们还早些呢！”丫头听了，气白了脸，因说道：“好，好，这话说的好！”一面转身进来回话。

程乙本原文

这婆子，一则吃了酒，二则被这丫头揭着弊病，便羞恼成怒了，因回口道：“扯你的臊！我们的事传不传，不与你相干。你未从揭挑我们，你想想：你那老子娘，在那边管家爷们跟前，比我们还更会溜呢。各门各户的，你有本事排揎你们那边的人去！我们这边，你离着还远些呢！”丫头听了，气白了脸，因说道：“好，好！这话说得好！”一面转身进来回话。

白先勇的论点

这个地方，庚辰本多了几句：什么“清水下杂面你吃我也见”的事，各家门，另家户，你有本事，排场你们那边人去。写小说有时候多一句都不行，何况多几句。程乙本没这一句的。还有这句“你有本事，排场你们那边人去”。庚辰本几次用“排场”，没这种说法，应该是“排揎”，“你有本事，排揎你们那边人去。”

* * *

庚辰本原文

尤氏道：“你不要叫人，你去就叫这两个婆子来，到那边把他们家的凤儿叫来。”

程乙本原文

尤氏道：“你不用叫人，你去就叫这两个老婆来，到那边把他们家的凤姐叫来。”

白先勇的论点

尤氏当然脸面下不来就讲：“你不要叫人，你去就叫这两个婆子来，到那边把他们家的凤儿叫来。”这里不对，尤氏从来没有把凤姐叫凤儿的，生气的时候也不会，我想最多就是贾母可能会叫。

* * *

庚辰本原文

又值这一干小人在侧，他们心内嫉妒挟怨之事不敢施展，便背地里造言生事，挑拨主人。先不过是告那边的奴才，后来渐次告到凤姐“只哄着老太太喜欢了他好就中作威作福，辖治着琏二爷，调唆二太太，把这边的正经太太倒不放在心上”。后来又告到王夫人，说：“老太太不喜欢太太，都是二太太和琏二奶奶调唆的。”邢夫人纵是铁心铜胆的人，妇女家终不免生些嫌隙之心，近日因此着实恶绝凤姐。今又听了如此一篇话，也不说长短。

程乙本原文

又有在侧一干小人，心内嫉妒，挟怨凤姐，便调唆得邢夫人着实憎恶凤姐；如今又听了如此一篇话，也不说长短。

白先勇的论点

庚辰本这个地方：又值这一干小人在侧，他们心内嫉妒挟怨之事不敢施展，便背地里造言生事，挑拨主人。先不过是告那边的奴才，后来渐次告到凤姐。告凤姐什么呢？只哄着老太太喜欢了他好就中作威作福，辖治着琏二爷，调唆二太太，把这边的正经太太倒不放在心上。这些话在程乙本里面没有的，这些下面的人，还不至于如此大胆。下面更不像话了：后来又告到王夫人，说："老太太不喜欢太太，都是二太太和琏二奶奶调唆的。"这些人说贾母不喜欢邢夫人，是因为王夫人跟王熙凤一起调唆的。第一，那些佣人怎么敢在邢夫人面前讲凤姐，他们早都怕了。第二，怎么敢讲王夫人，这个一传出去还了得？而且邢夫人也了解，王夫人从来不多事的，不会去调唆贾母。王夫人是有别的缺点，比如他有点愚昧，有点迂腐，但他不是那种说三道四会调唆的人，所以我觉得这点不对，这一段不合适，程乙本里面也没有。

* * *

庚辰本原文

论理我不该讨情，我想老太太好日子，发狠的还舍钱舍米，周贫济老，咱们家先倒折磨起人家来了。

程乙本原文

论理，我不该讨情。我想老太太好日子，发狠的还要舍钱舍米，周贫济老，咱们先倒挫磨起老奴才来了？

白先勇的论点

我想老太太好日子，"发狠的还舍钱舍米，周贫济老，咱们家先倒折磨起人家来了。"庚辰本用的是"人家"两个字，讲不通，最多倒过来，折磨起"家人"，这样子还说得过去。程乙本用的是“老奴才”，“咱们先倒挫磨起老奴才来了？不看我的脸，权且看老太太，竟放了他们罢。”

* * *

庚辰本原文

贾母忽想起一事来，忙唤一个老婆子来，吩咐他：“到园里各处女人们跟前嘱咐嘱咐，留下的喜姐儿和四姐儿，虽然穷，也和家里的姑娘们是一样，大家照看经心些。我知道咱们家的男男女女都是‘一个富贵心，两只体面眼’，未必把他两个放在眼里。有人小看了他们，我听见可不依。”

程乙本原文

贾母忽想起留下的喜姐儿四姐儿，叫人吩咐园中婆子们：“要和家里的姑娘一样照应。倘有人小看了他们，我听见可不饶！”

白先勇的论点

庚辰本这个地方又有点不妥：贾母忽想起一事来，忙唤一个老婆子来，吩咐他：“到园里各处女人们跟前嘱咐嘱咐，留下的喜姐儿和四姐儿，虽然穷，也和家里的姑娘们是一样，大家照看经心些。”留下的两个女孩子是贾家的亲戚，一个叫做喜姐儿，一个叫做四姐儿，挺可爱的两个，他们来拜寿，贾母喜欢他们两个灵巧可爱，就留他们下来好好招待。庚辰本说：“留下的喜姐儿和四姐儿虽然穷”，大大不妥，又说：我知道咱们家的男男女女都是“一个富贵心，两只体面眼”，未必把他两个放在眼里。有人小看了他们，我听见，可不依。程乙本这么写的：贾母忽想起留下的喜鸾四姐儿，叫人吩咐园中婆子们：“要和家里的姑娘一样照应。倘有人小看了他们，我听见可不饶！”多么的简单，而且像贾母的口吻。贾母怎么会讲人家穷，可能真的是穷亲戚，但老太太绝对不会这么说：那两个穷女孩到我们家来，你们不能势利眼。这一段不妥！程乙本简简单单表现出贾母的慈爱，喜欢这两个拜寿的小女孩，留下来想让他们开心，就行了。

* * *

庚辰本原文

如今咱们家里更好，新出来的这些底下奴字号的奶奶们，一个个心满意足，都不知要怎么样才好，稍有不得意，不是背地里咬舌根，就是挑三窝四的。

程乙本原文

如今咱们家更好，新出来的这些底下字号的奶奶们，一个个心满意足，都不知道要怎么样才好，少不得意，不是背地里嚼舌根，就是调三窝四的。

白先勇的论点

庚辰本这个地方："如今咱们家里更好，新出来的这些底下奴字号的奶奶们"，这个不妥，程乙本没有这个"奴"字，"底下字号的奶奶们"，讲这些下面的人。。

* * *

庚辰本原文

宝玉道："谁都像三妹妹好多心。事事我常劝你，总别听那些俗话，想那俗事，只管安富尊荣才是。比不得我们没这清福，该应浊闹的。"

程乙本原文

宝玉道："谁都像三妹妹多心多事？我常劝你总别听那些俗语、想那些俗事，只管安富尊荣才是，比不得我们，没这清福，应该混闹的。"

白先勇的论点

庚辰本这一处，宝玉说："比不得我们没这清福，该应浊闹的。"浊闹，用混闹较妥。

* * *

庚辰本原文

因定了一会，忙悄问："那个是谁？"司棋复跪下道："是我姑舅兄弟。"鸳鸯啐了一口，道："要死，要死。"

程乙本原文

因定了一会，忙悄问："那一个是谁？"司棋又跪下道："是我姑舅哥哥。"鸳鸯啐了一口，却羞得一句话也说不出来。

白先勇的论点

庚辰本这个地方写鸳鸯的反应我觉得不好：鸳鸯啐了一口，道："要死，要死。"我想鸳鸯那个时候不会这么叫，那个场面很紧张的，而且非常尴尬，他怎么会大叫"要死，要死。"我觉得不妥。程乙本：鸳鸯啐了一口，却羞得一句话也说不出来。他自己也是个女孩子，他也没有过男人的，一看到这个，他自己也不好意思嘛！这时还能讲什么呢？所以我觉得程乙本写得好。

* * *

庚辰本原文

鸳鸯忙要回身，司棋拉住苦求，哭道："我们的性命，都在姐姐身上，只求姐姐超生要紧！"鸳鸯道："你放心，我横竖不告诉一个人就是了。"

程乙本原文

鸳鸯忙要回身，司棋拉住苦求，哭道："我们的性命，都在姐姐身上，只求姐姐超生我们罢了！"鸳鸯道："你不用多说了，快叫他去罢，横竖我不告诉人就是了。你这是怎么说呢！"

白先勇的论点

这个地方我觉得庚辰本写得又不够了，庚辰本是：你放心，我横竖不告诉一个人就是了。太轻描淡写。程乙本怎么写的：你不用多说了，快叫他去罢。还不走，还要等在这里，你快叫他去吧！横竖我不告诉人就是了。你这是怎么说呢！这就是鸳鸯的口气！庚辰本没有这么一句。

【第七十二回】

王熙凤恃强羞说病　来旺妇倚势霸成亲

庚辰本原文

且说鸳鸯出了角门，脸上犹红，心内突突的，真是意外之事。因想这事非常，若说出来，奸盗相连，关系人命，还保不住带累了旁人。横竖与自己无干，且藏在心内，不说与一人知道。回房复了贾母的命，大家安息。从此凡晚间便不大往园中来。因思园中尚有这样奇事，何况别处，因此，连别处也不大轻走动了。

程乙本原文

且说鸳鸯出了角门，脸上犹热，心内突突的乱跳，真是意外之事，因想："这事非常，若说出来：奸盗相连，关系人命，还保不住带累旁人。横竖与自己无干，且藏在心内，不说给人知道。"回房复了贾母的命，大家安息不提。

白先勇的论点

庚辰本有这么一段：从此凡晚间便不大往园中来。因思园中尚有这样奇事，何况别处，因此，连别处也不大轻走动了。这个有点多余，难道大观园里面到处都幽会吗？鸳鸯也没有那么胆小，晚上就不敢走动了？程乙本里面没有这一段的。

＊＊＊

庚辰本原文

"再俗语说，'千里搭长棚，没有不散的筵席。'再过三二年，咱们都是要离这里的。俗语又说，'浮萍尚有相逢日，人岂全无见面时。'倘或日后咱遇见了，那时，我又怎么报你的德行。”一面说，一面哭。

程乙本原文

（程乙本无此段）

白先勇的论点

庚辰本这里又多了这几句：再俗语说，“千里搭长棚，没有不散的筵席。”再过三二年，咱们都是要离这里的。俗语又说，“浮萍尚有相逢日，人岂全无见面时。”倘或日后咱遇见了，那时，我又怎么报你的德行。我觉得激动得不得了的时候还引经据典的讲，与司棋不合适，他讲我若死了变驴变狗报答你，这已经讲到顶了，够了！而且这个“千里搭长棚，没有不散的筵席”，大家如果还记得的话，前面有人已经讲过了。谁讲过了呢？小红讲的，小红那时候很怨，他受虐，大丫头打压他，他就讲了，哼！“千里搭长棚，没有不散的筵席”，大丫头别得意，有一天他们会散掉的。已经讲过一次就不好再讲的，这个时候司棋再讲，拾人牙慧，这句话就多了。程乙本没有这一段的。

* * *

庚辰本原文

凤姐儿见问，便说道：“不是什么大事。旺儿有个小子，今年十七岁了，还没得女人，因要求太太房里彩霞，不知太太心里怎么样，就没有计较得。

程乙本原文

凤姐儿见问，便说道：“不是什么大事。旺儿有个小子，今年十七岁了，还没娶媳妇儿，因要求太太房里的彩霞，不知太太心里怎么样。

白先勇的论点

接着讲到“来旺妇倚势霸成亲”，庚辰本这里有一个地方错了。记得王夫人有个大丫头叫彩云吗？彩云跟贾环好，这个地方把他写成彩霞，不光是庚辰本如此，程乙本也是，彩霞跟彩云不是两个人，可能是误抄了。

* * *

庚辰本原文

贾政因说道："且忙什么，等他们再念一二年书再放人不迟。我已经看中了两个丫头，一个与宝玉，一个给环儿。只是年纪还小，又怕他们误了书，所以再等一二年。"赵姨娘道："宝玉已有了二年了，老爷还不知道？"贾政听了，忙问道："谁给的？"赵姨娘方欲说话，只听外面一声响，不知何物，大家吃了一惊不小。

程乙本原文

贾政说道："且忙什么！等他们再念一二年书，再放人不迟。我已经看中了两个丫头，一个给宝玉，一个给环儿。只是年纪还小，又怕他们误了念书，再等一二年再提。"赵姨娘还要说话，只听外面一声响，不知何物，大家吃了一惊。

白先勇的论点

庚辰本这个地方，赵姨娘道：宝玉已有了二年了，老爷还不知道？这是进谗言，宝玉已经娶了妾了，你还不晓得。当然指的是袭人啰！袭人是王夫人指定的，还没有明说。程乙本是没有这一段的。

【第七十三回】

痴丫头误拾绣春囊　懦小姐不问累金凤

庚辰本原文

话犹未了，只听金星玻璃从后房门跑进来，口内喊说："不好了，一个人从墙上跳下来了！"

程乙本原文

话犹未了，只听春燕秋纹从后房门跑进来，口内喊说：“不好了！一个人打墙上跳下来了！”

白先勇的论点

红院里面怎么会跑出个“金星玻璃”来了，所以庚辰本有时候突然出现的名字是根本不认得的，宝玉并没有金星、玻璃这两个丫头，应该是春燕跟秋纹。程乙本写春燕跟秋纹就对了。

* * *

庚辰本原文

邢夫人因说：“这痴丫头，又得了个什么狗不识儿这么欢喜？拿来我瞧瞧。”

程乙本原文

邢夫人因说：“这傻丫头，又得个什么爱巴物儿，这样喜欢？拿来我瞧瞧。

白先勇的论点

邢夫人因说：“这痴丫头，又得了个什么狗不识儿，这么欢喜？拿来我瞧瞧。”“狗不识儿”大概就是宝贝儿的意思，程乙本是“爱巴物儿”。

* * *

庚辰本原文

贾母因喜欢他爽利便捷，又喜他出言可以发笑，便起名为“呆大姐”，常闷来便引他取笑一回，毫无避忌，因此又叫他作“痴丫头”。

程乙本原文

因他生得体肥面阔，两只大脚，做粗活很爽利简捷，且心性愚顽，一无知识，出言可以发笑。贾母喜欢，便起名为“傻大姐”。若有错失，也不苛责他。

白先勇的论点

接着有一句话庚辰本说：常闷来便引他取笑一回，毫无忌避，因此又叫他作“痴丫头”。这一段程乙本没有的，贾母不会拿傻丫头来做玩物，拿他来取笑，我想贾母这个人不是这样的，他对下人很怜惜。

* * *

庚辰本原文

这痴丫头原不认得是春意，便心下盘算：“敢是两个妖精打架？不然，必是两口子相打。”

程乙本原文

这痴丫头原不认得是春意儿，心下打量：“敢是两个妖精打架？不就是两个人打架呢？”

白先勇的论点

“这痴丫头原不认得是春意”，要加个“儿”字，“春意”就不对了。“春意儿”，等于是个绣的春宫画。敢是两个妖精打架？不然，必是两口子相打。这个傻丫头连两口子是怎么回事他还搞不清的，他没这个观念，程乙本是：敢是两个妖精打架？不就是两个人打架呢？反正赤裸裸的两个东西，傻丫头也没看懂。

* * *

庚辰本原文

迎春不语，只低头弄衣带。邢夫人见他这般，因冷笑道：“总是你那好哥哥好嫂子，一对儿赫赫扬扬，琏二爷凤奶奶，两口子遮天盖日，百事周到，竟通共这一个妹子，全不在意。”

程乙本原文

（程乙本无此段）

白先勇的论点

邢夫人道："胡说！你不好了，他原该说，如今他犯了法，你就该拿出小姐的身分来。他敢不从，你就回我去才是。"他不从，你应该跟我讲啊！骂了迎春一顿。迎春不语，只低头弄衣带。没办法，只好一直弄衣带。邢夫人见他这般，因冷笑道："总是你那好哥哥好嫂子，一对儿赫赫扬扬，琏二爷，凤奶奶，两口子遮天盖日，百事周到，竟通共这一个妹子，全不在意。"邢夫人很讨厌凤姐，时时会戳他两下。程乙本里面没这几句话，不过这里也还合理。

* * *

庚辰本原文

旁边伺侯的媳妇们便趁机道："我们的姑娘老实仁德，那里像他们三姑娘伶牙俐齿，会要姐妹们的强。他们明知姐姐这样，竟不顾恤一点儿。"

程乙本原文

（程乙本无此段）

白先勇的论点

这里有几句要注意，程乙本没有这段，轮不到这些媳妇来讲探春，不敢的！贾府的规矩轮不到他们来讲，何况又是个没名没姓的媳妇，如果是陪房王善保家的，可能在邢夫人耳边叽叽咕咕，但当场在迎春面前这么诋毁探春，不敢的，迎春房里小丫头那么多，这话传到探春那边还得了，这媳妇吃不了兜着走。

* * *

庚辰本原文

谁知迎春乳母子媳王住儿媳妇正因他婆婆得了罪，来求迎春去讨情，听他们正说金凤一事，且不进去。

程乙本原文

谁知迎春的乳母之媳玉柱儿媳妇为他婆婆得罪，来求迎春去讨情，他们正说金凤一事，且不进去。

白先勇的论点

庚辰本这里是“王住儿”，不对，程乙本是“玉柱儿”。

【第七十四回】

惑奸谗抄检大观园　矢孤介杜绝宁国府

庚辰本原文

王善保家的道：“别的都还罢了。太太不知道，一个宝玉屋里的晴雯，那丫头仗着他生得模样儿比别人标致些，又生了一张巧嘴，天天打扮的像个西施的样子，在人跟前能说惯道，掐尖要强。一句话不投机，他就立起两个骚眼睛来骂人，妖妖趫趫，大不成个体统。”

程乙本原文

王善保家的道：“别的还罢了，太太不知，头一个是宝玉屋里的晴雯那丫头，仗着他的模样儿比别人标致些，又长了一张巧嘴，天天打扮得像个西施样子，在人跟前能说惯道，抓尖要强；一句话不投机，他就立起两只眼睛来骂人。妖妖调调，大不成个体统！”

白先勇的论点

这一段庚辰本和程乙本大家仔细比一比，这段要紧的，关系着晴雯的命运。王善保家的道：“别的都还罢了。太太不知道，一个宝玉屋里的晴雯，那丫头仗着他生得模样儿比别人标致些，又生了一张巧嘴，天天打扮的像个西施的样子，在人跟前能说惯道，掐尖要强。程乙本没有“掐尖”这两个字的，有“抓尖要强”这么一个词。一句话不投机，他就立起两个骚眼睛来骂人，程乙本是“立起两只眼睛”就够了，“骚眼睛”反而削弱了，“妖妖趫趫，大不成个体统。”程乙本用“妖妖调调”，比较普遍。

* * *

庚辰本原文

小丫头子答应了，走入怡红院，正值晴雯身上不自在，睡中觉才起来，正发闷，听如此说，只得随了他来。素日这些丫鬟皆知王夫人最嫌趫妆艳饰语薄言轻者，故晴雯不敢出头。今因连日不自在，并没十分妆饰，自为无碍。及到了凤姐房中，王夫人一见他钗嚲鬓松，衫垂带褪，有春睡捧心之遗风，而且形容面貌恰是上月的那人，不觉勾起方才的火来。王夫人原是天真烂漫之人，喜怒出于心臆，不比那些饰词掩意之人，今既真怒攻心，又勾起往事，便冷笑道："好个美人！真像个病西施了。你天天作这轻狂样儿给谁看？你干的事，打量我不知道呢！我且放着你，自然明儿揭你的皮。宝玉今日可好些？"

程乙本原文

小丫头答应了，走入怡红院，正值晴雯身上不好，睡中觉才起来，发闷呢，听如此说，只得跟了他来。素日晴雯不敢出头，因连日不自在，并没十分妆饰，自为无碍。及到了凤姐房中，王夫人一见他钗嚲鬓松，衫垂带褪，大有春睡捧心之态；而且形容面貌恰是上月的那人，不觉勾起方才的火来。王夫人便冷笑道："好个美人儿！真像个'病西施'了！你天天做这轻狂样儿给谁看！你干的事，打量我不知道呢！我且放着你，自然明儿揭你的皮！—宝玉今日可好些？"

白先勇的论点

庚辰本有个地方，也有蛮严重的错误，大家要仔细的对照。正值晴雯身上不自在，睡中觉才起来，正发闷，听如此说，只得随了他来。晴雯刚刚起来，身体不太舒服，忽然间听说叫他，只好就去了。素日这些丫鬟皆知王夫人最嫌趫妆艳饰语薄言轻者，故晴雯不敢出头。这一句话程乙本没有，只说"素日晴雯不敢出头"，就够了。"衫垂带褪，有春睡捧心之遗风"，春睡捧心，大家都知道西施捧心的样子，春睡嘛，杨贵妃春睡起来的样子，有点慵懒的。程乙本没有"遗风"两个字，我觉得这两个字不妥，程乙本说，"大有春睡捧心之态"，够了！而且形容面貌恰是上月的那人，不觉勾起方才的火来。庚辰本这里说："王夫人原是天真烂漫之人，喜怒出于心臆，不比那些饰词掩意之人，今既真怒攻心，又勾起往事"。无论怎么形容王夫人，不可能"天真烂漫"。

＊＊＊

庚辰本原文

好个美人！真像个病西施了。

程乙本原文

好个美人儿！真像个"病西施"了！

白先勇的论点

你看他勾起往事，便冷笑道："好个美人！真像个病西施了。"好个美人跟好个美人儿有差别，你若讲好个"美人"，口气就没有好个"美人儿"（程乙本）来得亲切，有点讽刺性在里面。

＊＊＊

庚辰本原文

他本是个聪敏过顶的人，见问宝玉可好些，他便不肯以实话对，只说："我不大到宝玉房里去，又不常和宝玉在一处，好歹我不能知道，只问袭人麝月两个。"

程乙本原文

他本是个聪明过顶的人，见问宝玉可好些，他便不肯以实话答应，忙跪下回道："我不大到宝玉房里去，又不常和宝玉在一处，好歹我不能知；那都是袭人合麝月两个人的事，太太问他们。"

白先勇的论点

他本是个聪敏过顶的人，见问宝玉可好些，他便不肯以实话对，只说："我不大到宝玉房里去，又不常和宝玉在一处，好歹我不能知道，只问袭人、麝月两个。"

庚辰本用了"聪敏"，程乙本用"聪明"，我想聪明比聪敏更高一层。

＊＊＊

庚辰本原文

王善保家的也觉没趣，看了一看，也无甚私弊之物。回了凤姐，要往别处去。凤姐儿道："你们可细细的查，若这一番查不出来，难回话的。"

程乙本原文

王善保家的也觉没趣儿，便紫胀了脸，说道："姑娘，你别生气。我们并非私自就来的，原是奉太太的命来搜查；你们叫翻呢，我们就翻一翻，不叫翻，我们还许回太太去呢，那用急得这个样子！"晴雯听了这话，越发火上浇油，便指着他的脸说道："你说你是太太打发来的，我还是老太太打发来的呢！太太那边的人我也都见过，就只没看见你这么个有头有脸大管事的奶奶！"

白先勇的论点

庚辰本这一段，完全削弱了力量：王善保家的也觉没趣，看了一看，也无甚私弊之物。回了凤姐，要往别处去。看看程乙本：王善保家的也觉没趣儿，便紫胀了脸。很难看啊！给他砰的这么一下。说道："姑娘，你别生气。我们并非私自就来的，原是奉太太的命来搜查；你们叫翻呢，我们就翻一翻，不叫翻，我们还许回太太去呢。那用急的这个样子！"太太，指邢夫人，叫我来的，你们让我翻呢我就翻，不给我翻，我就回去上告，告你去。看看晴雯怎么说，晴雯听了这话，越发火上浇油，便指着他的脸说道："你说你是太太打发来的，我还是老太太打发来的呢！"你是太太的人，我是老太太打发来的，比你还要高一层。太太那边的人我也都见过，就只没看见你这么个有头有脸大管事的奶奶！非常尖利的话！这个话把晴雯的个性写得活灵活现，没有这个对话，削弱了。王善保家的看看就跑了，不可能，晴雯也不会放他这样，有几句话给他的，所以程乙本这一段非常要紧。

庚辰本原文

探春登时大怒，指着王家的问道："你是什么东西，敢来拉扯我的衣裳！我不过看着太太的面上，你又有年纪，叫你一声妈妈，你就狗仗人势，天天作耗，专管生事。如今越性了不得了。你打谅我是同你们姑娘那样好性儿，由着你们欺负他，就错了主意！你搜检东西我不恼，你不该拿我取笑。"

程乙本原文

探春登时大怒，指着王家的问道："你是什么东西，敢来拉扯我的衣裳！我不过看着太太的面上，你又有几岁年纪，叫你一声'妈妈'；你就狗仗人势，天天作耗，在我们跟前逞脸。如今越发了不得了！你索性望我动手动脚的了！你打量我是和你们姑娘那么好性儿，由着你们欺负：你就错了主意了！你来搜检东西我不恼，你不该拿我取笑儿！"

白先勇的论点

探春登时大怒，指着王家的问道："你是什么东西，敢来拉扯我的衣裳！我不过看着太太的面上，你又有年纪，叫你一声妈妈，你就狗仗人势，天天作耗，专管生事，如今越性了不得了。庚辰本用"越性"，奇怪的一个字，应该是"越发"。

* * *

庚辰本原文

待书等听说，便出去说道："你果然回老娘家去，倒是我们的造化了。只怕舍不得去。"

程乙本原文

侍书听说，便出去说道："妈妈，你知点道理儿，省一句儿罢。你果然回老娘家去，倒是我们的造化了；只怕你舍不得去！你去了，叫谁讨主子的好儿，调唆着察考姑娘、折磨我们呢？"

白先勇的论点

探春有一个丫头，庚辰本上写"待书"不对，程乙本是"侍书"，庚辰本就这么两句话就没有了：侍书等听说，便出去说道："你果然回老娘家去，倒是我们的造化了。只怕舍不得去！"程乙本侍书这一段讲得好：侍书听说，便出去说道："嬷嬷，你知点道理儿，省一句儿罢。你果然回老娘家去，倒是我们的造化了；只怕你舍不得去！你去了，叫谁讨主子的好儿，调唆着察考姑娘、折磨我们呢？"丫鬟侍书这两句话也厉害的，凤姐笑道："好丫头！真是有其主必有其仆。"探春冷笑道："我们做贼的人，嘴里都有三言两语的；就只不会背地里调唆主子！"

* * *

庚辰本原文

入画也黄了脸。因问是那里来的。

程乙本原文

凤姐也黄了脸，因问："是那里来的？"

白先勇的论点

庚辰本这里显然是个错误："入画也黄了脸"，不对！看到怎么还有男人的东西，程乙本是：凤姐也黄了脸，因问："是那里来的。"入画讲这是珍大爷赏给我哥哥的，带进来叫我收着。

* * *

庚辰本原文

周瑞家的道："且住，这是什么？"说着，便伸手掣出一双男子的锦带袜并一双缎鞋来。

程乙本原文

周瑞家的道："这是什么话？有没有，总要一样看看，才公道。"说着，便伸手掣出一双男子的绵袜并一双缎鞋。

白先勇的论点

周瑞家的是凤姐的心腹，也是陪房，学到几招，你看他怎么说，庚辰本是："且住，这是什么？"我觉得这个味道不够。程乙本是：周瑞家的道："这是什么话？有没有，总要一样看看，才公道。"然后往里面一抓，说着，便伸手掣出一双男子的绵袜并一双缎鞋，又有一个小包袱。打开看时，里面是一个同心如意，并一个字帖儿。这下子搜出来了，祸源搜到了，一总递与凤姐。

* * *

庚辰本原文

上月你来家后，父母已觉察你我之意。但姑娘未出阁，尚不能完你我之心愿。若园内可以相见，你可托张妈给一信息。若得在园内一见，倒比来家得说话。千万，千万。再所赐香袋二个，今已查收外，特寄香珠一串，略表我心。千万收好！表弟潘又安拜具。

程乙本原文

上月你来家后，父母已觉察了。但姑娘未出阁，尚不能完你我心愿。若园内可以相见，你可托张妈给一信。若得在园内一见，倒比来家好说话。千万，千万！再所赐香珠二串，今已查收。外特寄香袋一个，略表我心。千万收好！表弟潘又安具。

白先勇的论点

庚辰本这里出了离谱的错，先看看程乙本写什么：上月你来家后，父母已觉察了。但姑娘未出阁，尚不能完你我心愿。若园内可以相见，你可托张妈给一信。若得在园内一见，倒比来家好说话。这是程乙本。庚辰本有点别扭，倒比来家得说话。他意思是说，家里面的家长已经知道两个人有意，因为没有出阁还不能公开，园子里若可以幽会就托人给个信，千万，千万！下面是重要的，庚辰本是：再所赐香袋二个，今已查收外，特寄香珠一串，略表我心。庚辰本讲，你给我两个香袋，说绣春囊是司棋给他的，而且是两个，我回赠给你一串香珠请收下。这错得离谱，完全倒过来了。程乙本是：再所赐香珠二串，今已查收。外特寄香袋一个，略表我心。

庚辰本原文

周瑞家的四人又都问着他："你老可听见了？明明白白，再没得话说了。如今据你老人家，该怎么样？"

程乙本原文

周瑞家的四人听见凤姐儿念了，都吐舌头，摇头儿。周瑞家的道："王大妈听见了！这是明明白白，再没得话说了！这如今怎么样呢？"

白先勇的论点

庚辰本写：周瑞家的四人又都问着他："你老可听见了？明明白白，再没得话说了。如今据你老人家，该怎么样？"程乙本是：周瑞家的四人听见凤姐儿念了，都吐舌头，摇头儿。这几个婆婆妈妈摇头吐舌，一起幸灾乐祸，这个场面就写活了。小说就该这样。如果把这段弄掉，又摇头又吐舌的这四个人就不见了，整个场景就变成王善保家的听见了没的话讲。

* * *

庚辰本原文

凤姐只瞅着他嘻嘻的笑，向周瑞家的笑道："这倒也好。不用你们老娘操一点儿心，他鸦雀不闻的给你们弄了一个好女婿来，大家倒省心。"

程乙本原文

凤姐只瞅着他，抿着嘴儿嘻嘻的笑，向周瑞家的道："这倒也好。不用他老娘操一点心儿，鸦雀不闻，就给他们弄了个好女婿来了。"

白先勇的论点

凤姐的反应好玩，庚辰本写的是：只瞅着他嘻嘻的笑；程乙本是：抿着嘴儿嘻嘻的笑，似笑非笑的促狭了。多了一个抿着嘴儿，那个神情又不同了，弄得王善保家的简直尴尬得不得了。

庚辰本原文

尤氏道："实是你哥哥赏他哥哥的，只不该私自传送，如今官盐竟成了私盐了。"因骂入画"糊涂脂油蒙了心的"。

程乙本原文

尤氏道："实是你哥哥赏他哥哥的，只不该私自传送，如今官盐反成了私盐了。"因骂入画："糊涂东西！"

白先勇的论点

惜春请尤氏来了，便将昨夜之事细细告诉了，又命人将入画的东西一概要来与尤氏过目。尤氏道："实是你哥哥赏他哥哥的，只不该私自传送，如今官盐反成了私盐了。"他唯一的过错就是不应该私下递来，该讲一声，因骂入画："糊涂东西！"庚辰本用的是："糊涂脂油蒙了心的！"用不着，糊涂东西简单些。

【第七十五回】

开夜宴异兆发悲音　赏中秋新词得佳谶

庚辰本原文

李纨听如此说，便知他已知道昨夜的事，因笑道："你这话有因，谁作事究竟够使了？"尤氏道："你倒问我！你敢是病着死过去了！"

程乙本原文

李纨听如此说，便已知道昨夜的事，因笑道："你这话有因。是谁做的事够使的了？"尤氏道："你倒问我！你敢是病着过阴去了？"

白先勇的论点

庚辰本这个地方我觉得不妥，尤氏道："你倒问我！你敢是病着死过去了！"我想中国人忌讳用死字，怎么可能说你病着死过去了，程乙本是："你敢是病着过阴去了？"过阴就是说到阴间去了，也是死的意思，但语气上我觉得是程乙本比较合适。

* * *

庚辰本原文

因又寻思道："惜丫头不犯罗唣你，却是谁呢？"尤氏只含糊答应。

……

探春道："这是他的僻性，孤介太过，我们再傲不过他的。"

程乙本原文

因又寻思，道："凤丫头也不犯合你怄气。——是谁呢？"尤氏只含糊答应。

……

探春道："这是他向来的脾气，孤介太过，我们再扭不过他的。"

白先勇的论点

这个地方庚辰本又有问题，写的是：惜丫头不犯罗唣你，却是谁呢？探春不会说惜丫头，惜丫头就是惜春，如果讲了语境就不对了。所以程乙本是：凤丫头也不犯合你怄气。意思是凤姐不会跟你吵架，惜春倒可能。探春知道惜春怪脾气，他说："这是他的僻性，孤介太过，我们再傲不过他的。"庚辰本"傲"字不太对，程乙本用"扭"，"我们再扭不过他的"。

* * *

庚辰本原文

此间服侍的小厮都是十五岁以下的孩子，若成丁的男子到不了这里，故尤氏方潜至窗外偷看。其中有两个十六七岁娈童以备奉酒的，都打扮的粉妆玉琢。今日薛蟠又输了一张，正没好气，幸而掷第二张完了，算来除翻过来倒反赢了，心中只是兴头起来。贾珍道："且打住，吃了东西再来。"因问那两处怎样。里头打天九的，也作了帐等吃饭。打公番的未清，且不肯吃。于是各不能顾，先摆下一大桌，贾珍陪着吃，命贾蓉落后陪那一起。薛蟠兴头了，便搂着一个娈童吃酒，又命将酒去敬邢傻舅。傻舅输家，没心绪，吃了两碗，便有些醉意，嗔着两个娈童只赶着赢家不理输家了，因骂道："你们这起兔子，就是这样专洑上水。天天在一处，谁的恩你们不沾？只不过我这一会子输了几两银子，你们就三六九等了。难道从此以后再没有求着我们的事了！"众人见他带酒，忙说："很是，很是。果然他们风俗不好。"因喝命："快敬酒赔罪。"两个娈童都是演就的局套，忙都跪下奉酒，说："我们这行人，师父教的不论远近厚薄，只看一时有钱势就亲敬；便是活佛神仙，一时没了钱势了，也不许去理他。况且我们又年轻，又居这个行次，求舅太爷体恕些我们就过去了。"说着，便举着酒俯膝跪下。邢大舅心内虽软了，只还故作怒意不理。众人又劝道："这孩子是实情话。老舅是久惯怜香惜玉的，如何今日反这样起来？若不吃这酒，他两个怎样起来？"邢大舅已撑不住了，便说道："若不是众位说，我再不理。"说着，方接过来一气喝干。又斟一碗来。

程乙本原文

且说尤氏潜至窗外偷看。其中有两个陪酒的小么儿，都打扮的粉妆锦饰。今日薛蟠又掷输了，正没好气，幸而后手里渐渐翻过来了，除了冲账的，反赢了好些，心中自是兴头起来。贾珍道："且打住，吃了东西再来。"因问："那两处怎么样？"此时打天九赶老羊的未清，先摆下一桌，贾珍陪着吃。薛蟠兴头了，便搂着一个小么儿喝酒，又命将酒去敬傻大舅。傻大舅输家，没心肠，喝了两碗，便有些醉意，嗔着陪酒的小么儿只赶赢家不理输家了，因骂道："你们这起兔子，真是些没良心的忘八羔子！天天在一处，谁的恩你们不沾？只不过这会子输了几两银子，你们就这么三六九等儿的了！难道从此以后再没有求着我的事了？"众人见他带酒，那些输家不便言语，只抿着嘴儿笑。那些赢家忙说："大舅骂得很是。这小狗攮的们都是这个风俗儿。"因笑道："还不给舅太爷斟酒呢！"两个小孩子都是演就的圈套，忙都跪下奉酒，扶着傻大舅的腿，一面撒娇儿说道："你老人家别生气，看着我们两个小孩子罢。我们师父教的：不论远近厚薄，只看一时有钱的就亲近。你老人家不信，回来大大的下一注，赢了，白瞧瞧我们两个是什么光景儿！”说得众人都笑了。这傻大舅掌不住也笑了，一面伸手接过酒来，一面说道：“我要不看着你们两个素日怪可怜见儿的，我这一脚，把你们的小蛋黄子踢出来。”说着，把腿一抬。两个孩子趁势儿爬起来，越发撒娇撒痴，拿着洒花绢子，托了傻大舅的手，把那钟酒灌在傻大舅嘴里。傻大舅哈哈的笑着，一扬脖儿，把一钟酒都干了，因拧了那孩子的脸一下儿，笑说道：“我这会子看着又怪心疼的了！”

白先勇的论点

且说尤氏潜至窗外偷看。其中有两个陪酒的小幺儿，都打扮的粉妆锦饰。程乙本写的是“小幺儿”，小幺儿指的就是那些小娈童。庚辰本写“娈童”，不是很妥，不会这么讲的。

看看这个写的好玩的地方：傻大舅输家，输了钱，没心肠，没心思了，喝了两碗，便有些醉意，嗔着陪酒的小幺儿只赶赢家不理输家了，赢了钱你就跑过去了。因骂道：“你们这起兔子，这是骂男妓的话，真是些没良心的忘八羔子！天天在一处，谁的恩你们不沾？只不过这会子输了几两银子，你们就这么三六九等儿的了！难道从此以后再没有求着我的事了？”众人见他带酒，那些输家不便言语，只抿着嘴儿笑。输了的人不讲话，看了他很好笑，这个傻大舅。那些赢家忙说：“大舅骂的很是，这小狗攮的们都是这个风俗儿。”因笑道：“还不给舅太爷斟酒呢！”两个小孩子都是演就的圈套，忙都跪下奉酒，扶着傻大舅的腿，一面撒娇儿说道：“你老人家别生气，看着我们两个小孩子罢。我们师父教的：不论远近厚薄，只看一时有钱的就亲近。讲的很直白，你老人家不信，回来大大的下一注，赢了，白瞧瞧我们两个是什么光景儿！”说的众人都笑了。这傻大舅掌不住也笑了。一面伸手接过酒来，一面说道：“我要不看着你们两个素日怪可怜见儿的，我这一脚，把你们的小蛋黄子踢出来。”说着，把腿一抬。两个孩子趁势儿爬起来，越发撒娇撒痴，拿着洒花绢子，托了傻大舅的手，把那钟酒灌在傻大舅嘴里。傻大舅哈哈的笑着，一扬脖儿，把一钟酒都干了，因拧了那孩子的脸一下儿，笑说道：“我这会子看着又怪心疼的了！”这一场，把这两个傻大爷写的丑态毕露，写得很活，庚辰本就没有这一场戏。

【第七十六回】

凸碧堂品笛感凄清　凹晶馆联诗悲寂寞

庚辰本原文

夜静月明，且笛声悲怨，贾母年老带酒之人，听此声音，不免有触于心，禁不住堕下泪来。众人此时都不禁有凄凉寂寞之意，半日，方知贾母伤感，才忙转身陪笑，发语解释。

程乙本原文

夜静月明，众人不禁伤感，——忙转身陪笑说语解释，又命换酒止笛。

白先勇的论点

“夜静月明，且笛声悲怨，贾母年老带酒之人，听此声音，不免有触于心，禁不住堕下泪来。”程乙本没有这一句，贾母没有掉泪，只是感到心中突然间凄然。我觉得含蓄些更好，老太太不那么容易掉泪的，心中不禁凄凉就够了。

* * *

庚辰本原文

因对道：冷月葬花魂。

程乙本原文

因对道：冷月葬诗魂。

白先勇的论点

脱口而出这么一句冷月葬诗魂。庚辰本是“花魂”，程乙本是“诗魂”，我觉得诗魂更好。

* * *

庚辰本原文

湘云道："却是你病的原故，所以……"

程乙本原文

湘云道："你这病就怪不得了！"

白先勇的论点

湘云道："却是你病的原故，所以……"庚辰本这一句不完整，程乙本是："你这病就怪不得了！"就这么一句话作为结尾，整个的气氛就对了，那个语调就把其中的信息传送了出来。

【第七十七回】

俏丫鬟抱屈夭风流　美优伶斩情归水月

庚辰本原文

这晴雯当日系赖大家用银子买的，那时晴雯才得十岁，尚未留头。因常跟赖嬷嬷进来，贾母见他生得伶俐标致，十分喜爱。故此赖嬷嬷就孝敬了贾母使唤，后来所以到了宝玉房里。这晴雯进来时，也不记得家乡父母，只知有个姑舅哥哥，专能庖宰，也沦落在外，故又求了赖家的收买进来吃工食。赖家的见晴雯虽到贾母跟前，千伶百俐，嘴尖性大，却倒还不忘旧，故又将他姑舅哥哥收买进来，把家里一个女孩子配了他。成了房后，谁知他姑舅哥哥一朝身安泰，就忘却当年流落时，任意吃死酒，家小也不顾。偏又娶了个多情美色之妻，见他不顾身命，不知风月，一味死吃酒，便不免有蒹葭倚玉之叹，红颜寂寞之悲。又见他器量宽宏，并无嫉衾妒枕之意，这媳妇遂恣情纵欲，满宅内便延揽英雄，收纳材俊，上上下下竟有一半是他考试过的。若问他夫妻姓甚名谁，便是上回贾琏所接见的多浑虫灯姑娘儿的便是了。目今晴雯只有这一门亲戚，所以出来就在他家。

程乙本原文

却说这晴雯当日系赖大买的。还有个姑舅哥哥，叫作吴贵，人都叫他贵儿。那时晴雯才得十岁，时常赖嬷嬷带进来，贾母见了喜欢，故此，赖嬷嬷就孝敬了贾母。过了几年，赖大又给他姑舅哥哥娶了一房媳妇。谁知贵儿一味胆小老实，那媳妇却倒伶俐，又兼有几分姿色，看着贵儿无能为，便每日家打扮得妖妖调调，两只眼儿水汪汪的，招惹得赖大家人如蝇逐臭，渐渐做出些风流勾当来。那时晴雯已在宝玉屋里，他便央及了晴雯，转求凤姐，合赖大家的要过来。目今两口儿就在园子后角门外居住，伺候园中买办杂差。这晴雯一时被撵出来，住在他家。

白先勇的论点

庚辰本讲晴雯的身世把它搞错了，之前我们只晓得晴雯从小丫头起是服侍贾母的，他有个舅舅，是个整天喝醉酒的醉泥鳅，娶了个灯姑娘，庚辰本说这个灯姑娘就是多姑娘，扯在一起了。记得多姑娘吗？把贾琏弄得神魂颠倒的那个多姑娘，他老公多浑虫也是个醉鬼，后来死了，他就改嫁给鲍二，又被贾珍派去服侍尤二姐。鲍二之前的那个老婆鲍二家的，就是跟贾琏有一腿被凤姐发现，打骂以后上吊死了，所以一个死了老公，一个死了老婆，两个人又凑成一对，而且都跟贾琏有关系。怎么这时候又扯出来了多姑娘，把他改成灯姑娘又嫁了多浑虫，没道理嘛！这个前后完全不对了。所以介绍晴雯身世的那一段，必须依照程乙本：却说这晴雯当日系赖大买的。他是赖大买来的，还有个姑舅哥哥，叫做吴贵，吴贵才是他的姑舅哥哥，就是他表哥了，人都叫他贵儿。那时晴雯才得十岁，时常赖嬷嬷带进来，赖嬷嬷是很有地位的一个老乳母，孙子做了官的。贾母见了喜欢，故此，赖嬷嬷就孝敬了贾母。过了几年，赖大又给他姑舅哥哥娶了一房媳妇。这是另外一个女人，跟多姑娘无关，不过跟多姑娘还有一比。谁知贵儿一味胆小老实，那媳妇却倒伶俐，又兼有几分姿色，看着贵儿无能为，便每日家打扮的妖妖调调，两只眼儿水汪汪的，招惹的赖大家人如蝇逐臭，渐渐做出些风流勾当来。那时晴雯已在宝玉屋里，他便央及了晴雯，转求凤姐，合赖大家的要过来。目今两口儿就在园子后角门外居住，伺候园中买办杂差。这就把晴雯的身世讲对了。

* * *

庚辰本原文

宝玉心下暗道："往常那样好茶，他尚有不如意之处；今日这样。看来，可知古人说的'饱饫烹宰，饥餍糟糠'，又道是'饭饱弄粥'，可见都不错了。"一面想，一面流泪问道："你有什么说的，趁着没人告诉我。"

程乙本原文

（程乙本无此段）

白先勇的论点

庚辰本这里有点煞风景了，宝玉不是给晴雯喝茶吗？看到晴雯如得了甘露一般，一气都灌下去了。下面多出一行，多出这么几个字：宝玉心下暗道："往常那样好茶，他尚有不如意之处；今日这样。看来，可知古人说的'饱饫烹宰，饥餍糟糠'，又道是'饭饱弄粥'，可见都不错了。"这个时候跑出这么个说教的，他那个时候在园里，喝那么好的茶还要嫌七嫌八，现在这种也接受了。哪有这种想法？看起来这都是后人抄本加的，这么动人的一回，多这一段就完了。宝玉的心情那么激动那么哀伤，哪里还有理性来批判，不合适，完全不对题。

* * *

庚辰本原文

又说："可惜这两个指甲，好容易长了二寸长，这一病好了，又损好些。"晴雯拭泪，就伸手取了剪刀，将左手上两根葱管一般的指甲齐根铰下；又伸手向被内将贴身穿着的一件旧红绫袄脱下，并指甲都与宝玉道："这个你收了，以后就如见我一般。快把你的袄儿脱下来我穿。我将来在棺材里独自躺着，也就像还在怡红院的一样了。论理不该如此，只是担了虚名，我可也是无可如何了。"

程乙本原文

因哭道："除下来，等好了再戴上去罢。"又说："这一病好了，又伤好些。"晴雯拭泪，把那手用力拳回，搁在口边，狠命一咬，只听“咯吱”一声，把两根葱管一般的指甲，齐根咬下，拉了宝玉的手，将指甲搁在他手里。又回手扎挣着，连揪带脱，在被窝内，将贴身穿着的一件旧红绫小袄儿脱下，递给宝玉。不想虚弱透了的人，那里禁得这么抖搂，早喘成一处了。宝玉见他这般，已经会意，连忙解开外衣，将自己的袄儿褪下来，盖在他身上，却把这件穿上；不及扣钮子，只用外头衣裳掩了。刚系腰时，只见晴雯睁眼道：“你扶起我来坐坐。”宝玉只得扶他。那里扶得起？好容易欠起半身，晴雯伸手把宝玉的袄儿往自己身上拉。宝玉连忙给他披上，拖着胳膊，伸上袖子，轻轻放倒，然后将他的指甲装在荷包里。晴雯哭道：“你去罢！这里腌臜，你那里受得？你的身子要紧。今日这一来，我就死了，也不枉担了虚名！”

白先勇的论点

又说：“这一病好了，又伤好些。”晴雯拭泪，把那手用力拳回，搁在口边，狠命一咬，只听“咯吱”一声，把两根葱管一般的指甲，齐根咬下，这个写得不能再好！庚辰本说拿剪刀剪那个指甲，差劲！我想那一定不是曹雪芹写的。他是咬，用牙齿把这指甲咬下来。那个指甲，庚辰本写她是用剪刀绞的。用剪刀就差了一大截，她是用咬的。把自己的指甲咬下来给他，本来身体没有跟他亲近过，没有给过他，至少现在她的一部分，她的身体、她的肉体给他，两个作个纪念，死之前做个纪念。她把她的衣服脱下来，跟他交换。动人，写得动人！这一回晴雯之死，宝玉对她那种怜惜，我想不光是她一个人，对所有天下的女孩子遭受到冤屈的，宝玉的那一份大悲疼怜之心，在这一回里面写得不能再好。庚辰本就有点煞风景了。

【第七十八回】

老学士闲征姽婳词　痴公子杜撰芙蓉诔

庚辰本原文

自为红绡帐里，公子情深；始信黄土垄中，女儿命薄！汝南泪血，斑斑洒向西风；梓泽余衷，默默诉凭冷月。

程乙本原文

岂道红绡帐里，公子情深；始信黄土陇中，女儿命薄！汝南斑斑泪血，洒向西风；梓泽默默余衷，诉凭冷月。

白先勇的论点

这一篇《芙蓉诔》中间有几句：自为红绡帐里，公子情深；始信黄土垄中，女儿命薄！这是庚辰本的。程乙本是：岂道红绡帐里，公子情深；始信黄土陇中，女儿命薄！红绡帐里公子情深，讲宝玉自己，我对他那么深情；可怜黄土陇中女儿命薄，你的命那么薄。

附录

把《红楼梦》的著作权还给曹雪芹

《红楼梦》百年议题：程高本和后四十回[1]

《红楼梦》的很多议题，是说不尽的，但红学界百年来一直被讨论、到现在还没有定论的，莫过于“程本和脂本孰优孰劣”以及“后四十回是否续书”这两大议题。如今，白先勇与宁宗一、吴新雷、胡文彬、王润华、郑铁生、孙伟科诸位红学专家一起讨论这两个问题，希望引起更多人的注意和研究。也许有很多不同的意见，但学问就是越辩越明。《红楼梦》是中国最了不得的一本小说，也是中国文化最高成就之一。它不仅是一部文学作品，它的高度是整个民族的精神指标。这么重要的一本书，不能让它有那么多的瑕疵。

1　会议时间为二〇一八年三月二十五日上午九点半至十二点半，在上海全季酒店举行，嘉宾有白先勇、宁宗一、吴新雷、胡文彬、王润华、郑铁生、孙伟科。

白先勇：大家早安，很高兴大家来到这里。我们讨论《红楼梦》，也是以非常严肃的态度面对这一本中国最伟大的小说，这是“天下第一书”。对这么一本书，我想必须以最谦卑、最虔诚的态度来讨论它。

《红楼梦》的议题是说不尽的，今天挑的两个议题，我觉得是在红学界差不多百年来一直被讨论，到现在还没有定论的。在座的都是红学界的前辈，他们都是著作等身，学富五车，对《红楼梦》的研究非常资深的。

我们这一组的讨论分两节，一节讨论的议题是“《红楼梦》版本的问题”。《红楼梦》的版本非常复杂，但今天我们不是去做版本学，来讨论各种版本，而是有一个现象，我觉得有相当严重的影响，那就是现在最流行的两个版本：一个是胡适推荐的程乙本，由上海亚东图书馆在民国十六年用新式标点印出来的，已经有一百年了，是以一七九二年高鹗与程伟元的一个木刻本做底的；另外一个是庚辰本，一九八二年由人民文学出版社出版，由冯其庸先生领头校注的。这个本子好像印了有七百万册，可以想象它的影响之大。

讲一个例子，我在南京师范大学做了一个《红楼梦》的讲座，差不多有七百多位师生，我讲完之后就问下面的听众，我说看过程乙本的人请举手？只有一个。可见得庚辰本基本上已经取代程乙本了。这个现象也传到了台湾。

我们今天对这个现象提出一些讨论，因为这两个本子有很多地方是有基本的不同，两个本子的功用也不一样，这对我们的影响非常大。据我了解，北京市高考指定的经典读物就有《红楼梦》，如果全国中学生都要看《红楼梦》，这个影响有多大！选择一个最合适的版本作为流行本，我想是非常重要的一件事情，所以我们从这一点先切入。

今天非常高兴能够请到宁宗一先生前来参加。宁先生是南开大学中文系的教授，很著名的红学专家，他是天津红楼梦研究会会长，中国红楼梦学会的理事。宁先生是我非常敬佩的一位学者，他的文学观，我非常地赞同。今天，我们先请宁先生开个场。

宁宗一：我曾经写过一篇谈《白先勇细说〈红楼梦〉》的书，今天我是续篇，因为那次是采访的。今天的题目是《浅谈白先勇先生细说百二十回〈红楼梦〉的方法论的意义》。

白先生《细说》之“细”，是按照审美的逻辑演绎而成的，他充分调动了自己的人生道路的特殊感悟，各个人生节点的回忆，都能呼应《红楼梦》里面的人物心态、情节构成。作为曹雪芹的心灵史和心态史的《红楼梦》，都跟白先生的心灵史和白先生的心态史有着密切的关系。作为一位优秀的作家，他在细说百二十回《红楼梦》的时候，倾诉了那些优美的联想，也是他善于有意识地进行美的关照的结果。这种即兴式的联想，是一种生命的感发，构成了白先勇先生的美学特质，这一切才有了百二十回《细说》的富有魅力的表述。

白先生始终处于与《红楼梦》、《牡丹亭》的对话和潜对话之中，这是历史与现实之间的、小说家与小说家之间的对话和潜对话，这构成了一个鲜明的特点：就是让《红楼梦》文本自己说话。回归文本，是我们研究文学的重要策略。我们要把握作家的人生轨迹、思想脉络和才华情怀，是因为这些东西并非都是有形的，我们只能够从作家的文本了解。

从来没有一个作家把话说尽，文本的本性就是开放的。《红楼梦》的文本说完了吗？这不是八十回的问题，也不是百二十回的问题，都没有说完。曹雪芹有很多欲说还休的东西。越是伟大的作家，他的人生况味和心灵困惑就越多，《红楼梦》正是曹雪芹人生况味的叙述，是他心魔的释放。但他并未完全释放。把这些地方加以品味、把握，正是作为小说家的白先勇最娴熟的地方。尊重文本、回归文本、延伸文本，才是研究文学的重要策略。

白先生是带着热烈的诗情走进《红楼梦》的艺术世界的，似乎这容易被文献学家所质疑，说这种研究容易失去它的客观性。但是我常想，是否竭泽而渔、广罗史料，就可以完全避免主观的介入呢？当然不可能。因为即使文献学，选择和阐释史料的过程就是一种主观判断的过程。进一步说，小说之美，《红楼梦》之美，绝不可能离开心灵的感应，离不开创造性的欣赏，绝不可能离开特殊的个人的感悟。正像宗白华先生说的：“一切美的光来自于心灵的源泉。”白先生的《细说》，是他对美的心灵和美的意念的阐释。当然他的《细说》本身就是灵动的、审美的，通过他的心灵创造，把我们带入到一个美的境界，这是白先生的最大贡献。

白先勇：谢谢宁先生。第二位请德高望重的学者、著名的红学家吴新雷先生，他是南京大学文学院教授，中国红楼梦学会顾问。

吴新雷：大家好。他说，新世纪以来，“高鹗续书”说已被纷纷质疑。早在二〇〇八年，人民文学出版社的《红楼梦》，就特别写明前八十回“曹雪芹著”，后四十回“无名氏续”。不久前，广西师范大学出版社出了程乙本为底本的《红楼梦》，更爽快注明“曹雪芹著”，连“无名氏续”也没有。现在，越来越多的学者相信，后四十回本来就是曹雪芹的原稿，只是经过高鹗和程伟元的整理罢了。

大家都知道，长期以来《红楼梦》的署名一直都是：曹雪芹、高鹗著。新世纪以来，大家对这个说法提出怀疑，特别是对“高鹗续后四十回”的说法。比如，中国艺术研究院红楼梦研究所那个新的校注本，到了二〇〇八年出第三版的时候，特别写了：前八十回曹雪芹著，后四十回无名氏续。但这时还没有引起轰动。不久前，广西师范大学出版社出了程乙本为底本的《红楼梦》，怎么注明的？曹雪芹著。爽爽快快，也没有什么高鹗，也没有什么无名氏。

现在已经有越来越多的学者相信高鹗不是后四十回的作者，还有学者认为，后四十回本来就是曹雪芹的原稿，只是经过高鹗和程伟元的整理罢了。根据程伟元和高鹗的序，他不是凭空得来这四十回，很可能是曹雪芹的遗稿。所以不要说是高鹗还是无名氏，就是曹雪芹。

白先勇：很早就有人质问胡适说高鹗续书的问题了。我自己的看法是，如果真的有一个续书的人，那他的才干要比曹雪芹还要高，这不可能。下面一位是胡文彬先生，他是中国艺术研究院研究员，中国红楼梦学会顾问，有很多对于《红楼梦》的看法，今天请他讲一讲程乙本、庚辰本和后四十回。

胡文彬：谢谢白先勇先生。我想就这个题目当中一个小的细节来谈谈我的看法，这就是程伟元、高鹗他们在《红楼梦》的成书史、传播史上到底应该给他们一个什么样的定位？我想着重从文献学、从历史流传的角度，来把我自己的想法贡献给大家。

一、程伟元、高鹗在《红楼梦》的传播史上的地位是不可动摇的。

过去我们的研究当中，由于资料的局限，许多学者误听误信，把高鹗排在了程伟元的前面，甚至给他挂上了“后四十回是高鹗续”的头衔。其实，从程伟元和高鹗的序、引言，可以确定程高本出版是由程伟元出资并主持的，高鹗仅是被邀请来协助他工作的。而原稿是程伟元在二十年间搜集的，差不多是一百一十回左右的篇幅，这在引言中讲得很清楚。如果我们舍去这两篇序和引言去谈《红楼梦》的作者，谈流传史，我想是不公平的。而且，在《红楼梦》成为印本过程当中，他们还做了一些拆长补短的工作，这是程、高独有的贡献。

还有一些研究者问，为什么百二十回本的两个本子都没有评语？关于这个问题，程高本的引言中特意立了一条。大家只要懂一点印刷出版，就会明白木活字印刷的流程，也会明白程高本为什么没有评语。活字排版过程中，想要在正文旁边再加批语的话，排版会遇到很大的困难。只要有一点印刷厂活字排版经验，就会明白，作为私人出版，加上评语的排印要增加多少投资。假如用雕版印刷的话，那个投资增加的不止是一两倍的钱，所以在当时只能用活字排版。

而且这个活字排版跟《四库全书》的活字排版是大不一样的。比如说用料，《四库全书》用的是最好的，刻出来的字印得非常清楚。而程伟元、高鹗印的时候，他们的活字是用非常软的一些木头，比如说柳木、杨木，不敢用最硬的木头，因为那个造价非常高。所以印了两次就不行了，就得拆版。所谓的程丙本、程丁本，其实就是第一次、第二次印刷的废叶子再捡起来，往一块拼凑成一本书。实际上程伟元和高鹗只印了两次。

高鹗、程伟元都有贡献，但主要贡献人是程伟元；高鹗被邀请参与，但他不是主体。至于说高鹗是《红楼梦》后四十回的续书者，完全是一种误读误传，误了今天许多的研究者。高鹗生在乾隆二十三年（一七五八年），他还有一段时间在边塞打工，当幕僚或当教师去了。而且，高鹗的序当中明确讲，说他在程伟元这里看了这些东西，如“波斯奴见宝为幸”。他没有续，他没有时间，也没有那份文学才能来续。为什么今天还要给高鹗安上这个头衔?

白先勇：下面一位是从新加坡来的学者王润华教授，他是马来西亚南方大学副校长，在新加坡国立大学也教过书。很重要一点，他是周策纵教授的衣钵弟子。周先生是研究“五四”运动的专家，写了一本《“五四”运动史》，在美国当做课本的。周先生在海外的汉学界有非常高的地位，他在威斯康辛大学教了好多年，王润华教授就是威斯康辛大学的文学博士。他讲的是周策纵先生的红学研究，下面有请。

王润华：谢谢白先勇先生。我写了一篇《新世纪重返〈红楼梦〉：周策纵曹红学的后四十回著作权考证》，很完整的论文已经交给大会了，今天我只做一些简单的报告。

周策纵在二〇〇〇年出版了一本《〈红楼梦〉案：弃园红学论文集》，这是香港中文大学出版的，他一生研究的论文都在这本著作里面。他完整继承了中国从咏红、评点到新红学的传统。但他比一般人还多了一点，他继承了当时哈佛最新的汉学传统，就是把科技都带进来，把客观的研究带进来。《〈红楼梦〉案》里面最重要的篇章，就是今天要讨论的版本问题和后四十回的问题。

周策纵是一位非常开明的红学家，他举办了第一届国际红楼梦研讨会，而且他认为，电脑科技已经来临，我们为什么不用电脑来研究曹雪芹？用这种语法来讨论一下，到底《红楼梦》是不是两个人写的？他这个新时代研究的方法，后来也影响了中国很多的学者，其中最有名的是陈炳藻。其实西方汉学家高本汉早在一九五二就用单字或词统计考证《红楼梦》，证明前八十回与后四十回是一人所作。高本汉是一个语言学家，他觉得每一个作家用的语言都有他的特殊性，骗不了人，如果我们去精确计算他的词汇、文法，就能得出正确的结论。可见得西方的汉学家，他们真是非常有眼光。

周先生一直要说的，就是希望有一天还《红楼梦》曹雪芹的著作权。芝加哥大学对中国古代的印刷术很有研究，周先生就花了很多时间去学当时清朝的印刷术，后来他得出结论说："高鹗实在没有著作权。他在乾隆五十六年辛亥（一七九一年）的春天才得由程伟元出示书稿，到同年冬至后五日，工竣作序，这中间只有十来个月的时间。""程甲本单说排印就需要六个月，高鹗修补百二十回全稿的时间只有四个月"，除去校订整理前八十回，所剩时间"试问哪儿还来得及补作后四十回二十三万七千字的大书？"因此，"我们绝不能把《红楼梦》三分之一的著作权就这样轻易地送给他！”“各种百二十回本《红楼梦》，还只能题作曹雪芹著，至多只能加上‘程伟元、高鹗修订’字样。这里还应该特别指出，这种搜集工作，功劳固然全在程伟元，就是修订或修补工作，程伟元也应该是主，高鹗是副，或同等重要。”

而且，初稿怎么会最接近作者原貌呢？白先勇先生写了很多小说，他的手稿现在我们都放在圣巴巴拉图书馆，很多人一直研究。白先生的初稿可能是很好，但是绝对不是白先生所认同，不是最后定稿的。美国是世界上最早开始重视收藏作家的手稿的，这是研究作者的很好的资料。但考古和文学是两回事，我们要分清楚。

白先勇：下面有请郑铁生先生，著名红学家，北京曹雪芹学会副会长，请他讲一讲程乙本和后四十回。

郑铁生：很荣幸与白先生相识。最近，我在香港《民报》月刊发表了《先有大众欣赏的普及，才有小众学术的可能：论〈红楼梦〉》，这篇文章的重要观念是“大众欣赏与小众学术”。《红楼梦》的各种版本都有其重要性，但其功用不同：有的版本用于学术研究，属于小众学术，只适合少数学者研究应用；但大众欣赏则应该选择相对语言通俗明快、结构完整、人物鲜明生动的版本。程乙本正是大众欣赏最合适的普及本。

我最早受到启发，是研究胡适对《红楼梦》的观点。胡适晚年特别重视程本，去世之前曾自豪地说，自从推行了亚东版程乙本以后，华语圈最为通行的标准本就是程乙本。因为程乙本语言更明快、故事更完整。另外，我认为回目是对本章内容最精确的概括，回目之间的关联就是一种生命体系的流传和演进，就把所有的脂评本和程乙本、程甲本回目做了对比，发现所有的版本都不如程乙本。脂评本是少数学者进行研究的宝贵资料，研究的成果可以为大众欣赏铺平道路，其重要性当然不可取代；但大众可以通过流畅、完整的程乙本来培养审美，提升对中国传统文化的认知。

我觉得理想国做了一件非常有意义的事情。胡适开创的新红学，既给我们带来新的方法，推动了中国红学的发展，同时也遗留下来很多问题，被推向了极端。能在这个时候把程乙本重新印行，我觉得是非常有历史意义的事情。

白先勇：下一位有请孙伟科先生，他是中国艺术研究院红楼梦研究所研究员，中国红楼梦学会副会长。请他来谈谈《红楼梦》的这两个问题。

孙伟科：非常感谢。我老早就读到白先勇先生的《贾宝玉的俗缘》，这篇文章写在八〇年代初，但是水准很高，他是从自己的文学经验出发，来把《红楼梦》前八十回和后四十回作为一个艺术整体来看的，这样的见识我非常赞服。理想国出版的程乙本《红楼梦》，署名“曹雪芹著，程伟元、高鹗整理”，这样的处理也是很合理的。

早在程高本出版之前，周春的笔记就提到过，他已经看到百二十回本《红楼梦》的抄本了。另外，早就有人看到过百二十回的回目，这说明百二十回本的《红楼梦》是存在的。《红楼梦》最初是在亲友之间小范围传看的，是一种“非传世小说”，一直处于个人鉴赏的阶段。高鹗和程伟元把它印出来以后，才成为全社会接受的一种共同财富，结束了随抄随改的混乱的抄本阶段。这在《红楼梦》传播史和成书史上，是非常重要的一个事件，怎么高估都不过分。因为每被传抄一次，由于抄书者的水准、心境的不一样，他所抄写的文字就会有变化。如果一直处于传抄的状态，对《红楼梦》广泛传播是非常不利的。

从脂本到程高本，字数减少了很多，其实是作者删减和简化的过程，比如“秦可卿淫丧天香楼”、“更衣”这些情节都删掉了，比如尤三姐从淫奔女变成贞烈女，都是简化的证明。红学家们通过对抄本的研究，来了解曹雪芹和生平和创作，这是应该尊重的，但是不能把初稿当作定稿交给读者。

《红楼梦》的版本选择，由读者的个人趣味来决定。对红学家来说，应该让读者看到更多种《红楼梦》的面貌，提供更充裕的选择。唯某个版本独尊这样一个局面，我觉得它是不好的。

白先勇：各位学者讲下来，我们对程乙本、庚辰本和后四十回大致都有了一个认知了。我来做一个小结。

我在美国教《红楼梦》二十多年，完全是把《红楼梦》当作一本文学作品。我自己写小说，所以看《红楼梦》的时候，我对“为什么会写得这么好”“为什么这个人物这时候出来？”“为什么给他加这么一笔？”最感兴趣。你看人物的塑造，写完金陵十二钗，写了那些大小丫头，写了婆婆妈妈，还写了小伶人，到最后又跑出夏金桂跟宝蟾，我就佩服得五体投地。写十二个女孩子不同，已经不得了了，还写了这么多。

我对这些人物的塑造特别感兴趣，所以对版本没有太注意。我从小念的，是胡适推荐、由亚东图书馆印的程乙本。教书的时候用的是台湾桂冠图书公司的本子，是以人民文学出版社的、启功先生做了注解的程乙本为底本，还参照了很多其他的本子校注过。这个本子注得非常详细，还有诗词的白话文翻译，对初学的学生非常有帮助。因为《红楼梦》好多古典的典故不容易懂，礼仪方面的，佛道方面的，这些都注解得非常详细，所以我一直用那本书。

二〇一四年，我在台湾大学讲《红楼梦》，一向用惯了程乙本，但这个本子在台湾断版了，我就用了冯其庸先生注的庚辰本，这是我第一次用庚辰本。我是用程乙本跟庚辰本对着教，把前八十回从头到尾仔细对了一次。程乙本我看了一辈子，比较熟，所以在看庚辰本的时候，有一个陌生的字、一句陌生的话，眼睛好像就扎了一下。我就发觉这两个本子的差异很大，几乎每一回都有差异的，基本上会影响人物的形象、个性，影响了整个主题，我就特别提出来了。我在《细说红楼梦》里面，就做了详细的对照。

我非常赞成刚才郑铁生先生讲的，各个本子有各个本子的功用，所谓小众研究本，大众传播本，这两个本子的性质功用不同。像庚辰本当然重要，虽然只有七十八回，但是脂批最多，可以从里面了解曹雪芹创作的背景，对学者是非常宝贵的。可是大众传播的本子，我比下来，在整个人物的描述、主题叙述方面，程乙本比较完整统一。尤其是它的文字，小说里的一字之差，往往就差很远很远。第五回讲贾宝玉跟薛宝钗的婚姻是“悲金悼玉”，庚辰本是“怀金悼玉”，一字之差，我就觉得“悲”字就高很多。

我还写了一篇文章《抢救尤三姐的贞操》，因为尤三姐是我觉得《红楼梦》里面写得最好的次要人物之一，短短的两三回，这个人物活蹦活跳的，你看她的形象，她的语言，她的一举一动。这两个本子里面写尤三姐，也有一个差异。比如，尤三姐对贾珍、贾蓉，呵斥他们，骂他们。庚辰本说是她“站“起来到炕上面指责他们，程乙本说的是尤三姐“跳”起来到炕上去，这个“跳”字有学问，“站起来”跟“跳起来”，这个形象可差很远，这一“跳”她骂的时候力量就大了。还有，庚辰本把尤三姐写成了一个淫妇，很早就跟贾珍有染，像尤二姐一样，这两个人都是水性杨花。不是不可以把尤三姐写成淫妇，可以的；但是，如果她已经跟姐夫有染的话，下面凭什么理由起来骂他们兄弟两个？不能理直气壮了。可那一段骂得真好，是《红楼梦》里面最有戏剧性的，骂得是铿锵有声，音容并茂，这个女孩子不得了。如果前面已经变成一个淫妇，以贾珍的大爷脾气：你失足的淫妇，你还站起来骂我？不可能的。这两个本子在这个地方出了问题，这是大问题。

还有很多人，不管后四十回真正写得好不好，先定说这是假的、伪造的，这样就抹杀了后四十回的艺术成就，我看了大不以为然。以前我都是把百二十回当做整体的。一位非常有名的女作家张爱玲，她对后四十回深恶痛绝。她说，人生最遗憾的是《红楼梦》没写完，她说后四十回天昏地暗。我倒不觉得，我觉得后四十回悲剧力量越来越大。从第五回你就看得出来，它是一个悲剧，我说《红楼梦》是一出挽歌，哀挽人生命运，哀挽整个生命的无常。后来贾宝玉出家，林黛玉之死，老早就铺好了。最感动我们的还是宝玉出家、黛玉之死，没有那几章的话，这本书写得再花团锦簇，都不会那么感动人。

后四十回的艺术成就绝对不输于前八十回，这是我自己的看法。至于是不是另外一个人写的，从写作来说是绝对不可能，因为大大小小的伏笔千头万绪。我讲一个小细节，大家都知道鸳鸯这个人物，贾赦要娶她做妾，鸳鸯很气，到贾母那边告状，说如果要我嫁的话，我就出家，拿剪刀剪了一绺头发。最后贾母死了，鸳鸯想万一贾赦又把他娶了怎么办？她吊颈自杀。在自杀之前，她把一绺头发塞到怀里。你看，这个时候她还记得那个头发。如果换一个作者，这么小的一个细节，那么早的一个东西，很难再用上这个。她这个头发是道理的，表示说，我是一个很贞烈的女子，我剪过头发的。这个头发是非常有用意的、非常有力的一个道具，这个时候用上了。所以曹雪芹不得了，他用的小细节一点不能放过。我想换一个人写恐怕不行。

今天讲版本的问题，讲后四十回的问题，我希望引起更多人的注意，引起更多人的研究。也许有很多很多意见，有不同的意见是好的，学问就是越辩越明嘛。在我来看，《红楼梦》不仅是一本小说，一本文学作品，它的高度是整个民族的精神指标，是这么重要的一本东西，不能让它有那么多的瑕疵。

宁宗一：我有一点意见。《红楼梦》的署名问题是一个权利问题，署谁不署谁，这属于在法律上可以立案的。第二点，至于版本的选读，这是爱好问题。这是根据每个人的生活经历、学习经历、业余爱好种种的原因来决定的，所以这是一个爱好问题。在这个问题上，我的看法，大家都各取所需，根据你的爱好和你的研究方向来决定你选择哪个本子，因为阅读是自由的。

郑铁生：关于后四十回我再补充几句。

第一个问题，既然谈到后四十回，它本身就是一个文本问题。如果把《红楼梦》分割开来那就不是一个整体了。我们现在看《红楼梦》文本，从第七十三回到七十八回，是一个完整的单元，将抄检大观园起始到结束，王夫人把宝玉身边不利己的人全部给清除了，这个单元非常完整。七十九回到九十一回转入另外一个单元，讲薛家的多事之秋，薛蟠娶妻，招来夏金桂大闹薛家，弹压薛蟠，蹂躏香菱，又是一个完整的叙事单元。从叙事构思来看是天衣无缝的，所以从文本上分析，八十回和后四十回的划分，实在是人为隔断的。

第二个问题，我们的研究方法出了问题。研究方法是观察的角度，只有更新方法才会使得研究带来新的发展空间。除了白先生而外，很多学者对于版本之间的对照，还有叙事的肌理，都写过文章，但是我觉得需要更进一步的，是把整个《红楼梦》主脉，它的每一个阶段的特征、阶段之间的关系、怎么演变的，要揭示出来。这里不仅涉及事件，而且涉及人物。现在《红楼梦》研究中间很普遍的一种观点，说《红楼梦》写的是由盛而衰，我认为不是这样。

我觉得，《红楼梦》一开始就写的是衰败，他写的所谓“兴盛”，比如说元春省亲，秦可卿出丧，好像红红火火，烈火烹油，这种“兴盛”实际上是衰败本质的一种显现。因为元春省亲和乌尽孝交租发生在同一年，一个是年初一个年尾，年尾乌尽孝交租的时候，贾蓉说了一句话，说再有一次省亲，贾家恐怕就精穷了。这就说明什么呢？等于元春省亲把贾家的老底都掏空了。表面上看不出来，这以后逐渐一点点显露出来了。七十五回，贾母正在吃饭，尤氏来商量事情。贾母说，在这儿一块吃吧。丫鬟给尤氏递了一碗白米饭。贾母说，丫鬟，你怎么这么不懂事呢，我那边不是有红稻米（贡米）吗。后来鸳鸯和王夫人赶快打圆场，说现在收成不好，是“可着头做帽子”，捉襟见肘的事一点一点都露出来了。《红楼梦》从一开始写的就是衰败史，这是一个要点。

还有一点，到底什么是悲剧？悲剧在美学上的意义并不是突然事件。被电死了，被车撞了，被抄家了，这是生活中的悲剧，但不是美学的悲剧。美学的悲剧是重新制造了一个悲剧的环境。《红楼梦》中的李纨，年轻就守寡，把儿子培养科考，这是不是一个完整的悲剧过程啊？到最后贾宝玉出家了，但是留下一个遗腹子，按照宝钗所受到的传统教育，她也会走李纨的道路，年轻守寡，最后要把她的儿子培养科考。这个悲剧的过程又来了一个轮回。抄家当然是悲剧的一种表现，但真正的悲剧是这个家族仍然制造出来一代又一代的悲剧人物，不仅是一个李纨和宝钗。只有从美学的角度来理解是悲剧，我们才能把《红楼梦》后四十问题彻底解决清楚。

孙伟科：我简单提示两句吧。因为《红楼梦》过去已经形成了很多观念，我就提示一两点。

第一点，曹雪芹“增删五次，批阅十载”。我想一个作家不会把一部小说写了八十回，不写了，只去不停地改前八十回，这是不可能的。周绍良先生说，后四十回里边有很多曹雪芹的原稿。我觉得这些意见值得重视。

第二点，俞平伯写《〈红楼梦〉辨》的时候，他是为了实现胡适的主张，就是要证明高鹗是一个续书者。他带着这种主题先行的观点来写，竭力证明胡适这个观点是对的，但又处处说后四十回怎样遵照前八十回，都有根据、都有说法、没有越雷池一步，说了很多矛盾的话。他这个自我的矛盾，被林语堂看出来了。林语堂说他是“歪缠”。

第三点，现在有人非要说《红楼梦》有一个“旧时真本”，我可以负责任地跟大家说，根本就没有所谓的“旧时真本”。“旧时真本”不过是非常拙劣的另外一种续书，在流传过程中间散失了，非要把这些拙劣的东西说是《红楼梦》真正的结局，这个会贻害很多人。二〇一三年出来一个张贵林的《红楼梦》后二十八回，还有最近出来的《吴氏石头记》后二十八回，都是冒充“旧时真本”的身份，想取代后四十回。实际上，这是对我们古典文化的一种严重扰乱，对《红楼梦》的严重的不尊重。《红楼梦》爱好者、研究者都应该捍卫我们传统文化的经典性。像这样一种情况，在文化浮躁的氛围里有愈演愈烈的趋势，所以值得警醒，它不是一个小问题。

曹雪芹辛辛苦苦写出《红楼梦》，但是今天有些人表现出来了不尊重作者的著作权。他这个书增删十年，十年里边再修改，他还没有著作权吗？动不动就有人说，是这个写的，是那个写的，我觉得这对我们的古典文化太不尊重了。希望新闻媒体和舆论界的一些人，不要有人一个什么提法，马上就发出来，制造所谓的文化热点，这样一种虚热对《红楼梦》不利，对我们文化发展不利。我就补充这几点。

白先勇：今天大家对《红楼梦》又增加了万分的敬意。呼应孙先生讲话，我们大家都要保护、维护、抢救最珍贵的文化遗产，曹雪芹留给我们的了不得的经典《红楼梦》，这是我们民族了不起的成就，我们应该感到非常骄傲的。